JUSSI ADLER-OLSEN

Victime 2117

La huitième enquête du Département V

ROMAN TRADUIT DU DANOIS PAR CAROLINE BERG

ALBIN MICHEL

Titre original :

OFFER 2117

Publié chez Politikens Forlag, Copenhague.

ISBN : 978-2-253-07927-9 – 1re publication LGF

Ce livre est dédié à Sandra.

Les doigts des noyés

La vie des doigts des noyés est plus longue
Que notre histoire
Lointains et si proches
Nous voyons les noyés
Nous voyons leur espoir
De vivre
En paix.

Chaque jour, nous voyons le bout de leurs doigts
Disparaître sous la mer
Mais nos yeux ont appris
À ne pas voir.

Leurs doigts émergent
À la surface de la mer
Ils se tendent
Vers le ciel
Ils ne sont plus mouillés.
Les doigts des noyés
Sont secs pour l'éternité.

Falah Alsufi, poète, migrant irakien

Prologue

Une semaine avant que la famille d'Assad ne quitte Sab Abar, son père l'avait emmené se promener dans le capharnaüm du souk. Les échoppes regorgeaient de pois chiches, de grenades, de boulgour, d'épices aux couleurs criardes et de volailles caquetantes attendant le fil de la hache. Il s'était arrêté, avait posé les mains sur les épaules maigres de son fils et l'avait scruté longuement de son regard noir et profond.

« Écoute-moi bien, mon fils, lui avait-il dit. Longtemps, tu rêveras de ce moment et il se passera de nombreuses nuits avant que le désir de retrouver tout cela ne s'estompe de ta mémoire. Mais je t'en conjure, regarde bien autour de toi pendant que tu le peux encore, et emporte tout ceci pour le conserver éternellement dans ton cœur. Est-ce que tu comprends ? »

Assad avait serré plus fort la main de son père et avait hoché la tête pour lui faire croire qu'il comprenait.

Mais ce jour-là, Assad n'avait pas compris ce que son père avait voulu lui dire.

1

Joan

Joan Aiguader n'était pas croyant. Au contraire, quand les processions pascales des catholiques en robe de bure noire envahissaient la Rambla, il s'empressait de quitter la ville. Il possédait une collection de figurines sacrilèges représentant différents papes ainsi que les Rois mages à croupetons occupés à satisfaire un besoin naturel. Pourtant, ces derniers jours, ce goût pour le blasphème ne l'avait pas empêché de tracer d'innombrables signes de croix sur sa poitrine car, avec la tournure que prenaient les événements, s'il s'avérait finalement que Dieu existait, il avait intérêt à rester en bons termes avec lui.

Lorsque le facteur arriva enfin avec la lettre tant attendue, Joan fit un nouveau signe de croix. Son contenu, il le savait, serait déterminant pour son avenir.

Trois heures après l'avoir lue, Joan était assis à la table d'un café dans le quartier de la Barceloneta ; abattu, désespéré, il tremblait malgré la chaleur. Depuis trente-trois ans, il vivait avec l'espoir ridicule qu'un jour la chance lui sourirait. À présent, il n'avait plus la force d'attendre. Huit ans auparavant, son père avait

enroulé un câble électrique autour de son cou et s'était pendu à une conduite d'eau dans l'immeuble dont il était le gardien. Sa mère avait été dévastée par le chagrin. Bien que son père ne fût pas un homme gai et insouciant, elle n'avait pas compris son geste. Du jour au lendemain, Joan et sa sœur, de cinq ans sa cadette, avaient dû s'occuper de tout. Leur mère, elle, ne se remit jamais du drame.

À l'époque, alors qu'il n'avait que vingt-quatre ans, Joan s'était battu comme il avait pu pour subvenir à leurs besoins. Il s'était tué à la tâche pour terminer ses études de journalisme tout en cumulant des petits boulots sous-payés qui leur permettaient à peine de joindre les deux bouts. Un an après la mort de son père, sa mère avait avalé des somnifères et, quelques jours plus tard, sa sœur l'avait imitée. L'existence de Joan avait pris un nouveau tournant.

Aujourd'hui, regardant en arrière pour la première fois, il songea que son dégoût de la vie n'avait rien d'étonnant. Le néant avait englouti tous les membres de la famille Aiguader l'un après l'autre. Pourquoi aurait-il dû être épargné ? Et de fait, hormis de fugaces moments de bonheur et quelques modestes victoires, la malédiction semblait planer au-dessus de sa tête. Moins d'un mois après le suicide de sa sœur, sa petite amie l'avait largué et il avait perdu son emploi.

Et puis merde. Pourquoi s'acharner? Puisque tout cela n'avait aucun sens.

Joan tâta ses poches et jeta un coup d'œil au barman. J'aurais bien voulu au moins quitter ce monde la tête haute et éviter de partir comme un voleur, songea-t-il en baissant les yeux sur les quelques gouttes qui se

trouvaient au fond de sa tasse. Ses poches étaient vides. Ses projets détruits et ses ambitions vaines tournaient en boucle dans son cerveau. Il ne pouvait plus ignorer la médiocrité de son existence et ses aspirations constamment revues à la baisse.

Il venait de toucher le fond.

Deux ans auparavant, alors qu'il sombrait dans un état dépressif du même genre, une diseuse de bonne aventure de Tarragone lui avait prédit que dans un avenir proche, alors qu'il aurait déjà un pied dans la tombe, une lumière s'allumerait pour lui en plein jour. Elle lui avait paru convaincante et, depuis, Joan s'était accroché à cette prédiction. Mais où était-elle, cette fichue lumière ? Pour l'instant, il n'avait même pas de quoi sortir de ce bar avec dignité. Pas un sou pour payer son *cortado*. Les mendiants répugnants de saleté qui tendaient la main sur le trottoir devant El Corte Inglés arrivaient à rassembler assez de piécettes pour se payer un café, les clochards en guenilles dormant sur le trottoir avec leurs chiens devant l'entrée des banques pouvaient aussi s'en offrir un s'ils en avaient envie. Mais lui…

Et si jadis le regard intense de cette sorcière l'avait suffisamment persuadé pour lui donner quelque espoir, il savait désormais qu'elle s'était trompée sur toute la ligne et qu'il était l'heure de faire ses comptes.

Le tas d'enveloppes posé devant lui sur la table le narguait comme la preuve matérielle de l'impasse dans laquelle il se trouvait. Il poussa un long soupir. Il savait qu'il pouvait ignorer d'office les courriers administratifs car, bien qu'il n'ait pas payé son loyer depuis des mois, les lois absurdes qui régissaient les droits des locataires

en Catalogne lui assuraient de rester dans son logement. Et pourquoi se préoccuper de sa facture de gaz, alors qu'il n'avait pas cuisiné un plat chaud depuis Noël ? Non, c'étaient les quatre derniers courriers, alignés sous ses yeux, qui lui avaient donné le coup de grâce.

Du temps où il était encore en couple, Joan avait à maintes reprises promis à sa compagne que bientôt les choses s'arrangeraient et que sa situation financière allait s'améliorer. Malheureusement, l'argent n'était jamais rentré. Elle en avait eu assez de l'entretenir et elle avait fini par le jeter dehors. Les semaines suivantes, il avait essayé de tenir les créanciers à distance en leur affirmant qu'aussitôt qu'il aurait encaissé les droits d'auteur de ses quatre derniers articles, ils seraient payés, rubis sur l'ongle. Pourquoi n'en aurait-il pas été ainsi puisque ses textes confinaient au génie ?

Et voilà qu'il contemplait quatre nouveaux refus. Des refus qui n'étaient ni timides, ni vagues, ni nuancés, ni indirects, mais aussi impitoyables et précis que le *tercio de muerte*, l'ultime estocade du matador.

Joan leva sa tasse et huma l'arôme amer du café. Puis il tourna les yeux vers les palmiers au-dehors, la plage et la foule bigarrée des baigneurs. Il n'y avait pas très longtemps, Barcelone avait été paralysée par la course mortelle d'un dément sur la Rambla et le gouvernement central avait fermé les bureaux de vote pour empêcher la population d'aller se prononcer lors d'un référendum, mais tout cela semblait être déjà oublié : le spectacle qu'il apercevait par la vitre, à travers une brume de chaleur, était celui d'une multitude de gens heureux. Des gens ivres de leurs propres cris d'allégresse, des peaux moites et des yeux gourmands. La

ville lui sembla régénérée, charmeuse, presque coquine. La distance entre le café où Joan était assis et la plage où jouaient les enfants était extrêmement faible. En une minute, il pouvait laisser derrière lui les adorateurs du soleil et atteindre le bord de l'eau, plonger sous l'écume et prendre quelques brèves et fatales respirations. Au milieu de l'animation trépidante, personne ne remarquerait un cinglé qui se jetait à l'eau tout habillé. Dans moins d'une centaine de secondes à compter de cet instant, il aurait quitté ce monde.

Malgré son cœur qui battait la chamade, Joan éclata d'un rire amer. Ceux qui le connaissaient n'en reviendraient pas. Qu'un idiot comme Joan Aiguader ait eu le courage de mettre fin à sa propre vie ? Lui, le journaliste fade et insipide qui n'avait même pas les couilles d'exprimer son opinion en public ?

Joan soupesa les enveloppes. Il ne s'agissait de rien de plus que quelques centaines de grammes d'humiliation supplémentaires ajoutés à toute la merde qu'il avait bouffée toute sa vie. Alors pourquoi pleurnicher ? Sa décision était prise. Dans une seconde, il informerait le serveur qu'il n'avait pas de quoi payer, puis il prendrait ses jambes à son cou et mettrait son projet à exécution.

Les muscles de ses mollets tendus, Joan se préparait à déguerpir quand, soudain, deux touristes en maillot de bain se levèrent si brusquement que leurs chaises se renversèrent.

Par réflexe, Joan tourna la tête dans leur direction. L'un d'eux fixait l'écran de télévision mural avec un regard vide pendant que l'autre balayait la plage des yeux.

« Montez le son ! » cria le touriste devant l'écran.

« Eh, regardez ! » dit l'autre en montrant du doigt l'attroupement qui était en train de se former à l'extérieur.

Joan aperçut une équipe de tournage installée devant le panneau de trois mètres de haut que la commune avait fait poser deux ans auparavant sur la promenade. Au sommet, un écran digital affichait un nombre à quatre chiffres. Joan avait déjà pris connaissance du texte inscrit en dessous, qui expliquait la raison de ce nouveau matériel urbain : son unique fonction était d'informer les passants en temps réel du nombre de migrants infortunés ayant péri en Méditerranée depuis le début de l'année.

Comme s'ils avaient été attirés par un aimant, des touristes légèrement vêtus s'approchèrent de l'équipe de tournage, tandis que quelques adolescents du quartier, débouchant de la Carrer del Baluard, se précipitaient pour les rejoindre, probablement alertés par la télévision.

Joan se tourna de nouveau vers le barman qui essuyait ses verres d'un geste mécanique, les yeux rivés sur l'écran. Profitant de l'aubaine, Joan se leva de sa chaise et il se laissa tranquillement entraîner par le flot des badauds vers la promenade.

Après tout, il était encore en vie – et il était toujours journaliste.

L'enfer pouvait bien l'attendre un peu.

2

Joan

Indifférente aux joggeurs, aux skateurs et au remue-ménage autour d'elle, la reporter trônait devant l'immense panneau, consciente de ses atouts. Elle secoua sa chevelure, humecta ses lèvres et leva son micro, tandis que les hommes et les adolescents la contemplaient bouche ouverte, les yeux rivés sur son décolleté. Manifestement, ils n'étaient pas seulement venus pour entendre ce qu'elle avait à dire.

« Nous ignorons encore combien de ces pauvres gens périront noyés pendant leur fuite vers l'Europe qui, pour beaucoup d'entre eux, signifie paix et liberté, déclara-t-elle, mais il est un fait que ce chiffre a déjà atteint plusieurs milliers. Rien que pour cette année, on a dénombré plus de deux mille victimes. »

Elle se tourna légèrement pour montrer les chiffres digitaux qu'on voyait briller en haut du panneau.

« Ce panneau derrière moi indique le nombre d'hommes, de femmes et d'enfants qui, depuis le 1er janvier et jusqu'à cette minute précise, ont trouvé la mort en essayant de traverser la Méditerranée. À la même date, l'an dernier, ils étaient déjà très nombreux et il

est probable que le bilan sera aussi terrible l'an prochain. Ne trouvez-vous pas inquiétant qu'en dépit de ces chiffres effroyables et difficilement concevables, le monde entier – vous et moi – choisisse parfois de détourner les yeux, tant que ces morts restent des personnes anonymes ? »

Elle planta droit dans l'objectif son regard charbonneux qui accentuait son expression dramatique et continua : « Car n'est-ce pas ce que nous faisons, nous et le reste du monde ? Ignorer la situation ? Eh bien, c'est pour réagir, je dirais même pour protester contre cet état de fait que sur TV11 nous avons décidé de concentrer nos prochains reportages sur une seule de ces victimes, l'homme dont le cadavre a été retrouvé très récemment sur une plage chypriote de la côte est de la Méditerranée. Nous voulons faire comprendre au monde que ce migrant n'était pas seulement un numéro, mais un être de chair et de sang. »

Elle consulta l'heure à sa montre sertie de brillants. « Il y a moins d'une heure, le corps de ce malheureux est venu s'échouer au milieu d'estivants heureux et insouciants qui profitaient de leurs vacances sur une plage très semblable à la Platja de Sant Miquel, où nous nous trouvons en ce moment. » Elle étendit le bras pour montrer les vacanciers à qui elle faisait allusion.

« Chers téléspectateurs, le jeune homme dont je vous parle est le premier dont le cadavre a été déposé ce matin par les vagues, sur la très populaire plage d'Ayia Napa, sur l'île de Chypre. Avec lui, le nombre affiché sur ce tableau est passé à deux mille quatre-vingts. Deux mille quatre-vingts personnes qui, rien que cette année, ont trouvé la mort au bout de leur voyage. » Elle

fit une pause étudiée, levant les yeux vers le compteur numérique. « Et ce n'est qu'une question de temps avant que ce nombre augmente encore. Notre victime était un homme brun, à l'allure juvénile, vêtu d'un sweat-shirt Adidas bicolore et d'une paire de chaussures usées. Pourquoi est-il venu mourir en Méditerranée ? Quand ici, à Barcelone, on regarde ces vagues paisibles d'un bleu d'azur, il est difficile de s'imaginer qu'à quelques milliers de kilomètres, en ce moment, la même mer est en train de briser le rêve d'une vie meilleure partagé par des milliers d'individus comme lui. »

Elle s'arrêta de parler pendant que son réalisateur diffusait des images de Chypre. Certains s'étaient approchés du moniteur placé à côté du cameraman pour suivre le reportage. Bientôt la rumeur de la foule s'éteignit. La vision de ce jeune homme flottant à plat ventre dans quelques centimètres d'eau avant qu'une bonne âme le prenne sous les aisselles pour le ramener sur la grève et le retourner comme un vieux tapis était d'une grande violence. Le réalisateur revint sur la jeune reporter à Barcelone. À quelques mètres du moniteur, elle attendait son signal pour terminer le communiqué.

« D'ici quelques heures, nous en saurons plus sur cet homme. Nous aurons appris qui il est, d'où il venait et quelle était son histoire. Nous reviendrons après une page de publicité. En attendant, comme vous pouvez le voir, le nombre derrière moi continue tragiquement d'augmenter », conclut-elle, désignant de nouveau le compteur lumineux. Puis elle fixa l'objectif en prenant un air grave, jusqu'à ce que le réalisateur dise : « Merci, coupez. »

Joan jeta un bref coup d'œil autour de lui et sourit. Cette histoire allait faire du bruit. Il eut brusquement

l'intuition que, parmi les centaines de visages qui l'entouraient, il n'y avait aucun autre représentant de la presse et des médias que cette équipe de télé et lui-même. Est-ce que pour une fois il serait arrivé à temps ? Est-ce qu'il tenait enfin son scoop ?

Jamais il n'en avait été aussi convaincu.

Qui aurait laissé passer une chance pareille ?

Joan leva les yeux sur le panneau.

Un instant plus tôt, le nombre des noyés s'élevait à deux mille quatre-vingts. Maintenant, il y en avait un de plus. À l'instar des adolescents en train de lorgner les seins de la reporter qui venait d'allumer une cigarette en échangeant quelques mots avec son cameraman, Joan resta sur place pour attendre la suite.

Seulement dix minutes auparavant, il avait pris la ferme décision d'ajouter sa contribution aux statistiques des noyés en mer Méditerranée, mais à présent, il ne quittait plus des yeux les chiffres lumineux. Leur message lapidaire était si concret et si réel qu'il lui faisait tourner la tête et lui donnait la nausée. Pendant que des gens se battaient pour survivre au milieu d'une mer immense, lui se regardait le nombril avec une complaisance puérile, confit d'auto-apitoiement. Se battre ! Le verbe prenait tout son sens. Brusquement, il prit conscience de ce qui venait de lui arriver. Il faillit pleurer de soulagement. Il était passé tout près de la mort, et la lumière qui devait le sauver lui était apparue, exactement comme le lui avait prédit la diseuse de bonne aventure. La lumière qui allait lui redonner l'envie de vivre et une bonne raison pour le faire, la lumière de ces chiffres digitaux qui témoignaient du malheur des autres et lui ouvraient la porte sur une histoire inédite et

extraordinaire. Tout cela s'imposa à lui avec une clarté absolue.

Et comme dans la prédiction, son pied avait été arraché de justesse à la tombe.

Pendant les heures qui suivirent, Joan fut très occupé à élaborer le plan qui allait faire démarrer sa carrière et reconstruire les fondations de son existence.

Il s'était renseigné sur les départs en direction de Chypre et avait constaté qu'en prenant le vol de 16 h 46 pour Athènes, il aurait le temps d'attraper un avion de ligne pour l'aéroport de Larnaca à Chypre et arriverait sur la plage d'Ayia Napa aux alentours de minuit.

Il avait un peu tiqué en voyant le prix du billet. Presque mille euros, aller-retour, une somme dont il ne possédait pas le premier centime. Raison pour laquelle, une demi-heure après avoir pris sa décision, il entrait sans y être invité dans le magasin de fruits et légumes de son ex-fiancée et ouvrait la porte de service avec la clé qu'elle lui avait demandé de lui rendre depuis des semaines. D'un pas déterminé, il se dirigeait l'instant d'après vers la petite caisse métallique cachée sous une pile de cagettes dans laquelle elle rangeait les billets de banque.

Vingt minutes plus tard, en revenant de sa sieste, elle découvrirait sur le comptoir une reconnaissance de dette tandis que lui se trouverait à l'aéroport avec près de mille six cents euros dans sa poche.

Les cris sur la plage d'Ayia Napa transperçaient l'océan de lumière créé par les nombreux projecteurs éclairant la scène du drame et, plus loin, les crêtes

d'écume au sommet de vagues d'un noir d'encre. À quelques mètres d'un groupe de sauveteurs en uniforme gisait, à même le sable, une longue rangée de corps aux visages dissimulés sous des couvertures de laine grise. C'était un spectacle terrible, mais pour un journaliste, il était également fascinant.

Joan remarqua, surveillés de très près par la police, une vingtaine d'individus en état de choc, abattus, épuisés, frigorifiés malgré les couvertures – identiques à celles qui cachaient les visages des cadavres – qui les enveloppaient. Un chœur à peine audible de pleurs et de désespoir montait de cette grappe d'humanité confrontée à l'inexorable cruauté de leur sort.

« Ceux-là ont eu de la chance, dit quelqu'un près de lui en suivant son regard. Ils avaient des gilets de sauvetage et des bateaux les ont récupérés au large. Il y a une demi-heure que nos gars les ont repêchés, en banc comme des sardines, de peur d'être séparés les uns des autres par le courant. » Joan hocha la tête et fit prudemment quelques pas vers les corps allongés. Deux policiers tentèrent de le chasser mais, lorsqu'il leur eut montré sa carte de presse, ils se concentrèrent plutôt sur l'amas de touristes trop curieux et de fêtards en maillot qui tentaient de capturer la scène à l'aide de leurs smartphones.

Les gens sont sans pitié, songea Joan tout en sortant son propre appareil photo de sa sacoche.

Soudain, la foule s'agita, certains pointèrent du doigt les vagues paresseuses. Quelqu'un dirigea la lumière d'un projecteur vers l'objet qui flottait en direction de la plage. Joan avait beau ne pas comprendre un mot de grec, l'attitude des secouristes ne laissait aucun doute.

Quand le cadavre fut parvenu à vingt mètres de la berge, l'un d'eux entra dans l'eau et marcha jusqu'à lui, puis il le tira comme s'il s'agissait d'un paquet de chiffons. Le corps sans vie fut halé sur le sable, et quelques-uns des survivants se mirent à gémir à haute voix.

Joan se tourna vers eux. Les cris de désespoir venaient de deux femmes, le dos courbé, le visage entre les mains. Elles semblaient lutter avec leurs dernières forces pour assimiler ce qu'elles voyaient, offrant une vision déchirante. Soudain, un homme avec une grosse barbe noire hirsute tenta avec brusquerie de les calmer, en vain. Le volume sonore de leurs lamentations monta encore lorsqu'un homme chauve en veste d'uniforme bleu marine s'approcha du noyé pour prendre des gros plans. Le type avait l'air d'un fonctionnaire et Joan pensa qu'il avait pour mission de répertorier chaque nouvel arrivant, mort ou vivant. À tout hasard, il prit une photo de lui avant de hocher la tête, comme pour lui signifier que lui aussi avait une autorisation spéciale pour se trouver là. Par chance, il semblait être le seul journaliste sur les lieux.

Ensuite il se retourna et prit quelques clichés des femmes en larmes. Sur le plan journalistique, il n'y avait rien de plus vendeur qu'une bonne dose de chagrin jetée à la figure du lecteur. Mais ce n'était pas pour ça qu'il était venu. Joan avait décidé de traiter l'affaire sous le même angle que la chaîne de télévision de Barcelone. Il voulait dénoncer, décrire, choquer et impliquer. Car, si cynique que cela puisse paraître, ce noyé allait devenir son trophée personnel. Il ferait revivre un mort, et pas uniquement à l'intention d'un petit cercle de lecteurs catalans. Il voulait réaliser un reportage qui toucherait

le monde entier, comme l'avait fait la photo du petit garçon kurde de Syrie âgé de trois ans qu'on avait vue en couverture de tous les journaux du monde. Malgré l'horreur de la situation, il allait exposer à tous le destin d'un seul homme et cela lui apporterait richesse et notoriété. C'était ça, son plan.

Il resta un instant immobile. Derrière lui, les cris étaient on ne peut plus réalistes et faisaient beaucoup plus d'effet que les images d'Ayia Napa diffusées par TV11 à Barcelone. C'était le genre de détails qui donnait de la couleur et de la matière à une histoire journalistique et la plaçait au-dessus des autres. Mais étrangement, cela faisait naître aussi en lui un sentiment qu'il connaissait, et il se demanda pourquoi il le ressentait maintenant. Pourquoi avoir honte de ce qu'il était en train de faire ? N'était-ce pas un projet exceptionnel ? Tout à coup, il commença à en douter.

Son appareil lui sembla soudain plus lourd à porter. L'idée était formidable, bien sûr. Mais ne l'avait-il pas tout simplement volée à TV11 ? Car même s'il avait pris la peine de venir enquêter sur place, il n'avait rien fait de si extraordinaire. Il n'était qu'un vulgaire plagiaire ! Et quand bien même, qui serait en droit de le lui reprocher, du moment qu'il restait sincère dans sa démarche ?

Dans un instant, quand il aurait couvert la récupération du cadavre, il irait parler aux deux pleureuses pour essayer de savoir pourquoi cette mort les avait affectées. Il leur demanderait si elles connaissaient personnellement le noyé et tâcherait de glaner des informations sur son identité et les raisons qui l'avaient poussé à fuir son pays. D'où les deux survivantes le connaissaient-elles ? Pourquoi était-il mort et pas elles ?

Est-ce qu'il était faible ? Malade ? Était-ce un homme bien ? Avait-il des enfants ?

Joan fit un pas vers le corps et se prépara à le photographier comme il gisait là, le visage détourné, éclaboussé par le ressac. La tenue de l'homme, entortillée autour de lui, était difficilement reconnaissable. On aurait dit une sorte de manteau. Puis un secouriste vint le sortir entièrement de l'eau.

Joan se trouvait juste à côté du noyé quand son corps se retrouva un instant couché sur le flanc. Le doigt du journaliste s'immobilisa au-dessus du déclencheur.

Après une dernière traction sur les bras inertes, le visage du défunt se trouva à découvert : il ne s'agissait pas d'un homme mais d'une femme d'un certain âge.

Joan ferma les yeux. Il n'avait jamais été confronté à la mort. Ou en tout cas pas d'aussi près. C'était une sensation extrêmement désagréable. Il avait déjà vu des victimes d'accidents de la route, des flaques de sang sur l'asphalte et les lumières bleues des gyrophares sur le toit d'ambulances arrivées trop tard et, pendant sa brève carrière de reporter criminel, il avait eu ses entrées dans les morgues. Mais comparé au destin de ces victimes-là, celui de cette pauvre femme sans défense le touchait plus qu'il n'aurait su le dire. Faire un si long voyage, si chargé d'espoir et le terminer de façon si tragique ! Et quel récit fabuleux il allait pouvoir en tirer !

Pour tâcher de maîtriser son émotion, il inspira profondément l'air humide chargé d'embruns et le garda longuement dans ses poumons en contemplant la vaste étendue noire. Car si dramatique qu'elle soit, la nouvelle que le mort n'était ni un homme, ni une jeune femme, ni un enfant était un scoop assuré. Intuitivement, il savait

que l'histoire se vendrait mieux avec une vieille dame dans le rôle principal. Le caractère grotesque et absurde de ce destin tragique n'échapperait à personne. Une vie si longue et une mort si pathétique ! Une fois digérée l'ampleur de cette découverte, Joan dirigea l'objectif vers le cadavre et activa le déclenchement en rafale, puis il mit l'appareil sur vidéo et tourna lentement autour du corps de manière à saisir le moindre détail avant que les secouristes ne viennent l'interrompre.

Malgré son séjour prolongé dans l'eau salée et les difficultés traversées pendant le voyage en mer, il restait évident que cette femme venait d'un milieu aisé, ce qui signifierait également un intérêt accru pour ses photos et la montée de leur prix de vente. Des gens au bout du rouleau dans des vêtements usés jusqu'à la corde portant sur eux les marques d'une vie de souffrance, on en voyait treize à la douzaine. Cette femme, au contraire, était habillée avec goût. On devinait encore les traces d'un rouge à lèvres discret et d'une ombre à paupières subtile sur son visage. Âgée d'environ soixante-dix ans, elle avait été belle. Elle avait perdu ses chaussures et sa pelisse était déchirée. C'était ce vêtement qui l'avait dérouté au départ. Les rides sur son visage étaient sans doute le résultat de drames qui l'avaient poussée à choisir une solution aussi radicale, mais elles contribuaient à lui conférer une dignité remarquable.

« Est-ce que nous savons d'où viennent ces gens ? demanda-t-il en anglais à un homme en civil qui s'était agenouillé auprès du cadavre et qui avait l'air d'être un officiel.

— De Syrie, j'imagine, comme tous ceux qui ont débarqué ici ces derniers jours. »

Joan regarda les survivants. Ils avaient la peau mate, mais à peine plus sombre que celle des Grecs, et la Syrie paraissait effectivement être une bonne hypothèse.

Il compta les corps allongés dans le sable. Dénombra trente-sept cadavres. Des hommes, des femmes et peut-être un unique enfant. Joan pensa à l'écran numérique de Barcelone, de l'autre côté de la Méditerranée, sur lequel le chiffre 2117 devait à présent briller dans la nuit. Quel terrible gâchis.

Il sortit son carnet de notes et inscrivit la date et l'heure pour situer précisément dans le temps ce qui pour lui allait être un nouveau départ : son futur article sur un cadavre ignoré qui n'était pas celui d'un adulte robuste dans la fleur de l'âge, ni celui d'un enfant sans défense, mais celui d'une vieille femme qui venait de périr noyée. Une migrante qui, comme les deux mille cent seize autres victimes qui l'avaient précédée cette année, n'était pas arrivée en vie de l'autre côté de la Méditerranée.

Il griffonna le titre de son article : « La victime 2117 », et releva la tête vers le groupe des survivants pour retrouver les deux femmes qui avaient tant pleuré. Il regarda tous ces visages à l'expression douloureuse et ces corps tremblants, ces pauvres hères s'accrochant les uns aux autres, et constata que les deux femmes et l'homme qui les réprimandait si durement avaient disparu. À leur place, il aperçut l'homme en veste d'uniforme bleu marine qui prenait des photos.

Joan remit son bloc-notes dans sa poche et s'apprêtait à faire quelques plans serrés de la femme quand il croisa son regard clair.

« Pourquoi ? » paraissaient demander les yeux qui brusquement s'étaient rouverts.

Joan ressentit un choc. Dans le monde où il vivait, les manifestations ésotériques n'étaient pas prises au sérieux, n'empêche qu'il se mit à trembler des pieds à la tête. On aurait dit que la femme cherchait à lui dire quelque chose. Qu'elle voulait qu'il sache qu'il n'avait rien compris et qu'il était essentiel qu'il creuse encore.

Joan ne parvenait plus à détourner le regard, car de nouvelles questions semblaient se presser dans les yeux magnifiques et infiniment vivants de la morte.

Qui suis-je, Joan ?

D'où suis-je partie ?

Quel est mon nom ?

Il s'agenouilla dans le sable.

« Je vais trouver les réponses à toutes ces questions, dit-il en lui fermant les yeux. Je vous le promets. »

3

Joan

« Je ne peux pas couvrir tes frais de déplacement en tant que freelance si cela n'a pas été convenu contractuellement en amont, combien de fois faut-il que je te le répète, Joan ?

— Mais je t'ai apporté toutes les factures. J'ai tenu une vraie comptabilité, regarde ! »

Avec un sourire jusqu'aux oreilles, il poussa sur le bureau de la secrétaire la chemise plastifiée contenant ses billets d'avion pour Chypre et les justificatifs de toutes ses dépenses. Il connaissait parfaitement les prérogatives de Marta Torra et savait qu'elle n'avait pas le droit de lui refuser ce qu'il demandait. Surtout pas maintenant.

« Tu as bien vu que mon article était en première page, hier, Marta ? Et pas juste dans une petite colonne à l'intérieur. Il a carrément fait la une de *Hores del Día* et c'est de loin le meilleur article que j'aie jamais écrit. Je suis certain que le service comptable validera ces mille six cents euros. Allez, Marta, s'il te plaît, tu sais bien que je n'ai pas les moyens de payer ce genre de voyage de ma poche. J'ai même dû emprunter la somme à mon ex. »

Joan lui lança un regard suppliant et ce n'était pas de

la comédie. Il avait croisé son ancienne compagne et elle l'avait carrément giflé et menacé de le dénoncer à la police. Elle l'avait traité de voleur et avait éclaté en sanglots, certaine qu'elle ne reverrait jamais son argent. Puis elle avait tendu la main et lui avait ordonné de lui rendre immédiatement les clés de sa boutique. Son petit emprunt avait conduit leur relation au point de non-retour.

« Tu penses que le service comptable va valider cette somme, laisse-moi rire ! C'est moi, le service comptable, Joan, et ton ex doit être une sacrée cruche pour penser que tu peux venir taper dans la caisse du journal quand bon te semble. »

Joan s'efforça de retrouver son calme tandis que Marta Torra lui tournait démonstrativement le dos et revenait s'asseoir à son bureau. Le bouton de sa jupe était manquant et la tirette de la fermeture Éclair avait déjà entamé sa chute inexorable le long de son volumineux postérieur. Au secrétariat, ils étaient tous à son image. En surcharge pondérale évolutive avec un cerveau concentré uniquement sur l'heure de la sieste et de la prochaine prise de calories. Un échantillon humain difficile à supporter quand on est pratiquement en train de crever de faim.

« Au moins les billets d'avion, Marta, le journal les déduira du chiffre d'affaires.

— Tu n'as qu'à aller te plaindre à ta rédactrice en chef, si tu veux », dit-elle d'une voix morne sans même prendre la peine de se retourner.

En entrant à la rédaction, il s'attendait au minimum à des applaudissements. Une reconnaissance qu'il jugeait

méritée puisque, grâce à son reportage, le numéro de *Hores del Día* de la veille avait enfin publié un scoop, pour lequel l'ensemble de la presse internationale l'avait cité. Les journaux étrangers avaient même utilisé ses photos. La femme âgée en manteau de fourrure, baignant dans l'éclairage des projecteurs, les cadavres alignés sur la plage, les femmes hurlant de chagrin. Le journal avait dû toucher le pactole avec tout ça, non ?

Mais, à part un hochement de tête discret de la part d'un jeune correspondant étranger alors que Joan longeait les postes de travail des journalistes salariés, il n'eut droit à aucune réaction de la part de ses collègues. Pas un sourire, pas même un salut. Merde alors ! Dans les films, quand ce genre de chose se produisait, tout le monde se levait pour applaudir. Bizarre.

« Je n'ai que cinq minutes, Joan, alors essaye d'être bref. » Sa rédactrice en chef ferma la porte du bureau et oublia de lui proposer de s'asseoir, ce que Joan fit quand même.

« Marta, à la comptabilité, vient de m'appeler pour me dire que tu voudrais qu'on te rembourse tes frais de voyage. » Elle le regarda d'un air las par-dessus ses lunettes. « Mais ça, tu peux oublier, Joan. Pour ton papier sur Ayia Napa, tu toucheras les mille cent euros que j'ai été assez bête pour te promettre quand tu me l'as apporté et tu devrais t'estimer heureux. Tu n'auras pas un centime de plus. »

Joan n'y comprenait rien. Il était convaincu que cette histoire de noyée lui vaudrait une prime, voire un poste à plein temps. Alors pourquoi diable Montse Vigo, la rédactrice en chef des journalistes freelance, le regardait-elle comme s'il venait de lui cracher à la figure ?

« Tu nous as ridiculisés, Joan. »

Ce dernier secoua la tête, incrédule. Qu'est-ce qu'elle voulait dire par là ?

« Bon, tu n'as pas l'air de comprendre, alors laisse-moi te raconter la suite de ton histoire sur la victime 2117. Je t'accorde que hier, cela semblait être un excellent sujet. Le problème c'est que ce matin, voilà ce qu'on pouvait lire dans près de cinquante quotidiens européens. J'ajoute que tous les journaux de Barcelone racontent la même histoire, sauf nous.

Bref, tu as mal fait ton boulot, Joan, ou en tout cas, tu l'as fait moins bien que tes confrères. Tu aurais dû faire preuve d'un peu plus de curiosité quand tu t'es trouvé dans le feu de l'action, mon petit gars. »

Elle abattit sur la table quelques quotidiens espagnols datés du jour même, et le titre du premier lui coupa le souffle.

« La victime 2117 a été assassinée ! »

Sa rédactrice en chef attira son attention sur une ligne un peu plus bas. « Les informations de *Hores del Día* sont erronées. La femme ne s'est pas noyée, elle a été brutalement assassinée à coups de couteau », disait l'article, lapidaire.

« Tu devines qu'une chose aussi grave qu'un article mal documenté retombe automatiquement sur moi, se plaignit-elle en repoussant l'embarrassant tas de journaux vers un coin de la table. Mais crois bien que j'en assume l'entière responsabilité. J'aurais dû prévoir ce genre de bourde après avoir lu les papiers insipides que tu as essayé de nous fourguer.

— Je ne comprends pas », tenta-t-il de se défendre. Et réellement, il ne comprenait pas. « Je l'ai vue s'échouer

sur la plage de mes propres yeux. J'y étais quand c'est arrivé. Tu as regardé mes photos?

— Tu aurais peut-être dû attendre qu'on la déshabille avant de la photographier. Elle avait la nuque transpercée entre la troisième et la quatrième cervicale.» Elle lui montra avec ses mains la longueur de l'arme blanche. «Morte sur le coup. Enfin, heureusement, nous ne sommes pas les seuls à avoir déconné. L'équipe de TV11 a dû modifier considérablement le portrait du premier jeune homme qui est venu s'échouer à Ayia Napa. Figure-toi qu'il était à la tête d'une cellule terroriste. Un vrai démon, rasé de près.»

Joan n'en revenait pas. La vieille dame avait été assassinée? C'était ça que disaient ses yeux? Est-ce qu'il aurait dû… le voir?

Il regarda longuement sa rédactrice en chef. Il aurait voulu lui expliquer pourquoi il n'avait pas fait son travail correctement. Il s'était tout simplement laissé submerger par l'émotion, un sentiment auquel un journaliste ne doit jamais succomber, ce dont il avait parfaitement conscience.

On frappa à la porte et Marta Torra entra dans le bureau. Elle tendit deux enveloppes à Montse Vigo et repartit sans un regard pour Joan. «Tiens, voilà tes mille cent euros, même si tu ne les as pas mérités.»

Joan accepta l'enveloppe sans un mot, et ce fut tout. Le droit d'humilier les gens faisait partie du job de Montse Vigo et il n'y avait plus qu'à s'incliner. Qu'aurait-il pu faire? Rien. Il courba l'échine, une fois de plus, et sortit sans faire de vagues, se demandant combien de temps il allait tenir avec le contenu de cette enveloppe. Il avait des sueurs froides.

« Où vas-tu ? entendit-il dans son dos. Tu ne crois tout de même pas que tu vas t'en tirer comme ça ? »

Un instant plus tard, il contemplait la façade de l'immeuble du journal depuis le trottoir. Une fois encore, sur la Diagonal, une manifestation se dirigeait vers le centre-ville. Les gens sifflaient, martelaient des slogans, poussaient des cris et faisaient résonner des coups de Klaxon furieux. Pourtant, au milieu de tout ce vacarme, Joan entendait seulement les derniers mots que lui avait adressés sa rédactrice en chef.

« Voici cinq mille euros. Tu as exactement deux semaines pour aller au fond de cette histoire, et je veux que tu travailles tout seul, d'accord ? Je vais me servir de toi comme d'une bouée de secours, car aucun de tes collègues ne touchera à cette affaire, même avec des pincettes. Trop de pistes sont déjà froides. Alors tu vas aller me les réchauffer. Tu le dois au journal. Retrouve-moi quelqu'un parmi les survivants qui soit capable de te dire qui était cette femme et ce qui lui est réellement arrivé, OK ? Les interviews que tu as faites de certains d'entre eux t'ont appris qu'elle avait voyagé en compagnie de deux femmes, une jeune et une plus âgée, et qu'un homme barbu s'est adressé plusieurs fois à elle pendant le voyage en mer, avant le naufrage du Zodiac. Pars à leur recherche. Tu les reconnaîtras à l'aide de tes photos. Tu me tiendras informée quotidiennement de ce que tu fais et de l'endroit où tu te trouves. En attendant, nous broderons quelque chose à la rédaction pour garder les lecteurs en haleine. Les cinq mille euros qui sont dans cette enveloppe devront couvrir tous tes frais, tu m'entends ? Je me fous de savoir à qui tu verses des

pots-de-vin et où tu crèches. Si tu n'as plus de quoi te loger, tu dormiras dans la rue et si tu n'as plus de quoi bouffer, tu jeûneras. Parce que ce n'est pas la peine de venir me réclamer une rallonge avant d'avoir rempli ta mission, d'accord ? On n'est pas à *El País*, ici. »

Il avait hoché la tête et soupesé l'enveloppe. Il n'avait plus qu'à finir le travail qu'il avait commencé.

Les cinq mille euros étaient là pour le lui rappeler.

4

Alexander

Depuis quelques mois, ses doigts étaient devenus si habiles qu'il avait parfois l'impression que la manette et lui ne faisaient qu'un. Pendant ces heures qui étaient pour lui les plus belles de la journée, son PC et l'univers de Kill Sublime devenaient son unique réalité. La distance entre lui, les soldats à l'écran et ceux qu'il tuait était à la fois immense et infime.

Alexander s'était voué corps et âme à ce jeu pour plusieurs raisons. Tandis que ses copains remisaient leurs chapeaux de lauréats au fond d'un placard et s'efforçaient d'oublier les affres des examens en partant faire des voyages initiatiques dans des pays lointains comme le Vietnam, la Nouvelle-Zélande ou l'Australie, Alexander, lui, s'était réfugié dans les recoins les plus sombres du mépris profond qu'il nourrissait à l'égard du monde. Il avait du mal à comprendre comment ses stupides camarades de classe pouvaient parcourir la Terre dans tous les sens en faisant comme si de rien n'était, ignorant complètement que les êtres humains n'étaient que de vulgaires rats dont la seule ambition était de chercher à dominer et à dévorer leur prochain.

Alexander ne parvenait pas à fermer les yeux sur ce qu'il considérait comme une réalité et il haïssait l'humanité tout entière. Chaque fois que quelqu'un avait essayé de l'approcher, il s'était empressé de dénoncer sans pitié ses pires défauts et traits de caractère, ce qui en retour avait fait de lui un parfait bouc émissaire qui n'avait plus aucun ami.

Alors Alexander avait trouvé une alternative au monde réel. Il avait décidé de vivre dans un monde virtuel et de ne plus quitter sa chambre afin de ne jamais croiser personne. Il s'était promis aussi que le jour où il sortirait enfin de chez lui serait le dernier de sa vie.

Ainsi soit-il.

Une partie du temps, il entendait des bruits de l'autre côté de la porte. De 16 heures jusqu'à minuit, puis le lendemain matin de 6 h 30 jusqu'à 7 h 45, ses parents se déplaçaient dans la maison. Quand enfin ils claquaient la porte derrière eux pour se rendre à leur travail et que le silence redevenait total, Alexander sortait sur la pointe des pieds. Il allait vider son pot de chambre, se préparait des sandwichs pour le restant de la journée, remplissait une Thermos de café et regagnait sa chambre où il s'enfermait de nouveau pour dormir jusqu'à 13 heures. Ensuite, il jouait à Kill Sublime sur son ordinateur pendant douze heures d'affilée, sommeillait deux heures pour reposer ses yeux puis retournait devant l'écran pendant une heure ou deux.

Voilà comment se passaient ses jours et ses nuits. Tirer, tirer, tirer, tandis que son comptage de *kills* et son *scoring* atteignaient des records. Si quelqu'un pouvait se vanter d'être un champion, c'était lui.

Alexander se préparait tout particulièrement les

veilles de week-end. Chaque vendredi matin, il faisait une énorme provision de flocons d'avoine, de lait, de beurre et de pain. Avec le temps, il parvint même à s'habituer à l'odeur prégnante de son pot de chambre et au fait de devoir attendre jusqu'au lundi pour le vider. Quand sa routine était perturbée par ces foutus week-ends, il avait entre autres le désagrément d'entendre constamment ses parents derrière sa porte. Leurs disputes, de plus en plus fréquentes, ne le dérangeaient pas, il s'en réjouissait, au contraire. Le pire, c'était quand le silence s'installait. Alexander était alors aux aguets. Car cela signifiait qu'ils n'allaient pas tarder à venir le menacer de défoncer la porte et de le faire interner, ou de couper la connexion Internet, ce qu'il savait être des paroles en l'air puisqu'ils étaient incapables de s'en passer. Sans compter qu'il disposait d'un routeur sans fil avec une batterie longue durée et que, même s'ils finissaient par faire ça, il lui suffirait de pirater la connexion Internet des voisins. Il leur arrivait aussi de lui annoncer qu'ils n'iraient plus tirer pour lui l'argent de l'héritage que lui avait légué sa grand-mère et qu'ils cesseraient de lui acheter à manger. Une autre de leurs techniques consistait à l'informer qu'ils allaient faire venir quelqu'un pour lui parler, une psychologue, une assistante sociale, un conseiller familial et même son ancien maître d'école.

Mais Alexander n'était pas dupe. Il connaissait ses parents : ils n'avaient aucune envie que quelqu'un d'extérieur vienne voir ce qui se passait derrière les murs de leur jolie maison en briques jaunes de la banlieue aisée de Copenhague. Alors, quand ils se plantaient derrière sa porte et déployaient tous leurs talents pour tenter de

retrouver l'illusion petite-bourgeoise d'une vie normale, il se contentait de cracher par terre ou hurlait comme un vrai dingue jusqu'à ce qu'ils ferment leur gueule.

Il se fichait complètement de ce qu'ils ressentaient. C'étaient eux qui avaient fait de lui le *no life* qu'il était. Sa mère croyait peut-être l'émouvoir avec ses jérémiades pathétiques ? Qu'est-ce qu'elle s'imaginait ? Qu'elle finirait par le faire craquer ? Que ses larmes allaient effacer ses lacunes et ses défauts ? Que son aveu d'impuissance allait faire disparaître toutes ses conneries ? Qu'il oublierait subitement à quel point elle et sa lamentable parodie de père se fichaient de tout ce qui n'était pas leur propre petite personne ?

Il les haïssait. Et quand enfin viendrait le jour où il quitterait cette chambre, ils seraient tellement horrifiés par ce qu'ils verraient qu'ils préféreraient n'avoir jamais essayé de lui faire ouvrir cette porte.

Pour la vingtième fois de la journée, son regard se déplaça des couleurs violentes de son écran à la photo en noir et blanc de la coupure de presse punaisée au mur. Depuis deux jours qu'il se trouvait là, ce cliché lui avait enfin donné une idée de la façon dont il devait réagir à l'indifférence et au cynisme de ses parents et de leurs semblables. Car c'étaient eux les coupables. C'était à cause d'eux qu'il continuerait à y avoir des victimes comme la femme dont parlait cet article.

Ses parents étaient partis travailler et le journal était resté plié dans l'entrée, comme si ce qui se passait sur cette Terre ne les concernait pas. Dans un premier temps, c'était le titre qui avait attiré son attention. Ensuite, la ressemblance de cette femme avec sa propre

grand-mère l'avait frappé, et le souvenir douloureux de la tendresse et de l'amour dont elle l'avait entouré était remonté à la surface.

En lisant dans le quotidien le récit du destin de cette femme anonyme, la colère qui couvait en lui depuis des mois avait pris des proportions telles qu'il s'était senti poussé à l'action.

Alexander regarda longuement son visage. Malgré ses yeux sans vie et bien qu'à tous les égards elle vienne d'un monde très éloigné du sien, Alexander avait décidé de se sacrifier en son nom. Son message lui avait semblé d'une clarté absolue : toute agression contre les êtres humains méritait d'être sévèrement punie.

Il informerait la police en amont et, quand ça péterait pour de bon, il était certain de faire les gros titres.

Il hocha la tête en se mangeant les lèvres. Pour l'instant, il en était à mille neuf cent soixante-dix points. Il avait tué plus de vingt mille adversaires et, même s'il devait rester devant son écran nuit et jour, il était déterminé à arriver très rapidement au score de deux mille cent dix-sept points qu'il s'était fixé. Par solidarité envers cette femme anonyme sur son mur, la victime 2117.

Et quand enfin il atteindrait ce chiffre inimaginable, il sortirait de cette chambre et vengerait la vieille dame ; en même temps il prendrait sa revanche sur tous les mauvais traitements qu'il avait subis, une revanche si éclatante qu'elle ne laisserait aucune place au doute.

Il se tourna vers l'autre mur, celui sur lequel était suspendu le katana, le sabre de samouraï hérité de son grand-père qu'il avait soigneusement affûté à l'époque où il jouait à Onimusha sur sa PlayStation 2.

Bientôt, il aurait l'occasion de s'en servir.

5

Carl

C'était un de ces jours pluvieux où, paradoxalement, Carl trouvait que la faible lumière passant au travers des lamelles du store embrasait la peau nue de Mona et les murs blancs de la chambre. Ce matin-là, comme tous les autres, il contempla, attendri, les ombres creuses dessinées par les tendons de son cou. Elle avait dormi profondément comme presque chaque fois qu'il venait passer la nuit avec elle. Pendant les mois qui avaient suivi la mort de Samantha, sa benjamine, elle avait pleuré sans arrêt en le suppliant de rester auprès d'elle. Quand il était dans son lit, elle s'accrochait à lui de toutes ses forces. Elle pleurait même quand ils faisaient l'amour et ses larmes coulaient parfois jusqu'à l'aube. Carl pleurait avec elle.

Ça avait été une période épuisante pour tous les deux, mais s'il n'avait pas été à ses côtés et s'il n'y avait pas eu Ludwig, le fils de Samantha, un adolescent de quatorze ans, elle n'aurait sans doute pas eu la force de continuer à vivre. En tout cas, si elle commençait à retrouver un semblant d'équilibre aujourd'hui, ce n'était pas grâce à sa fille aînée, Mathilde, qu'elle ne voyait pratiquement jamais.

Carl attrapa sa montre sur la table de nuit. Il était temps d'appeler Morten pour s'assurer qu'il avait réveillé Hardy.

« Tu t'en vas ? » lui demanda Mona, la voix ensommeillée.

Il passa la main dans ses cheveux courts, désormais presque gris. « Il faut que je sois à l'hôtel de police dans trois quarts d'heure. Dors, je m'occupe de réveiller Ludwig et de l'envoyer en cours. »

Il se leva et caressa des yeux la forme de son corps sous la couette, se faisant la même réflexion qu'il se faisait tous les matins.

Les femmes de sa vie portaient de lourds fardeaux.

Un épais voile de nuages noirs s'étendait au-dessus de l'hôtel de police depuis près d'une semaine. Encore un automne pourri qui, lentement mais sûrement, allait le mener à son inéluctable dépression hivernale. Il détestait cette saison. La pluie, la neige, les gens qui devenaient dingues, courant à droite et à gauche pour acheter des cadeaux inutiles. Il trouvait tout cela effroyablement disproportionné : les chants de Noël qui résonnaient dans les rues dès le mois d'octobre, la lumière partout, les tonnes de décorations en plastique et de babioles supposées rappeler le passage béni de Jésus sur Terre. Et pour achever de plomber son humeur, il savait que derrière ces murs gris, les dossiers s'empilaient sur sa table de travail, témoignant du nombre de salopards qui, indifférents aux sapins et aux guirlandes, continuaient de se promener impunément quelque part au Danemark, sans que personne ait la moindre idée des horreurs qu'ils avaient commises.

Et apparemment, c'était à lui de mettre la main sur ces ordures.

Sur le papier, cela semblait facile. Mais depuis cette affaire d'assistante sociale qui avait tranquillement entrepris d'assassiner ses clientes, il avait l'impression que le monde ne tournait plus très rond. Des fusillades éclataient en pleine rue, des employés de la fonction publique étaient pris en otage. Il fallait gérer les interdictions de porter la burka, de circoncire ses enfants, ainsi qu'un tas d'autres sujets sensibles et de règles impossibles à faire respecter. Certains de ses collègues avaient préféré entrer en politique plutôt que de continuer à courir après les évadés fiscaux, les immigrés mal insérés ou les délinquants. Et puis il y avait les collectivités territoriales qu'on parlait de centraliser alors qu'elles commençaient enfin à fonctionner. Tant d'argent et d'énergie dépensés ! Carl n'allait pas tarder à en avoir sa claque, de toutes ces conneries.

Mais si Carl jetait l'éponge, et il y songeait sérieusement, qui allait s'occuper des crimes irrésolus sur lesquels la brigade criminelle du deuxième étage s'était cassé les dents ? Il se disait qu'il pourrait devenir nounou agréée ou ouvrir un chenil. Il serait libre d'être de mauvaise humeur, de choisir qui il avait envie de voir et de qui il avait envie de s'occuper. Mais, encore une fois, qui allait mettre les ordures sous les verrous si tout le monde se mettait à penser comme lui ?

Carl n'avait même plus le courage de se poser la question, et c'est avec un long soupir qu'il passa devant les plantons. Tout le monde à l'hôtel de police savait que lorsque Carl poussait ce genre de soupir, il valait mieux fermer sa gueule et se tenir à carreau.

Étrangement, ce jour-là, il eut l'impression très nette que les deux policiers n'avaient rien remarqué.

En chemin vers le sous-sol, il sentit aussitôt qu'il régnait une ambiance particulière. Les personnes qu'il croisait avaient le regard vide et l'obscurité dans le département V était d'un noir d'encre. À l'exception d'une faible source lumineuse venant du bureau de Gordon, au bout du couloir, tout était éteint.

Et puis quoi encore ! D'ailleurs comment est-ce qu'on allumait cette foutue lumière ? Merde, il y avait des gens pour ça !

Il chercha à tâtons un interrupteur sur le mur mais, manifestement, il ne se trouvait pas à cet endroit, ce qui aurait pourtant paru logique. En revanche, son genou et son pied rencontrèrent un cube lourd et volumineux. Carl jura, fit un pas de côté pour éviter l'obstacle, un autre en avant, pour trébucher sur un second objet de la forme d'une caisse. Sa tête alla cogner contre le mur et son épaule heurta un tuyau de plomberie. Il s'étala de tout son long.

Couché les quatre fers en l'air sur le sol du département dont il était le patron, Carl lâcha une bordée de jurons qu'il ne croyait même pas connaître.

« Gordon ! » beugla-t-il de toutes ses forces en se relevant.

Pas de réponse. Il avança prudemment en longeant le mur.

Une fois dans son bureau, il parvint à trouver une lampe d'architecte et son ordinateur. Il s'assit en geignant.

Est-ce qu'il était vraiment le premier arrivé ? Si c'était le cas, cela faisait un bail que ça ne s'était pas produit.

Il saisit sa Thermos dans laquelle il restait parfois quelques gouttes du café de la veille.

Ah ! jubila-t-il intérieurement après l'avoir secouée. Il devait y avoir assez de café pour remplir une demi-tasse, froid ou pas.

Il sortit de son tiroir un petit mug que lui avait offert son beau-fils et qui était tellement hideux qu'il préférait ne pas l'exhiber, et se versa un café.

Mais qu'est-ce que… ? se demanda-t-il en apercevant le mot laissé sur sa table.

Cher Carl,

J'ai laissé dans le couloir les pièces d'archives que tu cherchais concernant votre enquête en cours, les caisses étant trop lourdes pour la faible femme que je suis.

Je t'embrasse,

Lis

Carl secoua la tête, incrédule. Est-ce que vraiment c'était le meilleur endroit pour poser ce genre de choses ? Pour autant, il se sentait bien incapable de reprocher à la plus belle fille de l'hôtel de police d'avoir mis là ces caisses.

Il sortit son portable de sa poche et le mit sur le bureau. Pourquoi ne s'en était-il pas servi pour éclairer son chemin tout à l'heure, quand il était dans le noir ? se demanda-t-il. Agacé contre lui-même, le genou douloureux, il frappa du poing sur la table, renversant le

mug, qui imbiba de café le message de Lis et la liasse de documents qu'il s'apprêtait à lire. On aurait dit qu'elle sortait tout droit de la cuvette des W.-C.

Il resta dix bonnes minutes à regarder les dossiers tachés, rêvant de fumer une cigarette. Mona lui avait demandé d'arrêter et il n'avait pas discuté, mais en cet instant, l'envie de sentir la fumée dans ses bronches et dans ses narines montait en lui, presque incontrôlable. Le manque de nicotine l'avait toujours rendu irascible, Assad et Gordon étaient bien placés pour le savoir. Il fallait bien qu'il passe ses nerfs sur quelqu'un pendant la journée s'il voulait faire profiter Mona de sa bonne humeur naturelle.

Quand le besoin de fumer le submergeait, le mot « merde » était devenu son mantra. Comme si cela pouvait l'aider !

Il sursauta en entendant sonner le téléphone fixe.

« Tu peux monter, Carl, s'il te plaît ? » La question était un ordre. La directrice de la police était un poids plume, elle avait l'âge de la ménopause et une voix aiguë qui, volontairement ou pas, parvenait à horripiler n'importe qui.

Que pouvait-elle bien avoir à lui dire ? Allait-elle lui annoncer la fermeture du département V ? C'était peut-être pour cela qu'il y faisait si sombre. Ou alors qu'il était viré ? Est-ce qu'on avait tout simplement pris la décision pour lui ? Parce que ça, ça aurait eu le pouvoir de le mettre mal à l'aise.

Il ressentit aussitôt l'atmosphère pesante qui régnait à la Criminelle. Même Lis avait l'air lugubre, et tout

le corridor conduisant au bureau de la directrice était bondé d'inspecteurs silencieux et immobiles.

« Tu peux me dire ce qui se passe ? » demanda-t-il à Lis. Elle secoua la tête. « Je ne sais pas, mais apparemment c'est grave. Ça a quelque chose à voir avec Lars Bjørn. »

Carl haussa des sourcils étonnés. Peut-être l'avait-on enfin pris en flagrant délit d'une quelconque saloperie ? En ce cas, il s'en réjouissait.

Une minute plus tard, il se trouvait dans la salle de conférences en compagnie de ses collègues qui tous, sans exception, arboraient un visage dénué d'expression. Est-ce qu'une fois de plus l'État avait coupé leurs budgets et que la faute en revenait à Bjørn ? Voilà qui ne l'étonnerait qu'à moitié. Quoi qu'il en soit, Bjørn n'était nulle part en vue.

Comme à son habitude, la directrice commença par courber le dos et relâcher ses épaules avant de prendre la parole, sans doute pour donner un peu d'espace à sa poitrine comprimée dans la veste d'uniforme trop ajustée.

« Comme certains d'entre vous le savent déjà, nous avons reçu un appel de l'hôpital de Gentofte, il y a maintenant trois quarts d'heure, pour nous confirmer le décès de Lars Bjørn. » Elle baissa la tête, tandis que Carl essayait de comprendre ce qu'elle venait de dire.

Lars Bjørn, décédé ! Ça alors ! C'était un authentique connard et un emmerdeur patenté, et les sentiments positifs que Carl nourrissait à son égard tenaient une toute petite place dans son cœur, mais de là à souhaiter sa mort !

« Ce matin de bonne heure, comme d'habitude, Lars est allé faire son jogging à Bernstorffsparken. En

rentrant chez lui, il semblait aller parfaitement bien. Malheureusement, cinq minutes plus tard, il a eu un malaise respiratoire suivi d'un infarctus qui… » Elle dut faire une pause pour se ressaisir. « Son épouse Susanne, que beaucoup d'entre vous connaissent, a tenté de lui faire un massage cardiaque. Cependant, malgré l'arrivée rapide des secours et l'intervention des cardiologues de l'hôpital, on n'a pas réussi à le sauver. »

Carl regarda autour de lui. Certains de ses collègues semblaient sincèrement affectés, mais la majorité avaient déjà l'air de se demander qui allait prendre sa place.

Si c'est Sigurd Harms, ça va être l'enfer, songea-t-il avec horreur. En revanche, avec quelqu'un comme Terje Ploug, ça pourrait bien fonctionner, ou encore mieux, Bente Hansen.

Il n'y avait plus qu'à croiser les doigts.

Il chercha en vain le visage d'Assad parmi les autres. Il devait être chez Rose, ou bien sur le terrain en train de faire son boulot. En revanche, il n'eut aucun mal à repérer Gordon, au fond, dominant tout le monde d'une tête, pâle comme un drap et les yeux aussi rouges que Mona dans les pires moments.

Leurs regards se croisèrent et Carl lui fit signe de venir le rejoindre.

« Aujourd'hui, nous allons bien sûr prendre un peu de temps pour nous, reprit la directrice. Beaucoup d'entre vous sont bouleversés et c'est normal, car Lars était un bon patron, apprécié de tous et un élément moteur de ce département. »

À cette dernière assertion, Carl dut déglutir une fois ou deux pour éviter une quinte de toux qui aurait pu sembler déplacée.

« Mais dans les jours à venir, il faudra redoubler de concentration afin que notre deuil n'altère pas notre rythme de travail. Je nommerai très vite un remplaçant pour Bjørn et j'en profiterai pour refaire un point sur l'organisation de l'hôtel de police et sur la façon dont je voudrais que les choses fonctionnent à l'avenir. »

À côté d'elle, le chargé de communication, Janus Staal, hochait la tête. N'était-ce pas le propre, et en même temps la faiblesse, de tout responsable de ne pas résister à la tentation de tout révolutionner à la moindre occasion ? Sinon comment les cadres, et en particulier ceux de la fonction publique, justifieraient-ils leur salaire ?

Il entendit Gordon se moucher dans son dos et se retourna. Dire qu'il avait bonne mine aurait été un grossier mensonge. Mais Carl comprenait sa réaction. Après tout, c'était Lars Bjørn qui l'avait fait entrer à l'hôtel de police. Depuis, cependant, il fallait bien avouer qu'il ne lui avait pas fait de cadeau.

« Vous savez où est Assad, Carl ? Il est chez Rose ? »

Le front de Carl se plissa. Gordon avait raison de penser à Assad en ce moment. Il y avait toujours eu une sorte de communion fraternelle entre Bjørn et lui. Des événements partagés dans le passé dont Carl ignorait l'importance semblaient avoir tissé des liens solides entre eux et c'était également Lars Bjørn qui avait amené Assad au département V. Carl avait donc au moins une raison de lui être reconnaissant.

Et à présent Lars était mort.

« Vous voulez que je l'appelle ? continua Gordon, supposant que Carl voudrait le faire lui-même.

— Je ne sais pas. Je crois qu'il vaudrait mieux attendre qu'il soit là pour lui annoncer la nouvelle. Ça risque aussi de bouleverser Rose s'ils sont ensemble. On ne sait jamais avec elle. »

Gordon haussa les épaules. « Vous pourriez lui envoyer un SMS pour lui dire de vous rappeler quand Rose ne sera pas près de lui. »

Bonne idée. Carl leva un pouce en l'air.

« Ce matin, j'ai encore eu un appel de ce drôle de type, dit Gordon quand il eut fini de renifler et qu'ils furent tous deux dans l'escalier pour redescendre au sous-sol.

— Ah bon ? » Ça devait être la dixième fois en quelques jours que Gordon mentionnait ces coups de fil. « Tu lui as demandé pourquoi c'est toi qu'il appelle ?

— Non.

— Et tu n'as pas encore réussi à le localiser ?

— J'ai essayé, mais il se sert d'un téléphone à carte.

— Hum. Si tu en as marre, la prochaine fois qu'il t'appelle, tu raccroches.

— J'ai essayé, mais il rappelle cinq secondes plus tard, jusqu'à ce que j'aie entendu ce qu'il a à me dire.

— Et qu'est-ce qu'il a à te dire ?

— Qu'il se suicidera lorsqu'il aura atteint le chiffre 2117.

— Ça laisse de la marge. » Carl rigola. C'était le genre de réplique que Rose aurait pu balancer dans un bon jour. « Je lui ai demandé ce que ce chiffre représentait pour lui et il m'a fait une réponse assez bizarre. Il m'a dit que c'était le score qu'il s'efforçait d'atteindre dans son jeu et ensuite il a éclaté de rire. C'était flippant comme rire, je vous jure.

— Je te propose de le ranger pour l'instant dans la catégorie des emmerdeurs un peu dérangés. Tu lui donnes quel âge ?

— Il n'est pas très vieux. Je dirais que c'est un adolescent, ou un jeune adulte. »

La matinée fut interminable et Assad ne répondait ni aux appels ni aux messages.

Carl en déduisit que quelqu'un d'autre l'avait mis au courant. Il avait terriblement envie de rentrer chez lui. Il n'avait pas ouvert un dossier depuis la réunion au deuxième étage et son sentiment que tout allait s'écrouler était devenu aussi vif que son envie de cigarette.

Si Assad n'est pas revenu dans une demi-heure, je file, se dit-il en faisant défiler des annonces d'embauche sur le Net. Étrangement, aucune d'entre elles ne semblait cibler un inspecteur de police de cinquante-trois ans avec un IMC proche de 28.

Il ne lui restait plus qu'à devenir élu local, mais franchement, qu'est-ce qu'il irait foutre au conseil municipal d'Allerød ? Et avec quelle étiquette politique ?

Enfin, il entendit le pas familier d'Assad dans l'escalier. « On t'a dit ? lui demanda Carl quand il apparut dans l'encadrement de la porte, en remarquant les deux rides profondes qui barraient son front.

— Oui, Carl, on m'a dit. Alors je suis allé passer deux heures avec Susanne et je peux t'assurer que ce n'était pas très marrant. »

Carl hocha la tête. Assad était parti consoler la veuve. Il était vraiment très proche de la famille Bjørn.

« Elle était folle de rage, Carl.

— C'est compréhensible. C'était très inattendu.

— Ce n'est pas ça. Elle était en colère contre lui. Elle lui en voulait de s'être tué à courir.

— Tu veux dire tué au travail ?

— Non, il courait tout le temps. Et quand enfin il rentrait, elle lui reprochait de passer ses soirées à négocier avec les preneurs d'otages. Et puis elle lui en voulait d'avoir une maîtresse. Et de dépenser tout leur argent pour acheter des conneries.

— Quoi ? Attends une seconde. Lars Bjørn avait une maîtresse ? C'est bien ce que tu as dit ? »

Assad lui lança un regard surpris. « Tu ne savais pas que Lars Bjørn sautait sur tout ce qui bouge ? »

Carl eut l'air éberlué. Quel faux-cul ! Qu'est-ce que les femmes pouvaient bien lui trouver, à ce bouffon ?

« Pourquoi est-ce qu'elle ne l'a pas foutu dehors ? »

Assad haussa les épaules. « Changement d'herbage ne réjouit pas les chameaux, chef. »

Carl pensa à la femme de Lars Bjørn. Pour une fois, l'analogie avec un chameau n'était pas complètement absurde.

« Et quand tu parles de négociations d'otages, tu penses à quoi ?

— Hommes d'affaires retenus prisonniers, journalistes, touristes imprudents, travailleurs humanitaires…

— Oui, merci, je sais quelles catégories d'individus sont particulièrement exposées, mais pourquoi Bjørn ?

— Parce qu'il était le mieux placé pour éviter les bavures quand les types en face étaient du genre à tuer leurs otages au moindre faux pas.

— Hum. C'est pour ça que Bjørn et toi étiez proches ? Il t'est venu en aide dans une histoire de prise d'otages ? »

Le visage d'Assad se figea. « C'est plutôt l'inverse. Et ce n'était pas une prise d'otages mais quelqu'un qui était enfermé dans l'une des pires prisons d'Irak.

— Abou Ghraib ? »

Il hocha la tête et la secoua dans le même mouvement. « Oui et non. Disons une annexe d'Abou Ghraib. En réalité, il y en a plusieurs, mais appelons-la l'annexe n° 1.

— C'est-à-dire ?

— Moi non plus je n'ai pas compris, au début, mais ensuite je me suis rendu compte que les bâtiments en question faisaient partie d'une structure plus petite que la prison d'Abou Ghraib. C'étaient des cellules indépendantes de la prison principale et les prisonniers qui s'y trouvaient étaient des gens qui nécessitaient, disons, une attention particulière.

— Par exemple ?

— Par exemple des étrangers et des hauts fonctionnaires, des personnalités politiques, des espions et des gens qui avaient de l'argent. Parfois on y enfermait des familles entières qui avaient osé défier le régime de Saddam. Des gens qui en savaient trop et qu'on essayait de faire parler. Ce genre de personnes. »

Nom de Dieu, songea Carl.

« Et Lars Bjørn était enfermé là-dedans ?

— Non, pas lui. » Assad secoua longuement la tête, les yeux rivés au sol.

« D'accord », dit Carl. Ils avaient abordé le genre de sujets sur lesquels Assad l'avait habitué à botter en touche. « C'est pourtant ce que Tomas Laursen m'avait raconté. Et il me semble bien que tu me l'as confirmé la dernière fois qu'on en a parlé. Mais écoute ! Je sais que

c'est un sujet douloureux pour toi, Assad. Alors oublie que je t'ai posé la question, d'accord ? »

Son coéquipier ferma les yeux et prit une longue inspiration avant de se redresser et de regarder Carl dans les yeux.

« Non, Lars n'était pas en prison et il n'était pas non plus otage. C'était son frère Jess qui y était. » Son front se plissa et Carl crut qu'il allait en rester là. Il regrettait sûrement déjà d'avoir levé un coin du voile.

« Jess ? Jess Bjørn ?! » Le nom lui sembla familier. « Tu crois que j'ai pu le rencontrer à une occasion quelconque ? Ce nom ne m'est pas inconnu. »

Assad haussa les épaules. « Je ne pense pas. Ou alors il y a longtemps. Il est dans une maison de retraite, maintenant. » Il plongea la main dans sa poche et sortit son portable. Carl ne l'avait pas entendu sonner, il supposa qu'il était en mode vibreur.

Pendant un petit moment, Assad écouta en hochant la tête tandis que les rides de son front se creusaient de plus en plus. Quand il parla enfin, son ton était contrarié, comme si les propos qu'il venait d'entendre n'étaient pas ceux qu'il attendait, quel que soit le sujet de la discussion.

« Il faut que je reparte, Carl, dit-il en rangeant le portable dans sa poche. C'était Susanne Bjørn au téléphone. Nous nous étions mis d'accord pour que ce soit moi qui prévienne le frère de Lars et elle l'a quand même appelé pour le lui dire.

— Et il l'a mal pris ?

— Il l'a super mal pris, c'est pour ça qu'il faut que je reparte. Je voulais y aller plus tard dans la journée, mais maintenant, c'est urgent. »

Il y avait presque une semaine que Carl n'était pas retourné à Allerød. Depuis qu'il avait commencé à faire la navette entre l'appartement de Mona et chez lui, Morten, son locataire, avait lentement mais sûrement apporté son goût pour le moins particulier à la décoration de la maison. À eux seuls, les deux athlètes totalement nus, en bronze doré, flanquant la porte de part et d'autre auraient suffi à faire fuir la plus téméraire des auxiliaires de vie. Sans parler du séjour jadis aménagé dans un style fonctionnel des années soixante-dix, avec des meubles en bois naturel, qui était maintenant décoré dans une orgie de couleurs safran et vert pomme. Si on avait demandé à Carl de décrire l'impression d'ensemble, la première image qui lui serait venue aurait été celle d'un vieux morceau de gouda moisi. Il ne manquait plus à Morten qu'à remonter de la cave sa précieuse collection de jouets Duplo et à l'exposer dans la bibliothèque.

« Hello ! » cria Carl, comme pour prévenir que la normalité entrait dans les lieux.

Pas de réponse.

Un peu surpris, il regarda par la fenêtre de la cuisine à la recherche du fauteuil roulant de Hardy. Mais son vieil ami et coéquipier était apparemment sorti se promener.

Il s'assit pesamment dans le fauteuil du salon, à côté du lit vide de Hardy, et posa la main sur l'oreiller. Ne faudrait-il pas changer les termes du bail de Morten pour lui laisser la jouissance de l'ensemble de la maison ? Avec une clause mentionnant que, dans le cas où sa cohabitation avec Mona cessait de fonctionner, ils pourraient revenir à leur ancien arrangement et Morten retournerait dans son sous-sol.

Carl sourit tout seul. Si Morten Holland récupérait la totalité de la maison, son petit ami Mika viendrait-il habiter avec lui ? Ils n'étaient plus tout jeunes et il était grand temps qu'ils officialisent leur relation.

Il entendit un cliquetis à la porte, et le chuintement du fauteuil électrique de Hardy, puis le rire de Morten résonna brusquement dans la maison.

« Salut, Carl, ça tombe bien que tu sois là. Tu ne devineras jamais la nouvelle », pépia Morten en le voyant.

En tout cas, ça doit être une bonne nouvelle, songea Carl en voyant le regard brillant de Hardy et le corps musclé de Mika dansant derrière les deux autres.

Morten vint s'asseoir face à lui sans enlever son manteau. « On part en Suisse, Carl. Tous les trois, Mika, Hardy et moi. » Un immense sourire lui fendit le visage.

« En Suisse ? Le pays des fromages troués et des gros comptes en banque ? Quelle drôle d'idée ! » Carl n'avait aucun mal à imaginer des tas d'autres endroits où il aurait préféré aller périr d'ennui.

« Ouaip ! confirma Mika. Nous avons rendez-vous dans une clinique suisse pour évaluer si Hardy peut se faire implanter une interface neuronale directe. »

Carl regarda Hardy d'un air perplexe. Il n'avait aucune idée de ce dont il s'agissait.

« Ne nous en veux pas de ne pas t'avoir tenu au courant, Carl, dit tout bas son ami paralysé. Nous avons mis du temps à rassembler l'argent et nous n'étions pas sûrs d'y arriver.

— Une fondation allemande prendra en charge le séjour et une partie de l'opération. Tu te rends compte, c'est dingue, non ? ajouta Mika.

— Mais de quoi est-ce que vous parlez ? C'est quoi, une interface neuronale ? »

La question déclencha un flot de paroles de la part de son locataire. C'était un miracle que Morten n'ait pas vendu la mèche depuis longtemps.

« L'université de Pittsburgh a développé une technologie consistant à insérer de minuscules électrodes dans la partie du cerveau qui contrôle le mouvement des mains, ce qui pourrait, par exemple, permettre à un individu tétraplégique de retrouver l'usage de ses doigts. C'est ce que nous voudrions essayer avec Hardy.

— Ça a l'air dangereux.

— Oui, mais ça ne l'est pas, intervint Mika. Et même si Hardy est déjà capable de bouger un doigt et une petite partie de l'épaule, ça ne suffit pas pour l'installer dans l'exosquelette.

— L'exosquelette ? C'est quoi ? » Carl n'arrivait décidément pas à suivre.

« C'est un squelette robotique léger qui s'attache au corps. De petits moteurs électriques à l'intérieur permettent à un individu paralysé de se mouvoir presque comme s'il se déplaçait de lui-même. »

Carl tenta de s'imaginer comment Hardy pourrait tenir debout après toutes ces années d'immobilité. Deux mètres zéro sept de carcasse dans une combinaison en métal. Il allait ressembler au monstre de Frankenstein, en pire. L'idée était presque risible, mais Carl n'avait aucune envie de rire. N'était-ce pas totalement utopique ? N'étaient-ils pas en train de lui donner de faux espoirs ?

« Carl ! » Hardy avança son fauteuil électrique de quelques centimètres. « Je sais exactement ce que tu

penses. Tu te dis que je risque d'être déçu et que ça va me foutre en l'air. Tu penses que ça va prendre des mois et que ça ne servira à rien. Je me trompe ? »

Carl acquiesça.

« Écoute. Depuis douze ans, quand je me suis retrouvé paralysé dans mon lit à la clinique du dos à Hornbæk et que je t'ai demandé de me tuer, jusqu'à aujourd'hui, je n'ai pas espéré une seule fois qu'un jour, je pourrais de nouveau me sentir à peu près normal. Bien sûr, je peux me promener dans mon fauteuil roulant et me déplacer à peu près où je veux et pour ça, ma gratitude est sans limites. Mais l'idée de pouvoir franchir un pas de plus vers une forme d'autonomie me motive pour rester en vie, tu comprends ? Alors est-ce que tu ne crois pas qu'il sera temps de se lamenter plus tard, si ça ne marche pas ? »

Carl hocha encore la tête.

« J'espère que cette opération va me redonner de la sensibilité dans des endroits où il n'y en a plus du tout et que je vais pouvoir bouger les bras à la force de ma volonté, et peut-être même mes jambes. On a tenté l'expérience sur des singes tétraplégiques qui se sont remis à marcher. La seule question est de savoir si j'aurai suffisamment de force dans mes muscles.

— Et j'imagine que c'est là que l'exosquelette intervient. »

Si Hardy avait été capable de hocher la tête, c'est ce qu'il aurait fait.

6

Assad

Au-dessus des glycines, une lumière bleue de mauvais augure balayait la façade de la maison de retraite.

Allah Hafiz. Faites que ce ne soit pas pour Jess, songea Assad en voyant l'ambulance vide et ses portes battantes grandes ouvertes.

Il monta quatre à quatre les marches du perron et entra en trombe dans le hall. Tandis qu'il fonçait vers la chambre de son ami, il ne croisa aucun membre du personnel, seulement quelques vieux curieux qui chuchotaient entre eux et détournèrent les yeux à son passage.

Les trois aides-soignantes de garde, livides, se tenaient sur le seuil. Plusieurs personnes discutaient à voix basse à l'intérieur. Assad s'immobilisa, inspira profondément. Depuis bientôt trente ans, son destin était intimement lié à celui de Jess et il ne s'était pas passé un jour au cours de toutes ces années durant lequel il n'avait pas maudit celui où il l'avait rencontré. Pourtant, Jess était l'être au monde qui était le plus proche de lui et celui qui le connaissait le mieux. C'est pourquoi l'émotion qui l'étreignit à cet instant était la plus violente qu'il ait ressentie depuis dix ans.

« Il est mort ? » demanda-t-il.

La première aide-soignante se retourna : « Oh, Zaid, c'est toi ? dit-elle en lui tendant la main. Il ne faut pas que tu entres là-dedans. »

Elle ne lui donna pas d'explication et aucune n'était nécessaire car, peu après, le brancard franchit le seuil et deux pieds apparurent, dépassant du drap blanc. En découvrant le reste du corps, les pires craintes d'Assad se confirmèrent. Les ambulanciers avaient essayé de dissimuler le visage sous un deuxième drap, mais le sang avait traversé les deux.

Alors qu'ils passaient à sa hauteur, Assad leva la main et les pria de s'arrêter. Il avait besoin de s'assurer que c'était bien Jess. Comme il s'y attendait, les brancardiers protestèrent en le voyant soulever les draps mais il les fit taire d'un seul regard.

Les yeux de Jess étaient à moitié clos et l'une des commissures de ses lèvres tombait du côté où il s'était transpercé la jugulaire.

« Comment est-ce arrivé ? demanda Assad presque dans un murmure en achevant de fermer les paupières du mort.

— Il a reçu un coup de fil, répondit la plus âgée des aides-soignantes tandis que le brancard s'éloignait vers l'escalier. Nous l'avons entendu hurler, mais quand nous sommes allés le voir dans sa chambre, il nous a demandé de le laisser tranquille. Il voulait rester seul un instant avant que nous venions le chercher pour rejoindre les autres pensionnaires.

— À quelle heure ?

— Nous l'avons trouvé il y a une demi-heure seulement avec une mine de stylo-bille plantée dans le cou.

Il n'était pas encore mort et… » Elle s'interrompit, la suite de la phrase refusant de passer ses lèvres. Même pour une aide-soignante chevronnée, ça avait dû être un spectacle éprouvant.

« Le médecin de garde était là par hasard. Il était venu pour établir l'acte de décès d'un pensionnaire qui nous a quittés hier soir. Je crois qu'il est encore dans le bureau en train de consulter le dossier de Jess », poursuivit la deuxième.

Pris d'un vertige, Assad s'appuya au montant de la porte et avala sa salive avec difficulté. Lars Bjørn et son frère, le même jour, comment était-ce possible ? La main d'Allah s'était-elle posée sur son épaule pour l'éprouver ? Était-ce Sa volonté s'il avait soudain l'impression qu'on lui avait coupé un bras ? Que le lien qui le rattachait au passé était rompu et jeté au feu dans lequel se consument tous les souvenirs ?

« Je ne comprends pas, c'est trop dur, dit-il. Ce matin, Jess et son frère étaient encore en vie et maintenant, ils ne sont plus là.

— Oui, c'est effroyable, commenta la plus âgée des aides-soignantes. "Bienheureux le jour où une âme trouve la paix. Mais personne ne connaît ce jour avant que le soleil se couche", comme il est dit dans le psaume. Il faut profiter de la vie pendant qu'elle est là. »

Assad entra dans la chambre. À en juger par la tache de sang sous le fauteuil roulant et la traînée rouge sur le sol, Jess était assis au moment où il avait commis son acte. Puis on l'avait soulevé par la gauche pour l'allonger sur le brancard. Les deux morceaux du stylo Parker dont il avait extrait la recharge pointue étaient toujours

posés sur la table basse. C'était Assad qui lui avait offert ce stylo de nombreuses années auparavant.

« Où se trouve la recharge avec laquelle il s'est poignardé ? demanda-t-il par automatisme.

— Elle est entre les mains du médecin, dans un sac plastique. Il a appelé le commissariat de la gare centrale et ils lui ont dit qu'ils enverraient quelqu'un. Il a pris des photos. C'est ce qu'il fait toujours. »

Assad jeta un coup d'œil autour de lui. Qui allait hériter des objets qui se trouvaient dans cette chambre à présent que Lars Bjørn était mort lui aussi ? Jess n'avait pas d'enfants et il n'avait pas d'autres frères et sœurs. Ces quelques rares reliques d'une existence qui avait duré soixante-huit ans allaient-elles atterrir chez Susanne ? Un cadre en laiton avec des photos d'un homme qui jadis portait fièrement son mètre quatre-vingt-dix, bombant un torse couvert de médailles. Des meubles bon marché et un vieil écran plat depuis longtemps tombé en désuétude.

Assad pénétra dans le bureau où le médecin tapait sur un clavier, ses lunettes en demi-lune posées sur le bout de son nez.

Au cours des quelques années où, après avoir quitté la caserne, Jess avait vécu dans cette maison de retraite, Assad et le docteur avaient souvent eu l'occasion de se croiser. C'était un homme taciturne et un peu triste. Mais qui ne le serait pas en faisant un tel métier ?

Ils se saluèrent.

« Suicide, déclara-t-il, laconique, derrière l'écran de son ordinateur. Il tenait encore la recharge du stylo dans sa main quand je suis arrivé. C'est la position de sa tête qui l'a empêché de tomber par terre.

— Malheureusement, je ne suis pas surpris, dit Assad. Il venait d'apprendre la mort inattendue de son frère. Le pire message qu'il aurait pu recevoir.

— Je vois. Tragique, en effet, répondit le médecin sans émotion particulière. Je suis en train de faire mon rapport, je peux indiquer cette circonstance comme la probable raison de son geste. Vous vous connaissiez depuis plusieurs années, je crois ?

— Oui, depuis 1990. Il était mon mentor.

— Jess avait-il déjà parlé de suicide, par le passé ? »

Y avait-il déjà pensé ? La question du médecin fit sourire Assad bien que la situation ne s'y prête pas. Comment un soldat qui a pris autant de vies humaines ne penserait-il pas constamment à se donner la mort ?

« Non, pas depuis qu'il vivait ici, mentit-il. Pas à moi, en tout cas. Jamais. »

Assad appela Susanne, la belle-sœur de Jess, et trouva les mots pour la calmer et la rassurer tant bien que mal lorsqu'elle s'accusa d'être responsable de sa mort. Il l'aurait fait de toute façon, tôt ou tard, lui affirma-t-il.

Là encore, il mentait.

Assad sortit de la maison de retraite et s'arrêta devant la porte pour regarder le ciel gris et agité. Quelle parfaite toile de fond aux épouvantables événements de cette journée ! Penser à ces deux hommes l'affectait tellement qu'il en éprouva un malaise physique. Ses jambes en coton semblaient ne plus vouloir le porter et le reste de son corps était aussi meurtri que s'il avait eu la grippe. Il tituba en arrière et chercha à tâtons le banc qu'il savait se trouver à côté de la porte de l'établissement, ce banc où Jess et lui s'asseyaient chaque fois qu'il venait lui

rendre visite, avant de prendre congé sans un mot. Il s'assit et sortit son portable.

« Je ne reviendrai pas aujourd'hui », annonça-t-il à Carl après l'avoir brièvement mis au courant de ce qui s'était passé.

Carl se tut pendant plusieurs secondes.

« Je ne sais pas au juste ce que ce Jess Bjørn était pour toi, Assad, mais je me dis que deux personnes aussi proches qui disparaissent en une seule journée, ça fait deux de trop, finit-il par dire. Tu penses revenir dans combien de temps ? »

Assad réfléchit. Il n'en avait aucune idée.

« Tu n'as pas besoin de répondre si tu ne sais pas. Disons dans une semaine ?

— Euh, je n'en sais rien. Peut-être juste quelques jours. C'est OK, alors ? »

7

Assad

Une nouvelle pile de journaux s'entassait sur la coursive, sous les fenêtres sales de l'appartement de Rose. Si l'on considérait que les habitants de la résidence lui donnaient une moyenne de six kilos de magazines et de journaux chaque jour, cela correspondait à près de deux tonnes par an et, pour être honnête, le chemin de la déchetterie n'était pas la promenade favorite d'Assad. Mais ses voisins le faisaient par gentillesse et Rose adorait ses coupures de presse, alors il en prenait son parti. Au moins, ils avaient cessé de les déposer sur le rebord de la fenêtre de la cuisine comme l'an passé. Et Assad devait admettre que l'offre était variée. Non seulement Rose recevait la majeure partie des journaux danois, mais ses voisins allemands, anglais, espagnols et italiens contribuaient grandement à la diversité des nouvelles auxquelles elle avait accès.

Comme à l'accoutumée, il trouva Rose assise par terre dans son séjour, dos aux baies vitrées donnant sur les espaces verts, des montagnes d'articles découpés devant elle. Depuis l'épisode traumatisant où elle avait été prise en otage par une bande de jeunes femmes extrêmement

violentes et ligotée à leurs toilettes, elle n'était jamais redevenue tout à fait elle-même. À l'époque, elle avait trente-six ans ; aujourd'hui, elle avait l'air d'en avoir quarante-six alors que deux ans seulement s'étaient écoulés. Elle avait pris près de vingt kilos dans les cuisses et ses pieds refusaient d'obéir. La phlébite dans les jambes après la contention brutale dont elle avait été victime, la boulimie et les antidépresseurs avaient fait le reste.

Assad jeta le sac de victuailles et la pile de journaux sur la table et fourra les clés dans sa poche. Il attendit pour dire bonjour à Rose qu'elle ait pris acte de sa présence. Si ses réactions étaient lentes, la Rose à l'esprit vif et cinglant qu'il connaissait était toujours intacte, cachée quelque part là-dedans.

Quoi qu'il en soit, elle était exactement le genre de personne dont il avait besoin maintenant.

« Alors, tu es allée faire des folies de ton corps ? » lança-t-il avec un sourire en coin. Bien sûr, ce n'était pas le cas. Le monde extérieur n'était plus celui de Rose.

« Tu as pensé aux sacs-poubelle ? répliqua-t-elle.

— Oui », dit Assad en étalant ses courses. Quatre rouleaux de sacs-poubelle transparents pour une autonomie de quatre à cinq semaines.

« Je t'ai pris des conserves, aussi. Il va falloir que tu te débrouilles avec ça quelques jours, Rose.

— Tu es sur une enquête ?

— Non, enfin oui, mais ce n'est pas la raison. Indirectement, c'est à cause de ce qui est arrivé à Lars Bjørn, je suppose que tu es déjà au courant ? dit-il en allant baisser le son de la radio.

— Ils en ont parlé aux infos, répondit-elle sans sembler particulièrement affectée.

— Ah oui, bien sûr. Je l'ai entendu tout à l'heure, dans la voiture.

— Tu as dit "indirectement" ? » Elle posa un instant ses ciseaux, sans doute plus par politesse que par intérêt.

Assad inspira un grand coup. Il n'allait pas y couper. « C'est une triste nouvelle et elle me touche personnellement. Son frère s'est suicidé aussitôt après que la femme de Lars lui a téléphoné pour l'informer de sa mort.

— Elle lui a téléphoné ! s'écria Rose, outrée. Cette femme est vraiment stupide ! Mais quelle gourde. Et il s'est suicidé ? Je n'aurais jamais cru que quelqu'un pouvait tenir à Lars Bjørn à ce point. » Son grand rire avait habituellement le don de mettre Assad de bonne humeur, mais pas ce jour-là. L'empathie que Rose avait pour ses congénères n'était pas toujours flagrante.

Elle remarqua sa réaction et détourna la tête. « Je viens de tout modifier, tu as vu ? »

Le regard d'Assad parcourut les murs. Sur deux d'entre eux, des boîtes brunes contenant des coupures de presse soigneusement classées s'entassaient les unes sur les autres du sol au plafond. Quant au troisième, il était tapissé d'articles tout autour de la télévision. Apparemment, aucun sujet n'était indigne d'intérêt aux yeux de Rose et sa curiosité allait de la sécurité routière – en lien avec les interminables travaux de voirie et les nombreuses constructions en cours à Copenhague – à la protection animale, en passant par les nouvelles de la famille royale ; toutefois les coupures de presse mentionnant les attaques des journalistes contre les pouvoirs publics, la corruption et la lâcheté des hommes et femmes politiques dominaient largement. Pour un historien contemporanéiste, une photo prise chaque semaine

de ce kaléidoscope changeant et constamment remis à jour constituerait un état des lieux fidèle du Danemark et du reste du monde. Quant à Assad, il avait beau regarder, il ne remarquait pas de changement flagrant.

« J'ai vu, Rose, mentit-il malgré tout, c'est super. »

Elle fronça les sourcils. « Ça n'a rien de super, Assad. On a tué le Danemark, on l'a assassiné. Ça ne te touche pas ? »

Il se passa une main sur le visage. Il allait décidément être obligé de lui expliquer pourquoi il avait la tête ailleurs.

Peut-être parviendrait-elle à comprendre.

« Le frère de Lars s'appelait Jess. Je le connaissais depuis presque trente ans. Nous avions de merveilleux souvenirs en commun et nous avons aussi vécu des choses effroyables ensemble. Et maintenant, je suis seul avec tout ça. Alors il va me falloir quelques jours pour digérer, tu comprends ? La mort de Jess ravive des tas de choses du passé.

— Les souvenirs vont et viennent, Assad. On ne peut pas leur ouvrir ou leur refermer la porte, surtout les mauvais, je suis bien placée pour le savoir. »

Il la contempla longuement et poussa un soupir. Deux ans auparavant, ces mêmes murs étaient couverts de citations venant des journaux intimes de Rose. Des phrases insupportablement douloureuses. Un jour, après avoir un peu bu, Rose lui avait avoué qu'elle était sur le point de se suicider quand ces jeunes femmes lui avaient sauvé la vie en la prenant en otage. Alors oui, elle était bien placée pour savoir que l'âme humaine est capable de garder en mémoire bien des choses qu'on préférerait oublier.

Pendant quelques instants, le regard d'Assad se perdit dans le vague. Le jour où Lars Bjørn, de nombreuses années plus tôt, l'avait appelé pour le supplier de venir en aide à son frère, l'existence d'Assad s'était arrêtée. Sans cet appel, il aurait encore une famille, et cette idée était difficile à supporter. Il s'était passé seize ans depuis lors. Seize années pendant lesquelles il avait espéré et lutté de toutes ses forces pour refréner sa peine et retenir ses larmes.

Mais à présent, il n'en avait plus le courage.

Il saisit à tâtons le dossier de la chaise derrière lui, s'assit lourdement et laissa couler ses larmes.

« Assad, qu'est-ce qui t'arrive ? » lui demanda Rose. Et, sans la voir, il l'entendit se lever péniblement et s'accroupir à ses pieds.

« Mais enfin, tu pleures ? Qu'est-ce qui se passe, réponds-moi ! »

Il leva les yeux et vit dans le regard de Rose une lueur qu'il n'avait plus vue depuis deux ans.

« C'est une histoire trop longue et trop triste, Rose. Tout ce que je peux te dire, c'est qu'elle vient de se terminer. Si je pleure, c'est pour l'évacuer de ma vie. De toute façon, je ne peux rien y changer. Dix minutes, donne-moi dix minutes et tout ira bien. »

Elle prit ses mains entre les siennes. « Écoute, Assad. Si un jour tu n'avais pas ouvert le livre dans lequel je cachais mon passé, je ne serais plus là aujourd'hui, tu le sais comme moi.

— C'est ce que le chameau a dit quand il a vu qu'il n'y avait plus d'eau dans la fontaine. Mais il est quand même resté devant, Rose.

— Ce qui signifie ?

— Regarde autour de toi. Tu ne vois pas que tu es en train de te tuer à petit feu ? Tu ne travailles plus et tu vis sur ton allocation. Tu ne sors plus de chez toi. Tu te fais livrer des courses par des enfants et par moi. Tu es terrifiée par le monde extérieur et tu te caches derrière tes vitres sales pour éviter d'être confrontée à des événements qui risqueraient de t'émouvoir. Tu ne parles plus à tes sœurs et tu n'appelles presque jamais tes collègues à l'hôtel de police. Tu oublies les joies que Carl, Gordon, moi et notre fabuleux travail d'équipe pourrions t'apporter. On a l'impression que tu n'attends plus rien de l'existence, alors à quoi ça sert de continuer à vivre ?

— Ce n'est pas vrai. Il y a une chose que j'attends, Assad, et tu es le seul à pouvoir me l'offrir. »

Il l'observa d'un air un peu méfiant. Il n'était pas très sûr qu'il s'agisse d'un souhait qu'il pouvait ou voulait exaucer.

Elle déglutit plusieurs fois, comme si ce qu'elle voulait lui dire restait coincé dans sa gorge. L'espace d'un instant, son regard devint si circonspect qu'il crut y retrouver la Rose d'avant.

« Alors, voilà ce que je voudrais, dit-elle enfin. Je voudrais que maintenant ce soit toi qui ouvres TON livre, Assad. Je te connais depuis onze ans, tu es mon meilleur ami et pourtant je ne sais rien de toi. Je ne connais pas ta vie avant ton arrivée au département V et je n'ai aucune idée de qui tu es vraiment. Je voudrais que tu me racontes ton histoire, Assad. »

C'était bien ce qu'il craignait.

« Viens avec moi dans ma chambre et allonge-toi à côté de moi. Tu n'auras qu'à fermer les yeux et à me dire

tout ce que tu as envie de me dire. En ne pensant à rien d'autre. » Assad aurait aimé refuser, mais il ne parvint même pas à froncer les sourcils. Le marécage de tristesse dans lequel il se débattait noyait en lui toute résistance.

Elle le prit par la main et l'entraîna derrière elle. C'était la première fois depuis très longtemps que Rose prenait une initiative dont elle n'était pas l'objet central.

Assad n'était jamais entré dans cette chambre depuis le jour où Rose avait sombré. Il fut surpris de constater que cette pièce lugubre et déprimante était devenue un espace clair et accueillant où le lit, avec sa courtepointe à fleurs et son océan de coussins dorés, occupait la vedette. Seuls les murs rappelaient encore que l'état de Rose était fragile, car ici aussi, des dizaines d'articles témoignaient d'un monde qui avait explosé.

Assad accepta de s'allonger sur le lit et ferma les yeux comme elle le lui avait demandé.

Quand elle vint se coucher contre lui, en chien de fusil, il sentit la chaleur de son corps.

« Allez, Assad, raconte-moi. Dis les choses comme elles te viennent, murmura-t-elle en passant un bras autour de sa taille. Souviens-toi simplement que je ne sais strictement rien et que tu ne pourras jamais être trop explicite. »

Il se débattit encore quelques minutes avec lui-même, se demandant s'il était prêt et si le moment était réellement venu. Comme elle se taisait, comme elle n'insistait pas et qu'elle ne le relançait pas, il commença tout doucement.

« Je suis né en Irak. »

Il sentit qu'elle hochait la tête derrière lui. Ça, elle

le savait peut-être déjà. « Et mon nom n'est pas Assad, même si à présent je n'ai plus envie de m'appeler autrement. Je m'appelle Zaid al-Asadi.

— Said ? » On aurait presque dit qu'elle goûtait ce nouveau nom.

Il ferma les yeux. « Mes parents sont morts et je n'ai ni frère ni sœur. Aujourd'hui, je considère que je n'ai plus aucune famille, même si ce n'est sans doute pas tout à fait vrai.

— Et tu es bien sûr que tu ne veux pas que je t'appelle Said ?

— D'abord, ce n'est pas comme ça que ça se prononce. Il faudrait l'orthographier avec un *z* pour avoir la bonne prononciation. Mais, non, pour toi et pour tous ceux que je connais et que j'aime au Danemark, je serai toujours Assad. »

Elle se serra un peu plus contre lui. Les confidences qu'il était en train de lui faire avaient accéléré les battements de son cœur.

« Pourquoi nous as-tu fait croire que tu venais de Syrie ?

— J'ai dit beaucoup de choses ces dernières années que vous auriez eu raison de ne pas croire, Rose. »

Il l'entendit glousser dans son dos.

« Syrien ou Irakien, tu parles danois comme si tu étais né ici.

— Ne te moque pas de moi. Bref, quoi qu'il en soit, il ne faut pas prendre tout ce que j'ai raconté pour argent comptant, d'accord ? »

Il se retourna pour rire avec elle mais se figea brusquement en remarquant une coupure de journal audessus de sa tête.

« La victime 2117 », disait la manchette.

Assad bondit sur ses pieds. Il fallait qu'il voie ça de plus près. Les photos floues des journaux jouaient souvent avec votre imagination. C'était sûrement quelqu'un qui lui ressemblait. Il fallait que ça le soit. Il le fallait absolument !

Mais à un demi-mètre de distance, il savait déjà qu'il n'y avait aucun doute auquel se raccrocher. C'était ELLE.

Il cacha son visage dans ses mains, sa gorge se serra. Il entendit à peine ses propres gémissements.

« Je t'en prie, Rose, ne me touche pas », hoqueta-t-il en sentant sa main sur son épaule.

Il jeta la tête en arrière et respira profondément puis il entrouvrit les yeux, très lentement, laissant la photographie réapparaître peu à peu. Quand ses yeux furent grands ouverts, la photo devint atrocement nette. Le corps trempé était couché sur le dos, flasque et sans vie. Les yeux de la femme, en revanche, semblaient toujours vivants, même s'ils regardaient dans le vide. Ses mains qui avaient si souvent caressé la joue d'Assad semblaient s'accrocher au sable.

Il effleura du bout des doigts ses cheveux et son front. « Lely, Lely…, chuchota-t-il. Qu'est-ce qui t'est arrivé ? Mais qu'est-ce qui t'est arrivé ? »

Assad laissa retomber lourdement la tête sur sa poitrine. Les années d'incertitude, de manque et de chagrin le submergèrent, anesthésiant ses sens et le vidant de ses dernières forces. Lely n'était plus.

Puis la main de Rose revint se glisser tout doucement dans la sienne et, de l'autre main, elle lui releva prudemment le menton pour scruter ses yeux.

Ils se regardèrent ainsi un long moment avant qu'elle ose poser la question.

« Je change les coupures de journaux presque tous les jours et celle-là est relativement récente. Tu connais cette femme, donc ? »

Il acquiesça.

« Qui était-elle, Assad ? »

Pendant de nombreuses années, il ignorait ce que Lely était devenue, mais au fond de lui, il avait toujours essayé de se convaincre qu'elle vivrait éternellement. Même quand la guerre en Syrie avait atteint le comble de la cruauté et de l'horreur, lorsqu'on ne s'arrêtait même plus pour savoir qui était tué par qui, il s'était persuadé que Lely avait trouvé un moyen pour échapper à cet enfer et rester en vie car, si quelqu'un en était capable, c'était elle. Et pourtant, elle gisait là, et Rose venait de lui poser cette question implacable : « Qui était-elle ? » Elle n'avait pas dit : « Qui est-elle ? »

Assad reprit son souffle pour lui répondre.

« Lely Kababi est la femme qui a recueilli ma famille quand nous avons dû quitter l'Irak. Mon père était ingénieur et fonctionnaire. Il avait approché Saddam Hussein d'un peu trop près par l'intermédiaire du parti Baas et avait eu le malheur un jour de le critiquer sans le vouloir. Si son père n'avait pas été issu d'une tribu chiite, ça aurait pu passer, mais en cette période agitée, la plus petite critique ou le moindre faux pas pouvaient être fatals à un chiite. On a prévenu mon père à peine une heure avant que les gardes de Saddam viennent le chercher et mes parents ont décidé de fuir aussitôt en n'emportant que quelques bijoux et leur fils, c'est-à-dire moi. Je n'avais qu'un an quand Lely Kababi nous a

ouvert sa maison à Sab Abar, au sud-ouest de la Syrie. Nous avons vécu chez elle bien que nous ne soyons pas sa famille et nous y sommes restés jusqu'à ce que mon père trouve un travail au Danemark. Je n'étais qu'un petit garçon de cinq ans plein de joie de vivre quand nous sommes arrivés ici. »

Il regarda de nouveau la photo du journal et chercha en vain un message dans le regard aveugle qu'elle montrait.

« Ce que j'essaye de te dire, c'est que Lely Kababi nous a tous sauvés. Et voilà que maintenant… »

Il essaya de lire le texte sous l'image, mais ses larmes lui brouillaient la vue. Oh, mon Dieu, quelle terrible journée !

« Je suis tellement désolée pour toi, Assad, murmura Rose. Je ne sais vraiment pas quoi dire. »

Il secoua la tête. Il n'y avait rien à dire.

« Quand tu souhaiteras en savoir plus sur ce qui s'est passé, je pourrai t'apporter des articles de journaux étrangers plus détaillés que celui-ci. Je sais exactement où les trouver parce qu'ils datent d'il y a quelques jours. Tu veux que j'aille les chercher ? »

Il acquiesça et Rose sortit de la chambre.

En revenant, elle posa la boîte d'archives brune à côté de lui sur le lit et l'ouvrit.

« Cette coupure-là vient du *Times*. Ils ont fait grand cas de l'affaire parce que la victime était atypique. Regarde la date. L'article est paru le lendemain du jour où le journal espagnol a sorti l'histoire. Ce n'est pas une lecture très gaie, Assad. Tu veux que je lise ? Comme ça tu n'auras qu'à me dire quand tu veux que je m'arrête. »

Il secoua la tête. Il préférait le faire lui-même.

Assad parcourut l'article. Il avança dans le texte comme on traverse un pont suspendu, à petits pas prudents, ses yeux absorbant les mots un par un. Comme Rose le lui avait dit, l'article était très détaillé et extrêmement réaliste. La bave coulant de la bouche de la vieille femme, les morts alignés sur la plage, tout était décrit de manière exhaustive. D'après le journaliste, le premier noyé à venir s'échouer à cet endroit, ce jour-là, était un combattant du djihad. La peau de son visage était encore couverte de coupures qu'il s'était faites en rasant précipitamment sa grande barbe, signe distinctif de la milice.

Assad lutta contre les images et les questions que cette lecture provoquait en lui. Pourquoi Lely avait-elle décidé de fuir ?

Rose lui tendit un autre journal. « Le lendemain, ceci est paru également dans le *Times*. Je te préviens avant que tu le lises par toi-même, Assad, parce que c'est cruel : la vieille femme ne s'est pas noyée, elle a été assassinée. C'est pour ça que j'ai accroché sa photo au mur, pour lui dire à quel point j'étais désolée. »

Les épaules d'Assad s'affaissèrent.

« Elle a été poignardée dans la nuque avec un objet pointu. Le rapport d'autopsie a été publié hier. Elle avait très peu d'eau de mer dans les poumons, ce qui signifie qu'elle était déjà morte, ou en tout cas mourante au moment où on l'a jetée à l'eau. »

Assad n'arrivait pas à comprendre. Pourquoi tuer un être aussi généreux et aussi dévoué ? Elle était la bonté incarnée. Quel immonde salopard avait pu commettre un acte pareil ?

Il prit le journal. Ce n'était pas la même photo que

celle qui avait paru dans le journal de la veille. L'angle de la prise de vue était légèrement différent, mais le regard de la victime et sa position étaient identiques. Il l'étudia de nouveau un long moment. Elle semblait si confiante. Exactement comme dans son souvenir. Il scruta son visage, sa bouche qui avait chanté pour lui, ses yeux qui étaient parvenus à le convaincre qu'un jour tout irait bien.

Mais pas pour toi, Lely, songea-t-il, sentant la colère et le désir de vengeance monter en lui.

Assad regarda la photo à basse résolution des cadavres sur le sable. Elle était d'une grande violence, presque insoutenable. Des silhouettes de corps impuissants, une succession de pieds apparaissant au bout des couvertures. Des femmes, des enfants, des hommes, et Lely qui, peu après que cette photo avait été prise, irait rejoindre les autres dans le rang. Cette femme tendre et passionnée, à qui sa famille devait tout, n'était plus qu'un témoignage statistique du cynisme et des fautes impardonnables de ce monde.

Est-ce qu'il avait vraiment envie de continuer à vivre dans un monde comme celui-là ?

Il passa ensuite à une autre photographie sur laquelle on voyait, un peu plus loin sur la plage, un petit groupe de survivants en train d'attendre, les traits défigurés par l'horreur.

Est-ce l'un d'entre vous qui lui a fait ça ? se demanda-t-il. Il se fit alors la promesse que, quoi qu'il lui en coûte, il trouverait son assassin.

Cette dernière photo n'était pas très nette et pourtant il remarqua un détail. Une sensation de déjà-vu incroyablement douloureuse. Il s'agissait d'un homme debout

derrière d'autres rescapés, les yeux braqués vers l'objectif comme s'il voulait être sûr d'être sur le cliché. Il portait une barbe jusqu'au milieu de la poitrine, rappelant le régime de dictature auquel il avait décidé d'échapper, et son regard était dur comme l'était d'ailleurs toute son attitude. Une jeune femme au visage tourmenté se tenait à ses côtés. Et derrière elle, une autre femme qui…

Tout devint noir autour de lui et il entendit une voix très lointaine qui criait : « Assad ! »

8

Joan

J-13

Dès la première seconde, Joan avait pris en grippe l'homme qui trônait derrière le comptoir de l'aéroport de Larnaca.

Puant la transpiration, suspicieux, suintant les combats perdus sur le front domestique, ce fonctionnaire était le prototype de ces individus qui ont une infinité de raisons d'en vouloir au monde qui les entoure.

Enfin, l'officier de l'immigration daigna lever les yeux vers lui. Cela faisait deux heures que Joan fixait cet homme mal rasé et d'une hygiène discutable. La réponse à la question qu'était venu lui poser Joan ne lui demanda pas plus de dix secondes de réflexion, et tous ses collègues derrière lui hochèrent la tête tandis qu'il la lui donnait. Incroyable ! Cela voulait dire qu'ils la connaissaient tous depuis le début, alors ?

Les narines de Joan frémissaient. Sans doute à cause de l'envie qui le démangeait de leur mettre à chacun un coup de boule bien placé.

« Les survivants ont été transférés au centre de

rétention de Menogeia hier, lui dit l'officier avec une totale indifférence, quant aux morts, ils ont été répartis entre les différentes morgues de la ville. Vous ne trouverez plus personne dans le secteur d'Ayia Napa.» Son anglais devait être à peu près au niveau de celui de Joan en CE2.

Celui-ci afficha un sourire poli. «Vous m'avez dit: le centre de rétention de Menogeia, parfait, merci. Et comment se rend-on là-bas?

— Vous n'avez qu'à prendre le bus si vous n'avez pas les moyens pour un taxi.»

Il n'eut même pas la force de lui demander d'où partait le bus.

Un passager lui décrivit le camp comme une série de grosses taches de peinture jaune dans un paysage désolé qui n'avait rien du décor idyllique qu'il voyait pour l'instant par la vitre de l'autobus. D'après le même passager, les baraquements étaient relativement neufs et entourés de clôtures métalliques devant lesquelles on pouvait voir des pancartes à hauteur d'homme indiquant la vocation de l'endroit. «Non que son aspect laisse beaucoup de place au doute», avait ajouté le sympathique voyageur. En arrivant sur les lieux et en constatant que lesdites pancartes étaient écrites uniquement en grec, Joan commença à s'inquiéter. D'autant plus qu'il n'avait trouvé sur Internet ni le numéro de téléphone de l'institution ni aucun nom d'administrateur.

C'est donc avec beaucoup d'humilité qu'il vint se présenter devant ce qui semblait être l'entrée principale, conscient désormais de l'arrogance que donnait le port

de l'uniforme aux citoyens de ce pays. Ce n'était pas le moment de se faire rembarrer.

« Vous êtes monsieur Joan Aiguader du journal espagnol *Hores del Día.* C'est parfait. Nous vous attendions. L'officier de l'immigration, à l'aéroport de Larnaca, nous a fait l'amabilité de nous annoncer votre visite. » Le fonctionnaire pénitentiaire lui tendit la main avec courtoisie. Joan n'en revenait pas. « Nous sommes heureux de voir le monde extérieur s'intéresser à nos problèmes parce que, voyez-vous, c'est extrêmement difficile pour notre petit pays d'accueillir autant de migrants. »

L'officier en sueur de l'aéroport venait de remonter en flèche dans l'estime de Joan. Au retour, je lui offrirai une bouteille de Metaxa sept étoiles, se promit-il avant de se souvenir du montant de ses frais de voyage et de remplacer mentalement la bouteille par une cinq étoiles.

« Rien que l'année dernière, nous avons traité quatre mille cinq cent quatre-vingt-deux demandes d'asile, poursuivit l'homme. La plupart des demandeurs étaient syriens, bien entendu, et nous avons pris beaucoup de retard dans notre travail. Nous avons mille cent vingt-trois dossiers en attente pour être exact, ce qui représente presque le double du chiffre de la fin de l'année dernière. Tout cela pour vous dire que nous sommes reconnaissants de l'attention qu'on veut bien nous porter. Aimeriez-vous une petite visite guidée, monsieur Aiguader ?

— Volontiers, merci, mais je souhaiterais d'abord rencontrer les survivants arrivés hier, c'est possible ? »

Une légère crispation à la commissure des lèvres du fonctionnaire révéla qu'il n'avait pas prévu cela dans son programme, mais il s'empressa de corriger le tir.

« Bien entendu. Après la visite, si vous voulez bien ? »

Joan croisa des centaines de regards noirs et scrutateurs où se mêlaient l'espoir et le doute, car tous devaient se demander ce que sa présence pouvait signifier pour eux. Était-il membre d'une organisation d'aide internationale ? Était-ce bon signe qu'il parle anglais ? De manière générale, la soudaine présence de cet homme dans le camp était-elle quelque chose de positif ?

Les réfugiés se tenaient accroupis le long de la clôture et dans les grandes pièces impersonnelles aux murs ocre, où il n'y avait ni suffisamment de places assises ni assez de tables en inox. Dans les dortoirs, aux murs également peints dans des teintes brunes, les hommes allongés dans des lits superposés, les mains derrière la nuque, lui accordèrent les mêmes regards que ceux qu'il avait vus dehors : Tu es qui, toi ? Tu te crois dans un zoo pour nous observer comme tu le fais ? Tu sers à quoi ? Tu peux m'aider, oui ou non ? Tu t'en vas bientôt ? « Comme vous le voyez, nous tenons beaucoup à ce que les locaux soient confortables et bien entretenus. La regrettable époque où les réfugiés étaient internés dans le bloc 10 de la prison centrale de Nicosie est heureusement révolue. C'était un lieu triste et insalubre, il manquait de lumière et les chambres étaient petites et surpeuplées, ce qui n'est pas le cas dans notre institution », expliqua le responsable de la communication avec un sourire à l'intention des demandeurs d'asile les plus proches, qui n'y répondirent pas.

« Les quelques affaires que ces gens ont pu emporter avec eux en partant sont évidemment insuffisantes pour un séjour prolongé, alors nous avons organisé une

collecte de vêtements et prévu une équipe qui lave leur linge. »

Tu peux économiser ta salive, songea Joan, il y a peu de chances que j'écrive sur ce sujet. À voix haute, il dit : « Je vous promets de garder cette information en tête lorsque j'écrirai mon article. Et ceux qui sont arrivés hier, où sont-ils ? »

Son guide hocha la tête. « Pour l'instant, nous avons dû les isoler. Comme vous le savez, l'une des victimes a été identifiée comme étant un terroriste fiché et nous ne voulons pas prendre de risque. On ne peut pas savoir s'il y en a d'autres parmi les survivants. Nous avons dû étudier leurs dossiers et, dans certains cas, nous avons procédé à des interrogatoires pour déterminer si leurs histoires tiennent la route.

— C'est faisable, ça ?

— Nous avons nos méthodes. »

Joan s'arrêta un instant pour prendre son appareil et faire défiler ses photos. « J'aimerais parler à ces deux personnes. » Il montra la photo des deux femmes en pleurs à côté de l'homme à la barbe noire. « Elles semblaient très affectées au moment où on a tiré la victime de l'eau et j'ai pensé qu'elles allaient pouvoir m'en dire plus sur elle. »

L'expression du chargé de communication changea aussitôt. « Vous êtes au courant qu'on lui a planté un couteau dans la nuque, n'est-ce pas ?

— Oui. Je voudrais essayer de comprendre qui a fait ça et pourquoi.

— Vous savez que notre institution respecte à la lettre les règles internationales quant à la façon dont on doit traiter les migrants ? Et aussi qu'elle doit vérifier

que la loi 153, mise en application en 2001, n'entre pas en contradiction avec les directives du Conseil des ministres de 2008, hormis le fait que nous devions faire appel à une décision de justice dans le cas où nous souhaiterions retenir un individu suspect pour une période supérieure à six mois. »

Joan secoua la tête. Il ne comprenait pas un mot à ce jargon juridique. Pourquoi parlait-il de cela tout à coup ?

« Bien entendu », dit-il à tout hasard.

L'homme eut l'air soulagé. « Je dis cela parce que nous sommes face à un dilemme. Nous n'avons aucune envie de garder les migrants enfermés ici. Pour être honnête, nous préférerions les mettre tous dehors le plus vite possible, mais à partir du moment où ils sont enregistrés, nous en sommes responsables. Et nous n'en lâchons pas un seul dans la nature avant d'être absolument certains qu'il est inoffensif, et ça, il faut que l'opinion publique s'en rende compte. Il pourrait y avoir parmi eux des terroristes, des criminels, des fondamentalistes, bref des gens que personne en Europe ne souhaite avoir chez soi. Et bien que nos ressources soient limitées, nous nous efforçons de nous montrer prudents. Il y a eu suffisamment de drames sur cette île, rien que depuis que je suis en poste.

— Je comprends votre point de vue, mais qu'en est-il des femmes et des enfants ? *A priori*, ils sont innocents ?

— Les enfants, peut-être, mais les femmes ? » Il renifla. « Elles subissent parfois des pressions. Elles peuvent être manipulées. Il arrive même qu'elles soient plus fanatiques que les hommes, alors, non, je ne partirais pas du principe qu'elles sont innocentes. »

Il désigna un bâtiment à l'autre bout de la cour.

« Nous allons entrer là. Les hommes et les femmes vivent séparément et, si j'ai bien compris, vous souhaitez surtout voir les femmes ? »

Un grand calme régnait dans le baraquement. On entendait seulement des voix claires psalmodier tout bas ou des pleurs. Quelques femmes le regardèrent avec des yeux suppliants. Une allaitait son nourrisson. À part ce bébé, il ne vit pas d'enfants.

« Où sont les enfants ? demanda Joan.

— Il n'y avait que ce bébé. L'une des femmes était accompagnée d'une petite fille de cinq ans, mais je crois qu'elle n'a pas tenu le coup. »

Joan se tourna de nouveau vers les visages éperdus des femmes. Pas tenu le coup ! Quel cynisme ! Joan trouva qu'à elle seule, cette expression définissait l'ampleur de ce cauchemar.

« Est-ce que toutes celles qui ont débarqué sur la plage d'Ayia Napa sont ici ?

— Non, on est en train d'en interroger deux dans les pièces que vous voyez là-bas, répondit le fonctionnaire, désignant deux portes. On les fait toujours passer deux par deux. »

Joan compara ses photos avec les visages fermés qu'il voyait autour de lui. À première vue, aucune ne ressemblait aux deux femmes qui avaient réagi avec un si grand désespoir quand on avait sorti la vieille dame de l'eau.

« Celles que je cherche ne sont pas là. Puis-je jeter un coup d'œil dans les salles d'interrogatoire ? »

L'homme haussa les épaules, incertain. « Je ne sais pas. Il ne faudrait pas déranger. Mais si c'est juste pour quelques secondes, je suppose que ça devrait aller. »

Il entra prudemment. Une femme en uniforme se tenait dos à la porte devant une table sur laquelle était étalée une série de photos amateur de visages d'hommes. Devant l'agent pénitentiaire était posée une tasse, mais la rescapée coiffée d'un foulard qui leva les yeux vers Joan n'y avait pas eu droit. Elle n'était pas l'une des deux femmes qu'il recherchait.

Les perspectives d'avenir de Joan s'assombrirent. Et si elles n'étaient pas dans ce camp ? S'étaient-elles éloignées du groupe à la faveur de la nuit, avaient-elles disparu pour de bon ? Comment la vieille dame allait-elle pouvoir raconter son histoire sans leur aide ?

Une minute plus tard, ses craintes se confirmèrent. La deuxième femme ne correspondait pas non plus à celles de la photo qu'il avait prise.

« Vous êtes sûr qu'aucune des personnes débarquées cette nuit-là n'a été internée dans un autre camp ? insista-t-il quand ils furent revenus dans la salle commune.

— Absolument certain. Avant, on répartissait les migrants clandestins dans neuf commissariats différents sur l'île. Ceux de Limassol, d'Aradíppou ou d'Oróklini, par exemple. Mais plus maintenant. Je peux vous garantir à cent pour cent que tous ceux qui ont été arrêtés cette nuit-là se trouvent chez nous. »

Joan contempla de nouveau les images sur l'écran de son appareil. Après avoir zoomé sur les visages, il alla les montrer à quelques réfugiées.

Lentement, leurs regards vides se tournèrent vers la photo. Après quelques instants, elles secouèrent la tête. Non, les deux pleureuses ne leur disaient rien. L'une d'elles, légèrement en retrait derrière les autres, acquiesça timidement.

« Elles étaient assises à l'avant du bateau », dit-elle en anglais, puis elle désigna une troisième femme derrière les deux qui intéressaient Joan. « Celle-là était assise avec elles. Elle avait sa petite fille sur les genoux. Mais je ne crois pas que vous réussirez à la faire parler. Elle est trop abattue par la perte de son enfant. »

La femme qu'elle désignait portait une robe à fleurs déchirée sur le côté. De longues plaies suintantes striaient ses côtes et des hématomes d'un bleu sombre témoignaient de la violence de ce qu'elle avait vécu. Elle posa une main sur sa gorge en regardant Joan s'approcher d'elle. Elle ne répondit pas à son salut et resta impassible quand il s'adressa à elle.

« Je suis désolé d'apprendre que vous ne savez pas où se trouve votre fille », hasarda-t-il.

Elle ne réagit pas. Peut-être ne comprenait-elle pas l'anglais.

« Est-ce que vous comprenez ce que je dis ? » demanda-t-il alors.

Il crut voir ses traits se tendre, ce qui pouvait vouloir dire oui.

Il approcha son appareil photo vers elle. « Reconnaissez-vous ces deux personnes ? »

Elle posa un regard apathique sur l'écran et haussa les épaules. Il lui posa la question une deuxième fois et eut droit à la même indifférence. Elle était loin dans ses sombres pensées.

Joan leva son appareil au-dessus de sa tête et il demanda encore une fois : « Quelqu'un connaît-il ces deux femmes ? Elles étaient sur le même bateau que vous.

— Donnez-moi mille euros et je vous répondrai », rétorqua la femme à la robe déchirée d'une voix éteinte.

Joan fronça les sourcils. Mille euros ? Elle avait perdu la tête !

« Je sais qui elles sont. Donnez-moi l'argent et je vous le dirai. Il n'y a pas de raison que vous soyez le seul à gagner du fric sur notre malheur. »

Elle semblait s'être ressaisie, tout à coup. Sa bouche triste était devenue dure, et il comprit alors que les rides sur sa jeune figure ne venaient pas seulement de la perte qu'elle venait de subir, mais de la somme des drames qui avaient déferlé sur son existence.

« Je ne possède pas une somme pareille, mais je veux bien vous donner dix euros.

— Je peux vous voir une seconde, monsieur Aiguader ? lui glissa à l'oreille le chargé de communication en le tirant doucement par la manche. Ne rentrez pas dans leur jeu. Si vous commencez, vous n'allez plus vous en sortir. De toute façon, les femmes que vous cherchez ne sont pas ici. »

Joan hocha la tête. Il s'était attendu à ce que sa proposition, si modeste soit-elle, lui vaille des réactions avides et des mains tendues, mais les regards qu'il croisait n'exprimaient que mépris et reproche. Il décida malgré tout de sortir un billet de cinquante euros de son portefeuille. Je ne mangerai pas ce soir, tant pis, songea-t-il.

La femme prit le billet sans un mot. « Remontrez-moi cette photo. Vous en avez d'autres que celle-là ? »

Joan les fit défiler en arrière puis s'arrêta sur l'image où les deux femmes s'accrochaient l'une à l'autre en sanglotant, et où l'homme à la longue barbe noire agrippait l'une d'elles par son manteau trempé d'eau de mer.

« C'est ce porc, là, qui a assassiné la vieille, dit-elle en désignant le barbu. Il était avec elles, j'en suis certaine. Et vous pouvez être sûr que depuis, il a rasé sa barbe, comme celui qui s'est noyé. »

9

Joan

J-13

Joan s'arrêta un instant devant l'enceinte du camp d'internement pour rassembler ses pensées. L'autobus pour Larnaca n'arriverait pas avant longtemps et il décida d'en profiter pour résumer sur son dictaphone les informations qu'il avait obtenues.

Quand la jeune femme avait désigné l'homme barbu, une vague d'émotion s'était aussitôt propagée dans la pièce. La haine qu'inspirait cet individu était palpable. Plusieurs détenues étaient venues le tirer par le bras pour regarder la photo, et des cris et des imprécations avaient éclaté dans le baraquement. Quelques-unes avaient craché sur son appareil, d'autres avaient commenté les propos de la première. Une cascade d'anecdotes effroyables et d'exclamations de colère avait brusquement déferlé sur leur groupe tellement passif jusque-là. Si le barbu avait été dans la pièce, elles l'auraient étripé.

Ensuite l'une d'elles avait dit que la vieille dame, comme la plupart de ceux qui se trouvaient à bord, venait de la région située au nord de Sab Abar. Elle

avait également affirmé que les deux jeunes femmes que Joan recherchait voyageaient avec elle, mais qu'elles s'exprimaient dans un dialecte différent. Elles parlaient avec un étrange mélange d'expressions paysannes et un léger accent étranger qui n'était pas facile à définir mais qui pouvait être irakien. Tout ce qu'on savait d'autre, c'est qu'elles étaient mère et fille.

« À les voir, on n'aurait pas cru », s'était exclamée une femme en expliquant que la fille semblait plus âgée que sa mère.

« Celle qui se fait violer se fane plus vite », avait crié une autre.

Puis toutes s'étaient mises à chuchoter entre elles en hochant la tête, certaines vociférant en arabe, presque à l'unisson, comme si la plupart avaient été victimes d'horreurs similaires.

Quand le calme était un peu revenu, Joan avait demandé à la femme en robe à fleurs si elle savait ce qui était arrivé à la vieille dame.

« Je suis sûre qu'elle connaissait cet homme, et aussi les deux femmes. Toutes les trois rampaient devant lui et semblaient avoir très peur en sa présence. Il leur donnait constamment des ordres et il les frappait si elles ne lui obéissaient pas. Je ne sais pas pourquoi il a poignardé la vieille dame, j'ai seulement remarqué qu'elle n'était plus là quand le Zodiac a commencé à couler. »

Elle s'était tournée vers les autres et avait lancé à la cantonade des questions en arabe que plusieurs d'entre elles avaient commentées d'un ton enflammé. Sous les yeux de Joan, deux femmes s'étaient mises à se battre, arrachant leurs vêtements et se lacérant mutuellement le visage de leurs ongles sales. Très vite, la bagarre

avait dégénéré : aux cris avaient succédé des gifles puis des coups. Quand les premières combattantes s'étaient écroulées sur le sol, ensanglantées, Joan avait compris que la situation avait dérapé et qu'il ne tirerait plus rien d'aucune d'elles.

Soudain les portes des salles d'interrogatoire s'étaient ouvertes et des hommes en uniforme, à l'air déterminé, avaient donné des coups de poing au hasard pour faire comprendre à toutes que la fête était terminée et qu'elles avaient intérêt à s'asseoir si elles ne voulaient pas subir le même sort que celles qu'ils avaient assommées.

« J'ai peur de devoir vous demander de partir, avait dit le chargé de communication. Vous les énervez. J'espère que vous en avez eu pour votre argent. »

Il avait sacrifié cinquante euros et qu'avait-il appris qui lui permette d'avancer dans son enquête ? Rien du tout ! Alors non, il n'en avait pas eu pour son argent, mais au moins la prochaine phase de son investigation était claire.

Le porc à la barbe noire avait assassiné la vieille dame et, désormais, il n'aurait de cesse que de le trouver.

Même si c'était plus facile à dire qu'à faire.

Joan éteignit le dictaphone et contempla le paysage désolé autour du centre de rétention. Et maintenant ? Ni les deux femmes ni l'assassin ne se trouvaient derrière ces grilles, alors où étaient-ils ? La partie grecque de l'île faisait cent soixante kilomètres de longueur, auxquels il fallait ajouter la partie turque au nord. Ils pouvaient être n'importe où. Par le passé, le massif du Troodos avait déjà offert une cachette à des gens qui ne voulaient pas être retrouvés et, si les trois fugitifs avaient bénéficié d'une aide extérieure, ils pouvaient

déjà être en territoire turc. Même si, en qualité de ressortissant non grec de l'Union européenne, il pouvait facilement obtenir un visa pour s'y rendre, quel intérêt aurait-il à aller là-bas sans la moindre piste ?

Sentant la crise de panique arriver, Joan inspira l'air sec tout au fond de ses poumons. Il avait treize jours devant lui et il avait déjà utilisé une grande partie de son budget pour arriver dans ce désert éloigné de tout.

Il se tourna vers les grilles en métal. Il pourrait peut-être essayer de retourner à l'intérieur et de pénétrer dans les baraquements des hommes ? Peut-être y obtiendrait-il des informations supplémentaires ? Mais tant que les interrogatoires étaient encore en cours, il y avait de fortes chances qu'on lui interdise l'accès.

Joan se remémora l'expression de sa rédactrice en chef quand elle lui avait posé son ultimatum, et il prit la seule décision possible. À partir de maintenant, il mentirait comme un arracheur de dents, inventerait une histoire picaresque et bouleversante à propos de cette vieille dame et de ce qui lui était arrivé. En partant du fait que l'homme qui l'avait tuée avait été démasqué, en prenant en compte sa cruauté envers les deux autres femmes, il n'aurait aucune difficulté à broder une fin à son récit. Il fallait qu'il réfléchisse encore un peu à un mobile plausible pour son crime, mais l'imagination n'avait jamais fait défaut à Joan Aiguader.

Oui, c'était exactement ce qu'il fallait faire. La presse du monde entier se jetterait sur l'histoire de ce meurtrier qui courait encore ; et, grâce à sa photo, on allait même pouvoir l'identifier. Il trouverait quelqu'un d'assez habile avec un logiciel de retouche pour modifier l'image au cas où le type aurait rasé sa barbe.

Il décida donc de partir pour Nicosie où il épicerait son mensonge d'un peu de folklore local : il décrirait des combats aux allures de guerre civile, provoqués par la récente déclaration d'indépendance de l'île de Chypre. Une chose était sûre, il allait dépenser jusqu'au dernier euro afin de ne pas avoir un seul centime à restituer à son journal lorsqu'il rentrerait à Barcelone. Et peut-être que quelqu'un, parmi ses contacts, pourrait lui fournir quelques fausses factures de manière à ce qu'il garde un peu de liquide pour voir venir, en attendant de trouver un nouveau job.

Il ne lui restait plus maintenant qu'à prendre quelques photos du centre de rétention vu de l'extérieur, après quoi il dégotterait un hôtel convenable pour passer une nuit tranquille dans un bon lit douillet.

Il venait de prendre quelques clichés des baraquements quand, de l'autre côté de la grille, il aperçut une femme avec un seau de ménage à la main qui traversait la cour dans sa direction.

Alors qu'il s'apprêtait à la photographier elle aussi pour donner un peu de vie à son reportage, elle s'arrêta et leva une main pour l'interrompre.

« Nous n'avons pas beaucoup de temps », dit-elle en atteignant la clôture. Il la reconnut : c'était la femme qui avait fait remarquer que la fille avait l'air plus âgée que sa mère. « Donnez-moi cent euros et je vous dirai ce que je sais. Je peux vous assurer que j'en sais beaucoup plus que les autres.

— Mais… » Ce fut tout ce qu'il eut le temps de répliquer avant qu'elle glisse sa main à travers la grille et commence à parler.

« Je sais qui est cet homme. Et je sais ce qui s'est

passé, alors dépêchez-vous. » Ses doigts s'agitèrent dans sa direction. « Il ne faut pas qu'on me voie.

— Qui ça ? Les gardiens ?

— Non, pas eux. Eux, je vais leur donner la moitié de l'argent pour qu'ils me couvrent. Ce sont les autres femmes que je crains. Elles vont sortir dans un instant pour la promenade et si elles me voient parler avec vous, elles me tueront.

— Comment ça, elles vous tueront ? » Joan fouilla fébrilement dans sa poche pour trouver son porte-monnaie.

« Je sais ce que je dis. Certaines de ces femmes sont différentes de nous. Elles ont été placées là par la milice et elles ne nous adressent pas la parole. Elles ont fui les troupes syriennes et ont été formées par l'État islamique pour accomplir des actions terroristes en Europe, dans les pays où le système de quotas les aura réparties.

— Je vais vous donner cinquante euros maintenant et, si vous parvenez à me convaincre, je vous donnerai les cinquante autres, d'accord ? » L'offre restait alléchante et tout ce qui pouvait apporter du sensationnel à son histoire justifierait la dépense supplémentaire.

Elle saisit le billet et le cacha sous son foulard. « J'ai entendu la vieille femme appeler l'homme à la barbe noire par son prénom et je suis sûre qu'il lui a fait cette chose horrible pour protéger son identité. C'est un sale porc de terroriste, comme celui qui s'est noyé. C'est uniquement pour se couvrir qu'ils nous ont aidés à traverser la Méditerranée.

— Comment s'appelle-t-il ? »

Elle passa la main à travers la clôture. « Donnez-moi d'abord l'autre moitié de l'argent, vite. » Elle frappa la

terre sèche et dure de sa sandale, faisant lever un nuage de poussière. « J'ai encore des choses à vous dire.

— Comment puis-je savoir que c'est la vérité ? »

Elle jeta un coup d'œil derrière elle. Pourquoi aurait-elle l'air si inquiète si elle n'avait pas de bonnes raisons de l'être ?

Quand il lui tendit le deuxième billet de cinquante euros, elle le cacha entre ses seins. Ça devait être celui-là qu'elle comptait garder pour elle.

« En Syrie, quand nous avons été regroupés sur la plage en attendant l'arrivée du bateau gonflable qui devait nous emmener, le barbu s'est avancé vers nous et il nous a donné des ordres, dit-elle. À ce moment-là, il se faisait appeler Abdul Azim, le serviteur du Tout-Puissant, mais à bord du bateau, la femme l'a appelé Ghaalib, ce qui veut dire le Vainqueur. Il s'est mis dans une rage folle quand elle a lancé ce nom en pleine mer et c'est à ce moment-là qu'il lui a enfoncé sa lame dans la nuque sans une seconde d'hésitation. Il savait exactement ce qu'il faisait et comment le faire. On aurait même dit qu'il s'y était préparé et qu'il en avait toujours eu l'intention. Mon sang s'est glacé dans mes veines quand j'ai vu ça, mais grâce à Dieu, il n'a pas remarqué ma réaction. » Elle mit la main sur sa bouche pour maîtriser la vive émotion qu'elle avait ressentie en relatant l'épisode.

« Pourquoi dites-vous qu'il s'y était préparé ?

— À cause de la lame qui tout à coup était dans sa main et de la façon dont il s'est assis derrière elle pour pouvoir plus facilement la planter dans sa nuque. Je crois aussi que c'est lui qui a crevé le bateau, juste après.

— Et les femmes qui accompagnaient la vieille dame ? Pourquoi est-ce qu'elles n'ont pas réagi ?

— Elles avaient le dos tourné et elles n'ont rien vu. Par contre, elles ont hurlé quand elles se sont aperçues qu'elle n'était plus là. La plus jeune a voulu sauter à l'eau pour la repêcher, mais Ghaalib l'en a empêchée. Quand son corps a été ramené sur la plage par le courant, elles l'ont accusé d'être responsable de sa noyade et il les a fait taire en les menaçant du même sort.

— Comment le savez-vous ? Vous n'essayez pas de me raconter ça pour l'argent ? Qu'est-ce qui me prouve que je peux vous faire confiance ? »

En un éclair, l'expression de son visage passa de la tristesse à la colère. « Je vous ai dit la vérité. Remontrez-moi la photo des deux femmes et de l'homme ! »

Joan retrouva l'image dans son appareil. « Vous parlez de celle-là ?

— Regardez la mère et la fille, l'homme, et maintenant regardez qui est juste derrière eux. C'est moi ! J'ai entendu toute leur conversation. »

Joan zooma sur l'image. Ses traits étaient un peu flous, mais c'était bien elle. Soudain, cette petite femme fluette et terrifiée était devenue un témoin de premier ordre et la source rêvée de tout journaliste qui veut relater une histoire vraie. C'était tout simplement inespéré.

« Comment vous appelez-vous ?

— En quoi est-ce que cela vous intéresse ? Vous voulez me faire tuer, ou quoi ? » Elle s'éloigna de la clôture.

« Où sont-ils passés ? lui lança-t-il. Avez-vous vu comment ils ont fait pour quitter le groupe et échapper à la vigilance des gardiens ? »

Elle s'arrêta. « Ça, je ne sais pas, mais j'ai vu Ghaalib

faire signe à un photographe qui portait une veste d'uniforme. Je pense qu'ils étaient de mèche. Au départ, cet homme était près de nous et il prenait des photos de Ghaalib et des deux femmes et ensuite, quand le cadavre de la vieille dame est venu s'échouer sur la plage, il est descendu le photographier. Apparemment, ça a mis Ghaalib de bonne humeur. Il n'a rien dit, mais je crois que ça l'a bien arrangé que le courant l'ait poussé justement là, et à ce moment précis.

— Je ne comprends pas. S'il l'a tuée, il aurait mieux valu pour lui que son corps ne réapparaisse jamais ?

— Voir son cadavre a brisé les deux femmes et je crois que ça l'arrangeait.

— Vous pensez qu'il voulait qu'on les photographie, lui, les deux femmes en pleurs et la vieille dame ? »

Elle regarda par-dessus son épaule et acquiesça.

« Mais pourquoi ? s'étonna Joan. Il était en fuite et prévoyait de disparaître quelque part en Europe. Pourquoi aurait-il voulu prendre le risque d'être identifié ?

— Je me suis demandé si ce n'était pas pour faire passer à quelqu'un le message qu'il était en vie. Mais si j'ai bien compris, vous vous êtes débrouillé pour que tout le continent européen soit au courant ? Grâce à vous, Ghaalib aurait probablement pu faire l'économie du photographe allemand.

— Le photographe était allemand ?

— Oui. Quand il était près de nous, il a dit quelques mots à Ghaalib en allemand. Il vous a montré du doigt pendant que vous tourniez autour de la vieille dame. Ghaalib a hoché la tête et il lui a donné un objet, mais je n'ai pas vu ce que c'était. »

Elle chuchota en entendant une porte claquer du côté des bâtiments et partit aussitôt en courant. Sans explication et sans adieu.

Malgré son refus, Joan prit une photo d'elle, de dos, sa robe flottant derrière elle.

La pension qu'il choisit se trouvait à deux pâtés de maisons de la rue Ledra, en plein centre de Nicosie, et elle coûtait quarante euros la nuit. Il allait pouvoir y rester quelques jours sans faire exploser son budget. Il avait déjà suffisamment d'éléments et de faits avérés pour envoyer son papier à *Hores del Día*, mais il se dit qu'avec quelques descriptions pittoresques, son article occuperait plus d'espace et qu'il serait peut-être même publié sur plusieurs jours.

De surcroît, il disposait maintenant d'une piste concrète, quoique mince, puisqu'il s'agissait du photographe germanophone en veste d'uniforme bleu marine. Si sa mémoire était bonne, il devait même avoir pris une ou deux photos du type.

Joan posa son appareil photo sur ses genoux et mangea quelques bouchées de son sandwich au jambon. À présent qu'il avait téléchargé tous ses fichiers photo, à la fois sur son téléphone portable et sur son ordinateur, cela l'inquiétait moins de visionner les clichés directement sur l'appareil. Avec ce qu'il avait là, se dit-il, il allait sûrement décrocher un CDI au journal, car après tout, qui d'autre que lui avait obtenu de faire citer *Hores del Día* en première page de tous les journaux du monde ? À l'arrivée, c'était son travail qui faisait entrer de l'argent dans les poches de leurs cupides actionnaires. Il pourrait même pousser l'audace jusqu'à

exiger un poste à temps plein en échange de la poursuite de son investigation. Montse Vigo n'était pas la reine de Saba, alors pourquoi devrait-il avoir peur de lui demander une chose qui n'était au fond que son dû ?

En faisant défiler les photos jusqu'à retrouver celle qu'il avait prise du photographe allemand, il rit tout fort à la pensée de la tête qu'elle ferait.

Il déchanta cependant en découvrant que le cliché n'allait pas lui servir à grand-chose. Hormis le dos voûté du gars engoncé dans une sorte de veste d'uniforme bleu marine, il n'y avait rien qui permette de l'identifier. On ne distinguait même pas son crâne chauve tant il était incliné au-dessus du cadavre pour le prendre sous son meilleur angle.

Merde, merde, merde.

Joan scruta le petit écran de l'appareil, un peu découragé. Pourquoi cette veste était-elle perçue comme une veste d'uniforme ? Était-ce sa coupe ? Ou bien le bleu particulier de l'étoffe ? Le col noir et les grands revers en bas des manches ou bien les épaules rembourrées et viriles ? Elle n'arborait ni grade ni distinction et pourtant elle faisait immanquablement penser à un uniforme. Pouvait-on imaginer que les barrettes et les épaulettes aient été décousues et la veste achetée dans un surplus militaire ? Ce genre de surplus existait-il dans cette ville ? Il avait tendance à en douter.

Il alluma son ordinateur et se mit en quête d'un endroit où l'on pouvait se procurer ce genre d'uniforme. Apparemment, il n'y avait pas de boutique spécialisée dans les vêtements militaires à Nicosie. Peut-être le photographe l'avait-il dénichée sur un marché aux

puces, ou alors il la possédait depuis des années et, dans ce cas, il pouvait l'avoir achetée n'importe où.

Joan soupira et étudia de nouveau la série prise à Ayia Napa. Il espérait trouver quelques clichés du photographe à côté des dépouilles. Il n'en vit aucun. Pourquoi ?

Il observa de nouveau la photo de l'individu courbé au-dessus de la vieille dame, cherchant un détail qui puisse lui être utile.

En y regardant de plus près, la veste n'était pas si militaire que ça, c'était plutôt une sorte de blazer comme ceux qu'on porte lors d'une cérémonie officielle. L'étoffe semblait épaisse comme celle des uniformes de la Première Guerre mondiale, mais la veste devait être plus récente et, dans une guerre moderne, elle n'aurait pas été du tout adaptée au combat sur le terrain.

S'il partait du principe qu'un Allemand avait acheté une veste militaire allemande, en Allemagne, auprès de qui pourrait-il se renseigner ? Et comment disait-on « col noir » et « uniforme bleu marine » dans la langue de Goethe ?

« *Schwarze Kragen* » et « *blaue Uniform* », prétendit Google Traduction au bout de quelques clics.

Il n'y avait plus qu'à s'y mettre. Joan chercha et trouva très rapidement un tas de forums sur Internet où les gens discutaient de toutes sortes d'uniformes et partageaient leurs connaissances sur leur provenance. Il téléchargea la photo de la veste bleu marine à plusieurs endroits avec la question :

« Quelqu'un peut-il me dire d'où vient cet uniforme ? »

Quand il eut terminé, la soirée avait à peine commencé.

Quand il ouvrit les yeux le lendemain matin, la réponse l'attendait sur son écran. La chaleur était étouffante et la lumière contrastée créait des ombres d'un noir de jais dans la petite chambre. Deux geckos épuisés avaient déjà capitulé et attendaient la fraîcheur du soir sur les tringles à rideaux.

«*Ich weiss nicht wie alt diese Foto ist, aber mein Vater hat so eine gehabt. Seit zehn Jahren is er pensionär von der Strassenbahn München. Es ist ganz bestimmt dieselbe.*»

La femme avait signé du nom de Gisela Warberg.

Joan bondit de son lit et traduisit la phrase sur son ordinateur. Elle ne savait pas de quelle époque était la veste, mais elle la reconnaissait pour être l'uniforme que son père portait du temps où il travaillait pour le réseau de tramway à Munich.

Mon Dieu, mon Dieu, qu'est-ce que je vais faire ? songea Joan en tapant «*Uniform Strassenbahn München*» dans la barre de recherche. Il pensait consacrer au moins deux heures à exploiter l'information dont il disposait et il fut très surpris de voir au bout de quelques secondes un uniforme en vente sur eBay ressemblant en tous points à celui que portait le photographe.

«*Alte Schaffnertasche, Uniform, Abzeichen, Strassenbahn München, Trambahn Konvolut*, 399 €[1] », disait l'annonce.

Joan retomba sur son oreiller. Il s'agissait sans aucun doute du même vêtement, mais maintenant, qu'est-ce

---

1. «Ancienne sacoche de contrôleur, uniforme, insigne, rouleau de tickets de tramway, ville de Munich, 399 €.» *(Toutes les notes sont de la traductrice.)*

qu'il allait faire ? Retourner à Barcelone avec son carnet rempli de notes et d'un certain nombre de supputations susceptibles de lui fournir de la matière pour écrire deux ou trois articles ? Non, cela ne suffirait pas. Et comment allait-il s'y prendre pour retrouver ce photographe et lui demander quel lien il avait avec un migrant clandestin vraisemblablement combattant du djihad, actuellement en liberté quelque part en Europe, Dieu seul savait où ?

On frappa à la porte de sa chambre d'hôtel.

Le jeune garçon qui se tenait sur le seuil eut l'air quelque peu surpris de la tenue de Joan qui s'était contenté de cacher sa nudité avec un drap, mais il se ressaisit et lui remit l'enveloppe qu'il avait à la main. Aussitôt sa mission accomplie, le gamin s'enfuit comme s'il avait le diable aux trousses. Joan n'avait pas eu le temps de le rappeler qu'il avait déjà dévalé l'escalier en trois sauts.

Intrigué, Joan s'assit sur le lit et il déchira l'enveloppe.

À l'intérieur, il trouva une photo, enveloppée dans une feuille de papier.

Joan la sortit et, en un seul coup d'œil, il comprit de quoi il s'était rendu coupable.

Il déglutit une fois ou deux, les yeux fermés, avant d'oser de nouveau regarder la photographie. La femme sans vie gisait sur le dos, la gorge tranchée, le regard éteint et opaque. Quelques billets de banque avaient été coincés entre ses lèvres pâles. Deux fois cinquante euros, pour être exact.

Joan jeta le cliché sur le lit et en détourna les yeux. Il luttait contre l'envie de vomir. Pour gagner cinquante misérables euros, cette femme avait risqué sa vie et elle

l'avait perdue. S'il révélait au grand jour les raisons pour lesquelles cette pauvre femme était morte, il serait accusé de l'avoir tuée. Car s'il n'avait pas accepté ce reportage, elle serait encore en vie.

Le regard de Joan se perdit dans le vide. Mais il l'avait accepté.

Il resta un long moment immobile, le morceau de papier pendant au bout de ses doigts, avant de trouver le courage de lire le texte en anglais.

Joan Aiguader, nous savons qui tu es, mais tu n'as rien à craindre si tu fais ce qu'on te dit.

Tu dois continuer à suivre la piste et à tout raconter dans ton journal. Tant que nous savons que nous avons une longueur d'avance sur toi, nous continuerons à te dire ce que tu dois faire. Et tant que tu ne t'arrêteras pas, nous te laisserons en vie.

Et n'oublie surtout pas de raconter au monde que lorsque nous déciderons de frapper, ça fera très mal.

À bientôt,

Abdul Azim, actuellement en route vers le nord

10

Assad

Assad tremblait de tout son corps, mais était-il au milieu d'un cauchemar ou était-ce la réalité ?

Sur le pas d'une porte, il voyait ses filles, Nella, six ans, et Ronia, cinq, dans leurs robes couleur lavande. Elles agitaient leurs mains vers lui d'un geste doux et gracieux. Marwa, l'air souffrant, se tenait entre les deux, les yeux remplis de larmes et les deux mains sur son ventre et sur le troisième enfant à naître. Son regard était un adieu. Pas un au revoir entre deux êtres qui s'aiment et ressentent déjà le manque d'une courte séparation, mais un adieu plein de tristesse qui brisait le cœur d'Assad. Un instant plus tard, les hommes du service de sécurité de Saddam Hussein le jetaient sans ménagement dans le fourgon noir. L'épisode remontait à plus de six mille jours, à présent. Il avait vécu des nuits et des jours, des étés et des hivers à souffrir le martyre, ressassant inlassablement cette question sans réponse : qu'était devenue sa famille ? Et soudain, il était là, choqué et impuissant, avec un cœur qui s'était presque arrêté de battre face à cette certitude. Seize années effroyables, isolé dans

son ignorance, venaient d'éclater en un instant. Il avait reçu un signe de vie.

Une autre image lui apparut : Marwa était devant lui, elle avait vingt et un ans et elle était belle comme le jour. Samir tenait sa sœur par la taille avec un sourire plein de fierté.

« Je n'aurais pas pu rêver un meilleur beau-frère que toi, Zaid, disait-il. Au nom de mon père, je te confie la vie et le bien-être de Marwa avec la certitude que le bonheur nous sourira à tous, *alhamdulillah*, rendons grâce à Allah. »

Elle avait été une épouse fertile et fidèle et, avec elle, tous les rêves du petit réfugié irakien qu'il était avaient été exaucés. Ils avaient vécu sept années dans une harmonie parfaite avec Dieu et le monde. Puis tout s'était arrêté.

Dans un demi-sommeil, Assad murmura son nom et, au même instant, un corps se lova contre lui. Rassuré, il tendit la main en arrière et sentit une douce chaleur, un souffle chaud dans sa nuque. La respiration calme d'une femme endormie avait toujours eu le pouvoir de faire battre son cœur comme un cheval au galop et de l'apaiser en même temps. Toutes ses pensées troublées sous l'effet de longues années de refoulement de sa sensualité et d'absence de contact humain s'évanouirent et il se tourna pour redécouvrir, les yeux fermés, les parfums d'un corps de femme et ses promesses. Dans cet agréable état de léthargie, il l'enferma entre ses bras. Sa respiration se fit plus profonde et plus lente. Le creux de ses reins était humide et chaud. Elle bascula légèrement de côté et entrouvrit ses cuisses pour qu'il puisse sentir l'effet qu'il avait sur elle.

«Tu es sûr?» chuchota une voix rauque semblant venir de nulle part.

Assad se pencha vers elle et il sentit sa bouche tiède, ses lèvres et sa langue accueillir son baiser avec désir, et ses mains s'aventurer sur son corps et achever de le réveiller de son long sommeil.

Quand il ouvrit les yeux, un sanglot lui serra la gorge sans qu'il sache pourquoi. Il reconnut ce sentiment d'angoisse, signe que la journée qui commence ne sera pas belle et vous fait regretter de vous être réveillé. Une de ces journées où vous prenez conscience que votre vie vient de s'écrouler comme un château de cartes et où vous êtes dans un état de chaos psychologique et émotionnel. C'est ce qu'il ressentit l'espace d'un instant un peu irréel, avant de se rendre compte qu'il était couché sur le flanc, face au mur de la chambre de Rose; celle-ci était collée contre son dos, nue, et à cinquante centimètres de son nez était accrochée la première page d'un journal avec la photographie floue de sa femme disparue depuis des lustres.

Ça, c'était la réalité et Assad en eut le souffle coupé.

Le corps derrière lui bougea légèrement et une main se posa sur son épaule.

«Assad, tu es réveillé?

— Rose?» Il serra les dents et fronça les sourcils. Il y a des moments, comme ça, auxquels il est difficile de se préparer.

«Que s'est-il passé? demanda-t-il sans être certain de vouloir connaître la réponse.

Tu t'es évanoui dans mon lit et ensuite tu as pleuré sans interruption et sans reprendre connaissance.

J'ai essayé de te secouer pour te sortir de ton cauchemar, mais j'ai dû y renoncer. Alors je me suis couchée et je me suis endormie. Plus tard dans la nuit, nous avons fait l'amour et tu as fini par sombrer dans un sommeil calme et profond, lui expliqua-t-elle tranquillement. Et c'est tout. Pourquoi t'es-tu évanoui, Assad, tu es malade ? »

Il se redressa brusquement, son regard allant du visage de Rose à la coupure de presse scotchée au mur.

« Tu es au courant que j'ai une vue imprenable sur ton machin bronzé, là ? » le taquina-t-elle.

Assad baissa les yeux sur son bas-ventre.

Il s'excusa du regard. « Je ne savais plus où j'étais. Tu es ma meilleure amie et si j'avais su que… »

Elle se mit à genoux sur le lit, toujours nue comme un ver, et posa son index sur la bouche d'Assad.

« Chut, stupide petit homme chocolat. Tu es toujours mon meilleur ami, et une bonne baise comme celle-là ne peut pas nous faire de mal. Nous n'avons de comptes à rendre à personne, ni toi ni moi, n'est-ce pas ? Nous sommes juste deux chameaux qui nous sommes rentrés dedans au hasard d'une rencontre, au sens propre du terme. » Elle rit de bon cœur, mais Assad ne parvenait pas à se réjouir de sa bonne humeur retrouvée.

« Ce n'est pas vrai, Rose. Moi j'ai des comptes à rendre à quelqu'un et c'est ce qui m'a tellement affecté hier et qui me perturbe encore aujourd'hui. »

Elle couvrit ses seins avec la couette. « Excuse-moi, mais je ne comprends pas. De qui parles-tu ? »

Assad décrocha du mur la coupure de presse et il observa la photo de plus près. Il avait été fidèle pendant tellement d'années à l'amour de sa vie dans l'espoir de

la retrouver un jour et, la nuit même où il découvrait qu'elle était en vie, il se donnait à une autre.

Assad remarqua la date en haut de la page du journal. Il était paru deux jours avant et, à présent, il était certain que cette femme au visage tordu par la douleur, sous l'éclat des projecteurs, était bien Marwa. Il dut se forcer à ne pas détourner les yeux de l'expression d'impuissance et de désespoir qu'il lisait sur son visage, de ses vêtements flottant sur son corps amaigri, de son visage vieilli par des années de lutte. Mais malgré tout cela, elle semblait avoir encore assez de réserves pour soutenir et rassurer celle qui se tenait à côté d'elle. Qui était cette femme ? Une adulte, visiblement, même si son visage était assez flou. Était-il possible que ce fût Ronia ou Nella qui seraient devenues plus grandes que leur mère ? se demanda-t-il.

De nouveau, il ne put retenir ses larmes. Assad ne savait même pas à quoi ressemblaient ses filles. Et si c'était l'une d'elles qui était là, alors où était l'autre ? Où était Nella, ou Ronia ? Et qui était qui ?

11

Carl

« Vous pouvez regarder ce que j'ai là, Carl ? demanda Gordon, très pâle, en montrant un petit point rouge et gonflé sur sa joue. J'ai très peur que ce soit un cancer de la peau. J'ai passé beaucoup de temps au soleil, cet été. »

Carl se pencha pour voir le bouton répugnant de plus près. « À mon avis, tu ferais mieux de ne pas y toucher. J'ai rarement vu un truc aussi dégueulasse. »

S'il avait dit ça d'un ton encore plus dramatique, le grand échalas aux nerfs fragiles se serait effondré. Là, il se contenta d'avoir l'air terrifié. Il dit d'une voix tremblante :

« Ah bon ? Il ne faut pas que j'y touche ? Vous croyez que c'est cancéreux, alors ?

— Je ne suis pas médecin. Mais j'ai bien peur que ce volcan de pus soit sur le point d'entrer en éruption et je ne tiens pas à être là quand ça arrivera. C'est un sacré bouton que tu as là, Gordon. » Comment un visage pouvait-il exprimer un tel soulagement devant une chose aussi immonde ?

« Et sinon ? Tu avais quelque chose de particulier à me dire ? Parce que je suis un peu occupé, là »,

reprit Carl, ce qui n'était pas tout à fait faux. Il avait du chewing-gum à la nicotine à mâcher, deux pieds à soulever pour les poser sur son bureau, des paupières à fermer un laps de temps suffisant avant que les infos démarrent sur l'écran plat.

Gordon resta un instant sur le pas de la porte, à se remettre de ses émotions. « Ah au fait, dit-il soudain, le type flippant a rappelé ! Il ne se passe plus un jour sans qu'il me téléphone pour me raconter ce qu'il projette de faire.

— Ah oui ? » Carl soupira et tendit la main vers le paquet de chewing-gums. « Alors, qu'est-ce que ce cinglé a inventé aujourd'hui ?

— Il m'a répété qu'aussitôt qu'il aurait atteint son but, il égorgerait son père et sa mère avec son sabre de samouraï. Et qu'ensuite, il sortirait dans la rue et massacrerait autant de passants qu'il pourrait.

— Un katana, très intéressant ! Il est japonais, ton gars ?

— Pas du tout. Il est aussi danois que vous et moi, enfin je crois. Je l'ai enregistré, si vous voulez l'entendre.

— C'est gentil, mais non. Et tu continues à penser qu'il parle sérieusement ?

— Bah oui, sinon il n'appellerait pas tous les jours, si ? »

Carl bâilla. « Tu ferais mieux d'en parler aux collègues du deuxième étage, Gordon. Je préférerais éviter qu'on nous colle un fou sur les bras. J'imagine que tu n'as pas envie de porter le chapeau si tu n'arrives pas à l'arrêter avant qu'il ait zigouillé une vingtaine de personnes. »

Gordon ouvrit de grands yeux effrayés. Il n'avait certes pas envie de ça.

« Excuse-moi une seconde », dit Carl, soupirant de nouveau en allant décrocher le téléphone à contrecœur. C'était le troisième étage.

« On doit monter à la direction, toutes affaires cessantes », annonça-t-il d'un ton las. Encore une sieste gâchée. « Apparemment, ils veulent tout le monde sur le pont dans cinq minutes, pour nous présenter le successeur de Bjørn. Prions le ciel pour que ce ne soit pas Sigurd Harms. »

C'était la deuxième fois de la semaine que Carl suffoquait dans cette salle de conférences, en compagnie d'une foule de collègues nauséabonds qu'il n'avait pas la moindre envie de voir. Il se demanda si ces fabuleux nez qui élaboraient parfums et eaux de toilette avaient déjà réfléchi à ce qu'il advenait de leur ambition probablement sincère de vouloir ravir les sens, lorsque le résultat de leurs créations émanait d'un corps qui avait macéré toute une journée dans sa sueur, sans parler du cocktail olfactif obtenu quand on mélangeait dans la même pièce l'Old Spice des doyens avec les fragrances de fillettes utilisées par les bleus, comme Hugo Klein, ou quel que soit le nom de toutes ces merdes.

Carl crut qu'il allait défaillir.

La directrice de la police s'avança. « Je conçois que cela puisse sembler indélicat de ma part de vouloir vous présenter le successeur de Lars Bjørn avant même qu'il soit enterré. Et je n'aurais pas agi ainsi si le département central de la police judiciaire n'avait pas tant de travail en ce moment, et si je n'avais pas réussi à convaincre une personne très spéciale de reprendre le poste. Je suis convaincue qu'il saura le remplir mieux que quiconque. »

« Elle parle de Terje Ploug », grogna Carl à l'intention de Gordon.

Mais celui-ci secoua la tête en désignant le fond de la salle, où se trouvait Terje Ploug. Effectivement, il n'avait pas du tout l'air de s'être vu proposer quoi que ce soit.

« Je sais aussi que tout le monde ici sera d'accord pour dire qu'il n'y a pas de meilleur candidat possible. » La directrice se tourna vers la porte de son bureau. « C'est bon, tu peux venir, Marcus. »

Une vague d'émotion traversa l'assemblée quand Marcus Jacobsen, leur ancien commissaire, entra dans la pièce. Il y avait six ans que celui-ci avait pris sa retraite pour s'occuper de sa femme atteinte d'un cancer et, malgré cette longue absence, il fut aussitôt accueilli par quelques applaudissements spontanés et une seconde après par une assourdissante ovation accompagnée de sifflements et de martèlement de pieds au sol comme on n'en avait encore jamais entendu en ces vénérables locaux.

Marcus eut l'air ému, mais seulement pendant quelques secondes. Puis il fourra deux doigts dans sa bouche et émit à son tour un sifflement si strident que personne ne put l'ignorer.

« Merci, dit-il quand le calme fut revenu. Quel accueil ! Je sais que beaucoup d'entre vous sont en train de se dire que j'ai dépassé depuis longtemps la date de péremption, mais pour une fois, la classe politique nous a rendu service en exigeant de nous que nous restions le plus longtemps possible sur le marché du travail. Donc, en dépit de mon grand âge, je vais me remettre au boulot. »

Les cris de jubilation repartirent de plus belle et Marcus demanda le silence d'une main levée.

« Je suis triste de revenir dans de telles circonstances. Lars Bjørn était un patron solide et un bon policier, et il aurait dû vivre encore de nombreuses années. J'ai parlé au téléphone avec sa veuve, Susanne, et je sais que sa famille est d'autant plus touchée par cette perte tragique que Jess, le frère de Lars, a choisi hier de mettre fin à ses jours. » Il les laissa absorber l'information en marquant une courte pause.

« Je vais donc reprendre la place de Lars Bjørn au poste de commissaire principal de la brigade judiciaire pendant quelque temps. J'assumerai ce rôle avec fierté et dans l'esprit qui a toujours été celui du département A. Il y a un instant, notre directrice a appelé notre département comme il convient aujourd'hui de le faire, mais vous le savez, j'ai toujours eu l'esprit de contradiction et, avec son autorisation, aussi longtemps que je serai aux commandes, j'ai l'intention de continuer à dire la Crim'. On ne va tout de même pas laisser les hommes politiques et les réformateurs décider comment nous appelons notre lieu de travail. »

Cette fois, ce fut une liesse générale. Même Carl applaudit.

Un peu de désobéissance n'était pas pour lui déplaire.

Gordon fut le premier à réagir à l'odeur étrangère qui les frappa en arrivant au sous-sol. Il s'arrêta aussi brusquement que s'il avait pris un coup de batte de baseball dans la figure et ses narines se mirent à palpiter. Ça sentait quand même meilleur que l'orgie d'after-shave de tout à l'heure.

« Rose ? » dit Gordon tout doucement, d'une voix

pleine d'espoir. Il y avait plusieurs mois qu'il ne l'avait pas vue, bien qu'il fût celui qui avait été le plus affecté par son effondrement. Mais il n'avait pas eu d'autre choix que de rester optimiste.

Carl lui tapota l'épaule. « C'est probablement Lis qui est passée aux archives, Gordon. Rose ne reviendra plus à l'hôtel de police, je crois. » Il allait lui administrer une nouvelle tape de consolation quand Rose apparut à la porte de son bureau.

« Où étiez-vous passés ? Ça fait une demi-heure qu'on vous attend ! »

Ce qui ne manquait pas de sel venant de quelqu'un qui avait disparu pendant deux ans.

« Eh bien, bonjour, dame Rose, soyez la bienvenue », lança Carl avec un immense sourire lui signifiant à quel point elle leur avait manqué.

En voyant sa réaction, Carl se dit qu'il avait peut-être dépassé les bornes. En revanche, elle accepta avec un plaisir non dissimulé l'étreinte de Gordon. Mais il est vrai qu'ils avaient un passé, tous les deux.

« Nous nous sommes installés dans votre bureau, Carl, c'est là qu'il y a le plus de place. Venez nous rejoindre. »

Carl poussa un grognement. Elle avait disparu de la circulation depuis deux ans et elle se permettait de venir donner des ordres et de prendre le pouvoir sur son domaine ? Et qu'entendait-elle par « nous » ? Assad était là, lui aussi ?

En effet, ils le trouvèrent assis dans le fauteuil de Carl, le visage sombre strié de larmes.

« Et alors, mon ami ! Qu'est-ce qui t'arrive ? Tu as l'air complètement abattu ! C'est à cause de Lars et de Jess ? »

Assad, le regard dans le vague, hocha la tête.

« Jetez un œil à ça ! » Rose posa plusieurs coupures de journaux sur le bureau de Carl et elle pointa du doigt une photographie. « Assad est profondément bouleversé, Carl, il faut que vous le sachiez. Et il y a de quoi, je vous assure. Depuis des années, il nous a fait croire un tas de choses, entre autres qu'il avait une femme et des enfants, ici, au Danemark. Mais est-ce que nous les avons rencontrés ? Est-ce qu'il nous a parlé d'eux ? Non, jamais. Aujourd'hui, Assad a décidé de me dire la vérité sur sa famille, et la vérité, c'est qu'il a perdu contact avec sa femme, qui s'appelle Marwa, et avec ses deux filles il y a seize ans ; et depuis tout ce temps, il a fini par se faire à l'idée qu'elles devaient être mortes. Mais hier soir, il s'est passé une chose inattendue, et c'est pour ça que je vous montre la femme qui est en photo dans cet article. »

Carl fronça les sourcils. Assad détourna la tête pour ne pas croiser son regard.

« Je vois à votre tête que vous avez compris, Carl, dit Rose. Hier soir, Assad a reconnu son épouse Marwa sur cette coupure de presse. »

Carl examina la photographie et lut l'article qui relatait un autre de ces épisodes tragiques de fuite à travers la Méditerranée, cette fois à destination de Chypre.

« Tu en es sûr, Assad ? » lui demanda-t-il.

Assad se tourna vers lui et acquiesça.

Carl tenta de lire l'expression de son visage. Il le connaissait depuis tant d'années qu'il avait le sentiment de savoir décrypter le langage de ses traits. De voir quand la gravité se changeait en douleur, quand ses rides de rire se creusaient juste avant un fou rire libérateur, et quand celles de son front exprimaient la réflexion, ou encore quand il allait se mettre en colère. Mais ce

jour-là, il ne reconnut pas le visage d'Assad. Les tics nerveux agitant ses sourcils parlaient de découragement. Sa bouche tremblait et ses yeux étaient torves et vides. Ses paupières ne clignaient même pas.

Carl ne savait pas comment réagir. L'heure n'était pas à la diplomatie. Le fait est qu'aucun d'eux ne connaissait réellement cet homme. Certes, ils avaient eu quelques doutes, au début, mais ensuite ? Seraient-ils capables d'accepter la vérité quand ils l'entendraient ?

Il le désirait sincèrement.

« Bon…, dit-il. Tu as crevé l'abcès, finalement. Tu dois te sentir soulagé ? Et nous, on sait où on met les pieds. On te voit déjà différemment, et surtout, on a l'impression de découvrir le véritable Assad, du moins je l'espère. »

Assad mit un long moment à répondre. Il avait besoin de rassembler son courage. « Je suis désolé, je suis vraiment désolé. Je vous demande pardon à tous », dit-il en posant sa main sur celle de Carl.

Elle était brûlante.

« Je n'ai pas pu faire autrement. J'étais obligé.

— Mais maintenant, c'est différent, si j'ai bien compris ?

— Oui, je n'ai plus de raison de mentir.

— Hum. Et tu serais même prêt à tout nous raconter ? »

Rose pinça l'épaule d'Assad qui, le front couvert de sueur, regardait Carl droit dans les yeux.

« Je m'appelle Zaid al-Asadi », commença-t-il doucement.

Dès la première révélation, il avait déjà perdu Carl. Zaid ? Al-Asadi ? Qu'est-ce que c'était que ce nom à

coucher dehors ? Il n'était pas du tout sûr qu'il pourrait s'habituer à ça.

Rose remarqua sa réaction.

« Ne vous inquiétez pas, Carl. Assad sera toujours Assad. Laissez-le continuer. »

Carl hocha la tête et la secoua en même temps. Ça faisait des années qu'il espérait ce moment. Mais franchement ! Zaid ! Est-ce qu'il allait vraiment devoir l'appeler comme ça ?

« Pour commencer, je présume que nous sommes tous d'accord pour donner à Assad tout le temps dont il aura besoin pour retrouver sa Marwa ? ajouta Rose.

— Mais oui, bien sûr que oui », grommela Carl. Elle le prenait pour qui ? Adolf Eichmann ? « Ça me fait sincèrement de la peine de savoir que tu as été séparé de ta famille aussi longtemps, Assad, dit-il. Ça a dû être très dur pour toi. »

Carl se tourna vers Gordon et Rose. N'étaient-ce pas des larmes qu'il voyait briller dans les yeux de Rose, tandis que Gordon la regardait avec l'affection d'un gros caneton qui a enfin retrouvé l'aile protectrice de sa maman cane ? Même si Rose avait tendance à prendre trop de place dans le paysage à son goût, manifestement, le sang s'accélérait dans les veines du grand salsifis en sa présence.

Carl respira profondément puis il posa une question qui risquait de fâcher.

« Tu me pardonneras, j'espère, de ne pas prendre de gants, mais il y a une chose que je voudrais te demander. Est-ce que cette nouvelle donne signifie que tout ce qui s'est passé ici entre nous n'a été que du vent ? Je me doutais que ton passé avait été compliqué, vu

la réticence que tu avais à en parler et aux nombreux secrets que tu semblais garder. Mais ta drôle de façon de t'exprimer au début, tes histoires sur la Syrie, c'était du flan ? Qui es-tu, en fait ? »

Assad se redressa dans le fauteuil. « Je suis content que tu me poses la question comme ça, Carl, parce que je n'aurais pas su par où commencer. D'abord il faut que vous sachiez qu'il y a une raison à tout cela et encore une fois, je vous demande pardon. Je voudrais aussi vous dire que je suis votre ami, comme j'espère que vous êtes les miens, et que je n'ai jamais rien dit ou fait qui soit susceptible de gâcher cette amitié. La plupart de mes erreurs linguistiques étaient involontaires car, même si aujourd'hui je suis devenu aussi danois qu'on puisse l'être, j'ai passé la plus grande partie de ma vie dans un milieu où on ne parlait pas souvent le danois et, forcément, ça a un peu déteint sur moi. C'est le cas pour beaucoup de gens qui sont bilingues. Et je continuerai à faire des erreurs de langage, rassurez-vous. Ma façon de parler fait partie de moi. Parfois, c'est un rôle que je joue et parfois, c'est moi et ça me vient naturellement, expliqua-t-il en grattant sa barbe naissante. Mais vous savez ce qui est arrivé au chameau qui avait du mal à parler l'arabe et passait ses journées à s'entraîner au milieu du troupeau ? »

Carl lui lança un regard incrédule. Dans l'état où il était, il avait encore assez d'énergie pour leur servir une de ses paraboles ?

« Les autres chameaux le trouvaient bizarre et ils se sont mis à le harceler, et les bédouins en avaient marre de l'entendre parler cet arabe bizarre qui leur heurtait les oreilles, alors ils ont fini par en faire des steaks. »

Il sourit de sa blague puis redevint grave.

« Ce matin, j'ai promis à Rose que j'allais vous raconter mon histoire, ou en tout cas ce que j'estime pouvoir avoir un intérêt pour vous. Ce serait trop long de vous donner tous les détails, mais je vous promets qu'avec le temps on y arrivera. »

Carl avait hâte de voir combien d'histoires de chameaux il allait réussir à caser au fil de son récit.

« Et Assad va avoir besoin de notre aide pour retrouver Marwa, nous sommes d'accord là-dessus, aussi ? » intervint Rose.

Elle avait bien dit « notre » aide ? Ce qui voulait dire qu'elle avait tout à coup décidé de réintégrer l'équipe ?

« Tu peux compter sur nous, Assad », dit Gordon. Quant à Carl, il s'efforça juste de hocher la tête de manière à peu près convaincante.

« Si c'est dans nos cordes, ajouta-t-il quand même en examinant le cliché de plus près. Cette photo a été prise à l'étranger et, *a priori*, hors de notre juridiction. Je suppose que ça ne vous aura pas échappé.

— Allons, Carl, pas à nous ! rétorqua maman cane. On peut faire ce qu'on veut du moment qu'on ne claironne pas qu'on est en service. Allez, Assad, raconte ! »

Assad obtempéra. « Excusez-moi, mais il va falloir que vous soyez patients, alors. C'est une longue histoire. » Il inspira profondément avant de se lancer. « Je pourrais par exemple commencer en 1985, dix ans après notre arrivée au Danemark. À l'époque, je faisais de la gymnastique de haut niveau et je me suis lié d'amitié avec un garçon qui s'appelait Samir et avait quelques années de moins que moi. Vous le connaissez, il est policier, maintenant. En 1988, j'ai eu mon bac, section

langues vivantes. J'ai tiré un tout petit numéro au tirage au sort et j'ai dû partir à l'armée[1]. Je m'en suis bien sorti et mes supérieurs m'ont fourni une recommandation pour entrer à l'école militaire et devenir officier, mais j'ai dit non merci et à la place je suis devenu capitaine de gendarmerie. Lars Bjørn enseignait à l'école de gendarmerie de Nørresundby et c'est là que je l'ai rencontré. Il m'a persuadé de continuer ma carrière militaire en tant qu'officier interprète parce que je parlais l'arabe, l'allemand, le russe et l'anglais assez couramment. J'ai suivi son conseil et passé les diplômes. »

Carl avait du mal à absorber tout ça. C'était un sacré morceau à avaler. « Ce qui explique ton réseau dans les pays de l'Est. Tu as été envoyé en poste là-bas après l'effondrement du bloc communiste ?

— Exact. En ce temps-là, le Danemark menait une politique de grande puissance et il injectait des milliards pour aider les pays d'Europe de l'Est. En 1992, je suis allé en mission en Estonie, puis en Lettonie et enfin en Lituanie. C'est à ce moment-là que j'ai connu Jess, le frère de Lars Bjørn, qui était officier de renseignement. Il m'a demandé de travailler pour lui. » Assad se mordit la joue et soupira. « Nous sommes rapidement devenus très proches. Il était une sorte de mentor pour moi, et m'a conseillé d'entrer dans le corps des chasseurs de l'armée.

— Pourquoi ?

---

1. Le service militaire est obligatoire au Danemark pour tous les hommes âgés de plus de dix-huit ans. Le fait d'être appelé ou pas sous les drapeaux est déterminé par tirage au sort. Ceux qui ne sont pas appelés ont la possibilité de s'engager ultérieurement. Le service dure quatre mois.

— Lui-même était chasseur et il a dû voir un potentiel en moi, je suppose.

— Et tu y es entré ?

— Oui, j'ai été parmi ceux qui ont été reçus. »

Carl sourit. Évidemment qu'Assad avait fait partie du fameux corps des Jæger[1] !

« Il paraît qu'on apprend plein de trucs chez eux. Je comprends mieux pourquoi tu es aussi efficace dans les situations critiques. »

Assad réfléchit un instant.

« Vous connaissez la devise des chasseurs de l'armée de terre : *Plus esse, quam simultatur* ? » leur demanda-t-il.

Rose et Carl secouèrent la tête de concert. Mais il est vrai que le latin est rarement la matière préférée d'un paysan de Brønderslev.

« Ça ne veut pas dire, euh… », tenta Gordon.

Assad sourit. « Ça veut dire “Il vaut mieux être que paraître”. Vous comprenez ? Il est vrai que j'ai appris à me taire en toute circonstance, mais c'est pour des raisons beaucoup plus graves que je n'ai pas pu être complètement transparent avec toi, Carl. J'espère que tu comprendras quand tu en sauras un peu plus. Pour commencer, il fallait que je protège ma famille, et ensuite que je me protège, moi.

— D'accord, Assad, on va essayer de comprendre, mais de ton côté, explique-nous comment tu t'es trouvé dans cette situation. Si nous devons t'aider, il faut en finir avec les secrets. Nous avons déjà attendu… »

---

1. Le corps des Jæger est une force d'opérations spéciales d'élite de la défense danoise.

Carl ne vit pas venir la claque dans la nuque que lui administra Rose. « Vous allez arrêter de lui mettre la pression ? C'est bon, il va parler. »

Carl se frotta la nuque. Heureusement pour cette perruche qu'elle ne travaillait plus pour lui. Non contente de le couper au milieu d'une phrase, à présent, c'était elle qui invitait Assad à poursuivre. Cette femme aurait été un parfait dictateur dans une république bananière.

« Comme j'avais toutes les qualifications requises pour être envoyé comme observateur et comme traducteur sur le terrain, j'ai atterri dans la région de Tuzla en Bosnie en 1992, en pleine guerre civile entre les Serbes et les Croates, expliqua Assad. C'est là que j'ai été témoin pour la première fois de la cruauté et de la bestialité des hommes.

— Oui, c'est complètement dingue ce qui s'est passé là-bas ! » commenta Gordon.

Un sourire fugace passa dans les yeux d'Assad devant le choix des termes puis ses traits se figèrent en une expression que Carl ne lui connaissait pas.

« J'ai vu trop de choses et j'ai aussi chèrement appris que survivre à une guerre peut dépendre de notre capacité à anticiper. C'est une leçon que j'aurais préféré ne pas avoir à connaître. Quand je suis rentré à la maison, j'étais déterminé à arrêter le service actif. Je ne savais pas très bien ce que j'allais faire à la place et c'est alors que j'ai reçu une proposition. Grâce à mes connaissances linguistiques et à un dossier militaire qui plaidait pour moi, on m'a offert une place d'instructeur auprès du corps des Jæger à Aalborg, ce qui était exactement ce qu'il me fallait à ce moment de ma vie. » Il hocha la tête à ce souvenir. « J'étais célibataire, dit-il

avec un bref sourire, et Aalborg peut être une ville très amusante. Mais un jour où je profitais d'une permission pour rendre visite à mes parents et à mon vieil ami Samir Ghazi à Copenhague, j'ai rencontré sa grande sœur Marwa pour la première fois et je suis tombé fou amoureux d'elle. Les sept années qui ont suivi ont été les plus belles de ma vie. »

Son menton tomba sur sa poitrine et il dut avaler sa salive plusieurs fois avant de pouvoir reprendre.

« Tu veux quelque chose à boire ? » lui proposa Rose.

Il secoua la tête. « Nous nous sommes mariés et Marwa est venue vivre avec moi à Aalborg. Les deux années suivantes sont nées nos deux filles, Nella et Ronia. J'étais heureux dans mon travail d'instructeur et j'aurais voulu rester vivre dans le nord du Jutland, mais, la nuit du réveillon du passage à l'an 2000, mon père est mort subitement et nous avons dû nous installer dans l'appartement familial à Copenhague pour nous occuper de ma mère. Ni elle ni Marwa ne travaillaient et, du jour au lendemain, il a fallu que je fasse vivre cinq personnes à moi tout seul. Je n'avais pas envie de retourner dans l'armée, parce que je prenais le risque d'être de nouveau envoyé en mission, et c'est pour cette raison que je me suis mis à chercher activement du travail dans le civil.

— Et tu n'en as pas trouvé ? demanda Rose.

— Non, tu t'en doutes. J'ai envoyé au moins cent candidatures, mais avec un nom comme al-Asadi, je n'ai pas décroché un seul entretien. Finalement je suis allé voir Jess Bjørn à la Citadelle. Lors de ce rendez-vous, toujours en raison des nombreuses langues que je parlais, il m'a suggéré de présenter ma candidature au service de renseignement des armées, où il y avait

un poste vacant, sous ses ordres. Jess était général. Il siégeait dans une commission qui avait pour mission d'analyser la situation au Moyen-Orient et il avait justement besoin d'un soldat expérimenté parlant l'arabe. Je savais que je risquais d'être envoyé en Irak, où Saddam Hussein exerçait encore son régime de terreur, mais Jess m'a affirmé que si c'était le cas, cela se passerait sous son contrôle. Bref, il m'a assuré que je ne courrais aucun danger. » Assad baissa les yeux. « Une promesse impossible à tenir à la longue. »

Il leva vers Carl un regard noir. « Je n'avais pas suffisamment réfléchi à ce que mon passé de militaire pouvait signifier pour moi si tout à coup nous nous trouvions dans une situation critique. Et malheureusement, c'est ce qui est arrivé, à plusieurs égards. Ma mère a eu un cancer et elle est morte deux jours avant le 11 septembre 2001, juste avant que le monde s'écroule. Et le mien avec.

— Pourquoi est-ce que ton monde à toi s'est écroulé ? Qu'est-il arrivé ? lui demanda Gordon.

— Ce qui est arrivé ? La force opérationnelle K-Bar, la force d'opérations spéciales Task Group Ferret et l'opération Anaconda.

— Là, on parle de l'Afghanistan, n'est-ce pas ? demanda Carl.

— Oui, exactement. Et c'était la première fois dans l'histoire du corps des nageurs de combat et dans celle des Jæger qu'ils étaient envoyés en service actif. À partir de janvier 2002, les deux corps d'armée faisaient brusquement partie de la Coalition. Et j'étais leur interprète, mais aussi chasseur chez les Jæger, avec une mitraillette sous le bras. Et entre nous soit dit, elle a beaucoup servi.

Au bout de quelques mois, je savais tout sur l'art de tuer ou d'être tué. J'ai vu des gens coupés en deux par les mines, j'ai vu décapiter des civils et des renégats, j'ai participé aux combats contre les talibans et les milices d'al-Qaïda, tout ça sans que notre arrière-garde et nos familles soient au courant des choses atroces auxquelles nous prenions part.

— Tu aurais pu refuser », suggéra Rose.

Assad haussa les épaules. « Quand on a fui le Moyen-Orient comme c'est mon cas, on ne cesse jamais d'espérer que cette région du monde sera un jour libérée de la violence et de l'horreur. Les talibans et al-Qaïda étaient et sont encore aujourd'hui responsables de ce qui se passe là-bas. Et puis je ne savais pas à quoi je m'étais engagé. Aucun d'entre nous ne le savait. À cette époque je croyais déjà avoir tout vu, alors pourquoi aurais-je dû être surpris ? Après tout, je gagnais bien ma vie et j'avais la sécurité de l'emploi, pas vrai ?

— Combien de fois t'ont-ils envoyé là-bas ? »

Assad sourit, ironique. « Une seule fois, mais en revanche, j'y suis resté cinq mois dans des conditions terribles, avec un barda qui pesait une tonne, dans une chaleur intolérable et sous la menace constante des autochtones, dont on ne savait jamais si on pouvait leur faire confiance. Je ne souhaiterais pas ça à mon pire ennemi. »

Il s'interrompit un petit moment et eut l'air de réfléchir à ce qu'il allait dire.

« Et pourtant, le pire était encore à venir. Et je ne peux m'en prendre qu'à moi. »

12

Assad

« Si les autres inspecteurs sont infoutus de le faire, moi je vais trouver où ces chimpanzés cachent cette saloperie », déclara le général Jess Bjørn à Assad après qu'ils avaient passé une autre longue journée torride sans avoir approché du but d'un seul iota. Les Nations unies l'avaient envoyé comme inspecteur de l'armement en Irak quelques semaines plus tôt et il avait emmené Assad avec lui.

Jess Bjørn et le reste de l'équipe internationale d'inspecteurs en armement de l'ONU avaient été missionnés là-bas pour prouver que le président des États-Unis avait raison de penser et d'avoir convaincu une grande partie du monde que Saddam Hussein avait caché d'importants stocks d'armes de destruction massive en Irak. Mais ils n'avaient rien trouvé et, parmi les collègues de Jess Bjørn au sein du corps d'inspection, on commençait à questionner la mission elle-même. Leur supérieur hiérarchique, Hans Blix, avait exprimé de sérieux doutes sur les sources à partir desquelles la communauté du renseignement américain avait bâti ses soupçons, ou plutôt sa certitude, mais Jess Bjørn ne partageait pas son avis.

« Les gens de Saddam sont tout simplement plus malins que le vieux et éminemment respectable diplomate suédois, expliqua-t-il à Assad. Hans Blix n'a pas compris que les Irakiens déplacent ce que nous recherchons dès qu'ils aperçoivent l'ombre d'un casque bleu. Tu penses bien que le sable du désert dissimule un nombre incalculable de bunkers dans lesquels on peut cacher une infinité de machines infernales et d'armes redoutables. »

Assad ne savait pas quoi en penser. Les Irakiens qu'ils avaient rencontrés et interrogés jusqu'ici lui avaient paru sincères. Les ingénieurs des centrales nucléaires et leurs directeurs avaient su leur rendre compte très précisément de leurs stocks d'uranium et autres matières radioactives, et de l'utilisation qu'ils avaient l'intention d'en faire. Les installations militaires qu'ils avaient visitées possédaient, certes, un nombre impressionnant d'armes conventionnelles, un surplus de la guerre sans pitié contre l'Iran, mais ils n'avaient rien trouvé qui soit en rupture avec les conventions de Genève. Alors, bien que les Américains prétendent mordicus qu'il y avait des armes de destruction massive cachées quelque part dans le pays, on n'avait toujours pas la moindre idée de l'endroit où elles pouvaient se trouver. Saddam Hussein devait rire sous cape de les voir s'agiter dans tous les sens et ne se privait pas de faire monter la sauce par un tas de déclarations pleines de mystères.

En revanche, il n'y avait pas grand monde pour oser affirmer que tout cela n'était que mensonge et manipulation, et surtout pas le général Jess Bjørn. L'attentat contre le Word Trade Center n'était-il pas une réalité ? arguait-il parfois. Et n'était-ce pas le Moyen-Orient qui

en était responsable ? Cela ne prouvait-il pas à quelle sorte d'individus ils avaient affaire ? Alors pourquoi ce chien galeux de Saddam Hussein aurait-il été différent ?

Le bon sens le plus élémentaire aurait voulu qu'on traite ce genre d'allégations péremptoires avec un minimum de scepticisme. Mais quand on parvient à instiller la peur chez un individu, sa capacité de discernement et son bon sens peuvent être mis à mal. Et c'était dans cette brèche que le président américain et ceux qui le conseillaient s'étaient engouffrés après le 11 septembre 2001. Le monde avait trouvé un nouveau bouc émissaire, de nouveaux marchés et surtout un moyen de faire oublier que l'administration Bush avait mal travaillé et n'avait pas compris les tensions nationales et internationales générées par la situation au Moyen-Orient. Il fallait agir, par tous les moyens et à n'importe quel prix, et Bush avait pris la balle au bond en lançant de nouveaux concepts et de nouvelles expressions belliqueuses tels que la « guerre contre le terrorisme », l'« axe du mal ». Il créait ainsi chez le peuple américain un désir très opportun de voir l'armée entrer en action et, par la même occasion, il muselait l'opposition. Si, après avoir envahi l'Afghanistan, on pouvait en même temps faire croire au monde que le brutal dictateur Saddam Hussein avait rassemblé une force militaire dotée d'armes de destruction massive, quelle autre réponse y avait-il que d'exiger que ces armes soient neutralisées ?

Malgré les dénégations obstinées de Saddam, on l'avait menacé de sanctions graves telles que l'obligation de laisser des inspecteurs spécialisés visiter la

totalité des installations en Irak, ce qui alimenterait la rumeur que le pays possédait un important stock d'armes de destruction massive. Pour l'homme de la rue en Occident, ce terme magique pouvait recouvrir à peu près n'importe quoi : bombe atomique, bombe nucléaire, bombes chimiques ou bactériologiques, et on ne manquait pas d'ajouter que ces suspicions reposaient sur une réalité. L'immonde dictateur n'avait-il pas prouvé à maintes reprises de quoi il était capable ? L'attaque chimique contre la ville de Halabja dans laquelle près de trois mille civils kurdes avaient été gazés ne parlait-elle pas d'elle-même ? Que leur fallait-il de plus pour agir ?

Le Premier ministre danois avait hurlé avec les loups. Quand le président des États-Unis lui avait appris que l'Irak possédait ces armes, il avait estimé lui aussi qu'il fallait les trouver au plus vite et de préférence avec l'aide du contingent danois.

Coûte que coûte.

Au départ, il était question que Jess Bjørn, Assad et quelques autres employés de l'ONU participent aux inspections et à l'investigation, qui risquaient de prendre un certain temps. Quand la famille de Marwa à Falloujah avait appris que son mari allait séjourner en Irak pour une durée indéterminée, elle lui avait proposé, sans en informer Assad, d'en profiter pour venir lui rendre visite avec ses enfants. Leur arrivée fut accueillie avec une joie immense, en particulier quand elle annonça qu'Assad et elle attendaient un troisième enfant. Elle n'était enceinte que de deux mois, mais une nouvelle est une nouvelle, surtout quand elle est bonne.

Marwa voulait faire à Assad la surprise de leur

présence en Irak et pour une surprise, ce serait une surprise. Tout à coup elles se présenteraient toutes les trois sur le seuil de sa tente, souriant de leurs dents blanches, la sueur au front, et ses bras se refermeraient sur elles. Marwa se réjouissait d'avance à l'idée du bonheur que ce serait pour son mari de les voir enfin tous réunis dans le pays où ils avaient grandi.

Mais Assad fut loin d'être ravi, car séjourner en Irak à ce moment-là était dangereux et personne ne pouvait prévoir de quoi serait fait le lendemain. Il leur demanda de prendre au plus vite congé de la famille et de rentrer immédiatement au Danemark. Mais Marwa avait d'autres projets. Si Assad devait rester plusieurs mois dans le pays, pourquoi ne se retrouveraient-ils pas quelquefois à Falloujah ? Depuis leur rencontre, il était sans cesse en mission à droite à gauche ; ne pouvaient-ils donc pas saisir la chance qui leur était offerte et passer un peu plus de temps ensemble ?

Assad était incapable de résister à Marwa. Elle était son grand amour, et elle et les filles son unique raison de vivre. Il avait donc cédé à sa requête. Ce fut la plus grave erreur de son existence.

« Nous étions convenus de nous voir une fois par semaine et c'est ce que nous avons fait pendant un mois. Puis Jess a été arrêté par la police secrète de Saddam. »

Le regard d'Assad alla de Rose à Gordon et à Carl. Il allait reprendre son récit quand Carl l'interrompit.

« Attends une seconde ! s'exclama Carl. Jess Bjørn a été arrêté par la police de Saddam Hussein ? Il était inspecteur de l'armement pour l'ONU. Ça aurait dû être partout dans la presse, non ? »

Assad n'était pas surpris qu'il pose la question. Ça avait été une sale affaire.

« Jess a fait une connerie. Il a enlevé son uniforme des Nations unies et il a réussi à mettre son nez dans des endroits où il n'avait pas été invité en payant des pots-de-vin à des gens qui travaillaient là. Il a pris des photos de machines et d'installations dans des entreprises parfaitement légales puis il les a trafiquées pour les rendre suspectes.

— Et tu as participé à ça ? » demanda Rose.

Assad secoua la tête. « Non, au contraire. J'ai essayé plusieurs fois de le mettre en garde et, à la fin, il partait sans me dire où il allait. J'étais parfaitement conscient qu'il s'aventurait sur un terrain dangereux. Un jour, il n'est pas rentré.

— Parce qu'ils l'avaient arrêté.

— Oui. Et enfermé dans ce qu'on appelle l'annexe nº 1.

— Je crois savoir que ce n'est pas très sympa comme endroit ? » commenta Gordon.

Assad acquiesça. Pas sympa du tout, il le savait mieux que quiconque.

Quand Assad était allé voir ses supérieurs pour les informer de l'arrestation de Jess Bjørn, on lui avait répondu de ne pas bouger. Le type avait enlevé son uniforme et il s'était rendu coupable d'espionnage, c'était à lui de se débrouiller, maintenant. Sa famille avait pleuré en vain pour qu'on fasse abandonner les poursuites contre lui par voie diplomatique. Il n'y avait pas d'autre solution que de le sacrifier si on voulait éviter que toutes les opérations de l'ONU dans le pays tombent à l'eau.

Assad savait que c'était la bonne décision. Chacun fait son lit comme il se couche et Jess était conscient de ce qu'il faisait. Malheureusement pour lui, en matière d'espionnage, les juges de Saddam Hussein étaient intraitables. Ce n'est qu'au moment du procès, quelques jours avant l'exécution de Jess, que lui et Assad avaient réellement pris conscience de la gravité de la situation.

Le regard empli de tristesse, Assad raconta l'arrivée de Lars Bjørn, la veille du procès.

Le moins qu'on puisse dire, c'est que le frère de Jess n'avait pas perdu de temps. Il avait menacé et engueulé trois avocats indépendants, des Irakiens en costard-cravate, avant de leur promettre monts et merveilles s'ils parvenaient à faire libérer Jess. Tous avaient eu la même réaction. Ils avaient regardé avec hauteur les auréoles de transpiration sous les bras de Lars Bjørn et lui avaient dit sans ambages qu'aucun avocat n'accepterait ce type de pots-de-vin pour aller s'opposer à la justice de Saddam Hussein. Ils n'avaient nullement l'intention de se montrer dans un tribunal aux côtés d'un Danois stupide qui était déjà condamné. Ils lui avaient demandé ensuite s'il avait une idée du nombre de personnes qui disparaissaient dans des tombes anonymes en plein désert, sans qu'on sache jamais ce qu'il leur était arrivé.

Au bout de deux jours de menaces et de prières inutiles, Lars Bjørn s'était rangé à l'évidence. Son frère serait conduit à l'échafaud, on lui passerait une cagoule noire sur la tête et on le laisserait tomber deux mètres plus bas à travers une trappe avec au cou la corde qui lui briserait la nuque. Une mort aussi rapide qu'inéluctable.

La lumière resta allumée toute la nuit dans la chambre

d'hôtel de Lars Bjørn et, le lendemain matin, il convoqua Assad pour lui exposer son plan.

« Je suis désolé de devoir vous mêler à ça, Assad, lui dit-il, mais vous parlez l'arabe et vous êtes un bon soldat. Si quelqu'un peut sortir Jess du guêpier dans lequel il s'est fourré, c'est vous. »

Ses paroles ne manquèrent pas d'inquiéter Assad. « Que voulez-vous dire ?

— Êtes-vous déjà entré dans la prison où Jess est enfermé ? Elle se trouve à l'ouest de Bagdad en direction de Falloujah, la ville d'où vient votre épouse.

— Vous parlez d'Abou Ghraib ? Je sais très bien où est Abou Ghraib, Lars, mais qu'est-ce que vous voulez que j'aille faire là-bas ? Cet endroit est pire que l'enfer ! »

Lars Bjørn alluma une cigarette de ses mains tremblantes. « Non, Jess est dans une annexe en béton à environ deux kilomètres d'Abou Ghraib. Mais je vous accorde que là aussi, c'est l'enfer sur Terre. Aucune loi humaine n'y est respectée et la torture, la violence et la souffrance y règnent en maîtres.

Beaucoup de gens y ont été exécutés ces dernières années. En général, une fois entré, on n'en ressort pas vivant. Vous m'avez demandé ce que je voulais que vous alliez faire là-bas. C'est une bonne question. Vous allez m'aider à faire évader Jess de l'annexe n° 1. »

Assad le regarda, médusé, sentant une sueur froide couler dans son dos. Il le prenait pour qui ? Superman ?

« Écoutez, Lars. Je n'ai pas l'impression que ce soit un endroit dont on s'approche facilement de son plein gré. Comment voulez-vous qu'on y pénètre et *a fortiori* qu'on réussisse à en sortir Jess sans qu'ils s'en

rendent compte ? Avec tous les soldats et les gardiens à l'intérieur ?

— Nous n'allons pas le sortir de là à leur insu. D'une manière ou d'une autre, nous allons faire en sorte que ce soient eux qui nous le confient. »

Assad ferma les yeux et se représenta la prison compacte avec ses énormes murs en béton et ses fils barbelés. Cet homme était fou. Il avait complètement pété les plombs.

« Je sais ce que vous pensez, Assad, mais je vous assure que ça peut marcher. Il suffit de leur faire croire qu'ils vont pouvoir utiliser Jess pour faire immédiatement cesser les inspections de leurs stocks d'armes. Je me suis déjà mis en relation avec le juge qui l'a condamné et j'ai obtenu un accord de sa part, à condition que Jess accepte de jouer le jeu.

— Laissez-moi deviner, même si je ne suis pas sûr d'avoir envie d'entendre ce que vous allez me dire. Vous allez leur faire croire que Jess a espionné avec la bénédiction de l'ONU, c'est ça ? »

Lars Bjørn acquiesça, impressionné. « C'est ça. Et que cela compromettait la mission à tel point que les Nations unies seraient contraintes de suspendre les inspections. Jess deviendrait un moyen de pression entre les mains des Irakiens.

— Je comprends que vous vouliez sauver votre frère à tout prix, Lars, mais vous savez bien que c'est un mensonge. Et que la vérité éclatera tôt ou tard.

— Eh bien, qu'elle éclate ! Les Irakiens se fichent de savoir si c'est vrai ou pas, du moment qu'ils peuvent brandir les aveux de Jess devant l'opinion publique. Ils l'ont déjà bien esquinté, d'après le juge. Il est solide, mais

ils l'ont fouetté jusqu'à lui faire perdre connaissance. Ensuite, ils l'ont ranimé et ils ont recommencé. Il paraît qu'ils l'ont brisé et qu'il a dit tout ce qu'ils voulaient entendre. Quoi qu'il en soit, ils savent maintenant qu'il fait partie de l'équipe des inspecteurs de l'armement, et ça ne passera pas inaperçu quand il déclarera tout à coup que ce sont ses supérieurs qui lui ont ordonné d'espionner. Que ce soit faux n'a aucune importance. Les services secrets irakiens fonctionnent sur le mensonge, Assad. »

Assad observa l'homme de grande taille qui était en face de lui. Il avait déjà vu Jess se battre en Lituanie et savait qu'il était plus dur à la douleur que la plupart des gens qu'il connaissait. Une journée de coups de fouet avait-elle réellement suffi à le faire craquer ?

« Si c'est vrai que Jess a parlé, alors ils ont utilisé leurs pires méthodes de torture. Il faudra plusieurs jours avant qu'ils puissent l'interroger. » Assad frémit en pensant à ce que ces monstres étaient capables de faire à un prisonnier. « Ils le ligoteront à une chaise dans une pièce fermée et le forceront à avouer face caméra. Et ensuite ils l'exécuteront. Qu'est-ce qui pourrait les en empêcher, une fois qu'il aura avoué ?

— Selon mon plan, ce n'est pas ce qu'ils vont faire et c'est là que vous entrez en scène. Vous allez venir le chercher avec moi. »

Assad sentit les poils de ses bras se dresser. Il savait qu'il ne se passait pas un jour sans que des gens disparaissent dans les prisons irakiennes. Une fois qu'on était dedans, il fallait plus que de la chance pour espérer en ressortir.

Lars poussa vers lui un plan sur lequel on voyait un ensemble de bâtiments. En haut du plan, on pouvait lire :

« Centre de détention de Bagdad, prison d'Abou Ghraib, annexe n° 1 ».

« Je ne crois pas que Jess soit aussi mal en point que vous le craignez ou qu'ils le prétendent, parce qu'on m'a autorisé à lui rendre visite pendant dix minutes, cet après-midi. Officiellement, dix minutes est le temps qu'on accorde aux proches pour dire au revoir aux prisonniers qui sont condamnés à mort ; en réalité, la plupart n'ont pas cette chance. Quant à moi, je n'irai pas pour lui faire mes adieux, mais pour lui exposer mon plan. »

Il pointa du doigt une rangée de cellules en bas du plan. « Les condamnés à mort sont enfermés ici. Ils les sortent, ils les torturent et, dès qu'ils ont obtenu d'eux les renseignements qui les intéressent, ils les pendent, ou ils les égorgent. La zone non construite à l'arrière du complexe abrite un charnier humain. Ils creusent des tranchées au bulldozer et font sans cesse de la place pour de nouveaux cadavres. Je sais parfaitement ce qui se passe là-dedans. »

Lars indiqua une vaste place située en haut du croquis. « Cette place se trouve non loin de la sortie, et elle est l'unique accès à la prison. »

Il désigna une croix tracée à proximité de la porte. « Vous et moi, nous nous tiendrons sur cette place. Quand ils le feront sortir de sa cellule, ils viendront droit vers nous. La caméra sera placée ici et c'est là que Jess fera sa confession. Pour prouver qu'il ne parle pas sous la contrainte, j'avancerai vers la caméra et je lui demanderai si on l'a forcé à dire ce qu'il vient de dire, ce à quoi il répondra non. Voilà ce dont nous sommes convenus avec le juge. Ensuite il se lèvera, nous sortirons avec

lui de l'enceinte de la prison, où mon chauffeur nous attendra et nous repartirons.

— Tout cela semble formidable et plutôt optimiste. Mais est-ce que vous avez prévu un plan B si quelque chose devait aller de travers ?

— C'est là que vous intervenez, Assad. Dans ce cas de figure, ce sera à vous de faire en sorte que nous sortions de cet endroit en un seul morceau. Vous parlez la langue, alors je compte sur vous pour bien écouter tout ce qui se dira, afin que nous ayons le temps de réagir avant qu'il ne soit trop tard.

— Pardonnez-moi, Lars, mais je ne comprends pas. Nous ne serons pas autorisés à entrer dans l'enceinte de la prison avec des armes. Comment ferons-nous pour nous défendre ?

— Vous faites partie de la force spéciale d'élite de la défense danoise et j'ai confiance en votre instinct. Si la situation dérape, vous saurez comment désarmer les gens qui sont autour de vous et les neutraliser. »

Assad essuya son front couvert de sueur et se tourna vers Carl, le visage fermé. Il ne savait pas pourquoi son récit l'affectait autant, mais une chose était sûre, il était proche du malaise.

« C'est comme ça que ça s'est passé. Lars Bjørn était complètement désespéré. Et maintenant, je crois que j'ai besoin de faire une pause. Si ça ne vous ennuie pas, je vais aller dans mon bureau pour la prière et ensuite, je m'allongerai une petite heure. »

13

Alexander

J-13

Ils avaient essayé d'entrer dans sa chambre.

Il les avait entendus chuchoter derrière la porte, et il avait vu la poignée s'abaisser tout doucement.

Alexander s'en fichait, il avait pris ses précautions. Dès le premier jour où il s'était enfermé dans ce camp retranché, il avait commencé à réfléchir à ce problème de porte. Car pour celui qui ne voulait pas qu'on l'ouvre, qu'elle soit tirante ou poussante, elle posait toujours un problème. Y compris quand elle était verrouillée et que la clé avait été enlevée de la serrure afin que personne ne tente de la faire tomber pour la récupérer par en dessous.

En l'occurrence, la porte de sa chambre était un battant gauche poussant donnant dans le couloir et, en insérant un pied de biche dans l'encadrement à la hauteur du pêne, il n'était pas très compliqué de la forcer. Mais Alexander savait mieux que quiconque que son père ne détruirait jamais une aussi belle porte. Il était beaucoup trop avare et soigneux pour cela et, surtout, son fils lui était bien trop indifférent.

Alexander se souvenait encore très nettement de l'expression de fierté avec laquelle son père leur avait montré son acquisition pour la première fois.

« Admire ce que tu as devant les yeux, mon fils, car cet endroit est un exemple parfait de la belle ouvrage. Portes en bois massif, moulures au plafond, rampes d'escalier tournées à la main, regarde ça ! Dans cette maison, tu ne verras pas une poignée en PVC, pas un panneau de particules cache-misère, pas un enduit fissuré, parce que ce sont des gens compétents et ambitieux qui ont travaillé à la rendre belle et unique. »

Compétent et ambitieux. Son père n'avait que ces mots-là à la bouche. Quand il parlait des gens, il les classait dans deux catégories. Ceux qui avaient des compétences et de l'ambition et ceux qui n'en avaient pas. Ceux qui, toujours selon ses critères, faisaient partie de cette dernière catégorie étaient considérés comme des êtres inférieurs qui ne méritaient pas de fouler le sol de son pays.

Pas un repas sans qu'il se mette à fustiger les fainéants qui n'apportaient pas leur pierre à l'édifice ou ne partageaient pas ses idées d'une nation saine et bien ordonnée. Un jour, quand Alexander avait eu le malheur de lui crier qu'il ferait mieux de fermer sa gueule et d'aider ceux qui n'avaient ni compétences ni ambition au lieu de se croire meilleur que les autres, il avait payé son insolence d'une gifle magistrale. Il n'avait que treize ans à l'époque, et cette claque avait été la première d'une longue série. Chez eux, les disputes étaient incessantes et il ne subsistait aucun doute sur le fait que le père d'Alexander aurait préféré avoir pour fils n'importe quel autre gamin danois normal plutôt que lui.

Ils habitaient dans une maison au moins centenaire, construite par des gens à la fois compétents et ambitieux et, bien qu'on ne puisse pas bloquer la porte de l'intérieur, puisque contrairement à la règle, elle s'ouvrait vers l'extérieur, la porte en question était équipée d'une solide poignée en laiton qui ne se démontait pas facilement.

Grâce à elle, Alexander pouvait jouir de la paix à laquelle il aspirait. En effet, dans un rare élan de générosité et de sens pratique, son père avait accroché sous les moulures du plafond un câble en acier sur lequel des lampes halogènes étaient suspendues en rang d'oignons. Bien que ce câble soit solidement arrimé avec un système de tenseurs, Alexander était parvenu à l'arracher du mur, puis il l'avait enroulé plusieurs fois autour de la poignée de porte d'un côté et d'un radiateur en fonte de l'autre. Désormais, il était impossible d'ouvrir suffisamment la porte pour entrer dans la pièce. Quand la maison était vide, Alexander mettait moins de dix secondes à décrocher le câble pour sortir. Ils pouvaient donc chuchoter tant qu'ils voulaient derrière le battant, Alexander était tranquille, ils n'entreraient pas.

« Ne vous inquiétez pas, tout va bien, leur cria-t-il à travers la porte fermée. Dans quelques semaines, je vous promets de sortir de cette chambre. »

Au moins, cette promesse avait fait cesser les messes basses. Mais en réalité, il mentait, car il n'allait pas bien du tout.

Ces dernières vingt-quatre heures, il avait perdu pas mal de vies dans son jeu et son score s'en était tellement ressenti qu'il faillit renoncer à atteindre les deux mille cent dix-sept points. Son but était seulement d'attirer

l'attention qu'ils méritaient sur la femme anonyme et tous les autres morts qu'on repêchait en mer ou qui venaient s'échouer sur les plages. Le moment voulu, il l'expliquerait à son contact dans la police et ensuite il irait décapiter ses parents et tous ceux qui auraient le malheur de se trouver sur son chemin. Au moins il serait sûr que personne n'oublierait jamais cette femme innocente.

C'était son plan.

« Ressaisis-toi, Alexander, s'exhorta-t-il en regardant son écran. Tu peux y arriver. Sois malin, tue sans pitié, tu étais juste un peu fatigué ces jours-ci. Reprends ton rythme habituel et ça va aller. »

De nouveau, il fut dérangé par un bruit derrière la porte. « Ton ami Eddie est là, Alexander, lança sa mère. Il est venu te dire bonjour. Il aimerait entrer. »

C'était évidemment un mensonge. D'une part Eddie n'était pas son ami et d'autre part, il ne serait jamais passé comme ça, juste pour dire bonjour. Éventuellement pour emprunter quelque chose qu'il ne lui rendrait jamais. Ça, c'était possible. Ou encore pour lui demander les adresses de bons sites porno, mais certainement pas pour dire bonjour. Jamais de la vie.

« Salut, Eddie ! Ils t'ont payé combien ? rétorqua-t-il. Un bon paquet, j'espère. Alors si tu veux un conseil, prends l'oseille et tire-toi, parce que je n'ai pas envie de te voir. Même pas en rêve. Au revoir, Eddie ! »

Le pauvre garçon essaya de justifier son salaire en lui faisant croire qu'il lui manquait. Ils l'avaient sacrément bien briefé.

« Allez, Alexander, juste dix minutes », tenta Eddie, d'une voix plus rauque qu'à l'accoutumée.

Alexander décrocha du mur le katana de son grand-père

et le tira de sa gaine. La lame était merveilleusement tranchante. Si cet imbécile savait ce qui l'attendait dans le cas où, par un moyen ou par un autre, il entrait ici ! Sa tête tomberait lourdement sur le sol, et la table, la chaise et le tapis seraient éclaboussés par les dernières giclées de sang que son cœur pomperait dans son organisme.

« Cinq minutes, alors », insista cet inconscient.

Cette fois, Alexander ne répondit pas. Le meilleur moyen de se débarrasser des gens était le silence. Ils se sentaient ignorés et détestaient ça, et ils étaient aussi déstabilisés. Un jour, il avait entendu quelqu'un prétendre que le silence était l'arme absolue. Il tuait les couples, séparait les amis. La meilleure arme des politiques était le silence, le mensonge venant juste après.

Pendant quelques minutes encore, sa mère et Eddie essayèrent de le convaincre, puis leurs suppliques se firent de plus en plus brèves, de plus en plus espacées et, bientôt, ils se turent complètement.

Alexander remit le sabre dans son étui, le raccrocha sur le mur et retourna à son jeu. Il lui manquait plus de cent cinquante points pour atteindre son but. Les bons jours, il lui arrivait de récolter jusqu'à quinze points et les mauvais, pas plus de deux. Mais si la chance voulait bien lui sourire de nouveau, s'il se donnait du mal, s'il économisait ses forces et travaillait sur sa concentration, il devrait être capable d'atteindre le score qu'il visait dans une quinzaine de jours. Tout était une question de motivation et Alexander savait précisément comment la stimuler.

Il prit son téléphone portable et alla chercher dans son répertoire le numéro qui lui était si utile depuis quelque temps. Il n'arrivait pas toujours à joindre son contact

immédiatement, mais cette fois, il n'eut à attendre que quelques secondes pour entendre sa voix un peu nasillarde au bout du fil.

« Ah, c'est toi, répondit le policier. Dis-moi comment tu t'appelles, parce que j'ai décidé que je ne voulais plus te parler tant que je ne le saurai pas. »

Alexander faillit éclater de rire. Il le prenait pour un idiot, ou quoi ? Quel policier se permettrait d'ignorer les appels de quelqu'un qui avait l'intention de faire un carnage ?

« Bon. Je t'appelle juste pour te dire que je n'ai pas réussi à avancer autant que je le voulais. Tu vas devoir patienter un peu avant que j'arrive à deux mille cent dix-sept points, parce que j'ai un peu de mal à progresser. Je me fais tout le temps tuer, tu comprends, alors du coup je recule et je perds du temps. Et ensuite je dois regagner des points, tu vois ce que je veux dire ?

— C'est quoi le jeu auquel tu joues ? Et pourquoi est-ce si important que tu atteignes le score de 2117 ? Qu'est-ce que ce chiffre représente pour toi ?

— Ah, ah. Tu le sauras quand j'y serai arrivé. Et quand j'en serai là, tu connaîtras aussi mon nom. Je peux te l'assurer. »

Et il raccrocha.

14

Carl

« Est-ce que tu en sais plus que ce qu'il vient de nous raconter, Rose ? lui demanda Carl quand Assad fut sorti du bureau pour aller prier et se reposer.

— Non. J'entends tout cela pour la première fois.

— J'ai bien compris que tu étais là en partie pour nous convaincre de lui venir en aide. Mais est-ce que ça veut dire aussi que tu reviens au département V ?

— Vous trouvez que j'ai l'air en état de revenir ? »

Carl l'examina de la tête aux pieds. Cette femme jadis mince et athlétique était maintenant l'inverse. Pour être honnête, son corps difforme et la mollesse de ses gestes l'avaient choqué. Sa question était tout à fait légitime.

« Tu as l'air en pleine forme, répondit Gordon à sa place. Bien sûr que tu es en état de revenir. »

Ce fut tout juste s'il ne se mit pas à baver lorsqu'elle le remercia par un sourire.

« Ton intelligence et toi nous avez manqué. Ton insolence un peu moins, mais si nous devons employer des ressources humaines sur l'affaire d'Assad, je suis obligé d'insister pour que tu viennes nous donner un coup de main. Alors la balle est dans ton camp. Tu en es ou pas ? »

Ils furent interrompus par une voix familière et inattendue venant du couloir. « Qui est-ce qui en est ou pas ? » demanda Marcus Jacobsen, apparaissant dans l'encadrement de la porte.

Il s'avança vers Carl la main tendue puis salua chaleureusement les deux autres avec un sourire annonciateur de nouvelles.

« Je fais mon petit tour de charme dans les départements. C'était de toi qu'il parlait, Rose ? »

Elle le regardait avec dévotion et en oublia d'acquiescer. Pour une raison ou pour une autre, elle avait toujours eu un faible pour le vieux. Était-ce à cause de ses grandes mains ? Ou peut-être de sa voix de basse ? Avec les femmes, on ne pouvait jamais savoir.

Marcus l'observait avec le genre de sourire qui, les années passant, se creuse de rides. « Ce serait bon pour tout le monde, si tu te sentais assez forte pour reprendre le collier. Je sais que tu as traversé une période difficile et évidemment, tu dois y réfléchir. »

Il se tourna vers Carl. « Je viens vous voir en premier et vous allez probablement croire que c'est parce que j'avance étage par étage, mais ce n'est pas le cas. En réalité, c'est parce que le département V est l'unité d'investigation la plus performante de l'hôtel de police et celle qui a les meilleurs résultats. Mon souhait n'est donc pas uniquement de réussir à vous garder, mais aussi d'améliorer et de moderniser vos conditions de travail. Dans cette optique, j'ai un petit cadeau pour toi et pour Assad, Carl. »

Eh ben merde alors, s'il s'attendait à ça !

« Vous formez tous les deux une équipe très soudée dans le travail et, dans le cadre d'une nouvelle mesure

test visant à développer ce type de collaboration, nous allons équiper certains d'entre vous avec ceci. »

Il tendit deux coffrets à Carl Mørck. Carl regarda l'emballage. Il s'agissait d'une de ces montres ultramodernes qui savaient tout faire sauf griller les tartines. Comment leur vieux patron tout neuf pouvait-il imaginer qu'il serait capable de se servir d'un truc pareil ? Il n'arrivait même pas à faire la différence entre les télécommandes que Mona avait sur sa table basse. Allait-il être obligé de lire un mode d'emploi ? se demanda-t-il avec un frémissement d'horreur. Il préférait encore étudier les pratiques de ménage en Mongolie. Cela dit, Ludwig pourrait lui donner quelques conseils, ce garçon était incollable en matière d'objets connectés.

« Euh, merci, dit-il. Je suis sûr que ça fera très plaisir à Assad.

— La montre est équipée d'un GPS, pour que vous puissiez vous localiser mutuellement. L'appareil serait capable par exemple de te dire où se trouve Assad en ce moment.

— Il est si précis que ça ? »

Marcus Jacobsen fronça les sourcils.

« Je te demande ça parce qu'il se trouve à exactement huit mètres d'ici dans son pseudo-bureau de l'autre côté du couloir. »

Jacobsen sourit. Lars Bjørn ne l'aurait pas fait.

« Bref, je veux que vous considériez ceci comme une marque d'appréciation pour votre travail. Et évidemment, vous savez que si vous avez le moindre problème, vous pouvez venir me voir à tout moment. »

Carl jeta un coup d'œil à sa petite équipe et il se mit

à compter les secondes dans sa tête. Une, deux trois… quatre secondes seulement. Gordon tira le premier.

« Moi j'en ai un, dit-il. Je reçois constamment des appels téléphoniques d'un jeune homme qui prétend vouloir tuer d'abord ses parents puis des passants choisis au hasard dès qu'il aura obtenu un certain score dans un jeu vidéo auquel il joue apparemment à longueur de journée. Je crois qu'il parle sérieusement et nous nous demandons par quel bout prendre cette affaire.

— OK, bon à savoir !

— Il m'appelle d'un portable et c'est un téléphone à carte.

J'imagine qu'il en a plusieurs.

— Et ces appels durent depuis combien de temps ? demanda Marcus.

— Plusieurs jours.

— Vous avez appelé les fournisseurs de réseau mobile ?

— Oui, mais malheureusement, le gamin ne reste que très peu de temps en ligne et je ne serais pas surpris qu'il change de carte à chaque appel et qu'il éteigne son téléphone quand il ne s'en sert pas.

— Je parie aussi qu'il s'agit d'un appareil ancienne génération tout pourri et qu'il n'a pas de GPS, intervint Rose. Alors il va falloir être très malins pour le tracer à l'aide des tours de transmission. Et si on y arrive, nous n'obtiendrons pas une localisation avec une marge d'erreur inférieure à dix mètres, comme les gens le croient. Contrairement aux montres qu'on vient de vous offrir.

— Il parle danois ? s'enquit Marcus, s'adressant directement à Gordon et faisant comme s'il ne voyait

pas le regard envieux avec lequel Rose fixait les boîtes de montres.

— Oui, et très bien.

— Quelle tranche d'âge ?

— On dirait un adolescent ou un jeune adulte.

— Qu'est-ce qui te fait dire ça ?

— Il raccourcit certains mots comme un jeune qui veut faire son intéressant et en même temps, son vocabulaire montre une certaine maturité. Je pense que ses parents l'ont bien élevé.

— Tu peux préciser cette impression ?

— Il utilise les mots "supprimer" et "éliminer" plutôt que "zigouiller" ou "trucider".

— Il parle d'une manière affectée ?

— C'est-à-dire ?

— C'est-à-dire comme les gens des banlieues aisées du nord de Copenhague ?

— Non, je n'irais pas jusque-là. Mais il n'a pas non plus l'accent des jeunes des cités.

— Il a un accent prononcé de Fionie, du Jutland, ou du Seeland ?

— Non, pas de dialecte à proprement parler.

— La prochaine fois, tu essayeras de l'enregistrer, d'accord ?

— Oui… bien entendu, c'est déjà le cas. Enfin, je ne l'ai enregistré qu'une fois, mais ce jour-là, il n'a pas dit grand-chose.

— Parfois, une phrase suffit, Gordon. »

Carl était d'accord. La police employait des experts en linguistique très pointus et Marcus avait mis le doigt sur quelque chose d'important. Cela valait la peine de creuser dans cette direction.

« Vous avez contacté le service de renseignement de la police ? poursuivit le patron de la Crim'.

— Non, pas encore. Mais nous y avons pensé, bien sûr, répondit Carl.

— Pourquoi ce garçon appelle-t-il le département V, à votre avis ?

— Je lui ai posé la question, mais il n'a pas répondu », dit Gordon.

Les rides de rire de Marcus apparurent de nouveau. « Ce jeune homme a dû lire quelque chose sur vous dans la presse. Peut-être qu'il connaît votre efficacité et qu'au fond de lui il espère que vous l'arrêterez avant qu'il ne soit trop tard. »

Waouh ! Ça, c'était envoyé ! À présent, pour rien au monde Gordon ne lâcherait cette affaire, songea Carl Mørck.

La grande asperge se gratta la tête. « Alors, à part l'enregistrer quand il appelle, je fais quoi, maintenant ?

— Tu contactes la PET[1] et tu leur demandes d'écouter vos conversations. »

Carl fronça les sourcils. Il n'avait aucune envie que ces hyènes mettent ses lignes téléphoniques sur écoute.

« On va se débrouiller, Marcus, intervint-il. Le département V a ses propres méthodes pour coincer ce genre de petits cons. »

Gordon allait riposter, mais il vit le regard noir de Carl et s'abstint.

Ce dernier s'empressa de changer de sujet. « Assad, Rose et moi avons un autre problème qui risque de

---

1. Politiets Efterretningstjeneste, service de renseignement de la police.

mobiliser toute notre attention pendant quelques jours. »

Marcus s'assit pour écouter Carl et Rose lui relater à tour de rôle les révélations qu'Assad leur avait faites sur son passé.

Pour un homme qui, par sa vie professionnelle, avait été parfois confronté au pire, le patron se montra plus touché par ce récit que Carl ne l'aurait cru. C'était flagrant.

« Nom de Dieu ! » s'exclama-t-il. Puis il resta un long moment silencieux pour assimiler l'histoire qu'il venait d'entendre. Apparemment, ce n'était pas chose facile.

« Eh bien, dit-il enfin, le regard troublé par l'émotion. Voilà qui explique la personnalité d'Assad, et pourquoi Lars Bjørn s'est donné tant de mal pour lui fournir une nouvelle identité et un travail à la hauteur de ses compétences. » Il se tourna vers Carl. « Il a eu une très bonne idée de te le présenter. Quand on vous voit travailler ensemble, on se dit qu'il n'y a pas de hasard.

— Montrez-lui les articles de journaux, Carl. Pour qu'il comprenne pourquoi il s'est décidé à nous dire la vérité », suggéra Rose.

Carl poussa le tas de coupures de presse vers Marcus et il lui désigna les deux femmes, sur la première. « Cette femme est l'épouse d'Assad, Marwa, et, à côté d'elle, il est probable que ce soit une de ses filles. »

Marcus extirpa une paire de lunettes de lecture de sa poche de poitrine. « Apparemment, la photo a été prise à Chypre, il y a deux jours ?

— Oui, à Ayia Napa. C'est au large de cette plage que le bateau a coulé et qu'une partie des migrants ont été repêchés.

— Et les autres articles, ils disent quoi ? » Il en prit deux au hasard et survola les gros titres. « Vous les avez lus ? » demanda-t-il.

Carl secoua la tête. « Moi je viens d'en avoir connaissance, mais Rose les a tous lus, n'est-ce pas, Rose ? » Il cligna de l'œil. « Figure-toi qu'elle collectionne les coupures de presse. » Une ombre passa sur le visage de la jeune femme et cela le surprit. Il n'aurait jamais cru que quelque chose puisse l'embarrasser.

Elle prit la dernière coupure dans le tas et la tendit au patron. « Celle-ci était accrochée au mur de ma chambre, c'est là qu'Assad l'a remarquée. C'est celle qui l'a le plus bouleversé. »

Elle avait dit « sa chambre » ? Qu'est-ce qu'Assad faisait dans sa chambre ? songea Carl.

« Il m'a rapidement expliqué pourquoi cette photo l'avait tant troublé. Il s'avère qu'il connaissait la noyée. Elle avait été une sorte de maman de substitution pour lui, quand il était enfant. »

Ils se penchèrent tous en même temps sur l'article. La manchette leur sauta aux yeux : « La victime 2117 ».

« Hein ? » s'exclama Carl. Gordon était pétrifié, incapable de dire un mot. Sa mâchoire inférieure tomba.

« 2117, parvint-il à murmurer. C'est le nombre de points que le garçon qui me téléphone sans arrêt essaye d'atteindre avant de tuer ses parents. »

Un changement d'expression qu'ils connaissaient bien et qui leur avait manqué passa sur le visage du patron. Sa signification exacte était à ce jour un mystère

mais Marcus était probablement en train de récapituler les différents éléments d'information dont il disposait et d'établir toutes sortes de liens possibles entre eux, une capacité qui faisait sa force depuis toujours. Et en ce moment, il pensait de toute évidence la même chose que Carl. Que cela ne pouvait pas être un hasard.

« Ce nombre a apparemment impressionné ce garçon. Mais où a-t-il pu le voir ?

— Il a fait la une de tous les quotidiens du monde, Marcus », répliqua Rose.

Son front se plissa. « Quand est-ce qu'il a commencé à t'appeler, Gordon ? Avant ou après la parution de cet article ? » Gordon vérifia rapidement la date. « Après. Un jour ou deux après.

— Ce garçon pourrait-il être au courant du lien entre la femme noyée et Assad, et indirectement avec le département V ?

— Non ! répondit Rose, catégorique. Assad a vu cette photo pour la première fois hier, j'en suis témoin. Mais le message contenu dans l'article sur l'horreur dont sont victimes ces migrants arrivés par bateau est particulièrement percutant, et il faudrait avoir un cœur de pierre pour ne pas être touché. C'est pour ça d'ailleurs que je l'ai accroché sur le mur de ma chambre, ajouta-t-elle.

— Bon, je veux bien, dit Carl. Mais vous ne trouvez pas que ce jeune homme y va un petit peu fort ? Même si, parfois, l'idée m'a traversé l'esprit parce qu'elle est épouvantable et qu'elle me fait tourner en bourrique, je n'ai encore jamais sérieusement envisagé de décapiter ma mère. »

Marcus réfléchit quelques instants. « OK, Gordon. Alors, la prochaine fois que ce jeune homme t'appelle,

tu le pousses dans ses retranchements en lui disant que tu as vu la photo de la victime 2117. Tu lui dis que tu comprends que ça le bouleverse et tu essayes de le faire parler. »

Gordon avait l'air nerveux, tout à coup. Il ne se sentait peut-être pas à la hauteur de la tâche.

Marcus poursuivit. « Ça t'ennuierait d'aller chercher Assad, ou Zaid al-Asadi, s'il préfère se faire appeler comme ça ? Je suggère que vous évitiez tous de lui parler de ce garçon et de cette histoire de nombre, pour l'instant en tout cas. Il a assez de problèmes comme ça. Qu'en penses-tu, Carl ? »

Carl acquiesça. Il se remémora Assad, dix ans auparavant, quand il avait débarqué au département V. Il s'était présenté sous le nom de Hafez el-Assad, réfugié syrien, les mains glissées dans des gants de caoutchouc vert et un seau de ménage posé à ses pieds. Alors qu'en réalité, il était Zaid al-Asadi, soldat du corps des Jæger, officier interprète, Irakien, parlant danois presque couramment. Le moins qu'on puisse dire, c'est qu'il était un sacré comédien !

Ils se retournèrent tous lorsque Assad entra, ses cheveux frisés en bataille, les yeux fatigués et injectés de sang. Il salua Marcus Jacobsen et le félicita d'avoir récupéré son poste avant d'aller s'écrouler lourdement sur une chaise. Puis il écouta Carl lui expliquer que le patron était informé de la situation et qu'ils seraient tous heureux d'entendre la suite de son histoire, s'il se sentait capable de reprendre.

Assad se racla la gorge une fois ou deux et ferma les yeux. Il fallut que Rose pose la main sur son épaule pour qu'il reprenne son récit.

« Le jour où il m'a fait part de son plan, Lars Bjørn n'a finalement pas été autorisé à rencontrer Jess en prison. Il n'a pu le voir que deux jours avant la date prévue pour son exécution. En le découvrant assis là, menotté, la figure presque méconnaissable, il a aussitôt compris que les Irakiens avaient réussi à le faire parler. »

Assad rouvrit les yeux et il s'adressa à Carl. « Son nez n'est jamais redevenu comme avant et ses bourreaux lui avaient pratiquement arraché une oreille. Son torse nu était couvert de plaies et d'ecchymoses. Les ongles de ses mains étaient noir bleuté. Lars a eu un véritable choc quand ils l'ont amené dans la cour et il y avait de quoi. On leur a interdit de parler danois ensemble et il n'a pas eu la possibilité à ce moment-là d'expliquer son plan à son frère. En revanche, ils l'ont laissé avec lui plus longtemps que les dix minutes prévues. À un moment donné, les gardiens ont reculé, probablement parce qu'on leur en avait donné l'ordre.

Lars m'a raconté après que Jess avait à peine réagi quand il lui avait exposé son plan. Lars a d'abord cru qu'il préférait mourir que de trahir sa mission auprès des Nations unies, mais tout à coup, il s'est mis à pleurer. Il était brisé.

— Je ne comprends pas, dit Carl. Quel était le problème, au juste ? Une fois dehors, il n'avait qu'à expliquer aux journalistes qu'il avait agi de son propre chef !

— Tu n'es pas militaire de carrière, Carl. Pour lui, c'était le déshonneur, tu comprends ? Dans son monde à lui…

— Tu as raison, je ne comprends rien du tout.

— Il savait que les Irakiens considéreraient son

démenti comme un mensonge. Ils avaient obtenu de lui qu'il dise la vérité sous la torture et cette vérité était immuable.

— Mais il a quand même suivi le plan de son frère, alors que s'est-il passé, finalement ? »

Assad se recroquevilla sur lui-même, il se pencha en avant comme si ce souvenir lui donnait des aigreurs d'estomac. Puis il reprit son récit.

15

Assad

Le jour suivant, un soleil de plomb déversait sa chaleur brûlante sur le paysage. L'asphalte fondait sur les routes et les gens restaient chez eux. Assad n'avait jamais connu une fournaise pareille : moins de deux minutes après qu'ils avaient quitté l'hôtel de Lars Bjørn, leurs chemises étaient trempées de sueur.

Le chemin pour arriver à la prison leur parut interminable. Dans le vieux fourgon blindé que Lars avait loué, la température intérieure qui régnait était celle d'un four. Même leur chauffeur, un mercenaire libanais que Lars connaissait d'avant et qui devait pourtant avoir l'habitude, avait la barbe qui dégoulinait, comme s'il bavait abondamment.

Il se gara à dix mètres du mur d'enceinte. Deux soldats à la mine patibulaire les attendaient devant la porte d'entrée. On les fouilla en leur aboyant des ordres, ce qui leur donna rapidement une idée de l'ambiance générale. Quand on les poussa à l'intérieur, Assad crut qu'il allait vomir.

Deux gardiens leur firent traverser un couloir à ciel ouvert de cinq mètres de large et de vingt mètres de long

entre le mur extérieur et un mur intérieur qui débouchait sur une place déserte, flanquée d'un côté par une série de bâtiments en béton.

Non loin de là, un prisonnier lança soudain un «*Allahu Akbar*». Son exclamation fut suivie de quelques bruits sourds puis le silence revint. Pesant.

La brume de chaleur semblait faire danser les murs autour de la place vide. L'air était presque irrespirable.

On leur ordonna d'attendre sans bouger. Les deux soldats se postèrent derrière eux, leurs pistolets mitrailleurs à la hanche. Assad remarqua leurs regards attentifs et leurs yeux perçants. L'atmosphère étouffante les ramollissait un peu, mais il savait qu'ils n'hésiteraient pas une seconde à réagir dans une situation imprévue.

Assad se tourna vers Lars Bjørn, dont le visage était bouffi et le souffle, court et rauque.

Un homme en proie à une peur incontrôlable n'est pas un spectacle joli à voir.

Au bout de dix minutes, deux matons torse nu amenèrent Jess dans la cour et le jetèrent à genoux sur le sol de terre battue. Ils étaient suivis par deux individus en costume noir, à l'air martial, sans doute des officiers de la police secrète de Saddam Hussein. Un Irakien en caftan, encombré d'une énorme caméra, fermait la marche.

Tandis que les gardiens quittaient les lieux, les deux hommes en noir se campèrent derrière le prisonnier, qui peinait à se redresser. Ils lui assenèrent une série de coups de pied jusqu'à ce qu'il lève les yeux vers son frère. Son regard était si éperdu, si effrayé et si plein de remords qu'il semblait peu probable qu'il parvienne à délivrer son témoignage sans dévoiler la supercherie.

Le cameraman s'approcha et fit signe à Lars Bjørn de se placer entre son frère et l'objectif.

Assad recula, se rapprochant des soldats qui se trouvaient derrière lui. Sans regarder en arrière, il évalua la distance qui les séparait à trois grands pas.

Lars Bjørn attendait, ruisselant de transpiration face à la caméra. Il se taisait, tanguait légèrement, mais cette touffeur inhumaine devait y être pour beaucoup. Dans l'air vacillant et la poussière de la cour, les deux officiers de la police secrète n'avaient pas bougé, debout derrière Jess Bjørn, leurs yeux clignant à peine. Les soldats dans le dos d'Assad avaient l'air de deux robots, programmés pour mettre fin à la scène au moindre signal. La situation dans laquelle ils s'étaient mis n'était pas des plus confortables.

Assad était parfaitement immobile, aux aguets, se demandant de quel côté surviendrait le danger.

Allez, Lars, songeait-il en s'épongeant le front du revers de sa manche. Dis ce que tu as à dire et dis-le bien.

Mais entre le moment où le cameraman fit signe à Lars Bjørn et celui où il parla, il se passa une éternité et, quand enfin il le fit, on eut l'impression que c'était sous la contrainte. Ses phrases étaient mécaniques et son anglais hésitant. Ce qui aurait dû être un témoignage sans faille attestant que son frère était prêt à trahir la mission que lui avait confiée les Nations unies ressembla à une tirade débitée par un mauvais acteur.

Et c'est là que Jess leur montra à tous de quel bois il était fait. Là que le personnage qu'on croyait brisé leva la tête et regarda droit dans l'objectif.

« Mon frère vient de vous raconter ce dont nous étions

convenus de dire, commença-t-il en anglais d'une voix faible. Vous voyez bien à quel point tout cela l'affecte. La vérité, c'est que j'ai agi de mon propre chef. J'ai espionné, c'est vrai, mais je n'ai rien découvert qui justifie la mission que l'ONU m'avait confiée. »

Il respirait péniblement. « C'est ça la réalité et ce qui est vrai aussi, c'est qu'on m'a condamné à mort. Pas parce que j'ai pénétré dans des installations irakiennes sans uniforme, mais parce que, lors d'une opération, j'ai failli tuer un gardien. Je m'en remets donc à mon destin et demande pardon à tous pour mes intentions comme pour mes actes. »

Il s'interrompit et lança deux crachats rouges dans le sable.

À cet instant, Assad comprit quel était en réalité le plan de Lars Bjørn, et aussi pourquoi il ne lui en avait rien dit. Assad se souvint qu'il lui avait recommandé de se fier à son instinct. C'était maintenant qu'il allait en avoir besoin, il le sut avant que le sable ait eu le temps d'absorber la salive sanguinolente de Jess.

Après les aveux inattendus de Jess Bjørn, il n'y avait que deux possibilités. Soit la sentence du tribunal irakien serait exécutée, et Jess pendu, soit il serait puni sur l'heure. Mais dans tous les cas, il allait y avoir de l'action et, quand le plus vieux des hommes en noir lança un regard glacial vers les soldats derrière Assad, tous ses instincts s'éveillèrent. À la seconde où le plus jeune des deux officiers ouvrait sa veste et glissait sa main droite à l'intérieur pour saisir son pistolet, Jess se leva brusquement, libérant des forces insoupçonnées. Il se jeta en arrière, entraînant l'officier dans sa chute.

Sans hésitation, Assad fit la même chose, reculant

brusquement sur le soldat le plus proche, qui roula dans la poussière, Assad au-dessus de lui. En un millième de seconde, il l'avait immobilisé en lui écrasant le larynx de son coude, et avec sa mitraillette il avait tué l'autre soldat d'une balle dans le ventre. Pendant ce temps, Jess se débattait avec l'officier qui quelques secondes auparavant s'apprêtait à l'abattre dans le dos. À présent, celui-ci le regardait d'un air affolé, agitant son pistolet dans tous les sens, tandis que Jess l'attrapait brutalement par le cou, qu'il tordit d'un coup sec, lui brisant la nuque.

Le deuxième officier eut à peine le temps de lancer un appel inarticulé pour qu'on vienne à son secours qu'Assad lui tirait une salve de mitraillette dans la cuisse. Il s'écroula.

Plus inattendue fut l'attaque du cameraman : en un seul mouvement, il se débarrassa de sa caméra, sortit de la ligne de tir de la mitraillette et se retourna vers Assad un couteau à la main, avec dans les yeux une expression de démence laissant à penser que ce n'était pas la première fois qu'il utilisait une arme blanche sur de la chair vivante.

C'est à cet instant que le lien indéfectible qui liait Assad à Jess se noua pour de bon, car ce fut lui qui, avec l'arme de l'officier, sauva la vie d'Assad : il tira un unique coup de feu dans la tête du cameraman, qui mourut avant d'atteindre le sol.

Pendant toutes ces péripéties, Lars Bjørn n'avait pas bougé d'un millimètre, pour ne pas gêner. Ce qui ne l'avait pas empêché d'avoir les yeux partout.

« Il en arrive d'autres par là-bas, attention ! » cria-t-il en montrant du doigt deux gardiens émergeant de nulle part, leurs armes braquées sur eux.

« Je vous couvre ! » cria Assad en arrachant sa mitraillette au soldat qui gémissait par terre, les mains agrippant son cou. Puis il ramassa la caméra vidéo et suspendit la sangle à son épaule.

En un bond, Jess et Lars Bjørn furent auprès de l'officier blessé, qu'ils ramassèrent pour l'utiliser comme bouclier. Il y eut quelques coups tirés depuis le mur du fond, auxquels Assad répondit par une courte salve, touchant l'un des tireurs.

À présent, on entendait aussi des détonations à l'extérieur. « C'est notre chauffeur ! cria Lars à Assad. Maintenant, à toi de jouer », lui ordonna-t-il.

À partir du moment où ils purent voir l'entrée de la prison, Assad tira sans interruption, comptant au fur et à mesure le nombre de cartouches qui lui restaient.

Quelques pas derrière lui, Jess tenait l'Irakien blessé contre lui, son sang coulant abondamment le long de sa jambe.

Assad se dit qu'il devait être un personnage important pour que les soldats évitent si soigneusement de le toucher. Un tir venant d'en haut leva un nuage de poussière devant le pied droit d'Assad.

« Abritez-vous ! » cria-t-il. Les deux frères imitèrent Assad et vinrent se coller contre le mur intérieur pour éviter les balles venant des toits.

Assad n'apprit que plus tard combien d'hommes il avait tués avant qu'ils arrivent à la porte et rejoignent le chauffeur qui, caché derrière le véhicule blindé, les couvrait avec une mitraillette.

Pied au plancher, ils s'enfuirent dans un nuage de poussière, les bruits sourds des projectiles résonnant contre la portière arrière du fourgon blindé.

Lorsque la prison fut hors de vue, ils sortirent l'officier de la voiture et le couchèrent sur le bas-côté.

« Serrez-la bien fort autour de votre cuisse, pour stopper l'hémorragie, lui conseilla Assad en lui jetant sa ceinture. Et estimez-vous heureux que nous vous ayons laissé la vie sauve ! »

Assad aurait dû être soulagé tandis qu'ils roulaient vers Albu Amer, où ils devaient changer de véhicule, mais ce n'était pas le sentiment qui l'animait. Tant de morts, tant d'orphelins qui allaient pleurer leur père jusqu'à l'épuisement ce soir-là.

Ce même après-midi, Lars Bjørn rapporta l'épisode à l'observateur de l'ONU le plus proche en lui exprimant ses regrets. Immédiatement après, Jess et lui disparurent dans la nature. Sans jamais donner de leurs nouvelles, ils marchèrent pendant un mois dans des zones sauvages en direction du Kurdistan, puis continuèrent leur route jusqu'en Turquie, avant de réapparaître enfin au Danemark.

Assad aurait quitté l'Irak en même temps que Jess et Lars Bjørn si, au moment de partir, sa plus jeune fille ne l'avait appelé pour lui dire que leur mère était malade et qu'elle craignait de perdre le bébé.

Assad interrompit son récit en entendant le téléphone sonner dans le bureau de Gordon.

« Je parie que c'est le gamin, dit ce dernier.

— N'oublie pas d'enregistrer », lui lança Carl alors qu'il passait le pas de la porte.

« Alors tu es resté en Irak ? » lui demanda Marcus Jacobsen. Assad le regarda avec une expression tragique. « Oui, je suis resté en Irak.

— Et tu l'as payé cher ?

— Oui, malheureusement.

— Et les frères Bjørn s'en sont tirés impunément ? Je ne comprends pas.

— Les Irakiens n'ont jamais raconté cette histoire à Saddam parce qu'ils avaient peur de sa colère. Ils ont parlé d'une révolte dans la prison et ont tiré des tas de prisonniers de leur cellule pour les abattre dans la cour en guise de fausses représailles.

— Je vois. » Le chef de la Crim' poussa un profond soupir. « Ça a dû être terrible pour toi d'apprendre ça.

— Oui. Je l'ai su un peu plus tard dans la journée quand ils sont venus m'arrêter. Tous les détenus de l'annexe n° 1 me haïssaient comme la peste. »

Carl étala les coupures de journaux devant lui. « Tu es certain, donc, que Lely, ta maman adoptive syrienne, est la victime 2117 ?

— Oui ! Mais ce que je ne comprends pas, c'est par quel hasard elle, ma femme et ma fille se sont retrouvées sur le même bateau.

— Elles ont quitté la Syrie ensemble, cette information-là, nous l'avons.

— Oui, mais pour moi, ma famille était en Irak.

— Est-ce que Lely et ta femme se connaissaient ? s'enquit Marcus Jacobsen.

— Oui. Nous lui avions rendu visite chez elle, peu avant la naissance de Ronia. Et jusqu'à ce que la guerre civile éclate en Syrie, nous nous sommes écrit régulièrement, Lely et moi. Nous nous envoyions des photos et elle a suivi les grossesses de Marwa. Elle prenait plaisir à se faire appeler grand-mère, parce que elle-même n'avait ni enfants ni petits-enfants. Mais j'ignore

comment et pourquoi elle et Marwa ont repris contact. Il aurait été plus logique que Lely émigre en Irak, plutôt que ce soit l'inverse.

— Et tu es également sûr que c'est bien ton épouse qui est là, Assad ? Les photos ne sont pas très nettes.

— À part celle-ci, intervint Rose en leur montrant une petite photographie. Elle vient d'un article à l'intérieur du journal. La finition mate et la réduction des pixels la rendent meilleure.

— Celle-là, je ne l'ai jamais vue, dit Assad en s'approchant.

— Tu en es sûr ? »

Il se perdit dans la contemplation du visage de la femme en pleurs.

« Oui, je suis sûr de n'avoir jamais vu cette photo, mais c'est bien elle, dit-il. Et la jeune femme qui est à côté d'elle est l'une de mes filles, j'en suis absolument certain. »

Les mains d'Assad tremblaient d'émotion tandis qu'il caressait doucement le visage de sa bien-aimée du bout des doigts.

Mais quand sa main quitta la photo, elle s'immobilisa en l'air. C'était l'homme debout à côté des deux femmes qui avait provoqué cette réaction.

« Qu'est-ce qui t'arrive, Assad ? » lui demanda Rose.

Sur le cliché, l'homme était très reconnaissable. Trop reconnaissable. Quelle souffrance de le voir si près des femmes qui lui étaient le plus chères sur cette Terre.

« Qu'Allah ait pitié de moi, gémit-il. Car mes yeux viennent de se poser sur l'être que je hais et que je crains le plus au monde. »

16

Joan

J-12

Le chauffeur du taxi garé devant l'aéroport Franz-Josef-Strauss à Munich jeta un rapide coup d'œil à l'adresse que Joan avait notée sur un bout de papier. Avec un accent traînant, il l'informa de ce que lui coûterait la course. Joan ne comprit pas exactement le montant qu'il lui avait indiqué. Seulement qu'il était trop élevé pour son modeste budget.

« Allons-y », répondit-il malgré tout, tendant l'index vers le pare-brise et la circulation dense qui s'écoulait comme un fleuve devant le terminal.

Il espérait trouver à Munich une fédération ou une association de photographes dans laquelle quelqu'un serait éventuellement en mesure de reconnaître l'Allemand, grâce à l'apparence particulière que lui donnait cet uniforme des employés du tramway. Il avait téléphoné à la Fédération nationale de la photographie à Dillingen et tenté d'expliquer en anglais le motif de son appel. Il avait demandé à son interlocuteur s'il savait où il pourrait obtenir de plus amples informations. Mais le

gars n'avait pas pu l'aider ou alors c'était l'anglais de Joan qui ne lui avait pas permis de se faire comprendre.

Ensuite, il avait exploré toutes les pistes possibles sur Google pour constater à son grand dépit que dans la troisième plus grande ville d'Allemagne, il n'y avait aucune agence de presse ou de photographie susceptible de le renseigner. Il avait alors décidé de démarcher au hasard les rédactions des différents journaux et toutes les entreprises ayant une activité liée à la photographie. Mais avant cela il irait montrer le cliché de l'homme chauve en uniforme dans les musées spécialisés en photo d'art.

La question était évidemment de savoir si cet homme avait un quelconque lien avec la ville de Munich, mis à part l'origine du vêtement qu'il portait. Joan l'espérait sincèrement car, quelle que soit l'issue de sa quête, il était obligé d'envoyer chaque jour à son journal de nouveaux articles sur son investigation et, ce qui était pire, de faire un compte rendu quotidien à ce Ghaalib qui se faisait appeler Abdul Azim.

Cette deuxième obligation le terrifiait, et à juste titre. L'homme n'avait-il pas prouvé ce dont il était capable ? Cette ordure était un véritable sadique doublé d'un assassin qui, sans une once de scrupule, avait tué celle que l'on connaissait désormais sous le nom de victime 2117. De plus, il avait ordonné l'égorgement d'une femme enfermée dans un camp de rétention pour réfugiés, au nez et à la barbe des gardiens. Joan se demandait comment il avait réussi ce tour de passe-passe. Il osait à peine penser à l'effroyable réseau dont ce Ghaalib devait disposer.

Ce n'était donc pas sans raison que Joan vérifiait sans cesse s'il était suivi. Cette Mercedes, cette Audi, cette

BMW noires ne collaient-elles pas d'un peu trop près le pare-chocs du taxi ? Et la Volvo blanche qui avait déboîté juste derrière eux à l'aéroport ? Est-ce qu'elle n'allait pas bientôt tourner quelque part ?

Il prenait ce genre de précautions depuis son départ de Nicosie et il avait bien l'intention de continuer de la sorte.

Les mises en garde de Ghaalib avaient été claires et précises. Joan était supposé suivre ses instructions à la lettre s'il ne voulait pas finir comme les deux femmes. C'est pourquoi il avait relaté dans les moindres détails sa visite au camp de Menogeia pour *Hores del Día* et illustré son article avec la photo de la seconde victime. Il n'avait pas trop insisté sur sa responsabilité dans ce décès, mais assez cependant pour ne pas risquer de contrarier ce démon de Ghaalib.

Quelques heures après qu'il l'avait envoyé, il avait pu constater sur le Net que son article avait déjà commencé à faire du bruit. *Hores del Día* l'avait publié et immédiatement vendu à une horde de journaux internationaux affamés de nouvelles sensationnelles. La photo de la femme égorgée apparaissait, choquante et terrifiante, à la devanture de tous les kiosques dans les aéroports, sa gorge tranchée cachée et ses yeux recouverts d'un bandeau gris.

Hores del Día était évidemment surexcité par cet article, qui lui avait sans doute rapporté des revenus substantiels et une belle notoriété. Quant à Joan, il allait devoir vivre avec l'idée inconfortable que son journal se fichait comme d'une guigne que son reporter ait fourré sa tête dans la gueule du loup.

À travers le pare-brise du taxi, il vit apparaître les

impressionnants immeubles du centre-ville derrière la porte Isartor. Comme première halte dans sa recherche de l'identité du photographe, il avait choisi le Münchner Stadtmuseum, qui se targuait de posséder un grand nombre de photographies dans sa collection. Il espérait tomber sur quelqu'un, là-bas, qui saurait lui dire dans quelle direction poursuivre son enquête. Il n'était tout de même pas complètement absurde d'imaginer qu'un photographe chauve qui se baladait en uniforme d'employé des tramways avait pu attirer l'attention dans ce milieu?

Joan sortit de sa poche le mot que le garçon lui avait donné à Nicosie. « Tant que nous savons que nous avons une longueur d'avance sur toi… », disait le message. Et s'il mettait la main sur ce photographe ? Est-ce qu'il aurait pris une longueur d'avance, dans ce cas-là ?

« *Achtundfünfzig Euro* », annonça le chauffeur en arrêtant la voiture devant le musée. Cette fois, Joan comprit.

La somme le rassura. Le chauffeur aurait pu réclamer le double que Joan aurait été incapable de dire s'il s'était fait rouler.

Vu de l'extérieur, le Münchner Stadtmuseum ressemblait à un vieil entrepôt. Il jurait avec le décor avoisinant comme si l'architecte avait été dans un mauvais jour et s'était inspiré d'un jeu éducatif pour enseigner aux enfants les formes géométriques. Mais Joan était forcément mauvais juge, lui dont la ville avait pour image de marque l'imaginaire d'un Gaudí.

Une première cour intérieure du musée était agrémentée d'une fontaine dont la beauté ne devait apparaître qu'après s'être soigneusement frotté les yeux.

Cette cour donnait accès à la porte arrière du musée. Joan entra, traversa le hall et se dirigea vers le guichet.

Il eut beau expliquer le motif de sa visite à la dame de la billetterie et montrer sa carte de presse, il dut quand même s'acquitter de la somme de sept euros.

« Je ne vois pas à qui vous pourriez demander ça, lui répondit la caissière. Peut-être Ulrich ou Rudolph, mais ils ne sont là ni l'un ni l'autre, aujourd'hui. Essayez d'aller voir quelqu'un au deuxième étage, où nous avons deux expos photo temporaires. »

Joan regarda autour de lui. À quelques mètres du guichet se trouvait une table sur laquelle trônait une pile de catalogues portant le titre de *Migration Moves the City*, le nom de l'exposition temporaire du musée, située au rez-de-chaussée. Joan réfléchit. Pourrait-il y avoir un lien entre cette exposition et la présence du photographe allemand à Ayia Napa ? La rencontre entre cet homme et Ghaalib aurait donc été fortuite et leur échange le fait du hasard.

Et si c'était le cas, alors il faisait fausse route.

Joan poussa un soupir. Il regrettait maintenant de ne pas avoir écrit une histoire inventée de toutes pièces ; ainsi il n'aurait pas eu besoin de se préoccuper de faits tangibles. Mais depuis ce message de Ghaalib, à Nicosie, cette possibilité n'existait plus.

Il trouva l'exposition de photos, où un groupe de visiteurs parlant allemand effectuait une visite guidée au milieu de centaines de portraits encadrés, artistiquement disposés sur les murs et les cloisons séparatives d'un blanc immaculé.

Joan s'approcha de la femme guide.

«*Excuse me*», l'interrompit-il. La jeune femme lui lança un regard furibond.

«Merci d'attendre que la visite soit terminée», répliqua-t-elle d'un ton cinglant en lui tournant le dos.

Joan jeta un regard alentour. Comme il n'y avait aucun endroit où s'asseoir dans la salle, il alla s'appuyer contre un mur nu près de l'entrée et fit sagement ce qu'on lui avait demandé. Elle ne sortira pas d'ici sans m'avoir parlé, décida-t-il en suivant des yeux sa jupe jaune dans la foule.

Il souriait avec amabilité aux visiteurs, comme s'il faisait partie du personnel. Certains vinrent même lui poser des questions auxquelles il répondit en les renvoyant vers la femme guide. Ces échanges lui donnèrent une idée : peut-être pourrait-il chercher du travail au musée d'Art moderne ou au musée Picasso de Barcelone si *Hores del Día* n'avait pas de travail pour lui ?

Ce projet ne lui déplaisait pas, à vrai dire.

Un homme au type oriental entra et lui fit un sourire que Joan lui rendit, puis l'homme vint lui serrer la main. Le journaliste fut un peu surpris mais songea que l'inconnu était tout simplement très courtois.

Quand il lâcha sa main, Joan s'aperçut que l'homme lui avait laissé un morceau de papier plié en quatre. Il leva les yeux, mais le messager était déjà en train de contourner un groupe de touristes chinois qui se pressait vers la sortie. Puis il disparut de sa vue.

«Hé, vous là-bas !» s'écria-t-il, assez fort pour que plusieurs personnes se retournent en fronçant les sourcils. Il s'excusa d'un geste en se frayant un chemin à travers la foule sous de bruyantes et exotiques protestations, et monta l'escalier jusqu'au deuxième étage.

Quelques coups d'œil vers les salles de l'exposition permanente suffirent à le renseigner. L'inconnu s'était volatilisé. Joan dévala les larges marches quatre à quatre, fit quelques allers-retours sur le parquet à chevrons du premier niveau puis redescendit dans le hall.

« Avez-vous vu passer il y a un instant un homme de type arabe ? » demanda-t-il à l'hôtesse qui vendait les billets.

Elle acquiesça et pointa le doigt vers l'entrée principale. C'est pas vrai ! se dit-il en débouchant dans une immense cour pavée encombrée de tables et de chaises bistro d'un côté et d'une pyramide de boulets de canon de l'autre.

« Est-ce que vous avez vu un homme de type arabe passer en courant ? » s'enquit-il de nouveau auprès d'une femme blonde assise sur un banc, occupée à taper un SMS.

Elle se contenta de hausser les épaules. Pourquoi les gens ne remarquaient-ils plus rien de ce qui se passait autour d'eux, de nos jours ?

« Je viens de le voir, il marchait vers la synagogue », lança un jeune cycliste qui arrivait à ce moment-là sur son vélo.

Joan prit à toutes jambes la direction indiquée. Et là, au milieu de la rue, à trente mètres de lui, il vit l'homme qu'il cherchait monter dans une Volvo blanche.

Elle ressemble à la voiture qui suivait mon taxi quand j'ai quitté l'aéroport, constata-t-il, terrifié. Ils me suivent ! Ils savent où je suis et ce que je fais ! songea-t-il encore, sentant la nausée monter et le sol se dérober sous ses pieds. Il reprit son souffle et dut s'accrocher à une gouttière pour ne pas s'écrouler.

Lorsqu'il reprit ses esprits, il avait enfin compris qu'il n'était qu'un pion très provisoire et très vulnérable dans l'abominable partie d'échecs de l'assassin Ghaalib.

Il dut faire appel à tout son courage pour déplier le nouveau message.

C'était bien pensé de venir à Munich, Joan Aiguader. Fais attention tout de même de ne pas trop t'approcher.

C'était exactement ce qu'il craignait.

Quand il s'adressa de nouveau à la femme guide en jupe jaune, elle n'était pas mieux disposée à son égard que la première fois. Elle avait abandonné son groupe et parlait avec un jeune homme au regard de cocker qui avait un grand portfolio sous le bras.

« Non, je ne le connais pas », dit-elle, dissuasive, quand il lui montra la photo du photographe dans son uniforme bleu.

Joan ne cacha pas sa déception.

« Y aurait-il quelqu'un que je puisse consulter qui connaisse bien les photographes exerçant à Munich, voire dans toute l'Allemagne ? »

Elle secoua la tête, montrant clairement par son attitude qu'elle n'avait nulle envie de rendre service à une personne qui venait piétiner ses plates-bandes. Mais c'était sans doute dans sa nature. Elle n'était pas non plus très aimable avec le type au portfolio.

« Vous devez comprendre le processus, lui disait-elle en lui faisant bien sentir qu'elle était en position de pouvoir. C'est nous qui invitons les artistes que nous exposons, pas eux qui s'invitent tout seuls. Mais dès

que vous aurez trouvé le moyen d'exposer par vous-même, ailleurs, nous ne manquerons pas de venir voir votre travail. »

Après quoi, elle lui tourna démonstrativement le dos, faisant voler sa jupe jaune autour de ses jambes.

« Connasse », marmonna l'homme dans sa barbe, assez fort pour que Joan l'entende. Pas très gentil. « J'ai entendu ce que vous disiez à cette garce, poursuivit-il. Au lieu de vous adresser à elle, vous feriez mieux d'aller voir le type qui prend des notes dans son calepin, là-bas. C'est un critique spécialisé dans la photographie. »

Joan suivit son conseil mais là aussi, il n'eut droit qu'à un regard méprisant et à un haussement d'épaules. Le gars ne se fendit même pas d'un « Je regrette ».

Joan soupira. Ses collègues du journal l'avaient malheureusement habitué à ce genre de mépris.

« Voyons, chéri ! s'exclama subitement en anglais son compagnon très athlétique et nettement plus jeune en le regardant de ses yeux de biche. Tu ne le reconnais pas ? C'est ce type qui s'était fait agresser par un comédien devant le Münchner Volkstheater ! »

Le critique d'art lui sourit tendrement et jeta un coup d'œil à la photo que Joan leur montrait sur l'écran de son portable. Ils pouffèrent tous les deux, complices.

« Tu as raison, Harry. *Mein Gott*, c'était à mourir de rire ! dit-il au-dessus de l'épaule de Joan. Et ce n'était pas le comédien qui avait roulé une pelle en pleine rue à un des figurants devant les photographes ? » Il éclata de rire. « Et si je me souviens bien, c'était trois semaines après son mariage. Attends, comment s'appelait-il déjà ? »

Son ami marmonna une réponse quelconque puis se tourna vers Joan. « Le photographe que vous recherchez

a pris une sacrée branlée, je vous assure. » Il rit à son tour. « L'acteur a d'abord été condamné pour coups et blessures et ensuite sa femme lui a écrit une lettre assez déprimante par l'intermédiaire de son avocat, ha, ha. Munich peut être une ville très amusante, parfois. Vous devriez feuilleter quelques vieux magazines people, je suis sûr que vous retrouvez la photo. Si je me rappelle bien, c'était un peu avant le début de la saison, l'année dernière. »

Et ils le plantèrent là.

« Hé ! Excusez-moi ! Le début de la saison ! C'est quand déjà ? leur lança Joan.

— Après les vacances d'été », répliqua le jeune homme au regard de biche en levant les yeux au ciel.

Joan hocha la tête en guise de remerciement et s'en alla, passant à côté de la femme à la jupe jaune sans lui accorder un regard.

Après quelques recherches sur Google, il avait appris que le Münchner Volkstheater avait commencé sa saison fin septembre. L'agression avait donc eu lieu au cours des semaines précédentes.

Il tapa « Presse à scandale » dans Google Traduction et obtint le mot allemand *Boulevardblatt*. Ensuite, il dénicha des pages en couleurs de tabloïd mentionnant une agression pour laquelle un acteur nommé Karl Herbert Hübbel avait été condamné. La victime, un photographe, avait touché une petite somme d'argent à titre de dommages et intérêts, mais aussi une amende pour avoir importuné une célébrité sur la voie publique. Il avait fait appel et obtenu un non-lieu. L'histoire n'était pas allée plus loin.

Il put lire dans les mêmes journaux que le photographe en question était un homme de quarante-deux ans, répondant au nom de Bernd Jacob Warberg – le même nom de famille que la femme qui avait répondu à la question de Joan concernant l'uniforme, sur un forum en ligne. Il y avait certainement un lien entre eux. C'était peut-être sa sœur ? L'homme était également connu sous les initiales BJ, et on retrouvait les mêmes dans son surnom, « Blaue Jacke », Veste Bleue, sa tenue de prédilection.

Joan en avait des frissons dans le dos. C'était forcément l'homme qu'il cherchait. Sa quête était terminée.

Il trouva l'adresse de Bernd Jacob Warberg en moins de trois minutes et constata qu'il habitait à dix minutes à pied de l'endroit où il se trouvait.

Pour la première fois de sa vie, Joan eut le sentiment d'être un type formidable. Et c'était un sentiment très agréable !

17

Assad

D'habitude, Assad les observait avec bienveillance, mais cette journée n'était pas comme les autres. Serrés comme des harengs dans un tonneau, ils n'existaient plus à ses yeux. C'étaient juste des gens rentrant du boulot, pensant déjà à ce qu'ils allaient faire à dîner ce soir-là, à leur série télé, aux quelques minutes de qualité qu'ils allaient s'efforcer de consacrer à leurs enfants, au court moment de solitude qu'ils passeraient dans leur salle de bains et à leur étreinte conjugale avant de dormir. Ils suintaient la routine, l'ennui, les habitudes immuables et une vie bien réglée qui ne devait surtout pas sortir de ses rails.

Seul au milieu de cet échantillon d'humanité sans histoires, il était assis, tremblant, son dossier vert sous le bras, comme si l'être humain ne vivait réellement que lorsque tous ses sens étaient tendus vers la survie.

Et tous les sens d'Assad étaient en alerte. Il avait demandé à ses collègues une nouvelle pause pour se reposer et prier avant de poursuivre son récit, parce qu'à vrai dire il était au bord de l'implosion. Une peine incommensurable et une colère irrépressible lui faisaient

serrer ce petit dossier comme s'il s'était agi d'un trésor précieux qu'il craignait de se voir dérober à tout instant.

Dix minutes plus tard, debout devant l'immeuble sombre, la mâchoire serrée, il leva les yeux vers la lumière vive qui brillait à travers les fenêtres de l'appartement de Samir.

Les nerfs d'Assad lâchèrent au moment où son beau-frère ouvrit la porte. Il n'éclata pas en sanglots, n'entra pas en titubant dans l'appartement à la manière d'un homme ivre de chagrin et d'impuissance, mais déversa un torrent d'imprécations en arabe entrecoupées de larmes.

Ils ne s'étaient pas vus depuis plusieurs années et leur dernière rencontre avait laissé leur relation dans une impasse. La perplexité qui saisit Samir se mua aussitôt en un réflexe protecteur envers sa famille. Celle-ci, assise autour de la table du dîner, aussi immobile qu'une statue de sel, fixait Assad.

« Allez dans votre chambre », ordonna-t-il aux enfants, faisant comprendre du regard à sa femme qu'elle devait les accompagner.

Puis il se tourna de nouveau vers Assad, avec l'air d'avoir furieusement envie de le jeter dehors.

« Tiens », lança son ancien ami en lui tendant les documents.

Tandis que Samir le regardait sans comprendre, Assad s'effondra, accroupi dans l'entrée, le visage entre les mains.

Il entendit Samir ouvrir le dossier puis en tirer la page du journal, et le bruit de chacun des gestes résonna comme les coups de marteau d'un juge prononçant une sentence de mort.

Enfin Samir poussa un long gémissement et, le dos collé au mur, il glissa au sol à côté d'Assad, sans quitter des yeux la photographie prise sur cette plage chypriote.

« Marwa est vivante, Assad », répétait-il sans arrêt quand ils furent assis à table, face à face.

Assad se laissa porter par cette litanie, car c'étaient les mêmes mots qui lui étaient venus quand il avait vu cette photo pour la première fois.

Le nom de Ghaalib devrait attendre.

Comme Assad l'avait fait avant lui, Samir caressa du bout des doigts les cheveux de sa sœur sur la photographie. Il pleura en effleurant ses joues et ses yeux, exprimant toute sa peine de découvrir sur son visage les profondes rides que lui avait laissées la vie.

Puis son expression se durcit.

« Tout cela est arrivé par ta faute, Assad. Tu es l'unique responsable ! Tu ne mérites pas de la revoir, tu m'entends ? D'ailleurs elle ne voudra plus de toi », s'écria-t-il en lui lançant un regard plein de haine – ce sentiment qui prévalait entre eux depuis des années.

Assad ignora la malédiction jetée par Samir. « L'homme que tu vois à côté de Marwa s'appelle Ghaalib, dit-il en montrant le barbu debout sur la photo. Il n'entre pas non plus dans ses projets que je revoie Marwa un jour. Elles sont toujours ses otages et tu peux me croire, il ne nous les rendra pas de son plein gré. »

Samir inclina la tête vers le cliché et examina attentivement la silhouette sombre. Il comprit aussitôt à qui il avait affaire. Cet homme, que Samir n'avait jamais vu en chair et en os, était le démon qui avait tué son

grand frère et brisé sa famille le jour où il avait enlevé Marwa et ses filles.

Malgré la rage qu'il ressentait, Samir se tut. Il enfonça ses ongles dans le visage de Ghaalib.

Assad inspira profondément. Il était animé de la même envie.

« N'abîme pas la photo, Samir. Pas avant d'avoir regardé ta nièce, à côté de Marwa. »

Le beau-frère d'Assad n'eut pas l'air de comprendre. Peut-être avait-il besoin de faire défiler dans sa tête les seize années écoulées afin de parvenir à comprendre que cette femme adulte était de sa propre chair et de son propre sang.

« Laquelle est-ce ? » demanda-t-il.

Assad répliqua d'une voix tremblante qu'il l'ignorait. Il avoua à Samir qu'il était incapable de répondre à cette question.

« Et l'autre fille de Marwa ? »

Assad ne réagit pas à cette formulation. Étant donné les circonstances, il pouvait se mettre à la place de Samir. Il avait raison. C'étaient les filles de Marwa, pas les siennes, pas celles de l'homme qui les avait abandonnées pour les livrer à leur sort.

« Il faut que tu m'aides, Samir, dit-il en chuchotant pour ne pas laisser libre cours à sa colère. Il faut qu'on les retrouve, tu m'entends ? Je veux que tu viennes avec moi à Chypre, que nous les retrouvions et que nous tuions Ghaalib. Nous le dépècerons et jetterons son cadavre aux chiens. Nous lui arracherons les yeux et… » Il s'interrompit devant le silence de son beau-frère, qui fixait la table.

« Aide-moi, Samir, je t'en supplie ! » l'implora-t-il.

Celui-ci se redressa et, au-dessus des reliefs du repas interrompu, au-dessus des assiettes à moitié pleines de légumes refroidis et de poisson mariné, il regarda Assad, les yeux brillants de larmes et secoua la tête avec un profond mépris.

« Tu oses me demander ça ? Alors que tu cours après ce monstre depuis plus de quinze ans ? Alors que tu l'as cherché partout sans jamais le retrouver ? Que tu n'as jamais eu l'ombre d'une piste et que tu ignorais même si ta femme et tes filles étaient encore en vie ? Tu oses vraiment me demander ça ? » Il ricana. « J'ai peur que tu aies oublié qui est cet homme, Assad. Ta colère t'aveugle. Crois-tu réellement qu'il soit encore à Chypre ? Je te rappelle qu'on parle de Ghaalib. Tu dois bien te rendre compte qu'à l'heure qu'il est, il peut être n'importe où, mais certainement pas là-bas. »

Assad s'en alla en laissant les documents sur la table. Pas parce que sa colère et son chagrin étaient moins lourds de les avoir partagés, mais parce qu'il répugnait à garder le portrait de Ghaalib sur lui. L'odeur de la photocopie à elle seule lui retournait l'estomac et le dossier lui brûlait les mains. À présent, c'était au tour de Samir de souffrir. Ainsi, il changerait peut-être d'avis et comprendrait qu'il était de son devoir de l'aider.

Assad tendit la main à son beau-frère pour lui dire au revoir mais celui-ci refusa de la prendre. Assad savait qu'aussitôt la porte refermée Samir tomberait à genoux.

Cette nuit-là, Assad ne parvint pas à fermer l'œil. Aucune position ne vint à bout de son insupportable insomnie. Aucune obscurité ne réussit à effacer les images qui marquaient son esprit au fer rouge.

Après plusieurs heures passées à se tourner et à se retourner dans son lit, à balayer radio-réveil et papiers encombrant sa table de nuit, à jeter la couette par terre parce qu'il n'avait pas eu le courage de se déshabiller et qu'il avait trop chaud dans ses vêtements, Assad finit par se rendre dans la salle de bains. Il se regarda dans la glace et vomit dans le lavabo.

La fatigue eut finalement raison de lui, dix minutes avant que le réveil l'informe d'une voix de robot qu'il était 7 heures du matin et qu'une magnifique journée l'attendait. Roulé en boule sur son lit en position fœtale, il serrait son drap contre lui comme s'il s'était agi d'un être vivant.

Sa dernière action avant de quitter son domicile fut de broyer son radio-réveil contre le carrelage de la cuisine à grand renfort d'injures.

Aucun gadget inventé par l'homme n'avait le droit d'affirmer que la journée qui l'attendait allait être magnifique.

18

Ghaalib

J-12

« C'était la volonté d'Allah que nous retrouvions Zaid al-Asadi, ce jour-là. Si cet imbécile s'était enfui comme ces deux lâches de frères danois, nous n'aurions jamais pu le rattraper », dit Ghaalib au photographe assis en face de lui, serein, dans le désordre de son appartement munichois.

Mais si nous ne l'avions pas retrouvé, je n'aurais pas eu ça, songea-t-il en frottant les cicatrices qui enlaidissaient son visage, se souvenant de toutes les humiliations que sa rencontre avec Zaid lui avait coûtées.

Puis Ghaalib sourit, car il était convaincu que l'heure de sa vengeance avait enfin sonné.

« C'est arrivé il y a combien de temps ? lui demanda le photographe depuis son canapé en montrant le menton de Ghaalib.

— Combien de temps ? » Ghaalib posa sur lui un regard noir. « Il y a cent péchés et des millions de respirations que c'est arrivé, et depuis, des océans de sang ont coulé dans le sable. Pour répondre à ta question, il

y a trop longtemps. » Les femmes, dans la chambre voisine, recommencèrent à crier et Ghaalib se tourna vers l'homme costaud qui se tenait derrière lui.

« Fais-les taire, Hamid, lui ordonna-t-il en arabe. Quand elles seront calmées, tu leur diras de se coucher et d'attendre que je vienne les voir. Force-les à prendre le somnifère. On s'en va dans dix minutes.

— Tu as un peu de mal à tenir tes femelles, j'ai l'impression », intervint le photographe. Un sourire ironique s'esquissa sur ses lèvres, qu'un seul regard de Ghaalib suffit à effacer.

« Bientôt, tu seras débarrassé d'elles, car nous devons poursuivre notre route.

— Mais d'abord, tu dois me raconter ce qui s'est passé pour que vous retrouviez Zaid al-Asadi aussi rapidement.

— C'est très simple. Il a fait preuve de faiblesse en voulant ramener sa femme et ses deux filles à la maison. Et puis nous avons eu de la chance, parce qu'elles habitaient dans leur famille à l'extérieur de Falloujah, où la mienne vit également. » Ghaalib secoua la tête. « Quelques heures après la fusillade dans l'annexe d'Abou Ghraib, il est arrivé en ville avec des vêtements couverts de taches sombres. Peut-être que ce salaud s'imaginait que personne ne s'en rendrait compte, mais dans notre pays, même un petit enfant est capable de reconnaître du sang séché. Vu son état et les cris qui ont suivi dans la maison où se trouvaient ses femmes, tout le monde a compris qu'il s'était passé quelque chose d'inhabituel. »

Ghaalib sourit. « Non, si quelqu'un a du mal à tenir ses femelles, c'est Zaid al-Asadi. C'est parce qu'il a

grandi dans un pays où on écoute trop ce qu'elles ont à dire. Et cette erreur a scellé leur destin. »

Le photographe s'enfonça confortablement dans le canapé. « La police secrète est venue le chercher juste après, c'est ça ? » On entendit plusieurs coups sourds venant de la chambre voisine, puis des cris étranglés. Trente secondes plus tard, le silence était revenu. Le sbire de Ghaalib ressortit de la pièce et vint se placer de nouveau derrière lui.

Ghaalib le remercia d'un hochement de tête avant de répondre au photographe allemand. « C'est ça. Les agents de Saddam sont venus le jour même. Ce crétin pensait qu'il aurait le temps de quitter le pays avec sa famille, mais sa femme était malade et ils n'ont eu qu'à le cueillir chez les parents de son épouse. Quand ils l'ont ramené dans la cour de la prison, les cadavres des hommes que lui et les deux frères avaient assassinés étaient alignés sur le sol. En tout, avec l'aide du chauffeur qui les attendait à l'extérieur, ils avaient abattu quinze hommes. Les corps n'avaient pas été recouverts pour qu'il puisse bien voir ce qu'il avait fait.

— Pourquoi ne l'avez-vous pas tué aussitôt ? »

Ghaalib secoua la tête. Décidément, ces chiens blancs ne comprenaient rien.

« Zaid al-Asadi était un puits de secrets qu'il fallait révéler au grand jour, et à l'annexe d'Abou Ghraib, c'était justement notre spécialité. La police secrète gagnait son pain quotidien en récoltant des informations susceptibles d'intéresser Saddam Hussein. D'une manière ou d'une autre, il fallait que le personnel de la prison trouve une explication à ce qui s'était passé ce matin-là.

— Alors vous l'avez torturé ? s'enquit l'Allemand.

— La torture, l'enfer de la douleur, l'annihilation de l'individu, appelle ça comme tu veux. Mais l'homme était solide. C'est pour ça que l'histoire n'est pas encore terminée. Enfin, il faut qu'on y aille, maintenant. Mon ami ici présent a appris que le journaliste est en ville et qu'il te cherche. »

Le photographe se redressa dans le canapé. « Il me cherche, moi ? Comment a-t-il retrouvé ma trace ?

— Je l'ignore. Mais apparemment ce petit Catalan est plus malin qu'il en a l'air. » Ghaalib se leva. « Si j'ai de nouveau besoin de tes services, je te le ferai savoir.

— Attends une seconde, Ghaalib. Tu ne peux pas t'en aller comme ça. Tu me dois de l'argent. »

Ghaalib eut l'air de réfléchir. « Je te dois quelque chose, moi ? Ah bon ? Il me semblait que je t'avais déjà payé ce qui était convenu.

— Il doit y avoir un malentendu. Tu m'as payé pour aller à Chypre, mais pas pour séjourner dans mon appartement. Je veux aussi un dédommagement parce que je vais devoir répondre aux questions d'un type qui va débarquer chez moi. Tout ça a un coût, Ghaalib.

— Ghaalib ne paye pas le lit dans lequel il dort, tu devrais le savoir.

— Admettons, mais les femmes ? Et le sang sur mes draps ? La nourriture que vous avez mangée, qu'est-ce que tu en fais ? Ça fait des frais, tout ça. » Il se pencha vers lui en plissant les yeux. « Tu es recherché dans toute l'Europe et je suis le seul à savoir de quoi tu as l'air sans ta barbe, ne l'oublie pas. Si tu refuses de payer ce que tu me dois, ça risque de te coûter très cher. »

Ghaalib jeta un rapide coup d'œil vers son homme

de main avant de tourner de nouveau les yeux vers le photographe. Il se tut un instant, observant le pouls qui battait à son cou. « Très bien, j'entends ce que tu me dis, "Blaue Jacke". Et à tes yeux, tout cela vaut combien ? Cent euros ?

— Cent euros, d'accord. Plus cinq mille pour mon silence.

— Pour ton silence… Hum, hum. Je crois qu'il y a quelque chose que tu n'as pas bien compris. » Il eut un bref hochement de tête à l'intention de l'homme derrière lui. « Moi, je suis l'appât qu'on attache à l'orée de la jungle pour faire sortir le tigre. Quand le tigre sort, on le tue au moment où il ne s'y attend pas. Car la chèvre au bout de sa corde est un animal patient, et il faut se méfier d'un animal qui a des cornes. »

Ghaalib sentit dans son dos le manche du couteau que lui tendait son homme de main.

« Mais tu as raison. Tu mérites une juste rétribution pour ce que tu as fait et aussi pour ton silence. Car toute peine mérite salaire et ce n'est que justice, n'est-ce pas, monsieur Warberg ? »

Il fit apparaître le couteau de manière si soudaine que le photographe bondit en arrière et se retrouva perché sur le dossier du canapé, les yeux rivés sur la lame ciselée au tranchant affûté.

Ils attendirent que la rue soit déserte. Malgré leurs côtes endolories par les coups, les deux femmes suivirent leurs gardiens sans un mot et montèrent presque sans résister dans la Volvo.

« Va te garer à l'angle, Hamid. Je veux surveiller l'immeuble », dit Ghaalib.

Il se tourna vers le siège arrière, où les deux femmes étaient serrées l'une contre l'autre, joue contre joue.

« Nous ferions mieux de partir tout de suite. La route est longue jusqu'à Francfort », suggéra Hamid.

Ghaalib le regarda quelques instants avant de répondre : « Tu as raison, mon frère, mais ceux qui nous attendent ont tout leur temps. »

Ils restèrent un quart d'heure sans rien dire, tandis que l'ombre rognait lentement la façade jaune et que les gens commençaient à revenir du travail.

« Qu'est-ce qui est arrivé au Danois, finalement, après qu'ils l'ont ramené dans l'annexe d'Abou Ghraib ? demanda Hamid, rompant le silence. Vous étiez là quand ils l'ont ramené ?

— Oui. Je travaillais là-bas. J'ai été embauché à l'annexe n° 1 à l'âge de vingt et un ans.

— Vous étiez maton ? »

Ghaalib sourit. « Entre autres. Maton avec prérogatives particulières, disons. Je savais faire parler les gens. J'avais tous les talents. Je savais gagner la confiance des prisonniers et aussi les tabasser. Entre mes mains, ils devenaient doux comme des agneaux et extrêmement communicatifs.

— Le Danois aussi ?

— Le Danois était un cas à part. Ce n'était pas un de ces enfants gâtés qui criaient et pleurnichaient quand on leur mettait la corde au cou pour avoir blasphémé contre notre président. Zaid était détaché par l'ONU et chaque information que nous aurions pu obtenir de lui aurait été une épée flamboyante dans le ventre de ces mécréants arrogants et hypocrites qui, par leur seule présence, étaient une insulte à notre chef et au régime.

— Et pourtant, il est encore en vie, comment… ? »

Oui, le Danois était encore en vie et Ghaalib ne pouvait s'en prendre qu'à lui-même. Qu'Allah ait pitié de lui.

Il tourna la tête vers la vitre et ses yeux croisèrent ceux de l'homme vêtu d'un grand manteau d'hiver avec une longue écharpe bleu marine qui attendait patiemment au coin de la rue.

Puis son regard redevint vague.

Les soldats poussèrent la tête du Danois vers le sol pour le mettre nez à nez avec chacun des cadavres, le forçant à les regarder dans les yeux, l'un après l'autre ; ils lui crachèrent dessus et l'injurièrent, lui faisant comprendre qu'il allait payer dix fois pour chacune des vies qu'il avait prises.

Malgré la nuit tombant sur la prison, Ghaalib voyait la sueur couler sur son corps, mais l'homme ne dit pas un mot, et pas un seul non plus lorsqu'on le soumit à son premier interrogatoire. Ce n'est que lorsqu'ils lui fixèrent des électrodes aux tétons et envoyèrent le courant pour la cinquième fois qu'il ouvrit la bouche. Malgré sa douleur et sa situation désespérée, il s'exprima clairement, dans un arabe compréhensible, mais avec un accent et des intonations qui n'étaient pas totalement irakiennes.

« Je m'appelle Zaid al-Asadi et je suis citoyen danois, dit-il. Je suis en Irak pour raisons personnelles et ni ma nationalité danoise ni mon appartenance à la délégation danoise des Nations unies ne sont liées à ce qui s'est passé ici aujourd'hui. Nous avons agi seuls et dans l'unique but de libérer un prisonnier. Vous n'obtiendrez

aucune autre réponse de ma part. Autant que vous le sachiez. Vous pourrez me faire ce que vous voudrez. Cela ne vous mènera nulle part. »

Il résista pendant cinq heures avant de perdre connaissance et d'être emmené dans le couloir de la mort et enfermé dans une cellule individuelle. Il leur était déjà arrivé de perdre un prisonnier dans des circonstances similaires, mais cette fois, cela ne devait pas arriver, c'est la raison pour laquelle lui, Abdul, alias Ghaalib, devait intervenir.

« Il faut que tu gagnes sa confiance et pour ça, tu vas faire deux choses, lui expliqua l'interrogateur. D'abord, tu vas lui raconter que ta famille habite dans le même quartier que sa femme et ses enfants. Ensuite, dès cette nuit, tu vas te débrouiller pour que la mère et les filles soient séparées de leur famille et enfermées quelque part. Tu peux faire ça ?

— Oui. Je connais un endroit où on va pouvoir les emmener. Je ferai croire à sa femme qu'elles sont en danger parce que son mari refuse de parler. Je lui dirai que je veux les aider. » L'interrogateur sembla satisfait de cette solution. « Et quand elles y seront, tu diras la même chose à Zaid al-Asadi. Demain matin, avant qu'on le ramène ici, tu lui glisseras à l'oreille que tu es de son côté et que tu veux aider sa famille. Tu l'informeras que tu as mis sa femme et ses filles à l'abri afin qu'on ne puisse pas se servir d'elles pour le faire parler. »

Le plan n'avait pas été difficile à mettre en place : plus tard ce soir-là, Abdul s'était rendu chez Marwa et lui avait expliqué que la police secrète faisait toujours payer les actes du chef de famille par ses proches.

Marwa, malade et à demi morte de peur, s'était alors empressée de rassembler leurs affaires et, pour protéger les autres membres de sa famille, elle était partie sans leur dire au revoir, de manière qu'ils puissent en toute bonne foi répondre que leur fille et leurs petites-filles avaient disparu dans la nuit et qu'ils n'avaient aucune idée de l'endroit où elles avaient pu aller.

Ce ne fut que lorsqu'il les jeta dans la remise en torchis où on tuait les chèvres que la femme comprit qu'elles étaient tombées dans un piège. Les filles se mirent à crier et à se débattre, mais se turent quand il commença à frapper leur mère à chaque fois qu'elles ouvraient la bouche.

Le jour suivant, Abdul était devant la porte de la cellule du Danois avant le lever du soleil. Manifestement, il avait dormi profondément et, malgré la peur qui hantait ses yeux et son corps meurtri, il garda son calme lorsque Abdul s'approcha du guichet de la porte et murmura son nom.

« J'habite à Falloujah et ma famille connaît celle de ta femme, lui dit-il à voix basse. Nous nous connaissons bien et, même si nous sommes sunnites, personne chez nous n'est un disciple de Saddam Hussein. » Il jeta un coup d'œil des deux côtés du corridor avant de pointer un doigt menaçant vers lui. « Si jamais tu répètes à qui que ce soit ce que je viens de te dire, je devrai te tuer, tu comprends ? J'ai mis ta famille en sécurité, tu peux me faire confiance, et je ferai tout ce qui est en mon pouvoir pour que tu sortes d'ici. Je ne sais pas encore comment, mais si tu survis au traitement qu'ils vont te faire subir, nous trouverons une solution. »

Ghaalib inspira profondément et ramena sa concentration sur l'immeuble où habitait le photographe.

Zaid était en effet toujours en vie, mais Ghaalib ne répondit pas à la question de Hamid. Certaines histoires ne regardent personne.

« Tout est organisé, à Francfort ? lui demanda-t-il à la place.

— Oui, les kamikazes sont installés dans cinq hôtels différents du centre-ville. Aucun des hommes n'a la barbe et aucune des femmes ne porte le hijab. Parmi celles que nous avions recrutées, certaines avaient refusé d'agir tête nue, alors nous les avons éliminées de la sélection.

— On en a quinze en tout, c'est ça ?

— Non, douze. Plusieurs sont encore enfermées dans le camp de réfugiés à Chypre, mais deux parmi les meilleures en sont sorties. Elles font partie des douze. »

Ghaalib posa sa main sur le poignet de Hamid pour lui exprimer sa gratitude. C'était un bon élément.

Un taxi s'engagea dans la rue et s'arrêta devant l'entrée de l'immeuble de Bernd Jacob Warberg.

Il resta garé une minute ou deux, puis un type chétif en descendit. Quand un homme est nerveux, ça se voit de loin. Même s'il cherche à les contrôler, ses gestes sont saccadés et désordonnés. La main s'y reprend à plusieurs fois avant de trouver la poche, la tête se tourne instinctivement pour surveiller les alentours. La moindre goutte de sueur est essuyée aussitôt.

Joan Aiguader était clairement inquiet et Ghaalib le vit serrer les poings à plusieurs reprises, puis il fit un pas en arrière sur la chaussée et leva la tête vers les fenêtres

du photographe. Qu'est-ce qu'il s'attendait à voir là-haut ? Un visage guettant son arrivée ? Un rideau qu'on referme à la hâte ?

Ne voyant rien de tout cela, Joan Aiguader s'approcha de l'interphone, trouva le nom qu'il cherchait et pressa deux fois le bouton.

Ghaalib pensait qu'il serait décontenancé en constatant que personne ne lui répondait, mais vit avec satisfaction que le journaliste appuyait aussitôt sur les boutons d'interphone de plusieurs autres appartements.

Quand enfin il obtint que quelqu'un lui ouvre la porte, Ghaalib sut que son message serait transmis à la bonne personne.

« C'est bon, on peut y aller, dit-il à Hamid, satisfait. Et roule prudemment. Il ne faudrait pas qu'on se fasse arrêter en route. On peut être à Francfort dans quatre heures. C'est parfait. »

19

Joan

J-12

Une femme attendait Joan sur le palier, les bras croisés. Sa robe à fleurs était aussi fanée qu'elle, mais ses yeux lançaient des éclairs et sa voix était tranchante. Bien qu'il ne comprenne pas l'allemand, il saisit le message. De quel droit un étranger s'était-il permis de la déranger ? Et pourquoi avait-il sonné à sa porte ? Avait-il une bonne raison de se trouver dans cet immeuble, et si oui, à qui venait-il rendre visite ?

Il haussa les épaules avec un air contrit et dit en anglais : « *I am sorry, wrong floor*[1]. » Mais manifestement, la dame ne comprenait pas l'anglais. Il passa devant elle sur la pointe des pieds et continua de monter l'escalier, sentant son regard lui brûler la nuque.

Deux étages plus haut, il trouva enfin une plaque en laiton sur laquelle était écrit « B.J. Warberg » et, en dessous, le titre ronflant de « International Photographic Bureau, Munich ».

---

1. « Désolé, mauvais étage. »

Joan levait un index hésitant vers le bouton de la sonnette quand il remarqua que le battant était entrebâillé.

Il s'approcha de la fente et tendit l'oreille, mais tout ce qu'il entendit fut le claquement de la porte de la voisine qui s'était décidée à rentrer chez elle.

Son instinct le mit alors en garde. Retenant son souffle, il se plaqua contre le mur.

Joan patienta, puis, quand quinze minutes se furent écoulées sans que rien ne se soit passé, ni sur le palier ni chez le photographe, il poussa lentement la porte et entra.

Personne n'aurait pu féliciter Joan Aiguader d'être un homme ordonné et on pouvait en dire autant de la personne qui occupait les lieux. Des monceaux de savates éculées jonchaient le sol du vestibule. Une serviette en cuir usé était accrochée à la poignée d'une porte grande ouverte sur un W.-C. à l'abattant relevé et à la cuvette remplie d'urine et noire de tartre. Des tas de vieux magazines et de journaux étaient empilés le long des murs, et il fallait prendre garde à chaque pas pour ne pas trébucher sur les sacs-poubelle attendant sagement dans le vestibule que quelqu'un veuille bien les descendre au container à ordures.

Joan sentit un courant d'air venant d'une pièce qui donnait dans l'entrée, probablement le séjour.

« *Mister Warberg*, appela-t-il, *may I come in ?* »

Il attendit un instant, alla fermer la porte de l'appartement et réitéra sa question d'une voix plus forte.

N'obtenant toujours pas plus de réponse, il se décida à pénétrer dans ce qui était effectivement un séjour. La fenêtre donnant sur la rue était grande ouverte.

Le spectacle qu'il découvrit était aussi choquant

qu'absurde, et si ahurissant que ses jambes cédèrent sous lui. Tout à coup, il se retrouva assis par terre dans une flaque de sang à moitié coagulé s'échappant de l'individu en veste d'uniforme pour continuer sur une table basse en verre et terminer sur le sol.

Bien que la joue du mort repose sur la plaque en verre, il ne faisait aucun doute qu'on lui avait tranché la gorge car celle-ci bâillait en un large sourire allant d'une oreille à l'autre. Joan n'eut pas le temps de sentir le spasme avant de se mettre à vomir violemment ; le menu peu original du buffet matinal recouvrit rapidement le sang qu'il avait entre les jambes.

Comment je fais pour appeler la police ? Est-ce une bonne idée ? se demanda-t-il une fois qu'il fut debout et un peu remis de ses émotions. La bonne femme en bas m'a vu. Elle va penser que c'est moi qui l'ai tué, comprit-il aussitôt. Et si la police refusait de croire à ma version des faits ? Et s'ils m'arrêtaient pour meurtre ?

Il imagina le visage sévère de Montse Vigo quand elle serait confrontée à cette nouvelle situation. Le journal allait-il déléguer un interprète ou un avocat ? Et qui paierait la caution si on en arrivait là ?

Non, il valait mieux dégager avant qu'il ne soit trop tard. Joan regarda ses chaussures et son pantalon, si souillés de sang et de vomi que chaque pas qu'il ferait et chaque objet qu'il toucherait garderaient ses empreintes.

Il faut que je me change, songea-t-il en retirant ses chaussures et en prenant soin de poser les pieds sur un endroit sec du tapis. Ensuite, il enleva précautionneusement son pantalon et le tint à bout de bras jusqu'au vestibule, où il le jeta avec ses chaussures dans un sac-poubelle.

Dans la chambre communiquant avec le salon, il trouva le même désordre. La pièce sentait fortement la transpiration. Sur le sol traînaient plusieurs couvertures et le lit défait laissait à penser qu'au moins trois personnes y avaient dormi.

Il ouvrit un placard en pitchpin dans lequel il trouva un tas de vêtements et de chaussures jetés en vrac. Deux minutes plus tard, il était vêtu avec les habits d'un étranger, des chaussures légèrement trop petites aux pieds.

Oh non, pitié, quoi encore ? se dit-il quand la sonnerie stridente d'un téléphone portable le fit sursauter.

Il passa la tête dans le salon, essayant de déterminer d'où venait le bruit et remarqua sur un banc une vieille sacoche en cuir de contrôleur de tram comme celle qu'il avait vue sur eBay.

Le portable y était posé, ainsi qu'un morceau de papier sur lequel était écrit : « *TAKE THE PHONE !* »

Il décrocha avec une certaine appréhension.

« Bonsoir, Joan Aiguader, dit au bout du fil la voix qu'il s'était attendu à entendre. Ça a dû te faire un choc de voir notre pauvre photographe dans cet état, mais c'était pour te rappeler ce qui arrive quand on ne respecte pas ses engagements avec moi ! »

Sans le vouloir, Joan tourna la tête vers le cadavre et il sentit son estomac se retourner. Pourvu qu'il ne vomisse pas de nouveau.

« Ceci étant dit, tu as fait du bon travail. Tu as parlé de nous dans le journal, et maintenant, le monde entier sait que nous allons déclencher des événements qui feront date. Et puis tu as réussi à nous retrouver. Quel talent ! fit-il avant d'éclater d'un rire moqueur. C'est nous, bien sûr, qui avons répondu à ta demande

d'informations concernant l'uniforme et qui t'avons donné de la matière pour écrire la suite de ton histoire. Tu dois avoir compris à présent que nous souhaitons que cette collaboration se poursuive ! »

Joan était incapable de dire un mot, mais il hocha la tête. « Nous nous dirigeons vers le nord, Joan, et nous avons besoin de quelques jours avant de te donner de nouveaux indices sur l'endroit où nous nous trouvons et sur ce que nous sommes en train de faire. En attendant, je te promets de te fournir régulièrement de quoi nourrir tes articles, autant pour toi que pour nous. Maintenant, tu vas prendre le portable du photographe et le glisser dans ta poche. Veille à ce qu'il soit chargé en permanence pour que nous puissions te contacter à tout moment. Tu trouveras le chargeur à côté de sa sacoche d'appareil photo. Pour t'éviter d'avoir des idées stupides, nous changerons de carte de téléphone à chaque fois que nous te contacterons. Maintenant, dépêche-toi de sortir de cet appartement avant que les flics te créent des ennuis. La police allemande ne plaisante pas. Tu garderas cette conversation pour toi, mais à part ça, tu peux écrire tout ce que tu oses dans le journal de demain. »

Joan regarda la flaque de son vomi par terre, ses traces dans le sang séché, puis le pantalon et les chaussures qui ne lui appartenaient pas.

« D'accord », dit-il alors.

Il sortit de l'appartement en emportant les sacs-poubelle, laissa la porte entrouverte comme elle était à son arrivée, descendit l'escalier sans faire de bruit, jeta les sacs dans le container d'une petite rue perpendiculaire et alla attendre à la terrasse d'un café en face de

l'immeuble, un Americano entre ses mains tremblantes. Dix minutes s'étaient écoulées depuis qu'il avait appelé la police pour décrire ce qu'il avait vu, sans donner son identité. Il n'avait pas encore décidé ce qu'il ferait quand elle serait là.

Il regarda le téléphone du photographe. Il était plus récent que le sien et beaucoup plus sophistiqué. C'était l'un de ces Samsung 8 avec un appareil photo fantastique qu'il n'aurait pas eu les moyens de s'offrir avant que le modèle ait au moins cinq ans.

Il ouvrit les applications une par une, se disant qu'elles contiendraient peut-être des éléments qu'il pourrait utiliser dans son article. Mais il n'y avait rien nulle part.

Sur la dernière page, il trouva une icône bleue représentant une caméra. L'application portait le nom de « Finder » et il se dit sans trop y croire qu'il resterait peut-être des photos ou des vidéos archivées quelque part dans la mémoire du téléphone.

Il fut malgré tout un peu surpris de voir apparaître tout à coup un unique fichier vidéo sur l'écran du téléphone.

Il l'ouvrit.

Il s'agissait d'un film légèrement sous-exposé sur lequel on voyait deux hommes discutant à voix basse dans un coin du séjour du photographe. La scène n'était pas suffisamment bien éclairée pour que Joan puisse distinguer leurs traits et, comme ils parlaient en arabe, il ne comprit pas non plus ce qu'ils disaient.

Au bout de trente secondes, l'angle de prise de vue changea légèrement. La conversation avait dû être filmée à l'insu des deux hommes parce que quelque

chose, peut-être un rideau dans une étoffe assez épaisse, occultait la partie supérieure de l'objectif. Puis Joan entendit un bruissement venant d'un endroit situé derrière la caméra et, deux secondes plus tard, un personnage entra dans le champ du côté droit du cadre et tira le rideau, faisant entrer suffisamment de lumière pour éclairer les deux protagonistes. Joan ne reconnut aucun d'entre eux, mais il identifia la veste de celui qui avait écarté le rideau : c'était le photographe lui-même, qui venait d'améliorer de la sorte la qualité de son enregistrement.

Les deux hommes qui conversaient devaient avoir autour de la cinquantaine. Le premier avait un visage taillé à la serpe et une ombre en forme de delta semblait s'étendre sur son menton et son cou. Il s'agissait peut-être d'une illusion d'optique, mais cela ressemblait fort à de la peau dépigmentée et à du tissu cicatriciel. À en juger par la discrétion de son maintien, le deuxième homme devait être un subalterne, dont la coupe de cheveux semblait assez inhabituelle pour un homme du Moyen-Orient. Il avait le corps et la façon de bouger d'un boxeur professionnel. Un nez cassé venait confirmer cette première impression. S'il ne s'était pas exprimé en arabe, on aurait pu le prendre pour un Texan d'origine indienne avec une coupe en brosse.

Ils parlaient calmement et à voix basse. Entièrement absorbés par leur échange, ils ne s'adressaient jamais au photographe. Parfois, leurs mots s'accompagnaient de gestes animés, en particulier le deuxième qui, à un moment, fit semblant d'envoyer un uppercut, après quoi tous deux éclatèrent de rire.

Quand un soudain rayon de soleil éclaira les deux

visages, Joan mit le film sur pause et photographia l'image en gros plan avec son propre téléphone.

Leurs regards étaient posés, mais froids. Dans peu de temps, l'un de ces deux hommes va trancher la gorge du photographe, songea Joan avec horreur.

Joan redémarra la vidéo au début et écouta plus attentivement la conversation. Il eut l'impression de reconnaître un mot. Joan était si concentré qu'il oublia le monde alentour. Soudain, il reconnut le nom que le type coiffé en brosse donnait à son compagnon parce qu'il l'avait déjà entendu, mais il dut revenir en arrière plusieurs fois pour en être tout à fait sûr. Non, décidément, il n'y avait aucun doute.

Il avait bien dit « Ghaalib ».

Retenant sa respiration, il remit le film sur pause. Cet homme était-il réellement le même que celui qu'il avait vu avec sa longue barbe sur la plage d'Ayia Napa ? L'assassin de la vieille dame, dont le pouvoir s'étendait jusqu'à l'intérieur d'un camp de réfugiés ? Le monstre qui brisait tout ce qui se trouvait sur son chemin ?

En ce cas, il était aussi la personne dont Joan devait se méfier plus que de n'importe qui.

La lumière bleue d'un gyrophare attira son attention et il leva la tête du téléphone. Une voiture de patrouille s'était garée devant l'immeuble dans lequel le cadavre de Bernd Jacob Warberg était en train de refroidir.

Joan regarda de nouveau l'image figée de l'homme au regard glacial : celle d'un meurtrier en liberté.

Après un bref instant de réflexion, il prit une décision rapide et transféra le fichier. Il tapa quelques mots dans Google Traduction, s'entraîna à les prononcer en allemand puis traversa la rue pour rejoindre deux policiers

en uniforme vert qui descendaient du véhicule de police en mettant leur casquette. Derrière eux, une deuxième voiture équipée d'un gyrophare venait de stationner, avec à son bord deux types au teint buriné habillés en civil.

Ils saluèrent brièvement leurs collègues d'un signe de tête et pointèrent du doigt la façade de l'immeuble avec une gravité inquiétante. Joan s'arrêta, soudain pris d'un doute, mais, avec son regard de professionnel averti, l'un des enquêteurs perçut son hésitation : l'homme qui traversait la rue vers eux n'était pas n'importe quel passant.

Joan hocha la tête à son intention, franchit les derniers pas qui le séparaient des policiers et très lentement, dans son meilleur allemand, il dit : « *Ich habe diesen Mord gemeldet*[1]. »

---

1. « C'est moi qui ai déclaré le meurtre. »

20

Carl

La veille, quand il leur avait expliqué qui était l'homme qui se trouvait aux côtés de son épouse, Assad s'était montré particulièrement bouleversé.

Ensuite, son regard s'était perdu dans le vague et il avait été incapable de continuer son récit.

« Je n'en peux plus, avait-il dit. Même un chameau tombe à genoux parfois et il est obligé de se reposer. Je commence à avoir la tête qui roule.

— La tête qui tourne », le corrigea Rose.

Il la regarda d'un air las. « Si tu préfères. Je ne sais plus où j'en suis, Rose. J'ai besoin de temps pour réfléchir, pour dormir et pour prier, d'accord ? Quand je reviendrai demain matin, j'essaierai de vous raconter la suite, même si c'est difficile. Vous pouvez m'accorder ce temps-là ? »

Le soir même, Carl tenta de répéter à Mona l'histoire effroyable d'Assad.

« C'est terrible, Carl, tu te rends compte que si Assad t'avait raconté tout ça quand il est arrivé, nous aurions peut-être pu l'aider. Pourquoi a-t-il préféré nous cacher cette histoire ?

— Bonne question. Mais d'un autre côté, comment aurait-il pu nous en parler à l'époque ? Lars Bjørn lui avait procuré une nouvelle identité et Assad avait certainement d'excellentes raisons de vouloir la protéger.

— Tu crois qu'il avait peur de perdre son travail ?

— Non, je pense qu'il avait peur qu'on découvre qui il était.

— Toi en tout cas, tu ne l'aurais jamais dénoncé et il aurait dû le comprendre.

— J'ai l'impression qu'il a plusieurs fois été sur le point de me le dire, mais toutes ces horreurs dont on entendait parler au Moyen-Orient et cette radicalisation qu'on observe en Europe depuis quelques années l'ont paralysé, je crois. Chiites contre sunnites, la guerre civile. Il devait voir des ennemis partout.

— C'est abominable, quand on y pense. Tu t'imagines : avoir ta famille prise en otage pendant tout ce temps, sans savoir où elle se trouve ni même si elle est en vie ? »

Carl prit les mains de Mona entre les siennes. « C'est vrai, c'est effroyable. En plus, il savait que l'homme qui retenait sa femme et ses filles prisonnières n'avait qu'une idée en tête, celle de le retrouver et de le tuer. C'est pour ça qu'il a dû travailler sous couverture et déménager sans arrêt. Je ne crois même pas que Lars Bjørn et son frère savaient où il habitait quand il n'était pas à l'hôtel de police.

— Tu crois qu'il s'est servi des moyens qu'il avait à sa disposition au département V pour essayer de retrouver sa famille ?

— Absolument. Et je pense même que c'est le calcul qu'ils avaient fait avec Lars Bjørn. Mais avec le recul, j'ai bien peur qu'à un moment il ait dû abandonner tout

espoir. » Il secoua la tête. « Jusqu'aux récents événements. Quel choc ça a dû être pour lui d'apprendre ce qui était arrivé à cette vieille femme à Ayia Napa !

— Tu crois qu'il va vous raconter la suite ?

— Oui. Sinon, on fera tout pour l'y aider. Maintenant que Rose est de nouveau opérationnelle. » Il sourit à cette idée. Il était au moins sorti quelque chose de bon de la douloureuse histoire d'Assad.

Mona reprit ses mains et elle le regarda avec gravité.

« Il y a une chose que je voudrais te demander, Carl, et qui n'a rien à voir. » Elle respira profondément plusieurs fois. « Que va-t-il se passer si le voyage de Hardy, Morten et Mika n'aboutit à rien ? Je veux dire, si l'état de Hardy est irréversible. Tu vas retourner habiter à Allerød ?

— Retourner à Allerød ? » Il fit la moue comme s'il réfléchissait à la question. « Non, je ne crois pas, pourquoi est-ce que tu me demandes ça ?

— Parce que… je t'aime, Carl. Tu as été tellement présent, cette dernière année. Tu sais ce que cela a signifié pour moi, non ? »

Il étudia l'expression de son visage. Est-ce qu'elle correspondait à la question posée ? s'interrogea l'enquêteur.

« Tu ne veux pas me répondre franchement, Mona ? la sonda-t-il. Qu'est-ce que tu me caches ? »

Elle baissa la tête avec une humilité inhabituelle chez une femme aussi indépendante. On aurait dit qu'elle avait honte. Qu'est-ce qu'elle ne lui disait pas ? Il commençait à être inquiet.

« Tu es malade, Mona ? » lui demanda-t-il.

Elle releva la tête et sourit avec des fossettes si profondes qu'il crut qu'elle allait éclater de rire.

« Malade ? » Elle lui caressa la joue. « On peut appeler ça comme ça, oui. Quand Samantha est morte… » Elle s'interrompit un instant. « Oh, mon Dieu, Carl, ma petite fille chérie si pleine de vie, si talentueuse… Quand elle est morte, quelque chose est mort en moi. Mon cœur et mon âme se sont brisés en mille morceaux. Avec mon métier, j'aurais dû être la première à savoir ce que le chagrin peut faire à un être humain. Pourtant j'ai complètement sombré. Mon médecin m'a conseillé de prendre des antidépresseurs et comme tu le sais, je n'ai pas voulu. »

Il hocha la tête, de plus en plus alarmé par ses propos. « J'allais très mal, j'étais profondément déstabilisée moralement et physiquement. J'avais l'impression de vieillir à vue d'œil. Puis mon médecin m'a prescrit des hormones et je me suis mise à aller mieux. Mais on ne peut pas prendre ce genre de traitement sans qu'il ait des conséquences plus ou moins graves sur l'organisme. En ce qui me concerne, j'ai peur d'avoir un peu forcé la dose.

— Quel genre de conséquences ? Tu veux bien être plus claire ? »

Elle sourit et serra sa main. « J'ai cinquante et un ans et je suis tombée enceinte, Carl. Alors il faut que tu me promettes que tu ne vas pas retourner vivre à Allerød, tu comprends ? »

Carl fit un bond en arrière. Quelques années auparavant, il avait eu une crise d'anxiété qui l'avait brusquement arraché à la réalité et lui avait fait perdre tous ses moyens.

Il eut l'impression que le même phénomène était sur le point de se produire.

Carl et Assad eurent tous deux un sommeil agité. Quand Carl arriva au sous-sol de l'hôtel de police le lendemain matin à 7 heures, il trouva Assad à genoux, en position de prière, profondément endormi, la joue contre son tapis.

« Tu vas finir par l'user jusqu'à la corde, ce tapis », lui dit-il en lui apportant un café.

Assad regarda la tasse que lui tendait Carl avec l'air de se demander ce qu'il faisait là.

« Merci », dit-il quand il eut un peu retrouvé ses esprits. La gorgée qu'il prit fit des ravages dans son œsophage. Il jeta à Carl un regard indigné. Son chef avait enfin pris sa revanche pour toutes les fois où Assad lui avait préparé un café trop fort.

« C'est pour t'aider à faire surface, mon ami, dit Carl. Je peux t'en refaire un, si tu veux ? »

Assad sourit, amusé. « Nous allons avoir une journée difficile, toi et moi, Assad.

C'est pour ça que je suis là de bonne heure.

— Pourquoi "toi et moi" ? » Assad alla s'asseoir sur l'unique tabouret du placard à balais qui lui tenait lieu de bureau et appuya sa tête avec lassitude contre le mur.

« Je ne vais pas y aller par quatre chemins : Mona vient de m'annoncer hier soir que j'allais être papa. »

Assad fit la même tête que le chien du conte d'Andersen, le Briquet : il ouvrit des yeux « grands comme des soucoupes ».

« Oui, je suis au courant. Mona a cinquante et un ans. C'est vraiment… c'est… » Qu'est-ce qu'on dit dans un cas pareil ? Extraordinaire ? Un miracle ? « Nous sommes tous les deux un peu sous le choc, déclara-t-il

finalement. Je veux dire… nous aimerions bien l'avoir cet enfant, mais à notre âge ! Ludwig, le petit-fils de Mona, aurait quinze ans de plus que son oncle ou sa tante, ça fait bizarre, non ? Sans compter qu'on ne sait pas si le bébé sera normal et en bonne santé ! Est-ce qu'on osera prendre ce risque ? Et en admettant qu'il le soit, ce que nous sommes quand même en droit d'espérer, on aura près de soixante-dix ans quand le gamin entrera à l'université. »

Carl se plongea dans ses pensées.

Mona avait vingt ans à la naissance de Mathilde, son aînée, et un an plus tard elle avait donné naissance à Samantha. Pour rester dans la tradition familiale, Samantha avait eu Ludwig alors qu'elle était âgée de dix-huit ans. Elles étaient toutes les deux des femmes jeunes, fortes et en bonne santé et tout s'était bien passé. Mais à présent, Mona avait cinquante et un an et trente-trois années s'étaient écoulées depuis sa dernière grossesse. Trente-trois ans ! Cela donnait le vertige. Quant à Carl, il allait être père de son premier enfant biologique à l'âge de cinquante-quatre ans.

Il pensa brusquement à la réaction de ses parents et de sa sœur en apprenant la nouvelle. Fichtre ! Ça allait faire des gorges chaudes à Brønderslev.

Assad se leva de son tabouret et, tel un somnambule, il resta un instant à tanguer devant Carl en l'observant. Il semblait sur le point de déverser toutes sortes d'explications pour lui signifier à quel point il aurait eu tort d'aller au bout d'une entreprise aussi irrationnelle. Carl était déjà sur la défensive et prêt à riposter quand les larmes se mirent à couler sur les joues de son ami.

« Carl, dit Assad en posant les mains sur ses joues et

en appuyant son front contre le sien. C'est la plus belle chose qui puisse vous arriver. » Puis il s'écarta et, le regard humide et d'innombrables rides dansant autour de ses yeux, il lui dit : « C'est un signe, tu comprends ? »

Et Carl comprit.

Ils ne dirent rien à Rose ni à Gordon, mais si leurs deux collègues avaient été plus attentifs, ils auraient ressenti le champ de force qui s'était créé dans la pièce.

« Je vais essayer d'être bref et de vous épargner trop de détails, dit Assad, reprenant son récit.

— Tu fais comme tu le sens, Assad », répliqua Rose.

Il posa l'article de la veille sur la table et leur montra l'illustration. « L'homme qui est à côté de mon épouse sur cette photo s'appelle Abdul Azim, mais je vous l'ai peut-être déjà dit hier. Il est irakien et originaire de Falloujah, la ville où est née Marwa. Cet homme a détruit ma vie et ma seule consolation est que j'ai peut-être également détruit la sienne. »

Dans le couloir de la mort, l'odeur de transpiration, de pisse et de vomi était si âcre et si puissante qu'elle brûlait les yeux. Assad avait peur. Ce matin-là, ils avaient traîné cinq hommes devant sa cellule et les avaient conduits dans le bâtiment d'en face, où se trouvait la potence. Il avait entendu leurs cris de désespoir et senti leur terreur tandis que les bourreaux les conduisaient à leur destin.

Puis on était venu ouvrir le vasistas de sa porte et il avait cru son heure arrivée. C'est à ce moment-là qu'il avait vu Ghaalib pour la première fois. En quelques mots prononcés à voix basse, il avait dit à Assad qu'il

pouvait lui faire confiance, que sa famille connaissait bien celle de sa femme et qu'il promettait de l'aider s'il parvenait à rester vivant quelques jours.

La deuxième fois où il avait vu cet homme, c'était dans une salle d'interrogatoire crasseuse et basse de plafond au sol couvert de taches de sang. Assad s'était préparé au pire. Son entraînement lui avait appris que, lors des séances de torture, on attachait les victimes à une chaise ou on les suspendait au plafond, mais il ne subit rien de tout cela.

Un homme vêtu d'un caftan blanc traditionnel était entré et s'était mis debout devant lui sous un plafonnier clignotant. Il avait souri en le regardant et, d'un claquement de doigts, il avait demandé à quatre types torse nu, très costauds et très poilus, qui étaient entrés dans la salle derrière lui, de s'approcher. Une fine badine à la main, ils s'étaient répartis en arc de cercle autour d'Assad.

Au début de l'interrogatoire, on lui avait demandé qui il était et s'il savait que son crime allait lui coûter la vie. Comme Assad ne répondait pas, l'interrogateur avait claqué des doigts une deuxième fois.

Les premiers coups avaient été relativement faciles à supporter. Assad avait un corps bien entraîné et il lui avait suffi de bander ses muscles avant l'impact pour atténuer la douleur. Les questions concernant son grade, sa mission, ses origines et ce qu'il savait des prochaines démarches des observateurs de l'ONU n'ayant pas donné lieu à davantage de réponses, les coups étaient devenus de plus en plus violents et s'étaient peu à peu déplacés vers sa tête et son abdomen.

À ce moment était entré l'homme qui un peu plus tôt

lui avait assuré que sa famille était en sécurité. Il était allé s'appuyer contre le mur au fond de la pièce.

Discrètement, il avait lancé à Assad un regard entendu, signifiant probablement que le passage à tabac serait bientôt terminé.

En effet, après que les coups étaient devenus si intenses qu'Assad avait dû mobiliser toutes ses forces pour les supporter, ils avaient brusquement cessé.

« Tu es un homme résistant, lui avait dit l'interrogateur, mais nous recommencerons plus tard dans la journée et tu finiras par nous donner les réponses que nous attendons. » Assad avait avancé sa lèvre inférieure et il avait envoyé un souffle chaud sur son visage meurtri. Il s'était efforcé d'avoir l'air détendu alors que son cœur et sa pompe d'adrénaline fonctionnaient à plein régime.

Ils ne le briseraient pas.

Affalé sur sa chaise, Assad ne regardait personne. Il fit une pause, comme pour reprendre des forces avant de poursuivre son récit.

« Ils sont revenus trois jours de suite et ils m'ont frappé jusqu'au sang, mais je n'ai pas parlé. Ils ont essayé de me noyer en me plongeant la tête dans une bassine d'eau, mais je n'ai pas parlé. Ce n'est que lorsqu'ils ont fixé des électrodes à mes tétons et qu'ils m'ont envoyé plusieurs décharges électriques dans le corps que j'ai ouvert la bouche. Mais tout ce que je leur ai dit, c'était mon nom, et le fait que l'ONU n'était pas au courant de notre action, que nous avions agi uniquement dans le but de libérer notre ami. »

Assad décrivit la rage des Irakiens, l'horreur de ce qu'ils lui avaient fait subir et les souffrances qu'il avait

endurées les jours suivants, au point qu'il avait souhaité en finir.

C'est alors que l'interrogateur avait renoncé et annoncé que la sentence de mort serait exécutée le lendemain.

Carl et Rose échangèrent un regard et se tournèrent vers Gordon, qui paraissait au bord de la syncope.

« Ce soir-là, le porc est revenu me parler à travers le guichet de ma cellule. Cette fois, il était en colère et il avait changé de discours. Il m'a informé qu'ils avaient pris ma femme et mes filles en otage et que si je ne leur avouais pas tout ce qu'ils voulaient entendre, elles aussi souffriraient. J'étais bouleversé, mais je n'avais rien de plus à leur dire. Et puis je ne suis pas sûr d'y avoir cru, sur le moment, j'ai oublié. »

Carl, choqué par le récit d'Assad, s'aperçut qu'il avait les mâchoires serrées et les poings fermés.

« Excuse-moi de te couper, Assad. Mais as-tu une idée de l'endroit où cet homme a pu aller après être parti de Chypre ? »

Assad secoua la tête. « Non, aucune. Mais lui doit se douter que je suis en Europe, et peut-être au Danemark, même s'il ne peut pas savoir exactement où. Ce dont je suis certain, en revanche, c'est qu'il fera tout pour que je me montre et qu'il ne reculera devant rien pour y parvenir. Et je suis sûr aussi qu'il détient ma famille et qu'il risque de leur faire du mal à tout moment. »

Il leur montra deux photographies. « Regardez l'expression de Marwa. Elle est terrorisée. » Plusieurs fois, il essaya de ravaler ses larmes, puis elles se mirent à couler librement sur ses joues. « Je ne sais pas comment faire pour les retrouver sans les mettre encore plus en

danger. Un jour, le frère aîné de Samir et de Marwa a failli découvrir l'endroit où elles étaient prisonnières et ils l'ont tué. Ils ont jeté son corps sur le pas de sa porte, comme un animal qu'on vient d'égorger. C'est à cause de cela que Samir me hait autant. » Il se tourna vers Carl. « Je m'étais battu avec lui à la gare centrale, tu te souviens ? Et ensuite, il a demandé sa mutation au commissariat de Glostrup pour s'éloigner de moi le plus possible. »

Il détourna la tête et resta un long moment ainsi, essayant de contrôler sa respiration. « C'est à cause de tout ça que je passe de longues nuits sans dormir et que j'ai si souvent dû m'excuser auprès de mon beau-père sur Skype. Le vieil homme est mort, à présent, ajouta-t-il, la voix tremblante. C'est un miracle que Samir n'ait jamais dit à personne où je me cachais. À mon avis, c'est parce qu'il a toujours craint que cela retombe sur sa sœur et ses nièces, ce en quoi il n'a pas tort. »

Assad enfouit son visage dans ses mains. Sa souffrance était palpable.

« Courage, Assad. Tu vis une chose terrible mais nous sommes là. » Carl se tourna vers les deux autres. « N'est-ce pas que nous sommes là ? »

Gordon et Rose hochèrent la tête.

« Alors maintenant, nous allons essayer de travailler avec méthode. Je sais que c'est une course contre la montre, mais regarde, Assad. » Carl étala plusieurs coupures de journaux sur la table. « Ces articles proviennent d'un quotidien de Barcelone, *Hores del Día*, et ils ont tous été écrits par le même journaliste, Joan Aiguader.

— Exact. Et moi je sais que la rédactrice en chef est

une femme et qu'elle s'appelle Montse Vigo, ajouta Rose. J'ai son numéro de téléphone.

— Parfait. Nous allons donc chercher tous les papiers que ce Joan Aiguader a signés ces derniers jours et dès que nous en saurons un peu plus, nous téléphonerons à sa rédactrice en chef ; nous lui demanderons, en bons flics que nous sommes, comment leur envoyé spécial peut savoir autant de choses sur un migrant en cavale. »

21

Joan

J-11

« Bonjour, monsieur Aiguader. Mon nom est Herbert Weber, dit un gros homme portant un pull-over à col roulé. Je suis coordinateur de l'unité régionale de lutte contre le terrorisme. Je suis désolé que nous ayons dû vous garder ici cette nuit mais, vous vous en doutez, nous avons dû étudier sérieusement votre histoire et votre CV avant de pouvoir vous relâcher. J'espère que votre bref séjour chez nous n'aura pas été trop inconfortable. »

Joan haussa les épaules. Une nuit dans une geôle allemande n'était pas le pire sujet de recherche auquel un journaliste puisse être exposé.

« J'espère que vous savez que vous jouez avec le feu ? »

Joan acquiesça.

« Oui, bien sûr que vous le savez. Je vois en lisant vos articles que vous avez accepté une sorte de… appelons cela une collaboration avec ce Ghaalib, alias Abdul Azim, et que depuis lors, cet homme s'est déjà rendu coupable de pas moins de trois meurtres ou y a participé. »

Joan se redressa sur sa chaise pour regarder par-dessus l'épaule de l'agent du renseignement. Si c'était ici qu'il faisait travailler son équipe, l'endroit avait cruellement besoin des services d'un décorateur d'intérieur. Aucun tableau au mur, un éclairage faible et froid, un sol peint en vert… Où se trouvait-on ? En tout cas, pas dans un bureau, ce qui ne manqua pas d'inquiéter Joan. Le soupçonnaient-ils d'être l'auteur du meurtre de Bernd Jacob Warberg ? Allaient-ils le soumettre à un interrogatoire ? Ou pire encore ?

« Je n'étais pas informé de ces crimes au moment où il m'a fait cette proposition, répliqua-t-il en fixant le policier droit dans les yeux. Je l'ai déjà dit à vos collègues.

— Non, bien sûr que non. Mais vous étiez étrangement proche des événements à chaque fois. Je comprends parfaitement qu'en votre qualité de journaliste vous deviez poursuivre votre enquête et qu'il vous arrive parfois de trop vous approcher de vos sujets de recherche. Pour autant, je vous déconseille vivement de raconter votre séjour ici et vos auditions d'hier et de ce matin. Cela pourrait rendre ce Ghaalib nerveux et l'inciter à se cacher, ce qui n'est pas dans notre intérêt. Avez-vous remarqué ce qui est écrit sur le mur derrière vous ? »

Joan se retourna et lut une liste de noms de villes inscrite au marqueur sur le mur blanc. Pour quelqu'un qui suivait de près les événements du monde, c'était une lecture édifiante et pour le moins effrayante.

Il lut :

Gare de Grafing/Munich 10 mai 2016 (*)
Wurtzbourg 18 juillet 2016

Centre commercial de Moosach/Munich 22 juillet 2016 (*)
Ansbach 24 juillet 2016
Berlin 19 décembre 2016
Hambourg 28 juillet 2017
Münster 7 avril 2018
(*) piste terroriste pas encore prouvée

Et en dessous :

Paris, Lyon, Nice, Toulouse/Montauban, Saint-Étienne-du-Rouvray, Bruxelles, Liège, Bourgas, Madrid, Londres, Stockholm, Copenhague, Manchester, Turku, Istanbul, Strasbourg, Oslo (**)
(**) Terrorisme d'extrême droite.

« Oui, comme vous le voyez, nous sommes nombreux ici à travailler sur le sujet. Vous imaginez bien que, sachant que des attentats terroristes ont été commis dans toutes ces villes, nous devons prendre le maximum de précautions quand un événement comme celui qui s'est produit hier survient dans notre pays. Pas plus tard que le 8 avril de cette année, nous avons réussi à éviter un terrible attentat au couteau au semi-marathon de Berlin ; sans la vigilance de mes confrères, de nombreuses villes et d'autres dates seraient venues s'ajouter à cette liste. C'est pour cela que nous nous efforçons de savoir ce que ce Ghaalib nous prépare, vous comprenez ?

— Vous avez sûrement appris quelque chose depuis hier ? Vous n'avez pas encore fait traduire la bande-son sur la vidéo du photographe ?

— Si. Et ne nous en veuillez pas, mais nous allons

conserver le portable de M. Warberg et garder pour nous les informations qu'il contient. Avec tout le respect que je vous dois, vous pourriez être tenté de publier un détail contenu dans la traduction. »

Joan secoua la tête. Le croyait-il assez bête pour l'admettre ?

« En outre, si Ghaalib apprenait que vous avez eu connaissance de cette conversation, ce serait probablement votre arrêt de mort. Alors disons que c'est une manière de vous protéger. »

Deux heures plus tard, Joan était dehors, un GPS cousu à l'intérieur de sa parka afin que les services secrets allemands sachent à tout moment où il se trouvait. Assis en face d'une rangée de messieurs très sérieux en costume noir, il avait écouté leurs recommandations ainsi que des directives très précises sur ce qu'il pouvait ou ne pouvait pas écrire dans ses articles pour *Hores del Día*. Enfin, et c'était sans doute le plus important, ils avaient épluché et nettoyé son portable et y avaient enregistré plusieurs numéros de téléphone en l'invitant à les utiliser en cas de nécessité. En d'autres termes, il était désormais sous la protection constante des services de renseignement allemands et, en échange, il devenait leur informateur. Cela signifiait aussi qu'aucun article ne devait paraître dans *Hores del Día* sans avoir été validé par eux.

Joan prit conscience du caractère extraordinaire de sa situation. Comment aurait-il pu s'imaginer, quelques jours plus tôt, qu'il allait se retrouver dans une rue de Munich après avoir passé une nuit sous la garde de l'une des agences de renseignement les plus efficaces du monde ? Il avait encore pas mal d'argent en poche

et les derniers jours qu'il venait de vivre avaient été les plus intenses de toute sa vie. Il était soudain devenu quelqu'un d'important. On comptait sur lui. Son journal lui réclamait des articles que le monde entier lisait ; il était un élément essentiel dans la poursuite d'un dangereux criminel : l'assassin de la victime 2117 ! Pourtant, encore deux jours plus tôt, le moindre mot de travers avait le pouvoir de le déstabiliser et sa haine de soi était si grande que le suicide lui paraissait l'unique issue.

Et aujourd'hui, il était agent secret ! Un véritable héros. Joan sourit. Son ex-petite amie n'aurait jamais pu imaginer à quoi l'avaient mené ses misérables mille six cents euros !

En suivant le flot matinal des piétons se dirigeant vers la gare, il se répétait les directives de l'agent de renseignement.

« Voilà ce que vous devez écrire à votre journal : vous avez suivi la trace du photographe jusqu'à Munich mais il n'est plus de ce monde ; son assassin court toujours, et il y a de fortes probabilités qu'il s'agisse du dénommé Abdul Azim, également connu sous le nom de Ghaalib. Ce dernier fait route vers le nord. D'après les renseignements que vous avez, il s'est rasé la barbe ; cette barbe dissimulait une importante cicatrice sur la partie inférieure du visage. En revanche, vous ne devez pas mentionner la vidéo que vous avez vue sur le téléphone, sachant que Ghaalib n'en a probablement pas connaissance ; pas un mot non plus sur le fait que vous êtes en contact avec nous.

De notre côté, nous livrerons au public tout ce que nous savons sur cet homme. C'est-à-dire pas grand-chose pour l'instant, mais cela devrait rapidement changer avec les informations que nous glanerons auprès de

nos homologues des services secrets en Europe et au Moyen-Orient. Avant que vous ayez eu le temps de vous retourner, nous serons en mesure de diffuser son signalement. Il est possible que nous fassions également circuler une photo de lui, si nous réussissons à nous la procurer par l'intermédiaire de nos confrères étrangers. Dans le cas contraire, nous modifierons une image à partir de la vidéo, de manière qu'il ne devine pas d'où elle vient. D'ici vingt-quatre heures, vous pourrez voir où nous en sommes. Mais pour commencer, nous allons mettre en place un dispositif policier sur tout le trajet entre Munich et Francfort afin de l'arrêter. »

Joan avait demandé à Herbert Weber si la vidéo donnait des indices sur leur itinéraire.

En l'absence de réponse, il avait décidé que ça devait être le cas.

Ensuite il avait voulu savoir s'il pouvait parler dans son article des conclusions de la police concernant la mort du photographe.

Herbert Weber avait écarté ses énormes bras et lui avait répondu que, de toute façon, la nouvelle paraîtrait dans le *Süddeutsche Zeitung* ce matin-là.

Merde. Comment allait-il expliquer à Montse Vigo qu'un autre journal lui avait volé son histoire et qu'il était désormais soumis à tout un tas de restrictions ? Il y avait de quoi être agacé.

Il se félicita cependant d'avoir transféré le fichier vidéo à sa boîte mail et effacé l'adresse de l'expéditeur avant de se rendre.

La question était maintenant de savoir comment faire traduire la bande-son, sans que le traducteur comprenne de quoi il s'agissait.

22

Carl

Une personne qui aurait rencontré Rose ce jour-là pour la première fois aurait presque pu deviner son prénom. Ses joues et son cou étaient rouges de colère. Carl avait déjà eu affaire par le passé à son tempérament explosif et, manifestement, sa longue absence ne l'avait pas calmée.

« Bon Dieu, que cette rédactrice en chef à *Hores del Día* est antipathique ! explosa-t-elle, exaspérée. Étant moi-même une femme, je crois pouvoir affirmer sans être politiquement incorrecte que c'est une vraie conne.

— Pourquoi, qu'est-ce qu'elle a dit ?

— Que c'était un honneur pour son journal d'avoir fait bouger les choses dans le vaste monde, mais que sa déontologie l'obligeait à protéger ses sources et ses employés. Elle a conclu en disant que ce n'était pas la police minable d'un petit pays comme le Danemark qui allait changer ça. »

Minable ? Elle avait vraiment employé cet adjectif-là ? Elle se prenait pour qui ? La rédactrice en chef du *Washington Post* ?

« Tu lui as expliqué pourquoi il était impératif que nous mettions la main sur son reporter le plus vite possible ?

— Je ne lui ai pas donné de détails. Vous vous rendez compte ? Elle s'est permis de dire qu'elle était très fière d'apprendre que leurs articles avaient eu des ramifications aussi passionnantes, mais que l'histoire devait suivre son cours et que c'était comme ça que les journaux gagnaient leur vie.

— Bonjour l'éthique professionnelle ! » s'exclama Gordon. Ce mot avait-il encore cours dans le monde des médias ?

On était en droit de se poser la question.

« Donc, nous n'avons pas les coordonnées de ce reporter ? Le journal n'a pas une page Internet sur laquelle on pourrait trouver des infos sur lui ?

— Malheureusement, non. Joan Aiguader travaille en freelance. J'ai évidemment essayé d'en savoir plus à l'aide de plusieurs moteurs de recherche, mais j'ai bien peur que cela ne m'ait menée nulle part. J'ai l'impression qu'il y a un bout de temps qu'il n'a pas eu d'adresse personnelle à Barcelone.

— Son dernier article parle d'un meurtre à Munich. Je suppose que l'étape suivante serait de nous mettre en relation avec la police de là-bas. Si quelqu'un sait où il est, ce sont eux. »

Rose regarda Carl d'un air vexé. « C'est ce que j'ai fait, et ils m'ont répondu qu'ils n'avaient aucune idée de l'endroit où il se trouve. »

Carl fronça les sourcils. « Tu es d'accord avec moi que c'est extrêmement difficile à croire, n'est-ce pas ?

— C'est ce que je leur ai dit. »

Ils entendirent du bruit dans le couloir et Assad les rejoignit. « Tu as réussi à parler à Samir ? »

Assad acquiesça.

« Qu'est-ce qu'il a dit ? Il était calmé ? »

L'expression malheureuse d'Assad était une réponse en soi. « Disons qu'il est toujours très inquiet. Il m'a posé des questions sur ses nièces. Il ne comprend pas pourquoi on n'en voit qu'une sur les photos. Moi non plus, d'ailleurs.

— On ne peut pas savoir, Assad. Ces photos sont des instantanés. Qui te dit qu'elle n'est pas entrée dans le champ une seconde après que le photographe a appuyé sur le déclencheur ? »

Assad regarda Carl d'un air triste. « Tu as raison, mais Samir et moi avons étudié les clichés de très près et sur certains d'entre eux, on voit le groupe en entier. Mon autre fille n'y est pas, Carl. Samir est comme moi. Il n'a pas vu ses nièces depuis seize ans, alors nous ne savons ni l'un ni l'autre laquelle des deux on voit. Les filles se ressemblaient beaucoup quand elles étaient petites, mais Samir pense que c'est la plus jeune, Ronia, qui manque. Enfant, Nella avait la peau légèrement plus sombre que sa sœur et la femme qui se trouve à côté de Marwa a la peau assez sombre. » Il les regarda d'un air infiniment triste. « Vous vous rendez compte que je ne sais même pas à quoi ressemblent mes propres filles ? Et maintenant, elles sont devenues adultes. La vérité, c'est que je ne sais rien du tout, Carl.

— Tu crains que l'une de tes filles soit morte, c'est ça, Assad ?

— Oui, j'ai peur qu'elle ait été assassinée, comme ma mère adoptive.

— Tu n'as pas le droit de penser comme ça, Assad, lui dit Rose. Tant qu'on ne sait rien, il faut garder espoir. »

Soudain, Carl demanda à Assad d'un air soucieux : « Samir sait qu'il ne doit parler de ceci à personne, n'est-ce pas ? Il ne faudrait surtout pas qu'il se mette à mener son enquête de son côté et encore moins qu'il révèle ton histoire à quelqu'un.

— En ce qui concerne la première question, on ne peut pas l'en empêcher, mais le fait que je sois retourné le voir a un peu arrangé nos relations, je crois. Il est très soulagé de savoir que sa sœur est en vie et il sait que je ferai n'importe quoi pour…

— Écoute, le coupa Carl. Il faut vraiment qu'il intègre le fait qu'il ne peut pas dire un mot sur tout ça à sa famille, tu comprends ? »

Assad poussa un soupir. « Il n'a plus personne à qui le raconter, Carl. Samir m'a dit que ma belle-mère était morte il y a quelques mois, alors il ne reste plus que Marwa et moi et… ma fille.

— Nous sommes désolés, lui dit Rose en serrant doucement son poignet. Mais tu peux compter sur nous et nous ne lâcherons pas cette affaire. Je t'assure que ça va s'arranger, d'accord ? »

Il hocha la tête et détourna les yeux.

« Tu veux bien finir de nous raconter ton histoire, Assad ? Peut-être qu'elle nous aidera à connaître un peu mieux ce Ghaalib et à comprendre son mode de fonctionnement. Tu te sens prêt à continuer ? » poursuivit-elle.

Assad se redressa. « Oui, je vais le faire, mais à partir de maintenant, je ne vous donnerai que les grandes lignes. Les détails sont… » Il croisa ses doigts et les

porta un instant à ses lèvres, comme s'il voulait retenir ses mots.

« Les détails, je vais les garder pour moi », dit-il enfin.

Vers 5 heures du matin, le jour où Assad aurait dû être exécuté, il entendit un trousseau de clés cliqueter derrière la porte de sa cellule et il crut sa dernière heure arrivée. Il savait que la distance jusqu'au bâtiment où avaient lieu les pendaisons n'était que de quelques mètres et il se jeta aussitôt à genoux en une ultime et brève prière.

Cette nuit-là, il n'avait pas fermé l'œil. Dans les cellules voisines, des voix indistinctes avaient très vite enflé pour se transformer en cris et en injures dirigées contre lui. On l'accusait sans la moindre ambiguïté d'être responsable de la mort des vingt prisonniers pendus pour camoufler la libération de Jess Bjørn en mutinerie. Il avait répondu à ses détracteurs, leur disant qu'il était sincèrement désolé pour la mort de ces hommes, et s'était défendu en leur conseillant de s'en prendre plutôt à ceux qui les avaient tués. Ce qui n'avait fait que mettre de l'huile sur le feu.

Assad s'était bouché les oreilles. L'injustice était l'un des plus grands travers de l'être humain et il avait décidé qu'il ne les laisserait pas lui voler les dernières heures de son existence, ni les souvenirs du bonheur passé, ni l'attente consciente de ce qui allait lui arriver. Bientôt il ne serait plus de ce monde. Qu'adviendrait-il alors de Marwa et de ses filles ? Dans quel enfer les avait-il entraînées ?

Puis le cliquetis résonna derrière la porte.

Assad était à genoux, en position de prière, lorsqu'une

lumière froide venant du corridor inonda le sol autour de lui.

C'était Ghaalib. Il entra, le teint brouillé, et il lui donna sans sommation un coup de pied dans les côtes du bout de sa lourde chaussure militaire.

« Lève-toi, chien ! » aboya-t-il tandis qu'un autre soldat poussait un vieillard dans la cellule en pressant le canon de son arme sur sa nuque. En voyant Assad se tordre de douleur sur le sol, les yeux du nouveau prisonnier exprimèrent une peur irraisonnée.

Est-ce qu'ils vont l'abattre sous mes yeux ? se demanda fugitivement Assad. Est-ce qu'ils essayent de me briser en m'infligeant la vision de la mort d'un autre homme ?

Ghaalib lui donna un nouveau coup de pied. « Je te préviens que je ne te passerai pas la corde au cou avant d'avoir réussi à te faire parler. J'ai tout fait pour te rendre les choses plus faciles, mais maintenant, c'est terminé. »

Il fit signe à l'autre soldat, qui poussa le prisonnier contre le mur en le frappant violemment dans le dos.

« Vous pouvez entrer, maintenant », lança Ghaalib vers le couloir. Un homme habillé en civil et muni d'une caméra pénétra dans la cellule.

« Va attendre dehors et ferme la porte », ordonna-t-il au soldat, qui obtempéra aussitôt. Assad n'avait pas compris jusque-là à quel point Ghaalib devait être haut placé dans la hiérarchie de la prison.

« Tu sais que nous n'avons plus notre cameraman habituel. C'est dommage, c'était un bon élément. Mais je te présente quelqu'un qui est venu de très loin pour rencontrer celui qui a tué son frère. »

Assad leva les yeux pour croiser un regard si haineux qu'il en eut le vertige. Il ne servait à rien d'expliquer à cet homme qu'il n'était pas responsable de cette mort.

Le nouveau venu leva sa caméra et il commença à filmer. « Es-tu prêt, Zaid al-Asadi, à faire des aveux complets ? lui demanda Ghaalib. As-tu participé à une mission de l'ONU ? »

Assad, une main plaquée sur ses côtes, se leva lentement, gardant les yeux fixés sur l'objectif.

« Non. Et que toi et tous les démons de ce pays maudit alliez brûler en enfer », répondit-il en insistant bien sur chaque mot.

Ghaalib se tourna vers le photographe. « Ça, tu l'effaces, dit-il tranquillement en sortant son arme de son fourreau. Toi, viens ici », ordonna-t-il au prisonnier recroquevillé dans l'angle de la cellule. Puis il s'adressa de nouveau à Assad. « Cette nuit, nous avons entendu Mohammad, ici présent, crier qu'il voulait t'arracher les yeux et t'étrangler avec ta propre langue. Mohammad a de très bonnes raisons de vouloir t'infliger ce traitement, parce qu'à cause de toi et de votre opération pour libérer votre ami, deux membres de sa famille ont été pendus. » Il se tourna vers le prisonnier. « Voilà, Mohammad, à présent, tu vas pouvoir mettre tes menaces à exécution. »

Assad regarda les yeux éteints du prisonnier. Il avait l'air d'un mort-vivant, sans volonté, sans résistance.

« Fais ce que tu as à faire, lui murmura Assad. Mais sache qu'il sera aussi ton bourreau. Pardonne-moi le mal que je t'ai causé sans le vouloir. »

Ghaalib sourit. « Mohammad et moi avons un accord. Il me donne un coup de main avec toi et ensuite, c'est moi qui m'occuperai de lui, pas vrai, Mohammad ? »

Le vieil homme hocha faiblement la tête. Une ecchymose bleuâtre s'étendant de son cou à l'échancrure de sa chemise suggérait qu'il n'avait pas dû conclure cet accord de son plein gré.

« Tu vas connaître de grandes douleurs physiques, Zaid, si tu refuses de parler. Et lorsque tu ne seras plus là pour la défendre, nous infligerons les mêmes souffrances à ta famille. Alors montre-toi coopératif, c'est l'unique moyen que tu as de la sauver. » Il glissa la main sous son caftan et en tira une petite fiole brune.

« Ceci est de l'acide phosphorique. Le produit le plus douloureux avec lequel la peau puisse être en contact. Si cette substance te touche, c'est toi qui nous imploreras pour que nous te conduisions au gibet. Et si tu continues à te taire, ce produit défigurera ta femme et tes filles pour le restant de leurs jours. Alors, tu avoues ? »

Assad secoua la tête. « Que je mente de mon plein gré ou que vous me soutiriez un mensonge par la menace revient au même. Je peux juste vous dire que je mérite ce qui m'arrive et que ma famille n'a rien fait de mal. Au nom d'Allah, je te demande de les épargner. Tuez-moi tout de suite, qu'on en finisse. »

Ghaalib posa sur lui un regard sans expression avant de tendre le flacon vers le prisonnier qui, les épaules basses, s'avança pour le prendre.

Ghaalib baissa le canon de son pistolet et le pointa vers le ventre d'Assad. « Si je tire, tu vas souffrir le martyre. Alors parle. »

Assad serra les dents. Il ne me brisera pas, ce porc. Ni ma famille ni personne ne me verra jamais supplier quiconque, songea-t-il.

Ghaalib haussa les épaules. « OK, alors commence

par le dos, Mohammad. On va le faire chanter, le crapaud. »

Quand le prisonnier l'attrapa par le col et déchira le tissu de sa chemise, Assad serra les poings. Quelques gouttes d'acide l'atteignirent, aux endroits où les coups de fouet lui avaient laissé des plaies ouvertes. Une douleur indicible lui révulsa les yeux et il entendit sa chair griller.

« Ne fais pas ça, Mohammad, mon ami », dit-il dans un râle tandis que de nouvelles gouttes de liquide caustique lui brûlaient la peau.

Assad, la tête rejetée en arrière, se mit à hyperventiler, tandis que l'odeur de chair brûlée faisait tousser l'homme qui le mettait au supplice.

Dans un instant, se dit Assad, il allait se jeter sur Ghaalib avec le résultat qui en découlerait.

« Arrête de faire joujou avec cette fiole, ordonna celui-ci. Envoie-lui une bonne giclée qu'on voie comment il réagit. Rappelle-toi ce dont nous sommes convenus, Mohammad, tu sais ce qui t'attend, si tu ne… »

Alors que Ghaalib braquait son pistolet sur Mohammad pour l'inciter à obéir, la situation dérapa.

« *Maleun Yakun Saddam wakul kalaabuhu !* » brailla le prisonnier (« Que Saddam et tous ses chiens soient maudits) et, avant qu'Assad ait eu le temps d'attaquer leur bourreau, l'homme aspergea d'acide la main armée de Ghaalib.

Avec un cri de douleur, celui-ci pressa la détente et Assad entendit le prisonnier tomber.

Une expression de folie dans le regard, Ghaalib prit la crosse de l'arme dans son autre main et tenta avec fébrilité d'essuyer l'acide sur son caftan.

Le prisonnier pressa une main sur son ventre et, de l'autre, passa la fiole à Assad.

L'avertissement du cameraman arriva trop tard. Avant que Ghaalib ait pu comprendre ce qui lui arrivait, Assad avait saisi le flacon et, d'un geste souple, vidé son contenu sur son visage. Ghaalib ne cria pas. Pourtant, subitement, tout son corps parut se paralyser. Assad s'empara du pistolet de Ghaalib et le pointa sur le cameraman, qui venait de soulever son appareil au-dessus de sa tête afin de l'utiliser comme projectile.

Assad le tua sans qu'il puisse aller au bout de son geste et il tomba comme une chiffe molle dans son propre sang. Le coup de feu réveilla l'instinct de survie de Ghaalib qui, une seconde plus tard, se dressa de toute sa hauteur, brandissant un couteau courbe à la lame ciselée tout en appelant à l'aide le gardien.

Assad allait tirer sur Ghaalib quand Mohammad, malgré sa blessure, le bouscula et se jeta sur Ghaalib.

« Que se passe-t-il, ici ? » lança le gardien en faisant un pas dans la cellule. Mais avant d'en faire un deuxième, il baissa la tête, étonné, et contempla la plaie mortelle que la balle d'Assad avait ouverte au milieu de sa poitrine. Il tomba à genoux.

Assad l'enjamba, referma la porte de la cellule et se retourna vers les deux hommes au corps à corps sur le sol. À cet instant, le prisonnier leva la dague qu'il était parvenu à prendre à son adversaire et la lui plongea dans l'abdomen.

Puis les corps de Mohammad et de Ghaalib restèrent quelques secondes entremêlés et immobiles, avant que le prisonnier lève vers Assad des yeux où se mêlaient tristesse et lucidité. « Voilà, nous sommes morts tous

les deux, dit-il. D'autres soldats vont arriver et la volonté d'Allah sera faite.

— Tu es gravement blessé », constata Assad tout en écoutant à la porte. Les seuls bruits qu'il perçut venaient des cellules voisines. Les prisonniers pensaient avoir entendu l'exécution d'Assad et de Mohammad, ce qui dans un sens était exact.

Il regarda son compagnon d'infortune qui se relevait avec difficulté, et la tache de sang qui grandissait peu à peu sur son caftan.

« Avec un peu de chance, je mourrai d'hémorragie avant qu'ils arrivent », dit-il à voix basse, les mains tremblantes.

Assad montra les deux corps allongés sur le sol. « Nous allons mettre leurs vêtements. Tu vas prendre ceux du cameraman ainsi que sa caméra. Mais fais vite, nous n'avons pas beaucoup de temps. »

Assad regarda son auditoire. Personne n'avait ouvert la bouche durant tout son récit. « Voilà, c'est comme ça que nous avons réussi à nous échapper. Par précaution, j'avais caché le pistolet de Ghaalib sous le caftan noir, afin que nous puissions couvrir notre fuite si nécessaire, mais finalement ce fut ce caftan noir et la caméra que Mohammad portait à l'épaule qui nous ouvrirent toutes les portes. Nous avons lancé un salut aux soldats postés au sommet du mur et à celui qui montait la garde devant l'entrée. Et l'obscurité a fait le reste.

Allah était avec nous. Dans la poche du vêtement du cameraman, nous avons trouvé les clés d'une Skoda et il n'y avait qu'une voiture de cette marque à l'extérieur

des murs. Elle n'allait pas très vite, mais nous étions déjà loin quand ils ont découvert la supercherie. »

Assad s'interrompit de nouveau et se tourna vers Gordon, qui était à présent livide.

« Tu ne te sens pas bien ? » lui demanda Assad.

Gordon secoua la tête, le regard trouble. « Je ne comprends pas comment… Enfin, que ce soit toi qui…

— Qu'est-il arrivé à l'homme qui s'est enfui avec toi, Assad ? demanda Carl, l'interrompant.

— À quelques kilomètres de la prison, il m'a demandé de m'arrêter. Il m'a dit qu'il était épuisé et quand je me suis tourné vers lui, j'ai vu qu'il baignait dans une mare de sang. Il y en avait partout, sur le siège, sur son pantalon, sur ses chaussures, sur le plancher de la voiture.

— Il est mort ? demanda Carl.

— Oui. Il a ouvert la portière et s'est laissé tomber. Quand j'ai fait le tour de la voiture, il était déjà mort.

— Et Ghaalib ? » Rose baissa les yeux vers les articles étalés devant elle. « Il a l'air plutôt en forme sur ces photos. »

Assad bascula la nuque en arrière. « Ce fut la plus grosse erreur de mon existence. Il était mourant quand nous sommes sortis de cette cellule, mais nous ne l'avons pas achevé.

— Et ta femme ? Et tes enfants ?

— J'ai tout fait pour les retrouver, mais Falloujah est une grande ville et elles semblaient avoir littéralement disparu sous terre. J'ai dépensé tout mon argent, soudoyé des dizaines de personnes pour tenter de savoir quelque chose, mais en vain. Ensuite, la délégation de l'ONU s'en est mêlée. On a su ce qui s'était passé et on

m'a renvoyé chez moi. Il paraît que ma présence risquait de mettre le feu aux poudres.

— Est-ce que tu savais que Ghaalib était encore en vie avant de le reconnaître sur ces photographies ? lui demanda Rose.

— Oui. Je venais à peine de rentrer au Danemark quand mon beau-père m'a contacté par Skype pour me le dire. Abdul Azim, comme il s'appelait à cette époque, avait survécu et Marwa et mes filles étaient ses otages. Mon beau-père m'a demandé de retourner là-bas et de me rendre pour qu'elles soient libérées et, évidemment, j'ai envisagé de le faire. Mais ensuite, ils ont tué le grand frère de Marwa, ce qui a brisé mon beau-père et instillé en lui un sentiment de haine si puissant qu'il a changé d'avis.

— Il t'a déconseillé de revenir ? demanda Rose.

— Il m'a dit que ma mission ici-bas était désormais de retrouver Ghaalib et de le tuer. Il pensait que c'était l'unique espoir de les revoir un jour vivantes.

— C'était il y a seize ans, Assad. Pourquoi a-t-il fallu autant de temps ?

— Quand Saddam Hussein a été arrêté en 2003, la guerre a officiellement éclaté en Irak. Beaucoup de sunnites ont dû fuir et la ville de Falloujah a été bombardée. Depuis, la seule chose que j'aie pu apprendre, c'est que Ghaalib avait été recruté par la milice sunnite, qu'il était monté en grade et qu'il vivait désormais en Syrie. Quand j'ai appris ça, j'ai définitivement renoncé à revoir ma famille.

— Qui te l'a appris ?

— Lui-même. Il a envoyé un message à mon beau-père et lui a demandé de me le lire.

— Que disait-il ? »

Il y eut un blanc que Carl connaissait trop bien pour l'avoir vécu lorsqu'il avait pour mission de prévenir les familles des victimes d'accidents de la circulation. Entre le moment où il voyait la porte s'ouvrir et celui où la prise de conscience de l'insupportable vérité apparaissait sur le visage du proche, on aurait dit que la Terre s'arrêtait de tourner. Assad venait d'avoir la même expression, et le temps mort derrière lequel il se réfugia était aussi bouleversant. Combien d'années s'étaient écoulées depuis la dernière fois où il avait dû prononcer les mots écrits par Ghaalib ? Quel effort surhumain avait-il dû faire quotidiennement pour ne pas les ressasser à chaque seconde ? À cet instant, la réponse se lisait sur son visage.

Il n'avait jamais répété le contenu du message à personne. Il se racla la gorge mais sa voix resta voilée. « Ce qu'il disait ? » Il hésita, leva ses yeux pleins de larmes vers le plafond et déglutit à plusieurs reprises. Puis il se pencha en avant, inspira profondément et posa les deux mains sur ses genoux comme s'il devait lutter contre une bouffée de panique. « Il disait qu'ils avaient fait en sorte que Marwa avorte de notre troisième enfant, qu'il violait Marwa et mes filles tous les jours et qu'aussitôt qu'elles mettaient ses enfants au monde il les tuait. Il disait qu'il m'attendait et qu'il veillerait à ce que cela se termine très mal pour moi. »

Incapables de parler, ses collègues se contentèrent de le regarder.

« Je crois que c'est cette promesse qu'il veut tenir à présent, dit-il tout doucement au bout d'une longue minute. Je les croyais mortes. »

Carl était sous le choc. Était-ce le même Assad qu'il avait taquiné maintes et maintes fois ? Celui avec qui il avait ri et qui lui avait si souvent remonté le moral ?

Carl imagina sa Mona adorée, un nourrisson dans les bras. Son premier enfant. Une vie fragile qui ignorerait encore tout de la cruauté du monde et qu'il s'efforcerait de protéger de la réalité. Mais le monde était cruel, et l'histoire qu'ils venaient d'entendre était réelle…

Il s'arracha à ses pensées et scruta son ami au fond des yeux. Il ne comprenait pas comment Assad avait pu rester intact en sachant ce qu'il savait, en vivant avec cette ombre au-dessus de sa tête. Mais peut-être ne l'était-il pas, intact. Peut-être tout cela n'était-il qu'une comédie pour survivre.

Il ouvrit un tiroir et fouilla pour y dénicher les cigarettes qu'il savait s'y trouver. Malgré l'aversion de Mona et de ses collègues pour le tabac, fumer une cigarette lui sembla tout à coup le seul moyen de sortir de cette atmosphère paralysante.

« Si ce sont vos clopes que vous cherchez, Carl, ce n'est pas la peine de vous fatiguer. Vous les trouverez à la déchetterie de Glostrup, mais j'ai bien peur qu'elles soient déjà parties en fumée, au sens propre du terme. »

Rose sourit et Carl le nota dans son carnet de doléances. Il se tourna vers Assad. « Écoute-moi, mon ami, lui dit-il. Je vais aller voir Marcus et lui expliquer que nous allons prendre dès aujourd'hui la totalité des RTT que nous avons accumulés ces dernières années ; je lui demanderai des défraiements pour nos repas et nos déplacements. On dit quinze jours, pour commencer ? »

23

Joan

J-11

Joan se pencha vers la fenêtre du wagon pour observer son propre reflet et les trains express stationnés sur les voies de la gare de Munich.

« Tu as bonne mine, Joan », se complimenta-t-il à voix basse. Les événements de ces derniers jours n'avaient-ils pas donné plus de caractère à ses traits, de la profondeur à son regard et foncé ses sourcils ? Si, sans aucun doute. Alors, en rentrant à Barcelone, il allait se faire plaisir. Il irait s'asseoir à la terrasse du restaurant de plage Xup Xup et, un verre de vin à la main, il ferait de l'œil aux passantes. Il aurait sûrement une touche, comme le lui indiquait le durcissement au fond de son pantalon. Car Joan sentait qu'il n'était plus le même homme.

Il regarda autour de lui dans le compartiment de première classe et sourit. Il ouvrit son ordinateur posé sur la tablette et hocha la tête à l'intention des hommes d'affaires efficaces et muets, la tête baissée sur leurs écrans et leurs documents très importants. Pour à peine quatre euros de plus, il s'était surclassé et il avait bien l'intention

d'en faire une habitude. Car il était devenu l'homme qui avait en tête le reportage le plus important de la planète et, bientôt, on se souviendrait de Joan Aiguader comme de celui qui avait permis d'éviter le drame, au péril de sa vie.

« Au péril de sa vie », voilà ce qu'il voulait que le monde pense. Le chevalier blanc, la cavalerie qui se pointait au dernier moment, le petit Hollandais avec son doigt dans le trou de la digue, c'était lui. Car sans lui, des gens mourraient. Sans lui, la foudre s'abattrait arbitrairement et brutalement sur l'Europe, provoquant le chaos. Il imagina le scénario si les projets de Ghaalib voyaient le jour. Les gens éviteraient les endroits publics, ils s'enfermeraient chez eux, n'enverraient plus leurs enfants à l'école.

Voilà ce qui risquait de se produire sans son intervention. Bien sûr, l'honneur irait en partie aux services secrets allemands, mais les informations à partir desquelles ils auraient travaillé, qui les leur aurait données, hein ?

Lui, Joan Aiguader. Et comme souvent au cours de ces derniers jours, il remercia en pensée la victime 2117.

Il se concentrait sur son article du lendemain quand un homme avec une écharpe bleue et un épais manteau d'hiver vint s'asseoir sur la banquette de l'autre côté du couloir.

Joan le salua poliment d'un hochement de tête et l'homme lui répondit par un sourire affable. Joan en fut surpris, car la vie ne l'avait pas habitué à autant d'amabilité. Les voyageurs se comportaient peut-être comme ça en première classe, se dit-il. Ils se comprenaient et se respectaient d'emblée. Il lui rendit son sourire. L'homme était bronzé, élégant et assez typé. Sans doute un Italien, songea Joan, après avoir jeté un coup d'œil à

ses chaussures. Il faudrait qu'il pense à s'équiper d'une paire de chaussures comme celles-là quand il irait s'asseoir à la terrasse du Xup Xup. Elles valaient sûrement assez cher, mais si *Hores del Día* ne lui faisait pas une offre d'emploi à sa mesure, un autre journal le ferait. Ce n'étaient pas les quotidiens qui manquaient en Catalogne. Et si c'était un journal de Madrid qui lui proposait un poste ? Est-ce qu'il l'accepterait ? Joan faillit éclater de rire. Bien sûr qu'il l'accepterait. Il y avait des limites au fanatisme catalan.

Il s'était rendu chez un traducteur en ville pour faire transcrire la bande-son de la vidéo trouvée sur le portable de Bernd Jacob Warberg. Le gars avait commencé par maugréer, arguant qu'il n'avait pas l'habitude de travailler avant 10 heures du matin et encore moins dans l'urgence, mais Joan avait insisté. Le type lui avait demandé deux cents euros de plus que le tarif normal, ce qu'évidemment Joan avait refusé de payer. Après tout, avait-il expliqué, il ne lui confiait que la traduction d'une simple audition d'acteurs pour une série télévisée dont on avait oublié de lui donner le texte en version anglaise. Ils s'étaient alors mis d'accord sur un supplément de cent euros. En raison de la mauvaise qualité de la vidéo, le traducteur n'avait rien promis quant à la restitution fidèle du dialogue.

Imprécision de la traduction ou pas, la vidéo révélait que Ghaalib était un terroriste, que depuis plusieurs années il s'était battu aux côtés de la milice en Irak et en Syrie et qu'avec le temps il s'était assuré une place prédominante au sein de l'organisation. À présent que la guerre avait changé de visage, on lui avait confié de nouvelles tâches qui entraîneraient de la fureur et des larmes partout où il passerait. Même si la conversation

ne permettait pas de comprendre exactement de quoi il s'agissait, il paraissait évident que tout était organisé jusqu'au moindre détail, que des événements graves se préparaient à Berlin et à Francfort et qu'on n'attendait plus que ses ordres.

Joan étala sur la tablette le plan de Francfort acheté au kiosque à journaux de la gare. Ghaalib et son assistant Hamid avaient mentionné un attentat sur une place de la ville, mais ils n'avaient pas précisé s'il s'agissait de Römerplatz, Rathenauplatz, Goetheplatz ou un tout autre endroit. Seulement que le lieu était vaste et très fréquenté, ce qui ne l'avançait pas beaucoup, vu le nombre de possibilités existantes.

Sentant le regard du voyageur de l'autre côté du couloir, Joan tourna la tête. Apparemment, l'homme avait suivi avec intérêt tous ses faits et gestes.

« Vous êtes touriste ? demanda-t-il à Joan dans un anglais qu'il fallait d'abord laisser décanter dans son cerveau pour en extraire une phrase compréhensible.

— C'est à peu près ça », répondit Joan sans s'étendre sur le sujet. Puis il baissa de nouveau la tête sur son plan.

D'après ce qu'il pouvait lire dans la traduction, Ghaalib ne participerait pas personnellement aux attentats, contrairement à Hamid. Quoi qu'il en soit, il avait une connaissance précise des moindres détails.

« Pardonnez-moi, mais j'ai l'impression que vous êtes en train de chercher ce qu'il y a à voir d'intéressant dans cette ville, reprit son voisin avec un signe de tête vers le plan et la traduction. Puis-je me permettre de vous conseiller de commencer par le Römerberg. C'est sans conteste la place la plus agréable et la plus typique. »

Sans que Joan puisse dire pourquoi, cet homme lui

semblait à présent un peu moins italien. Il le remercia pour le tuyau et rangea plan et documents.

Quand le train approcha de Nuremberg, où Joan avait un changement, celui-ci avait tapé quelques phrases sans parvenir à ce que son texte dégage une quelconque atmosphère. « Merde », murmura-t-il pour lui-même. Comment voulaient-ils qu'il rédige un article inspiré, avec du style, s'il était constamment surveillé et censuré. En suivant à la lettre les directives qui lui avaient été données, il ne pourrait rien écrire de plus. Il pouvait raconter qu'il était sur la piste du terroriste, certes, et qu'il avait vu quelques cadavres sur sa route. Il ne savait pas en quoi consistait cette poursuite ni qui il poursuivait exactement. Il ne savait pas non plus ce qui allait se produire ni où l'événement aurait lieu. Car s'il avait le malheur de divulguer la moindre bribe du dialogue entre Ghaalib et Hamid, il aurait à la fois les services secrets allemands et le terroriste sur le dos. Herbert Weber lui collerait une fausse accusation de meurtre et Ghaalib une lame tranchante sur la gorge. Mais d'un autre côté, s'il s'en tenait aux règles, il perdrait à la fois une occasion en or et le soutien de sa rédactrice en chef. Jusqu'ici, il s'était cru capable d'éviter les obstacles, mais il n'en était plus aussi sûr.

Les yeux dans le vague, Joan regarda par la fenêtre. S'il voulait un jour devenir un reporter célèbre et draguer des femmes à la terrasse du Xup Xup, il n'avait pas d'autre option. Il était obligé de continuer à écrire exactement ce qu'il voulait, quel que soit le risque encouru. À sa grande surprise, il sentit qu'il en avait le courage. Ça aussi, il le devait à la victime 2117.

Joan se tourna alors vers son écran et se mit à corriger son texte en appelant un chat un chat. Il commença par

modifier le titre. Puis les têtes de paragraphes. Il cita des noms, décrivit de manière exhaustive la mort du photographe. Il parla du sang dans lequel il avait glissé, de la ville vers laquelle il se dirigeait et alla jusqu'à citer le nom de l'homme qu'il allait essayer de stopper avant qu'il ne commette un attentat terroriste.

Quand le train ralentit puis s'arrêta, il était en train de se demander s'il allait mentionner sa rencontre avec les agents du renseignement et, surtout, sa découverte de la vidéo dans le portable du photographe.

Cette décision devra attendre que j'aie changé de train, se dit-il. Il allait glisser l'ordinateur dans son sac quand l'homme assis de l'autre côté du couloir se pencha vers lui et lui murmura à l'oreille qu'il le remerciait infiniment pour les précieux renseignements qu'il lui avait fournis. Il fallut un millième de seconde à Joan pour que ses réflexes de défense et son acuité maximale lui fassent lever la tête vers l'homme au grand manteau d'hiver qui arrivait au bout du couloir central et disparaissait sur le quai.

Pendant les vingt-sept minutes qui suivirent, alors qu'il attendait le départ du train pour Francfort sur le quai de la gare de Nuremberg, les questions se bousculèrent dans sa tête. À quels renseignements précieux l'homme faisait-il allusion ? À la distance où il était, il ne pouvait en aucun cas déchiffrer ce qu'il avait écrit. Il ne pouvait pas savoir ce que Joan faisait dans ce train ni pourquoi il se rendait à Francfort. Il ne lui avait pas demandé sa profession ni d'où il venait. Tout ce qu'il avait pu comprendre était que Joan, à cause du plan qu'il était en train de consulter, se rendait à Francfort-sur-le-Main.

Pourtant, instinctivement, le journaliste devina que

le comportement de cet homme avait eu quelque chose d'étrange. Merde ! Qui était-il ? Un ami ou un ennemi ? Un journaliste qui cherchait à lui voler son histoire ou l'un des hommes de Ghaalib ? Et où était-il passé ? Joan fouilla chaque coin et chaque recoin de la gare, la salle des pas perdus et l'ensemble des quais pour le retrouver. Pourquoi était-il si pressé de disparaître ? Au fond, sa présence avait eu peut-être simplement pour but de lui montrer que les services secrets ne le quittaient pas des yeux une seconde, que son traceur GPS n'était pas le seul capable de le localiser à tout moment. Si c'était le cas, c'était plutôt une bonne nouvelle.

Le wagon de première classe de l'ICE 26 pour Francfort ressemblait en tous points à celui avec lequel il avait fait le trajet de Munich à Nuremberg. Conditions de travail excellentes, hommes d'affaires sérieux en costume et silence propice à faire des plans et à se projeter dans l'avenir. À Francfort, il s'installerait dans un endroit central afin de pouvoir se rendre à pied sur les places et les marchés. Il procéderait par ordre, étudierait chaque lieu en détail, en se concentrant sur le potentiel que présentait chacun d'entre eux en cas d'attentat terroriste. En se servant de son imagination et en observant les déplacements et la densité de la foule, il serait peut-être capable d'anticiper. La question étant de savoir quand ce futur deviendrait le présent. En théorie, le drame pouvait s'être déjà produit lorsqu'il arriverait en ville. Ghaalib et Hamid avaient quelques longueurs d'avance sur lui.

Il ouvrit son ordinateur et survola son article.

Ils ne vont pas être contents, au service fédéral de renseignement si je divulgue trop d'informations ou que je me lance dans des prédictions d'avenir, songea Joan.

Mais quoi qu'ils disent, le devoir civique de tout journaliste était de sonner l'alarme et de prévenir le monde s'il avait connaissance d'une catastrophe à venir, estimait-il.

Il avait bien compris que l'homme à la cicatrice voulait semer la peur à travers les articles que Joan envoyait à son journal, mais comment réagirait-il si, avec son papier du lendemain, Joan lui mettait des bâtons dans les roues ? Changerait-il ses plans ? Profiterait-il de l'occasion pour laisser s'installer un faux sentiment de sécurité et commettre un attentat terroriste ailleurs, dans un endroit où on ne s'y attendrait pas ?

Pour le moment, il avait bon espoir que Ghaalib ne sache pas où il se trouvait. Alors, si Joan surveillait ses arrières, quel mal y avait-il à ce qu'il envoie à *Hores del Día* un article qui ne contiendrait que la stricte vérité ? Probablement pas grand-chose, le problème étant qu'il ignorait encore quelques faits essentiels : où était actuellement Ghaalib ? Qu'est-ce que lui et ses comparses complotaient ? Ses seules certitudes, en revanche, étaient que cet homme, qui constituait un danger mortel pour la population, se cachait quelque part dans une mégalopole allemande et qu'il n'hésiterait pas à éliminer tout ce qui se mettrait en travers de sa route et de ses projets. Alors, qu'allait-il écrire dans ce foutu article ?

Il tergiversait, pesant le pour et le contre, quand un individu entra dans le compartiment et vint lui parler.

« Joan Aiguader ? » s'enquit-il avec courtoisie.

Celui-ci fronça les sourcils et leva les yeux vers un petit homme trapu, plutôt bronzé pour la saison.

« Oui, qui le demande ?

— On m'a dit de vous remettre ceci », rétorqua l'inconnu en lui tendant une enveloppe. Puis il souleva son

chapeau, s'excusa du dérangement auprès des autres passagers et s'en alla.

L'enveloppe était blanche et neutre, mais le message qu'il contenait ne l'était pas :

Comment sais-tu que c'est à Francfort que tu dois te rendre ? Et qu'est-ce que tu faisais chez les flics cette nuit ? Je croyais t'avoir ordonné de les éviter ? Nous voyons tout ce que tu fais, Joan Aiguader, alors prends garde. Un pas de travers et la partie est terminée. Si tu arrives jusqu'à Francfort, tu sais ce que tu risques.

Joan s'arrêta de respirer. « Un pas de travers et la partie est terminée. » Dans le cas présent, le mot « terminé » prenait tout son sens. Il était définitif comme une gorge tranchée, implacable comme un enlèvement et une séance de torture. La partie commencée était déjà allée trop loin et, lorsqu'elle s'achèverait, ce serait la fin pour lui aussi.

Que faire ? se demanda Joan, affolé. Sauter du train avant d'arriver à destination ?

Sa main se crispa sur son portable. S'il prévenait Herbert Weber, son agence de renseignement saurait qu'il ne présentait plus aucun intérêt pour eux. Ils l'arrêteraient et le mettraient en garde à vue jusqu'à ce qu'ils aient pris le contrôle de la situation. Ses rêves de grandeur s'envoleraient. Fini les femmes sur les plages de Barcelone. Il serait renvoyé à la case départ et retournerait à l'existence médiocre que, quelques jours auparavant, il avait été prêt à quitter pour l'éternité.

Il relut le message. Est-ce que « terminé » pouvait signifier autre chose que « mort » ?

Le cerveau de Joan tournait en surrégime. Fallait-il sauter du train en pleine vitesse ? Non, plutôt à l'approche d'une gare. Mais où ? Il savait maintenant que Ghaalib avait des gens qui le surveillaient et qui saisiraient la première occasion. S'il voulait continuer à écrire ses articles, il ne pouvait pas non plus téléphoner aux services secrets allemands, ça, il l'avait déjà compris. Et s'il tirait le signal d'alarme et essayait de s'enfuir avant qu'on le rattrape ?

Tu as trop d'imagination, se reprocha-t-il en serrant les poings. Il n'arrivait plus à mettre bout à bout deux pensées cohérentes. En regardant les choses de façon objective, pourquoi les sbires de Ghaalib lui auraient-ils fait passer ce message s'ils avaient eu l'intention de le tuer ? Cela n'avait pas de sens, mais il n'avait pas non plus trop envie de traîner dans le coin pour comprendre où Ghaalib voulait en venir. La mort, la torture, l'enlèvement. Quels que soient les projets de ce monstre à son égard, d'une façon ou d'une autre, il fallait qu'il bouge d'ici.

Il examina la carte, cherchant une échappatoire. Sur le trajet entre Nuremberg et Francfort-sur-le-Main, le train passait près de nombreuses petites villes mais une seule lui parut convenir en cas d'urgence : Wurtzbourg.

Il tapa le nom sur Google, convaincu d'en avoir déjà entendu parler. Il apprit qu'il s'agissait d'une ville de cent trente mille habitants avec plusieurs hôpitaux et autant de cliniques. Exactement ce qu'il lui fallait.

Soulagé, Joan se leva lentement, posa son sac sur la tablette et y rangea ses papiers et son ordinateur. Puis il enfila son manteau et mit son téléphone portable dans sa poche.

« Aaaah », gémit-il brusquement en posant une main crispée sur sa poitrine. Il poussa un deuxième râle,

bascula la nuque en arrière, les yeux révulsés, tituba, cherchant à tâtons un point d'appui.

Comme prévu, les autres passagers du compartiment abandonnèrent ce qu'ils étaient en train de faire et deux d'entre eux se levèrent pour se porter à son secours.

« Y a-t-il un médecin parmi vous ? » s'enquit l'un d'eux sans obtenir de réponse.

« C'est votre cœur ? Vous avez des médicaments à prendre ? Où sont-ils rangés ? » demanda un autre, mais Joan ne répondit pas.

Dans un instant, ils appelleront le contrôleur, tout se passe bien, songeait-il. Ensuite, ils arrêteraient le train à Wurtzbourg et l'évacueraient en ambulance. Dès son arrivée à l'hôpital, il disparaîtrait, ni vu ni connu.

Joan se laissa glisser par terre et resta couché sur le dos, les yeux fermés, créant un certain affolement autour de lui. Quelqu'un sortit précipitamment, une femme fouilla ses poches et sa sacoche pour y trouver des comprimés qui n'existaient pas.

C'était une expérience assez apaisante de sentir tous ces gens qui s'occupaient de lui, et Joan suivait passivement l'action en respirant très superficiellement et le plus discrètement possible.

Ce à quoi il n'avait pas réfléchi, c'était que lorsqu'un individu présente les signes évidents d'une crise cardiaque, personne, quelles que soient ses compétences – ou son absence de compétence en l'occurrence –, n'hésite à avoir recours à des moyens drastiques pour le sauver. Surtout en première classe. Soudain, un type gigantesque s'agenouilla à côté de lui.

Une peur indicible s'empara de Joan lorsqu'il sentit les mains du colosse lui écraser le thorax, son poids

insupportable lui broyer les côtes et ses lèvres tièdes se poser sur sa bouche.

« Aaah », gémit-il tout bas quand ses os émirent un craquement. Il craignit de ne pas pouvoir garder le masque une seconde de plus.

« J'ai ce truc-là, si vous voulez ! » lança quelqu'un. À travers ses cils, Joan distingua la silhouette d'un homme en uniforme de contrôleur qui se penchait au-dessus de lui avec un air déterminé, pendant qu'un autre soulevait sa chemise jusqu'aux épaules.

« Vous savez vous en servir ? » demanda un passager.

Quand Joan entendit le contrôleur répondre : « Oui, j'ai fait un stage », et qu'il comprit ce qu'il s'apprêtait à faire, il était déjà trop tard pour protester. Le choc du défibrillateur projeta son corps dans un soubresaut, toutes ses terminaisons nerveuses explosèrent et une brusque tension au niveau du cœur propulsa dans sa gorge une boule impossible à avaler.

Pendant quelques secondes, le choc électrique tendit son buste comme un arc puis, lorsque la tension se relâcha, il retomba en arrière et sa nuque heurta violemment le sol.

Il eut juste le temps de les entendre crier : « *Mein Gott* », avant que tout devienne noir et disparaisse autour de lui.

24

Alexander

J-10

La nuit avait été un vrai désastre. Pendant des heures, Alexander avait essayé en vain de faire avancer le jeu. Chaque fois qu'il faisait un pas en avant, il était repoussé de deux pas en arrière.

Il tapa rageusement sur le clavier, puis, conscient que cela ne le mènerait à rien, fit danser le fandango à ses doigts sur la souris. Mais il dut rapidement se rendre à l'évidence, il était dans l'impasse. En désespoir de cause, il prit la décision pour le moins radicale de sortir du jeu et d'entrer dans les paramètres de l'ordinateur afin de vérifier son état général. Comme il le craignait, il y avait un gros problème. Alors qu'il n'avait joué que quelques heures, le processeur était en surchauffe. Il avait peut-être un peu trop sollicité son disque dur et, si dingue que cela puisse paraître, la carte mère était sur le point de lâcher. Il n'avait cet ordinateur que depuis douze mois et il était encore sous garantie pendant deux ans, mais s'il l'apportait à l'atelier maintenant, il pouvait se passer des semaines avant qu'on le lui rende.

Du calme, ce sont des choses qui arrivent, se consola-t-il en attendant que la machine refroidisse. Il espéra que cette interruption forcée aurait au moins la vertu de le remettre sur des rails. Car qu'adviendrait-il si le ventilateur ne parvenait pas à redonner à l'appareil une température normale ?

Les secondes lui paraissaient interminables.

Au bout de vingt minutes, il jugea que l'ordinateur avait assez refroidi pour qu'il tente de le rallumer et il attendit nerveusement, le regard fixe.

« Alleeez », dit-il, sentant ses aisselles se couvrir de transpiration parce qu'il ne se passait rien. Seul un petit carré blanc apparut au milieu de l'écran noir. Le système semblait avoir rendu l'âme.

Il tripota les câbles, redémarra, réfléchit à en devenir fou, pleura de rage impuissante, essaya de nouveau. Rien.

Alexander aurait pu se jeter par la fenêtre de désespoir.

Il se réveilla en sursaut avec la désagréable impression que sa vie venait de s'écrouler. Les doigts tremblants, il appuya sur le bouton ON pour constater qu'il était toujours dans la merde jusqu'au cou. Son précieux PC de gamer était bon pour la casse.

Heureusement que le jeu est sauvegardé sur un disque dur externe, songea-t-il en levant les yeux vers la vieille dame noyée sur son mur.

« Je suis désolé d'avoir cramé l'ordi, s'excusa-t-il à haute voix, s'adressant à la photo. Mais ne vous inquiétez pas, je vais y arriver quand même. Mon père a un ordi portable que je suis allé choisir avec lui. Il n'est pas aussi rapide que mon Shark Gaming, mais le FPS est assez

élevé quand même.» Il sourit. «Exact, je l'ai piégé. Il ne savait pas quoi acheter et il n'a jamais compris pourquoi il avait dû dépenser le double du budget qu'il s'était fixé.»

Dès que ses parents partiraient travailler, c'est-à-dire dans pas longtemps, il sortirait de sa chambre et irait récupérer l'ordinateur. Il connaissait le mot de passe puisque c'était lui qui avait configuré l'appareil. Alexander était content. Son père serait fou de rage, mais qu'est-ce qu'il pourrait y faire, à part gratter encore plus fort à sa porte et risquer de rayer la peinture?

Alexander voyait maintenant le jour se lever derrière les persiennes grises, et il entendait ses parents procéder à l'immuable rituel du matin: pas traînant de leurs chaussons sur le parquet, disputes et bruits d'objets divers. Le calme reviendrait dans dix minutes, quand ils seraient sortis. Alors il irait chercher l'ordinateur dans le bureau de son père, il le connecterait à son disque dur externe et il pourrait enfin s'y remettre. Aussitôt que le système serait reparti, il ne doutait pas qu'il réussirait à remporter les victoires programmées pour ce jour-là.

«Alexander! lança sa mère depuis le couloir. J'y vais. J'ai une conférence à Lugano, comme tu sais. J'ai mis des plats cuisinés dans le congélateur, pour papa et toi, comme d'habitude. Et s'il te plaît, fais-moi le plaisir de sortir de cette chambre pendant que je suis partie, d'accord?»

Lugano! Alexander renifla avec mépris. Encore une raison pour laquelle il les détestait, ces deux hypocrites. Ça faisait des années qu'elle jouait cette comédie de la conférence à Lugano, et pendant ce temps-là, comme par hasard, son père mettait à peine les pieds à la maison.

Pourquoi est-ce qu'ils n'avouaient pas simplement qu'ils s'envoyaient en l'air avec d'autres ? Il les haïssait.

Alexander colla l'oreille à la porte et n'entendit pas un bruit. Son père devait être parti avant elle, mais par précaution, il patienta encore dix minutes avant de décrocher le câble en acier enroulé autour du thermostat du radiateur. Il ne voulait pas prendre le risque de se faire surprendre, si jamais ils avaient oublié quelque chose et qu'ils revenaient le chercher pendant qu'il se promenait dans la maison.

Le couloir puait encore plus le parfum et le mensonge qu'à l'accoutumée. L'odeur lui retourna l'estomac. Il avait hâte d'en finir une bonne fois pour toutes, mais avant, il devait remplir sa mission et atteindre le score de 2117.

Ensuite, ils allaient voir ce qu'ils allaient voir.

En temps normal, il aurait vidé son pot de chambre et pris son petit déjeuner comme tous les matins, mais la peur de rencontrer un problème en changeant d'ordinateur le poussa à dépasser la cuisine et à se rendre directement dans le bureau.

Il s'arrêta un court moment devant la porte en se demandant ce qu'il ferait si les choses ne se passaient pas comme il l'espérait. Un peu plus d'un an auparavant, un de ses copains de réseau, à Boston, avait eu le même souci que lui avec un jeu auquel il jouait depuis plusieurs années. Quand tout à coup son ordi l'avait lâché, ce crétin avait carrément pété un plomb et menacé de se suicider par pure frustration.

Alexander secoua la tête. C'était une réaction idiote et inutile. Le suicide ! Pfff ! Non, s'il fallait en arriver là, autant emmener en enfer le plus de gens possible.

Alors qu'il venait de débrancher les câbles du hardware,

une ombre se découpa sur le bureau et une main de fer s'abattit sur son épaule.

« Ah, je te tiens ! » lança avec dureté une voix qu'il connaissait par cœur.

Il n'eut pas le temps de se retourner que son père avait déjà commencé à le secouer comme un prunier.

« Non mais je rêve ? hurla-t-il. Tu as vraiment cru que tu allais me voler mon ordinateur en plus de toutes tes autres conneries ? »

Alexander, silencieux, se laissa bousculer et malmener. Qu'aurait-il pu faire d'autre ? S'excuser, promettre de mieux se comporter à l'avenir ? Prétendre que tout cela, c'était pour rire ? C'était hors de question.

« Je ne te lâcherai pas avant que tu aies remis de l'ordre dans ta porcherie ! » le menaça son père.

Il y avait des semaines qu'Alexander n'avait pas été aussi proche de la peau cireuse de son vieux, de son haleine fétide et de son odeur corporelle. Il n'arrivait même plus à comprendre comment il avait pu vivre toute sa vie sous le même toit que cet homme pathétique. Mais maintenant, c'était terminé.

« Non mais, regarde-moi ça ! gueula son père, hystérique, en le poussant à l'intérieur de sa chambre. C'est comme ça que tu nous remercies pour tout ce qu'on a fait pour toi ? C'est comme ça qu'on t'a élevé ? aboya-t-il en shootant dans une canette de Coca qui traînait par terre. L'air est irrespirable là-dedans, ça pue le moisi et la pourriture. Regarde autour de toi, Alexander. Tu as vu toutes ces ordures ? Tu sais ce que je pense quand je vois ça ? Que tu es vraiment malade dans ta tête. Qu'est-ce que tu veux qu'on fasse d'un fils comme toi ? Tu nous fais honte.

— Ne t'inquiète pas, pauvre con, répliqua Alexander en s'arrachant à l'emprise de son père. Tu seras débarrassé de moi plus vite que tu le crois. »

Surpris par l'injure ou par le manque de respect, son père fit un pas en arrière et le regarda comme s'il venait de le gifler.

« Être débarrassé de toi ? Tu veux que je te dise ? Rien ne me ferait plus plaisir », rétorqua-t-il froidement quand il eut un peu repris ses esprits. Puis il sortit une liasse de billets de sa poche.

« Tiens, prends ça. Et fous le camp, mais alors tout de suite, s'il te plaît. Ni ta mère ni moi n'avons envie d'attendre que monsieur se décide. Tu trouveras bien une auberge de jeunesse quelque part. En tout cas, ici, tu n'es plus le bienvenu. »

Il se tourna vers la porte et aperçut le fil d'acier qui pendait à la poignée. « Ah, je comprends mieux », dit-il en évaluant la distance jusqu'au radiateur. Il décrocha le fil de la poignée et l'enroula autour de son avant-bras. « Voilà, comme ça, tu ne pourras pas t'enfermer. Allez, dépêche-toi de ramasser toutes tes merdes. Si tu oublies quelque chose, ta mère te l'apportera quand elle sera rentrée.

— Tu veux dire quand elle aura fini de s'envoyer en l'air avec le mec qui la fait mouiller plus que toi, connard ? »

Ce n'était pas la première fois qu'Alexander voyait son père pâlir. C'était en général le signe avant-coureur d'une paire de claques. D'habitude il avait peur, mais cette fois, cela ne lui fit ni chaud ni froid. Effectivement, la gifle ne tarda pas et, malgré sa violence, il la sentit à peine. La suivante ne lui fit pas plus d'effet et la

troisième non plus. Et la satisfaction de lire le désespoir dans les yeux de son père quand celui-ci comprit qu'il n'avait plus le pouvoir de l'effrayer fut immense. Ses coups répétés ne faisaient que prouver que le rapport de force entre eux s'était inversé.

« Tu es fou, couina son père en reculant devant son fils. Complètement fou ! »

Alexander acquiesça. Il a probablement raison, mais qui peut en juger ? se disait-il en s'approchant lentement du sabre de samouraï accroché au mur.

En voyant Alexander décrocher le katana, son père ricana. « Tu as l'intention d'emporter ça avec toi à l'auberge de jeunesse ? Tu crois qu'ils te laisseront entrer avec ce truc-là ? En plus d'être cinglé, tu es stupide ! Je savais que tu étais con, mais j'avoue que je ne pensais pas que c'était à ce point-là. » Il éclata d'un rire méprisant qui ne s'arrêta que lorsqu'il vit Alexander tirer l'épée de son fourreau.

Quand la tête tranchée atterrit doucement sur le lit, le rictus était toujours présent, pour l'éternité.

Alexander leva les yeux vers la coupure du journal sur le mur. « Voilà, c'est parti », murmura-t-il.

Et d'un, songea-t-il, satisfait, après avoir mis la tête de son père dans le congélateur coffre et traîné son corps dans le cellier avec un sac plastique autour du cou pour éviter de mettre du sang partout.

« Tu n'es pas bien là, Papinou ? » dit-il en enroulant le cadavre sans tête dans plusieurs sacs-poubelle déchirés. Un peu d'adhésif pour finir et le corps allait pouvoir rester là un bon moment, sans que l'odeur se répande dans toute la maison.

Alexander hocha la tête, content de lui. Il poussa la dépouille plus près de la machine à laver pour laisser un peu de place pour sa mère sur le sol du cellier quand elle se déciderait à rentrer de sa petite escapade.

En portant le matériel informatique de son père dans sa chambre, il tremblait d'excitation. Il avait fait très exactement ce qu'il avait prévu et cela ne lui avait posé aucun problème. Il était prêt à recommencer à tout moment. Et aussi souvent qu'il le faudrait.

Il raccorda le tout et alluma le système. Cette fois, il était sûr que cela allait fonctionner.

À partir de maintenant, tout allait fonctionner.

Après avoir constaté que le Lenovo ronronnait comme un chat et que le jeu roulait sans difficulté, il passa à la phase suivante.

Et maintenant, c'est le moment de faire mon rapport, se dit-il en prenant son portable pour appeler son contact.

Le policier, qui s'appelait Gordon, semblait agacé et fatigué, mais Alexander ne mit pas longtemps à le réveiller.

« Salut, poulet, c'est encore moi ! Je t'appelle pour te dire que je n'ai pas encore atteint le score de 2117, mais que j'ai quand même commencé », le titilla-t-il.

Au bout de la ligne, il entendait la question tarauder son interlocuteur. C'était à mourir de rire.

« Tu as déjà commencé quoi ? demanda-t-il enfin. À tuer tout le monde dans ton jeu pour atteindre 2117, c'est ça ? C'est très compliqué d'arriver à ce score ? »

Alexander éclata de rire.

« Compliqué ? Ouais, grave. LOL. Mais je ne suis pas sûr que tu saches très bien ce qui est compliqué et ce qui

ne l'est pas. C'est pas vrai, pauvre petit flic crétin ? » Il compta les secondes, laissant le temps à son interlocuteur de digérer l'insulte. Il fut plus lent à la détente qu'il ne s'y attendait.

« C'est possible, répondit-il finalement. Mais de mon côté, je voulais t'annoncer que nous savons comment t'est venu le chiffre 2117. Il fait référence à la victime dont le corps s'est échoué sur une plage chypriote il y a quelques jours, n'est-ce pas ? Alors maintenant, j'aimerais que tu me dises pourquoi cette femme compte tellement pour toi. »

Alexander se figea. Comment pouvait-il avoir compris ça ? Il regarda autour de lui dans la chambre. Avait-il commis une erreur quelconque ? Avaient-ils réussi à tracer ses appels ? Il avait pourtant bien changé les cartes à chaque fois. Avaient-ils retrouvé son adresse IP ? Ou bien étaient-ils remontés jusqu'à lui par un moyen dont il n'avait pas connaissance ? Mais comment ? C'était impossible.

« De quoi est-ce que tu me parles ? répliqua-t-il, conscient que sa voix n'était plus aussi assurée.

— Il faut que tu arrêtes ce jeu, dit son interlocuteur. Sinon nous allons venir t'arrêter, tu m'entends ? »

Il y eut un blanc. Étaient-ils en train de tracer son appel en ce moment même ?

« C'est trop tard, dit alors Alexander, prêt à raccrocher. Dommage !

— Trop tard ? Il n'est jamais trop tard, dit le policier.

— Ah bon ? Tu devrais dire ça à la tête de mon père qui est en train de rigoler grave, au fond du congélo coffre. Mais tu croyais peut-être que c'était un jeu ? » rétorqua-t-il avant de couper la communication.

25

Gordon

J-10

La mort est à la vie ce que les câpres sont à l'escalope viennoise, l'ingrédient qui permet de la sublimer, disait toujours le père de Gordon pour plaisanter. Jusqu'au jour où il s'était lui-même retrouvé à l'hospice, le teint gris et à moitié paralysé avec des tuyaux lui sortant de presque tous les orifices.

Sa comparaison, à ce moment-là, ne tenait plus la route. Gordon, quant à lui, ne voyait absolument pas la mort comme une manière de sublimer la vie. Avoir pris conscience de la mort était devenu le cauchemar de son existence et une source de chagrin permanente. Depuis des jours, il essayait en vain de comprendre comment Lars Bjørn, qui avait tellement compté pour lui, avait pu disparaître de façon si soudaine. La question étant sans réponse, il avait commencé à contrôler son pouls au moins vingt fois par heure, attendant avec inquiétude l'instant où son cœur allait s'arrêter et tout le reste avec lui. Lentement mais sûrement, l'obsession de cette dernière pulsation cardiaque avait pris possession de

lui. Non seulement elle occupait ses pensées jour et nuit, mais il commençait aussi à la ressentir comme une douleur physique dans la poitrine. « Est-ce que je ne ferais pas de l'apnée du sommeil ? » était l'une des nombreuses questions qu'il se posait. « Si mon cœur bat régulièrement à quatre-vingts pulsations à la minute, au repos, est-ce que ça ne va pas l'user ? » en était une autre.

Voir la mort s'installer aussi dans le regard d'Assad ne faisait rien pour arranger son problème. Avant la disparition des frères Bjørn et le regain d'inquiétude pour sa famille, Assad avait toujours eu le sourire aux lèvres et la capacité à maintenir une distance ironique avec les ennuis de l'existence. Il démarrait chaque journée avec une humeur égale et envisageait toujours le lendemain avec optimisme. Désormais, Gordon devinait parfaitement de quelle façon Assad appréhendait l'avenir. Après l'avoir entendu raconter son histoire, personne n'aurait pu douter qu'il était prêt à tuer Ghaalib pour sauver sa famille et à mourir lui-même s'il le fallait.

Et pendant ce temps-là, Gordon broyait du noir dans son fauteuil en pensant à la vie et à la mort et en se prenant le pouls constamment pour s'assurer que tout allait bien. C'était pathétique et honteux.

Il se leva et fit plusieurs fois le tour de la table. Dans la salle de crise, toutes les affaires en cours du département V étaient alignées sur de grands panneaux, sous forme de notes, de descriptions de scènes de crime et de photographies. C'était un lieu suffisamment effrayant pour redonner le sens des priorités à n'importe quel individu se complaisant dans l'auto-apitoiement. Gordon, quant à lui, décida de faire quelques sauts sur

place comme un boxeur et cinquante pompes afin de s'apaiser et de faire reculer la mort.

Il était en train de faire sa dixième pompe, baigné de sueur, quand le téléphone sonna.

« Allô », commença son interlocuteur.

Il suffit à Gordon d'entendre cet unique mot pour reconnaître le jeune homme aux idées de meurtre.

« Salut, poulet, c'est encore moi », dit le gamin.

Telle une marionnette désarticulée, il hissa sa grande carcasse vers le téléphone et appuya sur le bouton enregistreur.

Le garçon lui parut désagréablement euphorique et très content de lui pour quelqu'un qui avait autant de mal à vivre en paix avec son entourage.

Cette fois, je vais lui demander comment s'appelle son jeu, songea Gordon. Le plan était de se montrer amical et compréhensif, mais il n'en eut pas le temps. Immédiatement, le ton du gamin se fit tranchant et arrogant. Et quand de surcroît il se moqua de Gordon, celui-ci ne put s'empêcher de l'attaquer de front.

Le gamin fut manifestement déstabilisé quand le policier mentionna que lui et ses collègues savaient à quoi faisait référence le chiffre 2117, mais ce ne fut rien en comparaison du choc de Gordon quand il riposta en annonçant qu'il avait décapité son père et mis sa tête dans le congélateur coffre. Et qu'il raccrocha aussitôt après.

Gordon se mit à trembler. Pour la première fois de sa vie, il venait de parler à un assassin. À un fou furieux qui annonçait sans vergogne qu'il avait l'intention de recommencer. Et il devait porter seul le fardeau de cette information, car Carl, Rose et Assad s'étaient lancés à

la recherche de la famille de ce dernier. De plus, cette situation lui conférait une sorte de pouvoir sur la vie et la mort de son prochain, et il n'était pas sûr d'être à la hauteur de cette responsabilité.

Le pouls de Gordon s'affola. Il s'écroula lourdement dans le fauteuil de bureau, la tête entre les genoux, priant pour que le téléphone ne sonne plus jamais. Il aurait évidemment pu arracher la prise, mais dans ce cas, il n'y aurait plus aucun doute sur la personne à qui incomberait la faute, si on apprenait tout à coup qu'un jeune homme avait pété les plombs en pleine rue.

Que faire, Seigneur Dieu, que faire ?

Muets comme des tombes, tous les quatre écoutèrent l'enregistrement de la communication dans le bureau de Carl. Même lui avait l'air grave.

« Qu'est-ce que vous en pensez ? leur demanda-t-il. Il l'a fait ? Il a décapité son père ? »

Rose regarda Gordon en hochant la tête. « Il t'a déjà téléphoné plusieurs fois, mais ce coup-ci, il semble beaucoup plus instable. Au début de la conversation, il se moque de toi et à la fin, il est carrément agressif. Et puis il y a cette voix ostensiblement blanche après que tu lui révèles que tu sais à quoi correspond le chiffre 2117. Tu n'as pas l'impression qu'il t'a dit la vérité, toi ? »

Gordon était bien obligé de l'admettre.

« Je pense même qu'on peut partir du principe qu'il n'agit pas impulsivement et que tout ce qu'il raconte est vrai et prémédité. Vous en dites quoi, vous ? »

Carl et Assad acquiescèrent.

« Est-ce que j'ai commis une erreur ? » demanda Gordon prudemment.

Carl lui tapota la main pour le rassurer. « Nous venons

tous de découvrir à quoi nous sommes réellement confrontés et, jusqu'à tout à l'heure, tu n'avais aucune raison de procéder différemment, surtout n'en doute pas une seconde. Au contraire, je te félicite d'avoir insisté malgré mon scepticisme. »

Gordon respira plus librement. « J'ai peur de ne pas être à la hauteur, dit-il. Je ne veux pas être responsable de la mort de plusieurs personnes.

— Allons, Gordon. On va prendre les choses calmement et réfléchir à ce qu'on vient d'entendre, dit Carl en s'enfonçant dans son fauteuil de bureau. À votre avis, le gars habite dans une maison ou un appartement ?

— Dans une maison, répliqua Assad sans hésitation.

— Je suis d'accord, dit Rose. Il a parlé d'un congélo coffre et pas juste d'un congélo. Qui aurait assez de place dans un appartement pour avoir ce genre d'appareil ?

— Exactement. » Carl sourit, mais Gordon ne voyait pas en quoi cela les avançait de savoir qu'il n'habitait pas un appartement. Allaient-ils devoir inspecter des milliers de maisons ?

« Cette histoire me fait penser à ces jeunes Japonais qui s'autoséquestrent. Je suis sûr que tu te souviens comment ils appellent ça, Rose.

— Oui, le *hikikomori*.

— C'est ça. Tu en as déjà entendu parler, Gordon ? »

Celui-ci secoua la tête. C'était possible, mais il l'avait oublié. « Non, je m'en doutais. Quoi qu'il en soit, on estime que près d'un million de jeunes Japonais vivent aujourd'hui entièrement reclus. Ils habitent chez leurs parents, mais ne communiquent pas avec eux. Ils restent dans leur chambre et s'enferment dans leur propre univers confiné. C'est un énorme problème de société au Japon.

— Un million ! » s'exclama Gordon. Le chiffre lui donna le vertige. Cela voudrait dire qu'en théorie, proportionnellement, il pourrait y avoir cinquante mille jeunes dans le même cas au Danemark.

« L'étrange perception de l'honneur chez les Japonais rend cette situation terriblement honteuse pour eux. En général, les familles qui la subissent n'en parlent pas à leur entourage. »

Rose hocha de nouveau la tête. « Et je parie que c'est pareil ici, au Danemark.

— Est-ce qu'ils finissent par sortir de leur chambre ? s'enquit Gordon.

— À ma connaissance, c'est plutôt rare, répondit Carl, et ça peut prendre des années. Par contre, je n'ai jamais entendu dire qu'ils menacent de commettre un meurtre quand ils remettront le nez dehors. Mais j'imagine que ça peut arriver.

— Ce sont des malades mentaux, n'est-ce pas ? » demanda Gordon.

Carl haussa les épaules. « Certains plus que d'autres. Celui-là n'est pas tout à fait normal, en tout cas.

— Nous sommes d'accord que le sujet est relativement jeune et qu'il doit habiter Copenhague ou ses environs ? demanda Gordon.

— Oui, il a dit "LOL", alors il est sûrement assez jeune, dit Assad.

— Il a aussi dit : "Grave" et : "De quoi tu me parles", ajouta Rose, et il n'a pas d'accent particulier. Je suis d'accord avec Gordon. Il habite la région de Copenhague. Mais il ne ferme pas les *a* et ne vient donc pas d'un milieu ouvrier. »

Carl haussa les épaules. Qu'est-ce qu'il y connaissait,

aux *a* fermés et aux ouvriers, lui, le petit gars de la campagne ?

« Et ses origines, vous avez une idée ? demanda-t-il.

— C'est un Danois, sans aucun doute, dirent Rose et Assad en un chœur presque parfait.

— Là encore, je suis d'accord. » Carl se tourna vers Gordon. « Tu cherches donc un jeune homme danois âgé d'environ vingt ans et qui sans doute vient d'une bonne famille bourgeoise. La prochaine fois que tu l'auras au téléphone, je te suggère de le provoquer. Et si tu parviens carrément à le mettre en colère, tu arriveras peut-être à déclencher une dispute. C'est beaucoup plus facile de pousser les gens à la faute quand ils sont furieux. Tu demanderas à notre linguiste de suivre la conversation. Il devrait pouvoir nous apprendre un tas de choses sur ce garçon. »

Gordon avait mal au ventre. On lui avait confié toutes sortes de tâches jusqu'ici, mais celle-ci était franchement…

« Et je veux aussi que tu fasses une liste de tous les endroits, à Copenhague, où on peut acheter des cartes de téléphone. Tu appelleras les revendeurs pour leur demander s'ils se souviennent d'un jeune homme qui aurait dernièrement fait l'acquisition d'un grand nombre de cartes. D'accord ? »

Gordon le regarda avec de grands yeux. « Mais enfin, il a pu acheter ces cartes loin de chez lui et dans plusieurs endroits différents », tenta-t-il afin d'esquiver la mission. Carl fit comme s'il n'avait rien entendu.

« Ah, et… Gordon, vu qu'on en est à répartir le boulot, j'aimerais que tu nous trouves un hôtel à Francfort, à Assad et à moi. Pas trop cher, s'il te plaît. »

Gordon eut l'air surpris. « Rose ne part pas avec vous ? – Non. Elle va rester ici. N'est-ce pas, Rose ? Au cas où Assad et moi aurions besoin d'aide au camp de base, on ne sait jamais. »

Gordon sentit un immense soulagement l'envahir. On ne pouvait pas en dire autant de Rose.

26

Carl

J-10

Carl n'avait jamais vu autant de médailles et de distinctions de sa vie entière. Il devait bien y avoir une centaine d'uniformes noirs alignés en rang d'oignons, des fonctionnaires en chapeau et manteau sombres, des collègues en tenue de gala, cheveux coupés de frais, visages de circonstance et épouses portant des jupes sages et même des voilettes.

Hypocrites, songeait-il. Car si Lars Bjørn avait mérité tout ce carnaval pour sa carrière professionnelle, il était aussi un homme détesté, un connard infidèle et celui qui avait causé le malheur d'Assad. Aussi, lorsque tous retirèrent leur couvre-chef par respect pour le mort et le glissèrent sous leur bras comme sous la direction d'une baguette de chef d'orchestre, Carl garda le sien sur la tête. Ha ! Voilà qui n'aurait pas manqué d'agacer Lars Bjørn, se dit-il avant de remarquer le regard noir du patron.

Je n'arrive pas à le croire, il a carrément droit à des obsèques nationales, ce con ! grogna-t-il intérieurement en retirant son képi.

Au premier rang, près du cercueil, la veuve de Lars Bjørn et ses enfants luttaient pour retenir leurs larmes devant une armée de marionnettes aux traits figés en pantalons à plis impeccables. Derrière eux se tenait Gordon, les yeux rougis et les joues striées de larmes et, à l'arrière du cortège, suivait un petit homme basané aux cheveux frisés et hirsutes, le visage empreint d'un chagrin si profond que Carl dut détourner les yeux.

Dans quelques jours, ce serait au tour de Jess Bjørn et il y aurait probablement nettement moins de monde. Carl se demanda si Assad regrettait de ne pas pouvoir y assister.

Il tourna les yeux vers l'église de Grundtvig, qui trônait en arrière-plan avec son jeu d'orgue et sa façade en briques jaunes. Pendant la cérémonie, toute l'allée centrale avait été encombrée de couronnes et de bouquets, et la chorale masculine de la police avait levé les drapeaux danois avant de faire vibrer la nef. Le pasteur, à la limite de l'exaltation, avait tellement bombardé le défunt de louanges que Carl avait failli vomir. Dans sa carrière de policier, il avait perdu de nombreux collègues dans l'exercice de leurs fonctions, de maladie ou par accident, et il les avait tous accompagnés jusqu'à leur ultime demeure en toute simplicité. Mais qu'est-ce qui pouvait bien valoir à Lars Bjørn tout ce tralala ?

C'est alors qu'une idée le traversa : dans environ un an, il pourrait se trouver de nouveau ici avec Mona, portant dans ses bras un petit enfant en robe de baptême. Il voyait d'ici le sourire radieux de sa compagne, sans parler de celui de sa mère, une Jutlandaise pure souche qui lui confectionnerait des chaussons brodés avec des étoiles dans les yeux.

Et tous ceux qui étaient ici aujourd'hui pourraient aller se faire foutre.

« Vous seriez presque beau gosse, en costard », dit Rose à Carl d'un ton acide, lors du pot d'honneur. Elle lui en voulait depuis qu'il l'avait mise sur la touche en décidant de se rendre à Francfort seul avec Assad.

« Il faut ce qu'il faut quand on enterre un macchabée qui a une telle cote de popularité », répliqua Carl avec un geste circulaire vers les notables qui discutaient avec animation autour d'eux. Il y avait le ministre de la Justice, le chef de district, le directeur de la police et toute la hiérarchie jusqu'au bas de l'échelle, c'est-à-dire les vulgaires inspecteurs de police comme lui.

« Eh oui, mon petit Carl, ce n'est pas donné à tout le monde d'être populaire », dit-elle d'un ton encore plus acerbe.

Carl alla rejoindre le groupe des invités anonymes qui salivaient devant le vin et les petits-fours garnissant le buffet. Il essaya poliment de se frayer un chemin jusqu'aux boissons, mais personne ne sembla l'entendre ou le remarquer.

Alors il se dressa de toute son imposante stature de Jutlandais du nord et joignit ses coudes devant lui comme une étrave de navire pour fendre la foule, sous les insultes de ceux qu'il bousculait au passage.

Au nez et à la barbe d'un serveur médusé, il piqua une bouteille de vin et quitta le pince-fesses pour aller la boire à la mémoire de Lars Bjørn, qui lui devait bien ça.

En se retrouvant au téléphone avec Montse Vigo, la rédactrice en chef de *Hores del Dia*, Carl comprit

aussitôt qu'il était tombé sur un os. La voix virile et l'attitude distante : manifestement, la dame ne faisait aucun effort pour lui être agréable.

« Comme je l'ai déjà dit à vos collègues, nous ne divulguons jamais les coordonnées de nos collaborateurs. Vous pourriez être n'importe qui, et Joan Aiguader est actuellement engagé sur un reportage qu'on peut sans exagération décrire comme dangereux. Il vient d'ailleurs d'être grièvement blessé et je vous prierais de ne pas vous mêler de cette affaire.

— Parfait. J'entends bien, mais je vous signale que vous cherchez des verges pour vous faire battre, madame.

— Pardon ? »

Carl réfléchit à sa traduction anglaise et haussa les épaules.

En tout cas, à présent, il avait toute son attention.

« Vous refusez de me donner cette information, alors que toute personne ayant lu les articles de Joan Aiguader sait qu'il se rendait en Allemagne et qu'il y est sans doute depuis plusieurs jours. La police danoise enquête actuellement sur une affaire de terrorisme, dans laquelle tout renseignement sur ce Ghaalib et ses faits et gestes pourrait être d'une importance capitale. Je tiens à vous informer, madame, que si vous persistez à refuser de me mettre en relation avec Joan Aiguader dans les plus brefs délais, vous risquez d'avoir la mort d'un grand nombre de victimes innocentes sur la conscience. »

Elle ricana. « Et il faut entendre ça de la part d'un homme qui vient d'un pays où les caricatures de Mahomet ont embrasé la Terre entière ! Combien de personnes ont été tuées à cause de ces dessins, à votre avis ?

— Je vais vous dire une chose, ma petite dame, et vous allez bien m'écouter. Si vous trouvez normal de faire porter le chapeau à la population de tout un pays à cause de quelques individus stupides qui n'ont rien compris à ce qu'est la liberté d'expression, c'est que vous êtes aussi bête qu'eux. Mais je ne crois pas que vous le soyez réellement et je suis convaincu que c'est simplement votre langue qui a fourché dans le feu de la conversation, alors je vais réitérer ma question. L'un de mes collaborateurs – un homme que j'aime énormément – et sa famille la plus proche sont menacés de mort par ce Ghaalib que Joan Aiguader mentionne dans ses articles. Si je vous promets que votre journal aura l'intégralité de l'histoire et que je n'ai l'intention de nuire ni à Joan Aiguader ni à son travail, est-ce que vous voulez bien me donner son numéro de téléphone ? »

Carl était content de lui, mais personne ne répondit au numéro que Montse Vigo lui avait transmis.

Bon, j'essaierai plus tard, songea-t-il en lorgnant la bouteille de vin qui lui faisait de l'œil sur la table.

« À ta santé, Lars Bjørn », était-il en train de dire, le verre au bord des lèvres, lorsque le chef de la Criminelle apparut sur le pas de sa porte. Très mauvais timing.

« Je vois », se borna à dire Marcus Jacobsen, ce qui suffisait largement. « J'ai un peu discuté avec Gordon et Assad après l'enterrement », continua-t-il.

Carl posa son verre.

« Contrairement à toi, et à l'instar de la plupart d'entre nous, ils étaient bouleversés par la mort de Lars Bjørn. La prochaine fois, je te demanderai d'avoir un peu de

tenue. » Carl ne trouvant rien à redire à ce reproche, le patron poursuivit :

« Si j'ai bien compris, vous avez l'intention d'aller faire la police en Allemagne pendant vos RTT, c'est exact ? »

Carl jeta un regard en coin à son verre de vin. Une petite gorgée aurait été bienvenue, là, tout de suite.

« Faire la police ? Nooon, répondit-il. Nous allons suivre une piste, mais en civil. Rassure-toi, il ne sera pas question d'arrestation.

— Je suppose que vous savez tous les trois qu'on exerce son métier de policier uniquement dans le pays où on réside.

— Bien entendu.

— Et pourtant, vous vous rendez là-bas dans l'intention de procéder à une enquête policière, n'est-ce pas ?

— Pas vraiment, je ne dirais pas ça. Disons que c'est plutôt une enquête d'ordre personnel.

— Je te connais, Carl, alors écoute-moi bien. Si vous allez en Allemagne pour un motif policier, je veux que vous en informiez la police locale, d'accord ? Et s'il devait y avoir une arrestation, n'oubliez pas que l'interrogatoire devra avoir lieu en présence d'un représentant de la police allemande.

— Oui, mais…

— Et souvenez-vous surtout que vous n'avez PAS LE DROIT de porter une arme dans un pays étranger. Alors vos pistolets restent dans votre placard, compris ?

— On sait tout ça, Marcus. Rassure-toi, nous n'avons pas du tout l'intention de compromettre la police danoise.

— Tant mieux. Parce que si vous le faites, ne comptez sur aucun soutien de ma part.

— Bien sûr que non.

— Pour changer de sujet, il faut que nous parlions de la conversation téléphonique que Gordon a eue, aujourd'hui. Quand avais-tu l'intention de m'en informer ?

— Je pensais qu'il l'avait fait. »

Les rides se creusèrent sur le front du patron de la Criminelle. « Un individu s'est vanté d'avoir commis un crime grave et, d'après ce que j'ai compris, vous le croyez. En outre, il semble qu'une série d'actes de violence et vraisemblablement d'autres meurtres risquent de suivre le premier. Alors je te pose la question, Carl : est-ce que tu trouves que c'est une broutille ou plutôt une affaire dont nos collègues du renseignement devraient avoir connaissance ?

— C'est à toi d'en décider, je pense. Mais je doute fort que la PET puisse faire la différence dans cette affaire.

— Explique.

— Le gosse est un loup solitaire, et ses motivations ne me paraissent pas avoir une quelconque origine fondamentaliste. On dirait qu'il veut délivrer un message politique sans avoir bien compris de quoi il parle. Pour l'instant, nous ne savons pas encore quel est ce message, mais ça ne saurait tarder.

— Et tu crois qu'un employé administratif de l'hôtel de police sera en mesure de le découvrir ?

— Rose va rester ici, avec Gordon. »

La nouvelle lissa un peu les rides du patron. « Je te rappelle que Rose est secrétaire, Carl. »

Celui-ci pencha la tête, incrédule. « Marcus, tu plaisantes, j'espère ?

— Oui, bon, nous connaissons tous les divers talents de Mlle Knudsen. Mais je te demande de suivre cette enquête de très près, où que tu te trouves, d'accord ? »

Aussitôt que la poussière fut retombée dans le bureau après le départ du patron, Carl vida son verre d'un trait.

Après quoi il rappela le numéro qui était supposé être celui de Joan Aiguader. Au bout de deux sonneries, une voix d'homme répondit enfin, mais en allemand.

Un peu décontenancé, Carl demanda en anglais : « Euh… bonjour. Je voulais parler à Joan Aiguader, est-ce qu'il est là ?

— Qui est à l'appareil ? »

Il me prend mes répliques, celui-là ? se dit Carl. « Je suis l'inspecteur Carl Mørck de la police criminelle de Copenhague, répondit-il d'une voix assurée. J'ai quelques questions à lui poser dans le cadre d'une enquête.

— *Jawohl*, je me présente, je suis Herbert Weber de la LfV. »

LfV, qu'est-ce que c'était que ça, encore ? Le sigle d'un revendeur de pneus rechapés pour 4 × 4 ? Merde alors, cette garce avait eu le culot de lui refiler un faux numéro !

« *Jawohl*, répliqua Carl. Et on peut savoir ce que c'est que la LfV ?

— *Landesbehörden für Verfassungsschutz, natürlich*[1]. »

Il allait lui en donner du *natürlich* !

« Mais encore ?

— C'est comme ça que nous appelons les bureaux du renseignement décentralisés dans les *Länder*. Nous travaillons en collaboration avec la BfV, qui opère dans

1. Office fédéral de protection de la Constitution.

toute l'Allemagne. Peut-on savoir pour quelle raison vous cherchez à joindre M. Joan Aiguader ?

— Je préférerais le lui dire moi-même.

— Cela ne va pas être possible. Joan Aiguader a subi un important traumatisme crânien ainsi qu'une légère hémorragie cérébrale. Il est hospitalisé et malheureusement inconscient. Au revoir, inspecteur.

— Attendez une seconde ! Où se trouve M. Aiguader en ce moment ?

— À l'hôpital universitaire de Francfort. Mais je vous informe que vous ne pourrez pas lui parler à moins de venir en personne et d'y être autorisé par nos services. »

Il allait voir, cet agent secret de pacotille, s'il n'allait pas se pointer « en personne » !

Carl venait de raccrocher et de pester bruyamment quand le téléphone sonna de nouveau.

« Alors, vous avez changé d'avis ? aboya-t-il en anglais dans le combiné.

— Carl ? »

Cette façon de prononcer son nom comme s'il s'agissait d'un plat insipide et sans gluten ne pouvait être imputable qu'à son ex-femme, Vigga.

« Euh, oui, se contenta-t-il de répondre pour être sûr de ne pas en avoir trop dit.

— Je t'interdis de me faire peur en me criant dans les oreilles en anglais, tu m'entends ? Je suis très triste, figure-toi. Maman est en train de mourir. »

La mâchoire de Carl tomba. Karla Alsing, son ancienne belle-mère, une femme de près de quatre-vingt-dix ans, avait le don de rendre fou n'importe qui. Il ne se passait pas deux mois sans que la maison

de retraite dans laquelle elle vivait leur demande une réunion pour faire un point sur sa situation. Personne n'était à l'abri de ses caprices. Pyromanie, propositions indécentes sans discernement de sexe ni d'âge, vol de tout ce qui pouvait ressembler de près ou de loin à de la fourrure, même si elle était portée par son légitime propriétaire. Malgré une ostéoporose avancée et ses quarante kilos toute mouillée, elle volait le mobilier de ses voisins séniles et impuissants et redécorait son propre appartement avec, au nez et à la barbe du personnel de l'établissement. Karla avait tout bonnement donné aux symptômes d'Alzheimer et de démence sénile une nouvelle dimension et nul ne pouvait prédire dans quelle direction son état mental évoluerait la seconde d'après. Alors si réellement elle était à l'article de la mort, Carl connaissait un grand nombre de personnes qui allaient voir l'avenir d'un œil plus serein, lui le premier. En effet, un vieil accord financier passé avec Vigga avait rendu Carl responsable auprès de Karla des choses dont son ex-femme n'avait pas envie de s'occuper, c'est-à-dire à peu près tout.

« Elle est en train de mourir ! Mon Dieu, Vigga, mais c'est terrible ! Enfin, pas de panique, elle n'a que quatre-vingt-neuf ans.

— CARL ! hurla-t-elle dans le téléphone, tu y vas immédiatement. Ça fait au moins trois semaines que tu n'es pas allé la voir, ce qui fait que tu me dois déjà trois mille couronnes et je te jure que si tu ne te dépêches pas, je mets fin à notre contrat, tu m'entends ? Rappelle-moi combien vaut la moitié de ta maison, aujourd'hui ? Allez, dis un prix, comme ça, à la louche ! Un million et demi de couronnes ? »

Carl soupira, reboucha la bouteille de vin et la rangea dans un sac plastique. Il allait en avoir besoin à son retour.

L'aide-soignante qui lui annonça le pronostic vital de Karla le fit avec autant d'indifférence que si elle lui annonçait la météo par une triste journée du mois de février. Sans sa couperose, il aurait facilement pu la prendre pour un robot sur le point de tomber en panne de batterie.

« Mais en même temps elle est… très vieille », ajouta la femme après un instant de réflexion. Si on décernait des médailles aux aides-soignantes couperosées dépourvues d'empathie, aux cheveux décolorés avec des pointes mauves, Carl serait le premier à en accrocher toute une rangée à l'imposant balcon de celle-ci.

Il ouvrit doucement la porte de la chambre de Karla, s'attendant à trouver un corps émacié allongé dans un lit et un visage livide émergeant d'une chemise d'hôpital. Ce qu'il découvrit n'avait rien à voir avec ce qu'il s'était imaginé. Karla était effectivement dans son lit, mais elle avait la tête cachée sous son oreiller et portait son kimono légendaire, un trophée qu'elle avait gagné cinquante ans auparavant à la suite d'un pari consistant à être la fille qui roulerait une pelle au plus grand nombre d'hommes de plus de cinquante ans en vingt minutes. La légende voulait que pas un homme d'âge mûr du bar où elle était serveuse ni aucun de ceux qui se trouvaient dans la même rue, des deux côtés de la chaussée, ne lui avaient échappé.

« Désolée, son kimono est encore mal fermé, dit l'aide-soignante. Mais vous la connaissez ! »

Mal fermé, en vérité. Carl aurait préféré éviter de connaître son ex-belle-mère de manière aussi intime.

L'aide-soignante alla recouvrir Karla, et la tête sous l'oreiller émit un râle.

« Elle est très faible. Nous avons dû lui confisquer son cognac. Elle a protesté, bien sûr. »

Elle souleva l'oreiller et le regard voilé de la mourante affleura lentement sous des paupières lourdes. Il se posa sur le visage de Carl comme s'il était l'archange Gabriel venant la chercher pour son dernier voyage.

Une ou deux fois, elle sembla sur le point de dire quelque chose et Carl plissa les yeux et tendit l'oreille, concentré. S'il ratait les derniers mots de sa mère, Vigga ne le lui pardonnerait jamais.

« Karla, c'est moi, Carl, je suis là. Tu es un peu fatiguée ? » Il entendait bien que la question était stupide, mais les cours de dialogue avec personne mourante étaient en option à l'école de police.

Quelques sons sifflants passèrent ses lèvres, comme si elle était sur le point de rendre son dernier souffle.

Il posa l'oreille tout près de sa bouche desséchée.

« Je t'écoute maintenant, Karla. Redis-moi ce que tu viens de dire.

— Tu m'aimes, petit flic ! » dit-elle d'un ton presque tragique.

Il lui prit la main et la serra délicatement. « Bien sûr que je t'aime, Karla. Tu sais bien que tu as toujours été ma belle-mère préférée.

— Alors fous-moi cette bonne femme dehors ! dit-elle à voix basse mais de façon parfaitement audible.

— Qu'est-ce qu'elle a dit ? demanda l'aide-soignante au pied du lit.

— Elle voudrait faire une dernière prière, seule avec moi. »

Quand elle fut sortie de la chambre, une main fripée apparut sous la couette et agrippa le poignet de Carl.

« Elle cherche à m'assassiner, tu sais ? lui confia-t-elle en chuchotant. Tu devrais l'arrêter tout de suite. »

Carl lui répondit d'un ton plein de patience. « Je ne peux pas l'arrêter avant les faits, Karla.

— Alors je t'appellerai pour te prévenir quand elle sera passée à l'acte.

— OK, Karla, c'est un bon plan.

— Tu m'as apporté des cadeaux ? » demanda-t-elle en tendant la main avec avidité vers le sac plastique.

Carl tira brusquement le sac à lui et il y eut un bruit de clapot à l'intérieur.

« Il saigne », s'exclama-t-elle d'une voix étonnamment présente.

En un bond, Carl alla poser le sac dans le lavabo après en avoir extrait la bouteille. Le bouchon y était encore, mais il n'était pas étanche.

« Ouiii ! brailla-t-elle depuis son lit de mort. Du VIN ! » Elle se redressa dans le lit et tendit la main vers l'objet de sa convoitise.

Après tout, quelle importance ! se dit Carl en la lui offrant. Si Assad avait été là, il y serait sans doute allé d'une de ses blagues de chameau, car elle but au goulot comme quelqu'un ayant erré dans le désert pendant quinze jours, et sa métamorphose fut telle que l'ultime confession allait devoir attendre. Quelques minutes plus tard, le vibrato de soprane de son ex-belle-mère s'essayant à quelque chose qui se voulait de l'opéra résonna jusque dans les bureaux.

« Qu'est-ce qui se passe ? demanda une infirmière que Carl croisa en chemin vers la sortie de l'établissement.

— Oh, ne vous inquiétez pas, c'est juste Mme Alsing qui attaque sa dernière aria, répliqua-t-il. Mais préparez-vous à ce que ce soit une représentation longue et pénible. »

« Assad vient me chercher au lever du jour, dit Carl à Mona quand il fut enfin au lit avec elle.

— Tu crois que tu seras revenu pour l'amniocentèse ? » demanda-t-elle timidement.

Il souleva son T-shirt et lui caressa doucement le ventre. « On en a déjà parlé. Bien sûr que je serai là.

— J'ai peur, Carl. » Il lui caressa la joue puis pressa délicatement son visage contre la peau légèrement tendue de son abdomen. Il sentit qu'elle tremblait légèrement.

« Arrête de t'inquiéter, Mona. Je suis sûr que tout est parfaitement normal. Il faut simplement que tu fasses attention à toi. Tu veux bien me le promettre ? »

Elle détourna la tête et acquiesça très lentement.

« Qui va s'occuper de moi et du bébé s'il t'arrive quelque chose ? »

Carl fronça les sourcils. « Je vais juste à Francfort quelques jours, Mona, que veux-tu qu'il m'arrive ? »

Elle inspira profondément. « Il y a cette histoire avec Assad, la femme noyée et sa famille. »

Carl releva la tête et il la regarda dans les yeux. « Que sais-tu à ce sujet ?

— J'ai eu Gordon au téléphone. Il a appelé peu de temps avant que tu rentres. »

Quel con, ce type ! Est-ce qu'on lui avait demandé de mettre Mona au courant ?

« Je lis dans tes pensées, Carl, mais ce n'est pas sa faute. C'est moi qui ai insisté. Il m'appelait pour me demander mon aide sur une affaire.

— Celle du jeune homme qui prétend qu'il va tuer des gens ?

— C'est ça. Et il m'a aussi parlé du nombre 2117 et de la migrante assassinée. Il m'a tout dit parce que je le lui ai demandé. Il m'a raconté la vie d'Assad et l'enlèvement de sa famille il y a toutes ces années. Il m'a dit que c'était pour ça que vous alliez en Allemagne. »

Elle s'accrocha à la main de Carl. « Retrouve-les, Carl, mais reste en vie, mon amour, s'il te plaît.

— Évidemment que je vais rester en vie.

— Dis-le pour que je te croie. Tu me le promets ?

— Oui, Mona, je te le promets. Si nous retrouvons cette ordure, nous laisserons la police allemande faire le sale boulot. »

Elle retomba sur les oreillers.

« Tu sais que Morten et Hardy sont rentrés de Suisse ?

— Ah non ! Quand ça ? »

Pourquoi ne l'avaient-ils pas appelé ?

« Hier. Hardy a commencé le traitement. Mais ils ne sont pas certains que ça va améliorer son état. J'ai eu l'impression qu'ils étaient déçus. »

27

Assad

J-9

Quand Assad sortit de sa torpeur, le corps aussi glacé que si le sang avait cessé de circuler dans ses veines, il n'avait dormi que deux heures. Il essaya en vain de se réchauffer en se frottant les bras et les jambes et tenta de comprendre d'où venait son malaise.

Et puis il se souvint et, en une seconde, il fut tout à fait réveillé.

Aujourd'hui, c'était l'ouverture de la chasse. Et bien que cette pensée lui donne la nausée, il savait que quelqu'un devrait mourir. Maintenant que Lars Bjørn n'était plus là, personne à l'hôtel de police n'avait la moindre idée de ce qu'ils allaient affronter. Même pas Carl. En quelques secondes, ils devraient trancher sur des questions de vie ou de mort et, quoi qu'ils décident, l'issue serait impitoyable.

Assad déroula son tapis de prière et s'agenouilla. « Allah Tout-Puissant, guide-moi dans l'accomplissement de la justice et donne-moi la force d'accepter mon destin », dit-il à voix basse.

Les journaux et les articles publiés par Joan Aiguader étaient posés par terre à côté des autres affaires qu'il avait prévu d'emporter dans ses bagages. C'était affreusement douloureux et totalement irréel de voir des êtres chers sur ces coupures de presse. Lely Kababi, son ange gardien. Marwa qu'il avait laissée seule avec leurs deux princesses et le bébé qui grandissait dans son ventre. Ghaalib, l'incarnation du mal, qui détruisait la vie des gens, faisait subir les pires outrages à leurs filles et tuait leurs nouveau-nés.

Au cours des derniers jours, ces images s'étaient imprimées si profondément dans son esprit qu'il ne parvenait plus à se rappeler à quoi ressemblait la vie, avant. C'était sans doute pour cela aussi qu'au réveil, il ressemblait à un zombie.

Il se releva, alla prendre sur son étagère un album en peau de chameau et l'ouvrit pour la première fois depuis de nombreuses années. Les photos à l'intérieur étaient celles de son bonheur perdu qu'à présent il partait venger.

Souviens-toi d'elles comme elles étaient jadis, Assad. Laisse-toi porter par de belles pensées et tu les retrouveras, songeait-il en tournant les pages.

Il y avait des photos de son mariage avec Marwa, des filles quand elles étaient petites, de ses années passées à la caserne de la Citadelle et dans leur appartement à Copenhague. Des sourires, des jours heureux et des visages pleins de vie et d'espoir.

Sur le dernier cliché de Ronia et Nella, elles avaient respectivement cinq et six ans. Il avait été pris peu de temps avant qu'il rejoigne la mission d'inspection en Irak. Nella avait un ruban rouge dans ses cheveux bruns légèrement teintés au henné et Ronia portait un chapeau de paille qu'elle avait confectionné à l'école. Elles

s'appuyaient sur le nez en riant aux éclats et leurs yeux brillaient de joie et d'innocence.

« Pardon, murmura-t-il. Pardon, pardon, pardon. » L'immense sentiment de culpabilité qui le rongeait l'empêchait de trouver d'autres mots.

« Chère, chère Marwa », dit-il en caressant son visage sur la photo, tandis que les regrets d'une époque révolue écrasaient sa poitrine à le broyer.

Il inspira profondément et s'apprêtait à ranger l'album quand son œil enregistra un détail depuis longtemps oublié : ce qu'il avait pris pour une ombre portée par le bord du chapeau de paille de Ronia ne pouvait pas l'être puisqu'elle était devant la fenêtre et que l'ombre se trouvait de l'autre côté du visage. Cette zone sombre était une tache de naissance qui allait de l'articulation de la mâchoire jusqu'au lobe de l'oreille, il se la rappelait parfaitement, à présent. Ronia la détestait. Mais un jour, un garçon à l'école lui avait dit qu'elle ressemblait à un couteau *super* dangereux et que c'était *hyper stylé* et il avait ajouté qu'elle avait de la chance d'avoir un grain de beauté comme celui-là et qu'il aimerait bien avoir le même.

La tache de naissance était devenue un grain de beauté et, à dater de ce jour, Ronia n'en avait plus jamais parlé.

Comment ai-je pu l'oublier, douce Ronia ? songea-t-il. Il savait pourtant mieux que personne qu'un être humain a besoin de refouler certains souvenirs pour ne pas devenir fou.

Il retourna aux coupures de journaux étalées sur le sol, repoussa le tapis de prière et se pencha pour les regarder de près. Les yeux plissés, il observa attentivement celle de ses filles qui était photographiée aux côtés de Marwa sous plusieurs angles.

« Oh, mon Dieu ! » s'écria-t-il, les larmes coulant sur son visage. Au lieu de ressentir du soulagement, il se mit à trembler comme une feuille de désespoir et de chagrin.

Jusqu'à maintenant, il n'avait pas réussi à déterminer laquelle de ses deux filles était encore en vie et, inconsciemment, le fait de ne pas le savoir était une façon de les imaginer vivantes toutes les deux. À présent que la vérité s'imposait à lui, il connaissait l'objet de ses larmes. Il pleurait pour Ronia, la plus jeune, celle qui avait un grain de beauté sur le visage, car la jeune femme qui se tenait près de Marwa n'en avait pas.

Il se leva d'un bond, fou de colère et bouillant d'un terrible désir de faire du mal sans savoir contre qui diriger sa violence. Il brisa sa table en verre à coups de pied, balaya tous ses livres de leurs étagères, renversa les meubles un à un, et ne s'arrêta que lorsque l'appartement fut à moitié saccagé, que ses voisins de palier se mirent à tambouriner sur les murs et que celui du dessus donna des coups de talon sur son plancher pour se plaindre du vacarme.

Alors il tomba à genoux en sanglotant, déroula de nouveau son tapis dans les débris de verre et la flaque de thé à la menthe et pria pour Marwa, pour Nella – et pour Ronia.

En voyant la tête de Carl sur le parking, Assad se dit qu'il ne ressemblait pas à un compagnon de voyage avec qui on avait envie de rester enfermé dans une voiture pendant plusieurs heures. Cette pâleur matinale montrait que Carl n'avait pas beaucoup dormi. Il n'était toutefois jamais très bavard à cette heure de la journée et, sur le spectre de l'humeur au réveil, il se situait plutôt du côté grognon. Assad sut d'expérience qu'il avait intérêt à se faire tout petit en attendant que ça passe.

« Dis donc, on ne peut pas dire que tu voyages léger, maugréa Carl en regardant le tas de sacs plastique entassés sur le siège arrière.

— C'est juste quelques provisions. On ne va pas nous faire un régime spécial, là-bas, expliqua Assad pendant que Carl faisait le tour de la voiture pour charger sa valise à roulettes.

— Enfin, Assad ! Le coffre est plein aussi. Qu'est-ce que c'est que tout ça ?

— Juste des trucs dont on risque d'avoir besoin, répondit-il.

— Ce sac de sport, là, il prend toute la place. » Carl essaya de le pousser pour installer sa valise. « Il pèse une tonne, qu'est-ce que tu as mis là-dedans ? Un de tes chameaux ?

— Laisse tomber, Carl », riposta Assad en venant poser la main sur le sac pour l'empêcher de l'ouvrir. Carl lui lança un regard noir. Il l'avait déjà grillé.

« Ouvre ce sac, Assad. »

Celui-ci secoua la tête. « Si on n'emporte pas tout ça, on n'aura rien pour se défendre. Si tu n'es pas d'accord, je préfère que tu me laisses y aller seul.

— Il y a des armes ? Parce que si c'est le cas, j'en connais un qui va perdre son job.

— Je sais. Mais je suis obligé de prendre ce risque. »

Carl fit un pas en arrière. « Ouvre. »

Comme il hésitait, Carl le fit lui-même.

Il resta un long moment dans la brume matinale à évaluer le contenu du sac de sport puis il se tourna vers Assad. « On est d'accord que je n'ai jamais regardé dans ce sac, n'est-ce pas ? »

28

Joan

J-9

Qu'est-ce que c'est blanc, ici ! songea Joan, les yeux mi-clos. Il entendait des gens parler dans une langue étrangère et respirait une odeur acide qu'il n'arrivait pas à définir. Puis les voix se rapprochèrent, elles devinrent plus chaleureuses et plus distinctes.

Joan remua une jambe et sentit une résistance, comme s'il était entravé. Il ouvrit les yeux.

« Monsieur Aiguader, vous êtes réveillé ! » s'exclama un homme en anglais.

Joan fronça les sourcils et regarda sa silhouette qui se dessinait sous un drap. Qu'est-ce qu'il fichait dans un lit avec des draps blancs, une tête de lit blanche, entouré de murs blancs et éclairé par des néons blancs ?

« C'est allé plus vite que prévu, heureusement, dit l'inconnu qui s'était approché.

— Que s'est-il passé ? » Joan était désorienté. Est-ce qu'il n'était pas censé être dans un train ?

« Il vous est arrivé ce qu'on pourrait appeler une aventure assez extraordinaire, et nous en sommes

sincèrement désolés. » Joan porta la main gauche à son poignet droit. C'était bien une voie veineuse qu'on avait insérée sur le dos de sa main ? C'était très désagréable en tout cas.

« Je suis dans un hôpital ? demanda-t-il.

— Tout à fait. Vous êtes à la clinique universitaire de Francfort depuis avant-hier.

— Et vous, qui êtes-vous ?

— Je représente la compagnie ferroviaire Deutsche Bahn. Nous prendrons évidemment en charge tous les frais liés à votre séjour et à vos soins. Je suis venu discuter avec vous du montant de l'indemnisation que vous êtes en droit d'exiger, dès que vous vous sentirez prêt à en parler, bien sûr. »

Des médecins et des infirmières affluaient, tout sourire. Quelle idée avaient-ils derrière la tête ?

« Votre opération s'est bien passée, au-delà de nos espérances, monsieur Aiguader, dit le personnage en blouse blanche le plus proche. Nous pouvons remercier la Deutsche Bahn de vous avoir conduit ici aussi rapidement. Grâce à leur réactivité, nous devrions éviter que votre lésion crânienne ne vous laisse des séquelles durables.

— Il paraît que je suis là depuis avant-hier ?

— C'est exact. Nous vous avons plongé dans un léger coma artificiel depuis l'intervention qui a eu lieu il y a deux jours.

— Deux jours ! » Joan ne comprenait pas. « C'est impossible ! Il faut que je sorte d'ici ! Je dois envoyer à mon journal l'article que j'étais en train d'écrire. » Il tenta de mettre une jambe hors du lit. Ce qui ne se passa pas très bien.

« Je suis désolé, mais vous allez devoir prendre votre mal en patience, monsieur Aiguader. Nous avons informé votre employeur que nous allions vous garder avec nous encore quelque temps.

— Mais pourquoi est-ce que je suis là ? Que m'est-il arrivé ? »

Le type de la Deutsche Bahn reprit la parole. « Vous avez eu une crise assez douloureuse dans le train, avant-hier, et les passagers qui étaient avec vous ont pensé à tort qu'il s'agissait d'une crise cardiaque. Les médecins n'ont pas pu déterminer l'origine de votre malaise, mais nous savons en revanche ce qui s'est passé ensuite et nous en sommes terriblement désolés. Nous avons d'ailleurs licencié l'employé qui a utilisé le défibrillateur sur votre personne.

— Je ne comprends pas. »

L'homme eut un léger sourire. « Je sais, ce n'est pas très facile à comprendre. L'homme en question, Dirk Neuhausen, a fait une formation de secouriste il y a quelques années et, pour votre malheur, c'est lui qui était le contrôleur du train pour Francfort. »

Joan essaya de se rappeler l'épisode. C'était vrai qu'il avait simulé une crise cardiaque et il se souvint tout à coup qu'il avait d'excellentes raisons de le faire.

Joan serra les poings et regarda autour de lui dans la chambre. Il y avait une infirmière au teint assez mat derrière les autres, mais elle était la seule à sortir du lot.

« Dirk Neuhausen était parfaitement au courant que l'usage du défibrillateur n'est plus autorisé sur les trains de la Deutsche Bahn depuis 2016, le champ magnétique induit par le courant alternatif risquant de perturber l'électronique qui assure le fonctionnement de ces nouveaux

trains à la technologie avancée. Malheureusement, Dirk Neuhausen avait toujours nourri le fantasme de sauver une vie et cela a failli vous coûter la vôtre. Quand cette interdiction est entrée en vigueur, il a volé un vieux défibrillateur professionnel à l'hôpital local et il a pris l'habitude de l'emporter avec lui à bord. Vous avez eu la malchance d'être le premier cobaye sur qui il a eu la possibilité de tester son matériel. Malheureusement pour vous, le défibrillateur de M. Neuhausen était un ancien modèle : il n'était pas en mesure d'identifier le fait que vous n'étiez pas en train de faire une crise cardiaque.

— En effet, monsieur Aiguader, ajouta le médecin, les examens que nous avons faits semblent montrer que vous n'avez aucune pathologie cardiaque. En revanche, le choc subi par votre cœur lorsque le contrôleur a utilisé le défibrillateur vous a fait convulser, vous vous êtes tendu comme un arc, puis vous êtes retombé violemment en arrière et votre crâne a heurté le sol. L'autre coup du sort a été d'atterrir sur la boucle de votre sac, qui vous a ouvert le cuir chevelu. Pour finir, vous vous êtes évanoui et vous avez perdu pas mal de sang. »

Le représentant de la Deutsche Bahn posa sa main sur celle de Joan. « Vraiment, on peut dire que vous n'avez pas eu de chance. Comme je vous l'ai dit tout à l'heure, nous nous tenons prêts à discuter de votre indemnisation, aussitôt que vous aurez pris conseil auprès d'un juriste. D'ici là, je vous prie d'accepter les sincères excuses de la Deutsche Bahn. » Il se tourna vers la table de chevet, sur laquelle se trouvaient plusieurs bouquets de fleurs. « Nous espérons qu'en attendant vous pourrez profiter des merveilleuses couleurs de Dame Nature. Les roses sont un cadeau de la Deutsche Bahn. »

Un bruit attira l'attention de Joan et un homme qu'il faillit ne pas reconnaître, et qu'il ne pensait pas revoir un jour, entra dans la chambre. La carrure de Herbert Weber, son contact au sein des services secrets allemands, bouchait presque entièrement l'encadrement de la porte.

Weber sourit avec autorité aux personnes présentes, ce qui apparemment fut aussitôt interprété comme une invitation à sortir de la pièce.

« Je vois que vous m'avez reconnu, dit le policier quand ils furent seuls. Vous n'avez donc pas perdu la mémoire comme on aurait pu le craindre. »

Qu'est-ce que Herbert était venu faire ici ? Il ne devait pas être en train de courir après Ghaalib ?

« Vous pensez bien que nous nous sommes demandé pourquoi le signal GPS de votre traceur ne bougeait plus. Je vous avoue que nous avons d'abord cru que vous vous étiez fait tuer et qu'on avait abandonné votre cadavre quelque part dans un endroit isolé. Heureusement, la réalité était moins tragique. » Il essaya de sourire, mais ce n'était pas son fort. « Quand nous vous avons finalement localisé dans ce service, nous nous sommes permis de fouiller dans vos affaires et nous sommes tombés sur ceci. »

Il ouvrit le mot et il le lut à haute voix.

Comment sais-tu que c'est à Francfort que tu dois te rendre ? Et qu'est-ce que tu faisais chez les flics cette nuit ? Je croyais t'avoir ordonné de les éviter ? Nous voyons tout ce que tu fais, Joan Aiguader, alors prends garde. Un pas de travers et la partie est terminée. Si tu arrives jusqu'à Francfort, tu sais ce que tu risques.

Herbert le regarda sévèrement. « Pourquoi ne nous avez-vous pas dit que vous aviez reçu ce message ? Si nous l'avions su, nous aurions immédiatement mis des gens en place pour vous filer et cela nous aurait peut-être conduits jusqu'à Ghaalib.

— J'en avais l'intention, mentit Joan. Mais tout est allé très vite. J'étais certain que les gens de Ghaalib m'attendaient sur le quai, à Francfort, alors j'ai simulé cette crise cardiaque pour leur échapper. Je pensais qu'ils arrêteraient le train à Wurtzbourg pour m'emmener à l'hôpital le plus vite possible.

— Et au lieu de cela, il y a un imbécile qui a débarqué avec son défibrillateur. » Cette fois, le sourire vint naturellement à Weber. On aurait presque dit qu'il se réjouissait à l'idée de la souffrance que Joan avait endurée.

L'agent de renseignement contourna le lit et s'approcha de la table de chevet.

« Vous connaissez quelqu'un à Francfort ? »

Joan secoua la tête.

Weber pointa du doigt un bouquet de lys blancs près des roses rouges de la compagnie ferroviaire.

« Ces fleurs vous ont été livrées hier, sans expéditeur. Nous pensons que Ghaalib a choisi ce moyen pour vous dire qu'il sait où vous êtes. »

Joan regarda les longues tiges rigides.

Bien sûr qu'ils savaient où il était. Ils l'attendaient probablement à la gare de Francfort et son évacuation en ambulance n'avait pas dû passer inaperçue.

Joan cessa de respirer. Il venait de comprendre la gravité de sa situation.

« Nous avons mis un policier devant la porte pour

vous protéger, alors n'espérez pas vous sauver avant que nous vous ayons donné le feu vert, d'accord ? »

Il recommença à respirer. Dieu soit loué. Évidemment qu'il était d'accord.

Il se tourna de nouveau vers les bouquets. « Qui m'a envoyé les tulipes, alors ? Vous avez une idée ? »

Herbert Weber acquiesça. « Nous avons prévenu votre employeur dès que nous avons su où vous étiez. Ces fleurs vous ont été envoyées par *Hores del Día*. J'ai encore une petite question à vous poser avant de vous laisser.

— Je vous écoute.

— Le camp de réfugiés de Menogeia ? »

Le front de Joan se plissa. Pourquoi lui parlait-il de cet horrible endroit ?

« Une femme est morte là-bas. Elle a eu la gorge tranchée, si j'en crois l'article que vous avez écrit.

— Euh… c'est exact. » Joan essaya de garder l'esprit clair, mais il fut pris d'une nausée. Il n'avait pas très envie que l'agent secret aborde ce sujet. Surtout pas.

« On n'a jamais pu découvrir qui l'avait tuée. Si vous avez une idée du mobile de l'assassin, je veux bien que vous la partagiez avec moi.

— Pas vraiment, répondit-il, mais il y avait beaucoup de tensions dans le baraquement des femmes.

— Quel genre de tensions ?

— Eh bien, plusieurs d'entre elles venaient de se noyer et elles s'accusaient mutuellement d'en être responsables. Pas nommément, j'entends, mais quand même.

— Si vous avez une théorie, donnez-la-moi, car nous avons également la nôtre.

— Parmi eux il y avait des sympathisants de l'État islamique. Je l'ai écrit, ça, non?

— Qu'est-ce que cette femme leur avait fait?

— Elle avait parlé avec moi et c'était suffisant. Je cherchais les deux femmes que j'avais vues en compagnie de Ghaalib, sur la plage. Je me disais qu'elles pourraient m'en dire plus sur l'histoire de la victime 2117.

— Il ne serait donc pas absurde d'imaginer que celui ou ceux qui ont tué cette femme dans le camp sont liés d'une façon ou d'une autre aux projets de Ghaalib. Ce sont peut-être les mêmes qui ont réussi à s'échapper du camp de Menogeia? Je vous demande cela parce qu'on pense que les fuyards sont déjà dispersés en Europe.

— Je ne suis pas censé être au courant de cela, si? Je ne savais même pas que certains s'étaient enfuis. C'étaient des femmes ou des hommes?»

Les questions de Weber commençaient à inquiéter Joan sérieusement. Le croyait-il directement impliqué dans cette histoire?

«L'administration du camp nous a fait passer des photographies des deux femmes qui ont échappé à l'internement et qui ont maintenant disparu.» Il lui tendit une photographie. «Tenez. Est-ce que vous les reconnaissez?»

Joan n'était pas physionomiste et cependant, il les reconnut aussitôt. C'étaient les deux femmes qui avaient commencé à se crêper le chignon quand l'ambiance avait dégénéré. Cette bagarre aurait donc été une manière de faire diversion?

«Oui, je les reconnais. Je les ai vues en train de se battre.»

Weber pencha la tête, incrédule. « Comme si elles étaient fâchées ?

— C'est ce que j'ai pensé sur le moment. Mais maintenant je me dis que ce n'était peut-être pas le cas. »

Weber eut une moue satisfaite. Enfin.

Il lui tendit un téléphone.

« Nous allons conserver votre mobile et vous donner celui-ci à la place. Nous y avons enregistré tous les numéros utiles, dont le dernier numéro que Ghaalib a utilisé, ceux de toutes nos antennes entre Munich et Berlin et, bien sûr, celui de *Hores del Día*. À ce propos, votre rédactrice en chef m'a demandé de vous dire de la rappeler quand vous auriez repris connaissance. »

Joan accepta le mobile, qui était de la même marque et du même modèle que le sien.

« Cette fois, nous n'avons pas cousu de traceur GPS à l'intérieur de vos vêtements, mais nous en avons inséré un dans le téléphone. Il fonctionne, que le téléphone soit allumé ou pas. Ainsi nous saurons où vous trouver le jour où on vous libérera. D'ici là, je vous souhaite un prompt rétablissement. »

Et il s'en alla.

Joan se pencha en avant pour tâter l'arrière de son crâne et le bandage qui allait d'une oreille à l'autre. Ça devait être horrible, vu de dos.

Il jeta un coup d'œil dans la chambre. Un deuxième lit à côté du sien lui révéla qu'il était seul dans une chambre double. Au bout des lits se trouvaient une table et deux chaises, prévues pour d'éventuels visiteurs. Quant aux tables de chevet, chacune disposait d'une petite étagère. À son grand soulagement, il aperçut son ordinateur sur la sienne.

Joan le prit et l'alluma. Il constata avec plaisir que la batterie n'était pas déchargée. Il ouvrit le fichier sur lequel il travaillait dans le train et tira une certaine satisfaction de sa lecture. Malgré son retard, il avait encore assez de matière pour justifier l'argent que lui donnait son journal.

Après un court instant de réflexion, il prit le mobile et téléphona à Montse Vigo. Il allait lui montrer que ce n'était pas une petite hémorragie qui allait arrêter son reporter vedette.

Il commença par la remercier pour les tulipes.

« Ah, Joan Aiguader, c'est toi, parfait. » Il n'arriva pas à déterminer si elle avait l'air surprise ou agacée qu'il la dérange. C'était pourtant bien elle qui lui avait demandé de l'appeler ?

« L'hôpital vient de m'informer que tu étais sorti du coma, poursuivit-elle. Ça va ?

— Oui, merci, répondit-il. J'ai encore un peu le vertige quand je me lève, mais c'est tout. L'hôpital et le service des soins intensifs ont bien pris soin de moi. Et puis il en faut plus que ça pour venir à bout des mauvaises herbes, plaisanta-t-il.

— J'en suis ravie. Est-ce que tu as eu le temps de lire la carte qui accompagnait le bouquet de fleurs ? »

Il se tourna vers les tulipes. Effectivement, il y avait bien une tache blanche au milieu des feuilles vertes.

« Non, pas encore.

— Bon, tant pis, mais ce n'est pas grave puisque maintenant je t'ai en direct. Je vais pouvoir te le dire moi-même.

— OK, mais je voudrais d'abord que tu saches que je te prie de m'excuser d'avoir pris un peu de retard avec

mes reportages et que je suis de nouveau au boulot. Je ne vais pas pouvoir tout raconter ces prochains jours, parce qu'on soupçonne un attentat terroriste imminent et que les services secrets doivent valider tous les papiers que j'écris, mais j'ai déjà un article que j'avais commencé dans le train, avant…

— Je sais tout ça, Joan. Et nous l'avons déjà publié. Les Allemands nous l'ont envoyé après l'avoir légèrement censuré. Merci. »

Joan fonça les sourcils. « Vous l'avez publié ?

— Évidemment, ce n'est pas pour ça qu'on te paye ? »

Il ne savait pas très bien s'il devait se réjouir de cette nouvelle.

« Cela dit, ce ne sont pas les Allemands qui doivent décider ce que nous imprimons dans *Hores del Día* et désormais nous n'accepterons plus aucune censure, poursuivit Montse Vigo.

— Mais c'est ce dont nous sommes convenus avec le renseignement allemand. Ils ne me laisseront pas approcher Ghaalib si je ne me conforme pas aux règles du jeu. Je vais être arrêté si je ne respecte pas ma part du contrat.

— C'est pourquoi nous t'avons retiré du sujet. Nous avons demandé à deux de nos journalistes titulaires de continuer. Nos tirages sont en progression. Toute la presse mondiale nous achète les droits de reproduction, ce n'est pas le moment de nous arrêter. Mais je te rassure, Joan, nous te faisons cadeau de ce qui reste de l'argent que nous t'avons donné, en guise de dommages et intérêts.

— Attends, tu peux me répéter ça plus lentement ?

Qui va écrire quoi ? Il n'y a que moi qui puisse écrire cette histoire. C'est moi qui ai les sources, je me suis rapproché de Ghaalib, c'est moi qui suis en contact avec les services secrets, moi qui connais les dessous de l'affaire.

— C'est vrai, mais nous avons décidé de l'aborder sous un angle différent. Il sera plus généraliste et donc plus théorique que factuel. Ce sera plus une analyse qu'un reportage, tu vois ? Nous avons des colonnes à remplir tous les jours et tu es devenu trop instable pour nous. Le calcul est simple, Joan. Nous préférons vendre un papier à quelques journaux chaque jour, plutôt que d'en vendre un de temps en temps au monde entier. La continuité, Joan, c'est ce qui a toujours caractérisé *Hores del Día*. »

Joan avait du mal à avaler la pilule. Adieu CDI, jolies filles draguées depuis la terrasse du Xup Xup, adieu rêves de reporter vedette et d'une vie à l'abri du besoin.

« Tu pourras vendre tes articles ailleurs et, à ce propos, il y a deux policiers danois un peu cons qui cherchent à te joindre. C'était pour ça que je voulais t'avoir au téléphone. »

Elle raccrocha. Joan resta un instant sonné, le mobile à la main. Des confrères à lui allaient marcher dans ses pas, ce qui n'avait aucun sens s'ils ne marchaient pas non plus dans ceux de Ghaalib. Et ce qui était encore plus absurde, c'est qu'ils n'avaient jamais rencontré la victime 2117.

Les gens de Herbert Weber étaient peut-être de mèche avec son journal ? Là, ce serait vraiment un coup bas. Cette truie de Montse Vigo allait le payer cher. Il était même capable de se venger en allant travailler dans un journal madrilène.

Fort de cette résolution, il tenta de se redresser et de sortir ses jambes du lit, mais cette fois encore, il dut renoncer.

Elles étaient trop lourdes, son corps trop faible et sa tête trop douloureuse.

Joan se laissa retomber en arrière sur ses oreillers et poussa un long soupir, les yeux au plafond. C'était pour ça qu'ils lui avaient enlevé son sujet. Ils n'avaient pas le temps d'attendre qu'il se rétablisse, alors ils l'avaient tout simplement débarqué. Il en aurait presque pleuré.

Et la police danoise, qu'est-ce qu'elle pouvait bien lui vouloir ? Qu'est-ce qu'il connaissait du Danemark ? Il ne connaissait même pas de Danois ! Il ne savait rien de ce pays, hormis le fait qu'on prétendait que son peuple était le plus heureux du monde.

Cette pensée lui remonta le moral. Au même moment, l'infirmière à la peau foncée entra dans la chambre, accompagnée d'un médecin en blouse blanche aussi basané qu'elle, qui le regarda d'un air grave.

Que se passait-il encore ? Est-ce qu'ils venaient lui annoncer de mauvaises nouvelles ? se demanda-t-il en posant machinalement la main sur l'arrière de son crâne.

« Je vous présente le médecin qui représente la compagnie d'assurances de la Deutsche Bahn, monsieur Aiguader. Il aimerait vous poser quelques questions. J'espère que vous n'y voyez pas d'inconvénient. »

Joan respira plus librement et haussa les épaules. Il se faisait fort d'expliquer à ce toubib des assurances qu'une compensation à moins de six chiffres en euros ne suffirait pas à le satisfaire.

Le médecin se présenta sous le nom d'Orhan Hosseini puis il sortit son stéthoscope et aida Joan à s'asseoir au

bord du lit. Il souleva sa chemise et écouta son cœur et ses poumons.

« Hum, hum, disait-il chaque fois qu'il déplaçait le stéthoscope. Votre cœur bat régulièrement et vos poumons vont bien », dit-il avec une certitude et une autorité qui réduisirent aussitôt d'au moins deux zéros l'indemnisation que Joan avait imaginée. « Ne bougez pas un instant », ordonna-t-il en plongeant la main dans la poche de sa blouse. Il y eut comme un grésillement, puis un choc, et Joan vit l'infirmière glisser au sol, secouée de convulsions, avant de ressentir lui-même un violent choc électrique.

Joan ne comprit pas vraiment ce qui arriva ensuite. Il sentit seulement que quelqu'un desserrait les freins de son lit et le poussait rapidement dans le couloir. Le policier qui était supposé veiller sur lui était toujours à son poste, mais avachi sur sa chaise, les yeux fermés.

Mon Dieu, mais il n'y a donc personne pour les arrêter ? songea-t-il, tentant en vain d'appeler au secours, tandis que le brancardier criait aux gens de se pousser.

Ensuite, il vit qu'on injectait quelque chose dans le tube relié à sa main, puis une sensation de chaleur, presque de brûlure, envahit son bras.

Et il perdit connaissance.

29

Carl

J-9

Carl vérifia le timing. Après le ferry entre Rødby et Puttgarden, il leur faudrait environ sept heures pour traverser l'Allemagne et arriver à cet hôpital à Francfort.

Sept heures, enfermé dans cette voiture avec Assad, que le Ciel lui vienne en aide ! La perspective lui paraissait d'autant plus insurmontable qu'Assad avait murmuré le nom de sa plus jeune fille au moins un millier de fois depuis qu'ils étaient partis de Copenhague. « Ronia, Ronia, Ronia », disait-il en sanglotant, et Carl avait dû faire appel à toute sa volonté pour ne pas lui hurler d'arrêter.

Et puis soudain, Assad se tut. Il se redressa sur son siège, fixa le paysage monotone et parfaitement plat du Sud-Seeland et se mit à frapper des poings contre la portière. Carl tourna la tête vers lui, inquiet, car il n'avait encore jamais vu Assad s'abandonner ainsi à la colère. Ses coups faisaient bouger tout l'habitacle, les veines de son cou semblaient sur le point d'éclater, son visage prenait une teinte de plus en plus sombre et, lui qui était

habituellement si calme transpirait comme un bœuf, la sueur dégoulinant de son front et de ses aisselles.

« Laisse donc cet enfant se défouler », disait toujours Vigga quand, du temps où il était adolescent, son fils Jesper piquait des crises de rage et se tapait la tête contre les murs. Le conseil de Vigga aurait pu sembler adapté, en l'occurrence, mais même dans une BMW, il devait y avoir des limites à la résistance de l'habillage des portières et Assad était fort comme un Turc.

Pauvre voiture ! songeait Carl. Heureusement, l'accès de violence ne dura que trois ou quatre minutes. Lorsqu'il s'acheva, Assad se tourna vers Carl avec un calme étonnant et lui dit : « Est-ce que, si tu y étais obligé, tu serais capable de tuer un être humain sans hésiter ? »

Il avait dit « sans hésiter ». Dans quelles circonstances est-ce qu'on pouvait tuer « sans hésiter » ? En temps de guerre ? Pour protéger la vie d'un être cher ou la sienne ?

« Cela dépend dans quelles circonstances, Assad.

— J'ai dit : "Si tu y étais obligé".

— Alors oui, je crois que oui.

— Et tu le ferais avec la première arme qui te tomberait sous la main ? Tes mains, une hache, un fil de fer, un couteau ? »

Le front de Carl se plissa. Il n'aimait pas beaucoup la question d'Assad.

« J'en étais sûr, Carl. Tu en serais incapable. Il y a une chose que tu dois savoir : l'homme que nous poursuivons en est parfaitement capable, lui, et moi aussi. Alors quand la question se posera, et je sais qu'elle se posera, tu ne devras pas m'en empêcher, d'accord ? »

Carl ne répondit pas et Assad n'insista pas non plus. Un grand silence s'installa dans l'habitacle tandis que,

chacun de leur côté, ils ruminaient leurs pensées et que la voiture avalait les kilomètres d'autoroute en direction du sud.

Peut-être qu'une tablette de chocolat lui remonterait le moral, songea Carl quand quelques kilomètres plus loin une pancarte avec une fourchette et un couteau signala qu'ils approchaient d'un restoroute.

« Qu'est-ce qu'on vient faire ici ? demanda Assad en voyant Carl quitter l'autoroute et se garer sur l'aire de services. Tu as mal au ventre ou quoi ? »

Carl secoua la tête. Et même si c'était vrai et qu'il avait effectivement envie de satisfaire un besoin naturel après avoir roulé plusieurs centaines de kilomètres, quel mal y avait-il à ça ? Ce n'est pas parce que Assad avait une vessie de la taille d'une fosse à fumier du Jutland que d'autres n'avaient pas envie, de temps en temps, de céder à l'appel de la nature dans des conditions un peu civilisées.

Carl se laissa tenter par quelques tablettes de chocolat devant la caisse. Tant pis pour Assad s'il n'en voulait pas. Il les agita sous son nez et vit qu'il regardait les unes des journaux.

« Tu ne trouves pas qu'on devrait se sustenter ? »

Assad le regarda d'un air surpris. « Euh... Tu crois vraiment que c'est le moment de penser à ça ? »

Carl n'était pas tout à fait certain de vouloir savoir quelle association d'idées ce mot peu usité avait pu inspirer à Assad.

« OK, allons manger, si tu préfères. »

Mais Assad ne l'écoutait plus. Il était figé devant le présentoir à journaux, un quotidien à la main.

Carl jeta un coup d'œil par-dessus son épaule et lut le gros titre en première page du journal allemand : « *Opfer 2117* ». Assad serrait les pages entre ses doigts comme si elles risquaient de s'envoler.

« Allez, viens », lui dit-il, mais Assad ne bougea pas. Il était malheureusement meilleur en allemand que Carl.

« Eh, vous là-bas, il va falloir penser à me l'acheter, si vous voulez continuer à le lire. »

Assad regarda le type comme s'il allait lui enfoncer le journal dans la gorge et l'étouffer avec. Carl connaissait les signes avant-coureurs. Quand son ami laissait son tempérament s'exprimer et qu'il donnait libre cours à sa rage, cela pouvait se révéler une expérience traumatisante et onéreuse.

« Je vais vous payer, monsieur ! lança Carl au caissier. Ne vous inquiétez pas. »

Quand ils furent revenus dans la voiture, Assad posa le journal sur ses genoux et commença à se balancer d'avant en arrière en se tenant le ventre, puis il bascula le torse et sanglota longuement sans bruit et sans larmes.

Quand il eut terminé, il se tourna vers Carl :

« Tu es mon ancrage dans la réalité, Carl, et je t'en remercie. »

Il ne dit rien de plus et fixa son attention sur le monde extérieur qui défilait derrière le pare-brise, les muscles de sa mâchoire agités de crispations, un pied tambourinant le plancher de la BMW au rythme d'une mitraillette.

Carl songea qu'à cet instant Assad se trouvait à la frontière ténue entre l'être humain et la machine à tuer.

Ils étaient aux environs de Cassel quand le Bluetooth de la voiture se connecta au téléphone de Carl. C'était Gordon qui l'appelait.

« Vous pouvez parler, là, Carl ? » Sa question avait quelque chose de libérateur après ce silence assourdissant.

« Vas-y, je t'écoute.

— Rose et moi avons passé des coups de fil toute la journée. Nous avons commencé par les kiosques de Brøndby, Hvidovre et Valby. Puis nous avons continué vers le nord et je crois que nous sommes tombés sur quelque chose de prometteur. Nous avons eu en ligne un marchand de journaux à Brønshøj qui se souvient d'avoir eu la visite d'un jeune homme qui lui a acheté toutes les cartes de téléphone qu'il avait en stock. Il ne se rappelle pas le nombre exact, mais il pense qu'il y en avait entre quinze et vingt. »

Carl et Assad échangèrent un regard.

« Ça fait beaucoup, en effet, mais il s'agissait peut-être d'un achat groupé pour une association ou un club, suggéra Carl.

— Il n'a pas de souvenir précis de sa conversation avec le jeune homme, mais il n'a pas eu l'impression qu'il les achetait pour le compte de quelqu'un d'autre. Il n'était ni très communicatif ni très familier, contrairement à certains de ses clients. C'était plutôt un type réservé, solitaire.

— Un immigré ?

— Pas du tout, un Danois de souche, avec des cheveux blond sale, une peau malsaine et des boutons. »

Assad hocha la tête en regardant Carl. Ils pensaient la même chose.

« J'espère qu'il a réglé avec une carte de crédit. »

Gordon répondit par un ricanement. Il n'était pas en train de se foutre de lui quand même !

« Qu'est-ce que ça a de drôle, Gordon ? s'enquit Carl.

— Écoutez. Nous avons appelé au moins cinquante kiosques à journaux, peut-être cent, au bout d'un moment j'ai arrêté de compter. Nous avons une liste longue comme le bras de marchands de journaux qui ont eu la visite de cinglés qui leur ont acheté quatre ou cinq cartes de téléphone à la fois et finalement, on a mis la main sur celui dont je viens de vous parler. Jusque-là, ça a l'air facile, pas vrai ? Bien sûr qu'il ne s'est pas servi d'une carte de crédit, sinon on serait déjà en train d'éplucher les relevés de compte du kiosquier ! »

Ça alors, voilà que Gordon devenait insolent, on aurait tout vu !

Assad attira l'attention de Carl sur un panneau de signalisation puis sur le compteur kilométrique. La vitesse autorisée était brusquement limitée à cent kilomètres à l'heure et ils roulaient à cent cinquante.

Carl hocha la tête, content. Enfin, Assad était revenu dans la réalité.

« Rose y est retournée avec un dessinateur de la police, poursuivit Gordon. Elle pense que le marchand saura lui faire une bonne description du type.

— J'ai du mal à imaginer comment on peut faire une description assez fidèle pour obtenir quelque chose de ressemblant, mais ça vaut la peine d'essayer.

— Qu'est-ce que vous voulez qu'on fasse du portrait quand on l'aura ?

— Demandez au patron, répondit Carl. Ça m'étonnerait que Marcus soit d'accord pour qu'il soit publié. Ce genre de dessin est souvent approximatif et il est rare que sa diffusion donne un résultat probant. En plus, nous ne savons même pas si vous avez mis la main sur

la bonne personne, et si c'est bien lui, nous ignorons s'il a beaucoup d'imagination ou si effectivement c'est un assassin. Et ensuite, qu'est-ce que nous allons raconter, et à qui ? Vous vous rendez compte que vous allez être submergés d'appels si l'histoire sort dans les médias ?

— Rose voudrait vous appeler en FaceTime dans une demi-heure. Vous pourriez essayer d'aller vous garer sur une aire de repos ?

— Tu lui diras qu'Assad et moi avons des choses importantes à discuter et qu'elle va devoir attendre un peu. Ça vous donnera le temps de laisser décanter tout ça. »

« Nous avons des choses à discuter, Carl ? » lui demanda Assad quand il raccrocha.

Carl secoua la tête.

Et le silence s'installa de nouveau.

Lorsqu'ils arrivèrent à l'hôpital universitaire de Francfort, sept ou huit voitures de police bloquaient l'entrée, gyrophares allumés. Une activité fébrile régnait devant l'établissement.

Carl se gara sur le trottoir. Marcus accepterait sûrement de payer l'amende.

« Que se passe-t-il ? » demanda-t-il au premier agent qu'ils croisèrent.

Il ne répondit pas. Peut-être ne comprenait-il pas l'anglais.

Quoi qu'il en soit, il se réveilla en apercevant Assad.

« Par ici ! » cria l'imbécile à ses collègues avant de se jeter sur lui. Vu l'état de tension dans lequel était Assad, la situation aurait pu gravement dégénérer. Il réussit cependant à garder son calme et les laissa tranquillement lui mettre les menottes.

« Tout va bien, Carl, le rassura-t-il quand ils lui ordonnèrent d'écarter les jambes et se mirent à le fouiller. Considère ça comme un entraînement. Il vaut mieux que tu t'habitues avant que les vrais problèmes arrivent.

— *Idioten !* aboya Carl en présentant sa carte de police. *We are police officers from Denmark. Wir sind Polizisten aus Dänemark. Lass ihn los*[1]. »

Ce n'était pas forcément une très bonne idée de les traiter d'imbéciles. Ils examinèrent sa carte plastifiée sans aménité et avec une certaine méfiance. Il faut dire qu'elle n'avait rien d'impressionnant. Carl ne comptait plus le nombre de fois où il avait regretté son ancien badge.

Devant l'entrée, plusieurs individus en civil avec des visages de marbre étaient en pleine concertation. Deux d'entre eux s'approchèrent à pas lents et Carl se rendit compte qu'ils étaient lourdement armés.

« Qu'est-ce qui se passe ici ? demanda le premier en anglais, une main figée sur la crosse du pistolet mitrailleur accroché à sa ceinture.

— Je suis l'inspecteur Mørck. Nous arrivons de Copenhague pour parler à un certain Joan Aiguader qui devrait être hospitalisé ici. »

Sa phrase devait être le sésame qui ouvrait les portes de l'enfer, car une seconde plus tard, ils étaient tous deux menottés, traînés sans ménagement à l'intérieur et conduits dans une pièce qui semblait avoir été réquisitionnée pour y installer un poste de commandement provisoire. Dans une atmosphère étouffante, dix ou douze policiers en uniforme et autant d'hommes en costume

1. « Imbéciles ! Nous sommes des policiers danois, relâchez-le ! »

s'activaient. Ce n'était pas exactement l'endroit où ils avaient prévu de se rendre et encore moins avec une paire de menottes aux poignets.

On les fit asseoir sur deux chaises en plastique et on leur ordonna de se tenir à carreau s'ils ne voulaient pas avoir de très gros ennuis. Ils restèrent ainsi plus d'une demi-heure sans que personne ne prête attention à leurs doléances.

« Qu'est-ce que tu penses de tout cela, Assad ?

— La même chose que toi. J'ai peur que Joan Aiguader n'aille pas fort à l'heure qu'il est.

— Tu crois qu'il est mort ?

— C'est possible, je n'en sais rien. Mais ce que je sais, c'est qu'il faut qu'on se tire d'ici, et vite. » Il baissa la tête. Pourquoi tremblait-il ainsi, tout à coup ? Est-ce qu'il pleurait de déception parce que leur meilleure piste était en train de refroidir ?

« Allons, courage, Assad. Nous trouverons d'autres moyens d'arriver au but. »

Il ne réagit pas et continua d'osciller doucement d'un côté à l'autre.

Carl le laissa en paix et entreprit d'inspecter l'endroit où ils se trouvaient. Quelques heures auparavant, ce qui ressemblait à une salle de crise ultra-opérationnelle devait être une sorte de salle de réunion utilisée par les médecins. Tout le monde sait que les Allemands sont célèbres pour leur organisation et leur efficacité, mais là, ils étaient encore montés d'un cran. Si ses collègues de l'hôtel de police avaient pu voir cet endroit, ils auraient été verts de jalousie.

Un gigantesque plan de la ville de Francfort et de ses environs était affiché sur un mur. Chacun des postes

de contrôle mis en place aux intersections de rues et dans pas moins de vingt-cinq endroits différents était matérialisé au feutre.

Une équipe d'hommes et de femmes regardait sans les quitter des yeux une seule seconde les images en perpétuel mouvement diffusées par une rangée de moniteurs reliés aux différentes caméras de surveillance et aux caméras embarquées dans des hélicoptères qui tournaient dans le ciel. Plusieurs d'entre eux étaient munis de téléphones avec lesquels ils transmettaient des informations, et d'autres évaluaient la situation. Carl reconnaissait les méthodes de travail dont il avait l'habitude, mais pas dans ces proportions-là.

Son regard s'arrêta sur un groupe d'individus qui, assis autour d'une table, procédaient manifestement à des interrogatoires. Deux inspecteurs à la mine grave questionnaient les témoins pendant qu'un troisième prenait des notes. À côté d'eux, un homme particulièrement corpulent, habillé en civil, les écoutait avec attention.

Carl tendit l'oreille pour essayer de comprendre ce qui se disait et regretta amèrement le nombre d'heures de cours d'allemand passées à dormir à l'école de Brønderslev.

« Et voilà », lui dit tout à coup Assad d'un air léger. Le contraste avec son silence tendu dans la voiture était spectaculaire.

Assad haussa les épaules, comme s'il avait lu dans ses pensées, et il baissa les yeux. Carl suivit son regard et découvrit une paire de menottes par terre entre les deux chaises.

« Nom de Dieu ! Comment as-tu fait ça ? » lui

demanda-t-il en chuchotant, fixant les mains détachées d'Assad posées sur ses genoux.

Il sourit. « Et toi, Carl où est-ce que tu gardes tes clés de menottes ?

— Chez moi, dans le tiroir de ma table de nuit, avec les menottes !

— C'est ce qui fait la différence entre toi et moi. Comme le chameau emporte son eau partout avec lui, j'ai toujours ma clé universelle collée sous le boîtier de mon énorme montre-bracelet. »

Carl se félicita du retour de l'Assad qu'il aimait.

« Prends ma clé et on se casse, dit celui-ci. Nous n'avons rien à faire ici et plus de temps à perdre.

— Allons, tu ne parles pas sérieusement ? Ce sont des flics qui font leur travail de flics, ce sont nos amis. Regarde autour de toi. Tu ne crois pas qu'il vaudrait mieux profiter de cette énorme logistique pour avancer dans notre enquête ? Parce que nous, qu'est-ce qu'on sait pour l'instant ? Rien du tout. Seulement qu'il y a quelque chose qui ne tourne pas rond. Tu comprends ce qu'ils disent, toi ? Moi, pas un mot, dit Carl avec un signe du menton vers la table où avaient lieu les auditions.

— Ils demandent aux gens s'ils ont vu quelque chose, mais ça, tu l'avais compris, quand même.

— Et alors, c'est le cas ? demanda Carl, sans relever l'ironie de son collègue.

— Je les ai entendus mentionner une Volvo blanche. Probablement celle qu'on voit à l'écran, là-bas. »

Carl tendit le cou. Ils avaient dû beaucoup agrandir l'image pour qu'elle soit aussi floue.

« Ils tentent de la suivre de caméra en caméra à travers

toute la ville. Ce n'est pas aussi simple qu'ils l'avaient espéré. La personne qu'ils interrogent en ce moment travaille à la laverie de l'hôpital, ou à la réserve, je n'ai pas très bien compris. Ils cherchent à savoir d'où venaient les blouses.

— Les blouses, quelles blouses ? demanda Carl.

Eh ! Dites donc, vous ! » L'homme qui les avait appréhendés était campé devant eux, montrant les poignets d'Assad.

Assad leva les mains. « Excusez-moi, mais elles étaient un peu serrées, dit-il, se penchant pour ramasser les menottes. Tenez, je ne voudrais pas que vous les égariez. »

Le flic examina les menottes avec circonspection. Puis il se dirigea vers la table et prononça quelques mots à voix basse pour le type corpulent, qui hocha la tête en regardant de leur côté.

« Vous avez été identifiés. Il semble que vous ayez dit vrai et que vous fassiez effectivement partie de la police de Copenhague », vint-il leur expliquer quelques secondes plus tard. Il arrangea son col roulé et remonta la ceinture de son pantalon, ce qui ne suffit pas à lui conférer une quelconque autorité. « Il paraît qu'on s'est posé des questions sur la validité de votre carte de police, mais ensuite, nos collègues ont fait quelques recherches. En tant que confrère, je vous prie de nous excuser pour la manière un peu brutale dont nous vous avons accueillis, mais d'un autre côté, vous n'avez rien à faire ici, alors vous l'avez un peu cherché. »

Il leur serra la main malgré tout. « Comme vous avez pu le remarquer, nous avons pas mal de travail et nous vous saurions gré de ne pas rester dans nos pattes. Je

m'occuperai de vous quand nous aurons réglé d'autres questions plus urgentes.

— Merci. Mais nous aimerions tout de même comprendre ce qui se passe. Quant à ce Joan Aiguader, demanda Carl, pourquoi est-ce que nous n'avons pas le droit de lui parler ?

— Vous en avez tout à fait le droit, mais avant, il faudrait qu'on sache où il se trouve. Nous avons réussi à le suivre jusqu'à deux pâtés de maisons d'ici mais ensuite nous avons perdu son signal GPS. » Il ouvrit les menottes de Carl et se tourna vers Assad. « Et maintenant, j'aimerais bien que vous me disiez comment vous avez réussi à vous libérer, monsieur Houdini. »

Assad lui montra sa clé. « Elle n'avait pas exactement la bonne taille, mais en bidouillant un peu aux bons endroits, ça marche quand même, vous voyez. » Il effaça le sourire narquois avec lequel il avait répondu au policier et posa la question qui le taraudait : « Est-ce que Joan Aiguader est mort ?

— C'est ce que nous aimerions bien savoir. Il a été enlevé dans sa chambre d'hôpital il y a environ deux heures. Vraisemblablement dans le break Volvo que nous cherchons actuellement à repérer. »

30

Carl

J-9

« Il est tard, Rose, pourquoi êtes-vous encore au bureau, tous les deux ? »

Carl savait bien qu'il était un petit gars de la campagne qui avait poussé son premier cri deux générations et demie plus tôt mais tout de même, parler avec cette femme désagréable, par l'intermédiaire d'un écran plus petit qu'un billet de cinq euros, tenait de la gageure. De plus, au cours de la dernière demi-heure, l'atmosphère dans la salle de crise improvisée de ses confrères allemands était devenue électrique et il avait du mal à se concentrer.

« Si le marchand de journaux a bonne mémoire, notre type ressemble à ça », annonça Rose.

Carl plissa les yeux et regarda le portrait sur lequel elle orientait la caméra de son portable. Le garçon paraissait très jeune, avec des traits fins et, à vrai dire, il était assez beau. Sa tignasse blonde hirsute était surmontée d'un tout petit chignon planté au sommet de la tête, à la manière d'un samouraï. Carl avait déjà vu ce

genre de look qui était sans doute la version moderne de la micro-queue-de-cheval un peu ridicule que les hommes se faisaient vingt ans auparavant, pensant sans doute que cela leur donnait l'air viril. À chaque décennie sa faute de goût, songea-t-il. Mais pour une raison ou pour une autre, sur ce jeune homme cela ne choquait pas. Ce qu'il y avait de plus perturbant chez lui, c'était l'expression de son visage. Malgré sa finesse et son immaturité, elle n'avait rien de veule ni de fragile. À l'inverse, il dégageait force et détermination. Cela transparaissait dans la forme de sa mâchoire. Ou de sa bouche. En tout cas, plus Carl étudiait ce visage, moins il avait de mal à croire qu'un marchand de journaux de Brønshøj soit capable de faire une description fidèle à la réalité.

« Il a beaucoup de caractère, ce visage, Rose. Tu penses qu'il est ressemblant ? » Elle tourna de nouveau la caméra du portable vers elle et acquiesça. Mais pourquoi faisait-elle la gueule ?

« Vous en avez parlé à Marcus ?

— Lui aussi trouve que le portrait-robot donne une image assez caractéristique qui dans le meilleur des cas pourrait permettre une identification, mais il a aussi dit que nous ne pouvions pas la diffuser. Et ça m'énerve, vous ne pouvez pas savoir à quel point.

— Qu'est-ce que vous allez faire, alors ?

— Je suis allée me plaindre dans son bureau et il m'a offert un lot de consolation : il m'a proposé un poste à plein temps avec un salaire de fonctionnaire et dix ans d'ancienneté. »

Carl sourit. Ça allait être un vrai plus pour le département V de récupérer Rose.

« Il a carrément osé me suggérer de remplacer Mme Sørensen au deuxième étage. »

Carl s'enfonça dans son siège. C'était une plaisanterie ou quoi ? Marcus ne pouvait pas lui faire ça !

« Et qu'est-ce que tu as répondu ? demanda-t-il, inspirant profondément.

— Je lui ai dit non merci, je n'ai aucune envie de me retrouver secrétaire avec dix ans d'ancienneté.

— Tu as refusé ?

— Et comment ! » Elle se força à sourire et n'y réussit pas trop mal. « Je sais que vous m'adorez, Carl. Ça se voit comme le nez au milieu de la figure. »

Allons bon !

« Du coup, à partir d'aujourd'hui, je suis officiellement embauchée en CDI au département V et Assad et moi allons tous les deux recevoir notre badge avec le titre d'assistant investigateur. Avec un salaire inférieur à celui de Mme Sørensen, évidemment, mais je vais remédier à ça, ne vous inquiétez pas. »

Elle n'avait pas l'air aux anges, mais Carl était très content. « Vous m'avez demandé ce que nous comptions faire maintenant. Eh bien, puisque nous ne sommes pas autorisés à diffuser le portrait, Gordon et moi allons devoir faire du porte-à-porte dans tous les magasins proches du kiosque à journaux pour leur demander si le jeune homme a l'habitude d'y faire ses courses et, dans le cas contraire, nous en déduirons qu'il n'habite pas dans le quartier.

— C'est probable. Il a sûrement pris la précaution de s'éloigner de son domicile pour qu'on ne risque pas de le reconnaître.

— C'est également notre théorie, mais il faut quand

même en passer par là. Ensuite, nous irons voir tous les lycées dans un rayon de dix kilomètres autour du marchand de journaux.

— Hum !

— Ça veut dire quoi : “Hum” ? demanda-t-elle d'un ton agacé.

— On n'est pas dans un film américain où on entre dans un établissement scolaire comme dans un moulin pour demander à la secrétaire du directeur si elle est capable de reconnaître un ancien élève – ce qu'elle parvient à faire systématiquement… dans les films. Ma pauvre Rose, il y a des milliers d'élèves dans les lycées et ce garçon a peut-être vingt-trois ans, auquel cas il a quitté l'établissement depuis belle lurette. Il a pu suivre une voie technologique, ou avoir fait ses études dans une école privée, ou avoir arrêté l'école après le collège.

— Merci beaucoup, c'est chouette de se sentir encouragé. Vous ne croyez pas que nous sommes conscients que c'est un tir dans le brouillard ? Au moment où je vous parle, Gordon est en train d'envoyer des mails à tout un tas d'établissements d'enseignement secondaire, avec le portrait en pièce jointe, leur demandant de l'afficher dans un endroit bien visible et dans la salle des professeurs. Le texte dit : « Si tu connais ce garçon, appelle-nous… », avec notre numéro de téléphone. Et pour revenir à la dernière de vos remarques défaitistes, je ne suis pas d'accord avec vous, ce garçon a fait des études secondaires.

— Eh bien, bonne chasse », dit-il pour conclure, espérant qu'elle dirait : « À vous aussi », ce que manifestement elle oublia de faire.

« J'ai le cul tout plat à force d'être assis sur cette

chaise», dit-il à Assad après avoir coupé la communication.

Assad se contenta de hocher la tête. Sa jambe montait et descendait en un mouvement de piston frénétique, comme s'il tapait sur une grosse caisse pour accompagner un morceau de heavy metal.

«Je deviens dingue, Carl. Le temps s'écoule mais il ne se passe rien.» Il engloba la pièce de ses bras écartés : tout le monde avait l'air épuisé. La nuit était tombée, et personne ne leur adressait plus la parole. Le moral de Carl était lui aussi au plus bas et le fait qu'ils n'aient pas consommé plus de cinq cents calories à eux deux depuis le matin n'aidait pas non plus.

«*Ich hab es*[1] *!*» s'écria soudain un policier assis devant l'un des derniers ordinateurs au fond de la salle, et tout le monde se précipita vers lui, y compris Carl et Assad.

Ils virent à l'écran une image de vidéosurveillance parfaitement nette d'un break Volvo blanc garé sur un parking de supermarché. Ils la comparèrent avec celle de la voiture qui avait été filmée près de la porte de l'hôpital.

«C'est la même, affirma l'homme qui se trouvait le plus près. Regardez les rayures sur le capot.»

Carl était d'accord. Ils l'avaient trouvée, et Dieu soit loué, elle était toujours à Francfort.

Il échangea un regard avec Assad. Heureusement qu'ils étaient restés.

«L'image a été prise quand ? demanda un inspecteur en uniforme.

— Il y a deux heures, répondit l'opérateur de l'écran.

---

1. «Je l'ai !»

— Et elle est garée dans un quartier d'immigrés ? demanda quelqu'un.

— Non, dans un quartier résidentiel où l'on trouve un mélange d'immeubles locatifs et de maisons individuelles. »

L'inspecteur en charge de l'enquête se tourna vers ses hommes et distribua des tâches à chacun. « Toi, Pueffel, tu places tout de suite une équipe pour surveiller le véhicule. Pendant ce temps-là, Wolfgang, tu analyses la structure sociale de la population du quartier. Toi, Peter, tu vérifies s'il y a des migrants fichés d'origine musulmane domiciliés dans le secteur. Et toi, Ernst, tu épluches les registres. Je veux savoir d'où vient la voiture et au nom de qui elle est immatriculée. Est-ce qu'elle a été volée ? Empruntée ? Est-ce qu'elle a été achetée récemment et dans ce cas, à quel endroit ? Allez-y, il y a de quoi faire ! dit-il en frappant dans ses mains. Les autres, vous venez avec moi à côté. »

Et Carl et Assad se retrouvèrent seuls, tous les deux, avec le dénommé Herbert Weber.

La cafétéria de l'hôpital n'offrait pas un grand choix, mais tout fut dévoré sans distinction. Si la nourriture avait été servie sur une assiette en carton, Assad aurait mangé l'assiette avec. Pendant qu'ils se restauraient, Herbert Weber leur raconta ce qui s'était passé.

« Ils ont commencé par neutraliser la jeune infirmière à l'aide d'un Taser et nous sommes à peu près sûrs que Joan Aiguader a subi le même sort. Le policier posté devant la porte a simplement été assommé d'un coup derrière la tête. Ensuite, ils l'ont assis sur une chaise, pour faire croire qu'il s'était assoupi. C'est pour ça qu'on

a mis un peu de temps à découvrir que le patient s'était envolé. Sur la bande de vidéosurveillance, on les voit abandonner le lit d'hôpital et transférer Joan Aiguader, sans connaissance, dans un fauteuil roulant. On voit également que les deux ravisseurs ont la peau brune. Mais c'est tout. Ils ont réussi à garder la tête baissée chaque fois qu'ils passaient à proximité d'une caméra.

— Qu'est devenue la chaise roulante ? demanda Carl.

— On l'a retrouvée poussée près de la porte d'entrée. La bande de la caméra qui se trouve dans le hall montre à quelle heure et dans quel véhicule ils l'ont emmené. La plaque minéralogique était bien sûr couverte de poussière et illisible, sinon nous aurions eu une meilleure piste au départ.

— Pourquoi l'a-t-on enlevé ?

— Probablement parce qu'on a découvert qu'il s'était entretenu avec la police munichoise il y a deux jours.

Je ne comprends pas, dit Assad, la bouche pleine de tout ce qu'il y avait au menu.

— Joan Aiguader recevait directement ses instructions de ce Ghaalib. C'est une forme de mésalliance à laquelle nous sommes formellement opposés, mais dans le cas qui nous occupe, Joan Aiguader était devenu une importante source de renseignements pour nous et il l'est resté jusqu'à ce que Ghaalib décide aujourd'hui d'y mettre fin. Je crois qu'il se servait du journaliste pour semer la panique par l'intermédiaire des médias, bien que nous ne comprenions pas très bien ce qu'il avait à y gagner. En tout cas, ce n'est pas le *modus operandi* classique d'un terroriste qui se prépare à passer à l'acte.

— Est-ce que nous sommes sûrs, au moins, qu'il a l'intention de commettre un attentat ? » demanda Carl.

Weber acquiesça.

« Comment le savez-vous ? demanda Assad.

— Aiguader nous a fourni un enregistrement vidéo qui fait plus que suggérer ce qui va arriver. Comme vous l'avez probablement lu dans les articles d'Aiguader, Ghaalib a déjà tué plusieurs personnes. L'homme est hyper-déterminé et ultra-dangereux. »

Carl regarda Assad. Son expression n'avait jamais été aussi sombre.

« Je le connais, dit Assad en posant son couteau et sa fourchette. Son vrai nom est Abdul Azim et cet homme est un démon. Il a pris ma femme et mes filles en otage et il les martyrise depuis seize ans. C'est pour cette raison que Carl et moi avons besoin de savoir tout ce que vous savez. Car sinon, il les tuera. »

Il posa la coupure de journal devant Herbert Weber et il lui montra Marwa et Nella. « Vous avez déjà vu cette photo ? Ces femmes sont mon épouse et ma fille aînée, Nella. L'homme qui est à côté d'elles est Ghaalib. Depuis la première fois où je l'ai vu, il a toujours représenté pour moi le mal incarné. Ses liens avec des cellules terroristes en Irak et en Syrie ont dû le rendre plus cruel encore.

Vous dites que ces deux femmes sont à sa merci ? »

Deux rides profondes se creusèrent sur le front d'Assad tandis qu'il luttait contre sa colère et ses larmes.

« Quelle raison avait-il de faire ça ? s'enquit Weber.

— Il l'a fait pour se venger d'un événement qui s'est passé entre nous il y a de nombreuses années.

— Je vois. Je compatis sincèrement. Comment dites-vous que vous vous appelez ? demanda Weber.

— Je me fais appeler Hafez el-Assad, mais mon

véritable nom est Zaid al-Asadi. Je suis citoyen danois, né en Irak. J'ai séjourné dans une prison dans laquelle Ghaalib était employé et c'est à cause de moi qu'il est défiguré. Il me hait plus que tout au monde, entre autres pour cette raison. Je suis prêt à parier que toutes ses actions sont menées uniquement dans le but de me faire sortir de mon trou. C'est pour ça aussi qu'il a poussé Aiguader à écrire ses articles. Il a voulu que j'apprenne qu'il tenait ma femme et ma fille prisonnières. »

Herbert Weber se remit à tripoter son col roulé. Apparemment, cela l'aidait à réfléchir.

« Ce qui s'est passé entre vous remonte très loin en arrière, dites-vous. Pourquoi ne se manifeste-t-il que maintenant ?

— L'État islamique essuie défaite sur défaite, tant en Irak qu'en Syrie, et ce sont des pays où il ne fait pas bon séjourner pour des hommes de son espèce. Il a peut-être perdu trop de combats et décidé que celui-là, il le mènerait jusqu'au bout et qu'il le gagnerait. »

La grosse face de Weber s'anima. « Vous avez dit Zaid al-Asadi ? » Il posa un énorme dossier sur la table et en sortit une chemise plastifiée.

« Ceci est la transcription du dialogue qu'on entend sur la vidéo du photographe allemand. » Il avança de quelques pages et pointa du doigt un nom surligné en bleu.

Il était écrit : « Zaid al-Asadi ».

« Ce que nous allons faire maintenant, c'est relier les deux affaires entre elles, d'accord ? » Weber regarda l'assemblée et s'employa à maîtriser l'état de confusion que son annonce avait déclenchée.

« Vous avez entendu le récit de Zaid al-Asadi. Je suis convaincu que le point faible de Ghaalib réside dans son désir obsessionnel de vengeance. Nous ne devons cependant pas oublier que ce qu'il a enclenché peut conduire à un drame si nous ne l'arrêtons pas à temps. La conversation de la vidéo que j'ai traduite pour nos confrères danois porte sur un projet d'attentat terroriste. Nous ne savons ni où ni comment il prévoit de le mettre en œuvre. »

Il se tourna vers Assad. « Zaid va nous servir d'appât. J'ai d'ores et déjà informé la police danoise que l'inspecteur Carl Mørck et Hafez el-Assad, comme Zaid s'appelle maintenant, font désormais officiellement partie de cette enquête. »

Carl salua ses nouveaux collègues d'un hochement de tête. Assad se taisait. Carl avait peur de ce que le terme d'« appât » pourrait signifier au final pour Assad, mais c'était sa décision. Il voulait sortir de l'ombre et affronter Ghaalib. « Je ferais n'importe quoi pour sauver ma femme et ma fille », avait-il déclaré à l'équipe d'investigation rassemblée.

« Donc, dit Weber, nous partons du principe qu'un acte terroriste va se produire dans un futur très proche. C'est pourquoi il est impératif de retrouver ceux qui ont kidnappé Joan Aiguader, et de préférence avant de faire savoir d'une façon ou d'une autre que Zaid al-Asadi a bien reçu le message de Ghaalib. »

Carl posa sa main sur l'épaule d'Assad, qui se retourna et hocha la tête.

Son regard était glacial.

31

Ghaalib

J-8

Le minable avec son bandage sur la nuque priait pour sa vie au milieu du salon.

Ghaalib tenait ce genre de faiblesse en horreur. Ce pathétique individu n'était-il pas capable de comprendre que l'existence était seulement un prêt ? Ce n'était tout de même pas à lui, Ghaalib, de le lui expliquer ? Il ne comptait plus le nombre de lâches qui s'étaient tenus ainsi à ses pieds, implorant en vain sa pitié avant qu'il n'abrège leurs souffrances.

Cette fois, ce serait différent car, en sa qualité de porte-parole, Joan Aiguader était un pion important dans la partie qu'il était en train de jouer. C'était lui qui avait ameuté l'opinion, et lui aussi qui avait ouvert la voie pour déstabiliser Zaid. Et enfin, c'était lui qui, à l'instar du témoin officiel d'une exécution capitale, devrait rapporter au monde l'attentat dans toute sa violence et toute son horreur.

« Refaites-lui une injection, ordonna-t-il. Je ne veux pas que les voisins se demandent ce qui se passe ici.

Mais donnez-lui une dose inférieure à celle des deux femmes.

— Non, pitié, non ! » cria Joan, ce qui ne lui fut d'aucun secours.

Maintenant il leur ficherait la paix pour un bon moment. Ghaalib se tourna vers le groupe d'individus assis par terre et sur le canapé. Il y en avait moins que ce qu'il avait prévu au départ, parce que trois parmi les cinq qui étaient supposés arriver de Chypre étaient toujours retenus là-bas. Mais douze était un nombre suffisant. Douze était un nombre qui avait du sens pour les chrétiens. Quelle ironie du sort.

« *Alhamdulillah*, grâce à Dieu vous êtes tous là. Et soyez tranquilles, ici, nous sommes en sécurité. »

Il prit un coffret et l'ouvrit. « Cette boîte est tapissée de plomb et elle contient le téléphone portable de Joan Aiguader. Des petits rigolos se sont amusés à le trafiquer pour qu'il continue à émettre un signal GPS, même en position éteinte. Nous nous en sommes aperçus en testant ses vêtements pour y découvrir un éventuel traceur. »

Il referma le coffret et sourit. Et hop, plus de signal.

« Mais bien que cette cachette soit efficace, nous avons décidé de modifier nos plans. Allah en a décidé ainsi. »

Une tension nerveuse traversa les rangs, mais tous étaient de bons éléments. Jusqu'ici, aucun d'eux n'avait faibli dans sa volonté de donner sa vie en sacrifice.

« Nous avons réussi à récupérer Joan Aiguader, mais le fait qu'il se soit retrouvé à l'hôpital est une erreur de parcours. Bien que nous ne sachions pas ce qui a mal tourné, cet incident nous a appris que les services

secrets sont sur le qui-vive. Nous avons beaucoup de chance qu'ils ne se soient pas donné plus de mal pour le surveiller. »

Il contempla son auditoire. Vingt-quatre heures auparavant, c'était encore un groupe de combattants du djihad, des hommes à barbe longue et des femmes en burka ; aujourd'hui, ils incarnaient la décadence occidentale. Vêtements moulants et maquillage outrancier pour les femmes, pantalons à plis pour les hommes : personne ne pourrait soupçonner leurs intentions. S'ils portaient sur eux une marque d'appartenance à l'islam, elle n'était pas visible.

« Vous arriverez au paradis vêtus comme des chiens, mais Allah est grand et Il vous purifiera ; Il refera de vous Ses dignes soldats de la guerre sainte. »

Certains inclinèrent la tête et ouvrirent les mains en prière en guise de remerciement.

« Vous avez tous rendu les clés de vos chambres d'hôtel, c'est parfait. Vous allez maintenant rester dans cette maison un jour ou deux, le temps que les routes soient sûres, puis nous passerons au plan B. »

Les soldats de la guerre sainte se regardèrent en se souriant. Nombreux étaient ceux qui auraient aimé être à leur place, Ghaalib le savait. Et Francfort était un bon endroit pour commencer. Ensuite ils continueraient vers Berlin, Bonn, Bruxelles, Strasbourg, Anvers et les cinq autres villes dans lesquelles les préparatifs étaient déjà bien avancés. L'ordre varierait en fonction de ce que le destin leur réservait. *Alhamdulillah* – à la grâce de Dieu.

« Il y a environ cinq cents kilomètres d'ici à Berlin et il nous faudra sept à huit heures pour y arriver parce que

nous allons voyager tous ensemble en bus plutôt que de prendre des voitures. »

Il se tourna vers son fidèle second.

« Hamid vous expliquera tout cela en temps voulu. En attendant, je vous invite à respecter les heures de prière, à manger et à dormir. Vous ne pouvez pas sortir de la maison, mais ça ne devrait pas être un problème. Hamid nous a loué une villa extrêmement bien équipée et de toute façon, dehors, il fait un froid de canard. Ce serait dommage de vous enrhumer. »

Ghaalib observa ensuite Joan, attaché à son fauteuil roulant, la tête pendant sur sa poitrine, les yeux, en revanche, toujours vifs. Malgré sa frêle constitution et sa situation désespérée, le journaliste lui jeta un regard plein de haine. C'est fou comme on pouvait sortir le meilleur des gens en les poussant dans leurs retranchements.

« Quel merveilleux auditoire tu es, Joan ! Comment espérer mieux ? Un homme qui entend parfaitement mais qui ne peut ni bouger ni parler. Ce qui d'ailleurs ne l'avancerait à rien. »

Il répondit aux éclairs que lui lançait Joan par un sourire condescendant.

« Oui, je sais, c'est dur. Mais si ça peut te consoler, tu n'as rien à écrire pour l'instant. Ça, nous allons nous en occuper nous-mêmes et nous avons quelques excellentes plumes à notre disposition. Alors ne t'inquiète surtout pas : *Hores del Día* va être inondé d'articles. Et ils forceront Zaid al-Asadi à se montrer au grand jour. »

Il regarda vers la porte, où l'un de ses hommes arrivait en poussant un fauteuil roulant.

« Parfait, Fadi. Tout est bien arrivé ? »

L'homme acquiesça tout en reniflant. Encore un qui s'était fait avoir par le climat de l'Europe du Nord.

« Et les deux femmes, elles sont calmes ? »

Il hocha de nouveau la tête.

Ghaalib était satisfait. La dernière partie de ce qu'il avait demandé avait dû être envoyée à part. Le transport avait coûté cher, mais cela en valait la peine. Il alla consulter la carte de Berlin accrochée au mur. Une série de punaises blanches indiquait la route à prendre et une rouge, la destination finale.

Et quelque part sur ce trajet, Zaid allait rencontrer son Créateur.

32

Assad

J-7

Le sac était posé sur une chaise à côté du lit d'Assad et contenait un tas de matériel rapporté de ses différentes missions sur le terrain. Au fil des années, il s'était alourdi et son contenu était devenu plus performant. Si Carl avait eu la moindre idée du nombre de personnes ayant perdu la vie à cause de cette collection, il n'aurait pas fait comme s'il n'avait rien vu.

Assad prit son meilleur couteau, acquis en Estonie. Si on l'affûtait comme il fallait, celui-ci était capable de trancher net un cheveu, mais aussi de transpercer un gilet pare-balles. Quand il était vraiment triste, Assad prenait son arme et il l'aiguisait jusqu'à se retrouver dans un état de transe. Et, dans son état mental actuel – ce mélange de désespoir et d'apathie qui pousse les gens à surgir d'une tranchée et à se lancer sur un champ de bataille pour y affronter les balles de l'ennemi à bras ouverts –, c'était son seul rempart. S'il ne prenait pas garde, la seule solution susceptible de le guérir de sa douleur aurait été de se jeter par la fenêtre

de sa chambre située au dernier étage de l'hôtel B&B City-Ost de Francfort pour aller s'écraser sur Hanauer Strasse.

Mais à vrai dire, Assad n'avait jamais considéré le suicide comme une réelle issue à la souffrance qui avait été la sienne pendant seize longues années. L'espoir, si infime soit-il, de revoir un jour ses adorées lui permettait de garder la tête haute et l'esprit clair. Il savait maintenant que sa Marwa bien-aimée et leur fille aînée, Nella, étaient toujours en vie. Toutefois, si les choses devaient mal se terminer, il n'hésiterait pas. Il choisirait dans son sac l'arme la mieux adaptée et il en finirait une bonne fois pour toutes.

Bien que ce ne fût pas nécessaire, il mit sa nouvelle montre connectée en charge. Depuis qu'il l'avait reçue, il avait eu l'occasion de découvrir toutes les possibilités qu'elle offrait. Par exemple, vérifier le nombre de pas qu'il faisait ainsi que sa tension et son rythme cardiaque. Des chiffres qui depuis quelques jours étaient assez déprimants. Mais cet objet avait un tas d'autres fonctionnalités. Quand quelqu'un lui téléphonait, elle vibrait et s'il recevait un SMS, il pouvait en lire le début sur le cadran.

On frappa à la porte.

« Assad, tu veux bien m'ouvrir, s'il te plaît ? » C'était Carl. « Ils ont trouvé la maison où Ghaalib se planque », annonça-t-il en entrant dans la chambre. Du coin de l'œil, il remarqua le couteau et la pierre à aiguiser sur le lit. Alors qu'Assad était en train de remettre sa montre, il lui attrapa le bras. « Viens, ils sont sur le point de partir et nous allons les accompagner. »

En ce jour de semaine triste et gris, le quartier aux maisons mitoyennes était extrêmement calme. Assad regarda l'heure. Il était encore tôt et, par une simple observation, on pouvait se faire une impression assez précise des riverains. Seules quelques fenêtres étaient éclairées et la majeure partie des habitants devait déjà être partie travailler. La seule activité visible venait d'un unique cycliste et de deux jeunes immigrées en train de balayer le sol dans des cafés encore fermés. Quelques rares voitures stationnaient dans les allées et, d'un rapide coup d'œil, on constatait que peu d'entre elles avaient été fabriquées en Allemagne. En conclusion, un environnement banal et parfaitement ennuyeux.

« Un exemple typique de cité-dortoir, dit Assad.

— Exact, confirma Herbert Weber. Dans ce quartier, la femme et le mari travaillent tous les deux. On a tenté de rendre le coin plus chic et plus attractif en y ajoutant des cafés, des allées larges et des buissons à végétation persistante devant les résidences. Il y a des écoles pas loin et les transports en commun sont relativement proches. Ces prestations ne suffisent pas, cependant, à y attirer les gens qui travaillent en centre-ville. Nous pensions que Ghaalib et ses troupes seraient allés se cacher dans un quartier plus marqué par une population immigrée. Mais ici, apparemment, ils avaient plus de place, ce dont manifestement ils avaient besoin. Malheureusement, ils sont déjà repartis. »

Il donna quelques directives à ses hommes, qui rejoignirent à l'intérieur de la maison les policiers et techniciens de la police scientifique.

« Où avez-vous retrouvé la Volvo ? lui demanda Carl.

— À quatre rues d'ici. Nous avons dû faire du porte-à-porte toute la journée d'hier avant d'arriver à cette maison. Et le fait que les gens du quartier rentrent tard ne nous a pas facilité les choses. »

Assad inspecta en un coup d'œil la bâtisse quelconque. Pas un détail n'émergeait d'un ensemble ennuyeux, hormis les indices qui avaient permis de révéler la présence d'une activité plus intense ces derniers jours que dans les autres bastions petits-bourgeois alentour.

« Depuis le passage des éboueurs, il ne s'est passé que trois jours avant que leurs poubelles soient pleines à en soulever les couvercles. Cette importante quantité de détritus et surtout le fait que ceux qui habitaient là avaient jeté des ordures ménagères dans la poubelle prévue pour les déchets recyclables ont alerté les voisins », expliqua Weber.

Nous sommes arrivés trop tard, songea Assad avec amertume. Pourquoi sommes-nous arrivés trop tard ? Dans cette maison a séjourné quelqu'un qui sait où se trouvent Marwa et Nella. Peut-être s'y trouvaient-elles elles-mêmes… Mais maintenant, où sont-elles ?

« Vous venez ? »

Question idiote, songea Assad en hochant la tête. Il croyait quoi ? Qu'ils avaient roulé près de mille kilomètres pour traîner dans cet endroit à périr d'ennui ?

Ils firent le tour de la maison et trouvèrent une pelouse dont personne ne semblait s'être occupé depuis un certain temps. La maison fonctionnelle était, conformément aux plans de son architecte, d'une géométrie parfaite, sans fioritures. Son terrain, un quadrilatère entouré de claustras à hauteur d'homme, permettait à

ses occupants de circuler sans être vus. Bref, c'était un endroit idéal pour se cacher et attendre.

Dès le premier coup d'œil, on voyait que des hommes et des femmes y avaient habité et qu'ils étaient nombreux, comme en témoignait le contenu des poubelles que les techniciens avaient maintenant étalé sur la terrasse, face au séjour. On y trouva des emballages de rasoirs jetables, des serviettes hygiéniques, des dizaines de barquettes de plats cuisinés sous vide, d'assiettes en papier, de couverts en plastique, de bouteilles d'eau minérale, de mouchoirs en papier usagés et de feuilles d'essuie-tout. Tout objet a une histoire.

« Une première estimation ? On parle de combien de personnes ? » demanda l'un des hommes de Weber à un technicien en combinaison blanche, à genoux devant le tas d'ordures.

« Si on considère qu'ils sont restés ici plusieurs jours, ce que confirment à la fois Airbnb et le voisin, ils étaient au minimum dix », calcula l'expert.

Assad examina l'emballage des barquettes de plats cuisinés. « En tout cas, il y a une chose dont nous pouvons être absolument sûrs, dit-il.

— Et c'est quoi ? s'enquit Carl qui avait un peu de mal à suivre sa pensée.

— Ils étaient tous musulmans. Il n'y a que des plats à base de poulet et de mouton. Est-ce que vous en voyez un seul qui contienne du porc, peut-être ?

— Hum, bien vu, Assad, dit Carl.

— Eh oui, chaque détail compte, mais ça, tu le sais mieux que quiconque, dit Weber en s'adressant au technicien. Est-ce que tu peux déjà nous donner une idée de la proportion hommes-femmes, de leur âge et de leur

apparence ? Ça nous serait très utile. Avoir quelques indices sur la constitution du groupe serait un atout, en particulier pour ceux qui devront s'occuper de la sécurité à l'endroit où ils prévoient de frapper.

— Je vois un détail qui pourrait nous aider à les identifier », dit Assad. Il brandit un emballage sur lequel il était écrit « Gillette ».

« Selon vous, quels musulmans fondamentalistes de sexe masculin achètent des rasoirs jetables et se rasent de près ? » poursuivit-il.

Carl hocha la tête. « Alors, nous devons aussi partir du principe que les hommes comme les femmes seront habillés à la mode occidentale. Un groupe d'au moins dix personnes, sans signes distinctifs, qui pourraient être n'importe qui. Pas une tâche facile, si vous voulez mon avis. C'est plutôt affolant, à vrai dire. »

L'homme à côté de Weber soupira. « Effectivement, sans compter que nous ne savons pas s'ils comptent agir tous ensemble ou séparément. »

« Je pense qu'en ce qui concerne la proportion hommes-femmes, mes collègues à l'intérieur vous en diront plus que moi », dit l'expert en levant la tête de son tas d'ordures. Ses gants de latex étaient sur le point de se déchirer tant il y allait de bon cœur. L'espoir de découvrir un indice essentiel, susceptible de leur révéler quelque chose sur les projets des derniers locataires, une marque, un mot sur un bout de papier, un reçu, peut-être même la carte de visite d'un établissement, voilà ce qui les motivait tous.

Ils entrèrent dans un séjour assez vaste, meublé sans prétention. La pièce était bien rangée et on avait minutieusement passé l'aspirateur. Les coussins sur le canapé

étaient disposés légèrement en biais, comme il se doit, quelques fauteuils entouraient deux tables basses en teck et sur l'étagère d'une armoire vitrée s'alignait une série de verres à pied. La télévision était d'un modèle ancien, tout était d'une parfaite neutralité.

« Ils ont bien nettoyé derrière eux, fit remarquer un technicien de la police scientifique en retirant sa combinaison. Par contre, il y a des empreintes digitales partout, comme s'ils n'avaient pas souhaité les dissimuler. Ils n'ont pas cherché non plus à effacer leurs traces ADN. Nous avons trouvé des torchons et des serviettes sales dans les paniers à linge. Les lits ont été faits mais les draps n'ont pas été changés. On ne peut pas s'empêcher de se demander pourquoi.

— La vraie question, c'est : qui se fout de laisser derrière lui des traces compromettantes ? intervint Assad qui semblait de plus en plus inquiet. Et la réponse est simple : quelqu'un qui sait qu'il va mourir. »

Tous les techniciens se tournèrent vers lui, visiblement déstabilisés. Certains paraissaient même effrayés.

Herbert Weber saisit Assad par le bras et lui dit à l'oreille : « La plupart des gens que vous voyez ici appartiennent à la police de Francfort, Assad. Évitons, je vous prie, de semer la panique. »

Assad acquiesça. L'homme avait raison, bien sûr.

« Quelque chose de particulier à signaler dans cette pièce ? demanda Weber à l'expert le plus proche.

— Oui, ça, dit-il en désignant plusieurs traces parallèles et presque invisibles sur le sol.

Des traces de fauteuil roulant », constata Carl.

L'expert acquiesça. « De deux fauteuils, en fait. Il y en a d'autres là-bas, avec des dessins de pneus différents.

— Est-ce que ces traces pourraient être anciennes ? s'enquit Weber. Est-ce qu'elles pourraient avoir été faites par un précédent locataire ou éventuellement par le propriétaire ?

— Nous allons nous en assurer, mais pour moi, elles sont relativement récentes. On a tenté de les effacer avec un détergent, mais elles n'ont pas entièrement disparu. Celui qui a essayé de les nettoyer ne s'est probablement pas aperçu qu'elles étaient encore là, parce qu'il est parti pendant que le revêtement était encore humide. » Il se baissa et frotta énergiquement le sol avec son pouce. « Regardez, ça part assez facilement », dit-il en leur montrant une tache noire sur son doigt. Il avait raison, les marques de roues ne pouvaient pas être très anciennes.

« Vu qu'ils n'ont pas vraiment essayé de supprimer leurs traces, n'est-il pas suspect qu'ils aient tenté de laver celles-là avec du détergent ? demanda Carl. De là à penser qu'ils ne veulent pas qu'on sache qu'il y avait des fauteuils roulants ici, il n'y a qu'un pas.

— J'ai dit que les traces étaient *relativement* récentes. Il reste possible que ce soient les propriétaires qui aient utilisé le détergent, ou bien les précédents locataires.

— On a posé la question aux propriétaires ? demanda Weber à son voisin.

— Non. Nous avons essayé de les joindre, mais ils sont actuellement au Gabon, quelque part au fin fond de la jungle. Ils sont entomologistes, si j'ai bien compris, et on ne les attend pas à Libreville avant deux ou trois semaines. »

Herbert Weber poussa un profond soupir.

« Mais soyez rassuré, nous allons étudier la question.

Nous avons photographié les dessins des pneus. Nous rechercherons leur origine et remonterons jusqu'aux fabricants des fauteuils concernés. »

Weber secoua la tête, incrédule. « Ce serait quand même vraiment étrange qu'il y ait des handicapés parmi eux. J'avoue que je n'arrive pas à comprendre. »

Assad regardait dans le vide. Une image particulièrement atroce commençait à se dessiner dans son esprit.

« Qui dit qu'ils sont handicapés ? Un fauteuil roulant peut aussi servir à transporter une personne valide. Avec son air innocent, c'est une cachette idéale pour dissimuler des explosifs. » Il inspira longuement et expira par saccades avant d'aller au bout de sa pensée. « Et si c'est le cas, ces deux fauteuils pourraient être dix fois plus destructeurs qu'un kamikaze muni d'une ceinture d'explosifs. »

Assad et Carl échangèrent un regard empli d'une peine profonde.

Assad épongea la sueur de son front. « Dis-moi à quoi tu penses, Carl.

— À rien, mon ami. »

C'était évidemment un mensonge, mais Assad savait pourquoi il esquivait la question.

« Allez, monsieur Mørck, insista Weber. On a besoin de tout le monde.

Bon, cela me fend le cœur de devoir le dire, mais ces fauteuils pourraient être prévus pour transporter des personnes qui ne sont pas là de leur plein gré. C'est ce que tu te dis, Assad, n'est-ce pas ? »

Il hocha la tête. Carl venait d'exprimer à haute voix son pire cauchemar.

Ce dernier s'adressa au technicien. « Avez-vous une

idée plus précise du nombre de femmes qu'il y avait dans la maison ? » lui demanda-t-il.

L'homme secoua la tête, hésitant. « Là-bas, nous avons une pièce dans laquelle, *a priori*, dormaient trois femmes. Nous avons trouvé de longs cheveux bruns sur l'oreiller, les lits avaient été soigneusement faits et les couvertures pliées. »

Il pointa le doigt dans la direction opposée. « Ce sont également des femmes qui ont dormi dans la chambre qui se trouve de l'autre côté du séjour, mais nous avons constaté des différences. Comme dans la première pièce, nous avons trouvé des cheveux longs et bruns. Cependant, les lits n'étaient pas faits et les draps étaient froissés et arrachés du matelas par endroits, comme si elles avaient eu un sommeil agité. »

Assad avala sa salive. « Je peux aller voir ? demanda-t-il.

— Pas de problème, allez-y, nous avons fini. »

Assad entra dans la chambre, les mains posées sur sa bouche.

La simple vue du lit en désordre aurait pu le faire fondre en larmes. Était-ce là que Marwa et Nella avaient été retenues prisonnières ? Avaient-elles arraché le drap parce qu'elles se débattaient pour échapper à leur bourreau ? Il observa les colonnes du lit le cœur battant à l'idée d'y trouver des traces de frottements indiquant qu'elles étaient attachées. Il n'en vit pas. Si cela avait été le cas, le technicien le lui aurait dit.

Il se pencha au-dessus de la tête du lit mais ne trouva pas de cheveux sur les oreillers. La police scientifique avait dû les emporter.

Assad s'assit lourdement au bord du matelas et

caressa le drap du bout des doigts, il leva un coin de la couette vers son visage et inspira profondément.

« Marwa… Nella », murmura-t-il en sentant une odeur aussi légère que fugace. Il ne la reconnaissait pas, mais comment l'aurait-il pu ? Pourtant elle l'émut jusqu'aux tréfonds de son être. Car si elles avaient dormi dans ce lit, imprimant cette fuyante réminiscence du parfum de leur peau, il était à cet instant plus proche d'elles qu'il ne l'avait été depuis seize ans.

« Hé ! lança quelqu'un. Nous avons trouvé quelque chose, ici. »

Mais Assad ne voulait plus se lever. Aussi longtemps qu'il s'accrocherait à cette odeur, il pourrait se reposer sur l'espoir que l'amour de sa vie était encore de ce monde.

Il serra les poings, visualisa les fauteuils roulants et pensa à ce que Carl avait dit.

Si ces fauteuils avaient été prévus pour Marwa et Nella, cela signifiait que le projet de Ghaalib était de les sacrifier au cours de l'attentat, principalement parce que c'était la pire chose qu'il pouvait faire à Assad.

Il enfonça les poings dans son ventre. Il ne fallait pas que cela arrive.

Assad se leva. Il huma une dernière fois la couette et alla rejoindre les autres.

« J'aimerais que nos confrères danois, M. Weber et la personne qui dirige cette enquête me suivent dans la pièce à côté.

Je voudrais vous faire lire quelque chose », déclara l'assistant de Weber.

Il s'assit au bord du canapé et leur montra l'écran de son iPad. « Le *Frankfurter Allgemeine Zeitung* vient de

recevoir une sorte de communiqué de presse, supposé être rédigé par Joan Aiguader, ce dont je doute. Le texte est en anglais et a été envoyé il y a une demi-heure. Le journal n'a pas souhaité le publier et a préféré nous en informer directement. D'autres médias ont reçu le même message et je serais très étonné qu'ils fassent preuve de la même discrétion.» Il tourna vers Assad un regard qui le rendit nerveux.

«Je suis désolé, mais votre nom est cité à plusieurs reprises dans ce communiqué. Je vous demande de vous préparer à entendre des choses qui risquent de vous bouleverser.»

Assad s'accrocha au bras de Carl.

«Asseyons-nous», proposa Carl en lui montrant le canapé. L'agent du renseignement reprit: «Le fait qu'il ait été envoyé directement à un journal allemand et qu'il ne provienne pas du quotidien *Hores del Día*, pour qui Joan Aiguader écrit habituellement, et toujours en catalan, nous prouve que ce dernier n'en est pas l'auteur et que ce communiqué ne vise pas seulement à informer le public.

— Tu as mis quelqu'un de chez nous au travail pour essayer de trouver de quelle adresse IP le message a été envoyé? s'enquit Weber.

— Bien entendu. C'est la première chose que j'ai faite. Mais je serais surpris que cela nous mène quelque part.

— Tu es sûr que tu as envie d'entendre ça, Assad?» lui demanda Carl.

Tremblant de tout son corps, il hocha la tête. Comment pourrait-il espérer venir en aide à Marwa et Nella s'il reculait maintenant? Il DEVAIT entendre ce message.

« Le titre est assez neutre, commença l'agent. Il dit simplement : "Un groupe islamiste échappe à la police". Il est daté d'hier à 23 h 45 et il est signé Joan Aiguader. »

Il se mit à lire. « Selon l'Irakien Ghaalib, que la police recherche toujours, l'action programmée à Francfort est repoussée jusqu'à nouvel ordre. Le groupe composé de sept combattants de la guerre sainte s'est rendu en Allemagne pour condamner les médias européens et protester contre leurs attaques systématiques et de plus en plus fréquentes envers les ressortissants de pays arabes et leurs homologues en Afrique du Nord et en Asie. Le chef Ghaalib exige que les journalistes du monde entier cessent immédiatement et définitivement de profaner leur religion, et qu'ils se montrent désormais respectueux envers leur culture. Dans le cas contraire, ils frapperont fort et de manière arbitraire. Leurs soldats sont lourdement armés et si l'on en croit Ghaalib, la première frappe sera menée par leurs sœurs Marwa et Nella al-Asadi, deux femmes courageuses et reconnaissantes de la chance qui leur est offerte d'honorer Allah par le sacrifice de leur vie. »

Il reposa l'iPad.

« Voulez-vous que nous parlions de ce à quoi nous ne croyons pas, dans tout cela ? proposa le directeur de l'enquête. L'auteur prétend qu'ils sont sept, quel intérêt aurait-il à nous communiquer cette information ? Ils sont peut-être plus nombreux, peut-être moins.

— Vous avez tous vu la photo des deux femmes qui se sont enfuies du camp de réfugiés, à Chypre, dit Weber. Je suis convaincu pour ma part qu'elles font partie du groupe et nous avons déjà diffusé leur signalement. Je pars évidemment du principe qu'elles sont sorties de

Chypre, car pourquoi ne seraient-elles pas parvenues à le faire ? Ghaalib y est bien arrivé, lui. Ensuite, il y a son homme de main, Hamid, ce qui fait déjà quatre. À ce nombre, il faut malheureusement rajouter la famille d'Assad, ce qui fait deux de plus. Soit six personnes. Nous ne pouvons évidemment pas exclure le chiffre 7, mais je pense que tu as raison de dire que nous n'avons aucune idée de leur nombre exact et j'ai tendance à croire qu'ils sont plus nombreux qu'ils le prétendent. »

Assad ne fit aucun commentaire, il se sentait comme mort à l'intérieur. La seule chose qui lui venait à l'esprit, c'était l'horrible rictus de Ghaalib. Mais que faire ? Ils devaient retrouver ce satané groupe islamiste coûte que coûte et il se fichait de savoir comment. Il espérait que ce salopard se serait dévoilé un petit peu, mais il ne lui avait donné aucune piste, hormis la confirmation de son intention d'éliminer Marwa et Nella.

« Je n'ai pas le souvenir qu'un kamikaze se soit jamais présenté avant un attentat terroriste », reprit Weber.

Assad hocha la tête. « Vous avez compris le message, n'est-ce pas ? Toutes ces conneries de vengeance contre les médias européens sont de la poudre aux yeux. C'est après moi qu'il en a, et je l'attends. Il joue au chat et à la souris. Mais je vais faire en sorte d'inverser les rôles, vous pouvez me croire. Quand bien même ça me coûterait la vie. »

33

Alexander

J-6

Il détestait cette sonnerie et il l'avait toujours détestée, car chaque fois que le portable de son père sonnait, sa mère et lui devaient immédiatement se faire oublier.

« Je t'ai demandé de fermer ta grande gueule quand je parle au téléphone », lui disait son père s'il avait eu le malheur de le déranger. Et ensuite il se mettait à le secouer, comme si la violence allait aider Alexander à mieux comprendre la leçon et à se la rappeler la fois suivante. Sa mère se faisait engueuler comme du poisson pourri si elle commettait le crime de démarrer un appareil ménager ou ne baissait pas instantanément le son de la radio. C'était SON portable et SA conversation, et rien ni personne n'avait de préséance sur les communications téléphoniques de son père.

Alexander avait vite compris que la majeure partie des conversations de son père étaient totalement sans intérêt et que son père n'était qu'un parvenu, imbu de lui-même, qui avait simplement besoin qu'on le prenne

au sérieux en toutes circonstances. Et voilà que les ridicules cloches de Westminster Abbey résonnaient de nouveau dans le tiroir du guéridon du couloir. Il ne put s'empêcher de sursauter, alors que la tête contre laquelle son père collait le mobile était rangée avec son regard vitreux dans le fond du congélateur coffre à une température de moins vingt degrés.

Son père ne s'était pas montré à son bureau depuis quatre jours et on avait forcément remarqué son absence. Si Alexander ne trouvait pas une excuse, l'un de ses collègues risquait de débarquer pour s'enquérir de sa santé. Bien qu'il soit très tenté de voir un de ces ronds-de-cuir vomir sur ses chaussures bien cirées après qu'il lui aurait balancé la vérité à la figure, cela compromettrait ses projets. Alexander se leva de sa chaise. Il venait de mettre en place sa stratégie pour remporter le point 2067 et trépignait d'impatience de le mettre en pratique, mais la raison fut la plus forte.

« Bonjour, est-ce que je pourrais parler à ton père ? dit la voix au téléphone.

— Malheureusement, ça ne va pas être possible. Mon père a déménagé. »

Il y eut un silence au bout du fil et Alexander sourit. S'il savait !

« Excuse-moi, mais ça ne lui ressemble pas de ne pas en avoir informé son bureau. Quand est-ce qu'il est parti ?

— Il y a quatre ou cinq jours.

— Est-ce qu'il a un nouveau numéro de téléphone ?

— Je ne sais pas, il a fichu le camp du jour au lendemain. Il paraît qu'il a une maîtresse, mais je ne connais pas les détails. Il n'est pas venu travailler ?

— Non, justement, c'est ce que je trouve bizarre. Au fait, tu es bien Alexander ?

— Oui.

— Pardon, je ne reconnaissais pas ta voix. Tu n'as aucune idée de l'endroit où il est, alors ?

— Non, aucune, il s'est tiré de la maison sans rien dire. Sa nouvelle copine lui a mis la tête à l'envers. Ma mère croit qu'ils sont partis en France parce qu'elle a un appartement là-bas.

— Et ta mère, elle est là ? Je pourrais lui parler ? »

Alexander réfléchit un instant. Ce type osait demander à parler à sa mère alors qu'il venait d'apprendre que son mari l'avait quittée sans un mot ! Quel connard !

« Ma mère n'a pas envie d'en parler, et d'ailleurs elle est en voyage d'affaires. Je suis tout seul à la maison, mais ne vous inquiétez pas, j'ai l'habitude. »

Une nouvelle pause. Le type était sonné.

« Bon, eh bien, je te remercie, Alexander. Cela me fait de la peine, ce que tu me racontes. Est-ce que tu peux dire à ta maman que je suis désolé pour vous et que nous aimerions bien en être informés lorsque vous saurez où ton père s'est installé ? »

Alexander promit, évidemment.

Il jeta un coup d'œil à sa montre. Il était 9 h 20. Dans deux heures, il ne lui manquerait plus que cinquante points pour atteindre le score qu'il s'était fixé.

Dans trente heures, sa mère rentrerait à la maison et la première chose qu'elle remarquerait serait le portable de son mari en train de charger à l'endroit où elle posait ses gants. Comme l'endroit était inhabituel, cela la surprendrait et elle l'appellerait. En général elle criait : « Chériiiii ! » une fois ou deux avant de pousser une exclamation agacée.

Ensuite elle dirait probablement : « Comme d'habitude. »

Et c'est là qu'elle se tromperait lourdement.

Alexander s'appuya un instant au dossier de son fauteuil et il regarda l'écran. Ça avait été une partie *de ouf*. Il n'avait mis que trois heures à remporter la dernière victoire et son score apparaissait là, en chiffres jaunes, verts, rouges et bleus. Des chiffres magnifiques, des chiffres impressionnants. Il était certain que personne n'arriverait à son niveau. Ses camarades pouvaient toujours se vanter d'avoir vu le Machu Picchu et les condors s'élevant dans le coucher de soleil. Lui, il n'en avait rien à foutre du Machu Picchu, d'Uluru, des pyramides et des filles qu'ils sautaient à Paris, à Amsterdam ou à Bangkok. Aucun d'eux ne lui arrivait à la cheville, aucun joueur n'était capable d'accomplir ce qu'il venait d'accomplir, et personne ne ressentirait jamais une satisfaction comparable dans quelque domaine que ce soit.

Il jeta un coup d'œil à son portable. Plus que cinquante points ! Il fallait absolument fêter ça ! Il avait besoin de dire à quelqu'un que l'échéance était proche.

Alexander rigola tout seul. Il y avait un moment qu'il n'avait pas donné de nouvelles à son policier. Le pauvre crétin devait s'inquiéter. Il l'imagina se balançant sur sa chaise, indécis. Alexander devait le consoler en lui expliquant qu'il n'y avait rien à faire et que ce qui devait arriver arriverait.

Il allait le pousser dans ses retranchements en lui donnant des détails auxquels il n'était pas préparé. Ensuite, il l'enverrait sur une fausse piste en veillant

à ce qu'elle soit à la fois plausible et complètement absurde. L'imbécile ne saurait plus que penser. Quel sentiment de pouvoir extraordinaire ! Il en avait la chair de poule.

Alexander alla chercher le numéro et se sentit tout heureux quand le type décrocha.

« Département V, Gordon Taylor à l'appareil. Ah, c'est toi, Kurt-Brian ? »

Alexander fronça les sourcils. Kurt-Brian ? Pourquoi l'appelait-il comme ça ?

« Ce serait bien si tu pouvais arrêter de nous appeler, Kurt-Brian. De toute façon, nous ne croyons pas un mot de ce que tu racontes. Tu nous fais perdre notre temps. »

Il leur faisait perdre leur temps ? Le type était devenu fou ou quoi ?

« OK, je m'en fous, appelle-moi comme tu veux. Au moins, moi, je n'ai pas un nom de *loser*. Gordon Taylor ! Non mais je rêve ! Tu viens d'où avec un nom pareil ? Tu es un pauvre petit émigré, adopté par des cons qui n'ont rien trouvé de mieux ?

— C'est possible, Kurt-Brian. Mais dis-moi, au fait, tu as décapité d'autres gens ces jours-ci ? »

Il y avait du bruit derrière lui. Quelqu'un qui lui murmurait quelque chose, une voix de femme, peut-être ? En tout cas, le policier n'était pas comme d'habitude.

« Ah, on a une souffleuse aujourd'hui, petit tailleur[1] !

— Une souffleuse ? » Puis il y eut un silence. « Mais non, je n'ai pas de souffleuse, Kurt-Brian, dit-il froidement. Et si tu ne réponds pas à ma question, je raccroche.

1. *Taylor* signifie « tailleur » en anglais.

— Passe-moi la bonne femme ou c'est moi qui raccroche. »

Une nouvelle pause.

« Je vais raccrocher ! » prévint Alexander, avant d'entendre un remue-ménage au bout du fil.

« Salut, Kurt-Brian. Je m'appelle Rose. Et tu peux faire toutes les plaisanteries que tu veux sur mon prénom, j'ai l'habitude et il y a longtemps que je ne me laisse plus atteindre par ce genre d'enfantillages. Et maintenant, tu vas répondre à la question que t'a posée Gordon. As-tu oui ou non décapité d'autres gens, ou bien est-ce que tu te contentes de te branler dans ta chambre en pensant à toutes les filles que tu n'auras jamais, petit minable ? »

Alexander buvait du petit-lait. Il savait désormais qu'on le prenait au sérieux et il en avait des fourmis partout. Personne ne pourrait jamais l'atteindre avec des mots. Son père l'avait harcelé et tyrannisé verbalement depuis qu'il était tout petit et, pendant sa scolarité, ses camarades de classe avaient fait la même chose.

Mais les mots ne sont que du vent.

« Tu tires à blanc, connasse, rétorqua-t-il. Écoute-moi ou repasse-moi Gordon.

— Je t'écoute, mais tâche d'être bref. Nous avons du boulot ici, figure-toi, et avec des affaires autrement plus importantes que la tienne. »

Pour l'instant, songea-t-il.

« J'ai un tuyau pour toi, petite fleur. On va dire que je m'appelle Logan, histoire de rester dans les prénoms anglo-saxons, et aussi que j'ai l'intention de me survivre pendant exactement une année. Tout devient plus clair, non ?

— D'accord, donc tu t'appelles Logan et pas Kurt-Brian. Ton père et ta mère ne seraient pas fans de l'Eurovision, par hasard ? »

De quoi est-ce qu'elle était en train de parler, cette folle ?

« Je vois, manifestement, tu ne connais pas Johnny Logan. J'en déduis que tu ne t'appelles pas réellement Logan ! »

Alexander rit à gorge déployée. La femme continuait à l'interroger sur son nom, et pendant ce temps il se tordait de rire. C'est simple, il jubilait autant que lorsqu'il avait remporté son deux mille soixante-septième point.

« Il ne me manque plus que cinquante points avant d'atteindre mon score et j'ai l'intention de les gagner cet après-midi, alors je me suis dit que j'allais fêter ça avec vous. Moi je vais boire un petit Coca pour l'occasion, mais je ne vous empêche pas de boire du champagne ou autre chose qui vous ferait plaisir.

— Tu rêves, Kurt-Brian Logan, dit la femme. Nous n'avons pas pour habitude de boire avec les fous.

— Soit. Et je te félicite d'avoir compris que Logan était un nom de famille. Bien vu, pâquerette. Et en ce qui concerne la question qui vous obsède tellement, la réponse est non. La prochaine décapitation n'aura lieu que demain soir, vers 18 heures. *Bye bye, Mummy !* »

34

Rose

J-6

« Tu crois qu'il nous aurait volontairement donné un indice ? suggéra Gordon après qu'ils eurent écouté deux fois l'enregistrement.

— J'en ai bien l'impression. En tout cas, dire qu'il avait l'intention de se survivre pendant au moins un an était vraiment très étrange.

— Il m'a donné des frissons. Il va réellement mettre sa menace à exécution et décapiter quelqu'un d'autre demain, à ton avis ?

— J'en ai peur, et apparemment ce sera sa mère, cette fois. Comme ça, il se sera débarrassé de ses deux parents et il n'y aura plus personne pour l'empêcher de s'en prendre au reste du monde.

— Faire ce qu'il a promis et tuer des passants au hasard quand il aura atteint le score de 2117 dans son jeu vidéo, tu veux dire ?

— Oui. Un pauvre imbécile à l'esprit dérangé.

— Est-ce qu'il ne serait pas temps de mettre quelqu'un d'autre sur cette affaire, Rose ? Je n'aime

pas l'idée qu'on soit juste toi et moi à porter une telle responsabilité. Tu te rends compte s'il le faisait réellement ? Marcus nous a bien dit de contacter le renseignement, non ? »

Elle le regarda longuement. En tout cas, la tâche serait trop lourde pour elle toute seule si Gordon craquait au beau milieu de l'enquête. Mais à qui pourraient-ils demander de l'aide ? La brigade criminelle avait le nez dans le guidon. Trop de fusillades et trop de morts dans les rues de Copenhague drainaient les ressources humaines du département. Et pour l'instant, Gordon et elle ne travaillaient que sur des suppositions. Le garçon n'était pas bien dans sa tête, cela ne faisait aucun doute, mais son plus grand crime n'était-il pas seulement d'avoir un peu trop d'imagination ? Ne s'agissait-il pas uniquement d'une plaisanterie téléphonique un peu trop poussée, imaginée par un esprit malade et méritant d'être traitée par le mépris ?

« OK, répondit-elle pour le rassurer. Je vais prévenir les services secrets, même si Carl déteste qu'ils viennent fourrer leur nez dans les affaires du département V.

— Et s'ils s'en mêlent ?

— Eh bien ils s'en mêleront ! On pourra toujours continuer à travailler de notre côté, pas vrai ? »

Il hocha la tête.

Je vais vraiment devoir appeler la PET, songea Rose. Mais pas tout de suite.

« Le garçon ne mentionne pas d'autres membres de sa famille. Tu crois qu'il est fils unique ? demanda Gordon, histoire de reprendre le fil.

— Sûrement. Moi je dirais qu'on a affaire à un garçon dysfonctionnel qui a eu une enfance pourrie.

— Mais pas parce qu'ils étaient pauvres ?

— Non, certainement pas ! Au contraire, il me fait penser à ces gosses qui ont compensé un manque d'amour et d'attention en restant scotchés nuit et jour à leur ordinateur. Il n'y a que les gens qui n'ont pas besoin d'aller gagner leur vie qui peuvent s'offrir le luxe de faire ça.

— Tu en es sûre ? Ça ne pourrait pas être quelqu'un qui touche le minimum social et passe son temps à glander devant des jeux vidéo ?

— Je ne crois pas. Son vocabulaire et sa façon de parler indiquent qu'il vient d'un milieu dans lequel on s'efforce de sauvegarder les apparences.

— Je ne comprends pas ce qu'il a voulu dire par : "se survivre pendant une année" ? Ça a quelque chose à voir avec le nombre 2117, tu crois ?

— Je n'en sais rien. Peut-être que cette coïncidence avec la victime sur l'île de Chypre nous a induits en erreur. En théorie, il pourrait aussi s'agir de l'année 2117. » Utilisant une méthode de numérologie, Rose réduisit le nombre 2117 à un seul chiffre, c'est-à-dire 2. Est-ce que cela ferait simplement référence à ses deux parents, son père et sa mère, qu'il a résolu de tuer ? se demanda-t-elle. Mais dans ce cas, il ne claironnerait pas qu'il a l'intention d'en tuer d'autres !

« Il a eu une réaction marquée quand tu as cité la noyée ? » dit-elle à haute voix.

Gordon haussa les épaules. « Difficile à dire. Il s'est tu.

— Hum ! Alors, admettons qu'on se soit trompés et qu'il s'agisse d'une année, qu'est-ce qu'on peut en déduire ?

— Qu'elle est située loin dans le temps.

— Essaye de faire une recherche Google sur le nombre 2117.

— Comment ça ?

— Tu tapes le nombre, c'est tout !

— En chiffres ou en lettres ? »

Elle pointa du doigt les chiffres à droite du clavier et il obtempéra.

« Hormis que c'est le nom choisi par les médias pour désigner la femme de Chypre, 2117 est également une marque de vêtements suédoise, annonça-t-il au bout de quelques secondes. Et le nom d'un astéroïde. En fait, il y a plein de réponses.

OK, on s'égare. Alors tape : "année 2117". »

La réponse s'afficha à l'écran deux secondes plus tard.

« Je tombe sur un article du tabloïd *BT* qui dit que six cent mille personnes pourront aller s'installer sur Mars en 2217, mais le moteur de recherche se trompe de cent ans, ça ne marche pas. »

Rose secoua la tête, excédée. Pendant combien de temps allait-on continuer à les bassiner avec toutes ces conneries ? Déménager sur Mars ! N'importe quoi. La colonisation de l'espace était une utopie. C'était un honteux gaspillage de rêves, d'espoir et d'argent que de faire croire ça aux gens.

Elle réfléchit un petit moment tandis que Gordon continuait à lire des prophéties de fin du monde pour le siècle à venir.

« Tu trouves quelque chose ?

— Seulement des histoires d'apocalypse. En revanche, il y en a des pages et des pages. C'était peut-être

une métaphore. Il voulait peut-être dire que le monde va s'arrêter pour lui.

— Ouais, je ne sais pas trop. Si c'était ça, il aurait pu faire référence à n'importe quelle autre année. Essaye de taper “Logan 2117”, maintenant. »

Il se remit à pianoter.

Rose avait le visage collé à l'écran quand les doigts de Gordon restèrent brusquement suspendus au-dessus des touches. « Bingo ! s'exclama-t-il. Il y a un film hollywoodien avec Hugh Jackman sorti en 2017 qui s'intitule *Logan*.

Sacrée coïncidence, mais là, ça fait cent ans de moins, tu t'es trompé de date, Gordon. Recommence avec le bon nombre, s'il te plaît. Tu écris “2117” et ensuite “Logan”. »

Il recommença.

« D'accord ! s'exclama-t-il en éclatant de rire. Alors maintenant on a des tas de Logan Avenue 2117 aux USA ! Ça te paraît plus utile ? »

Rose poussa un soupir. « Combien il y en a ? »

Il survola la page. « Plusieurs centaines, je dirais.

— OK, laisse tomber. »

« J'ai mal aux pieds », se plaignit Gordon.

Rose baissa les yeux vers ses baskets et bénit le ciel pour cette invention. Elle allait beaucoup mieux depuis qu'elle ne restait plus enfermée chez elle et elle se sentait capable de continuer à écumer le quartier pendant des heures s'il le fallait, même si la démarche commençait à lui sembler un peu vaine. Ils étaient tombés sur quelques coiffeurs qui avaient l'impression de reconnaître le garçon représenté sur le portrait-robot, mais aucun ne prétendit lui avoir déjà coupé les cheveux.

L'un d'entre eux demanda si par hasard il ne serait pas mannequin chez Copenhagen Models.

Un marchand de vêtements pressé regretta qu'on ne voie que son visage tandis qu'un couple qui faisait ses courses dans le même magasin affirmait l'avoir vu dans un film suédois qui se passait sur une île au large de Stockholm.

« Bien sûr que je le reconnais, c'est mon fils », dit une passante très ridée en éclatant de rire. Son haleine sentait fortement l'alcool.

Au bout de trois heures, Gordon et Rose durent admettre qu'ils n'avaient pas avancé d'un pouce. Le quartier où le jeune assassin avait acheté les cartes de téléphone n'était de toute évidence pas celui dans lequel il traînait quotidiennement.

« Tu es sûre que ça vaut la peine de continuer ? » demanda Gordon.

Rose contempla la forêt de panneaux de signalisation du boulevard Frederikssund et sa myriade de vitrines éclairées.

« Il faudrait une armée pour sonner à toutes les portes. On n'y arrivera jamais en deux jours.

— On pourrait envoyer un mail avec le portrait en pièce jointe à tous les établissements scolaires à plusieurs kilomètres à la ronde, comme Carl l'a suggéré. Tu ne trouves pas qu'on devrait faire ça, plutôt ?

— C'est moi qui l'ai proposé. Le problème de ce portrait-robot, c'est que si Marcus ne veut pas qu'on le diffuse, la seule solution qu'on a est de l'expédier par mail à des destinataires ciblés. » Elle haussa les épaules et sortit de sa poche son téléphone qui vibrait.

« Oui, allô, Rose Knudsen, assistante enquêtrice en

bas de l'échelle salariale, dit-elle avec un sourire ironique qu'elle effaça aussitôt.

— Oh non, Assad, non, non, non ! répéta-t-elle plusieurs fois. À Francfort aussi ? » Elle hocha la tête, puis la secoua, écoutant sans rien dire.

Gordon la tira par la manche et désigna l'icône du haut-parleur.

Elle appuya dessus. « Gordon t'écoute en même temps que moi, prévint-elle. Alors vous allez faire quoi, maintenant ? »

Ils entendaient à la voix sourde d'Assad à quel point il était bouleversé. Contrairement à son habitude, il n'essayait même plus de construire des phrases ou de faire attention à son vocabulaire.

« On attend. Qu'est-ce que tu veux qu'on fasse d'autre ? dit-il d'un ton las. Je ne peux pas m'empêcher de me demander à chaque seconde qui passe où sont Marwa et Nella en ce moment, ni de m'imaginer ce que Ghaalib est en train de leur faire. Cette histoire me tue à petit feu, Rose.

— Vous n'avez aucune idée d'où ils se trouvent ?

— Aucune. C'est épouvantable ! Les services secrets ont inséré un traceur GPS dans le portable du journaliste qui fonctionne sur la batterie, que le téléphone soit allumé ou pas. Mais le signal a disparu peu après qu'ils ont quitté l'hôpital.

— Et les brigades d'intervention ?

— Tout le monde est à fond. Il y a plusieurs centaines d'agents à leur recherche. Toutes les villes d'Allemagne sont en alerte attentat.

— Je ne comprends pas, Assad. Ghaalib devrait être facile à reconnaître avec la gueule qu'il se trimbale.

— Je sais que tu essayes de me donner un peu d'espoir, Rose, et je t'en remercie. Mais avant que nous arrivions à l'hôtel où nous sommes, un technicien a trouvé un mouchoir avec du maquillage dessus. Ils ont tous cru que c'était une des femmes qui s'était maquillée avec du fond de teint clair pour se faire passer pour une Occidentale, mais Carl et moi avons tout de suite pensé à autre chose.

— Ghaalib dissimulerait ses cicatrices ?

— Évidemment qu'il les cache. »

Rose convoqua Gordon du regard, c'était à son tour de trouver une parole d'encouragement.

« Euh, Assad, Gordon à l'appareil, dit-il. On a un souci, là, avec le portrait-robot. Personne n'a l'air de le connaître, le gars. »

Rose secoua la tête. Ce garçon était désespérant. Elle lui prit le téléphone des mains.

« Désolée, Assad, c'est Rose de nouveau. Tu as des problèmes plus graves à gérer, mais je suis sûre que Carl et toi allez avoir une idée qui vous remettra en selle. Si je peux faire quoi que ce soit, surtout, n'hésitez pas.

— C'est le cas.

— Tout ce que tu veux, Assad. Dis-moi !

— Je voudrais que vous diffusiez un communiqué de presse à tous les grands quotidiens européens. Il doit contenir les mots suivants : Zaid al-Asadi a bien reçu le message de Ghaalib. Il est à Francfort, installé à l'hôtel Maingau, Schifferstrasse, et il l'attend.

— Tu crois vraiment que c'est une bonne idée ? lui demanda Rose. Est-ce qu'en lui faisant savoir où tu es tu ne risques pas de mettre la vie de Marwa et de Nella en danger ? Excuse-moi de te parler aussi franchement,

mais à quoi ça lui sert de les garder vivantes, une fois qu'il t'a trouvé ? »

La réponse vint très doucement. « Pendant seize ans, Ghaalib n'a pas su où je me cachais. Il comprendra que si je lui donne cette information, c'est que j'ai une idée derrière la tête. Il sait que je le cherche aussi et que j'ai un plan. Je vais prendre une chambre à l'hôtel, ça, il n'aura aucun mal à le faire vérifier par ses hommes, mais je n'y serai que dans quelques jours. Alors il va se dire que je suis quelque part dans le coin et que je surveille ses sbires dans l'intention de les suivre afin qu'ils me mènent jusqu'à lui. Et c'est exactement ce qu'il espère parce qu'il croit que ça va lui permettre de contrôler la situation. C'est comme ça que fonctionne le jeu du chat et de la souris dans son monde à lui. Il va savourer l'excitation et l'attente parce qu'il a maintenant la certitude que je souffre atrocement. Et tu peux être sûre qu'il va garder Marwa et Nella en vie aussi longtemps que possible. La seule chose que je crains, c'est de ne pas arriver jusqu'à lui avant l'attentat qu'il prépare. Mais je dois respecter le plan des Allemands et il y a des tas de détails à préparer avant. »

« Tu as fini, Gordon ? »

Rose pointa du doigt la feuille posée sur son bureau.

« Oui, le message d'Assad a été envoyé à environ cent médias européens. Sur le tas, il y en a bien quelques-uns qui vont le publier. »

Elle lut le texte et acquiesça.

« Vu le titre, je pense que tu peux y compter. Bravo, Gordon, c'est du bon boulot, dit-elle en lui donnant une tape sur l'épaule. Entre-temps, j'ai réfléchi à ce garçon

qui se fait appeler Logan et je crois que j'ai trouvé quelque chose.

— Mais encore ?

— Il veut se survivre à lui-même une année, d'accord ? Pourquoi crois-tu qu'il nous ait dit ça, Gordon ? Imaginons que cette année-là soit 2117 ? C'est une possibilité, non ? Tu me suis ? »

Il haussa les épaules. Il ne savait pas du tout où elle voulait en venir.

« Mais si, regarde. Si en 2117, il s'est survécu un an, cela nous ramène à 2116, un présent fictif, si tu veux ! Alors tape "2116", à la place.

Tu ne crois pas que c'est un peu tiré par les cheveux ?

— Tape et ne discute pas. Tape "Logan 2116" ! »

Il s'exécuta.

« J'ai presque les mêmes résultats qu'avant, Rose.

— Presque, en effet. Regarde en bas. Il y a écrit "*Logan's Run*" sur Wikipédia.

— Exact. » Il ouvrit la page et hocha la tête, impressionné.

Rose lut à haute voix. « "*Logan's Run*. Un roman de William F. Nolan et de George Clayton Johnson publié en 1967. Les deux auteurs y décrivent un futur dystopique situé en 2116, dans lequel l'explosion démographique est contrôlée par l'élimination des jeunes gens lorsqu'ils atteignent leur vingt et unième année. Le roman a été porté à l'écran en 1976 et dans l'adaptation pour le cinéma on ne les tuait qu'à trente ans." Je crois que le type fait référence au bouquin, tu ne vois pas que ça colle ?

— Euh, si. Parfaitement. C'est bien vu, Rose, mais tu penses qu'il a cherché à nous dire quoi, avec ça ?

— Son âge, Gordon. Il nous a donné un indice limpide pour calculer son âge. S'il s'est survécu à lui-même un an dans le monde de Logan, cela signifie qu'il a vingt et un ans plus un, n'est-ce pas ? Oui, je sais que ça paraît compliqué. Mais ça correspond assez bien à sa façon de penser, non ?

— Donc il aurait vingt-deux ans ?

— Putain, tu es vif, aujourd'hui, Gordon. Oui, c'est exactement ça ! Il a vingt-deux ans. C'est-à-dire qu'il est un peu plus vieux que nous le pensions. Ça y est, c'est parti, Gordon ! C'est parti ! »

35

Joan

J-6

Elles sont belles, songea Joan.

Une magnifique peau dorée, des lèvres rouges, des formes rondes de femmes mûres mises en valeur par des tenues d'une élégance discrète. Elles auraient pu passer pour n'importe quelles grandes bourgeoises avec cette apparence, ou pour des intellectuelles bardées de diplômes, des artistes renommées. Mais décidément, l'habit ne fait pas le moine car personne parmi tous ceux qui séjournaient dans cette maison ne s'était comporté de manière aussi grossière et sadique que ces deux femmes.

Ils n'étaient pas réunis depuis une heure dans la maison de Francfort que déjà ces deux furies étaient venues lui cracher au visage parce qu'il avait failli les faire démasquer dans le camp de Menogeia. Apparemment, l'une des deux parlait l'allemand sans accent et l'autre le français avec un accent, mais couramment, comme si elle venait de Suisse ou bien du Luxembourg. C'était celle qui parlait le français que Joan comprenait le

mieux, ce qui était souvent le cas pour les Catalans. En revanche, c'était aussi la pire des deux, la pire de tous, même. La première fois qu'elle lui avait paralysé le visage avec une injection de Botox, elle l'avait piqué si profondément qu'il aurait hurlé s'il l'avait pu. Et il savait qu'elle l'avait fait exprès. Malheureusement, la voie veineuse, toujours reliée au dos de sa main, lequel commençait à s'infecter à l'endroit où entrait le cathéter, diffusait un produit qui anesthésiait le centre de la parole dans son cerveau et presque toute sa motricité. Il arrivait encore à contrôler ses yeux et à tourner un peu la tête, mais c'était tout. Alors quand, parfois, ils se mettaient à le frapper, il était incapable de parer les coups.

Étrangement, Ghaalib était le seul à prendre soin de lui, et Joan ne comprenait pas pourquoi. Sa mission était pourtant terminée. Pourquoi continuer à s'encombrer de lui alors qu'il aurait pu le tuer ? Joan avait peur, bien entendu, mais sa paralysie le rendait passif, indifférent, et lui enlevait toute combativité.

Les hommes ne lui adressaient pas la parole. Certains d'entre eux ne parlaient que l'arabe, mais avec une passion remarquable. Quelques membres du groupe semblaient éteints et apathiques, tandis que d'autres se comportaient comme s'ils avaient déjà les clés du paradis. Il aurait donné cher pour comprendre ce qu'ils disaient.

Le bus vint se garer devant la maison de Francfort très tôt le matin.

Ils le hissèrent à bord et le poussèrent dans l'allée centrale. Joan se retrouva dos au sens de la marche. Seules les deux femmes qui avaient décidé de le tyranniser

étaient assises à l'arrière, face à lui. Manifestement, elles avaient pour mission de le surveiller pendant tout le voyage et de s'assurer qu'il reste dans le même état d'abrutissement.

Il évita de les regarder et, même quand il commença à sentir un engourdissement dans les jambes et dans une partie du buste, il veilla à ne pas montrer de réaction. Bien qu'à certains moments la douleur soit à la limite du supportable, il se contentait de rester immobile et de fixer le fond de l'autobus, où la vitre arrière et les deux dernières rangées de sièges étaient dissimulées par un épais rideau opaque.

Au bout de deux heures de route, le jour commença à poindre. La circulation devint plus dense. Une journée comme les autres venait de commencer pour des Allemands normaux, et Joan les enviait terriblement. Tout aurait été tellement plus simple s'il avait mis fin à ses jours dans les vagues de Barcelone une semaine plus tôt.

Lorsqu'une voiture les dépassait, il regardait ses passagers avec insistance. Eh ! pensait-il, vous ne voyez pas qu'il y a quelque chose de louche, ici ? Vous ne voulez pas appeler la police et leur dire que vous avez vu un bus qui vous semblait suspect ?

Quand il fit entièrement jour, il remarqua le miroir suspendu au plafond au-dessus de la dernière portière. Dans la surface concave de la glace, il vit son reflet et comprit l'indifférence des gens. On croise un bus d'handicapés et on détourne les yeux en apercevant un être incapable de communiquer et de bouger… C'était humain, n'est-ce pas ? À présent, il était l'un de ces

pauvres hères, si pâle qu'on aurait pu croire que le soleil ne se levait jamais sur Barcelone, et si immobile qu'on pouvait légitimement se demander s'il était éveillé ou endormi. Si désespérément anonyme et impuissant dans la chemise d'hôpital qu'ils ne lui avaient pas enlevée.

Bref, il était inutile d'attendre une aide extérieure durant ce voyage, qui serait certainement son dernier. Il n'attirerait plus l'attention de personne dans le monde réel et, à l'instar de tous les autres passagers de ce bus, il se dirigeait tout droit vers le destin que Ghaalib avait choisi pour eux.

Joan leva les yeux. Par l'intermédiaire du miroir du fond, il observa le chauffeur. Il n'était qu'un point minuscule au loin mais ce point était le seul à pouvoir mettre fin à cette histoire. Il pouvait descendre du car sur une aire de repos et appeler la police. Il avait le pouvoir d'arrêter tout ceci. Mais le point resta là, comme une mouche posée à la surface du miroir, y compris quand une partie des passagers descendirent pour aller aux toilettes.

Qu'est-ce que ce chauffeur avait dans la tête ? Il devait bien voir qu'il y avait quelque chose qui ne tournait pas rond ! Il fallait qu'il comprenne que ces deux pauvres femmes paralysées, posées dans leur fauteuil roulant à l'avant du bus, n'avaient rien à voir avec le reste du groupe ! Il allait remarquer la panique dans leurs yeux ou sentir que chaque fibre de leur corps envoyait des appels au secours.

Ou alors cela lui était égal.

Joan plaignait terriblement ces deux femmes. Il avait été bouleversé de les entendre pleurer et supplier lorsque les deux horribles furies complices de Ghaalib étaient

entrées dans leur chambre pour les martyriser. Il n'avait pas vu les horreurs qu'elles leur avaient fait subir, mais s'imaginait que cela avait dû être semblable à ce qu'il avait supporté. On les avait probablement bourrées de somnifères, car il n'avait pas entendu le son de leurs voix quand le car était arrivé, et elles n'avaient rien dit non plus quand ils étaient tous montés à bord.

Et bien entendu, le chauffeur du bus, le petit point dans la glace, ne leur était pas venu en aide. Car il faisait évidemment partie de l'organisation.

Le deuxième jour, dans la maison de Francfort, les furies avaient tiré les deux femmes de la chambre où elles étaient enfermées et elles les avaient emmenées dans la salle de bains pour les laver et les préparer. À elles aussi, on avait mis des vêtements occidentaux pour qu'elles passent inaperçues. Mais qu'elles soient déguisées ou pas, Joan se sentait une étrange et puissante affinité avec elles. Il mit un certain temps à s'expliquer ce sentiment, car la reconnaissance peut parfois être un processus lent et compliqué.

Quand enfin Joan comprit que ces deux femmes étaient les mêmes que celles qu'il avait photographiées sur la plage à Ayia Napa, il prit conscience de la gravité de la situation.

De nouveau, des questions dont il n'était pas sûr d'avoir envie de connaître les réponses se bousculèrent dans sa tête. Pourquoi les deux pleureuses de la plage avaient-elles atterri ici contre leur gré, et pour quelle raison les droguait-on ? Pourquoi Ghaalib l'avait-il enlevé ? Et dans quel but le gardait-il en vie ?

Peu à peu, l'histoire de ces migrantes prit forme dans son esprit. Comme les autres, elles avaient risqué leur

vie en mer pour fuir la Syrie, l'endroit de la planète le plus invivable et le plus effrayant. Dans ce pays ravagé par la guerre et en plein chaos, elles avaient été témoins de choses que l'être humain ne peut ni accepter ni comprendre. Elles avaient failli mourir en Méditerranée et avaient perdu de mort violente une personne qui leur était proche, la victime 2117. En les découvrant, trempées et épuisées sur la plage aux côtés de Ghaalib, il avait tout de suite eu l'impression qu'elles ne se trouvaient pas là volontairement, et c'était aussi contre leur volonté qu'elles étaient venues à Francfort. Joan arriva à la conclusion que ces femmes désespérées étaient ses uniques alliées dans cet autocar. Otages de Ghaalib, comme lui, et soumises à son bon vouloir.

Siège après siège, il dénombra les nuques des passagers et tenta de reconnaître les individus qu'il avait vus dans la maison de Francfort. La tâche n'était pas aisée à cause des mouvements du bus et du miroir qui déformait les images et les rapetissait, à l'exception de Fadi, identifiable à ses éternuements répétitifs. Il reconnaissait aussi Ghaalib sur un siège à l'avant, tout près du chauffeur.

Joan n'avait aucune idée de leur destination mais il pouvait lire le nom des villes qu'ils traversaient grâce aux panneaux de la voie opposée, qui disparaissaient au loin aussi vite qu'ils étaient apparus. Ne connaissant pas la région, cela ne lui servait pas à grand-chose.

« Kirchheim 5 » fut le premier panneau qu'il aperçut alors que le jour commençait à se lever. Puis « Bad Hersfeld 5 ». Enfin, après qu'il se fut assoupi un moment, il vit qu'ils venaient de passer la ville

d'Eisenach. Si seulement ces noms lui avaient dit quelque chose ! À ses yeux, ils n'étaient que d'inutiles points de repère dans un rêve dont il savait qu'il allait bientôt devenir un cauchemar. Soudain, Joan écarquilla les yeux. « Weimar ». Il avait déjà entendu ce nom-là. Il s'efforça de faire fonctionner sa mémoire. « La république de Weimar ». Ce n'était pas un lieu, c'était le nom qu'on avait donné au régime allemand, entre les deux guerres. Quant aux autres villes qui s'éloignaient, « Jena », « Eisenberg », « Stössen », où se trouvaient-elles ? Ce ne fut qu'en lisant « Leipzig 10 » que la carte d'Allemagne commença à se dessiner. Étaient-ils à mi-chemin de leur destination finale ? Il avait l'impression de sentir le piège s'ouvrir devant eux. Avaient-ils le moindre espoir de sortir vivants de ce voyage en enfer ? Il en doutait fort.

Le bus s'arrêta une fois encore sur une petite aire déserte dans une zone boisée. Quand tout le monde fut revenu à sa place, une silhouette imposante se dressa dans les premières rangées de sièges et se retourna.

Dans le miroir, Joan reconnut Hamid, l'homme à la coupe en brosse. Il le vit tendre les deux mains devant lui en signe de salut, puis prononcer ce qui ressemblait à une courte prière. Ensuite un flot de paroles se déversa de sa bouche. Joan ne comprenait pas les mots, mais il vit que tout le monde se taisait pour l'écouter avec ferveur. Les yeux des deux furies à l'arrière du car se plissèrent, comme si elles devaient se concentrer pour comprendre chaque mot. Le message devait pourtant être clair car soudain un tonnerre d'applaudissements et de hululements éclata comme s'il s'agissait de la meilleure des nouvelles.

Les deux démons femelles échangèrent un regard, hochèrent la tête, et Joan fut surpris de les voir se prendre les mains et les serrer mutuellement, avec une évidente complicité. Apparemment bouleversées par le discours de Hamid, elles versèrent des larmes de joie. Quelque chose en elles s'était libéré et, plus détendues qu'avant, elles commencèrent à se parler.

Joan ferma les yeux et essaya de suivre la conversation.

Leur langue commune était un mélange d'allemand et de français où venait se glisser de temps en temps un mot d'arabe, de sorte que, si Joan ne comprit pas tout, il saisit l'essence du dialogue, et cela lui suffit.

Quand il les entendit exprimer leur impatience de suivre leurs compagnons au septième ciel, où un seul jour en durait mille, où n'existaient ni chagrin, ni peur, ni honte, Joan en eut des sueurs froides. Elles appelaient cet endroit le paradis ou Jannah, et leurs yeux brillaient d'un bonheur si sincère et si pur que Joan les envia secrètement dans son cœur. Mais leur joie le plongea également dans une terreur profonde.

Elles s'appelaient mutuellement soldates de la guerre sainte et semblaient brûler d'impatience de pouvoir accomplir leur mission divine. De nouveau, elles saisirent leurs mains, comme des sœurs depuis longtemps séparées et enfin réunies.

« Nous atteignons enfin le but de notre existence », disaient-elles, ce qui confirma les pires doutes de Joan : chaque ville qu'ils laissaient derrière eux les rapprochait de leur trépas à tous.

Joan s'empressa de détourner les yeux quand, aussi simultanément que des sœurs siamoises, elles mirent fin

à leur épanchement euphorique et reprirent conscience de la tâche qui leur avait été confiée.

« Tu crois qu'il a entendu quelque chose ? » dit l'une d'elles en chuchotant.

Oui, Joan avait tout entendu et il était en train d'essayer de reprendre le contrôle d'au moins quelques-uns de ses muscles. Ses geôliers étaient si confiants dans l'effet des substances qu'ils lui injectaient qu'ils ne s'étaient pas donné la peine de l'attacher à son fauteuil. S'il pouvait tendre son bras gauche de quelques millimètres et faire ressortir légèrement l'aiguille plantée dans le dos de sa main, ou bien décrocher le cathéter auquel elle était fixée, son engourdissement s'atténuerait peut-être suffisamment pour qu'il soit capable d'ameuter du monde la prochaine fois que le bus ferait une halte.

Joan ferma les yeux et se concentra sur son bras. Ne parvenant pas à le sentir, il fit la même chose avec son poignet, sa main et ses doigts. Mais tout son corps semblait être fait de chair morte.

Le voyant assis là, inerte, apparemment loin de la réalité, les deux pasionarias se remirent à chuchoter. L'une d'elles affichait le plus étrange sourire que Joan ait jamais vu.

Elles se réjouissaient à l'idée de ce qui allait bientôt arriver. Apparemment, le projet était de se mêler à la foule des « touristes » et d'envoyer des centaines d'entre eux en enfer. Elles parlaient de Ghaalib, leur guide spirituel, avec tant de chaleur et d'affection qu'on aurait pu croire qu'elles étaient aussi ses maîtresses. La pensée que cet homme serait là pour contempler leur ultime sacrifice donnait à leur voix une note de dévotion. Un

appel à la miséricorde monta comme un cri silencieux à l'intérieur de Joan.

Quelques minutes plus tard, tous les occupants des sièges derrière lui s'étaient agenouillés dans l'allée centrale en position de prière. Ses deux surveillantes parurent elles aussi se recueillir, et Joan en profita pour tourner la tête vers la vitre et regarder la route avec attention.

Avec une sorte de détermination, les voitures les dépassaient comme des nuées d'oiseaux migrateurs, conduisant leurs passagers vers leurs tâches quotidiennes. Dans certains véhicules, il voyait des enfants, sur la banquette arrière, que leurs parents emmenaient à l'école ou à quelque autre activité. Parfois, il croisait le regard d'un gamin curieux, le nez collé à la vitre, mais rapidement l'enfant se détournait.

Alors Joan se mettait à loucher ou à tourner ses yeux dans leurs orbites, il leur adressait un clin d'œil mais ne recevait en retour qu'un sourire.

Pourquoi auraient-ils réagi différemment ?

Allez, regarde-moi bien, suppliait-il intérieurement. Mais les enfants restaient indifférents. Comment auraient-ils pu deviner que bientôt il entraînerait peut-être des dizaines de personnes avec lui dans la mort ?

« Mesdames et messieurs, nous voici arrivés à Berlin, notre destination », lança le chauffeur. Certains applaudirent tandis que le car traversait des quartiers résidentiels sans âme, n'évoquant en rien une capitale ou une mégalopole.

Quelque part au milieu du labyrinthe d'immeubles, près d'un terrain de jeux, ils abandonnèrent le bus le long d'un trottoir, sur plusieurs places de stationnement.

Ses compagnons de voyage lui firent alors l'impression d'être des sortes d'aliens débarqués sur Terre. Ils se déplaçaient lentement, le regard vide, tels des zombies. On aurait dit des jouets télécommandés avançant sur une chaîne de montage.

Quand on les eut tous emmenés par petits groupes dans des voitures particulières, un fourgon pour handicapés vint les chercher, lui et les deux femmes en fauteuil. C'était Hamid qui dirigeait les opérations, et Joan en déduisit qu'il était essentiel que cette phase de leur voyage se déroulât sans incident.

Comme précédemment, ils le placèrent dans l'allée centrale, mais en face des deux pauvres femmes. Ainsi, il put voir de plus près leurs visages et leurs yeux emplis de frayeur.

Malgré sa paralysie, la plus âgée tenta en vain de tourner la tête vers la plus jeune pour lui transmettre son amour. La jeune femme réussit à vriller légèrement le cou et fixa d'un regard éperdu la joue de la plus âgée. Elles se ressemblaient tant qu'il jugea qu'elles devaient être mère et fille. Mais que faisaient-elles ici ?

C'est dans l'allée centrale de ce fourgon qu'il comprit l'étendue de la tragédie à laquelle il était mêlé. Ces deux femmes allaient faire office d'agneaux du sacrifice dans cet attentat au nom de la guerre sainte – et lui aussi.

Il perçut un remue-ménage. Sous les ordres et les cris de Hamid, deux hommes se démenaient à l'arrière du car blanc. Il les vit abaisser une plate-forme, puis descendre une énorme caisse qu'ils ouvrirent avant de vider son contenu enveloppé dans du plastique. Puis ils chargèrent le tout dans leur fourgon. Une série de secousses

l'informa que le chargement était maintenant en place et qu'ils avaient démarré. Joan osait à peine penser à ce que le paquet devait contenir.

Pendant dix minutes, ils sillonnèrent les rues de Berlin. Lorsque à la faveur d'un feu rouge ils s'arrêtèrent devant un marchand de journaux pour immigrés avec des caractères arabes inscrits en travers de la devanture, le regard de Joan fut attiré par la première page d'un quotidien exposé sur un présentoir devant la vitrine.

Joan ne put pas lire le gros titre mais la photo en dessous était un portrait de lui, souriant, comme le photographe de *Hores del Día* le lui avait demandé le jour où il l'avait prise.

Joan inspira à fond. On était donc à sa recherche. Cela signifiait-il qu'il y avait de l'espoir ?

Il n'était pas arrivé au bout de cette pensée qu'on lui passait un sac sur la tête.

36

Carl

J-5

Carl regardait Assad avec inquiétude. Ce dernier avait le teint grisâtre et aucune esquisse de sourire n'éclairait son visage. Tel un soldat souffrant de stress post-traumatique, il sursautait au moindre bruit. Manifestement, l'attente n'était pas loin de le rendre fou.

« Je me sens comme quelqu'un qui ferait un mauvais rêve dans lequel il regarderait sa bien-aimée gravir les marches de l'échafaud. » Ses lèvres tremblaient. « Mais le pire, c'est que tout cela est bien réel, Carl. C'est en train de se passer en ce moment et moi, qu'est-ce que je fais ? Rien. Parce qu'il n'y a rien à faire. »

Les yeux de Carl se posèrent un instant sur le paquet de cigarettes de Weber. Il n'avait jamais eu autant envie de recommencer à fumer. Il saisit le bras d'Assad, lourdement appuyé sur la table, et le serra fort.

« Ce n'est pas vrai que tu ne fais rien, Assad. Tu fais exactement ce que Ghaalib veut que tu fasses et tu es même allé au-delà. Tu t'es dévoilé et tu l'as provoqué.

Maintenant il sait que tu es prêt à rentrer dans son jeu et aussi que tu es ici, à Francfort. Vous avez entamé un rapprochement. Et effectivement, il n'y a rien d'autre que tu puisses faire pour le moment.

— Je le tuerai à la première occasion, Carl, dit-il, la voix rauque. Il y a tant de choses dont je dois me venger.

— Oui, Assad. Mais fais attention, s'il te plaît. Garde la tête froide, sinon c'est lui qui risque de tenir le couteau du côté du manche. »

Assad se tourna vers l'écran que la police avait installé à la demande des agents des services secrets. Ils attendaient depuis trop longtemps qu'il se passe quelque chose et Carl pouvait se mettre à sa place. Il y avait vraiment de quoi devenir fou.

Un quart d'heure plus tard, Herbert Weber revint enfin, suivi par un groupe d'hommes vêtus de noir qui, la corpulence mise à part, lui ressemblaient en tous points.

« Messieurs, dit-il quand tout le monde fut assis, la situation est la suivante : nous pensons avoir à peu près déterminé où se trouvait le groupe terroriste. Deux policiers ont fait le guet près de la maison où ils avaient séjourné et ils ont intercepté un dénommé Florian Hoffmann, un jeune homme de dix-sept ans, livreur de journaux à bicyclette. Il leur a raconté que dans la nuit d'avant-hier, un bus est venu se garer en marche arrière devant la maison pendant qu'il livrait son journal au voisin d'en face. »

Carl vit que dans la pièce tout le monde poussait un soupir de soulagement. Enfin ils avaient un élément concret sur lequel travailler. Il ferait peut-être bien d'en informer Marcus Jacobsen. « Il faisait encore nuit,

poursuivit Weber, et Florian n'a pas noté de détail particulier sur le bus, mais il a vu qu'il était blanc et, quand il est passé à côté, il a remarqué qu'il était équipé de ce type de monte-charge qu'on utilise pour les handicapés. Mes confrères de Francfort lui ont montré plusieurs photos de plates-formes élévatrices pour autobus et il est à peu près convaincu qu'il s'agissait de ce modèle-là. »

Il fit apparaître une image sur l'écran. Il s'agissait d'un monte-charge ordinaire, comme on en voit partout, mais avec un logo de la marque U-Lift.

« Le jeune homme est un passionné de glisse. En voyant le nom de la marque, il s'est fait la réflexion que si ce U-Lift avait été un *ski-lift*, un remonte-pente, il n'était pas près d'arriver en haut des pistes. C'est grâce à cela qu'il a mémorisé le modèle.

« Il a remarqué aussi que le car n'avait pas d'autres signes distinctifs. Comme il l'a exprimé, il était "tout nu". »

Il fit apparaître une nouvelle image sur l'écran. « Il y a quelques heures, on nous a transmis la bande d'une caméra de surveillance sur l'autoroute. »

L'image n'était pas très nette, mais l'autocar qu'on voyait était effectivement blanc, dépourvu du moindre signe distinctif et son hayon arrière était équipé d'un U-Lift.

« Nous sommes fermement convaincus qu'il s'agit du même véhicule et que le groupe a donc quitté Francfort à environ 4 h 30 du matin, une heure que nous avons calculée à partir de la longueur du trajet et d'une vitesse moyenne pour arriver jusqu'à cette caméra de surveillance. Nous sommes actuellement en train d'essayer de mettre la main sur le propriétaire. Comme vous pouvez

le constater, c'est un petit véhicule, sans doute prévu pour transporter au maximum vingt personnes.

— Est-ce qu'en resserrant assez, on arrivera à voir les visages des passagers ? demanda quelqu'un.

— Nous travaillons encore sur la vidéo, mais c'est peu probable. »

Weber cliqua de nouveau et une carte routière apparut, sur laquelle on pouvait voir la route partant de Francfort et se dirigeant vers le nord. Il posa directement le doigt sur l'écran.

« L'aire de repos où se trouve la caméra de surveillance est située ici. »

Une vague d'excitation traversa l'assemblée. Ils pouvaient évidemment aller n'importe où, mais Berlin semblait une bonne hypothèse.

« Potsdam n'est pas loin non plus, ainsi que quelques autres villes relativement importantes, poursuivit-il. Nous avons multiplié nos effectifs dans tous ces endroits. »

Weber fit une petite pause et se tourna vers Assad.

« Nous pensons que Ghaalib a choisi ce moment pour faire d'une pierre deux coups. D'un côté il prépare un attentat terroriste soigneusement élaboré et de l'autre il souhaite régler ses comptes avec son ennemi juré Zaid al-Asadi. »

Il se tourna vers Assad qui se leva.

« Je préférerais que vous m'appeliez Assad. » Il se força à sourire avant de prendre le relais. « Demain, je m'installerai à l'hôtel Maingau, ici à Francfort, sous mon ancien nom Zaid al-Asadi. Nous pensons que Ghaalib cherchera à organiser une confrontation entre nous et peut-être aussi à me tuer. Dans le meilleur des cas, la rencontre se fera avec Ghaalib lui-même, mais il peut

également m'envoyer un de ses hommes qui, je l'espère, nous guidera jusqu'à lui. C'est pour cette raison que nous sommes encore à Francfort. Je sais que certains parmi vous seront à mes côtés et je vous en remercie. Je me suis laissé dire que l'endroit était déjà surveillé depuis hier, mais il ne devrait rien se passer là-bas tant que je ne m'y trouverai pas moi-même. »

Il leva la tête vers les photos de l'hôtel et du parc voisin. Selon le plan, il devait entrer dans ce parc par l'entrée sud tôt le matin, le traverser et s'arrêter un instant près du terrain de jeux. Là, il devrait attendre une éventuelle rencontre et, s'il ne se passait rien, continuer sa route et aller s'asseoir à une table dans l'excellent restaurant de l'hôtel. Il y resterait une demi-heure en consommant un petit déjeuner léger, puis il referait le même chemin en sens inverse. Si, au retour, personne ne s'en était pris à lui, il retournerait à l'hôtel et prendrait une chambre où il s'installerait.

Herbert Weber le remercia et poursuivit. « Si des enfants venant des immeubles voisins s'approchent du terrain de jeux, nous les intercepterons.

— Et à l'hôtel ? »

Weber se plaça à côté d'Assad. « Il ne se passera rien à l'intérieur de l'hôtel, l'opération sera menée exclusivement à l'extérieur.

— Je confirme, dit Assad. J'espère évidemment que vous l'empêcherez de me tuer, mais aussi que vous parviendrez à identifier et à arrêter vivants celui ou ceux que Ghaalib pourrait avoir envoyés à sa place. Je doute qu'il vienne lui-même. C'est un lâche.

— Je suppose qu'Assad n'est pas habilité à tirer le premier ? » dit quelqu'un.

Weber confirma.

Assad reprit. « Il a été décidé que s'il n'arrivait rien pendant mes deux tours de parc, je devrais retourner dans ma chambre d'hôtel et y rester jusqu'à 15 heures. Là, je ferai un troisième tour de parc. À mon avis, c'est ce moment-là qu'ils choisiront pour agir. Je porterai un gilet pare-balles mais je pense qu'ils viseront la tête. C'est ce que moi je ferais en tout cas. »

Le commentaire n'avait rien de réjouissant, mais Carl hocha la tête. Après cette réunion, ils reprendraient tout point par point et réétudieraient le plan du quartier en détail afin de ne rien laisser au hasard.

Weber remercia ses hommes.

« Nos homologues chypriotes viennent de nous faire parvenir des informations qui nous seront extrêmement utiles, ajouta-t-il. Ces derniers temps, ils y sont allés un peu fort pendant les interrogatoires des migrants arrivés sur cette plage il y a dix jours. Certains pourraient s'offusquer de leurs méthodes, mais dans le cas qui nous occupe, nous avons choisi de ne pas nous en mêler. »

Carl fronça les sourcils. Il venait de parler de torture, là, ou quoi ?

« Il ne s'agit pas de torture, dit Weber comme s'il lisait dans ses pensées, mais de moyens de pression plutôt irrésistibles. Il y a eu quelques violences corporelles, je ne vous le cache pas, mais ce qui a vraiment payé, en l'occurrence, a été de promettre l'asile politique à plusieurs d'entre eux s'ils lâchaient le morceau. On leur a également proposé de les transférer dans un autre camp que celui de Menogeia et sous une nouvelle identité. Les autorités ont très vite compris que c'était la peur qui était la cause de leur mutisme.

— Est-il possible qu'il y ait eu parmi eux des complices qui auraient pu communiquer de faux renseignements ? demanda Carl.

— Absolument. C'est même arrivé plusieurs fois, mais ils ont été dénoncés par une femme qui était à bord du bateau. Cette dernière a été transférée en lieu sûr et avant cela, elle nous a transmis des détails précieux sur les deux femmes qui sont parvenues à s'enfuir du camp. »

Weber fit apparaître de nouveaux visages sur l'écran.

« Ces portraits sont ceux des migrants au moment de leur admission au camp de Menogeia, et voici les deux femmes qui se sont enfuies. En recoupant les renseignements de notre informatrice au sujet de leurs accents et de leurs difficultés à s'exprimer en arabe avec ceux des services secrets syriens et des agences de renseignement de plusieurs pays européens, nous avons été en mesure de les identifier toutes les deux avec certitude. »

Il projeta la photo de la première, une femme d'environ quarante ans, avec une chevelure épaisse, une belle bouche bien dessinée et une peau assez foncée.

« On dirait l'actrice Rachel Ticotin, vous ne trouvez pas ? » dit-il en montrant un portrait de la star américaine à côté de celle de la migrante. La ressemblance était frappante.

« J'espère que Mme Ticotin nous pardonnera la comparaison, mais cela nous permet d'avoir une image assez précise de la femme que nous recherchons, habillée à l'occidentale.

« Elle s'appelle Beate Lothar et elle se fait appeler Beena. Elle est allemande, elle a quarante-huit ans et vient de Lünen, dans la Ruhr. On pense que sa radicalisation

date d'il y a trois ans, au moment de sa conversion à l'islam. Elle a effectué de nombreux voyages au Moyen-Orient ces dix dernières années. Nous avons de fortes raisons de penser qu'elle participera à l'attentat et qu'elle est l'une des passagères du bus.

— Est-ce que nous savons quand elle a rencontré Ghaalib ? demanda un policier.

— Malheureusement non. Mais on sait qu'elle a séjourné en Russie jusqu'à récemment. Elle a dû être spécialement recrutée pour cette action.

— Et l'autre ?

— C'est plus compliqué, et en même temps assez simple, car on la connaît sous de nombreuses identités différentes. Elle est née en 1973 sous le nom de Catherine Lauzier, mais elle a aussi été active sous celui de Justine Perrain, Giselle van den Broek, Henrietta Colbert et j'en passe. Elle est de nationalité suisse et a été une pensionnaire difficile sous le pseudonyme de Jasmin Curtis à la prison pour femmes de Danbury, Connecticut. Elle y a purgé une peine pour coups et blessures entre mars 2003 et octobre 2004. Elle n'a pas arrêté de se faire remarquer pendant son séjour là-bas : menaces de mort contre des codétenues, grève de la faim, pots-de-vin, etc. Étrangement, elle a bénéficié d'une libération conditionnelle avant d'avoir purgé sa peine, après quoi elle a disparu dans la nature. Nous pensons qu'elle a toujours été en lien avec une cellule terroriste, mais nous n'en avons pas la preuve. Quand elle arrive à Menogeia…, dit-il en lançant la photo suivante, elle ressemble à ça. Je vous propose de comparer avec l'identification qui figure dans son dossier, qui nous a été envoyée par la prison de Danbury, hier. »

Bien que les deux portraits soient complètement différents, on voyait aussitôt que c'était la même femme, à cause de ses yeux. Ce sont toujours les yeux qui nous trahissent.

« Est-ce qu'on sait depuis quand elle est radicalisée ? demanda quelqu'un.

— Nous ne pouvons pas en être sûrs. Elle a été régulièrement interrogée dans divers contextes, mais elle a toujours brouillé les pistes et l'on ignore tout sur son parcours. En revanche, un examen clinique à Danbury a révélé sur son corps de nombreuses traces d'anciennes tentatives de suicide. Des cicatrices profondes aux poignets, à la gorge et à l'intérieur des cuisses. C'est un miracle qu'elle se soit ratée aussi souvent.

— Un miracle ? Vous voulez dire un drame », intervint Assad.

Weber fit une grimace. « Oui, évidemment, de votre point de vue. Excusez-moi. En tout cas, cela nous permet de cerner sa personnalité. »

Weber se tourna ensuite vers Carl.

« Notre confrère Carl Mørck nous vient également du Danemark. Il dirige le département V à Copenhague, une unité qui peut se prévaloir d'un quota d'affaires résolues exceptionnel. Il voudrait nous faire part d'une information essentielle. »

Carl se leva. « C'est exact. » Ses yeux firent le tour de la salle et il salua les uns et les autres d'un hochement de tête. Si ça n'avait pas été pour Assad, se dit-il, tous ces types cravatés et gominés à l'eau du robinet auraient pu aller se faire foutre. Mais ces derniers jours, Carl avait compris qu'en dehors de la petite bande avec qui il partageait sa maison à Allerød, Assad était le seul homme

au monde qu'il était fier de considérer comme son ami. Et il savait aussi qu'il était prêt à faire n'importe quoi pour lui. Y compris se montrer courtois envers une assemblée comme celle-là.

Il lui fit un petit signe de connivence. Il espérait qu'Assad ressentait la même chose.

« Dans le cadre de ma collaboration avec les services de renseignement au Danemark, j'ai été appelé à m'intéresser au tout premier cadavre venu s'échouer à Chypre le jour où Joan Aiguader est allé à Ayia Napa, dit-il alors. Nous connaissions cet homme pour l'avoir autrefois reconduit à la frontière. Il s'appelait Yasser Shehade, c'était un Palestinien apatride, délinquant, toléré sur le territoire danois pendant un temps, puis arrêté en 2007 pour une série d'actes criminels. Je peux citer au hasard des condamnations pour coups et blessures, vente de cannabis et autres stupéfiants, cambriolages, racket. Après sa sortie de prison, où il a purgé une peine de cinq ans, il devait être expulsé pour une période de six ans. On l'a escorté à l'aéroport de Copenhague, d'où il a réussi à s'enfuir. Une affaire gênante. Cependant, il n'a pas tout à fait disparu de la circulation. En effet, il a été reconnu à Zurich alors qu'il montait à bord d'un avion pour Islamabad. »

Carl jeta un coup d'œil sur l'assemblée. Ils avaient déjà saisi le message.

« Nous pensons que par l'intermédiaire d'écoles coraniques au Pakistan, il est entré en contact avec les Pachtouns. Les Américains nous ont fait un topo assez précis sur ses agissements en Syrie et en feuilletant le dossier qu'ils nous ont fait parvenir, nous avons trouvé cette photo. »

Il fit un signe de tête à Weber qui cliqua de nouveau sur son ordinateur.

« Messieurs, voici Ghaalib en compagnie du dénommé Yasser Shehade sur une photo prise au Pakistan. »

Une rumeur parcourut la pièce. Les deux hommes étaient en train de manger, assis sur un rocher devant un feu de camp, armés d'AK47 et cartouchière en bandoulière. Ils riaient, la bouche pleine de viande et les traits tirés par la fatigue. La photographie n'avait rien d'extraordinaire, hormis le fait que Yasser Shehade portait une barbe jusqu'à la poitrine alors que celle de Ghaalib ne devait dater que d'un jour.

Carl remarqua la violence avec laquelle Assad réagit à cette photo. Déjà, en la découvrant la veille, il avait tellement pleuré que les veines sur ses tempes semblaient sur le point d'éclater. C'était la première fois que Carl trouvait Assad dans un tel état et il n'avait jamais vu personne haïr à ce point un autre être humain.

« Étonnant, n'est-ce pas ? De nombreux éléments permettent d'affirmer qu'au moment de ce cliché, Yasser Shehade combattait en Syrie depuis longtemps et que Ghaalib, ou Abdul Azim, comme il s'appelle en réalité, venait d'arriver. Cette photo nous permet de voir à quoi il ressemblait à l'époque et à quoi il doit également ressembler aujourd'hui. C'est Assad qui est responsable de la cicatrice qu'il a en bas du visage. »

Tous se tournèrent vers ce dernier, qui baissa les yeux.

« Ce sont les Américains qui ont mis la main sur cette photo par l'intermédiaire d'un djihadiste décédé. D'après la date où il a été abattu et d'autres indications qu'ils nous ont fournies, nous pouvons déduire qu'elle

a été prise en 2014. Elle nous apprend aussi qu'entre le Abdul Azim qui semait la terreur dans les geôles de Saddam Hussein et le djihadiste haut placé Ghaalib, la transition a été extrêmement rapide. Le caractère bestial et impitoyable de Ghaalib lui a permis de gravir rapidement les échelons de la hiérarchie, et les Américains le placent très haut sur leur liste de personnes à éliminer. C'est pourquoi ils sont prêts à nous fournir toutes les informations susceptibles de nous aider à le retrouver.

— Qu'est-ce qu'il y a à savoir sur lui en dehors de ce qu'on a déjà ? demanda quelqu'un.

— On connaît assez précisément ses déplacements. Parti du nord-est de la Syrie, il a avancé vers le sud-ouest. Nous savons aussi que parmi ceux qui l'accompagnent, il a un harem de femmes qu'aucun autre soldat de sa milice n'est autorisé à approcher. »

Assad se leva brusquement et sortit précipitamment de la salle.

C'était sans doute pour le mieux.

37

Alexander

J-4

Alexander se trouvait dans la cuisine lorsque le taxi vint se garer devant l'allée. Comme à son habitude, sa mère mit quelques minutes à descendre de voiture. Il pouvait parfaitement imaginer son manège. D'abord, elle devait fouiller ses poches et son sac à la recherche d'argent liquide ou de sa carte bleue et, une fois qu'elle avait mis la main sur l'un ou l'autre, c'est-à-dire après avoir vidé tout le contenu du sac sur la banquette, elle flirtait avec le chauffeur, lui donnait un pourboire trop élevé et lui faisait quelques compliments, pensant sans doute que son petit jeu la rendait attirante. Alexander détestait son côté mielleux et hypocrite.

Il entendit jusque dans la maison son éclat de rire quand le chauffeur lui tendit sa valise. Alexander en déduisit qu'il était plus séduisant que la moyenne. Sa mère vivait et respirait pour ces moments de tension sexuelle sous-jacente. Elle était comme ça depuis qu'elle avait commencé à se rendre à des conférences dans le sud de l'Europe. Alexander devait admettre que

le rose aux joues et les lèvres rouge sang la mettaient en valeur et que l'érotisme qu'elle dégageait compensait l'ennui et l'absence de passion qu'il y avait entre elle et son mari.

Bienvenue à la maison, salope, songea-t-il en refermant le réfrigérateur.

« Je suis rentrééééе ! » claironna-t-elle avec une chaleur feinte dans la voix.

Alexander la voyait comme s'il y était. Elle laissait sa valise près de la porte d'entrée, suspendait son manteau au porte-manteau, arrangeait ses cheveux devant le miroir et se composait une expression de circonstance avant de s'avancer dans le hall. En temps normal, elle serait entrée d'un pas léger dans le salon en faisant comme si de rien n'était.

Sauf qu'aujourd'hui, rien n'était comme d'habitude. Il l'entendit s'arrêter brusquement.

Dans la cuisine, Alexander sourit.

« Alex ? » demanda-t-elle prudemment devant la porte de sa chambre qu'il avait laissée ouverte.

Elle fit encore un pas. Elle devait être en train de regarder à l'intérieur avec étonnement, se demandant pourquoi la porte était ouverte et la chambre vide.

« Alex ? » lança-t-elle un peu plus fort d'une voix légèrement tendue.

Il sortit de la cuisine et fit son apparition dans le couloir. Il adora la voir sursauter quand il répondit tout doucement : « Oui. » S'il avait parlé d'une voix puissante, elle aurait eu une crise cardiaque, mais ça aurait été trop facile.

Elle se retourna, hésitante. Ses joues probablement rougies l'instant d'avant étaient à présent très pâles. Elle

eut beau essayer de prendre un air agréablement surpris, elle était simplement sidérée.

« Tu m'avais demandé de sortir de ma chambre ? dit-il en avançant vers elle. Alors me voilà. Tu t'es bien amusée ? »

Elle acquiesça puis bafouilla quelques mots inaudibles.

« Tu rentres un jour plus tard que prévu », dit-il tandis qu'elle reculait légèrement à chaque pas qu'il faisait dans sa direction. Avait-elle déjà remarqué la tache de sang sur le tapis ?

« Euh, oui. Ils nous ont ajouté un cours supplémentaire sur les bonus », mentit-elle, ce en quoi elle excellait en général. Mais pas là. Cette fois, elle se trahit par un sourire un peu trop large, des hochements de tête trop nombreux.

« Un cours supplémentaire, super. Mais du coup, c'est moi qui vais devoir t'annoncer que papa s'est tiré. Il en avait marre que tu ailles te faire sauter ailleurs. »

L'effet fut inespéré. À la surprise se mêla une expression d'agacement de n'avoir pas été celle qui quittait l'autre.

« Je vois. » Elle fit une longue pause en se mordillant la lèvre supérieure. « Tu sais où il est parti ? »

Alexander secoua la tête. « Mais, au moins, à quelque chose malheur est bon. Sans ce connard dans la maison pour me harceler sans arrêt, je suis sorti de ma chambre. »

Elle pencha la tête de côté. Il y avait un certain temps qu'elle et son mari se manquaient de respect quand ils s'adressaient l'un à l'autre, mais manifestement, elle n'avait pas envie d'entendre son fils parler ainsi de son père.

Comme si cette hypocrite ne pensait pas exactement la même chose de lui.

« Je vais l'appeler, annonça-t-elle, fidèle à l'image de la femme d'action pour qui elle aurait tant aimé se faire passer.

— Bonne idée », commenta Alexander en regardant l'ongle écarlate de son index sélectionner le numéro du père dans le répertoire de son téléphone et lancer l'appel.

Les sourcils épilés vibrèrent ostensiblement quand la sonnerie résonna à quelques mètres derrière elle, dans la chambre d'Alexander.

« Ah, tiens, il a dû l'oublier en partant », dit Alexander en prenant un air étonné, ce qui la déstabilisa.

« Qu'est-ce que le mobile de ton père fait dans ta chambre ? » demanda-t-elle en s'avançant dans la direction du son. Alexander eut la réponse à sa question : elle n'avait pas encore vu la tache de sang.

Mais cette fois, oui.

Comme si elle avait glissé sur une plaque de verglas, l'une de ses chaussures à talons ripa sur le côté et le mouvement déchira sa jupe droite trop serrée, jusqu'à la moitié de la cuisse. Elle s'écroula par terre sans quitter des yeux la flaque sombre.

Elle prit appui sur une main et se releva avec une telle souplesse qu'Alexander ne put s'empêcher de l'admirer un peu.

« Que s'est-il passé ? gémit-elle, montrant la tache du doigt.

— Ah, ça ? répliqua-t-il. Peut-être que j'ai fait erreur et que papa n'est pas vraiment parti. Peut-être que je l'ai décapité. Enfin, en tout cas, ce n'est pas la peine de compter sur son retour. »

Elle baissa la tête. Qu'elle le croie ou non était sans importance, car à cet instant, elle se demandait seulement comment elle allait neutraliser ce fou en face d'elle. Qu'il s'agisse de son fils était un détail accessoire.

« Tu ne me touches pas ! cria-t-elle tout en marchant à reculons vers son ordinateur. Si tu poses la main sur moi, je fracasse cette machine infernale contre le mur, tu m'entends ? »

Alexander haussa les épaules et sortit de la chambre en marche arrière. « Allez, maman, viens. C'était pour rire. J'ai ouvert quelques bouteilles de vin après son départ et j'ai peur d'avoir un peu abusé. Je remplacerai ce foutu tapis, je te le promets. »

Et il alla dans la cuisine mettre de l'eau à chauffer pour le thé. Il compta ses pas hésitants sur la moquette. Elle s'arrêta, puis repartit au bout de quelques secondes.

Il se retourna et, au moment où elle allait lui assener un coup sur la tête avec un tabouret, il lui envoya la bouilloire à la figure, avec une telle violence qu'elle perdit connaissance.

« Réveille-toi, maman ! » dit-il en lui donnant quelques petites claques sur le front à l'endroit où la bouilloire l'avait heurtée.

Ses paupières frémirent légèrement avant qu'elle réussisse à les ouvrir et à faire le point. Puis elle baissa les yeux, tentant de se souvenir de ce qui s'était passé et se demandant pourquoi elle était ligotée au fauteuil de bureau de son mari avec de l'adhésif. Ses lèvres rouges ne lui étaient plus d'aucune utilité.

« Qu'est-ce que tu as fait, Alex ? Pourquoi ? »

Il s'accroupit devant le fauteuil. Quelle occasion rare de pouvoir regarder sa mère droit dans les yeux et de lui expliquer précisément *pourquoi*.

« Parce que vous me faites honte. Parce que mon père et toi et tous les autres connards de cette rue et de ce quartier, de cette ville grotesque et de ce pays ridicule, vous êtes tous des menteurs et des lâches. Parce que votre tyrannie s'arrête ici. Voilà pourquoi.

— Je ne comprends pas ce que tu dis, Alex, je ne sais pas de quoi tu parles. Est-ce que tu le sais toi-même ? » Elle se débattit, essaya de se débarrasser de l'adhésif. « S'il te plaît, détache-moi ! » le supplia-t-elle.

Au lieu de la libérer, il lui montra la coupure de journal avec la photo de la migrante noyée.

« Je parle de ça, maman ! C'est à cause de toi que cette femme est là, sur cette plage, et à cause de tous ceux qui comme toi ne pensent qu'à eux. Regarde-la. »

Elle fit une grimace. « C'est horrible, mais c'est parce qu'elle ressemble à ta grand-mère que tu as accroché cette photo dans ta chambre ? Elle te manque tant que ça ? »

Le visage d'Alexander fut secoué de tics nerveux. « C'est tout toi, ça. Tu es incapable de montrer de la compassion envers une inconnue. Mais tu vois, maintenant, elle est sur ce mur parce qu'elle ne mérite pas d'être oubliée. Elle a essayé de vivre dans une partie du monde où la vie est un enfer. Comme elle n'y est pas arrivée, elle est morte noyée en Méditerranée. Tout le monde s'en fout, et c'est pour ça que tu vas rester là bien sagement et que je ne te laisserai pas partir. »

Il fit faire au fauteuil un tour à cent quatre-vingts degrés, plaçant sa mère face à l'écran de l'ordinateur.

« Tu as vu comme j'ai bien avancé, ma petite maman ? Deux mille cent victoires. Et quand j'atteindrai le score de 2117, il t'arrivera la même chose qu'à lui… », dit-il, et il poussa son ordinateur.

Découvrant la tête congelée de son mari qu'Alexander avait cachée derrière l'écran, sa mère poussa un hurlement si aigu que deux verres vides sur la table de chevet s'entrechoquèrent.

Il étouffa son cri avec deux tours d'adhésif. Après ça, le son fut beaucoup plus sourd.

Alexander sourit, poussa le fauteuil dans un coin de la chambre et remit l'écran dans la bonne position. La tête de son père attendrait un peu avant de retourner au congélo.

Puis il s'assit tranquillement à son bureau et se prépara à attaquer la dernière manche. Mais avant de se replonger dans son jeu, il ouvrit le tiroir et en sortit son vieux téléphone Nokia. Il retira le cache arrière pour extraire la carte SIM, qui alla rejoindre les autres dans la corbeille à papier.

Quand il eut installé la nouvelle carte sans abonnement, il entra dans le répertoire du téléphone pour aller chercher le contact qu'il avait baptisé « Crétin de flic ».

38

Rose

J-4

Ce fut Rose qui prit l'appel parce que le numéro était inconnu et qu'il y avait plusieurs jours que le jeune homme n'avait pas donné de nouvelles. Elle se fia à l'intuition féminine qui lui faisait rarement défaut et claqua des doigts à l'intention de Gordon, qui aussitôt appela le patron pour le prévenir. Maintenant, il fallait juste qu'elle fasse durer la communication assez longtemps pour que Marcus ait le temps de descendre.

« Ah ! Te voilà de retour, mon petit », dit-elle en démarrant l'enregistrement.

La réaction ne se fit pas attendre. « Je ne suis pas ton petit et ce n'est pas à toi que je veux parler. Passe-moi le crétin de flic ! »

Rose haussa les épaules avec un petit sourire désolé en regardant Gordon.

— Il t'entend. Je t'ai mis sur haut-parleur.

— OK. » On aurait dit qu'il riait. Il avait sûrement l'impression d'être quelqu'un de très important, en ce moment.

« Alors, crétin de flic, tu ne dis pas bonjour à notre Kurt-Brian Logan de vingt-deux ans ? lança-t-elle à Gordon.

— Je ne m'appelle pas Kurt-Brian ! intervint le garçon, vexé.

— Si tu veux. En tout cas, maintenant on sait que tu as vingt-deux ans, sinon c'est là-dessus que tu aurais réagi, pas vrai ?

— Il y a quelqu'un d'autre qui écoute, en plus du crétin de flic ?

— Pas pour l'instant, mais bientôt nous aurons du beau monde : le chef de la Criminelle va venir nous rejoindre. Comme nous, il trouve que tu es un cas très intéressant.

— Pas mal ! Vous avez compris que c'est une affaire sérieuse, alors ? Je suis content.

— Tu ne l'as pas fait, n'est-ce pas, Kurt-Brian Logan ? Tu n'as pas tué ta mère ? » Rose retint son souffle.

« Bravo ! Comment as-tu deviné ? » Cette fois, elle était sûre de l'avoir entendu rire.

« Non, contre toute attente, elle a encore la tête sur les épaules, au sens propre. Elle t'entend, mais toi tu ne peux pas l'entendre. »

À vrai dire, Rose l'entendait aussi. Ses appels à l'aide étouffés étaient pratiquement inaudibles, mais ils étaient aussi incontestables et lui firent dresser les cheveux sur la tête.

Rose jeta un coup d'œil à Gordon qui gardait les yeux fixés sur les jointures blanches de sa main crispée sur le téléphone. Lui aussi avait entendu.

« Si tu m'appelles Kurt-Brian encore une fois, je lui coupe la tête, alors tu sais ce qui te reste à faire.

— D'accord. Comment veux-tu que je t'appelle, alors ? » Son silence prouva qu'il n'y avait pas encore réfléchi. Rose se tut. Marcus Jacobsen était en route et elle laissa au jeune homme tout son temps pour répondre.

« Tu n'as qu'à m'appeler Toshiro », dit-il au bout d'un moment.

Gordon se rapprocha du téléphone. « Salut, Toshiro, dit-il.

— C'est toi, crétin de flic ?

— Oui. » Puis Gordon enchaîna. « Je pensais bien que tu étais un samouraï ! »

Le garçon éclata de rire. « Pourquoi ? Parce que je me sers d'un katana ? Mais c'est que tu es un petit malin, toi ! »

Gordon salua Marcus qui entrait dans le bureau au même moment.

« Et je crois même que ce prénom t'a été inspiré par l'acteur Toshiro Mifune, le plus grand samouraï à être apparu sur un écran de cinéma. Je me trompe, Toshiro ? »

Le garçon gloussait au bout du fil. C'était atroce d'entendre ce bruit mélangé aux gémissements étouffés de sa mère.

Gordon interrogea Rose du regard et elle hocha la tête. Il n'avait plus qu'à continuer sur sa lancée puisque les dés étaient jetés.

« Nous savons que tu es un samouraï, Toshiro. Le chignon blond que tu portes sur la tête l'indique aussi, pas vrai ? »

Là, ils n'entendirent plus que la voix de la mère. Les gloussements s'étaient arrêtés.

« Bonjour, Toshiro, dit alors le patron. Mon nom est Marcus Jacobsen et je suis à la direction générale de la

police criminelle. Mon job consiste à attraper des gens comme toi et à les envoyer pourrir en prison. Tu as vingt-deux ans aujourd'hui et quand la justice de ce pays en aura fini avec toi, tu seras un très, très vieux monsieur, Toshiro. Sauf, bien sûr, si tu décides de laisser tomber bien gentiment ce que tu as commencé, et de me dire où tu te trouves pour qu'on puisse venir te chercher.

— Repasse-moi le crétin de flic, répondit le jeune homme froidement. Et ferme ta gueule, petit chef de mes deux. Je ne peux pas sentir les types dans ton genre. Si je t'entends encore une fois, j'arrête de vous appeler. »

Marcus Jacobsen haussa les épaules et fit signe à Gordon de prendre le relais.

« Comment tu sais que je suis blond et que j'ai un chignon ? demanda le jeune homme avant que Gordon ait dit un seul mot.

— Parce que nous avons fait faire un assez bon portrait-robot de toi, Toshiro, par un marchand de journaux de la Frederikssundsvej, là où tu as acheté tes cartes de téléphone. Nous sommes en train de les tracer et ensuite nous viendrons t'arrêter. »

Rose était surprise. En l'écoutant exposer ainsi les faits, calmement, sans hésitation, elle avait du mal à reconnaître le gamin pâlichon qu'elle avait séduit en se contentant de lui mettre la main au panier.

« Tu crois que je ne sais pas que les cartes de téléphone sont anonymes, au Danemark ? rétorqua l'autre. Tu me prends vraiment pour un idiot.

— Certainement pas, Toshiro. Et justement, en ce moment, nous cherchons à savoir où tu as été scolarisé. Nous avons envoyé ton portrait-robot à tous les établissements de deuxième cycle du pays. »

Étrangement, cela le fit rire de nouveau.

« Ça fait beaucoup, dis donc ! Alors écoute ce qu'on va faire. Je vais attendre un peu pour tuer ma mère, parce que je m'aperçois que ça vous amuse, qu'elle soit encore en vie. Ça vous donnera l'occasion de vous entraîner un peu en psychologie policière.

— Parfait ! répliqua Gordon. On la joue comme ça.

— Alors, qu'est-ce que vous savez d'autre sur moi ? » Du regard, Gordon interrogea le patron qui les écoutait, lèvres pincées. Manifestement, lui aussi se rendait compte que si la situation partait en vrille, cela risquait de coûter très cher au département V.

Il acquiesça.

« OK, Toshiro. Nous savons aussi que tu habites la région de Copenhague ; probablement dans une belle maison que nous imaginons assez grande. Nous allons te retrouver, Toshiro, et je te conseille d'écouter ce que le patron vient de te dire : rends-toi et tu auras une chance de t'en tirer avec un internement psychiatrique et des conditions d'hébergement nettement moins pénibles. »

Ici, Rose mit son grain de sel. « Et mignon comme tu es, ça t'évitera de te faire enfiler par tous les trous », lança-t-elle sans filtre.

C'est d'une voix glaciale que leur interlocuteur répondit : « Et qu'est-ce qui te fait croire que ça ne me plairait pas ?

— Écoute, Toshiro, reprit Gordon d'une voix lénifiante. Je te promets que tu auras droit à des circonstances atténuantes si tu nous dis tout de suite qui tu es. Sinon, il va falloir que nous passions à la méthode dure. Et autant que tu le saches, nous sommes des gens qui travaillons nuit et jour et nous sommes infatigables.

— Épatant ! Alors *Perseverando* et à bientôt. » Et il raccrocha.

Marcus Jacobsen les regarda à tour de rôle au-dessus de ses demi-lunes. Il n'avait pas du tout l'air content.

« Il est beaucoup plus atteint que je ne pensais, dit-il. Faites-moi parvenir l'enregistrement, je contacte tout de suite la PET. On a intérêt à mettre toutes les chances de notre côté si on ne veut pas se retrouver dans quelques jours avec un tueur de masse sur les bras.

— Tu peux me faire réécouter sa dernière phrase, Gordon ? » intervint Rose.

Gordon recula le curseur d'une trentaine de secondes. La jeune femme garda une main levée en attendant le mot qu'elle voulait réentendre.

« Il a dit "*preseverando*" ? demanda-t-elle aux deux autres. Repasse la bande. »

Ils écoutèrent attentivement tous les trois.

« Non, il dit "*perseverando*", corrigea Marcus. Vous avez une idée de ce que ça veut dire ? Parce que moi, je l'ignore. »

Rose chercha le mot sur Google.

« Ça veut dire "avec persévérance", on aurait pu le deviner. » Elle hocha la tête d'un air satisfait. « Je crois que notre client vient de se griller. Parce que vous savez ce que c'est aussi ? C'est la devise d'une école privée qui se trouve au bord du lac Bagsværd. Venez voir ça. »

Marcus et Gordon scrutèrent l'écran par-dessus son épaule.

39

Ghaalib

Ghaalib s'était rallié au groupe djihadiste de combattants de la guerre sainte mené par Yasser Shehade pour avoir une chance de quitter la Syrie en vie. Pendant des années, il avait figuré sur la liste des hommes les plus recherchés par les Américains et il pouvait affirmer sans mentir qu'il n'avait pas usurpé sa place d'ennemi public n° 1. En effet, il n'y avait pas une seule région de guerre en Syrie où il ne s'était pas fait remarquer par sa cruauté et la façon impitoyable dont il traitait ceux qui osaient se mettre sur son chemin.

La première fois que Ghaalib avait rencontré Shehade, ils se trouvaient dans un camp d'entraînement noyé sous la poussière, à environ deux cents kilomètres d'Islamabad, la capitale du Pakistan. Parmi les quelques centaines de guerriers du djihad de toutes les nationalités que Ghaalib avait eu l'occasion de croiser, Shehade semblait avoir le plus fort potentiel. Non seulement il était intelligent mais, derrière son visage poupin, ses grands yeux qui chez les chrétiens lui auraient valu le bon Dieu sans confession et un sourire qui aurait pu lui ouvrir à la fois les plateaux de cinéma et le lit des

femmes, Shehade était une machine à tuer. De plus, il avait habité au Danemark, ce qui était une grande qualité aux yeux de Ghaalib, même si cela ravivait chez lui des souvenirs avec lesquels il n'avait pas envie de se colleter.

Des deux, c'était Ghaalib le stratège. Après la mort de Saddam Hussein, des années de lutte contre le régime irakien l'avaient endurci et lui avaient donné le temps d'affiner ses méthodes. Il vivait en nomade, ne dormait jamais plus de deux jours au même endroit et savait effacer ses traces derrière lui. L'homme rasé de près, en costume, le bas du visage maquillé pour cacher sa cicatrice, pouvait passer sans difficulté pour un homme d'affaires occidental et se faufiler à travers les forces de la Coalition sans se faire remarquer. Mais il lui suffisait de quelques heures pour se transformer en guerrier barbare, les vêtements couverts de sang, les yeux animés d'une folie meurtrière.

Dans aucun de ces deux rôles Ghaalib ne prenait de risques inutiles. En revanche, son insatiable soif de vengeance était une faiblesse qui prenait le pas sur tous les autres traits de sa personnalité. Depuis le jour où, plus de quinze ans auparavant, Zaid al-Asadi l'avait défiguré, rétablir l'équilibre et retrouver sa dignité était devenu son unique raison de vivre. Et c'était afin d'y parvenir qu'il martyrisait inlassablement les trois femmes que Zaid aimait plus que tout au monde. Or il devait bien l'admettre, se déplacer en zone de conflit en traînant trois otages avec lui constituait un danger permanent et un problème qu'il allait devoir résoudre.

Lors de sa deuxième rencontre avec Shehade durant l'été 2018, ils avaient passé un accord. Ce dernier

ramènerait les femmes avec lui en Syrie et en disposerait comme il le voudrait, à l'unique condition de les maintenir en vie pour que Ghaalib puisse venir les reprendre plus tard.

En guise de compensation, Ghaalib lui avait confié un groupe de soldats et l'avait envoyé opérer dans une région en Syrie où le risque de se faire tuer était relativement faible mais où il aurait l'occasion d'obtenir de grands honneurs.

Depuis, Ghaalib, tout en le contactant régulièrement afin de s'assurer que les femmes étaient toujours vivantes, avait consacré son temps et son énergie à rechercher son ennemi juré. Plusieurs tentatives pour débusquer Zaid al-Asadi avec l'aide de sunnites habitant au Danemark avaient échoué, et Ghaalib avait fini par penser que l'homme n'était peut-être jamais retourné vivre là-bas. Alors il était remonté plus loin en arrière et, au bout de plusieurs mois, il avait trouvé un couple de vieillards à Falloujah qui, avec un pistolet sur la tempe, lui avaient raconté que toute la famille al-Asadi avait quitté le pays pour fuir le régime de Saddam Hussein. Ce furent les derniers mots qu'ils prononcèrent en ce bas monde.

Quand Ghaalib arriva dans le sud de la Syrie, devant la bâtisse blanche ravagée par les bombes dans laquelle la famille de Zaid al-Asadi était supposée avoir trouvé refuge en attendant de continuer vers le Danemark, il s'agenouilla et remercia la providence qui lui avait permis de parvenir jusqu'ici.

Bien qu'il y ait quelques taches de verdure dans le jardin ainsi qu'une unique chèvre qui broutait, entravée au bord d'un fossé, il était difficile de s'imaginer de

quoi pouvaient vivre les habitants de cette maison qui, en temps de paix, devait être un joyau dans le paysage.

À l'intérieur des murs, on entrait dans un autre monde. Malgré les traces de vandalisme, ce qui restait du mobilier montrait que les maîtres des lieux avaient mis toute leur volonté à leur garder la grandeur et l'élégance d'une époque révolue.

Dans un salon au premier étage, il découvrit Lely Kababi assise dans un canapé troué, une cigarette fichée entre deux doigts tremblants, depuis longtemps éteinte.

Lorsque Ghaalib lui demanda poliment des nouvelles des al-Asadi, Lely Kababi nia connaître cette famille irakienne qui était censée avoir habité chez elle. Ghaalib comprit aussitôt que la femme mentait mais il décida de la laisser tranquille. Car sans le savoir, Lely venait de planter en lui les premiers germes du plan qu'il allait mettre à exécution.

Trois jours plus tard, Yasser Shehade arriva à Sab Abar en Syrie avec une troupe de guerriers et les trois femmes de Zaid, ainsi qu'on le lui avait demandé. Ses hommes semblaient épuisés et las de guerroyer. Leurs innombrables cicatrices et plaies infectées témoignaient du prix qu'ils avaient payé pour se frayer un chemin au milieu des soldats du régime syrien et des puissantes forces de la coalition militaire.

Ghaalib avait installé son campement dans une ancienne tannerie en face de la maison en ruine de Lely Kababi et c'est là qu'il accueillit Yasser Shehade et sa suite. Ghaalib remarqua aussitôt la lassitude inhabituelle de Yasser et, quand ses hommes eurent pris leurs quartiers, il vint s'asseoir à côté de lui, à l'extérieur.

« Ça a été un enfer d'arriver jusqu'ici, Ghaalib. Nous

sommes trop près de Damas, trop près de tout. Alors je te préviens, si nous restons dans le coin plusieurs jours, nous serons décimés, tu m'entends ? »

Ghaalib acquiesça. Il était parfaitement d'accord. Ces dernières semaines, les attaques des troupes du régime contre les groupes de la milice avaient provoqué un véritable bain de sang, en particulier dans cette région.

« Tu as raison, il faut qu'on s'en aille et je connais un moyen. On va partir vers le nord-ouest et avancer jusqu'à la mer. Vous allez tous enlever vos barbes et prétendre que vous escortez un prisonnier important, c'est-à-dire moi. Vos papiers sont en règle ?

— Oui, Ghaalib, dit Yasser Shehade.

— Dans quelques jours, quand nous aurons traversé, je te présenterai Hamid. Il a été choisi pour diriger une série d'attentats en Europe qui vont secouer toute la planète. Mais avant, toi et moi, nous allons rendre visite à une vieille dame dans cette maison, là-bas. » Il lui montra la bâtisse blanche. « Et nous allons emmener les femmes avec nous. Elles sont dociles ? »

Shehade hocha la tête et il entra dans le bâtiment pour y chercher les trois femmes.

Quand il les poussa dehors, Ghaalib sourit. Ronia, la plus jeune, faisait peine à voir, sale, le dos voûté et les cheveux emmêlés. Malgré leur air inquiet et leur propension à sursauter au moindre bruit, la mère et la grande sœur avaient meilleure allure.

« Qu'est-il arrivé à la plus jeune ? Tu ne t'es pas bien occupé d'elle ? » demanda-t-il.

Shehade haussa les épaules. « Qu'est-ce que tu veux que je te dise ? C'était celle que les hommes préféraient. »

Lorsqu'ils entrèrent dans le salon de la maison blanche, ils trouvèrent la vieille dame dans son fauteuil en train de les attendre, un fusil sur ses genoux. Elle suivait tous leurs gestes comme le serpent suit ceux du rat.

Ghaalib s'avança vers elle, les mains croisées derrière la nuque. « Du calme, Lely, je viens en paix, déclara-t-il. J'ai amené avec moi quelques personnes à qui j'aimerais que tu dises bonjour. »

Il agita une main derrière lui sans la quitter des yeux. Il voulait voir sa réaction quand les trois femmes entreraient dans la pièce, mais elle demeura impassible.

En dehors de sa propre respiration, on n'entendait plus un bruit dans la pièce. Le temps parut s'être arrêté. Il se demanda un instant si son instinct l'avait trompé.

« Amenez-les jusqu'ici, qu'elle puisse les voir », ordonna-t-il aux hommes de Shehade, toujours en fixant Lely.

« Tu vois bien que tu vas devoir poser ton fusil, n'est-ce pas ? tenta-t-il. Sinon, je vais devoir m'en prendre à nos compagnes de voyage. Tu es sûre que tu ne les reconnais pas ? »

Très lentement, incapable de se refréner, elle se leva, même si ce geste pouvait lui coûter la vie.

Les larmes aux yeux, elle s'approcha des femmes et tendit les bras pour les enlacer, mais elles détournèrent la tête.

Avaient-elles honte de leur état ou bien espéraient-elles ainsi protéger la vieille femme contre l'inévitable ?

« Ah, je savais bien que tu les connaissais, j'en déduis que tu connais aussi Zaid ? » dit Ghaalib en les séparant.

La vieille femme le regarda un long moment sans répondre, tandis que la plus jeune tombait à genoux et que les deux autres se mettaient à pleurer.

« Tu m'as bien entendu. Je t'ai parlé de Zaid. Zaid al-Asadi, ce lâche que Marwa a pris pour mari. L'homme qui les a abandonnées, elle et ses deux filles, à un destin pire que la mort. Zaid, Zaid, Zaid. »

Prononcer son prénom lui fit l'effet d'une lame qu'il leur enfonçait dans le corps. Mais alors qu'il pensait les affaiblir, il eut le sentiment qu'en dépit de l'adversité et de leur destin misérable, elles reprenaient courage. Leurs regards éteints luisaient comme la braise. La plus jeune se redressa sur ses bras maigres et se remit debout. Puis toutes les quatre lui firent face, comme si elles attendaient une phrase de lui pour mettre fin à une longue incertitude.

« Tue-le, Lely. Tue Ghaalib ! cria Marwa, un doigt accusateur pointé sur lui. Finissons-en, une bonne fois pour toutes. » Elle n'eut pas le temps d'en dire plus : Shehade l'assomma et elle se retrouva étendue sur le sol, ensanglantée et vaincue.

Ghaalib posa le canon de son arme sur sa tête.

« Bien. Maintenant, je sais que vous vous connaissez, toutes les deux, Lely. Alors tu vas me raconter comment, ou je tuerai Marwa. D'abord elle, puis ses filles et toi pour finir. » Lely avait le doigt sur la détente, mais Ghaalib savait qu'elle ne mettrait pas la vie des trois autres en péril. Il lui retira le fusil en un seul geste, comme on arrache une plume à un oiseau.

« Donc, Zaid est vivant ? dit la vieille avec un calme étonnant.

— Je n'ai aucune raison d'en douter. Mais je propose

que nous le découvrions ensemble. Alors répondez-moi : comment vous êtes-vous connues ? »

La réponse vint très facilement. « Zaid et Marwa m'ont rendu visite à plusieurs reprises après leur mariage. Je n'ai jamais rencontré leurs filles. »

Ghaalib hocha la tête.

« Qu'est-ce que vous attendez de nous ? demanda-t-elle ensuite.

— Certaines d'entre vous vont faire la traversée avec nous. Vous n'avez pas besoin d'en savoir plus. »

Cette information ne sembla pas la désarçonner. « Alors laissez-moi d'abord m'occuper d'elles. Vous avez vu dans quel état elles sont ? Comment voulez-vous qu'elles résistent à un tel voyage ? Je vais d'abord soigner leurs blessures et les nourrir. Juste un jour ou deux.

— Je suis pressé.

— Pourquoi es-tu si pressé, Ghaalib ? Et si tu me parlais du contentieux que vous avez, Zaid et toi ? »

Ghaalib fit signe à Shehade et à ses hommes qu'ils pouvaient emmener les femmes, puis il se tourna vers Lely. « Ghaalib n'a pas de contentieux avec Zaid, mais Abdul Azim en a un. Et si jamais tu m'appelles encore une fois Ghaalib, je te tuerai. »

40

Ghaalib

J-4

Les dernières quarante-huit heures, Ghaalib avait été très actif sur le Net et ce fut une immense satisfaction pour lui de voir que Zaid al-Asadi avait mordu à l'hameçon et répondu à son communiqué de presse.

Comme il l'espérait, Zaid était vivant et en bonne santé, et sa réponse dans le journal de Francfort était accompagnée d'une photographie et du jour, du lieu et de l'heure à laquelle ils devaient se rencontrer. Il n'y avait aucun doute sur l'authenticité du message car, malgré un visage ridé par les années et le chagrin, il n'avait pas changé.

Le cœur de Ghaalib battait la chamade. L'homme qui était là, en photo, sous ses yeux, était le même Zaid al-Asadi qui en ce jour maudit lui avait jeté de l'acide à la figure et avait détruit sa vie. Enfin il donnait signe de vie. Enfin Abdul Azim allait pouvoir se venger.

Il trouva très amusant qu'entre toutes les villes du monde, ce soit à Francfort-sur-le-Main que se trouvait

Zaid al-Asadi : il suivait donc sa trace depuis qu'il avait lu le communiqué de presse.

Il proposait que leur règlement de comptes ait lieu à son hôtel et il n'aurait pas pu choisir de meilleur endroit. Ghaalib savait bien entendu que Zaid avait demandé le soutien de toutes sortes de représentants de la loi. Venant de lui, il fallait s'y attendre, mais Hamid avait veillé à ce qu'ils en aient pour leur argent.

En guise d'appât, il avait choisi un Arabe pure souche. Un jeune homme pieux avec une barbe bien longue, vêtu d'une veste coupe-vent blanche et d'un pantalon marron ample, coiffé d'une calotte blanche, de manière que personne ne puisse douter de sa religion. Par mail, Hamid lui avait expliqué où et quand il pourrait croiser le mécréant et se trouver assez près de lui pour le tuer. Il lui avait promis que sa famille ne manquerait plus de rien à l'avenir, et l'homme avait accepté la mission avec humilité, heureux de servir une cause aussi juste.

Il était prévu que l'affrontement conduise à la mort de l'appât et qu'une fois gisant dans son sang, quelqu'un viendrait le fouiller. Dans sa poche, ils découvriraient un minuscule indice qui conduirait Zaid à Ghaalib.

Ainsi soit-il.

Mais ce ne serait plus Zaid qui aurait la main.

Hamid n'était pas du tout d'accord avec Ghaalib quand celui-ci avait décidé d'établir son camp de base à Berlin.

« J'aurais pu te trouver des centaines de lieux mieux adaptés que cet appartement à Lichtenberg.

Franchement, quelle idée d'aller se cacher là ? Je t'ai pourtant expliqué que le quartier était un vivier de militants d'extrême droite. Est-ce que tu y as déjà croisé une seule personne de type arabe, à part nous ? »

Hamid entrouvrit le rideau et inspecta la rue pour la dixième fois, et Ghaalib savait exactement ce qu'il voyait. Il aimait cet ancien quartier de Berlin-Est depuis des années, et pour cause.

« On aurait eu moins de difficulté à se fondre dans le paysage à Wedding, à Kreuzberg ou à Neukölln, continua Hamid. Là-bas, un tiers de la population est composée d'immigrés et beaucoup viennent du Moyen-Orient. Et en raison du fort taux de chômage, les rues sont constamment animées. Les touristes n'y viennent que rarement, surtout à Neukölln où règne la mafia libanaise. Alors vraiment, je trouve que tu as tort d'avoir choisi de t'installer ici.

— Je sais, et on en a déjà discuté, Hamid. Mais en ce moment, la police et les services secrets nous cherchent partout et quand ils auront retrouvé le bus à Tempelhof, ils concentreront leurs efforts sur Kreuzberg et Neukölln, où vivent les immigrés. Ils n'auront pas l'idée de nous chercher ici. Si nous faisons profil bas et que nous évitons de mettre le nez dehors en attendant de passer à l'action, je te promets qu'il n'arrivera rien. »

Hamid se contenta de grogner. C'était un homme qui savait rester à sa place.

« Tu as trouvé les chapeaux ?

— Oui, avec leurs accessoires. Ils font très authentiques.

— Les barbes, aussi ?

— Aussi. Elles ont coûté une fortune. » Il renifla.

Il n'avait tout de même pas attrapé ce fichu rhume, lui aussi ?

« Par contre, elles ont l'air très vraies, ajouta-t-il. Je les ai achetées en plusieurs longueurs. »

Ghaalib sourit. Le trajet jusqu'à Berlin s'était déroulé sans encombre et cet appartement dans la partie est de la vieille ville lui convenait à merveille. En plus, il se trouvait à quelques centaines de mètres de Hohenschönhausen, la prison de la Stasi, la seule au monde à sa connaissance dont les méthodes raffinées et inspirantes lui rappelaient les siennes. Ses maîtres à Abou Ghraib lui avaient expliqué comment travaillaient leurs homologues allemands et à quel point ils avaient le sens du détail. La prison était totalement coupée du monde extérieur et invisible sur les cartes. On y conduisait les détenus dans des fourgons sans fenêtre, en faisant de larges détours, de manière qu'ils ignorent où on les amenait. Cet isolement permettait aux services secrets d'exercer la même terreur et le même contrôle sur les détenus que ceux dont Ghaalib était coutumier en Irak. Les prisonniers n'avaient le droit de dormir que sur le dos, les mains au-dessus de la couverture. Les fenêtres des geôles étaient opaques et, pendant la journée, les détenus n'étaient autorisés à se déplacer ou à se lever dans leur cellule que lorsqu'on venait les chercher pour les interroger. Le sadisme subtil des matons allait jusqu'à accrocher des décorations de Noël à n'importe quel moment de l'année ou à faire durer les interrogatoires cinq minutes ou cinq heures sans qu'il soit possible de le savoir à l'avance. Et enfin, pour compléter cette image de l'enfer sur Terre, nombre de ces détenus politiques étaient revendus à l'Ouest, non sans avoir

eu droit au préalable à un examen dentaire au cours duquel, sous prétexte d'une radiographie panoramique de la mâchoire, on utilisait les rayons X pour griller irrémédiablement leurs neurones.

Par la fenêtre de la cuisine, Ghaalib avait une vue imprenable sur les murs de cet établissement modèle. Il l'observait durant des heures en attendant le moment de passer à l'action. Ce jour-là, Berlin et l'Allemagne allaient sentir planer sur eux les crimes de leurs pères, qu'ils allaient payer au prix fort.

Quel juste retour des choses !

Le matin même, Ghaalib avait vu sur la Toile le reportage réalisé par une chaîne de télévision catalane sur le migrant Yasser Shehade, dont le cadavre s'était échoué sur une plage chypriote. Ghaalib renâcla avec mépris devant le spectacle du corps de son ancien camarade de combat clapotant sur la grève. Comment aurait-il pu deviner que cet homme si dur allait faire une crise de panique dès l'instant où il se retrouverait dans l'eau ? Que ce soldat si intrépide allait s'accrocher à lui comme un enfant terrifié en mendiant son aide ? Si Ghaalib ne lui avait pas maintenu la tête sous l'eau, ils seraient morts tous les deux.

Il soupira. Heureusement qu'il avait Hamid. Celui-là au moins avait déjà prouvé qu'il était capable de faire ce qu'on lui demandait sans l'aide de personne. Ghaalib regarda longuement cet homme qui s'était occupé seul du difficile travail de préparation, d'une façon aussi efficace qu'exemplaire. Il se dit une fois de plus qu'il avait fait le bon choix en engageant ce combattant fort et loyal.

Soudain, des cris excités venant du séjour éclatèrent, et ils s'amplifièrent lorsqu'un groupe d'hommes et de

femmes entrèrent dans la pièce. L'un des meilleurs éléments de Hamid se dressa devant lui.

« Nous refusons de rencontrer notre Créateur dans la tenue qu'il nous a procurée, dit-il en pointant Hamid d'un index rageur.

— Vraiment, Ali ? répliqua Ghaalib calmement. Et vous ferez quoi si on vous y oblige ?

— Nous abandonnerons l'action.

— Ah oui ? Mais Ali, nous sommes des soldats du djihad ! Les soldats d'Allah n'abandonnent pas une action.

— Selon nous, ce que vous nous demandez de faire est une profanation. C'est *haram.* »

Ghaalib tourna lentement la tête vers les autres. « Vous êtes d'accord avec Ali ? Vous voulez interrompre cette mission ? »

Certains allaient acquiescer, mais ils s'abstinrent.

« Je repose ma question : qui ici est d'accord avec Ali ? »

Aucun ne réagit, bien que Ghaalib sache parfaitement ce qu'ils pensaient tous.

« Qu'est-ce que tu en dis, Hamid ?

— Tu le sais très bien. Tout le plan repose là-dessus et il va falloir qu'Ali fasse comme nous tous.

— C'est hors de question, rétorqua celui-ci en se tournant vers les autres pour les convaincre de le suivre.

— Je suis désolé, dit Ghaalib en sortant son pistolet d'un pli de son caftan et en le pointant sur le visage d'Ali. Tu es seul et nous n'avons plus besoin de toi. »

Les deux femmes radicalisées qui se tenaient derrière Ali s'écartèrent en hurlant : « Noon ! »

Ghaalib tira et Ali s'écroula comme un sac de pommes

de terre, tandis que les autres se dispersaient pour éviter le sang. Seul Joan Aiguader resta sur place, mais quand une rigole rouge vint former une flaque contre le pneu de son fauteuil roulant, il devint aussi livide que si c'était lui qui avait été abattu.

Un cri éclata dans la pièce où Ghaalib gardait ses otages enchaînées au lit. Seul Hamid resta aussi impassible et immobile qu'une statue de sel.

« Ali vient de prendre le chemin du paradis. Il a vacillé mais j'ai eu pitié de lui. Aujourd'hui, les portes de Jannah se sont ouvertes pour un digne fils de la foi, dit Ghaalib.

— Il était l'un de tes meilleurs hommes, Ghaalib ! » reprocha celle des deux femmes qui se faisait appeler Jasmin à leur chef.

Du coup, ce fut elle qui dut éponger le sang et faire disparaître les traces.

Ghaalib remit son arme dans sa poche et quitta la pièce. À présent, ils n'étaient plus que dix dans le groupe actif, lui inclus.

Mais c'était encore bien assez pour causer un tort irréversible.

41

Assad

J-4

Assad était dévoré par le doute.

Est-ce que c'était une bonne idée ? Ces dernières heures, il avait été incapable de penser à autre chose.

« Tu crois que je dois aller au bout de ce plan, Carl ? lui demanda-t-il.

— Est-ce que tu as le choix ?

— Quel choix ? Nous sommes ici et Ghaalib est à Berlin.

— Nous n'en savons rien, Assad.

— J'ai des contacts, là-bas, je pourrais m'y rendre et les mettre au travail.

— Tu parles du *milieu* ? dit Carl, peu convaincu.

— Je parle de gens du crime organisé que j'ai eu l'occasion d'utiliser comme sources de renseignements depuis quelques années.

— Et tu penses que Ghaalib s'exposera assez pour que ça vaille la peine ?

— Je n'en sais rien.

— Alors je trouve que tu dois aller au bout de ce

plan. S'il veut se venger, tôt ou tard, il te trouvera, où que tu sois. Il faut commencer quelque part. Il est possible que nous n'ayons pas tout à fait évalué les risques, mais te sens-tu capable de prendre celui de ne pas le faire ?

— …

— Assad, tu m'entends ? »

Assad hocha la tête et leva le pouce à l'intention du collaborateur de Herbert Weber qui était en train de lui parler à voix basse depuis l'autre côté de la pièce. L'oreillette était la plus petite qu'il ait jamais vue.

« Vous ne prenez pas de risque inutile, d'accord ? »

Herbert Weber se campa devant lui, le doigt levé, tel un instituteur de la vieille école, mais Assad savait ce qui était en jeu, au-delà de sa misérable vie, et il acquiesça.

« Si vous êtes mort, Ghaalib n'aura plus de raison de différer l'attentat, vous comprenez ? »

Assad comprenait. Ce facteur était peut-être sa meilleure assurance-vie, à moins que Ghaalib vienne lui-même au rendez-vous.

« Regardez bien ces photos. Elles ont été prises hier. S'il a décidé de vous tuer, ce dont je doute, il y a un important nombre de fenêtres tout autour de ce parc, depuis lesquelles un bon tireur n'aurait aucune difficulté à vous atteindre. Et c'est à cela que nous devons faire attention. »

Assad observa les façades entourant le parc. Il y avait des rideaux, des reflets, des pots de fleurs sur les appuis de fenêtre. Les immeubles du côté est étaient d'une hauteur de cinq ou six étages, avec des balcons et des terrasses occultées par des claustras sur le toit.

Qui pourrait prétendre être capable de surveiller un champ de tir aussi vaste ? Ghaalib avait peut-être déjà posté là-haut deux de ses disciples fanatiques, armés de carabines de précision. Le fait qu'ils soient tous prêts à mourir et à rejoindre Jannah, le paradis musulman, les rendait invincibles. Peut-être y avait-il déjà quelque part, derrière l'une de ces fenêtres, un ou deux cadavres de riverains dont le seul tort avait été d'ouvrir leur porte.

« Je vois à votre regard que vous êtes sceptique, Assad, et je vous remercie de vous faire du souci pour mes hommes. Mais sachez que nous avons visité une grande partie de ces appartements. Vous pouvez être tranquille, ils sont tous sous surveillance. Nous avons réparti cinq tireurs d'élite autour de la place, et je vous défie de me dire dans quels appartements ils se trouvent.

— Vous espérez arrêter un terroriste vivant ? demanda Carl.

— Ça dépendra entièrement de notre ami, dit-il en désignant Assad. Nous devons partir du principe que si terroriste il y a, il s'agit d'un kamikaze. Si la situation devient critique, ce sera compliqué, surtout s'ils sont plusieurs et qu'ils sont dispersés.

— Je sais reconnaître le regard d'un homme qui est sur le point de se faire exploser, dit Assad. Je le neutraliserai avant qu'il passe à l'acte. »

Mais il mentait. Il ne savait rien du tout, car il n'y a pas deux êtres humains au monde qui réagissent de la même façon au moment de se donner la mort. Il avait effectivement assisté à des attentats-suicides, mais toujours de loin et ça avait été chaque fois une expérience effrayante, absurde et monstrueuse.

« Et quid de la place elle-même, des véhicules garés, des arbres ? » s'enquit Carl.

Assad lui sourit. Ses questions étaient inutiles, mais touchantes.

Il était exactement 7 h 50 quand Assad arriva par Bruchstrasse, traversa Gutzkowstrasse en diagonale et s'engagea sur le chemin à travers l'ancien cimetière transformé en espace vert.

Comme Weber l'avait dit, rien ne permettait de deviner que cinq hommes parfaitement entraînés étaient postés derrière les fenêtres et surveillaient la scène à travers la lunette de leur carabine.

Autour de lui, la circulation matinale s'écoulait lentement. Alors que d'habitude le stakhanovisme de cette ville commerçante générait une effervescence notable vingt-quatre heures sur vingt-quatre, les piétons ne semblaient pas pressés.

« Ce sont des gens à nous qui patrouillent, restez calme », dit la voix dans son oreillette, levant le voile sur cette anomalie.

Assad était calme. Weber avait mis tant d'hommes sur le terrain qu'il plaignait presque le ou les types que son ennemi avait envoyés faire le sale boulot. Mais seulement « presque ».

« Je pense que vous devriez marcher plus lentement, Assad, reprit la voix. Il y a quelqu'un qui arrive. Dans un instant il sera au bout de Bruchstrasse. On va le mettre à l'épreuve. »

Assad leva sa montre-bracelet à la hauteur de ses yeux, comme s'il était un peu myope et qu'il voulait voir l'heure. En effet, dans le verre de la montre, il

vit une silhouette s'approchant par-derrière d'un pas rapide.

Encore vingt-cinq mètres et je serai à portée de tir, se dit-il en restant malgré tout sur place. Il savait qu'il pouvait sortir le pistolet de la poche de son pardessus en une seconde, parce qu'il s'était entraîné toute la soirée de la veille. Un tour sur lui-même et il viserait l'épaule. Il tirerait deux fois, une balle dans l'épaule droite, une autre dans la gauche.

L'individu était maintenant arrivé au coin de Gutzkowstrasse. Il s'arrêta quelques instants.

« Vous voyez s'il est en train de prendre quelque chose dans sa poche ? demanda Assad à l'homme dans l'oreillette.

— Je ne sais pas, je ne vois pas. » Une seconde plus tard, il reprit : « On m'informe qu'il s'est arrêté pour regarder autour de lui. Maintenant, il tourne à droite. Il était simplement en train de chercher son chemin. On va le tenir à l'œil.

— Il n'y a pas beaucoup de feuilles sur les arbres, mais de là où je suis, je n'ai pas une vue dégagée sur tout le parc.

— Non, mais nous, on vous voit. Ne levez pas la tête, il y a un drone qui vous survole depuis tout à l'heure.

— Faites-le partir. Il n'y a rien qui déclenche autant les signaux d'alerte que ces foutus engins.

— Ne vous inquiétez pas, il est à trois cents mètres du sol ! Dans un court instant, un cycliste va passer devant vous. Il arrivera de Schifferstrasse. Ne lui tirez pas dessus. C'est quelqu'un de chez nous. Il est là pour observer s'il y a du mouvement dans le parc.

— On a le droit de faire du vélo, ici ?

— Je n'en sais rien. Je crois, oui. On s'en fout, non ? » Ce type regarde trop de séries américaines, songea Assad. « Faites comme si vous alliez aux toilettes, Assad. Vous les voyez, elles sont sur votre gauche.

— Je les ai vues, oui, mais ce que je vois surtout, c'est le terrain de jeux derrière. Et je vous signale que j'entends un rire de gosse. Vous avez bien vérifié qu'il n'y avait personne ? »

Assad entendit un conciliabule dans son oreillette. Oui, ils avaient vérifié, mais pas assez bien, visiblement.

« Faites partir ce gosse avant que je sorte des toilettes, d'accord ?

— Attendez ! Ça bouge, restez à l'extérieur. Vous voyez la voiture qui s'approche par l'ouest, sur Gutzkowstrasse ? Elle roule un peu trop vite, à mon avis. »

Assad se retourna en entendant hurler les freins du véhicule. Un homme en sortit à la hâte, s'immobilisa pour regarder en direction du parc. Hormis le coupe-vent, il portait exactement la tenue qu'on s'attendrait à voir sur un paysan au Moyen-Orient. Pantalon ample et bouffant s'arrêtant au-dessus des chevilles pour être halal et conforme aux préceptes du Coran. La calotte qu'il portait sur la tête était blanche et ses chaussures pointues s'incurvaient au bout.

La main d'Assad se resserra autour de la crosse de son pistolet.

« Il arrive… », eut-il le temps d'entendre avant qu'un coup de feu le fasse sursauter et provoque l'envol de tous les oiseaux du parc.

Assad n'avait pas remarqué d'où était parti le tir, mais il vit une pluie de bris de verre tomber d'une fenêtre

dans l'un des premiers immeubles de béton blanc se dressant sur sa droite.

« Merde, entendit-il dans son oreillette. On a un homme à terre. » Puis il y eut une grande agitation. Lorsqu'un deuxième coup de feu éclata, déclenchant une nouvelle averse de verre, Assad fit instinctivement un tour sur lui-même, à temps pour voir son agresseur à dix mètres de lui, courant, pistolet tendu, calotte de travers sur le point de tomber de sa tête.

L'homme pressa la détente par deux fois, mais les coups ne partirent pas. Alors il jeta son arme, continua à courir et, quand il ne fut plus qu'à deux mètres de lui, Assad le vit sortir un couteau si long qu'il se demanda où il avait pu le cacher.

Le tir d'Assad le toucha à la gorge mais ne suffit pas à l'arrêter. Pour cela, il fallut un autre coup, venant d'en haut, qu'il prit en pleine tête.

« Il y en a d'autres ? » cria-t-il, sans que personne ne lui réponde dans l'oreillette.

Assad se figea. Un enfant cria sur le terrain de jeux, mais ce n'était pas pour s'amuser.

« Hé ! On peut savoir ce qui se passe ? » lança-t-il de nouveau en retournant le cadavre du bout du pied. Son agresseur, un tout jeune homme, avait encore les yeux ouverts. Comment pouvait-on convaincre quelqu'un de son âge de faire ce genre de choses ?

Un crépitement résonna dans l'oreillette. La voix n'était pas la même et l'homme semblait choqué.

« Ne restez pas là, Assad. C'est dangereux.

— Et l'enfant ? Qu'est-ce qui se passe ?

— Il n'y a pas d'enfant. C'étaient des gosses qui jouaient dans Danneckerstrasse, une petite rue, de

l'autre côté du parc. L'un d'eux est tombé et s'est fait mal sur le bitume, rien de grave. »

Rien de grave ? Il pouvait parler ! C'était quand même ce qui lui avait fait perdre sa concentration pendant une seconde. Cette rue aurait dû être mieux sécurisée.

Assad alla se dissimuler derrière un tronc d'arbre. « Qui a tiré ? D'où est venu le coup de feu, exactement ?

— On n'en sait rien, c'est pour ça qu'on veut que vous alliez vous mettre à l'abri.

— Pourquoi est-ce que je ne parle pas à la même personne que tout à l'heure ?

— Parce qu'il est mort, Assad. Lui et son coéquipier ont été touchés. Je suis dans la pièce où ils se trouvaient. Ils sont devant moi. Ils sont morts. »

Assad était sous le choc. L'homme qui parlait dans son oreillette il y a quelques instants encore n'existait plus. « Ne vous inquiétez pas », lui disait-il. Il aurait été mieux avisé de lui dire un truc du genre : « Mieux vaut prévenir que guérir » et d'agir en conséquence.

Soudain, un troisième coup de feu éclata et, cette fois, le projectile souleva la poussière dans l'ombre que la silhouette d'Assad dessinait sur le gravier. Exactement à l'endroit du cœur.

Difficile d'imaginer un message plus explicite.

Le regard d'Assad glissa sur les façades situées à l'ouest du parc.

« Vous vous occupez du sniper ? demanda-t-il à son nouvel interlocuteur.

Une unité est en route. »

Assad resta là, concentré, immobile. Autour de lui, on s'agitait de tous les côtés au son des sirènes. Un commando composé d'hommes de Weber et d'agents de

la police municipale munis de gilets pare-balles courait vers le bâtiment d'où le tir était parti.

Au bout de près de deux heures de fouille, l'alerte fut levée.

Herbert Weber était aussi choqué que Carl lorsque tous les deux quittèrent leur position à l'hôtel.

Carl avait apporté une bouteille d'eau et Weber dit à Assad, d'un un air profondément affligé : « Nous l'avons manqué. Il a laissé des douilles, un blister de médicaments vide et rien d'autre. Nous ne savons pas comment il a réussi à éviter nos hommes, mais nous pensons qu'il était là depuis plusieurs jours et qu'il a même parlé à nos collègues quand ils ont fait le tour du quartier et de ses résidents.

— Les voisins nous ont dit que le propriétaire de l'appartement était absent depuis au moins dix jours et qu'ils n'ont pas entendu le moindre bruit à l'intérieur avant les coups de feu », expliqua Carl. Il tendit la bouteille d'eau à Assad et le prit fermement par l'épaule.

« Je suis content que ce ne soit pas tombé sur toi, mais comme tu sais, deux hommes de l'équipe de Weber ont malheureusement été tués et la nouvelle va faire des vagues. » Il montra du doigt l'hôtel où Assad avait pris une chambre. « Schifferstrasse est entièrement fermée à la circulation. Sinon nous serions déjà harcelés par une horde de journalistes. »

Assad baissa les yeux vers le cadavre. La flaque de sang autour du corps était déjà presque noire.

« Je suis désolé pour vos hommes et leurs familles, dit Assad à Weber. Nous aurions dû prévoir que ce genre de choses pouvait arriver. »

Weber acquiesça. « Je ne vous ai pas encore dit combien de douilles ont été trouvées dans l'appartement du tireur.

— Je présume qu'il y en avait trois, devina Assad. Les deux qui ont abattu vos hommes et celle qui a touché mon ombre. »

Weber secoua la tête.

Carl corrigea la réponse de son ami. « Il y en avait quatre. C'est le sniper qui a abattu le terroriste d'une balle dans la tête. »

Assad regarda Carl sans cligner des yeux. Il avait du mal à respirer.

« Il est probable qu'il ait craint que votre tir à la gorge ne suffirait pas à l'arrêter », précisa Weber.

Assad réfléchit. La balle était entrée dans sa tempe gauche. Elle venait effectivement du même côté que celles qui avaient tué les collègues de Weber.

Carl observa le mort à leurs pieds. « Il n'était pas très vieux, fit-il remarquer.

— Non, il devait avoir à peine vingt ans, enchérit Assad. Quel gâchis. »

De profondes rides creusaient le front de Carl. « S'il avait eu une ceinture d'explosifs, tu ne serais plus parmi nous, mon ami. Mais apparemment, Ghaalib ne souhaitait pas que ça se termine comme ça. Et il n'était pas non plus prévu que tu tombes sous les balles du sniper, sinon il aurait eu tout loisir de le faire au moment où tu es entré dans le parc. »

Assad décida de ne pas relever. « Je peux ? » demanda-t-il à Weber.

Le policier opina du chef et lui tendit une paire de gants en latex.

« Nous sommes d'accord que son pistolet n'a pas pu s'enrayer par hasard, n'est-ce pas ? Pas deux fois de suite ! dit Assad en s'agenouillant près du corps.

— Vous avez quelque chose à nous dire là-dessus ? demanda Weber aux hommes qui étaient en train d'examiner l'arme.

— Le percuteur a été limé, répondit le premier.

— Cela confirme que Ghaalib ne voulait pas qu'il vous tue. » Brusquement, Assad comprit. Il descendit avec précaution la fermeture Éclair du blouson du jeune homme pour découvrir en dessous une chemise si neuve et si impeccablement repassée qu'on aurait cru qu'il venait de la sortir de son emballage. Il s'était préparé pour monter au paradis, et Assad pensa à cette mère, quelque part, qui allait pleurer toutes les larmes de son corps.

« Il y a un portefeuille dans sa poche intérieure », annonça Assad en le tendant à Weber qui le prit d'une main légèrement tremblante. Bientôt, il allait devoir donner une explication à tout cela devant les caméras de télévision et serait mis sur le gril. Ce serait à lui d'assumer la responsabilité de la mort de deux de ses collègues.

« Je lis sur son permis de conduire qu'il a exactement dix-neuf ans et deux jours, puisque c'était son anniversaire avant-hier, dit Weber. Le permis ne lui aura pas servi très longtemps, il ne l'avait que depuis quatre mois. Il y a la carte d'une bibliothèque qui se trouve à quelques rues d'ici. Il s'appelle Mustafa. C'est drôle, je me suis souvent fait la réflexion que c'était un prénom doux et innocent. » Il tendit le portefeuille à un technicien de la police scientifique.

Deux autres experts vinrent à la rescousse et toutes les poches du cadavre furent soigneusement vidées et leur contenu étalé sur une nappe en plastique posée au sol. Un mouchoir blanc, une lettre de la mairie, vingt-cinq euros en billets et en pièces, un trousseau de clés dont il n'aurait plus besoin. Et un petit mot sur une feuille de papier.

Félicitations, tu es encore en vie.

Étape suivante, Berlin. Surveille bien les espaces verts et les grandes places, surtout dans les endroits où le pigeon vole bas. Et n'oublie pas, Zaid, le temps t'est compté. À bientôt.

« Le pigeon ? » Weber secoua la tête, sans comprendre. « Vous pensez que c'est une allusion symbolique au jeune homme ?

— C'est-à-dire ? demanda l'un de ses hommes.

— Ce pauvre garçon a agi comme une sorte de pigeon voyageur, engagé pour déposer un message au prix de sa propre vie ? Jusqu'où va le cynisme de ce démon de Ghaalib ? »

Assad inspira profondément. Il resta un long moment les yeux fixés sur le message de son ennemi.

Le temps lui était compté, disait-il.

Et Berlin était une ville gigantesque.

42

Rose

J-4

Pendant que Rose et Marcus Jacobsen se documentaient sur la devise latine *Perseverando*, Gordon s'activait sur son ordinateur.

« J'ai envoyé le portrait-robot à l'école de Bagsværd, annonça-t-il. Espérons que ça va mordre. »

Rose n'avait aucun doute. « Mon intuition féminine, qui jusqu'ici ne s'est jamais démentie, me dit que j'ai raison. N'est-ce pas sur la persévérance, *perseverando*, que ce garçon bâtit tous ses actes ? L'obstination dont il a dû faire preuve pour atteindre les deux mille cent dix-sept victoires dans ce jeu nous le montre. Manifestement, contrairement à nous, il connaissait la signification du mot et n'est donc pas complètement inculte. Et enfin, *Perseverando* étant la devise de l'école privée de Bagsværd, je refuse de croire qu'il n'y a pas un lien.

— Est-ce qu'il n'y aurait pas un moyen de savoir à quel jeu il joue, et éventuellement où il l'a acheté ? » proposa Marcus Jacobsen.

Gordon soupira. « Malheureusement, pour se procurer

du software aujourd'hui, le plus courant est de le télécharger à partir d'une plate-forme quelconque. Il me semble assez illusoire de le retrouver de cette façon, sans compter que nous manquons de temps. Vu la personnalité du garçon, je ne le vois pas jouer à un jeu d'équipe comme Counter-Strike ou quelque chose d'équivalent. Et puis, il peut l'avoir acheté il y a longtemps. Je me suis renseigné auprès de spécialistes des jeux vidéo et de quelques geeks de ma connaissance. Selon eux, il n'y a aucun moyen de savoir comment il se l'est procuré.

— C'est un jeu dans lequel il s'agit de tuer des gens, si j'ai bien compris. Mais est-ce qu'il y a des armes blanches, dedans, comme un sabre de samouraï, par exemple ? s'enquit Marcus.

— J'en doute. Des couteaux, peut-être, mais pas de sabre de samouraï, ou alors il faut chercher dans une tout autre direction. Du côté d'un jeu comme Onimusha, par exemple, sur PS2.

— Pardon ? » Marcus avait l'impression que Gordon lui parlait chinois.

Gordon sourit. C'était là qu'on sentait le fossé des générations. « PS est le diminutif de PlayStation, Marcus ! »

Le patron de la Crim' haussa les épaules. « Comme vous vous en doutez, je suis très loin de mon domaine de compétence, là. Mais ce que je sais, c'est que par l'intermédiaire de nos collègues du renseignement, nous pourrions obtenir des opérateurs qui contrôlent les mâts de téléphonie mobile qu'ils nous donnent un coup de main. Je sais que cela ne sert pas à grand-chose, à cause des cartes téléphoniques et des conversations

trop brèves, mais je vais quand même leur demander de faire au mieux.

— Effectivement, ils devraient nous permettre de réduire la zone de recherche à une centaine de mètres. Comme ça, on saura à peu près de quel quartier il nous appelle », ajouta Gordon, encourageant.

Rose ne dit rien parce qu'elle savait qu'ils se mettaient tous les deux le doigt dans l'œil.

Une heure après que Marcus Jacobsen était remonté dans son bureau, ils reçurent un appel d'une employée administrative de l'école privée de Bagsværd. Elle se montra très aimable et apparemment compétente. Elle avait fait ce qu'on attendait d'elle, jusqu'au moindre détail, mais malheureusement, sa réponse ne fut pas celle qu'ils espéraient.

« Juste pour être sûre, vous m'avez bien dit que le jeune homme avait vingt-deux ans ?

— Oui, répondit Rose.

— Si je vous demande ça, c'est parce que certains de nos professeurs ont pu l'avoir dans leur classe.

— Je vous le confirme.

— Alors, j'ai peur de devoir vous décevoir, car aucun d'eux n'a reconnu le portrait qui était joint à votre e-mail. Cela nous surprend, bien sûr, qu'il se serve de notre devise de cette manière, mais la réponse est non. Ce jeune homme n'a jamais fréquenté notre école. »

Rose fit défiler dans sa tête les jurons qui exprimaient le mieux sa frustration. Elle en trouva beaucoup. Énormément, même.

« J'ai vérifié, mais je n'ai pas trouvé d'autres établissements scolaires qui utilisent le terme *Perseverando* dans un contexte officiel », dit Gordon.

« Un contexte officiel ». Elle lui en ficherait, des « contextes officiels ». Ça ne voulait rien dire et surtout, cela ne les menait nulle part !

« On n'a plus qu'à attendre qu'il rappelle. On lui demandera à ce moment-là où il est allé chercher cette expression », reprit Gordon avec une certaine nervosité.

Attendre, attendre, toujours attendre, songeait Rose. Comment pouvait-on considérer l'attente comme une option raisonnable alors que le sablier était déjà presque écoulé ?

« Une seconde, Gordon ! J'ai une idée, s'exclama-t-elle soudain. J'ai déjà parlé de cette affaire avec Mona et je crois que je vais l'appeler. Si quelqu'un peut nous aider à cerner le profil de ce garçon, c'est elle. »

Elle téléphona à la psychologue de l'hôtel de police sur sa ligne fixe, sans succès.

« Elle n'est pas censée être à son bureau, à cette heure-ci ? » demanda-t-elle à Gordon.

Il consulta son carnet de notes et hocha la tête. « Essaye de l'appeler chez elle, peut-être qu'elle est partie de bonne heure », suggéra-t-il.

Rose suivit son conseil. Ce ne fut pas Mona qui répondit mais quelqu'un à la voix plus grave, que Rose ne reconnut pas.

« Mathilde à l'appareil », dit son interlocutrice sur un fond sonore de cris et de disputes.

« Hector ! Ludwig ! Vous voulez bien la fermer une seconde ! » ordonna-t-elle sans beaucoup de résultat.

— Je suis Rose Knudsen, de l'hôtel de police de Copenhague, est-ce que je pourrais parler à Mona, s'il vous plaît ?

Non, elle a été emmenée au Rigshospitalet, ce matin. »

Le front de Rose se plissa. Quelle froideur dans le ton pour délivrer une information aussi importante !

« Mona a été hospitalisée ? Je suis désolée de l'apprendre. Je peux vous demander qui vous êtes ?

— Ha ! Je la reconnais bien là. Je parie que vous ne saviez même pas que ma mère avait une fille qui s'appelle Mathilde. Dommage pour moi qu'elle n'éprouve pas le besoin de s'en vanter, pas vrai ?

— Je regrette. Je l'ignorais, en effet. Mais nous avons surtout des relations de travail, vous savez. Elle n'a rien de grave, j'espère ?

— Moi je trouve ça plutôt grave d'aller se faire mettre en cloque à cinquante et un ans d'un môme qui n'arrive pas à s'accrocher à son utérus. »

Rose pensa à Carl. OK… Pour une nouvelle, c'était une nouvelle !

« Elle n'a pas fait une fausse couche, au moins ?

— Si seulement. Franchement, je ne me sens absolument pas prête à accueillir un demi-frère ou une demi-sœur qui aura trente-trois ans de moins que moi. »

Non mais quelle garce ! songea Rose.

« Dans quel service est-elle ? demanda-elle le plus calmement possible.

— Probablement pas dans le service d'aide à la procréation, coassa-t-elle avec un rire gras. Oh, les garçons ! Vous allez la fermer, bon Dieu, sinon, je vous fous dehors ! » hurla-t-elle avant de raccrocher au nez de Rose.

Rose trouva Mona dans la dernière chambre au bout du couloir du service de gynécologie du Rigshospitalet. Elle était pâle et fatiguée.

« Rose, c'est toi ? C'est gentil de venir me voir », lui dit-elle.

Rose nota le regard de Mona qui l'inspectait rapidement de la tête aux pieds, mais elle ne lui en voulut pas. Elles ne s'étaient pas vues depuis plus de deux ans, et après tout, on avait bien le droit de prendre vingt-deux kilos de culotte de cheval, non ? Il aurait fallu être aveugle pour ne pas le remarquer.

« Tu vas bien ? demanda-t-elle.

— Tu veux savoir si je vais réussir à garder ce bébé ? »

Rose acquiesça.

« Les prochains jours le diront. Comment as-tu su que j'étais là ? Mathilde ne vous a pas appelés, si ?

— Tu veux dire ta douce et gentille fille qui s'occupe si affectueusement de Ludwig et de ses copains ? »

Mona sursauta sous la couette. Tant mieux, cela voulait dire qu'elle avait encore un peu de jus.

« Non, c'est moi qui ai appelé chez toi pour que tu m'aides sur un profil psychologique, mais je ne vais pas t'embêter avec ça maintenant, même si c'est un peu urgent.

— Un peu ?

— Très, en fait.

— Il s'agit du garçon qui vous téléphone ? »

Rose acquiesça.

Au bout d'une demi-heure, le personnel vint dire à Rose que la patiente avait besoin de se reposer.

« Cinq minutes », répondit Mona à l'infirmière, et Rose se demanda en voyant la sale mine qu'elle avait, si ce n'étaient pas cinq minutes de trop.

« Tu m'exposes une situation qui pourrait bien être réelle, dit Mona. Je n'ai aucun mal à m'imaginer le garçon dont tu parles. » Elle tapota la couette devant elle comme si le portrait du jeune homme était posé sous ses yeux. « Je me demande dans quelle famille dysfonctionnelle il a grandi pour en arriver à tuer son père d'une façon aussi bestiale et à menacer sa mère de lui faire subir le même sort.

— Il est psychopathe ou fou, à ton avis ?

— Je ne le crois pas psychopathe au sens clinique du terme, même si son absence totale d'empathie le laisserait penser ; le fait qu'il envisage de nuire à des gens qu'il ne connaît pas pointe également dans ce sens. Cependant, un garçon qui vit renfermé dans son propre monde peut offrir une large palette de troubles psychologiques. Il est totalement barjo, c'est certain, mais à de nombreux points de vue, il semble un peu trop en contrôle pour que je puisse le cataloguer comme fou. Je ne pense pas non plus qu'il soit schizophrène. Pourtant, un profil paranoïaque et schizoïde peut parfois être amené à agir de manière imprévisible. Le monde d'aujourd'hui fabrique beaucoup d'individus de ce genre. L'égocentrisme et l'indifférence aux autres sont des maux très répandus.

— J'ai l'impression que tu as déjà une théorie. Dis-la-moi vite avant qu'on me mette dehors. »

Mona se redressa avec un peu de difficulté, comme si elle avait mal aux reins d'être restée trop longtemps allongée.

« Je peux revenir demain, Mona, si tu préfères.

— Non, non, ça va aller. » Elle attrapa son verre d'eau et s'humecta les lèvres. Puis elle posa la main sur

son ventre. « Bien sûr que ça va aller. Il FAUT que ça aille !

— Tu veux que je prévienne Carl ?

— Pas pour le moment. Mais si mon état ne s'arrange pas, j'aimerais bien qu'il rentre.

— D'accord.

— Revenons à ma théorie, car tu as raison, j'en ai une. À ton avis, à quel moment un garçon de vingt-deux ans, parfaitement normal, utilise-t-il une expression comme : "faire preuve de persévérance" ou sa traduction latine *perseverando* ?

— Jamais.

— Exactement. Sauf pour plaisanter ou se moquer de quelqu'un. Tu me suis ?

— Je ne suis pas sûre. Ce que tu dis, c'est que ce n'est pas une expression à lui ?

— Si, si, elle fait partie de son vocabulaire, mais ce n'est pas à l'école qu'il l'a apprise, plutôt de la bouche de ses parents. Je pense qu'il est fils unique et que sa mère, ou plus probablement son père, a été particulièrement exigeant avec lui. Ça a pu l'amener à haïr son entourage. »

Rose était bien placée pour comprendre où Mona voulait en venir. « Bien sûr ! Son père lui a inculqué cette notion et il lui a répété ce mot toute sa vie. "Tiens le coup, fils, continue, n'abandonne jamais" et toutes ces conneries. Je sais exactement de quoi tu parles. »

Mona la regarda longuement sans rien dire et Rose lut dans ses pensées. Elle aussi avait grandi dans l'ombre de son père, et les conséquences avaient été désastreuses.

La psychologue inspira longuement. « Voilà, c'est exactement ça. C'est son père à qui on a inculqué cette

devise vertueuse et qui ensuite l'a imposée à son fils. Mais le gamin l'a déçu parce qu'il ne s'est pas montré à la hauteur, il n'a pas réussi à se conformer à la règle de vie que *Perseverando* préconise. J'irai jusqu'à prétendre que cet échec a abouti à un grave dysfonctionnement de leur relation père-fils.

— Ce serait le père qui aurait fréquenté l'école de Bagsværd ?

— C'est possible.

— Ce qui malheureusement ne nous mène pas à grand-chose, puisque nous ne savons pas qui il est. Il peut s'agir de n'importe quel individu de sexe mâle âgé de quarante-deux ans et plus, ayant fréquenté cette école privée à un moment de sa vie. On parle de deux cents sujets, au moins. Je n'ai pas demandé combien d'élèves cette école accueille chaque année.

— Je m'en doute, et je ne pense pas que ce soit par ce bout-là qu'il faille aborder votre enquête, faute de temps. Mais ça ne vous empêche pas de confronter le jeune homme avec le profil que nous venons d'établir.

— Comment ça ?

— Dites-lui que vous savez que son père a fréquenté Bagsværd et que vous êtes sur le point de découvrir son identité. Dites-lui aussi que vous comprenez à quel point ça a dû être difficile pour lui de grandir avec un père comme le sien et qu'il a dû se sentir terriblement seul, sans frères et sœurs pour faire diversion. Dites-lui que vous devinez que sa mère n'est jamais intervenue quand son père le harcelait avec ses perpétuelles exigences. »

Elle réfléchit quelques instants.

« Et surtout pensez à lui dire que sa peine serait considérablement allégée s'il voulait bien se rendre ; avec une

enfance difficile et le harcèlement psychologique qu'il a subi, il bénéficierait de circonstances atténuantes ; en libérant immédiatement sa mère, il montrerait qu'il est disposé à trouver un arrangement avec la loi. Et surtout faites-lui savoir que vous n'avez pas la moindre sympathie pour son père, c'est lui le méchant dans l'affaire. Avec un peu de chance, on sauvera la vie de la mère et des autres personnes sur qui il pourrait avoir envie de décharger sa colère.

— Et la migrante noyée qu'il a exposée en photo sur son mur, tu en penses quoi ? Qu'est-ce qui a pu le pousser à faire ça ?

— Je crois que c'était pour exprimer son indignation face à l'indifférence. Je crois qu'il a retourné l'amour dont il a été privé – et qu'il est devenu incapable de ressentir pour son prochain – pour en faire une arme dont il se sert aujourd'hui afin de dénoncer une indifférence plus grave encore, celle dont l'humanité tout entière se rend coupable.

— Waouh ! s'exclama Rose.

— Ou au contraire, la victime 2117 lui rappelle une personne qu'il a réellement aimée. Quoi qu'il en soit, aborder ce sujet pourrait le rendre plus accessible. Et si vous arrivez à ce qu'il s'ouvre un peu, je sais qu'ensuite vous saurez mieux que personne profiter de la brèche.

— On va essayer. Merci, Mona. Est-ce que moi je peux faire quelque chose pour toi ? »

Elle acquiesça. « Oui. T'occuper de Ludwig. Mathilde a autant de tendresse pour cet enfant qu'un requin-tigre. J'ai lu quelque part que non seulement la femelle mange ses propres petits mais que mâles et femelles chassent et dévorent leurs frères et sœurs dans l'utérus de leur mère.

Mathilde est totalement dépourvue du moindre instinct maternel. Tu ferais ça pour moi ? »

Rose resta un long moment sans répondre. Ce que lui demandait Mona était au-dessus de ses forces et elle devait trouver un moyen de refuser. Ludwig était un ouragan capable de détruire son appartement en moins de temps qu'il ne faut pour le dire.

« Tu pourrais allez t'installer chez moi, Rose », suggéra Mona comme si elle devinait ses pensées.

Rose déglutit. Là, Mona poussait le bouchon un peu loin.

« Tu sais quoi, Mona ? rétorqua-t-elle, le cerveau en ébullition. J'ai une meilleure idée. Je vais demander à Gordon d'aller le chercher à la sortie de l'école et de le ramener chez lui. »

Un petit câlin le dédommagerait pour sa peine.

43

Joan

J-3

Bien qu'elle ait pratiquement lieu en silence, ce fut la prière du matin qui le réveilla. Toujours à heure fixe, toujours suivant des règles immuables. C'était peut-être ça qui l'effrayait le plus chez ses geôliers. Cette discipline absolue dès qu'il s'agissait de leur religion. Elle dirigeait leur vie et leurs pensées à un point qui dépassait son entendement. Il lui arrivait même de les envier. Le prêtre qui lui avait fait faire sa communion solennelle était loin de lui avoir transmis l'exigence spirituelle collective qu'est supposé avoir un vrai catholique.

Les sons provenant de la pièce voisine exprimaient justement cette communion d'esprit, la promesse d'une félicité absolue dans l'autre monde qui rendait supportable leur misérable vie dans celui-là.

Il se tourna vers l'homme qui avait pour mission de changer régulièrement ses couches et, malgré son humiliation, il tâcha de lui témoigner un minimum de reconnaissance.

« On va venir te chercher dans un instant », l'informa

celui-ci. Puis il plissa les yeux et retint son souffle, dans l'attente de l'éternuement qui retentit bruyamment. Il sortit un mouchoir de sa poche, se moucha et partit.

Joan bougea les poignets pour tenter d'arracher l'adhésif qui l'immobilisait. Il l'avait fait si souvent, durant les précieuses secondes qui précédaient le moment où la drogue faisait effet, causant une paralysie presque totale. Et, comme chaque fois, il regretta d'avoir essayé. Non seulement sa chair était à vif, mais ses plaies commençaient à suppurer.

Moins de trente secondes plus tard, la tête de Joan s'inclina sur le côté. Il sentit la tension dans les muscles de son cou, mais ne put le redresser.

Les tapis de prière avaient été de nouveau roulés et rangés le long de la plinthe au pied du mur. Chacun était habillé et sur le qui-vive lorsque Ghaalib pénétra dans le grand salon de l'appartement berlinois en compagnie de Hamid.

« Aujourd'hui va avoir lieu notre première répétition générale. Nous ne savons pas encore exactement comment se déroulera la représentation, mais plus nous nous entraînerons, plus nous aurons de chances qu'elle se passe bien. Et nous souhaitons tous que ce soit le cas, n'est-ce pas ? »

L'auditoire opina du chef. La tache sur le grand tapis était là pour rappeler à chacun que la cohésion d'un groupe était un édifice fragile.

Les portes de la salle à manger s'ouvrirent et deux autres fauteuils roulants furent conduits au milieu de la pièce.

Les deux femmes qu'il avait vues pleurer sur la plage d'Ayia Napa avaient beaucoup vieilli depuis ce jour-là.

La plus âgée était à tel point abrutie par les drogues que sa bouche restait constamment béante sur les deux chicots noircis qui lui restaient. S'ils continuent à me séquestrer encore longtemps, je finirai par ressembler à ça, se dit Joan, mais il réfuta aussitôt cette idée : il ne survivrait jamais aussi longtemps. La farce qu'ils étaient en train de jouer n'était-elle pas le prélude à son trépas ? Bien sûr que si.

Il s'efforça de sourire à la plus jeune, mais n'y parvint pas. Elle avait l'air tellement perdue avec cette robe trop grande et ce regard effrayé.

Qu'as-tu vu, jeune fille ? se demandait-il au moment où un grincement de roues mal huilées se fit entendre derrière l'une des nombreuses portes.

Tous ceux qui le pouvaient tournèrent la tête dans cette direction. Ce fut Jasmin qui alla ouvrir et un murmure de surprise traversa le groupe.

Deux hommes applaudirent spontanément lorsqu'une jeune femme dont le visage épuisé était marqué d'une tache de naissance sur la joue entra en fauteuil roulant. Elle était poussée par un jeune homme d'environ dix-huit ans au sourire doux et au regard légèrement ahuri. Joan ne l'avait encore jamais vu. Le pauvre ne savait peut-être pas encore ce qui l'attendait.

« Voilà, notre cortège est au complet, maintenant. Je vous présente Afif, qui est un bon garçon, même s'il est un peu lent », annonça Ghaalib d'un ton empreint de gentillesse. Incroyable ! Cet homme était donc capable d'avoir des sentiments ? La façon dont ces deux-là se regardaient était assez surprenante – un mélange d'amour et de complicité qui était en totale contradiction avec ce qui se passait ici.

« Afif ne participera pas à la préparation de notre action, mais il nous sera utile au dernier moment parce qu'il a l'air totalement inoffensif. En nous voyant en sa compagnie, qui pourrait nous soupçonner d'être animés de mauvaises intentions ? »

Tout à coup, une plainte déchirante figea l'assemblée. Les trois femmes venaient de se voir. Et, bien que la troisième fût également paralysée par les médicaments, toutes les injections du monde n'auraient pas été en mesure d'étouffer l'émotion qu'elle ressentit ni d'endiguer le flot de larmes qui jaillit de ses yeux. Les deux autres femmes semblèrent soudain libérées, comme si elles étaient prêtes, désormais, à se laisser glisser vers la mort. Le regard qu'elles échangèrent avec la nouvelle fut comme une ligne de vie qu'elles avaient lâchée et rattrapée.

Les gémissements continuèrent, mais Ghaalib les ignora.

« Comme vous pouvez le voir, nous avons réuni la famille de Zaid al-Asadi. Maintenant, nous disposons de quatre paralytiques qui auront chacun leur rôle à jouer. La plus jeune, Ronia al-Asadi, accompagne Afif depuis quelques mois. Le fauteuil qu'elle occupe a été construit tout spécialement et il est arrivé ici dans la caisse qui se trouvait à l'arrière du bus qui nous a amenés de Francfort jusqu'ici. »

Plusieurs terroristes s'approchèrent et un homme s'accroupit pour caresser la boîte brune encastrée sous l'assise.

« Comme l'a deviné notre ami Osman, cette boîte n'est pas une simple batterie pour fauteuil électrique. Vous aurez sans doute remarqué que Ronia n'a en aucun

cas la force de manœuvrer un tel engin par elle-même. Et heureusement qu'Afif est là pour la pousser parce que, figurez-vous, ce fauteuil n'a tout simplement PAS de batterie.» Il rit tout seul.

«Afif, tu peux retourner dans ta chambre», lui dit-il avec chaleur.

Machinalement, le jeune homme tapota la joue de Ronia, qui ne réagit pas, avant de sortir tranquillement de la pièce.

«Hamid peut faire exploser le contenu de cette caisse à distance, il n'y a donc rien de nouveau sous le soleil, comme on dit. La nouveauté, poursuivit Ghaalib, c'est que l'explosion se fera en deux fois. D'abord, le dossier va sauter et, dans un deuxième temps, ce sera la charge qui se trouve sous le siège.»

Joan se tourna avec horreur vers les deux autres femmes. Il venait d'assister aux retrouvailles d'une mère et de ses deux filles. Mais déjà, quelques minutes plus tard, leur soulagement s'était transformé en une terreur indescriptible.

Il regarda de nouveau la plus jeune. Son cœur battait si fort qu'à plusieurs mètres de distance il voyait les veines de son cou pulser comme le piston d'un moteur.

Hamid s'avança, vint se placer devant le fauteuil de Ronia et dit:

«Notre action n'est pas un simple attentat-suicide, comme certains d'entre vous l'ont peut-être pensé. Vous ne porterez pas de ceintures d'explosifs et on ne va pas vous demander de vous faire sauter au milieu d'une foule, une grenade au poing. Nous voulons montrer au monde comment un véritable djihadiste est capable de prendre son destin en main avec courage et volonté.»

Il y eut quelques phrases en arabe et plusieurs personnes s'inclinèrent devant Hamid. Les autres échangèrent des regards pleins de fierté et deux d'entre eux levèrent les yeux vers le ciel, les deux index tendus vers le plafond.

Hamid souleva la robe de la jeune femme. Le tissu n'était que rembourrage : en dessous se trouvait une femme si maigre qu'elle se fondait presque avec le fauteuil. Puis le corps de Hamid cacha la vue à Joan et il entendit des bruits de métal entrechoqué.

« Regardez ce que dissimule la robe de Ronia, déclara Hamid en brandissant une arme de poing à canon court. Je me doutais que ça vous ferait sourire. Ça ne manque pas de sel d'avoir choisi l'une des armes les plus démoniaques et les plus efficaces de nos ennemis les Juifs ! Mais le mini-Uzi 9 mm est idéal pour l'usage que nous voulons en faire. Avec son poids d'un kilo et demi seulement et ses soixante centimètres de long, il tire plusieurs centaines de coups par minute avec une précision impeccable, à une distance de moins de cent mètres. Dans un instant, vous allez pouvoir vous familiariser avec lui. Certains d'entre vous l'ont déjà utilisé et j'instruirai ceux qui ne le connaissent pas encore. »

Joan baissa les yeux : son cerveau lui disait que ses mains tremblaient comme des feuilles, mais elles étaient immobiles.

Hamid se moucha. « Vous avez tous vu les déguisements que vous allez porter, nous ne reviendrons pas là-dessus. En revanche, je vais vous distribuer ceci, dit-il en ouvrant un sac de toile. Ces gilets pare-balles sont très performants et si fins qu'ils sont quasiment invisibles sous les vêtements. Ils sont si bien coupés qu'on

pourrait presque croire qu'ils font partie d'un costume trois-pièces. »

L'auditoire applaudit.

« Il y en a un pour toi aussi, Joan Aiguader, dit-il en le jetant devant le fauteuil roulant du reporter. Tu dois te poser beaucoup de questions et il est temps qu'on t'explique ton rôle. Déjà, tu ne mourras pas dans cet attentat. On te placera assez loin des bombes pour que tu ne risques rien, et assez près pour que tu sois le premier journaliste de l'histoire à avoir non seulement assisté à la préparation d'un attentat terroriste, mais aussi à être aux premières loges pour décrire son déroulement. Ta contribution est essentielle. Pour une fois, le monde ne va pas se contenter de voir défiler en boucle des images de sang et de morceaux de cadavres dispersés au milieu des ruines. Il assistera à la scène par tes yeux et dans ses moindres détails. Ensuite, tu seras interviewé et tu écriras des dizaines d'articles. »

La nouvelle était d'une telle brutalité et d'un tel cynisme que Joan sentit un grand vide l'envahir. Il était à la fois rassuré et atterré. Ils n'allaient pas le tuer et le bonheur qui l'étreignit fit bondir son cœur dans sa poitrine. Mais il y avait un prix à payer : il allait devoir passer le restant de ses jours hanté par des images d'une indicible atrocité. Il ne serait jamais plus le même homme. Comment fait-on pour continuer à vivre quand on sait que des gens vont mourir et qu'on va assister à leur mort, entendre leurs cris, voir les chairs déchiquetées sous ses yeux sans pouvoir intervenir ?

Hamid sortit du sac une caméra GoPro du genre de celles que *Hores del Día* confiait à ses reporters les mieux payés, et il la posa sur la tête de Joan.

« Il est mignon comme ça, non ? dit-il aux visages souriants qui l'entouraient. Avec sa tête d'enfant de chœur, son handicap et cette jolie petite caméra sur la tête, il donnerait presque envie de pleurer. Vous imaginez avec quelle émotion la foule regardera ceux qui pousseront ces fauteuils ? »

Hamid rit avant de se tourner vers Ghaalib.

« Et maintenant, on en vient aux deux derniers gilets. Je te laisse leur expliquer le scénario ? »

De nouveau ce sourire tellement choquant en de telles circonstances. Joan était si en colère, si blessé qu'il aurait voulu pouvoir se boucher les oreilles et fermer les yeux pour ne plus voir et ne plus entendre cette macabre comédie.

« Merci, Hamid, répondit Ghaalib. Les deux derniers gilets seront pour Marwa al-Asadi et sa fille Nella. Il s'agit de gilets explosifs traditionnels, déclenchés par un dispositif à distance, identique à celui qui actionnera les charges dissimulées dans le fauteuil de Ronia. La première explosion viendra du dossier de Ronia, quarante secondes plus tard ce sera au tour du gilet de Nella, et après quarante secondes supplémentaires, celui de Marwa terminera le feu d'artifice. »

Joan sentit qu'il allait vomir. Malgré leur paralysie, les regards des trois pauvres femmes exprimaient une telle terreur qu'il craignit que l'une d'entre elles fasse une crise cardiaque. Elles ne pleuraient pas, parce qu'elles n'en avaient plus la force. Quelle cruauté de les obliger à écouter ces horreurs.

« Vous, pendant ce temps, vous tirerez sur la foule. Ensuite, vous courrez vous mettre à l'abri derrière les fauteuils roulants. Si tout se passe bien, plusieurs

d'entre vous survivront. La route du paradis sera peut-être un peu plus longue, et si vous gardez la vie sauve jusqu'à nos prochains attentats, la gloire et l'honneur qui retomberont sur vous seront d'autant plus grands. *Inch'Allah.* »

Plusieurs personnes applaudirent mais Jasmin s'avança et demanda à Ghaalib : « Qui nous couvrira quand les bombes éclateront, si nous nous enfuyons dans différentes directions ? Est-ce que nous ne devrions pas nous mettre en formation et aller trouver refuge dans un même endroit ? »

Ghaalib hocha la tête d'un air appréciateur. « C'est bien pensé, mais non. Le risque reste moindre si vous vous dispersez. Un tireur d'élite hors pair couvrira votre fuite. Nous l'avons déjà utilisé à Francfort et sa prestation s'est avérée être au-delà de nos espérances. Vous ne le connaissez pas encore, mais il est déjà à son poste et prêt à remplir sa mission. Et si vous craignez qu'il ne soit pas à la hauteur, je peux vous rassurer, c'est le plus fanatique des musulmans convertis que vous aurez jamais l'occasion de rencontrer. Le Capitaine, comme il se fait appeler, a été entraîné au Pakistan et il est actif sur le terrain depuis trois ans. »

Cette fois, ils applaudirent tous comme des fous. Le cœur de Joan pompait son sang dans ses membres immobiles. Il avait mal, son visage était en feu. Leur plan était si diabolique qu'il ne souhaitait plus qu'une chose, faire une overdose la prochaine fois qu'ils viendraient le droguer. Il ne se sentait plus capable de continuer à vivre. Il aurait donné n'importe quoi pour n'être jamais tombé sur cette équipe de tournage, sur la plage de Barcelone.

44

Carl

J-3

Une équipe très motivée de la police scientifique de Berlin fouillait de fond en comble le bus retrouvé à Baerwaldstrasse, près d'un terrain de jeux. Les techniciens avaient tout sorti sur la chaussée. Les banquettes, les filets à bagages, les toilettes chimiques, une grosse caisse entreposée sous la lunette arrière, des trognons de pommes, des serviettes en papier, bref tout ce qui était transportable ou pouvait être démonté.

« Il y a forcément quelque chose ici qui va nous permettre d'avancer, les gars ! » avait dit l'inspecteur Weber quand ils s'étaient mis au travail, mais quatre heures plus tard, son optimisme avait pris un coup dans l'aile.

Quand, aux alentours de 4 heures du matin, on avait réveillé Herbert Weber dans sa chambre d'hôtel à Francfort pour lui dire que le bus avait été localisé dans une rue située au nord de l'ancien aéroport de Berlin-Tempelhof et que, grâce au hayon monte-charge facilement reconnaissable à l'arrière du véhicule, il n'y

avait aucune erreur possible, il avait fallu moins d'une heure à ses hommes pour prendre la route de Berlin avec tout leur matériel, sans oublier le sac d'Assad. Vingt minutes plus tard, Carl, Assad, Weber et ses plus proches lieutenants passaient la sécurité de l'aéroport de Francfort.

À présent, toute l'équipe rassemblée contemplait les innombrables pièces détachées qui s'étalaient sur plus de la moitié de la voie de droite, jusqu'à Urbanstrasse. On se serait cru sur le site d'un crash aérien.

« Le chauffeur a dû déposer les passagers ailleurs et venir ensuite se garer devant ce terrain de jeux », supputa Weber.

Carl acquiesça. « Sans doute. S'ils n'avaient pas voulu qu'on le découvre, ils ne l'auraient pas stationné de manière aussi voyante, dans un endroit où il y a autant de passage. Ils l'ont mis là pour qu'on le trouve et pour nous faire croire qu'ils se cachent quelque part à proximité. Il y a beaucoup d'immigrés dans ce quartier ? »

Un homme couvert de décorations, qui s'était présenté avec le titre de commissaire de police – comme si Carl en avait eu quelque chose à foutre –, répondit :

« En effet, il y a une forte population étrangère.

— Alors je pense que c'est le dernier endroit où il faut les chercher. À Francfort, le coin où ils se planquaient nous avait surpris. »

Assad haussa les sourcils. « On ne sait jamais avec ces gens-là, Carl. »

Carl regarda autour de lui. Le quartier était triste, mais propre et tranquille, avec des espaces verts et des tours d'immeubles de taille modeste.

« Je ne connais pas très bien la ville, dit-il au commissaire. Vous pouvez nous situer un peu ? »

Pointant du doigt les alentours, leur hôte berlinois se lança : « Ici, nous nous trouvons à Kreuzberg, où vivent beaucoup d'immigrés, un peu plus loin au nord-ouest nous avons Berlin-Mitte, le quartier administratif, à l'est, c'est Alt-Treptow ; plus loin au nord se trouvent Pankow et Lichtenberg, et au sud, Neukölln, un autre quartier d'immigrés. Mais à vrai dire, Berlin est une jungle où proies et prédateurs se côtoient dans tous les recoins de la ville. Nous ferons tout ce qui est en notre pouvoir pour dénicher ces individus, bien sûr, mais je dois vous l'avouer : dans une mégalopole comme la nôtre, nous allons être confrontés à toutes sortes de sensibilités, d'idéologies et de personnes différentes. S'orienter sur ce terrain miné risque de prendre un temps dont nous ne disposons pas, si j'ai bien compris. »

Il n'était pas si bête, finalement. « Vous avez des caméras de vidéosurveillance ? lui demanda Carl.

— Bien sûr, mais regardez autour de vous ! Il y a beaucoup trop de petites rues, pas assez de caméras et trop peu de temps pour tout visionner. À moins qu'on ait un coup de chance avec une caméra illégale installée par un commerçant. Mais ça aussi, ce sera trop long. »

Carl soupira. « Et tirer des sonnettes pour voir si par hasard quelqu'un aurait remarqué de quelle direction est arrivé le bus ?

— Illusoire, intervint Weber.

— Est-ce que quelqu'un travaille sur l'énigme de la place et du pigeon qui vole bas ? s'enquit Assad.

— Nous avons mis dix hommes sur la question, répliqua le commissaire. Ils sont en train de repérer

les places sur lesquelles il y a le plus de pigeons. Par rapport à d'autres grandes villes, nous en avons assez peu. Il faut dire que nous avons une colonie importante d'autours des palombes, un prédateur de pigeons très répandu ici, qui en réduit considérablement le nombre, poursuivit le commissaire.

— Hein ? dit Assad.

— Le busard, si vous préférez. Nous en avons plus de cent couples rien qu'à Berlin. Un phénomène assez unique, à vrai dire.

— Ils nichent dans les arbres ? demanda Assad. Parce que si j'étais un pigeon et qu'il y avait un busard dans le ciel, je pense que je volerais bas. »

Hypothèse intéressante qui ne nous servira pas à grand-chose, songea Carl en envoyant à Assad un sourire encourageant. Depuis le temps qu'il étudiait le plan de Berlin, assis sur cette caisse en fibre de verre, le pauvre devait en avoir besoin. Toutes les cinq minutes, il regardait sa montre, comme s'il espérait arrêter le temps.

« Vous trouvez quelque chose ? » lança Weber aux experts de la police scientifique.

Tous secouèrent la tête, sauf l'un d'eux qui vint rejoindre leur petit groupe. « La caisse cachée derrière le rideau à l'arrière du car était tapissée de Polyane, dit-il. Il restait un petit morceau de film plastique accroché à un éclat du bois, mais tout le reste a été arraché et nous ne savons pas ce que contenait la caisse. En revanche, notre système de détection prouve la présence d'explosifs. »

Si Weber était surpris, il ne le montra pas.

« De plus, nous avons trouvé de longs cheveux noirs

sur plusieurs dossiers de sièges. Voulez-vous que nous les envoyions au labo pour faire un comparatif ADN avec les traces que vos experts ont relevées à Francfort ? »

Le commissaire interrogea Weber du regard, mais celui-ci secoua la tête.

« On sait que c'est leur bus, il y aura forcément une concordance, alors ça nous avancera à quoi ? Enfin, faites-le quand même, mais nous n'attendrons pas le résultat.

— Vous avez examiné la zone autour du car ? demanda Carl. L'un d'eux a pu faire tomber un objet quelconque ou jeter quelque chose par mégarde.

— Tout ce que nous avons trouvé, ce sont des mouchoirs en papier. Je crois qu'il y en avait un sous un siège, aussi, je vais aller demander à mes collègues.

— OK, merci », dit Weber. Il lança aux deux Danois et à son assistant un regard dans lequel il essaya de mettre une note d'espoir, aussi ténue soit-elle.

Puis son portable sonna.

Il resta un long moment, la nuque basculée en arrière, le téléphone à l'oreille, à regarder le ciel d'un œil vide. Soudain, il plissa les yeux et pointa le doigt en l'air. Carl leva la tête mais ne vit pas ce que Weber cherchait à leur montrer.

« Regardez, dit-il, l'index toujours tendu, quand il eut terminé sa conversation. C'est un busard qui joue avec les courants d'air. » Il sourit, amusé, puis se souvint de ce qu'il venait d'apprendre. « La police de Francfort a une photo de lui.

— De qui ?

— Du tireur qui a abattu nos hommes.

— Bravo ! C'est formidable, on a une chance de l'arrêter, alors ? » s'exclama Carl.

Weber ne semblait pas convaincu. « C'est un résident de l'immeuble qui l'a prise deux jours avant la fusillade. On voit son visage assez nettement au moment où il entre dans l'immeuble, une petite valise à la main. Ça m'a fait un choc de le voir là, je dois dire. Ça risque de brouiller les pistes.

— Pourquoi ? demanda Carl.

— D'abord parce que cet homme n'est pas n'importe qui, et ensuite parce que le photographe amateur a vendu la photo à une chaîne de télévision. Ce qui signifie que dans très peu de temps, l'identité du tueur sera diffusée par tous les médias de ce pays.

— Et alors ? C'est inespéré !

— C'est une façon de voir les choses, car c'est un homme que tous les Allemands connaissent. C'est un compatriote, il s'appelle Dieter Baumann et il était anciennement capitaine dans l'armée. Il a été envoyé en mission en Afghanistan. Au bout de neuf semaines là-bas, il a été enlevé et on n'a plus eu de ses nouvelles pendant très longtemps. Jusqu'à ce que les Afghans demandent dix millions d'euros de rançon pour le libérer.

— Laissez-moi deviner, intervint Assad. Vous n'avez pas payé. »

Weber acquiesça. « Une solution amiable pour obtenir un prix moins élevé a bien été cherchée, mais quand les négociations en sont arrivées là, Baumann semblait s'être volatilisé. On a pensé qu'il avait été exécuté, comme les autres.

— Aux yeux des Allemands, le type est un héros, alors ? demanda Carl.

— Pour apaiser les esprits, on lui a organisé une cérémonie d'hommage comme on en avait rarement vu jusque-là. Et voilà que, onze ans plus tard, il réapparaît. »

Assad replia la carte de Berlin. « Il s'est radicalisé. Il n'est pas le premier. Un héros qui passe du côté obscur. C'est de la bonne propagande pour les terroristes. Je vois le problème : la nouvelle va créer du remous et détourner l'attention de l'opinion publique, Ghaalib ne sera plus en première page des journaux. Si cette histoire prend de l'ampleur – et ça, ça dépendra entièrement de la prochaine annonce que fera Ghaalib – l'Allemagne entière ne pensera à rien d'autre qu'à l'endroit où se trouve son antihéros. Vous avez dit vous-même que ça allait brouiller les pistes et vous avez raison, c'est exactement ce que Ghaalib cherche à faire. La police, les gens dans la rue, tout le monde va rêver d'être celui qui aura capturé le traître. Mais croyez-moi, avant qu'on l'attrape, lui aussi aura eu le temps de faire passer son message.

— Autre chose, dit Weber. Nous avons réussi à mettre la main sur les gens qui ont loué leur appartement à Dieter Baumann par l'intermédiaire de Airbnb. Ils affirment que le blister vide ayant contenu des médicaments ne leur appartient pas. Ça doit donc être Baumann qui l'a jeté sur place.

— C'est assez imprudent de sa part, non ? demanda Carl.

— Oui et non, répliqua Weber. Ce sont des médicaments très spéciaux. »

Assad et Carl le regardèrent, perplexes.

« Le genre qu'on prend quand on a une maladie très grave et qu'on est condamné.

— Il est mourant ? conclut Assad.

— Je présume que c'est ce qu'il a voulu nous faire savoir. »

Ils échangèrent un long regard.

Ils avaient donc affaire à un nouvel ennemi, très dangereux, qui n'avait pas de raison non plus de s'accrocher à la vie ici-bas.

« Qu'est-ce que tu fais, Assad ? »

Carl s'assit près de lui sur un banc. Assad tenait à la main un petit calepin dont deux pages étaient déjà noircies de notes. La pointe de son stylo était suspendue au-dessus du papier, comme s'il s'apprêtait à compléter ce qu'il avait déjà écrit.

« Fais voir ! Je peux peut-être t'aider. »

Assad posa le bloc-notes sur les genoux de son ami et se mit à fixer les arbres.

Carl lut. Comme il s'y attendait, il s'agissait de la liste des points qui pourraient les aider à identifier la cellule terroriste, avant qu'elle passe à l'acte :

1. *Le groupe est dirigé par Abdul Azim alias Ghaalib.*
2. *On connaît l'identité de deux femmes : Jasmin Curtis, citoyenne suisse, 45 ans, et Beena Lothar, Allemande, 48 ans.*
3. *Ils sont en possession d'au moins deux fauteuils roulants, vraisemblablement truffés de bombes.*
4. *Marwa al-Asadi et Nella al-Asadi sont-elles assises dans ces fauteuils ?*
5. *Hamid ? Est-ce lui qui a engagé le photographe, « Blaue Jacke », à Munich ? Est-il le bras droit de Ghaalib ?*

6. *L'un d'eux est enrhumé et il en a sans doute contaminé plusieurs autres.*
7. *Le groupe ne porte apparemment pas les signes distinctifs des fondamentalistes islamiques. Sont-ils rasés et vêtus à l'européenne ?*
8. *Nous devons trouver une place à Berlin où « le pigeon vole bas ».*
9. *Identifier un endroit ayant un rapport avec un pigeon ou une colombe au sens littéral ou figuré.*
10. *Qui a recruté l'agresseur dans le parc à Francfort ? Hamid ?*
11. *Qui a loué le bus ? Hamid ?*
12. *Qui a loué la maison de Francfort ? Hamid ?*
13. *Pourquoi Dieter Baumann s'est-il laissé photographier ?*
14. *Faut-il chercher un lieu où Baumann peut tirer d'en haut, comme à Francfort ?*
15. *Où est Joan Aiguader ?*
16. *Où est passé le téléphone portable privé de Joan Aiguader équipé d'un traceur GPS ? Pourquoi ne parvient-on plus à le localiser ?*
17. *Où y a-t-il le plus de nids de busards ? Est-ce important ?*
18.

Tous deux fixaient la liste, pensant à la même chose. Comment passer à ce point numéro 18 qui rendrait tous les autres superflus ? Ça n'allait pas être simple.

« Dis-moi ce que tu penses, Assad.

— Je pense que tous les éléments cités ici ont leur importance. Et que lorsque nous connaîtrons le lieu où ils ont l'intention de frapper, ils nous aideront à repérer le groupe. Mais plus j'y réfléchis, plus je me dis que

deux d'entre eux sont plus importants que les autres. Pas toi ?

— Tu veux dire les points huit et neuf?

— Oui. Ghaalib nous a lui-même donné un indice. "Là où le pigeon vole bas." Il parle de l'endroit où aura lieu l'attentat. Il cherche à nous donner une direction. Ça peut être de l'info ou de l'intox, mais une chose est sûre, ce n'est pas anodin.

— Excuse-moi une seconde », dit Carl en attrapant son mobile dans sa poche.

« Salut, Rose, répondit-il d'une voix aussi légère que la situation le lui permettait. Alors, vous l'avez capturé, votre samouraï ? »

Au ton de sa voix, il comprit que l'heure n'était pas à la légèreté. « Ce n'est pas pour ça que je vous appelle, dit Rose, et vous n'avez pas intérêt à m'engueuler, parce que je vous préviens que je ne suis pas d'humeur, d'accord ? »

Qu'est-ce qu'elle avait encore fait ? Cassé son écran plat ? Fait un plein de gasoil dans le moteur essence d'un véhicule de service ? Battu comme plâtre ce pauvre Gordon ?

« Je devrais peut-être commencer par vous féliciter, poursuivit-elle, mais je ne le ferai pas parce que ce n'est pas le moment. Bref, Carl, je suis au courant. J'ai parlé avec Mathilde.

— Tu es au courant de quoi ? Et qui est Mathilde ?

— La fille de Mona, idiot. Elle a appelé à l'hôtel de police pour vous prévenir que Mona avait des problèmes. Elle s'est mise à saigner au bureau, hier. »

Carl baissa les yeux et les garda rivés au sol, les doigts serrés autour du mobile. Il était bouleversé. En une seconde, l'obscurité pouvait vous engloutir.

« Carl, vous êtes toujours là ?

— Oui, oui. Où est-elle ? Elle a fait une fausse couche ?

— Non, mais elle ne va pas bien. Elle a été admise au Rigshospitalet hier et elle y est toujours. Vous devriez rentrer tout de suite, Carl. »

Après avoir raccroché, il lui fallut un instant pour reprendre pied dans la réalité.

Malgré l'inactivité forcée, ces derniers jours l'avaient usé nerveusement. Carl Mørck n'était pas d'une nature optimiste, et encore moins quand il s'agissait d'Assad. Il avait imaginé la scène cent fois : Assad perdait sa maîtrise de soi, et son instinct de tueur remontait à la surface. La situation dérapait brusquement. Carl craignait aussi le moment terrible où peut-être les bombes exploseraient et où il verrait des gens mourir sous ses yeux. Et même s'il avait déjà vu presque tout ce à quoi un policier danois peut être confronté, il n'était pas certain d'être prêt à faire face à ce qui risquait de se passer. Où serait Assad dans deux jours ? Trois jours ? Quatre jours ?

Est-ce qu'il serait encore de ce monde ?

Carl sentit de nouveau cette pression dans la poitrine qui l'avait pourtant laissé tranquille depuis un bon moment. Une douleur qu'il reconnut aussitôt et dont il connaissait la cause. Car le pire à cet instant n'était pas que Mona ait des problèmes et qu'ils risquent de perdre leur enfant, même si cela lui brisait le cœur. Le pire, c'était que pendant un court instant, il avait éprouvé un profond soulagement à l'idée d'avoir une raison valable de quitter Berlin, de s'éloigner d'Assad, de toute cette tension et de ce drame qui allait peut-être se produire. Quel égoïsme de sa part ! Carl eut terriblement honte.

Ses doigts se relâchèrent autour de son mobile au point qu'il le fit tomber par terre. La douleur dans sa poitrine était devenue insupportable tandis que tout son corps glissait dans une langueur telle qu'il crut défaillir.

Il dut rassembler toute sa volonté pour relever la tête et croiser le regard d'Assad. Celui-ci le fixait avec tant d'intelligence et de compréhension que la culpabilité augmenta sa crise de panique et qu'il tomba à genoux.

Son ami fut près de lui avant qu'il s'effondre.

« Je comprends, Carl. Tu dois rentrer, n'est-ce pas ? » lui demanda-t-il avec une tendresse dans la voix qu'il ne méritait pas.

Carl se contenta de hocher la tête. Il aurait été incapable de faire plus.

45

Ghaalib

J-3

« Notre guide s'appelle Linda Schwarz et nous avons rendez-vous avec elle à cette station de métro », expliqua Ghaalib en désignant l'endroit sur la carte. « Voici sa photo. Comme vous voyez, elle est une parfaite représentante de la race aryenne. Avec ses cheveux blonds relevés sur la tête, elle passe complètement inaperçue dans cette ville. Elle travaille pour Charlottenburg Tours et, bien sûr, elle tiendra un grand parapluie noir près duquel vous devrez rester en permanence. »

Il fit tourner la photo et les commentaires fusèrent de tous les côtés. Elle faisait manifestement l'unanimité.

« Je pense en effet qu'elle sera un parfait bouclier pour nous éviter les regards curieux. Il paraît qu'elle est enchantée à l'idée de nous rencontrer. »

Il y eut quelques rires ici et là.

« Ce n'est pas la première fois qu'elle fait visiter la ville à des groupes juifs, mais nous ferons en sorte que ce soit la dernière. »

De nouveau, on rit.

Il lissa le plan de la ville sur la table.

« Hamid, tu veux bien commencer à filmer ? Et toi Beena, je voudrais que tu pousses Joan plus près pour qu'il soit sur la vidéo. En plus, il comprendra mieux ce qui va se passer le jour J.

— Quand, Ghaalib ? demanda quelqu'un.

— Tu me demandes une réponse à une question dont je ne suis pas maître. Mais je peux te dire que les détails ont presque tous été réglés. Le Capitaine est déjà en ville et il est opérationnel. Il n'est pas en grande forme, mais il prend son traitement. Il est déterminé et il ira au bout de sa mission, tu peux en être certain. Nous avons également prévu votre moyen de transport pour repartir. Ceux qui s'en sortiront seront récupérés par Hamid qui les conduira à notre destination suivante.

— Alors qu'est-ce qu'on attend ?

— Que Zaid al-Asadi se trouve au bon endroit, au bon moment.

— Est-ce qu'il sait quel est le bon endroit ? demanda un autre.

— Peut-être. Sinon, nous l'aiderons à le découvrir. Mais l'attentat aura lieu au plus tard après-demain, je m'y engage. Je peux commencer ? » Il scruta l'assemblée des yeux et désigna quatre personnes.

« Jasmin et vous trois rencontrerez notre guide à la station de métro. Une femme et trois hommes. Vous prendrez tout votre temps. Vous lui direz que vous venez d'arriver de Tel Aviv et vous lui poserez des questions sur tout ce que vous voyez. Vous lui demanderez tout ce qui vous passe par la tête. Soyez aussi décontractés et gais que possible. Elle vous emmènera à travers la ville, vous fera traverser le parc et vous conduira droit à notre cible. »

Puis il s'adressa à Fadi. « Pendant ce temps, toi, tu arriveras sur place avec le fourgon d'handicapés. Beena te servira d'interprète. Une fois là-bas, Beena, Osman et Afif, vous pousserez chacun votre fauteuil roulant vers la place et, quand vous arriverez devant l'entrée du monument, vous vous séparerez en trois groupes distincts. Le premier, c'est-à-dire Beena et Nella, prendra la rampe d'accès réservée aux handicapés et entrera dans la tour. Le deuxième groupe composé par Fadi et Marwa avancera juste derrière. Osman s'arrêtera avec Ronia au milieu de la rampe, au pied de la ruine ; quant à Afif, il se sera éloigné avec Joan pour se mettre à l'abri de ce mur où ils seront tous les deux en sécurité.

— Et notre guide ?

— Elle sera venue à votre rencontre et après les salutations d'usage, elle vous invitera à la suivre vers la rampe. Elle partira devant avec Beena. Vous ferez bien attention à vos déguisements. Il ne faut surtout pas les perdre. Les hommes devront vérifier que leur barbe est bien fixée et que leurs papillotes pendent correctement. Il ne faudrait pas qu'elles leur tombent dans les yeux. »

Il constata avec satisfaction qu'il avait réussi à les faire rire. Ils comprenaient le plan et ils l'acceptaient. Ils étaient prêts.

Il se tourna vers Jasmin et Beena. « Vous deux, vous resterez toujours derrière les hommes dans vos équipes respectives et ne vous avancerez que pour communiquer avec notre guide ou régler des questions pratiques. »

Il s'attendait à quelques protestations, mais personne ne broncha. Ils connaissaient leurs lacunes en matière de langues étrangères.

« Ensuite, il vous suffira d'attendre le signal de Hamid.

C'est lui qui déclenchera l'opération. À ce moment-là, parmi ceux qui arriveront du parc, deux se posteront devant l'entrée, et les deux autres, sur les côtés. Après avoir récupéré les armes cachées sous le fauteuil de Ronia, veillez à garder vos distances avec les fauteuils roulants de manière que vous n'ayez pas l'air d'être ensemble. Et, encore une fois : faites en sorte que ceux dans lesquels sont assises les trois femmes soient placés ici, ici et ici. Nella dans la tour, Marwa à l'extérieur et Ronia, là, dit-il en montrant le plan. Afif, qui sera avec Joan à l'angle du mur, devra vérifier constamment le voyant de la caméra pour s'assurer qu'elle tourne. »

Hamid prit la parole. « Dès que Marwa et Nella seront entrées dans la tour, Beena et Fadi ressortiront en courant. Fadi sautera de la rampe et c'est lui qui ouvrira le feu. Beena et Osman viendront en renfort aussitôt après. Vous connaissez vos places et vous savez dans quelle direction vous devez faire feu. Tout en tirant, vous reculerez vers vos positions respectives ; lorsque les bombes exploseront, vous serez déjà loin. Il faudra bien sûr vous attendre à un tir nourri de la part de la police et des gardiens, mais le Capitaine vous couvrira. »

Ghaalib hocha la tête. « Vous savez que la police et les services secrets nous suivent à la trace. Ils ont trouvé le bus, comme prévu, et ils sont préparés à toutes les éventualités. Nous devons veiller à ce qu'ils arrivent le plus tard possible. C'est entre autres pour ça que nous avons besoin de Zaid al-Asadi. En revanche, si des unités de police ou de vigiles débarquent quand nous sommes encore présents, ce sera tant pis pour eux. Après tout, plus il y aura de victimes parmi eux, plus la presse sera contente. »

46

Assad

J-3

Assis devant la baie vitrée de sa chambre premium, au quatrième étage de l'hôtel Meliá, Assad contemplait les lumières clignotantes de la ville. Quelques heures auparavant, Carl était monté dans son taxi pour rejoindre l'aéroport, le laissant seul mais prêt à tout. S'il devait donner sa vie pour sauver sa famille, ainsi soit-il. Il payerait pour toute la douleur et tout le malheur dont il s'était rendu responsable par ses actes. Et si la mort ne lui faisait pas peur, il était déterminé à ne pas mourir seul : Ghaalib devait l'accompagner.

Quelque part dans cette ville se trouvait une chambre dans laquelle Marwa et Nella respiraient.

Savaient-elles seulement qu'il était là et qu'il était à leur recherche ? Il l'espérait. Peut-être cela leur donnait-il un peu d'espoir.

Il saisit la couverture à l'intérieur de laquelle les pièces huilées de ses armes attendaient d'être remontées. Par-dessus était posé le calepin avec son résumé de la situation. Il avait parcouru cette liste des dizaines

de fois et elle commençait à le mettre mal à l'aise. S'il ne résolvait pas l'énigme des points huit et neuf et qu'il ne trouvait pas ce lieu où, pour une raison ou pour une autre, les pigeons revêtaient une importance particulière, ce serait la fin.

Assad était désespéré. Il ignorait par quel bout prendre le problème.

Ce qui sautait aux yeux, c'était le blanc après le nombre 18. Il essaya de le voir comme l'inconnue qui serait le dénominateur commun de plusieurs points de la liste.

Assad regarda sa montre. Il était plus de minuit et il y avait longtemps qu'il ne s'était pas senti aussi seul. Carl était à Copenhague et Weber dans une chambre deux étages plus haut, sans doute bouleversé par la dureté avec laquelle les médias l'avaient traité après l'histoire de Dieter Baumann, le capitaine converti qui avait tué deux de ses hommes à Francfort.

Assad se frotta le visage pour chasser le sommeil. Pourquoi fallait-il que Carl le laisse tomber maintenant ? Il comprenait qu'il soit inquiet, bien sûr, mais il aurait peut-être pu attendre de savoir si c'était réellement grave. Avec qui allait-il faire équipe désormais ?

Il commença à rassembler ses armes de poing les plus puissantes. Depuis qu'ils étaient arrivés en Allemagne, ils s'étaient comportés comme des moutons bêlants, que Ghaalib faisait danser au son de sa flûte. Que cet homme aille au diable !

Assad s'allongea sur son tapis de prière, les yeux au plafond. Ces derniers jours d'immobilisme l'avaient drainé de toute son énergie. Si rien n'évoluait, la catastrophe arriverait sans qu'ils aient fait quoi que ce soit

pour l'empêcher. Et c'était hors de question. Mais comment trouver ce dénominateur commun ?

Il ferma les yeux, laissant des dizaines de questions lui traverser l'esprit. Enfin, un élément lui sembla plus prometteur que les autres : pourquoi Ghaalib avait-il choisi Berlin ? Était-ce simplement parce que c'était la ville la plus grande et la plus importante d'Allemagne ? Une capitale qui avait survécu à tant de drames ? La ville célèbre dans le monde entier sur laquelle tous les médias de la planète braqueraient leurs yeux si elle devait être le théâtre d'un nouvel attentat ? Ou bien Ghaalib avait-il un lien particulier avec elle ?

Il secoua la tête. Comment le savoir ?

Après une demi-heure de réflexion stérile et d'innombrables retours à la liste, il décida de remplir le point numéro 18 avec les mots suivants : « Hamid a probablement recruté le jeune homme qui a essayé de me tuer à Francfort, mais comment ? Chercher la réponse à cette question. »

Sa montre connectée vibra. C'était son portable qui sonnait.

« Tu es réveillé ? » lui demanda Carl. C'était tout lui, ça. Évidemment qu'il était réveillé puisqu'il répondait au téléphone !

« Non, je dormais aussi profondément que Cendrillon en personne, Carl.

— Tu veux dire que la Belle au bois dormant ? Parce que dormir comme Cendrillon, ça n'a aucun sens. Comment vas-tu, à part ça ? Tu as avancé ?

— J'ai l'impression d'être malade, et peut-être que je le suis. Comment va Mona ?

— Elle dormait quand je suis arrivé à l'hôpital, mais

elle ne va pas bien. Elle risque de perdre le bébé. Ils font tout ce qu'ils peuvent. Il est trop tôt pour dire ce qui va se passer. » Carl se tut un long moment et Assad respecta son silence.

« Je suis vraiment désolé, Assad, reprit-il enfin. Si entre demain et après-demain l'état de Mona s'améliore, je reviendrai à Berlin, je te le promets. »

Assad ne fit pas de commentaire. Après-demain était tellement loin dans le futur qu'il n'existait peut-être même pas.

« Je crois que c'est Hamid qui est la clé, dit-il.

— Hamid ? Qu'est-ce qui te fait penser ça ?

— Il y a beaucoup de points sur la liste qui nous ramènent lui. En regardant la vidéo prise à Munich, tu as fait la remarque qu'il ne ressemblait pas à un Arabe ordinaire, avec ses cheveux coupés en brosse et ses vêtements européens. Je crois qu'il habite en Allemagne. Il a bien fallu que quelqu'un organise les choses sur place pour que tout fonctionne aussi bien. La location du bus, de leur planque à Francfort, la constitution de la cellule terroriste et le logement où ils se cachent ici à Berlin. Alors je me dis qu'il a pu également recruter le photographe à Munich, ainsi que Mustafa, et le Capitaine allemand.

— OK…, dit Carl, s'interrompant comme s'il allait dire autre chose et s'était ravisé.

— À quoi penses-tu ? demanda Assad.

— Tu crois que Hamid habitait Francfort quand il a recruté Mustafa ? » Carl semblait sceptique. « Est-ce qu'il y a quelque chose dans le rapport des services secrets qui laisserait penser ça ? Ça fait plus de vingt-quatre heures, maintenant, que le garçon est mort, les

hommes de Weber doivent commencer avoir assez d'éléments pour fournir un rapport, non ?

— D'après Weber, ils ont interrogé la famille de Mustafa qui bien sûr ignorait totalement comment il avait été radicalisé, et qui l'avait recruté. Selon elle, c'était un jeune homme sans histoires qui s'est fait manipuler.

— Je vois. Il me semble avoir déjà entendu ça. Un garçon comme les autres et des parents sous le choc qui n'y comprennent rien. Je crois que tu devrais réveiller Weber et lui demander de t'envoyer le rapport.

— Je vais le faire, mais tu ne crois pas que son équipe serait déjà sur le coup s'il y avait quelque chose dedans qui soit susceptible de nous mettre sur une piste ?

— C'est possible. Mais les hommes de Weber, ce n'est pas toi. »

De nouveau cette longue pause agaçante. Comment Carl voulait-il qu'il réagisse à ça ? Personne ne lui avait appris que la flatterie est le souffle du diable ?

« En tout cas, quoi que tu entreprennes, reprit Carl, je veux que tu fasses attention à toi. Je te rappelle demain. Dors bien ! »

Il raccrocha.

« Non, je ne suis pas couché, rejoignez-moi au rez-de-chaussée si vous voulez. Je suis au bar. Vous arrivez à dormir, vous, après les journées qu'on vient de passer ? »

Au téléphone, Herbert avait eu une voix à peu près normale, mais quand Assad le retrouva assis à une table donnant sur l'extérieur, son haleine puait l'alcool, ses yeux étaient à demi fermés et il avait le regard flou.

C'était sans doute la première fois qu'il perdait des hommes.

« J'aimerais relire l'interrogatoire des parents de Mustafa », lui dit Assad.

Weber secoua la tête. « J'ai peur de ne pas l'avoir sur moi ! » rétorqua-t-il avec un rire aigu qui avait de quoi surprendre venant d'un homme de sa corpulence. Plusieurs clients jetèrent des regards curieux dans sa direction.

« Et vous pouvez me dire où il est ?

— Une seconde, dit Weber, un doigt levé, l'autre main fouillant mollement dans sa poche. Tenez, marmonna-t-il en tendant son portable à Assad. Mon code est 4321 et vous trouverez l'interrogatoire en pièce jointe d'un courrier Gmail avec pour objet "afhmustafa". »

Une adresse Gmail et le code le plus banal de l'histoire de l'informatique ! Les services secrets n'étaient plus ce qu'ils avaient été !

« Ce n'est pas le rapport que vous m'avez demandé, Assad, c'est beaucoup mieux. C'est l'enregistrement vidéo de tout l'interrogatoire. Vous n'avez qu'à le transférer sur votre adresse mail et ensuite vous m'offrirez un cognac. Prenez-en un aussi, vous en avez besoin.

— Merci, Herbert, mais je ne bois pas d'alcool. »

Il transféra le fichier et trouva un endroit tranquille dans le coin salon du hall.

Au bout de dix minutes, il ne supportait plus de visionner la bande. Les parents de Mustafa étaient totalement inconsolables. Vingt minutes plus tôt, on était venu sonner à leur porte et on avait annoncé à cet homme et à cette femme la mort de leur fils et ce qu'il

avait fait. Ils venaient de vivre le pire moment de leur existence.

Assad avait terriblement envie d'accélérer le film, mais en même temps, il avait l'impression que le traducteur de la police ne traduisait pas tout. Il se mit donc à écouter attentivement chaque mot énoncé en arabe par les parents de Mustafa. En général, la traduction arrivait à la fin de la phrase du père ou de la mère, mais parfois elle couvrait le début de la suivante. Le traducteur connaissait manifestement son boulot, car aucun débordement émotionnel des parents ne semblait l'affecter. Quand ils exprimaient en sanglotant leur amour et leur chagrin, il omettait de traduire le passage et se contentait de restituer ce qui n'avait pas été dit précédemment. Pas étonnant que les hommes de Weber n'aient pas été touchés.

Quand on leur demanda qui Mustafa fréquentait et où il aurait pu être radicalisé, la mère avait secoué la tête si fort que son foulard avait glissé sur ses épaules.

« Personne n'a radicalisé mon fils, disait-elle en reniflant. C'était un garçon pieux qui n'a jamais fait de mal à personne. Il n'allait jamais nulle part sans que son père l'accompagne. Il n'allait même pas à la mosquée tout seul. Il étudiait et faisait ses prières.

— Nous ne comprenons pas ce qui a pu se passer, sanglotait son père. Mustafa était un garçon très sain qui faisait du sport, comme moi. Il était très fort. Il pratiquait la boxe au niveau compétition et espérait finir professionnel. Nous étions si fiers de… »

Puis il se levait si brusquement que les verres à thé sur la table débordaient. Vingt secondes plus tard, il était de retour avec une coupe de la taille d'une carafe.

« Regardez ! Champion des poids super-moyens. Il gagnait tous ses combats par KO technique. »

Il séchait ses yeux et brandissait le trophée devant la caméra. C'était pénible de voir cet homme en larmes prenant la défense de sa progéniture. Assad aurait voulu ne jamais avoir mis les pieds dans ce parc. Mustafa serait peut-être encore vivant.

« Mon fils savait toujours précisément comment s'entraîner et quoi manger. C'était un bon garçon et il était tellement intelligent. Qu'avons-nous fait pour mériter ça ? »

À ce moment, il baissa légèrement le bras, ce qui permit Assad de voir l'inscription gravée sur la coupe.

Assad fit reculer l'enregistrement de quelques secondes. « Championnat junior 2016, poids super-moyens, Wiesbaden-Berlin », disait la gravure.

« C'est le premier championnat que Mustafa a remporté. Et l'année dernière, il en a remporté un autre, à Berlin, chez les poids moyens. Ce jour-là, nous avons passé une journée extraordinaire tous les deux », pleurait le père. La mère le serra contre elle et le berça comme un enfant.

Assad réfléchit quelques instants à ce qu'il venait de voir. Puis il se leva. Il fit un signe de la main à l'intention de Weber, maintenant vautré contre la fenêtre. Est-ce qu'on n'allait pas bientôt l'envoyer se coucher ?

Assad fit appel à sa mémoire. Il se rappela certains détails de la vidéo que « Blaue Jacke » avait prise à Munich : Hamid et Ghaalib avaient une discussion intime dans une pièce sombre chez le photographe allemand. C'était la première fois que Hamid apparaissait

dans cette affaire. Il leur avait fait l'impression d'être un homme déterminé que Ghaalib respectait. Assad se rappelait qu'à un moment, malgré la gravité de leur conversation, ils avaient ri ensemble. Pour illustrer quelque chose qu'Assad n'avait pas réussi à entendre, Hamid s'était levé d'un bond et, aussi léger sur ses pieds qu'un boxeur professionnel, il avait donné quelques coups de poing dans le vide. Assad se souvint avoir trouvé le geste assez surprenant au milieu de cette conversation à voix basse. Hamid était-il un ancien boxeur ? Avait-il rencontré Mustafa dans ce contexte ?

Les lèvres pincées, il expira lentement. Son instinct lui disait que ce point méritait d'être immédiatement vérifié.

Après quelques recherches, il retrouva sur Internet le club de boxe qui avait organisé les combats auxquels Mustafa avait participé. Il entra sur ce qui, à l'origine, se voulait probablement un site avec des photos, des statistiques et diverses informations, mais qui en l'état ne proposait que l'adresse du club et une offre de remise si on prenait son adhésion avant le 31 décembre 2015, c'est-à-dire près de quatre ans plus tôt. Si les parents de Mustafa n'avaient pas mentionné un championnat l'année précédente, Assad en aurait déduit que le club n'existait plus.

Sur la dernière page de ce site Internet fantôme, il tomba finalement sur un bref message indiquant un numéro auquel on pouvait appeler pour parler à un entraîneur.

Pour la énième fois cette nuit-là, Assad regarda sa montre. Il était plus de 1 heure du matin et guère le moment d'appeler un entraîneur pour s'inscrire à un club

de boxe. Il téléphona à tout hasard et attendit patiemment que le répondeur démarre et annonce que l'établissement était ouvert tous les jours de 11 heures à 21 heures.

Puis il s'empara de son pistolet le plus fiable et le glissa dans la ceinture de son pantalon.

Il lui suffit d'attendre quelques secondes sur le trottoir de Friedrichstrasse pour arrêter un taxi. Cependant, quand le chauffeur prit connaissance de la destination d'Assad, il eut l'air inquiet.

« C'est plutôt sombre, là-bas, dit-il en démarrant. Surtout à cette heure-ci. » Puis il ne dit plus rien jusqu'au moment où il se rangea le long du trottoir à l'adresse demandée.

L'homme n'avait pas tort, songea Assad avant de descendre. L'endroit lui faisait penser aux pires quartiers qu'il avait pu voir en Lituanie. Avec sa toiture pentue et ses colombages, le bâtiment avait dû être une jolie gare un peu austère avant-guerre, car il se trouvait au bord d'une voie ferrée. À présent, il était entouré de toutes sortes d'objets mis au rebut et de grilles rouillées qui semblaient abandonnées là depuis longtemps.

« Vous êtes sûr que c'est la bonne adresse ? » lui demanda le chauffeur.

Assad leva les yeux vers l'enseigne au-dessus de la porte avec son énorme paire de gants de boxe et l'inscription : « Académie de boxe de Berlin ».

« Oui, c'est bien ici. Je vous donne cinquante euros de plus si vous voulez bien m'attendre un quart d'heure.

— Je suis désolé, mais non », répondit le chauffeur en lui prenant l'argent des mains. Une seconde après, Assad se retrouva seul dans le noir.

La porte d'entrée ressemblait en effet à celle d'un ancien lieu public. La poignée en laiton avait disparu depuis longtemps, sans doute vendue sur un marché aux puces, mais le battant était indéniablement en chêne massif.

Il frappa plusieurs fois et, comme il s'y attendait, personne ne vint lui ouvrir. Alors il fit le tour et se retrouva sur un vieux quai de gare qui longeait la bâtisse. Il cogna à une fenêtre puis, par acquit de conscience, appela. Toujours aucune réponse.

Il pressa le nez contre la vitre sale. À la lueur de la torche de son portable, il découvrit une grande pièce qui devait être l'ancienne salle d'attente, mais qui aujourd'hui était équipée selon les règles de l'art, avec divers articles d'entraînement pour la boxe, un ring et même des chaises pour accueillir au moins cinquante spectateurs.

Si Weber n'avait pas été aussi saoul, Assad lui aurait téléphoné pour lui demander de se renseigner sur la salle afin de savoir si, pour une raison ou pour une autre, elle était déjà dans le collimateur de la police. Il secoua la tête. À cette heure de la nuit, il y avait peu de chances que son appel aboutisse à quelque chose de constructif.

Alors quoi ? Ça n'aurait pas été la première fois que ce genre d'établissement aurait servi de couverture pour diverses activités criminelles. Des clubs comme celui-là attiraient des jeunes gens venant du bas de l'échelle sociale et désireux de lutter contre leur condition. Des Noirs pauvres aux USA, des Latinos pauvres en Amérique du Sud et des migrants pauvres en Europe. Il n'y avait qu'à voir le nombre d'hommes de couleur qui évoluaient sur les podiums de boxe partout dans le monde.

Assad hocha la tête pour lui-même. Qu'est-ce qu'il risquait entrer ? De déclencher une alarme ? Que la police l'arrête et l'accuse de violation de domicile ? Weber le ferait libérer aussitôt.

Il s'avança vers une porte plus modeste, à la peinture écaillée, dont les panneaux en contreplaqué étaient fendus par endroits. Il prit un peu d'élan et donna un grand coup de pied dans celui du bas. L'onde de choc fit vibrer toutes les fenêtres autour. Il attendit un instant, inspecta les alentours et donna un nouveau coup de pied qui brisa le contreplaqué.

Après un coup de pied supplémentaire, le trou était assez grand pour qu'il puisse se glisser dedans.

Au milieu du local se dressait une poutre sur laquelle se trouvait un gros interrupteur. Assad l'actionna et, après avoir clignoté quelques instants, des dizaines de tubes de néon baignèrent la pièce d'une lumière si blanche et si froide qu'on se serait cru dans une salle de torture.

À présent, il ne lui restait plus qu'à dénicher un quelconque détail prouvant que Hamid était un habitué des lieux.

À l'issue d'un combat, un homme comme lui avait la prestance nécessaire pour venir féliciter le vainqueur en nage et lui proposer un moyen de se faire un peu d'argent. Il y avait tant de jeunes gens qui avaient été recrutés avec quelques bonnes paroles, une tasse de thé fumant et quelques douceurs au miel pour l'accompagner. Pourquoi Mustafa n'aurait-il pas cédé lui aussi à ce miroir aux alouettes ? Si ce garçon fréquentait aussi peu de monde que le disaient ses parents, cela ne surprendrait pas Assad qu'il ait rencontré quelqu'un lors

de son dernier championnat et que ce quelqu'un lui ait ouvert les yeux sur la décadence de l'Occident et sur le devoir qu'il avait en tant que musulman orthodoxe de protéger sa foi contre les mécréants.

Et plus Assad y pensait, plus il était certain que ce quelqu'un pouvait être Hamid.

Plusieurs pièces communiquaient directement avec la grande salle : deux vestiaires sentant le moisi, l'un d'eux équipé d'un banc de massage qui avait vu de meilleurs jours, une kitchenette avec machine à café, bouilloire, vaisselle et plusieurs étagères offrant diverses sortes de thé et d'épices dans des bocaux transparents.

Il doit y avoir un bureau quelque part, peut-être en haut, se dit-il en observant le petit escalier en colimaçon conduisant au premier étage.

Il était à mi-chemin quand une lumière s'alluma et éclaira le palier au-dessus de lui.

Assad gravit les dernières marches, la main posée sur la crosse de son pistolet. Alors qu'il se demandait s'il avait déclenché la cellule photosensible d'un détecteur de présence, un individu se matérialisa soudain sur la dernière marche. Sans sommation, il envoya un coup de pied dans la figure d'Assad, qui tomba en arrière et atterrit violemment au pied de l'escalier, où son agresseur le rejoignit aussitôt. Le coup et sa chute lui avaient momentanément coupé le souffle.

« T'es qui ? » aboya l'homme.

Il était grand, massif et couvert de sueur. À en juger par sa tenue, Assad devait l'avoir tiré du sommeil.

« N'espère pas te servir de ce truc-là, connard », le

découragea-t-il en désignant du menton l'arme qui avait roulé cinq mètres plus loin.

Assad se frotta la nuque et se redressa à moitié.

« Vous me demandez qui je suis ? dit-il. Je suis le dernier homme dans cette ville que vous avez intérêt à énerver. Je suis désolé d'être entré par effraction, je vous rembourserai la porte, c'est promis. Vous ne m'avez pas entendu frapper et appeler ?

— Qu'est-ce que tu es venu foutre ici ? Il n'y a rien à voler », rétorqua le type en l'attrapant au collet et en serrant si fort qu'il crut vomir.

Assad lui saisit le poignet pour se dégager.

« Je voudrais l'adresse de Hamid », demanda-t-il d'une voix étranglée.

Le visage du mastodonte se ferma. « Il y a beaucoup de Hamid qui viennent ici.

— Celui dont je parle ne vient pas pour s'entraîner. Il a environ cinquante ans et des cheveux grisonnants, coupés en brosse. » La pression sur la gorge d'Assad se desserra un peu. « Tu veux dire ce gars-là ? »

Il montra d'un signe de tête une affiche sur un mur représentant deux boxeurs se toisant sans aménité. « Championnat poids mi-lourds 1993, Hamid Alwan contre Omar Jadid », et en dessous la date du combat.

Assad n'était pas sûr. La vidéo de Munich n'était pas assez nette pour qu'il puisse reconnaître avec certitude l'homme qui sur cette photo avait vingt-cinq ans de moins.

« Oui, je crois », dit-il malgré tout, déclenchant le premier coup de poing du géant, qui le projeta en arrière contre la table des juges arbitres.

Assad jaugea son adversaire, qui devait faire un bon

mètre quatre-vingt-dix, et se frotta le menton. Le coup était précis, efficace et douloureux, l'homme devait être un ancien boxeur professionnel. Bonne amplitude, avant-bras et cuisses bien développés, visiblement marqué par l'âge et la pratique d'un sport difficile, nez cassé, paupières lourdes et pectoraux qui reposaient désormais sur son estomac.

Assad se releva. « Je vous conseille de ne pas recommencer ce petit jeu, dit-il en essuyant le sang sur sa lèvre supérieure. Je vais vous poser une autre question : est-ce qu'Alwan est le vrai nom de famille du Hamid Alwan qui est sur cette affiche, là-bas ? »

La brute arma son bras, prête à frapper de nouveau. Le manque de respect était manifestement un motif de punition immédiate dans ce milieu.

« Stop, l'arrêta Assad, la main tendue devant son visage en guise de bouclier. Je n'ai pas l'intention de vous faire du mal, je veux juste que vous répondiez à ma question. Est-ce qu'Alwan est son vrai nom de famille ?

— Me faire du mal, à moi ? » Il n'en croyait pas ses oreilles. « Je vais t'écraser, microbe. Tu ne crois tout de même pas que tu vas venir ici et… »

Un coup de karaté à la gorge le déstabilisa juste assez longtemps pour qu'Assad puisse lui envoyer deux fois son pied dans les testicules et terminer l'attaque en trois phases par un nouveau coup à la gorge. Il lui avait fallu moins de deux secondes pour neutraliser son adversaire.

Assad alla ramasser son arme et la remit à sa place. Le géant gisait à terre comme un arbre abattu, les deux mains autour de la gorge, au bord de l'étouffement. Assad n'était pas venu là pour voir un mastodonte de cent vingt-cinq kilos en slip kangourou et marcel

grisâtres en train de se tordre sur le sol, les yeux écarquillés de panique.

« Est-ce qu'Alwan est son vrai nom ? » demanda-t-il de nouveau.

Cette fois l'homme aurait voulu répondre, mais il ne pouvait pas.

« C'est chez vous, ici ? Vous avez un logement à l'étage ? » questionna-t-il sans plus de succès.

Assad alla chercher un verre d'eau dans la cuisine. Même s'il devait lui lubrifier la gorge avec de l'huile, il avait bien l'intention de le faire parler.

L'homme but lentement, sans quitter Assad des yeux. Il ne s'était visiblement pas remis du choc. Assad avait presque pitié de lui.

« Est-ce qu'Alwan est son vrai nom ? » demanda-t-il pour la quatrième fois.

Le boxeur ferma les yeux. « Il va me tuer. Il va foutre le feu à cette maison », répondit-il enfin d'une voix rauque.

Il avait sa réponse. C'était un soulagement.

« Vous avez un registre des gens qui fréquentent le club ? » Il hésita un peu trop longtemps, puis fit signe que non. Assad prit son mobile et appela Weber en se disant que l'évolution de la situation devrait aider le chef de cette enquête à reprendre le collier.

Ils arrivèrent à cinq, Weber avait donc bien compris le message. Il sentait encore l'alcool, mais Assad le trouva particulièrement présent et concentré.

« On l'emmène avec nous pour l'interroger, dit-il avant de regarder autour de lui. Et vous, on peut savoir ce que vous avez fabriqué ? »

Assad haussa les épaules. « J'ai un peu bousculé la porte et elle s'est cassée. J'ai promis à notre ami de la remplacer. »

Weber secoua la tête plusieurs fois mais, à voir la façon dont il porta ensuite la main à son front, il dut regretter ce mouvement inconsidéré.

47

Alexander

J-2

Chaque fois que sa mère gémissait derrière son adhésif, cela le déconcentrait. Des millisecondes essentielles se muaient en secondes, et les réflexes habituellement fulgurants d'Alexander lui faisaient défaut. Il y avait des années qu'il n'avait pas fait autant d'erreurs de débutant. Il était au bord de la crise de nerfs.

« Putain, je vais te tuer si tu ne fermes pas ta gueule », lui dit-il, regrettant aussitôt sa phrase, puisqu'il s'était promis de ne pas la tuer avant d'avoir terminé sa partie. Il lui restait encore dix points à marquer avant d'atteindre le score de 2117.

Il tourna vers lui le fauteuil de bureau et regarda sa mère au fond des yeux. Sa peur et sa soumission lui procurèrent un sentiment de joie extraordinaire.

« Je propose qu'on modifie les règles. Si tu me fiches la paix et que je gagne rapidement cette partie, je t'accorde un petit sursis, d'accord ? Peut-être que l'idée de vivre un peu plus longtemps va réussir à te faire taire ! »

L'adhésif devant sa bouche se souleva légèrement. Elle n'avait donc pas compris ce qu'il venait de lui dire ? Elle continua à se balancer d'avant en arrière comme si elle avait envie de faire pipi.

Alexander jura intérieurement. Qu'est-ce qu'il en avait à foutre qu'elle pisse dans sa culotte ?

Alors elle fit quelque chose qu'il ne lui avait pas vue faire depuis la première fois que son père l'avait sérieusement battu. Elle se mit à pleurer, une morve liquide coula de ses narines tandis que ses gémissements étouffés gagnaient en puissance.

Et alors qu'il contemplait cette scène peu ragoûtante, un souvenir longtemps refoulé lui revint en mémoire. Il se souvint tout à coup de l'avoir entendue supplier et sangloter ; elle s'était interposée et accrochée à la chemise de son père pour l'empêcher de lui faire du mal. Mais, se rappela-t-il aussitôt, c'était la dernière fois qu'elle avait pris son parti dans une dispute. Après ce jour-là, elle s'était complètement soumise aux colères et aux mouvements d'humeur de son mari.

Il y avait donc eu une époque où elle était capable de montrer des sentiments, comme aujourd'hui. Elle avait peur, elle était seule et il était convaincu qu'elle regrettait ce qu'elle avait fait. Ce n'était pas grand-chose, mais c'était mieux que rien.

Alexander réfléchit. Sa mère savait qu'elle allait mourir et, malgré cela, elle s'inquiétait parce qu'elle avait envie de faire pipi, ça la rendait presque humaine, finalement. Ça avait quelque chose de touchant.

« Tu me jures que tu arrêteras de me déranger dans ma partie, si je t'emmène ? » dit-il.

Elle hocha vivement la tête.

« Ne t'enferme pas à clé parce que je défoncerai la porte. Tu m'entends ? »

De nouveau, elle acquiesça.

Alexander suspendit le katana à son épaule et poussa sa mère jusqu'à la porte de la salle de bains. Il retira l'adhésif de ses mains et de ses pieds, mais laissa celui qu'elle avait sur la bouche.

Il fit un pas en arrière et brandit le sabre pour lui rappeler de ne rien tenter.

« Allez, va faire ce que tu as à faire, dit-il. Et n'essaye pas de me gruger, d'accord ? »

Elle opina du chef et disparut dans la pièce. Il entendit un ruissellement derrière la porte et plus rien. Elle n'avait pas fini, apparemment.

Alexander attendit patiemment, jusqu'à ce qu'il entende un léger bruit dans la serrure.

« Eh ! aboya-t-il. Je croyais t'avoir dit de ne pas t'enfermer ! Tu vas le payer cher. »

Il frappa plusieurs fois dans le panneau en bois massif tandis que derrière la porte résonnait un raffut de mauvais augure. Quand la porte céda enfin et vint cogner violemment contre le mur de la salle de bains, il la trouva debout devant la fenêtre plombée, sans adhésif sur la bouche, brandissant l'abattant des toilettes au-dessus de sa tête.

Elle projeta le lourd couvercle contre la vitre et commença à crier au secours.

Alors Alexander attrapa le katana par son fourreau et lui donna un grand coup sur la nuque avec le manche. Assommée, elle tomba, sans connaissance.

Est-ce que je devrais la tuer maintenant ? se demanda-t-il en la ramenant dans sa chambre. Soudain, il entendit

à travers la fenêtre une voix qui demandait si tout allait bien.

C'était la première fois depuis très longtemps que le monde extérieur s'imposait à lui. Sa mère allait-elle réellement réussir à lui mettre des bâtons dans les roues ?

Il lui jeta un rapide coup d'œil, évalua qu'elle ne se réveillerait pas avant un bon moment.

Alors il remit le katana de son grand-père à sa place, se rendit dans le vestibule et ouvrit la porte.

Dehors, le vent était froid et cinglant. Le jour où il s'était enfermé, l'automne avait à peine commencé. À présent, l'hiver était à la porte. Les arbres agitaient leurs branches nues et dans le jardin, tout était fané et mort. Même le gazon avait perdu sa couleur. Au milieu du tapis brunâtre gisait le siège des toilettes, ouvert, comme une bouche grotesque. Quelques mètres plus loin, sur le trottoir, leur vieille voisine regardait l'innommable objet en retenant son chien pelé qui aboyait comme un forcené.

Les relations entre elle et Alexander avaient toujours été distantes, mais cette fois, il fit un effort pour se montrer agréable.

« Euh, désolé. Je crois que je me suis laissé emporter, dit-il en ramassant la lunette. Je viens d'apprendre que je n'ai pas été admis dans la fac que je voulais et ça m'a rendu fou de rage. »

Elle fronça les sourcils. « Ah, et c'est pour ça que ta mère a appelé au secours ? »

Il prit un air étonné. « Ma mère ? Mais elle n'est pas là ! C'est moi qui ai hurlé. Je ne sais pas ce qui m'a pris de crier au secours, personne ne peut rien faire pour moi. Si vous saviez comme je suis déçu.

— Tu me racontes des mensonges, rétorqua-t-elle en avançant vers la maison. J'ai salué ta maman quand elle est rentrée et je sais qu'elle n'est pas ressortie depuis. »

Alexander sentit la sueur couler dans son dos. Cette bonne femme surveillait-elle vraiment tout ce qui se passait dans leur rue ? Elle n'avait rien de mieux à faire ?

Elle se planta devant lui, les mains sur les hanches. « Je suis obligée d'aller lui parler et de vérifier qu'elle va bien, Alexander, et si tu ne me laisses pas entrer, j'appellerai la police, je te préviens !

— Je vous dis qu'elle n'est pas là, sonnez si vous voulez. Nous n'avons rien à cacher. »

Elle s'arrêta mais il vit à son expression qu'elle n'allait pas en rester là.

« Je m'en vais, mais tu peux compter sur la visite de la police très bientôt. »

Découragé, Alexander bascula la nuque en arrière. Tant pis pour elle, elle l'aurait cherché.

« Très bien, venez voir par vous-même », dit-il en s'effaçant pour la laisser entrer.

En atteignant le seuil, elle se retourna vers lui, suspicieuse. « Et tu laisses la porte ouverte, tu m'entends ? »

Il acquiesça et, dès qu'elle eut pénétré dans le vestibule, le chien sur les talons, il lui assena un tel coup sur la tête avec le siège des toilettes qu'elle n'eut pas le temps d'émettre un cri avant de s'écrouler par terre.

Le chien réagit instantanément et s'échappa en traînant la laisse derrière lui. En quelques bonds, il était dehors et en sécurité. Alexander essaya de le rappeler avec des mots affectueux, mais l'animal resta assis au milieu de l'allée, la queue entre les pattes, l'air effrayé.

Il essaya de se souvenir du nom de ce satané clebs.

Il avait pourtant entendu la mégère l'appeler des centaines de fois. Et, alors qu'il essayait de l'amadouer, le chien fit volte-face et se sauva ventre à terre.

Il le suivit des yeux jusqu'à ce qu'il disparaisse entre deux villas, un peu plus bas dans la rue, sur le trottoir d'en face. S'il était un peu malin, il retrouverait son chemin et reviendrait chercher sa maîtresse.

Et Alexander apprendrait quel effet cela faisait de tuer un animal.

Il retourna dans la maison pour ligoter les deux femmes. Ce ne fut pas une mince affaire. Lorsqu'il lui enroula la tête d'adhésif et qu'il la bâillonna avant de l'attacher au pied du lit, les mains derrière le dos, la voisine grogna un peu, sans toutefois reprendre connaissance. Sa mère était en train de revenir à elle et il dut se dépêcher de la remettre dans le fauteuil de bureau et de la rattacher.

« Un de mes collègues va appeler pour savoir où je suis », dit-elle en se réveillant et en se rappelant où elle était.

Alexander ne lui répondit pas et, malgré ses protestations, recolla un long morceau d'adhésif sur sa bouche. Si quelqu'un s'inquiétait de la fenêtre cassée dans la salle de bains et venait sonner à la porte, il ne devait surtout pas entendre du bruit dans la maison.

« Voilà ! s'exclama-t-il, content de lui, quand il eut terminé. Je vous laisse bavarder toutes les deux tant que vous êtes encore en vie. Et maman, j'espère que tu as profité des toilettes, parce que c'est la dernière fois que je te laisse y aller. » Il retourna s'asseoir devant l'ordinateur. Au cours de la dernière demi-heure, il avait agi avec beaucoup de détermination, suivant en

cela le comportement des guerriers de son jeu. Eux et lui semblaient ne faire plus qu'un.

« Ah, au fait, maman, ajouta-t-il en pressant la touche entrée sur son clavier. J'ai appelé ton bureau. Je leur ai dit que ta sœur était très malade, que tu étais dans tous tes états et que tu avais foncé à Horsens pour t'occuper d'elle. J'espère que ça ne t'ennuie pas ? Ils ont simplement dit qu'ils étaient impatients que tu reviennes. Je leur ai dit que moi aussi. »

La vieille commençait à revenir à elle. Maigre et chétive comme elle l'était, il s'étonna de sa résistance. Il y en a qui sont solides, songea-t-il avec une certaine admiration.

La voisine inspecta la pièce du regard et, quand elle aperçut sa mère dans l'angle de la pièce et le sabre meurtrier posé par terre à côté de son visage, elle vécut manifestement un grand moment de solitude.

Il sourit. Elle devait pourtant avoir l'habitude ! Depuis des années qu'ils habitaient dans cette rue, il ne l'avait jamais vue recevoir la moindre visite.

Au moins, elle ne manquerait à personne.

Quelques heures s'écoulèrent et force lui fut d'admettre que la chance n'était plus de son côté. Il n'était pas parvenu à surmonter l'opposition massive qu'il avait rencontrée dans la dernière partie. Il était pourtant si près d'atteindre le score qu'il s'était fixé. Ce revers allait lui coûter au moins une nuit supplémentaire et une partie de la journée suivante.

Il se leva et s'étira en pensant au lendemain. Après avoir tué les deux femmes, il mettrait le katana en bandoulière et irait prendre dans l'entrée le plus long

manteau que possédait son père. Il sortirait de la maison et refermerait la porte. À partir de cet instant, tout pouvait arriver. Il avait finalement décidé de porter des vêtements discrets plutôt que la tenue de Ninja dans laquelle il avait prévu de conquérir la ville en justicier. Il aurait été tellement beau dans ce costume, son sabre ensanglanté à la main. Mais les gens se seraient enfuis de tous les côtés en le voyant. Provoquer un mouvement de panique était la dernière chose qu'il voulait. Chaque fois qu'il tuerait un passant, il cacherait le katana dans son manteau et continuerait tranquillement sa croisade dans la ruelle suivante.

Il se tourna vers la photo de la migrante noyée.

« Avant de partir, je leur laisserai un mot pour leur expliquer que c'est en votre nom que je fais ça, dit-il. Le monde entier se souviendra de vous, grâce à moi. » Il sourit. « Et il n'est pas près de m'oublier non plus. »

Il vit que sa mère essayait en vain de déplacer son fauteuil. Elle avait beau lui envoyer des regards suppliants, tant que l'adhésif gardait la chaise à peu près fixée à la table, elle pouvait toujours se démener, cela ne la mènerait à rien.

Alexander retourna s'asseoir, baissa le son des haut-parleurs et mit un casque audio sur ses oreilles. Il fallait qu'il soit plus performant que jamais au cours des prochaines heures, aussi se donna-t-il au maximum. Malgré cela, les dix minutes suivantes, il se fit tuer dès le début de chaque manche.

Alexander jeta son casque contre le mur. Ça devait être pour ça, il n'avait jamais été très bon avec un casque, alors pourquoi le serait-il ce jour-là ? Est-ce qu'il avait changé quelque chose sa façon de jouer ? Était-ce la

punition pour s'être déconcentré tout à l'heure, quand sa mère avait failli s'échapper, ou bien était-ce le jeu qui voulait ça ? Peut-être était-ce une leçon ? Peut-être devait-il oublier à quel point il était bon et se servir uniquement de son instinct ? Dans tous les autres jeux auxquels il avait joué, son instinct s'était toujours révélé être son atout majeur.

Il hocha la tête. Ses mauvais résultats d'aujourd'hui étaient dus au fait qu'il approchait du but et cela le rendait nerveux. Il devait se calmer, contrôler son rythme cardiaque. Ensuite tout irait bien.

Alexander regarda la vieille recroquevillée par terre. Elle l'avait toujours considéré comme une merde. Maintenant, il allait lui prouver de quoi il était capable.

Il prit son portable, installa une nouvelle carte SIM et appela l'hôtel de police.

Il regarda sa montre. Il était à peine 17 heures et il devait encore y avoir quelqu'un. Pour la première fois, il dut attendre un certain temps avant qu'on décroche.

« Rose Knudsen à l'appareil, dit la femme, à sa grande contrariété. Ah, c'est encore toi, Toshiro ! Alors, tu en es où ? demanda-t-elle.

— J'y suis presque ! » répliqua-t-il. Puis il actionna la fonction haut-parleur et fit un signe à la femme par terre, pour qu'elle suive la conversation.

« OK, dit la femme flic, pas impressionnée. Je voulais te raconter un truc. Ça t'intéresse ?

— Comment tu veux que je le sache si tu ne me dis pas ce que c'est ? répliqua-t-il, dissimulant sa curiosité sous un ton désinvolte.

— Tu n'as pas la même voix que d'habitude. Tu as mis le haut-parleur ?

— Oui, j'ai des invitées. Je voulais leur faire profiter de la conversation.

— Des invités ? » Il avait réussi à créer la surprise, comme il l'espérait.

« Elles sont deux maintenant à attendre l'échafaud. Ma mère et une vieille de notre rue.

— Ce n'est pas une bonne nouvelle. Que s'est-il passé ?

— Elle est venue me déranger.

— Te déranger ? Elle venait rendre visite à tes parents ?

— Non. Elle m'a juste dérangé.

— Qu'est-ce qu'elle t'a fait, Toshiro ? Tu ne vas pas lui faire du mal, n'est-ce pas ?

— C'est mon problème. »

Il croisa le regard de la voisine. C'était sublime de la voir se décomposer ainsi.

« Et il va falloir arrêter de m'énerver, ajouta-t-il. Enchaîne, tu veux ? Qu'est-ce qui était supposé m'intéresser ? Pas une de tes questions débiles en tout cas.

— J'aimerais bien que tu répondes quand je te pose une question, Toshiro. Mais bon, je vais te dire une chose que tu ne sais pas.

— Il y a des tas de choses que je ne sais pas et que je n'ai aucune envie de savoir. »

Elle se mit à rire, ce à quoi il ne s'attendait pas du tout.

« Tu as lu l'histoire de la femme qui est accrochée sur ton mur ? Est-ce que tu sais au moins qu'elle s'appelle Lely Kababi ? »

Il ne répondit pas. Bien sûr qu'il le savait, c'était écrit dans tous les journaux depuis quelques jours, mais il

s'en fichait complètement. Un nom, ce n'était rien, juste une étiquette que des parents imbéciles vous collent à la naissance, quand vous êtes encore trop jeune pour décider vous-même.

« Ici, au département V, nous sommes très impliqués dans cette affaire, tu vois ? Est-ce que tu es au courant ?

— Évidemment que vous êtes impliqués ! C'est moi qui ai fait en sorte que vous le soyez. »

Elle rit de nouveau mais cette fois, il eut un peu trop l'impression qu'elle se moquait de lui, et ça lui déplut fortement.

« Passe-moi le crétin de flic. Tu m'agaces.

— Écoute, Toshiro, il n'est pas là parce qu'il est allé s'occuper d'un petit garçon qui s'appelle Ludwig. La vie continue, tu vois ? Mais laisse-moi remettre tes pendules à l'heure. Nous ne t'avons pas attendu pour nous intéresser à cette histoire, figure-toi. Il y a un moment qu'elle nous absorbe parce que Lely Kababi n'est autre que la mère adoptive de l'un des meilleurs éléments que nous avons ici, au département V. Tu as sûrement entendu parler de lui. Il s'appelle Assad. Enfin, ces temps-ci, certains journaux parlent de lui sous son ancien prénom, qui est Zaid. Assad travaille sur cette affaire et elle lui tient à cœur personnellement, beaucoup plus qu'à toi, en fait. Alors, qu'est-ce que tu en dis ?

— J'en dis que tu te fous de ma gueule.

— Excuse-moi, je ne voulais pas te mettre en colère !

— Je ne suis pas en colère. Je dis juste que tu me racontes des conneries.

— Ça suffit les gros mots ! Et non, je ne me moque pas de toi et je t'assure que je préférerais que ce soit le cas. Mais la vérité, c'est que l'homme qui a tué Lely a

aussi kidnappé la femme d'Assad et ses filles, ça, tu as dû le lire quelque part, non ?

— Oui, et alors, qu'est-ce que ça prouve que vous soyez allés raconter ça à d'autres que moi ? Et cette histoire d'Assad qui avant s'appelait Zaid, je t'avoue que je la trouve un peu tirée par les cheveux, pas toi ? En fait, tu essayes de me dire que vous pensez me connaître de A à Z, mais pour ta gouverne, je préfère l'inverse.

— Je ne comprends pas. Tu nous poses une nouvelle énigme, Toshiro Logan ? D'accord, je veux bien jouer avec toi. Alors explique-moi.

— A me correspond mieux que Z, c'est tout. Bon, mais part ça, tu as d'autres mensonges à me fourguer ? Parce que sinon, je vais me remettre à marquer les points qui me manquent, et ça, tu ne pourras rien y changer. »

Cette fois, ce fut lui qui rit.

« Une seconde, Toshiro. En ce moment, Assad est à Berlin, où se trouve également le meurtrier de Lely Kababi. Il est en train de risquer sa vie pour venger Lely et l'incroyable cruauté dont a été victime sa famille. Un garçon comme toi devrait respecter ça. »

Le respect, qu'est-ce qu'elle connaissait au respect ?

Il regarda l'horloge du téléphone, est-ce qu'elle essayait de faire durer la conversation ?

« J'entends quelque chose derrière toi, c'est quoi, Toshiro ? »

Il secoua la tête. Les femmes ne faisaient aucun bruit, elles savaient ce qu'elles risquaient.

« C'est un chien ? Tu as un chien, Toshiro ? »

Il tourna la tête vers le couloir. Elle avait raison. L'animal était de nouveau dans la rue en train d'aboyer. Pourquoi ne l'avait-il pas remarqué avant ?

« Si j'ai un chien ? Sûrement pas, je les déteste. Tu as mal entendu. Il n'y a pas de chien, ici.

— Ça vient de la rue, alors ? Tu as une fenêtre ouverte ? »

Alexander baissa les yeux vers la voisine. Qu'est-ce qu'il allait faire de ce clébard ? Il n'arriverait jamais à l'attraper.

« Tu habites une maison avec jardin ? C'est dans un endroit comme ça que tu habites ? Dans un quartier résidentiel ? Un de ces beaux quartiers où personne ne s'occupe de personne et où les gens ne remarquent même pas que tes parents n'ont pas mis le nez dehors depuis un moment ? Et si on allait patrouiller dans ces rues-là et demander aux propriétaires des villas s'ils ont déjà vu un garçon dans ton genre ? Et si on affichait ton portrait partout ? Sur les poteaux de téléphone et dans les supermarchés ? C'est ça qu'on va faire ! On va même commencer tout de suite, je crois. »

Il commençait à transpirer. Les secondes défilaient beaucoup trop vite. Même s'il savait qu'ils n'avaient aucun moyen de le localiser, cette conversation avait duré trop longtemps.

« Je ne vous appellerai plus, déclara-t-il. Salue le crétin de flic de ma part et dis-lui qu'il n'avait pas une chance contre un adversaire comme moi. *Sayonara !* »

Il raccrocha et se tourna vers la voisine attachée au pied du lit.

« Ils ne me trouveront pas, et c'est dommage pour vous. Vous comprenez maintenant pourquoi il faut éviter de se mêler des affaires des autres ? *Curiosity killed the cat*, comme dit le dicton. Mais vous ne devez pas comprendre l'anglais, conne comme vous êtes. »

48

Assad

J-2

« Qu'est-ce que vous lui avez fait ? »

Le boxeur, que les hommes de Weber avaient emmené avec eux pour l'interroger, avait l'air d'avoir pleuré. Ce n'était pas la première fois qu'Assad voyait un homme abattu, mais les précédents n'avaient pas la carrure de cet ancien boxeur. Assad se demandait ce qui le terrifiait à ce point.

Weber n'avait pas bonne mine, mais c'est un homme parfaitement réveillé et sobre qui répondit à sa question.

« Si vous parlez de ses bleus et de ses égratignures, c'est à vous qu'il les doit, Assad. Nous ne l'avons pas touché.

— Il ressemble à un type qu'on vient de condamner à mort.

— C'est exact. Cet homme craint pour sa vie. Nous avons dû lui promettre de le garder au poste jusqu'à ce que tout soit terminé.

— Qu'est-ce qu'il vous a dit ?

— Qu'Alwan était peut-être un pseudonyme dont

Hamid s'était servi durant sa carrière de boxeur, mais il n'en est pas sûr. En revanche, ce dont il est sûr, c'est de l'endroit où il allait boire son thé quand il était encore actif. Le bar existe toujours, alors nous savons ce que nous avons à faire. Il affirme que si Hamid apprend qu'il a parlé, lui et son club de boxe ne seront rapidement plus qu'un souvenir. Il a déjà eu l'occasion de voir de quoi le type était capable et il paraît qu'il dispose d'un énorme réseau. »

Assad n'en avait jamais douté. « Donc nous sommes d'accord, il s'agit bien du même Hamid ? »

Weber et tous ceux qui l'entouraient acquiescèrent. Assad inspira longuement et retint son souffle pendant quelques secondes. Enfin !

« Qu'est-ce qu'il a répondu quand vous lui avez dit que Hamid était sans doute la personne qui avait recruté Mustafa à Francfort ?

— D'après lui, Hamid débarque souvent au club sans prévenir et après les combats il lui arrive régulièrement de parler un long moment en privé avec les jeunes boxeurs. Il a aussi entendu dire que certains des jeunes ayant participé aux compétitions sont ensuite partis en Syrie et qu'il est possible que nous ayons raison.

— Pourquoi n'a-t-il pas prévenu la police s'il avait l'impression qu'il se passait quelque chose d'illégal dans son club ?

— Pour la même raison qui nous a valu de devoir le pousser dans ses retranchements avant qu'il se mette à table.

— Donnez-moi le nom de ce café, Weber.

— C'est impossible, Assad. Vous ne pouvez pas continuer à jouer en solo dans cette affaire. Il y a trop

de choses en jeu et il ne s'agit pas uniquement de votre famille, il s'agit aussi de la vie et de la sécurité d'un tas d'autres citoyens anonymes.

— Si je n'avais pas agi cette nuit, nous en serions toujours au même point. Vous étiez dans votre chambre, ivre mort pendant que moi je retrouvais Hamid, alors donnez-moi le nom de ce café, Weber ! »

Est-ce qu'il l'avait blessé ? Apparemment pas.

« Non. Nous irons ensemble. Notre groupe d'intervention entrera dans les lieux et arrêtera les tenanciers de l'établissement, c'est la seule façon de procéder. Si vous y allez seul, non seulement nous risquons de vous perdre, mais aussi de perdre la seule chance que nous ayons de nous rapprocher de ceux que nous poursuivons.

— Envoyer un groupe d'intervention ! Vous n'y pensez pas ! Si vous faites ça, plus un seul ne parlera. On n'y arrivera pas comme ça. Ce serait trop long. Je vous rappelle que le compte à rebours est lancé. »

Le café se trouvait sur l'autre trottoir, coincé entre deux grands immeubles.

Il était encore tôt et ils étaient aussi visibles que le nez au milieu de la figure. Assad n'était pas content.

« Vous êtes garés trop près, Weber, ils vont voir les voitures. Dans un quartier comme celui-là, les Audi noires, ça pue les emmerdements. »

Weber grogna. « Il faut qu'on puisse surveiller ce qui se passe à l'intérieur. Sinon, on entre avec vous. C'est comme ça et pas autrement. Vous avez cinq minutes. Ensuite j'envoie la cavalerie. »

Assad secoua la tête et sortit de la voiture. Cette discussion avait déjà trop duré.

« Et vous devriez laisser ce truc-là ici. De toute façon, vous n'en aurez pas besoin », ajouta-t-il en montrant l'arme d'Assad calée au bas de son dos.

Assad fit comme s'il ne l'avait pas entendu et il traversa la rue.

Vu de l'extérieur, le café ne payait pas de mine. Moitié café des sports, moitié bar à chicha, sa devanture n'était pas très nette et son entrée n'avait pas vu un balai depuis longtemps. Un panneau annonçait la vente de boissons sans alcool, la présence d'un grand écran soixante-dix pouces diffusant les matchs de la Bundesliga et de la ligue espagnole de football ainsi que le prix de l'utilisation des narguilés, entre cinq et huit euros selon l'heure de la journée.

L'intérieur du café correspondait à ce qui était annoncé à l'extérieur, avec pour seule surprise les étagères accrochées sous le plafond et sur les murs, où s'accumulaient diplômes, coupes en argent et affiches, tous en relation avec des sports dans lesquels il s'agissait de terrasser son adversaire. Boxe, judo, taekwondo, jiu-jitsu, MMA, etc.

La clientèle, au nombre de trois personnes, était composée d'Arabes. Envoyer un commando d'Allemands blancs aurait été une grossière erreur. Il salua de la tête les trois hommes avachis devant la pipe à eau. L'ambiance était presque bon enfant, ce dont Assad se félicita.

L'homme qui officiait derrière un comptoir de bar prit à peine acte de sa présence puisque Assad était visiblement l'un des leurs.

« *As salamu alaikum*, dit ce dernier en guise d'entrée en matière. C'est toi le patron, ici ? »

Le type acquiesça et Assad remarqua sa licence accrochée au mur derrière lui.

« Tu es Ayub, alors. Ça tombe bien parce que c'est toi que je voulais voir. Je cherche Hamid, tu peux m'aider ?

— Hamid ? J'ai beaucoup de clients qui s'appellent Hamid, répondit son interlocuteur en secouant la tête.

— Je parle de Hamid Alwan, notre champion de boxe. Comment se fait-il qu'il ne soit pas affiché avec les autres, là-haut ? C'est une erreur, non ? »

Le cafetier s'arrêta de frotter le verre à eau en Pyrex qu'il avait entre les mains. « Qu'est-ce que tu lui veux ? »

Assad se pencha au-dessus du bar et dit sur le ton de la confidence : « Je dois le voir le plus vite possible, sinon il risque d'avoir de gros problèmes.

— Quel genre de problèmes ? »

Assad fronça les sourcils et articula : « Des problèmes sérieux. Auxquels toi et tes clients n'avez pas envie d'être mêlés, si tu vois ce que je veux dire. »

Les trois fumeurs derrière lui levèrent la tête. Il avait quand même parlé un peu trop fort.

« Je lui en toucherai un mot quand je le verrai, répondit le tenancier.

— Donne-moi son numéro, je lui expliquerai moi-même. »

Les gestes d'Ayub devinrent plus précipités. Le verre alla bruyamment rejoindre les autres sur une étagère et il jeta le torchon sur son épaule. Puis il fit le tour du comptoir et s'adressa aux trois fumeurs de chicha.

« Emmenez-le derrière, et ne le lâchez pas avant qu'il vous ait dit pourquoi il est là. Ce type ne me plaît pas. »

Assad se tourna également. « Je vous préviens, si vous faites ça, ce café sera rayé de la carte. » Puis il fit

face au propriétaire des lieux tandis que ses trois gardes du corps se levaient lentement. « Si tu savais qui m'a envoyé ici, tu tomberais à genoux. Même Hamid Alwan n'est qu'un grain de sable dans le désert. »

Manifestement, ça ne marcha pas.

« Allez ! Faites ce que je vous dis », répéta le cafetier, pas impressionné.

Le pistolet qu'Assad posa sur son front fonctionna beaucoup mieux. Tout le monde se figea.

Assad baissa les yeux vers sa montre qui s'était mise à vibrer. Il avait reçu un SMS de Weber. « Je vous donne encore quarante-cinq secondes, pas une de plus », disait le message. Ce type était stupide, ou quoi ?

« Personne ne bouge, ou je vous abats un par un, aboya-t-il. Nous n'avons pas beaucoup de temps, Ayub, alors il va falloir que tu prennes une décision rapide. Dis-moi où je peux trouver Hamid, parce qu'il est en danger de mort. Tu comprends ce que je te dis ? »

L'homme hocha prudemment la tête. Pas convaincu, mais un peu moins agressif.

Assad souleva un pan de sa veste et remit son arme dans sa ceinture. « J'ai montré ma bonne volonté, alors maintenant, c'est ton tour. »

Il acquiesça, mais au même moment des ombres passèrent devant la vitrine du café. Avant qu'Assad ait eu le temps de comprendre ce qui se passait, les troupes de Weber avaient ouvert la porte du café d'un coup de pied et envahi le local.

Moins de vingt secondes s'étaient écoulées depuis le SMS, qu'est-ce qu'ils foutaient ?

Le rapport de force était inégal et les hommes de la brigade d'intervention connaissaient leur boulot. En un

clin d'œil, les trois hommes furent neutralisés et menottés. Après quoi Weber, totalement indifférent au regard furieux d'Assad, s'avança vers lui.

« C'est une chance que nous soyons passés par là, dit-il en sortant une paire de menottes de sa poche. Les mains dans le dos, dit-il au cafetier avant de se tourner vers Assad. Vous aussi ! » lui ordonna-t-il.

« Je vous donne quatre-vingt-dix secondes à partir de maintenant », lui murmura-t-il en refermant les menottes sur son poignet.

Weber et ses hommes firent asseoir le cafetier et Assad sur des chaises avant de s'éloigner. Ce dernier avait déjà récupéré la clé des menottes sous son bracelet de montre.

« Vous restez là, on vous surveille », leur dit un agent. Puis tous traînèrent dehors les trois gardes du corps et les emmenèrent vers les voitures.

Assad agita ses menottes et murmura à son voisin : « Je me serai libéré dans quelques secondes, alors tiens-toi prêt, il faut qu'on fiche le camp d'ici.

— Je reste là, répondit Ayub en secouant la tête. Qu'est-ce que tu veux qu'ils me fassent ? Je n'ai rien fait !

— Si tu restes, tu ne verras pas le soleil demain. C'est contre eux que je venais prévenir Hamid. Réfléchis, l'ami ! Et dis-moi vite s'il y a une sortie sur l'arrière et si tu as une voiture. »

Le cafetier hésita quelques secondes, mais finit par se retourner pour qu'Assad puisse le libérer.

Ils déboulèrent dans un dédale de petites cours communicantes et, vingt secondes plus tard, ils s'éloignaient du café sur la moto vrombissante d'Ayub. Au même

moment, trois hommes parfaitement innocents étaient en route pour le commissariat où on les mettrait en garde à vue. Assad toucha la poche intérieure de sa veste où se trouvait son portable. Weber devait déjà avoir remarqué que son signal GPS se déplaçait vers le sud-est.

Après avoir roulé un bon quart d'heure, Ayub s'arrêta dans une rue tranquille flanquée de maisons mitoyennes et de quelques immeubles à deux étages.

« Tu peux descendre », dit-il à son passager.

Assad obtempéra et scruta les alentours. « Il est là ? » demanda-t-il en désignant l'habitation devant laquelle ils s'étaient arrêtés.

Il eut juste le temps d'entendre le petit clic mécanique lorsque Ayub passa la première. Instinctivement, il bondit sur lui alors qu'il commençait à tourner la poignée d'accélérateur à fond. Assad ne parvint pas à renverser la moto, mais il réussit à y remonter en s'accrochant au dosseret.

Le deux-roues zigzagua et le pied d'Assad heurta violemment le trottoir. Ayub était suffisamment bon pilote pour rétablir l'équilibre de l'engin. Ils traversèrent le quartier à grande vitesse, la jambe d'Assad traînant sur le bitume tandis qu'il essayait de se remettre en selle. Une fois ou deux Ayub balança son bras droit en arrière et atteignit Assad à la tempe. Quand il essaya pour la troisième fois, Assad lâcha le dosseret et saisit des deux mains le bras d'Ayub.

Le résultat était prévisible. La traction inattendue obligea le pilote à s'accrocher de toutes ses forces à la poignée ; la moto se tordit sur son axe et bascula sur le flanc, coinçant Ayub en dessous. Assad lâcha prise

avant la chute et il put suivre des yeux la moto sans pilote qui alla cogner contre le trottoir et terminer sa course une cinquantaine de mètres plus loin.

« Tu es complètement dingue ? Mais qu'est-ce que tu as foutu ? » cria Assad en s'approchant du blessé, clopin-clopant.

Ayub gisait face contre terre en travers du trottoir. À part quelques égratignures, il semblait que son visage se soit bien tiré de la chute. En revanche, sa jambe gauche était en sale état.

« Tu crois que je n'ai pas compris ton petit jeu ? » rétorqua Ayub dans un gémissement.

Assad se pencha au-dessus de lui. « Hamid est en train de préparer un attentat terroriste et ils l'ont démasqué. Nous devons le prévenir, tu comprends ? Dis-moi où je peux le trouver et tu lui sauveras la vie. »

L'homme grimaça. « Je ne sens plus mes jambes, dit-il d'une voix éteinte.

— Je vais appeler une ambulance, mais d'abord, je veux que tu me dises où il est. »

Il posa sur Assad un regard flou. « Hamid est mon frère », dit-il, avant de mourir.

Assad, horrifié, cessa de respirer. Quand les riverains, alertés par le vacarme, sortirent de chez eux, il ne put que fermer les yeux du défunt et faire une prière pour lui et sa famille.

Il posa la main sur la joue de l'homme. « Pauvre, pauvre imbécile », murmura-t-il. Puis il attendit que Weber et sa troupe le rejoignent.

49

Carl

J-2

Une infirmière approcha d'un pas rapide.

« Un petit instant, s'il vous plaît ! dit-elle en retenant Carl qui s'apprêtait à entrer dans la chambre de Mona. J'aimerais vous parler avant que vous alliez la voir. Par mesure de précaution, nous gardons Mona encore un jour ou deux, alors promettez-moi de ne pas trop la fatiguer. Son corps et son esprit ont été mis à rude épreuve, ces derniers jours. Même si le fœtus paraît hors de danger, l'état de Mona n'est pas stabilisé. L'énervement, la peine, la colère, toute émotion forte pourrait avoir un résultat néfaste. Elle se fait du souci pour vous, bien sûr, mais aussi au sujet d'une affaire. »

Carl acquiesça. Il ferait tout ce qui était en son pouvoir pour que cette grossesse se passe le mieux possible, promit-il. Il était seulement heureux que Mona et l'enfant aient surmonté cette crise.

Mona sourit et saisit ses mains entre les siennes comme s'il était sa dernière planche de salut. Sa peau

semblait plus diaphane, ses lèvres plus pâles, mais la force qui était en elle, celle qui lui avait permis de garder cet enfant, brillait dans ses yeux. Pour autant, Carl regretta de ne pas avoir été auprès d'elle pour la soutenir.

Il la prit doucement dans ses bras et posa une main sur son ventre. « Merci », dit-il simplement.

Ils restèrent silencieux un long moment. Les mots étaient inutiles. Pourquoi avaient-ils mis tant d'années à se retrouver ? Cela paraissait insensé aujourd'hui.

« Merci à toi, répliqua-t-elle en serrant sa main très fort. L'infirmière a essayé de te faire peur ? » Elle n'attendit pas sa réponse. « Ne t'occupe pas d'elle, Carl. Elle essaye juste de me protéger, mais elle ne me connaît pas. Nous sommes obligés de parler de tout ça, sinon je ne serai pas en paix. »

Il hocha la tête.

« Vous allez réussir à stopper ce qui se trame à Berlin, tu crois ? Est-ce qu'Assad et sa famille vont s'en sortir vivants ? Tu peux me dire la vérité, tu sais.

— Tu es sûre ?

— Oui, je t'en prie. Parle-moi franchement.

— Je suis très inquiet, Mona. Nous avons dû ronger notre frein depuis quelques jours, parce que nous ne progressions dans aucune direction, et cette attente a failli nous briser nerveusement. Je crains qu'on ne parvienne pas à sauver la famille d'Assad ni à empêcher ce qui est sur le point de se produire.

— Tu parles d'un attentat terroriste à Berlin ?

— Oui.

— Tu dois retourner aider Assad, Carl. Sinon tu ne te le pardonneras jamais. Je vais très bien m'en sortir,

tu verras. Par contre, je veux que tu me promettes de ne pas mettre ta vie en danger. S'il devait t'arriver quelque chose, je… » Elle posa la main sur son ventre.

Elle n'avait pas besoin d'en dire plus.

« Je te le promets, répondit-il. Mais pour l'instant, je suis là, près de toi et je ne m'en irai nulle part.

— Mais, Carl, tu as une autre enquête en cours. Et à cause de Rose, je me sens concernée, maintenant. Alors il faut que tu nous aides tous les trois, Rose, Gordon et moi, tu comprends ? La vie de deux femmes dépend de ce que vous ferez pour arrêter ce jeune déséquilibré. Dans dix minutes, je veux que tu sois à l'hôtel de police et que tu fasses ce que tu fais si bien, tu m'entends ? »

Il hocha lentement la tête avec une moue admirative. Quelle femme extraordinaire.

« Que sais-tu sur cette affaire, Mona ? Il y a du nouveau ?

— Le garçon a dit à Rose qu'il allait tuer les deux femmes avant de partir en ville commettre un massacre, et nous le croyons. D'après elle, il est pratiquement arrivé au score qu'il s'était fixé avant de mettre son projet à exécution.

— Et vous pensez que c'est pour aujourd'hui ?

— Pour très bientôt, en tout cas. Aujourd'hui ou demain. Marcus Jacobsen a suivi l'affaire de près et il a mis les services secrets au travail.

— De quelle façon ?

— Si tu retournes au département V maintenant, ils ont prévu une réunion dans une heure et demie. »

Carl émit un grognement. Une réunion à 11 heures ! Décidément, ces culs serrés de la PET ne seraient jamais sa tasse de thé.

« Il faut que tu saches aussi que, pendant que tu étais en Allemagne, Hardy et Morten sont retournés en Suisse. Tu devrais les appeler, quand tu auras un moment. »

Gordon et Rose le fixaient comme deux chiots qui espèrent voir tomber quelques bons morceaux de la table de leur maître. Carl détestait quand ils faisaient ça.

Il ferma les yeux et écouta attentivement l'enregistrement. Chaque intonation ou mot choisi par le jeune homme qu'ils appelaient Toshiro Logan pouvait avoir son importance.

Quand ce fut terminé, il ouvrit les yeux et regarda ses collègues. Manifestement, ils pensaient tous la même chose. S'ils ne mettaient pas la main sur ce garçon très vite, ils devaient se préparer à un bain de sang. Carl voyait d'ici le tableau. Les tabloïds se déchaîneraient. La chaîne d'info TV2 News, fidèle à ses habitudes, se jetterait sur le sujet et lui consacrerait son plus gros temps d'antenne, pressant le citron jusqu'à la dernière goutte. Les journaux plus sérieux qui, depuis onze ans, présentaient le département V comme la plus solide unité d'enquête du pays, le crucifieraient du jour au lendemain. Si ce garçon mettait son plan démentiel à exécution, les dommages collatéraux seraient terribles.

« OK, je crois que vous n'auriez pas pu faire mieux que ce que vous avez fait, même si pour l'instant nous n'avons pas grand-chose de solide. Dans l'enregistrement que je viens d'entendre, deux détails retiennent mon attention. Le chien qui aboie et l'importance que le garçon attache à la lettre A. »

Rose hocha la tête.

« Est-ce que la PET a entendu ça ?

— Oui, je leur ai fait une copie de tout ce que nous avons, répondit Gordon, et ils sont en chemin pour nous dire ce qu'ils ont trouvé. »

Gordon avait maigri.

Il posa sur Carl un regard suppliant. « Si la PET ne nous amène rien de déterminant, il va falloir convaincre Marcus de nous laisser publier le portrait-robot du garçon et toute l'histoire. Les chaînes de télé diffuseront le communiqué en priorité. »

Mais Carl partageait l'avis du patron. La démarche n'aurait pour effet que de semer la panique dans la population, tout en déclenchant un tsunami de critiques parce qu'ils n'avaient pas choisi cette solution plus tôt. Quelques heures après la diffusion, ils recevraient des centaines de témoignages qui tous les conduiraient dans des impasses et les retarderaient, surtout si le portrait était approximatif. Révéler que ses parents devaient être absents de leur lieu de travail pourrait éventuellement donner un résultat, mais ensuite, il leur faudrait des heures pour trier et analyser les données qu'ils récolteraient. Il n'y avait tout simplement plus assez de ressources humaines dans la police danoise pour résoudre ce genre d'affaire rapidement, et plus assez de commissariats locaux avec des policiers qui connaissaient leur quartier, ou leur village et ses habitants. Marcus et lui avaient payé pour voir les conséquences de la réforme insensée de la police danoise.

« Tu as réussi à en savoir plus sur cette histoire de A, Rose ? »

Il eut l'impression que la question la mettait mal à l'aise.

« J'aurais évidemment dû lui demander s'il faisait

référence la lettre A. Mais j'étais tellement obsédée par l'idée de le faire revenir dans notre camp que je n'y ai pas pensé. Mon plan était de l'amener à ce qu'il se sente solidaire d'Assad dans sa traque du meurtrier de Lely Kababi de façon qu'il se rapproche de nous.

— Et ça n'a pas marché, ce qui en dit long sur le personnage. C'est un garçon extrêmement autocentré, à l'ego surdimensionné et psychologiquement déviant. Les gens qui montrent des tendances psychopathes de ce genre ne sont pas faciles à atteindre.

— Merci, je suis au courant ! répliqua Rose.

— Cela dit, il nous a quand même donné un bon indice au départ, rappelle-toi. Cette drôle de remarque selon laquelle il allait se survivre une année. Et vous avez réussi à comprendre ce qu'il voulait dire par là. C'est de l'excellent travail. Il ne vous a jamais contredits quand vous lui avez donné vingt-deux ans, ce qui laisse à penser que vous avez tapé dans le mille. Et il vient de commettre un nouveau péché d'orgueil en vous soufflant un nouvel indice. Il semble convaincu que nous ne réussirons pas à le retrouver à temps. »

Rose hocha la tête, elle voyait parfaitement où Carl voulait en venir. « Selon toi, la lettre A est cet indice ?

— Oui. Nous l'appelons Toshiro Logan, mais nous ne connaissons toujours pas son vrai nom. À mon avis, ce A est la première lettre de son prénom. »

Carl connaissait bien l'agent du renseignement qui accompagnait Marcus, mais il n'avait jamais vu le gamin boutonneux qui marchait sur leurs talons. On aurait dit le croisement entre un personnage de manga et un lauréat du bac. Qu'est-ce que ce gamin fichait ici ?

« Salut, Carl. Je dois t'avouer que malgré les circonstances, je suis content de te voir. »

Il présenta ses invités. « Vous connaissez tous le commissaire Jeppe Isaksen des services secrets. Il a pris notre demande très au sérieux et a mis tout en œuvre pour nous aider à mettre la main sur ce criminel. »

Carl salua Isaksen d'un hochement de tête courtois. « Par contre, vous ne connaissez pas encore Jens Carlsen, le nouveau génie de l'informatique récemment recruté par la PET. Il s'est occupé de répertorier et de comparer les éléments transmis par Gordon. » Il se tourna vers le jeune homme. « Peut-être pourrais-tu nous exposer toi-même tes conclusions, Jens ? »

Le très jeune homme commença par s'éclaircir vigoureusement la gorge. Puis, contre toute attente, il se mit à parler avec une voix placée au moins une octave en dessous de la normale.

« D'abord, je dois vous dire que nous nous sommes énormément appuyés sur le travail de notre linguiste. Mais si son analyse se révèle erronée, les données sur lesquelles j'ai fondé mes théories seront fausses et tout ce que j'ai fait s'écroulera comme un château de cartes.

— Merci pour ta franchise, Jens. Il n'y a plus qu'à espérer que votre collègue a bien fait son boulot, commenta Marcus.

— Après avoir écouté l'enregistrement un grand nombre de fois, nous sommes arrivés à la conclusion que le garçon habite vraisemblablement dans la banlieue nord de Copenhague, poursuivit le chef des services secrets, exclusion faite des communes de Hellerup et de Charlottenlund. En revanche Fuglebakken, à certains points de vue Emdrup, Frederiksberg et la zone

qui jouxte Utterslev Mose sont tous des quartiers dans lesquels on peut entendre le vocabulaire et les expressions employés par ce jeune homme. »

Carl remarqua le regard qu'échangèrent Rose et Gordon. Ils étaient d'accord.

Jens Carlsen reprit la parole. « Le pensionnat de Bagsværd nous a fourni une liste des anciens élèves de l'école qui auraient aujourd'hui entre quarante et soixante-dix ans. À moins que le père et le fils aient une très petite ou au contraire une très grande différence d'âge, nous considérons que c'est dans cette tranche que nous trouverons un homme qui ait un fils de vingt-deux ans.

— On pourrait évidemment imaginer qu'il s'agisse d'un beau-père très jeune ou très vieux, mais nous avons décidé d'écarter cette hypothèse », expliqua le chef de la PET, comme s'il avait lui-même mis la main à la pâte, ce dont Carl doutait fortement.

La voix de basse se fit encore entendre. « Je suis parti du principe que le père et le fils résident à la même adresse et j'ai croisé la liste de l'école privée avec celle de tous les hommes dans la tranche d'âge choisie habitant les quartiers sélectionnés. »

Gordon et Rose s'avancèrent sur leurs chaises, espérant sans doute que ce nombre ne soit pas trop élevé.

« Je suis arrivé au résultat de trente-trois familles. En faisant cette recherche avec des paramètres identiques dans tout le grand Copenhague, on arrive à un nombre trois fois plus élevé, ce qui, vu le temps qui nous est imparti, rendrait impossible une visite à chacun d'entre eux. »

Carl se dit qu'ils étaient mal barrés. Qu'il s'agisse

de vingt et une, de trente-trois ou de soixante-quinze familles, ils n'auraient jamais le temps d'aller toutes les voir en quelques heures. De plus, si le garçon avait un minimum de jugeote, ce qui était sûrement le cas, il ne leur ouvrirait certainement pas s'ils venaient sonner à sa porte. Dans un grand nombre de foyers, les gens seraient absents, et il leur faudrait des valises de mandats de perquisition pour entrer chez ceux qui refuseraient de leur répondre.

« Pour réduire encore ce nombre, j'ai croisé avec une donnée supplémentaire qui est l'âge présumé du meurtrier. »

Cette fois, les trois collègues du département V tendirent l'oreille. Futé, le boutonneux.

« Si nous estimons qu'il a environ vingt-deux ans et que son année de naissance se situe entre 1995 et 1997, s'il est inscrit à l'état civil à la même adresse que ses parents, nous tombons sur dix-huit maisons dans les quartiers choisis et quarante dans tout le grand Copenhague. »

Il plongea dans sa mallette et en sortit quelques feuilles A4.

« Voici les adresses que j'ai relevées. »

Gordon et Rose étaient bouche bée.

50

Assad

J-2

Assad suivit le mouvement jusqu'au bout. D'abord, ils se rendirent chez Ayub où ils annoncèrent sa mort à son épouse, sans beaucoup de ménagement. La femme fit une crise de nerfs, ce qui ne les empêcha pas de fouiller la maison jusqu'à ce qu'ils dénichent l'adresse de son beau-frère. Ils laissèrent deux hommes sur place pour surveiller la veuve pendant que leurs coéquipiers cernaient la propriété de Hamid, puis entraient un par un dans le petit jardin bien entretenu qui entourait sa maison.

Ils coordonnèrent leur intervention de manière à enfoncer simultanément la porte d'entrée et celle donnant à l'arrière et ne mirent pas plus de quelques secondes à trouver la femme de Hamid et leurs enfants, cachés sous une table. Ils étaient tellement silencieux qu'ils semblaient avoir été confrontés à ce genre de situation des dizaines de fois auparavant.

Assad prit quelques gros plans des enfants terrifiés et du visage défiguré par l'angoisse de son épouse au

moment où les policiers ordonnèrent à cette dernière d'appeler son mari. Ils l'obligèrent à lui dire que la femme d'Ayub venait d'appeler pour annoncer sa mort et elle dut ajouter qu'elle craignait pour leur propre vie. Elle supplia Hamid de venir les chercher immédiatement pour les mettre en sécurité.

Hamid ne s'attendait pas à ce qu'il allait trouver en rentrant chez lui. Pourtant, quand il remarqua quelques centaines de mètres plus haut que sa porte avait été enfoncée, les agents de Weber purent rapidement constater qu'il était armé.

Il se mit à tirer en tous sens avant de se jeter dans un buisson dans l'intention de fuir en passant par les jardins voisins. Lorsqu'il comprit qu'il était cerné, il bascula la nuque en arrière et posa le canon de son arme sous son menton. À la seconde où il allait appuyer sur la détente, on lui tira dans les jambes. Au moment où il tomba, ils étaient là pour le rattraper. Le combat s'arrêta presque avant d'avoir commencé.

Assad, qui se tenait à distance, pria pour qu'ils ne le tuent pas.

Hamid saignait encore beaucoup quand ils l'emmenèrent en voiture pour l'interroger.

Avant de monter dans un autre véhicule, Assad resta un instant sur place, peu désireux de les suivre.

À 22 heures passées, malgré ses réticences, on vint le chercher et on l'emmena au QG des services secrets. Les hommes de Weber avaient eu beau s'acharner toute la journée sur Hamid, il n'avait pas dit un mot. Avant de reprendre l'interrogatoire pour le reste de la nuit, ils voulaient laisser Assad tenter d'en tirer quelque chose.

Celui-ci déclina l'invitation. Un homme qui avait prouvé qu'il était prêt à se tuer pour la cause ne se mettrait pas à table, même sous la torture.

Weber insista. Si infime que soit la probabilité qu'Assad parvienne à le faire parler, il devait à sa famille d'avoir au moins essayé. Hamid avait ses points faibles, comme n'importe qui. Il avait même attrapé un rhume, lui dit-il.

« Il l'avait déjà en arrivant ?

— Oui. Nous tenons sans doute l'explication de tous ces mouchoirs en papier que nous avons trouvés. Attention qu'il ne vous le refile pas. »

Assad hocha la tête et entra dans la pièce glaciale au mobilier spartiate. Visiblement, les enquêteurs ne s'étaient pas contentés des moyens de pression psychologiques pour faire parler Hamid. Le sol était trempé et un seau plein de chiffons mouillés laissait penser que, lorsqu'il s'agissait d'empêcher un attentat, les conventions de Genève n'étaient pas respectées à la lettre.

Les yeux de Hamid étaient rouges d'épuisement et peut-être aussi à cause de son rhume. Il avait froid et claquait des dents. Pourtant, son expression était pleine de défi. Assad perdit le peu d'espoir qu'il avait de le faire parler.

Lorsque Hamid l'aperçut, il éclata de rire. Le doigt pointé sur lui, il s'esclaffa, s'étouffa, avant de demander comment un avorton tel que lui avait pu nourrir la colère de Ghaalib pendant tant d'années.

Puis il se leva, tirant sur les chaînes de ses menottes attachées à la table.

« Viens plus près, traître à ta patrie ! gronda-t-il. Que

mes dents puissent se refermer sur ta jugulaire. Laisse-moi te rendre ce service. »

Et il envoya un crachat à la figure d'Assad.

Celui-ci s'essuya sous le regard méprisant de l'ancien boxeur, qui pensait sans doute qu'après sa prestation, il avait assis sa position vis-à-vis de son adversaire. Mais il ne le crut pas longtemps : une seconde plus tard, il recevait une gifle monumentale et un gros glaviot sur sa figure autosatisfaite.

« Tu es content, maintenant, tu m'as bien regardé ? Comme tu peux voir, je me porte comme un charme, lança Assad en le repoussant sur sa chaise. Je vais te poser quelques questions auxquelles, j'espère, tu voudras bien répondre. »

Il plaça une photographie de Marwa devant Hamid.

« Voici ma femme, et tu sais où elle est. »

Ensuite, il sortit son téléphone et sélectionna la photo qu'il avait prise de l'épouse de Hamid, blême de terreur, en train de téléphoner à son mari.

« Et ça, c'est la tienne, et je sais où elle est. »

Puis il recommença le même manège avec la photo de sa fille aînée.

« Ça, c'est Nella, ma fille, et tu sais où elle est, tout comme je sais où sont tes enfants. Tu comprends ce que je suis en train de te dire, Hamid ? Ce sera œil pour œil, dent pour dent. Et maintenant, à toi de voir. »

Assad lui colla son portable à deux centimètres du visage. « Regarde bien ta ravissante épouse et tes adorables enfants innocents. Dis-moi où je peux trouver Ghaalib et j'épargnerai ta famille. À moins que tu veuilles être aussi leur bourreau ? »

Hamid faillit cracher de nouveau, mais il s'abstint.

« Fais ce que tu veux, dit-il. Je retrouverai ma famille à Jannah et je me fiche de savoir à quel moment de l'éternité divine ça arrivera. »

Il retrouverait sa famille au paradis ! Mais où allait-il chercher une foi aussi grande ? se demanda Assad.

« Écoute-moi bien, Hamid ! Ghaalib a violé et réduit en esclavage ma femme et mes filles. Il a apporté la honte sur sa foi et sur sa personne, et celui qui l'aide à faire le mal ne peut espérer aller ailleurs qu'en enfer. »

Hamid s'assit au fond de sa chaise et sourit. « Pauvre mécréant. Tu devrais savoir que l'enfer n'est qu'un état provisoire. Allah refuse qu'un nombre limité de mauvaises actions soit puni pour l'éternité. Nous nous retrouverons tous au paradis, toi et moi également. » Puis il bascula la tête en arrière et rit à gorge déployée.

À présent, Assad voyait clairement la ligne qui les séparait, pourtant, il décida de la franchir encore une fois et cogna la figure hilare de son poing fermé. À chaque coup qu'il donnait, il revoyait sa femme et ses filles en ce jour lointain où elles avaient agité la main pour lui dire au revoir. Peut-être pour toujours.

« Je crois que vous pouvez recommencer à lui jeter de l'eau, dit-il en sortant de la pièce, sinon, je crains que vous ayez un peu de mal à le ranimer. »

Weber le regarda avec sévérité. « Vous l'avez frappé ?

— Je ne vois pas en quoi c'est pire que votre torture par l'eau ? Je croyais que ces pratiques étaient interdites dans un pays civilisé comme le vôtre.

— La torture par l'eau ? Nous ne l'avons pas torturé ! Si vous parlez de l'eau par terre, nous avons simplement lessivé le sol après que le médecin a stoppé l'hémorragie de sa jambe. »

Le front d'Assad se plissa. « Quel moyen de pression avez-vous utilisé, alors ?

— Nous lui avons proposé de collaborer. L'immunité et de l'argent. Nous lui avons proposé de venir travailler pour nous et d'avoir une vie paisible. C'était naïf de notre part, bien sûr, mais qui ne tente rien n'a rien.

— Très naïf, en effet.

— Mais ensuite, nous l'avons menacé de nous en prendre à sa famille. Et ça, ça l'a fait rire. Il nous a répondu qu'ils se retrouveraient tous au paradis, quoi que nous fassions. »

51

Ghaalib

J-2

Il y avait maintenant plus d'une heure que Ghaalib avait envoyé Beena chez Hamid et il commençait à s'inquiéter. C'était la première fois que Hamid n'était pas à l'heure à l'un de leurs rendez-vous et, normalement, il était toujours joignable. S'il lui était arrivé quelque chose, cela pouvait compromettre leur mission.

Il s'assit à table devant le plan de Berlin et se répéta toutes les étapes. Ils avaient déplacé l'attentat de Francfort à Berlin mais, si Hamid ne refaisait pas surface, ils allaient de nouveau devoir modifier leurs plans. Pas sur le fond, mais sur la forme.

Si Beena ne revenait pas dans moins de dix minutes, plusieurs des djihadistes risquaient de paniquer. Ghaalib allait devoir les convaincre que, quoi qu'il arrive, ils étaient fin prêts à passer à l'action car ils étaient de valeureux guerriers qui ne connaîtraient pas l'échec. Et si Hamid n'était plus avec eux, expliquerait-il, il le remplacerait. Mais d'abord, il devait vérifier que le Capitaine allait bien, qu'il était en position, dans sa suite.

C'était Hamid qui connaissait la ville et parlait couramment l'allemand et c'était lui aussi qui avait établi le contact avec Dieter Baumann, à qui il donnait ses directives. Mais l'homme avait passé tellement d'années au Moyen-Orient qu'il parlait un arabe parfait. Rien ne s'opposait donc à ce que Ghaalib prenne le relais.

Il l'appela à l'hôtel.

« Vous êtes devenu un homme célèbre, en Allemagne, Dieter. Cela nous a valu la publicité dont nous avions besoin, mais vous, comment avez-vous fait pour échapper à cette attention excessive ?

— J'ai pris la chambre sous un autre nom et je ne suis pas sorti depuis mon arrivée. J'étais déjà ici quand les journaux ont mis ma photo en première page. Et accessoirement, Hamid m'avait prévu un déguisement adapté. D'ailleurs, pourquoi n'est-ce pas lui qui me téléphone ?

— Il n'est pas avec nous en ce moment. Je vous appelle pour confirmer que l'attentat aura lieu demain, à 14 heures précises. Vous êtes prêt ? »

Il eut une petite quinte de toux avant de répondre. « Oui. Et la visibilité devrait être bonne demain aussi, du moins, je l'espère. Je serai extrêmement difficile à repérer, car les fenêtres sont sombres, et l'ouverture étroite. Hamid a bien choisi. » Il toussa de nouveau. Sa capacité respiratoire diminuait de jour en jour.

« Où est-il ?

— Je vous avoue que nous l'ignorons. Mais soyez tranquille, cet homme est un roc.

— Je sais.

— Comment allez-vous ?

— Je suis encore vivant, non ? » Il partit d'un rire qui

déclencha une nouvelle quinte de toux. «Enfin, assez vivant pour pouvoir décider du moment où je n'aurai plus envie de m'attarder ici.

— Prenez vos médicaments, Dieter. Et faites attention à vous. *As salamu alaikum.*

— *Wa alaikum assalam.*»

Ghaalib entendit du bruit dans le couloir, c'était Beena, *alhamdulillah*, Dieu soit loué. Mais quand elle entra dans la pièce, il vit aussitôt qu'elle était en était de choc.

«Je suis désolée de t'avoir fait attendre, Ghaalib, mais c'est loin, chez lui.»

Il hocha la tête.

«Je n'ai pas de bonnes nouvelles. J'ai parlé à un marchand de journaux du quartier et il m'a raconté que des hommes en tenue de commando sont entrés chez Hamid et que sa femme et ses enfants sont toujours dans la maison. Il avait entendu des coups de feu, un peu plus haut dans la rue, et des clients à lui ont vu que Hamid avait été touché à la cuisse et emmené par des hommes lourdement armés, dans des voitures noires. Ils ont aussi vu un Arabe qui a suivi l'arrestation sans rien faire, debout au milieu de la rue, en attendant que Hamid soit neutralisé. Quand tout a été fini, il est parti en voiture avec d'autres hommes du groupe.

— On te l'a décrit?»

Elle acquiesça, toujours bouleversée. «Oui, plus ou moins.

— C'était Zaid al-Asadi?

— Je crois, oui.»

Ghaalib bascula la tête en arrière pour pouvoir respirer. L'envie le démangea d'exécuter la femme de Zaid

sur-le-champ, mais s'il faisait cela, quid de l'ultime vengeance à laquelle il aspirait tant ?

« Écoutez-moi », dit-il aux membres du groupe, après avoir longuement réfléchi.

Il les regarda calmement, afin de leur montrer qu'il maîtrisait la situation.

« Il semble malheureusement que Hamid ait été sorti du jeu. D'après Beena, il aurait été arrêté par la police à proximité de son domicile. »

Plusieurs d'entre eux accusèrent le coup.

« C'est un important revers, j'en conviens, mais ne vous affolez pas. Hamid est l'un des hommes les plus forts que j'aie jamais rencontrés. Ce n'est pas la première fois qu'il est entre les mains de la police et ils n'ont jamais pu lui arracher un mot. Je peux vous assurer que ce sera pareil aujourd'hui. Ils vont le relâcher d'ici quelques jours car ils n'ont pas la moindre preuve contre lui. S'il y en a un qui sait effacer ses traces, c'est bien lui.

— Mais le plan ne peut pas fonctionner sans lui, Ghaalib ! Comment on va faire ?

— Son absence n'est pas sans conséquence, bien sûr. Mais la solution est simple. C'est moi qui le remplacerai. »

L'information fut bien reçue.

« Et quand est-ce qu'on lance notre action de diversion ?

— Demain, à 13 h 30. »

52

Joan

VEILLE DU JOUR J

Il aurait été transparent, ç'aurait été pareil. Ils ne le voyaient pas, ne lui parlaient pas, n'entendaient pas les petits bruits qu'il faisait parce que son nez commençait à se boucher et qu'il avait du mal à respirer. Il était là au milieu d'eux, dans son fauteuil roulant, à les écouter et à découvrir peu à peu les moindres détails de leur plan. Car personne dans la pièce ne cherchait à cacher quoi que ce soit à Joan. Pourquoi le feraient-ils ? Il n'irait nulle part et il était leur reporter. Quand tout serait terminé, ce serait à lui de tout raconter.

Les préparatifs, le prélude, la réalisation et le résultat. Heure après heure, il devenait plus clair pour Joan Aiguader que le lendemain après-midi, il ne serait plus le même homme. Dans la chambre d'à côté, les trois femmes étaient maintenant livrées à elles-mêmes, et comme personne ne leur avait donné à manger, elles n'avaient plus la force de se plaindre. Dans quelques heures, alors qu'elles seraient avachies dans leurs fauteuils roulants, aussi impotentes, muettes et passives que

des tétraplégiques, elles auraient pour unique fonction de transporter les bombes infernales dont Osman était en train de vérifier le fonctionnement.

Et tandis que chacun répétait sa mission respective, Ghaalib était assis, seul dans un coin, broyant du noir. Était-il exaspéré ou bien découragé ? Personne n'aurait pu le dire, mais une chose était certaine, son bras droit lui manquait et cela le stressait. En effet, Hamid était la clé de toute l'opération.

Ghaalib s'efforçait de cacher son inquiétude, car ils ne devaient en aucun cas douter du succès de leur entreprise. Ce n'est que plus tard dans la nuit, lorsqu'il sut où Hamid avait été emmené, qu'il reprit courage et put décider de la meilleure façon de continuer.

Il écrivit quelques lignes sur une feuille de papier, la scanna avec son portable et l'envoya.

Il tendit ensuite le mobile à Osman et lui transmit ses ordres. Manifestement, il l'avait choisi pour être son nouvel assistant.

Puis il annonça au groupe que tout s'était arrangé. « Et nous avons Zaid, enfin ! Zaid est là », dit-il d'une voix forte et claire, en anglais, s'adressant à Joan et souriant jusqu'aux deux oreilles.

Il expédia Osman et alla s'asseoir sur une chaise à côté de Joan.

« Zaid, Zaid, Zaid, répéta-t-il comme un mantra, les paupières closes, en dodelinant de la tête, demain, tu seras à ma merci. Et avant de mourir, tu vas connaître une souffrance plus grande que toutes celles que tu as connues. J'y veillerai, tu peux me croire. L'heure de la vengeance a enfin sonné. » Puis il se remit à psalmodier : « Zaid, Zaid, Zaid. »

C'était la première fois que Joan voyait la démence briller dans son regard.

Cette nuit-là, il compta les heures.

Ils avaient testé sa GoPro et étudié le maniement des Uzis. Ils avaient examiné les gilets explosifs et, un par un, ils avaient décrit aux autres leurs positions et la tâche qu'ils devaient remplir. Rien ne devait être laissé au hasard.

Ghaalib les rassembla en demi-cercle devant lui. « Dans quelques heures, nous ferons notre prière tous ensemble et dans nos propres vêtements, puis nous mettrons nos déguisements. Vous, messieurs, je vais vous demander de respecter l'ordre dans lequel vous les enfilerez. Il faudra bien serrer vos gilets pare-balles au-dessus de votre chemise afin de rester élégants sous votre veste. Vous ne mettrez vos barbes, vos chapeaux et papillotes que lorsque vous serez entièrement habillés. Demandez à Beena et à Jasmin de vous aider. »

Ils parlèrent longuement du timing. La première partie de l'opération commencerait précisément à 13 h 30, après une série de messages que Ghaalib transmettrait à Zaid au compte-gouttes. En ce qui concernait l'attentat, le moment idéal était 14 heures, lorsqu'il y avait le plus de touristes sur la place et dans la tour.

Joan estimait qu'il devait être 4 heures du matin. Plusieurs des djihadistes étaient partis dans leur chambre prendre quelques heures de repos. Dans dix heures, les trois infortunées créatures de la pièce voisine seraient mortes et, avec elles, une foule d'innocents frappés au hasard.

Dans à peine trente-six mille secondes, calcula-t-il machinalement.

Tic-tac, tic-tac.

53

Carl

MATIN DU JOUR J

Il était 8 heures du matin et, depuis une heure et demie, les policiers sur le terrain avaient consciencieusement frappé à chacune des adresses indiquées sur leur liste. Mais le jeune homme n'avait pas encore été localisé.

Ils avaient commencé très tôt et, dans plus de la moitié des cas, les habitants n'étaient pas encore partis travailler. La plupart avaient répondu à leurs questions de bonne grâce. On ne leur avait pas expliqué les raisons de ce porte-à-porte. On parlait d'enquête de routine, et personne ne paraissait surpris. Dans le Danemark d'aujourd'hui, on pouvait faire croire n'importe quoi à n'importe qui avec ce genre d'expressions fourre-tout.

« Et qu'est-ce qu'on fait de ceux qui n'étaient pas chez eux ? demanda Gordon, qui pâlissait à vue d'œil. On retourne les voir ce soir, quand ils seront rentrés du boulot ?

— Ça dépend, lui répondit Rose. Comme tu sais, c'est aussi une question de ressources. »

Gordon agitait les jambes sous la table en marmonnant qu'il n'aurait jamais cru que cette histoire irait si loin.

« Pourquoi n'ai-je pas réussi à obtenir de lui qu'il se trahisse ? Qu'est-ce qui ne va pas chez moi ? Est-ce que je suis vraiment fait pour ce job ? » Il se tourna vers Carl. « Je suis juriste. Je n'ai pas les nerfs assez solides pour faire face à une situation comme celle-ci. »

Carl sourit et lui tapota l'épaule. « Allons, Gordon, quand on est dans la merde jusqu'au cou, ce n'est pas le moment de baisser la tête.

— Ne t'inquiète pas, Gordon, enchaîna Rose, tu t'es juste levé un peu trop tôt, tu as encore ton peigne dans les cheveux. »

Elle suivit sa main des yeux tandis qu'il fouillait dans sa tignasse à la recherche du peigne en question.

Il se faisait avoir avec cette blague au moins une fois par an, et tout le monde hurlait de rire.

« OK, dit-il, bonne pâte, j'ai compris. On croise les doigts et en attendant on téléphone à tous les magasins du monde qui vendent des katanas, c'est ça ? »

Carl acquiesça. C'était un super plan quand on n'avait plus rien d'autre à faire que de patienter.

Il reçut un appel sur son téléphone et vit que c'était Assad. Il était tombé du lit ou quoi ?

« J'ose à peine te poser la question, mais est-ce que tu comptes revenir ? Il va se produire quelque chose aujourd'hui. Nous le savons de source sûre. »

Carl agita la main à l'intention des autres pour qu'ils arrêtent de rire. Ça avait l'air sérieux.

« Que s'est-il passé ?

— Un peu avant 4 heures, on a reçu un mail au poste de police. Je vous le lis :

MESSAGE IMPORTANT POUR ZAID AL-ASADI !
Nous communiquerons nos instructions par mail à cette même adresse, plus tard dans la journée. Attends-toi au pire, et prépare-toi à dire adieu à tes êtres chers et à la vie.
Ghaalib »

Assad s'était exprimé d'une voix calme. On ne pouvait pas en dire autant de celle de Carl quand il s'écria : « Vous avez une piste ? Est-ce que Hamid a dit quelque chose ?

— Crois-moi, ils lui ont fait passer un sale quart d'heure. Ils n'en sont pas très fiers. Il n'a rien dit. »

Carl poussa un juron.

« Tu traduis ma pensée, murmura Assad.

— Si cela pouvait mener à quelque chose, je tuerais ce Hamid de mes mains.

— L'équipe de Weber travaille sur les différents points de ma liste, et ils étudient un certain nombre de pistes de leur côté, bref, je suis condamné à attendre. Encore une fois.

— Et les ornithologues ? Et les pigeons ?

— On a mis sous surveillance toutes les places de la ville où il y a des pigeons.

— C'est une ville immense, ça fait une sacrée mobilisation de forces de police. Et l'expéditeur du mail ?

— Le mail venait d'un téléphone portable qu'on a retrouvé ce matin dans une poubelle sur Potsdamer Platz, tout près d'une grande banque.

— Il était allumé ?

— Oui, nous étions sans doute censés le retrouver.

— Des données à l'intérieur ?

— Non, seulement ce mail.

— C'était un portable neuf ou ancien ?

— Il n'était pas neuf. Il est inutile d'espérer retrouver l'endroit où il a été acheté. On a bien sûr demandé aux experts de rechercher d'éventuelles données effacées qu'ils seraient capables de restaurer.

— Et la femme de Hamid ?

— On l'a amenée pour l'interroger, mais elle ne sait rien. Elle est terriblement jeune, à tous points de vue, et extrêmement naïve. Elle ne savait même pas que son mari était né en Allemagne.

— Et la femme de son frère ?

— Elle ne sait rien non plus. Crois-moi, on a tout essayé.

— Tu dis que le portable a été retrouvé à Potsdamer Platz ? Des commentaires là-dessus ?

— La place est couverte à l'endroit où on a trouvé le téléphone. Je crois que ça s'appelle le Sony Center. Potsdamer Platz est assez fréquentée et c'est entre autres là que se trouve le musée de l'Espionnage, ce qui pourrait éventuellement constituer une cible symbolique. Le plus grand centre commercial de Berlin n'est également pas loin. Mais il y a tellement de possibilités, Carl, et celle-ci en est juste une parmi tant d'autres. »

Carl prit des mains de Rose le mot qu'elle lui tendait. « Tu me tiens au courant, Assad, d'accord ? Rose me signale qu'il y a un avion qui part de Kastrup à 11 h 55. Je serai à Berlin une heure plus tard.

— Alors espérons qu'il ne sera pas déjà trop tard, chef.

— Tu as ta montre, n'est-ce pas ?
— Oui.
— Parfait. Comme ça, je saurai à peu près où tu es. Je t'enverrai des SMS en route. »

Après avoir raccroché, il se tourna vers les autres. « Vous avez compris de quoi il s'agissait ? »

Ils hochèrent la tête.

Rose n'y alla pas par quatre chemins. « Peur de l'avion ou pas, Carl, dans deux heures, vous êtes à bord. Vous ne pouvez pas faire autrement. Et de toute façon, ici, on ne peut plus rien faire d'autre que de patienter. »

Le téléphone sonna alors que Rose imprimait la carte d'enregistrement de Carl. Gordon se leva précipitamment pour aller voir le numéro qui s'affichait sur l'écran.

« Numéro secret », lut-il.

Il déclencha l'enregistrement et mit le haut-parleur. « Ah, Toshiro, quand même ! Rose m'avait dit que tu ne rappellerais plus, s'exclama Gordon qui se forçait à plaisanter.

— Je voulais te dire au revoir, crétin de flic. Il paraît que tu trouves plus important d'aller garder un gosse qui s'appelle Ludwig que de parler avec moi !

— Je suis désolé, Toshiro. Ça ne se reproduira plus.

— Tu m'en vois ravi. Elle m'énerve, l'autre, là. »

Gordon inspira profondément et très silencieusement avant de demander : « Tu es sur le point d'atteindre ton score ? »

Rose et Carl échangèrent un regard plein d'espoir. Pourvu que non.

« Ça ne s'est pas très bien passé cette nuit, mais ce matin j'ai bien assuré, alors je pense que je vais finir

ce soir. Je voulais te prévenir et aussi te remercier de m'avoir si bien écouté.

— Au fait, Toshiro, tu ne m'as pas dit comment ça s'était terminé avec le chien », essaya-t-il à tout hasard.

Mais il n'y avait plus personne au bout du fil.

« Vous avez eu Hardy au téléphone, Carl ? » demanda Rose quand elle revint avec une tasse de café fort pour Gordon, qui déprimait dans un coin du bureau. Cette fois, Marcus Jacobsen n'avait eu aucun motif de le complimenter.

Carl leva un index qui signifiait : Ah ! Tu fais bien de m'y faire penser.

Il composa le numéro et tandis qu'il attendait que quelqu'un vienne aider son ami handicapé à prendre le téléphone, il remarqua que Gordon s'était mis à trembler comme une feuille.

« C'est très dur pour tout le monde ce qui se passe », dit Rose à son collègue en attirant doucement sa tête contre sa poitrine généreuse, espérant le consoler. Quand enfin Hardy répondit à son appel, Gordon était en transe.

« Salut, Hardy, c'est Carl. Je suis désolé qu'on n'ait pas eu beaucoup de temps pour se parler ces derniers jours, mais…

— Ne t'inquiète pas, Carl, Rose m'a tenu au courant.

— Je file dans un petit moment à l'aéroport de Kastrup pour rejoindre Assad à Berlin. Je voulais juste te dire que j'étais triste d'apprendre que vos voyages en Suisse n'ont pas eu le résultat escompté. Qu'est-ce que vous allez faire maintenant ? »

Hardy soupira.

« C'est vrai, ça ne s'est pas passé exactement comme prévu, mais on va se débrouiller. C'est principalement une question d'argent. Le nerf de la guerre, comme on dit. Il nous manque toujours un demi-million de couronnes avant de pouvoir procéder à la dernière intervention. Mais on m'a examiné sous toutes les coutures et, apparemment, je remplis les conditions pour tenter l'expérience. Ça va s'arranger.

— Un demi-million ? » Carl ne savait pas bien comment réagir à une annonce pareille. Même en assassinant ses deux parents, sa part d'héritage n'atteindrait pas la moitié de cette somme. « Je voudrais tellement pouvoir t'aider. »

Hardy le remercia. Pourtant, il n'y avait vraiment aucune raison.

Carl sentit sa gorge se serrer, comme souvent quand il parlait à son ancien coéquipier. Il y avait tant de choses qu'il aurait aimé lui dire. Tant d'excuses qu'il aurait voulu lui faire. De nombreuses années en arrière, Hardy, Anker et lui étaient tombés dans une embuscade. Anker était mort et Hardy paralysé à vie. Et lui ? Il s'en était sorti.

« Tu as beaucoup à faire en ce moment, Carl, alors ne perds pas ton temps à t'inquiéter pour moi. » Hardy s'éclaircit longuement la gorge. Un bruit assez déprimant. « Par contre, quand tu seras revenu, il y a un truc dont il va falloir que tu t'occupes. »

De quoi parlait-il ? Il ne pouvait pas s'agir de Mona puisqu'il l'avait eue au téléphone une heure avant. D'après l'infirmière, son état était stable.

« Cela concerne l'affaire du pistolet à clous. Elle est en train de remonter à la surface. »

Carl poussa un soupir de soulagement. « Si c'est ça, tu en sais autant que moi, tu peux gérer ça.

— Je ne crois pas, Carl. C'est à toi qu'ils veulent parler. Ils auraient découvert un nouvel élément sur lequel ils aimeraient avoir ton avis. Je n'en sais pas plus. »

Carl haussa les épaules. Bizarre. L'affaire remontait à plus de douze ans et il n'y avait eu aucune percée dans l'enquête depuis. Alors pourquoi maintenant ? Et d'ailleurs, qui étaient « ils » ?

« Qui sont ces gens qui désirent me voir ? Les enquêteurs de Slagelse ?

— Oui et non. Il paraît que les Hollandais ont du nouveau. Mais laisse tomber pour l'instant. Va aider Assad. C'est terrible, cette histoire. »

Carl acquiesça. Pour être honnête, il n'avait pas l'intention de consacrer une seule minute à cette vieille affaire.

« Juste une question avant de raccrocher, dit Hardy, les gens qui ont analysé les enregistrements de Gordon, qu'est-ce qu'ils disent ?

— À quel sujet ?

— Au sujet des bruits de fond. Des aboiements de chien, des gémissements, tout ça.

— Rien de particulier. J'ai bien peur que nous soyons dans le flou total. »

Après avoir raccroché, il téléphona à Mona pour lui raconter le coup de fil qu'il avait reçu de Berlin.

Et la dernière chose qu'il fit avant de monter dans l'avion fut d'envoyer un message à Assad pour lui dire qu'il était en route et que son avion était à l'heure.

54

Assad

JOUR J

Dans cette pièce complètement impersonnelle, Assad avait l'impression de se fondre avec les murs. Il n'y avait aucun bruit pour le distraire, aucune odeur désagréable, aucun parfum particulier. L'endroit était aussi stérile qu'une salle d'opération de laquelle tout objet inutile aurait été retiré et le reste soigneusement désinfecté.

Il attendait depuis des heures. Il avait déplacé la corbeille à papier cent fois, fait des milliers de pas d'un mur à l'autre, s'était assis puis relevé, attendant que quelqu'un entre pour lui dire qu'on avait enfin reçu un nouveau message de Ghaalib.

La dernière information qu'on lui avait transmise était que plus d'un millier de policiers et de soldats armés étaient postés, prêts à intervenir dans tous les lieux probables et improbables. Aux abords des bâtiments administratifs et des ambassades, à proximité des locaux abritant les organes de presse et des chaînes de télévision, aux principales intersections des lignes de

train ou d'autobus, autour des monuments et des places où se trouvaient des pigeons, devant les synagogues, le Mémorial et les cimetières juifs, y compris devant le triangle rose à la mémoire des homosexuels victimes du nazisme.

Malgré toutes ces précautions, Assad était dans un état d'agitation indescriptible. Comment rester calme alors que Ghaalib avait toujours une longueur d'avance ? Son père disait que le premier à avancer son pion dans un jeu de dames était forcément celui qui devait gagner la partie, et ces mots lui rongeaient l'esprit, car Assad savait qu'il n'était qu'un pion dans le jeu de Ghaalib. Dès que ce monstre aurait joué son premier coup, le jeu leur échapperait totalement. Son ennemi avait eu tellement d'occasions de se débarrasser de lui. Le sniper de Francfort aurait aisément pu le tuer, par exemple. La balle dans la tempe de Mustafa était uniquement destinée à lui montrer à quel point cela lui aurait été facile. Mais il ne se contenterait pas de prendre sa vie, il voulait qu'il souffre, il voulait le VOIR souffrir. Il voulait qu'il regarde mourir les êtres qu'il aimait avant d'être tué à son tour. Et on pourrait placer autant de gens compétents dans les rues, Ghaalib arriverait à ses fins si Assad ne l'arrêtait pas avant. Mais comment ? Cela semblait impossible.

Des pas résonnèrent dans le couloir et on frappa à sa porte. Une petite délégation avec Weber à sa tête envahit la pièce, ainsi que le système nerveux bombardé d'adrénaline d'Assad.

« Nous avons reçu un nouveau message de Ghaalib, annonça Weber, un papier à la main. Il vous demande de vous tenir prêt à prendre le train jusqu'à la station

Halensee, sans aucune escorte. Il placera des gens pour vous surveiller sur le trajet. À 13 h 30 précises, vous devrez prendre l'escalier qui se trouve côté Kurfürstendamm et attendre d'autres instructions. S'ils détectent la présence de policiers ou d'agents des services secrets, il menace de tuer votre femme. »

Assad tendit la main pour prendre le message. « Comment nous l'a-t-il fait parvenir, cette fois ?

— Nous avons reçu un SMS envoyé d'un téléphone que nous pensions désactivé. Celui que nous avions donné à Joan Aiguader. Cette fois, il ne nous a fallu que quelques minutes pour le localiser.

— Où était-il ?

— Près de la porte de Brandebourg, bien entendu. Il se trouvait dans un panier de vélo en libre-service. La prochaine fois, ce sera peut-être sur l'Alexanderplatz ou devant le palais du gouvernement. Ils utilisent sûrement de simples passants qu'ils paient pour déposer les téléphones. Des personnes lambda qui pensent participer à une sorte de chasse au trésor. Ce qui fait que nous ne savons jamais qui surveiller, ni quoi. »

Il allait maintenant devoir attendre une heure trois quarts avant de recevoir le prochain message et, pendant ce temps, Ghaalib fignolerait sa mise en scène. C'était insupportable.

Il songea à Marwa et à Nella. Elles auraient pu être heureuses avec lui. Et elles auraient pu être heureuses sans lui. Maintenant, elles allaient être éliminées à cause de lui et d'un choix qu'il avait fait un jour. Mais si ce jour-là il lui avait paru essentiel de rester en vie tandis qu'ils s'enfuyaient de cette prison, cela lui semblait futile aujourd'hui.

La montre d'Assad vibra. Carl lui indiquait qu'il montait dans son avion et que le décollage était prévu à l'heure.

La gare de Halensee ne se trouvait pas dans la partie chic de Kurfürstendamm qu'on associait d'habitude au nom ronflant de l'avenue. Debout sur le trottoir mouillé de pluie, Assad regardait autour de lui les immeubles en béton lisse et un magasin de matériaux Bauhaus qui semblait être l'attraction principale du quartier. Au loin, dans le brouillard humide qui était tombé sur la ville depuis quelques heures, se dessinait la silhouette indistincte d'un monument faisant vaguement penser à la tour Eiffel.

Il était exactement 13 h 25 et les Berlinois marchaient dans la rue, abrités sous leurs parapluies, comme s'il s'agissait d'un jour comme un autre. Pourtant, dans quelques heures, ou dans quelques minutes, des gens allaient mourir et des familles seraient irrémédiablement détruites.

La sienne aussi, sans doute.

Assad passa la main dans son dos, sous le blouson, pour s'assurer que son arme était à sa place.

Peu avant l'heure convenue, la montre sur son bras et son téléphone dans sa poche vibrèrent simultanément. Assad inspira à fond, pour être totalement concentré lorsqu'il recevrait ses instructions.

Mais, Dieu soit loué, c'était Carl au bout du fil. Assad bascula la nuque en arrière et tâcha de calmer sa respiration.

« Nous avons pris un peu de retard à cause d'un passager stupide et aussi en partie à cause du brouillard. Je ne descends de l'avion qu'à l'instant. Où es-tu ? Je

vois sur ma montre que tu es près d'une station de train. Halensee, c'est bien ça ?

— C'est ça. J'attends les prochaines instructions. Tu me rejoins ?

— Oui, je ne vais pas tarder à sortir du terminal. Tu peux rester où tu es et patienter ?

— Peut-être. Je vais essayer. »

L'être humain a avant tout besoin de se rassurer. Et, aussi improbable que cela puisse paraître, après l'appel de Carl, Assad se sentit moins oppressé.

Quelques secondes plus tard, son portable sonnait de nouveau.

« Assad, c'est Weber à l'appareil. Il faut que vous repartiez immédiatement, vous n'avez que cinq minutes pour arriver à la prochaine étape, sinon il tuera Marwa. Prenez Schwarzbacher Strasse sur votre gauche à l'angle du magasin Bauhaus. Vous devriez tomber très rapidement sur un espace vert, sur votre droite. Là, vous verrez le fameux pigeon que nous avons tant cherché. Le message dit que vous devez bien regarder autour de vous et que vous comprendrez. Il ne dit rien d'autre. Faites bien attention à vous, Assad, et soyez tranquille, nous sommes invisibles, mais nous ne serons jamais loin. Gardez votre portable allumé et courez ! »

En moins de trois minutes, très essoufflé, Assad arriva au parc indiqué. Pas plus grand qu'un timbre-poste et coincé entre deux rues transversales à grande circulation, il lui apparut soudain derrière un immeuble en béton de huit étages.

Assad ne tarda pas à comprendre le message de Ghaalib. Au milieu d'une petite pelouse jaunie, sur un

socle bas en pierre, trônait une sculpture moderne en métal d'environ trois mètres de hauteur, ressemblant à un oiseau sans tête avec des ailes. L'objet avait l'air d'être sur le point de décoller à tout moment.

Et en dessous de la fine tige représentant une unique patte tendue, on pouvait lire l'inscription suivante :

SQUARE MELLI-BEESE
PREMIÈRE FEMME PILOTE ALLEMANDE
1886-1925

Il remit le portable à son oreille. « Vous êtes toujours là, Weber ?

— Oui et nous avons identifié l'œuvre. Il s'agit d'une sculpture en hommage à une célèbre femme pilote allemande. La statue s'appelle *Die Taube*, "Le Pigeon" et je suis en train de la regarder en photo sur Internet. C'est lui qui vole bas, Assad ! » Il jura à voix basse. Ils auraient dû trouver ça tout seuls, sans avoir besoin de faire appel à des ornithologues. « Qu'est-ce que vous voyez ? demanda-t-il.

— L'une des ailes pointe en direction d'une passerelle à un bout du square. J'y vais. »

Tandis qu'il arrivait au milieu du pont surplombant une artère à six voies où défilait un flot continu de véhicules et un banal quartier résidentiel, il entendit Weber parler avec ses hommes dans le téléphone.

« Rien de ce côté, Weber ! » cria-t-il en revenant à son point de départ.

Il examina une nouvelle fois la sculpture et surtout la deuxième aile, tendue à quatre-vingt-dix degrés dans la direction opposée, pointant vers des tours d'immeubles.

Soudain, il entendit une sonnerie de téléphone à la mélodie clairement orientale et leva les yeux vers le creux formé par la jonction entre les deux ailes. Assad se hissa sur le socle en ciment portant l'inscription. Le portable posé là-haut n'était pas très grand et il était tout à fait invisible depuis le sol. En tendant le bras au maximum, Assad parvint à l'attraper.

« Oui, dit-il, ouvrant le clapet du téléphone d'un modèle tombé en désuétude, quand il fut revenu sur la pelouse.

— Zaid al-Asadi, répondit une voix au bout du fil qui glaça son sang dans ses veines.

— Oui, dit-il de nouveau.

— C'est l'heure. L'aile du pigeon te montrera la direction, ne traîne pas si tu veux arriver à temps pour voir le début du spectacle. »

Et il raccrocha.

Les mains d'Assad tremblaient, et il avait du mal à contrôler sa voix et sa respiration.

« Vous avez entendu ? » chevrota-t-il.

Il y eut des bruits dans le téléphone, mais Weber ne répondit pas.

« Oh merde ! » s'exclama quelqu'un. Puis d'autres se mirent à crier : « Allons-y, vite !

— Qu'est-ce que vous en avez conclu, Weber ? Qu'est-ce que je fais ?

— L'aile pointe vers une cible connue, nous avons déjà des effectifs là-bas, mais pas assez, répondit enfin l'agent secret. Elle est dirigée précisément vers Funkturm, l'ancienne antenne radio qui se trouve juste à côté du parc des expositions. Il y a des milliers de personnes dans les salons en ce moment. On est en route. »

Assad déglutit. C'était la tour qu'il avait aperçue tout à l'heure, dans le brouillard. Et autant qu'il puisse en juger, elle était loin de l'endroit où il se trouvait actuellement.

Cette fois, il fut de retour à la gare en deux minutes et il descendit l'escalier vers les quais, tel un raft sans guide dans un torrent déchaîné.

Il vit arriver un train rouge et jaune et, voyant qu'il allait vers le nord, il monta à bord.

« Est-ce que ce train se dirige vers le parc des expositions ? » demanda-t-il à la cantonade.

Certains passagers lui lancèrent des regards effrayés mais quelques-uns acquiescèrent.

« Où dois-je descendre ? C'est direct ?

— Vous devez changer à la station Westkreuz, c'est très bientôt. Ensuite vous prendrez la direction Spandau jusqu'à l'arrêt suivant qui s'appelle Messe Süd. C'est la station la plus proche des halls d'expositions. »

Il eut à peine le temps de dire merci qu'ils étaient déjà arrivés à Westkreuz. Il sauta sur le quai.

« Le train pour Spandau, s'il vous plaît ? » cria-t-il, pressé, à personne en particulier. Quelques voyageurs tendirent le doigt dans une direction.

Quand il s'écroula, en nage et fébrile, sur une banquette pour reprendre sa respiration avant la station suivante, ses voisins le regardèrent avec suspicion. En réalité, il se sentait comme un homme mort.

Il n'avait peut-être pas tort.

« Entrée Hall B, voie prioritaire », disait une pancarte de l'autre côté de la rue lorsqu'il sortit en trombe de

la gare. Très loin, il vit se découper dans le brouillard l'énorme hangar en tôle qui devait abriter les expositions. La distance lui parut immense. Je n'arriverai jamais à temps, se désola-t-il. On avait dû mal le renseigner. Il était impossible que ce soit la gare la plus proche.

Il courut à perdre haleine et déboucha sur un parking où un énorme vigile lui barra la route.

Avec l'impression d'avoir le cœur au bord des lèvres, Assad jeta un rapide coup d'œil à un plan du site : il devait dépasser plusieurs hangars avant d'atteindre l'entrée est, qui se trouvait en face de l'antenne radio.

Au loin, il apercevait déjà des hommes armés en tenue de combat qui gravissaient l'escalier en colimaçon reliant la terrasse-restaurant de la tour à une terrasse plus petite, située au sommet du hall. Dieter Baumann s'était-il posté là-haut pour tirer sur les passants, et Marwa et Nella étaient-elles sur la grande esplanade derrière ces bâtiments, inconscientes de la surprise qu'on leur avait réservée ? Leur mari et père aux premières loges pour les voir mourir ?

Sur la route conduisant au parc des expositions, on entendait des sirènes de police hurler dans toutes les directions. Il n'y avait pas encore eu un seul coup de feu. Ghaalib n'avait apparemment pas encore donné le signal. Il attendait peut-être son arrivée.

Assad eut un doute, tout à coup. Peut-être ne devrait-il pas essayer d'entrer. Peut-être que sans lui, il ne se passerait rien du tout.

Il en avait les larmes aux yeux tandis qu'il franchissait les derniers mètres. Devant le hall 2, il vit une troupe d'hommes armés se bousculer pour pénétrer par

l'accès principal afin de venir en renfort à leurs collègues déjà à l'intérieur.

Il sortit son pistolet de sa ceinture et se tint prêt. Il espérait seulement que les hommes de Weber allaient arriver et le laisser entrer car, s'ils lui interdisaient le passage…

« Assad ! » entendit-il crier alors qu'il passait à côté d'un minibus Volkswagen bleu ciel. Ils m'ont attendu, se dit-il, et il en ressentit un étrange soulagement. Puis tout à coup, il reçut un coup violent à la tête et vit dans un brouillard ses jambes inertes traînées sur la chaussée tandis qu'on le tirait vers le minibus.

55

Joan

JOUR J

Ce matin-là, Joan, dont on n'avait pas changé la couche de la nuit, n'eut rien à manger. Après avoir reçu son injection, il fut laissé dans son fauteuil roulant, humilié et macérant dans ses propres excréments tandis que dans toutes les pièces, on vérifiait les derniers détails sur un fond effrayant de bruits métalliques et d'ordres lancés.

La première équipe était prête depuis longtemps. Bien avant 10 heures, moment prévu pour leur départ, ils étaient habillés de pied en cap et rassemblés dans le séjour où Ghaalib leur avait donné leurs dernières instructions et l'accolade.

Joan avait été choqué de voir à quel point les déguisements de Jasmin et des trois hommes étaient réussis. Elle portait un foulard, un châle et une jolie robe très sage, eux des chapeaux de feutre noir et des papillotes pendant sur les oreilles. Les barbes des hommes étaient de différentes longueurs et légèrement rousses, les verres sans correction de leurs lunettes étaient cerclés

de montures en acier, leurs chemises étaient d'un blanc immaculé. Leurs costumes noirs et leurs gilets pare-balles étaient dissimulés sous de longs manteaux noirs.

Ils devaient prendre le bus jusqu'à la gare ferroviaire située sur Landsberger Allee où Linda Schwarz, leur guide, viendrait les chercher pour visiter la ville.

« Est-ce que Jasmin a le droit de voyager dans le même bus que les hommes ? demanda l'un d'eux.

— À mon avis, intervint Beena, si elle est assise tout au fond, même le plus orthodoxe des Juifs berlinois n'y trouvera pas à redire. »

Après le départ du premier groupe, l'atmosphère dans l'appartement devint électrique. Ceux qui restèrent eurent tout le loisir de songer à ce qui les attendait. Ghaalib étant constamment au téléphone et toujours un peu à l'écart, les conversations s'orientèrent vers tout ce qui risquait d'aller de travers.

Le calme ne revint que lorsque le fourgon aménagé pour le transport de handicapés vint les chercher, ce qui fut presque plus effrayant.

Quand ils furent installés à bord, Joan ferma les yeux. Il se sentait plus seul qu'il ne l'avait jamais été. Il était plus en harmonie avec l'univers le jour où il avait voulu se jeter dans les vagues pour mettre fin à sa vie. Pour la première fois de sa vie d'adulte, il fit le signe de croix en pensée et pria Dieu.

Après un quart d'heure de route, Ghaalib les informa qu'ils étaient arrivés au jardin zoologique et qu'ils devaient se tenir prêts. Joan détourna les yeux des façades grises qui avaient défilé sous leurs yeux, quartier après quartier, et regarda vers l'entrée du tunnel dans lequel ils s'apprêtaient à s'engager. À l'intérieur,

plusieurs SDF dormaient sur des matelas le long des parois. Autour d'eux, la chaussée était jonchée de sacs plastique et d'ordures, mais Joan les envia. Il aurait donné cher pour être à leur place : dormir, n'avoir à craindre que le froid de la nuit et se préoccuper uniquement de trouver son prochain repas.

Quel luxe c'était de vivre au jour le jour ! Quel luxe c'était de vivre tout court !

Au bout du tunnel apparut l'entrée du zoo, avec ses grilles en fer forgé et ses lions en granit. Une vision fugace de l'horrible massacre qu'ils allaient perpétrer sur des enfants joyeux et leurs parents insouciants lui traversa l'esprit. Le fourgon tourna à droite, contourna une aire de stationnement d'autocars et alla se garer devant un grand bâtiment en verre qu'il supposa être la gare ferroviaire. Étaient-ils arrivés à destination ? Pourquoi s'arrêtaient-ils ?

Les femmes sanglées dans leurs fauteuils roulants avaient du mal à respirer. Il aurait tant voulu pouvoir leur apporter un peu de soutien et quelques paroles de réconfort.

Soudain, un minibus Volkswagen bleu ciel vint se garer juste à côté d'eux. Les rideaux étaient tirés sur les vitres latérales et le pare-brise arrière. Joan pensa à ses parents qui avaient toujours rêvé de s'acheter ce genre de véhicule, pour emmener les enfants à la campagne, ou peut-être jusqu'en France. Mais ni ce projet ni aucun autre d'ailleurs n'avait jamais vu le jour pour venir égayer leur morne existence. Tous les rêves que sa sœur et lui avaient pu faire dans leur jeunesse étaient tombés à l'eau.

Quelqu'un écarta le rideau à l'arrière du minibus et Ghaalib se précipita à la vitre pour mieux voir.

Un Arabe aux cheveux frisés dont les yeux ronds s'ouvrirent comme des soucoupes apparut. Il fixa les trois femmes dans leurs fauteuils roulants. Pendant quelques secondes, son visage se tordit en une expression si douloureuse que Joan se demanda si, de toute sa vie, il avait déjà vu un tel chagrin. Au même instant, la plus âgée des femmes s'arrêta de respirer. Le regard humide de l'Arabe s'accrocha au sien et la femme éclata en sanglots. Elle continua à pleurer après le départ du minibus.

Ghaalib, tremblant de tous ses membres, observait les femmes. Ses traits étaient déformés par une expression de joie maligne. On aurait dit qu'il venait de voir le spectacle le plus jouissif de son existence. Les trois hommes assis à l'avant du fourgon s'étaient également retournés et, comme leur chef, ils arboraient une mine réjouie. Visiblement, cette rencontre faisait partie d'un plan qui avait fonctionné au-delà de leurs espérances. Fadi fit un signe à Beena, qui referma son châle autour d'elle et se prépara, mais à quoi ?

Le souffle de Joan s'accéléra et son cœur se mit à tambouriner dans sa poitrine.

Leur fourgon repartit, passant devant un immense McDonald's où les gens faisaient la queue sans se soucier du reste du monde.

Je vous en supplie, venez à notre secours ! songea Joan.

Ils se garèrent dans la partie dégagée d'une grande place. Une église en ruine que Joan ne reconnut pas, flanquée d'une tour moderne, se dressait au milieu. Les centaines de touristes qui déambulaient entre les deux

bâtiments paraissaient les admirer avec une sorte de dévotion.

C'était donc là que ça allait se passer.

Ghaalib descendit en premier. Habillé lui aussi en Juif orthodoxe, il s'éloigna, traversant la place à grands pas. Puis les autres firent descendre les fauteuils roulants et attendirent que le fourgon reparte. Joan le suivit des yeux. Ils étaient arrivés au bout du voyage, ils n'en auraient plus besoin.

Fadi fit un signe de tête à l'intention des autres hommes, qui jetèrent d'abord un coup d'œil vers la haute façade d'un hôtel de luxe, puis tournèrent les yeux vers l'autre extrémité de la place, où se trouvait une construction ceinturée par plusieurs escaliers d'architecture futuriste semblant mener à des installations situées en sous-sol. Ghaalib avait disparu par là.

Le jeune Afif, qui jusque-là avait poussé le fauteuil de Ronia, fut envoyé près du fauteuil de Joan. On lui indiqua l'endroit où il devait le conduire. Afif, totalement inconscient de ce qui se tramait, était d'humeur guillerette. Il gloussa littéralement de fierté en installant et en allumant la GoPro sur le front de Joan.

Quelques minutes plus tard, le premier groupe arriva du jardin zoologique, suivant leur guide qui brandissait un parapluie bien haut au-dessus de sa tête.

Afif, jubilant à leur vue, tapota Joan sur la tête comme s'il avait été un chiot.

Avec leur accoutrement très étudié, ils étaient parfaitement crédibles. Même les sourires qu'ils distribuaient généreusement à tous ceux qu'ils croisaient sur le chemin paraissaient authentiques.

Hormis la réaction spontanée d'Afif quand il les avait aperçus, les deux groupes maintinrent entre eux une certaine distance. Ils se bornèrent à échanger quelques saluts de la tête comme le feraient naturellement des personnes de même confession qui se rencontrent.

Le premier groupe d'abord, puis le second, vinrent entourer le fauteuil de Ronia.

Joan savait ce qu'ils étaient en train de faire. Dans quelques secondes, chacun aurait récupéré son mini-Uzi qui disparaîtrait aussitôt sous leur long manteau et le châle des femmes. Les dés étaient jetés.

La femme guide, qui se tenait un peu à l'écart, alla vers Beena, souriante, et se présenta, la main tendue. Beena désigna le fauteuil de Nella et elle hocha la tête avant de s'approcher des trois femmes handicapées et de leur caresser la joue. On aurait dit une version contemporaine du baiser de Judas, sauf que leur guide n'était pas Judas, mais une victime innocente qui voulait simplement apporter quelques nouveaux clients à sa petite entreprise. Tout en continuant à bavarder gaiement avec Beena, la femme guide leur fit faire le tour de l'église et conduisit Fadi, Osman et les trois femmes à la rampe qui permettait au public à mobilité réduite d'accéder à la tour, tandis que les autres allèrent prendre leurs positions stratégiques sur la place.

56

Ghaalib

JOUR J

Ghaalib entra dans un restaurant qui se trouvait de l'autre côté de la place. Un jeune homme à l'accueil lui remit une carte plastifiée en lui expliquant qu'il devrait la restituer à la sortie. Il s'en servirait pour payer les plats qu'il commanderait.

Tout en hochant la tête, Ghaalib songeait que le pauvre garçon était installé si près des fenêtres qu'il y avait peu de chances qu'il survive au prochain quart d'heure.

Le premier étage du restaurant grouillait de monde. Les clients faisaient la queue devant les buffets où une rangée de cuisiniers préparaient à l'envi risottos, pizzas, plats de pâtes et autres spécialités italiennes. Un système efficace et bruyant.

« Berlin sera toujours Berlin », disait une pancarte derrière eux.

Ghaalib sourit. Voilà une vérité qui demandait à être vérifiée. Il se tourna vers les grandes baies vitrées depuis lesquelles on dominait toute la place et découvrit

une place libre près de la fenêtre, dans l'endroit le plus reculé, du côté du bar. Il fit signe au barman, commanda une eau minérale gazeuse avec sa carte en plastique et se plongea dans la contemplation du paysage, de part et d'autre de la célèbre Kaiser-Wilhelm-Gedächtniskirche, l'église du Souvenir.

En choisissant cette cible, Hamid avait eu une idée géniale. Bien que la majeure partie de Berlin ait été rasée à la fin de la Seconde Guerre mondiale, les soixante premiers mètres de la tour de cette église étaient restés debout. Les Berlinois avaient baptisé cette ruine « la Dent creuse » et pour eux elle symbolisait la chute et la résurrection du peuple allemand.

Jusqu'à aujourd'hui. Ghaalib savoura cette pensée. Quand les bombes auraient explosé et que l'église aurait été détruite pour de bon, ils pourraient considérer leur première mission comme accomplie, et ceux qui survivraient à ce premier attentat seraient en route vers la cible suivante.

Ghaalib regarda la place. À droite se trouvait l'hôtel de luxe depuis lequel Dieter Baumann couvrirait l'équipe de Jasmin. De l'endroit où il se tenait, il pouvait les voir tous les quatre, leurs postes, dans leurs déguisements parfaits, surveillant discrètement les alentours pour ne pas risquer de se faire surprendre par des vigiles ou par la police.

Le côté gauche de la place était délimité par Tauentzienstrasse et Kurfürstendamm, et là aussi, tout avait l'air sous contrôle. L'équipe de Beena, Fadi et Osman se dirigeait tranquillement vers la rampe permettant d'accéder à l'intérieur de la tour.

L'angle était trop serré pour distinguer le coin de

Nürnberger Strasse où se tenaient Afif et Joan, mais ils étaient probablement à l'abri sous la marquise de l'horloger Fossil, comme il l'avait ordonné. Ghaalib ne voulait surtout pas qu'il arrive quelque chose à Afif, car il était la seule personne au monde qu'il aimait et qui l'aimait en retour.

En revanche, il apercevait le minibus Volkswagen bleu ciel, garé comme convenu devant le bâtiment rond abritant la boutique Levi's, avec une vue imprenable sur la rampe d'accès la tour.

Ils avaient obligé Zaid à attendre à l'intérieur. Bientôt, ce serait l'heure de régler leurs comptes. De l'endroit où il se trouvait, Zaid verrait sa femme et ses deux filles conduites vers leur trépas et il comprendrait trop tard en quoi consistait la vengeance de Ghaalib. Il découvrirait aussi que la troisième femme était sa plus jeune fille, dont il ignorait encore si elle était en vie. Ghaalib allait compter les secondes entre l'instant où ils abandonneraient le fauteuil de Ronia à mi-hauteur de la rampe et celui où tout serait terminé. Ronia qui serait la première à mourir dans l'explosion de la charge dissimulée dans le dossier de son fauteuil. Ensuite, les tirs d'Osman et du groupe posté de l'autre côté de la place anéantiraient toute vie à des dizaines de mètres à la ronde. Puis il y aurait les tirs venant de l'intérieur de l'église et il verrait Fadi et Beena sortir en mitraillant tout le monde sur leur passage. Et enfin viendrait le bouquet final, avec l'explosion de la deuxième bombe apocalyptique placée sous le siège du fauteuil de Ronia. Renforcée par les explosifs des gilets de Marwa et de Nella qui sauteraient en même temps au cœur de la ruine, elle réduirait la tour en poussière.

Zaid a eu tort de ne pas me tuer quand il le pouvait, songea Ghaalib. Me tuer et m'éviter des années d'humiliation, où les femmes ont regardé avec horreur mon visage défiguré, où mon infirmité m'a empêché de les prendre et où j'ai dû obliger mes hommes à le faire à ma place. Pour tout cela, dans quelques minutes, je serai enfin vengé.

Il composa un numéro et vit le chauffeur du minibus porter le téléphone à son oreille.

« Je vous vois. Vous avez respecté les horaires et je suis fier de vous. Allah puisse-t-il vous récompenser, *Jazakallah khair.* » Les deux frères, dans le minibus, avaient également été recrutés par Hamid au club de boxe. Ces hommes de main sans scrupule l'avaient parfois aidé à régler un problème ou un autre, sans poser de question, contre quelques bonnes paroles et un peu d'argent. Quand tout serait terminé, Ghaalib leur ferait subir le même sort qu'à Assad. Il n'avait pas l'intention de laisser de traces derrière lui à Berlin.

« Vous vous en sortez, il se tient tranquille ? demanda-t-il en sortant les jumelles de sa poche.

— Oui, il ne bouge pas d'un pouce, répliqua le chauffeur en rigolant. Quand est-ce que ça commence ? On n'en peut plus d'attendre.

— Dans un instant. Ensuite, je viendrai vous rejoindre. Mettez-le plus près de la vitre, que je le voie. Dites-lui de regarder le bâtiment affreux avec des escaliers partout. Je vais me mettre devant la fenêtre pour lui faire un signe. »

57

Assad

JOUR J

Assad mit un petit instant à se souvenir qu'on l'avait assommé. Devant lui, un jeune Arabe à la barbe si noire qu'elle était presque bleue riait, content de lui, un bandana bariolé sur la tête et un rouleau d'adhésif à la main. Il avait de bonnes raisons d'être satisfait, car le corps, les bras et les jambes d'Assad étaient si efficacement entourés d'adhésif qu'il tomberait de la banquette s'il tentait de faire le moindre geste.

« Bienvenue au club, lui avait dit son gardien en le bâillonnant. Vous allez être notre invité pendant la prochaine demi-heure, alors soyez sage ou je vous en colle une. » Pour appuyer son propos, il brandit un gros poing velu et l'agita sous son nez.

En une fraction de seconde, les rôles s'étaient inversés et le chasseur était devenu la proie. Comment avait-il été assez bête pour ne pas prévoir l'offensive de Ghaalib ? Elle était pourtant inévitable.

Pendant quelques instants, il concentra tous ses efforts pour retrouver son calme, car il ne servait à rien d'avoir

une pompe d'adrénaline en surrégime. Il devait impérativement remettre son cerveau en route. La situation étant ce qu'elle était, son intelligence serait sa seule arme.

Il se trouvait dans un minibus classique, comme ceux que les hippies aménageaient dans les années soixante-dix. Des rideaux occultaient les vitres latérales et la lunette arrière. Il y avait deux banquettes avec de minces matelas en mousse, un plateau rabattable en Formica beige entre les deux, un petit évier, un réchaud à gaz et une vue dégagée sur le chauffeur, qui fonçait à tombeau ouvert dans les rues de Berlin.

« Tu vois, on a réussi à te choper, finalement, dit le garçon au bandana. Et pendant ce temps-là, tes petits copains sont en train de s'agiter comme des cons du côté du parc des expositions. Je serais curieux de savoir ce qu'ils vont trouver là-bas ! »

Le conducteur et lui s'esclaffèrent, mais pour Assad, la nouvelle était un soulagement. Cela signifiait qu'ils n'avaient pas encore frappé, et donc que Marwa et Nella…

« Voilà, dit le jeune homme au bandana en attachant les bras d'Assad à un mousqueton fixé au-dessus de la vitre. Tu es bien installé maintenant. Dans une dizaine de minutes, nous ouvrirons le rideau pour que tu puisses regarder dehors. À mon avis, tu vas être surpris. »

Assad sentit sa montre vibrer sur son poignet. Il parvint à vriller la main juste assez pour prendre partiellement connaissance du message de Carl.

Je quitte le parc des expositions à l'instant, où es-tu ? Ton GPS dit que tu es en route vers…

C'est tout ce qu'il réussit à lire.

En regardant au-dessus de l'épaule du conducteur, Assad essaya de comprendre dans quelle direction ils allaient. Il aperçut les reflets d'un soleil timide sur les vitres des maisons qu'ils dépassaient. Ils roulaient donc vers le nord. Puis ils tournèrent à droite et laissèrent l'opéra sur leur gauche avant d'atteindre un grand rond-point qu'ils quittèrent par une rue à droite. Cela ressemblait à un détour, mais c'était probablement voulu.

Enfin ils s'arrêtèrent.

« Tu es prêt ? » demanda Bandana en tirant brusquement le rideau. C'est alors qu'à travers les vitres sales, Assad croisa un regard qu'il n'avait pas vu depuis seize ans. Un regard aussi beau qu'il l'avait toujours été, mais le plus bouleversé et le plus douloureux du monde. Elle eut le temps d'écarter les lèvres mais pas celui d'exprimer ses sentiments. Le temps s'arrêta. Marwa était devant ses yeux.

« On ferme, ça suffit comme ça », dit Bandana en plaquant sa main devant le visage d'Assad. À travers les gros doigts écartés, Assad dit adieu à sa vie. Juste avant que Bandana ne referme le rideau, Assad aperçut derrière sa bien-aimée une autre personne qui n'était pas Nella.

Il déglutit plusieurs fois derrière l'adhésif et faillit s'étouffer. Quand le minibus Volkswagen repartit, l'envie de respirer le quitta.

« Hé ! Reviens, lui cria son gardien en le secouant. Tu ne vas pas nous claquer dans les pattes. Ghaalib serait fou de rage. Allez, roule, toi, putain ! » La dernière phrase était destinée au type qui conduisait le

minibus VW et qui venait pourtant d'effectuer trois dépassements très hasardeux.

Assad fut pris d'une série de spasmes et la salive se mit à couler sur son menton. Jamais une crise de reflux gastrique ne lui procura un tel plaisir. Bandana lui libéra les narines et la bouche pour l'empêcher de suffoquer.

Puis sa montre vibra de nouveau.

« Est-ce que tu peux me dire à peu près où… », disait le SMS.

« Tu dois regarder par là, lui ordonna Bandana en tirant un tout petit peu le rideau. C'est là-bas que ça se passe. Ils vont bientôt arriver et tu seras aux premières loges pour assister à un événement mondial. » Puis il reprit l'adhésif et, d'un geste sûr, il l'enroula une nouvelle fois autour du nez et de la bouche d'Assad, mais moins serré.

La sonnerie d'un téléphone portable retentit faiblement sur le siège avant et le chauffeur fourragea un moment sur la banquette pour retrouver l'appareil et le mettre à son oreille.

Il hocha la tête pendant ce qui sembla une éternité tandis que le type à côté d'Assad sortait une caméra vidéo et se préparait à filmer.

Le chauffeur se tourna vers son compagnon et articula silencieusement le nom de Ghaalib, ce qui déclencha chez Assad une nouvelle série de spasmes.

Il ferma les yeux et fit une prière. Que ce démon sur Terre soit puni ici et maintenant. Qu'il fasse une crise cardiaque et qu'il meure étouffé dans son propre sang. Qu'il souffre les pires affres et que le souvenir de ses mauvaises actions meurtrisse son âme avant qu'il ne rende son dernier souffle.

Avec sa langue, Assad repoussa l'adhésif devant sa bouche et sa salive coula abondamment. Il transpirait à grosses gouttes.

Que va-t-il se passer ? songea-t-il en serrant les poings. Vais-je être capable de regarder ? Sous l'adhésif qui enveloppait ses mains et ses poignets, sa sueur, abondante, s'accumulait. C'était sans doute trop espérer que de penser que la colle perdrait de son pouvoir adhérent, mais cette idée lui fit serrer les poings encore plus fort. Son entraînement dans le corps des Jæger lui avait enseigné de nombreuses façons de se débarrasser de ses liens, mais l'adhésif présentait les plus grandes difficultés. Si on tirait trop dessus, il s'entortillait comme les poignées d'un sac plastique trop lourd et se mettait au contraire à serrer et à trancher la chair. La seule solution était la patience. Il fallait pratiquement ressentir le plastique comme une matière vivante et analyser au fur et à mesure la façon dont il réagissait et travaillait.

Tandis qu'Assad tournait lentement ses poignets sur leur axe, sa montre vibra. Il dut tordre l'adhésif davantage pour pouvoir lire ce qui était écrit sur le cadran. Le message était bref.

Je suis au zoo. Tu es tout près, non ?

Carl n'était qu'à une centaine de mètres ! C'était dingue.

Merde, Carl ! se dit-il. Quand vas-tu comprendre que je ne peux pas te répondre ?

Bandana, sourcils levés, observait intrigué le conducteur en grande conversation avec Ghaalib. Il baissa la caméra.

« Oui, il est complètement coincé », dit le chauffeur, hilare. Puis il se tourna vers son camarade d'un air complice.

« Quand est-ce que ça commence ? poursuivit-il. On n'en peut plus d'attendre. »

Bandana hocha énergiquement la tête, très excité. Assad trouva leur manège inquiétant.

Le chauffeur posa le téléphone sur le siège du passager. Il avait l'air d'un enfant sur le point d'ouvrir un gros cadeau de Noël.

« Ghaalib te demande de rapprocher le gars de la vitre », dit-il à Bandana. Puis, s'adressant à Assad en parlant très fort, comme s'il le croyait sourd : « Il faut que tu regardes au premier étage de l'horrible bâtiment rond qui se trouve au bout de la place. Ghaalib voudrait te faire un coucou. Il nous observe depuis la fenêtre du restaurant. »

Alors que Bandana écartait un peu plus le rideau, Assad sentit que l'adhésif se relâchait légèrement et que son pouce s'approchait par à-coups du ressort du mousqueton.

Bandana pointa du doigt le restaurant et Assad plissa les yeux pour mieux voir. Évidemment, ce lâche de Ghaalib s'était caché à distance raisonnable pour regarder mourir les autres.

Oui, maintenant il apercevait une silhouette minuscule qui se balançait d'un pied sur l'autre tout là-haut, derrière la baie vitrée. Ça devait être lui.

« Ghaalib tient le détonateur, dit le conducteur du minibus. Quand tout sera fini, il viendra nous voir. »

Le conducteur avait dit cela avec une sorte de fierté : « Ghaalib tient le détonateur. » Tout effroyable que fût

cette nouvelle, Assad n'éprouva que du mépris. Ce type ne comprend pas que, après que Ghaalib aura fait exploser ses bombes, lui et son comparse ont très peu de chances de rester en vie, se dit-il en continuant à tirer sur ses liens.

Bandana bougea la caméra placée devant la vitre afin que Ghaalib puisse voir Assad, mais il n'y parvint pas.

« Tu veux bien prendre la caméra ? » demanda-t-il à son acolyte.

Et alors qu'il se penchait au-dessus de la banquette pour lui tendre le matériel, Assad en profita pour détacher le mousqueton.

Au même moment, on frappa violemment au carreau de la portière passager du minibus.

Les deux types échangèrent un regard, méfiant. Le conducteur se tourna vers la vitre pendant que son collègue passait à l'arrière en tirant le rideau derrière lui.

« Vous ne pouvez pas stationner ici, dit une voix rogue quand la portière fut ouverte.

— Ah, je suis désolé, j'attends quelqu'un. Je reste juste quelques minutes.

— Eh bien il va falloir l'attendre ailleurs. Ici, c'est interdit, dit la voix. Vous n'avez pas vu les zébras ?

— Si, mais la personne que nous attendons ne peut pas marcher, dit-il en pointant le doigt. Vous voyez, c'est l'une des personnes qui traversent la place en fauteuil roulant, là-bas. Elle veut juste entrer visiter l'église. Après, on la remonte dans le minibus et on s'en va. Allez, s'il vous plaît ? Je reste au volant et je vous promets de partir tout de suite si je gêne.

— Vous me gênez moi et vous êtes en infraction avec le code de la route. Je vais vous demander de faire

le tour du pâté de maisons en attendant que votre amie ait fini sa visite. » Jusqu'ici, le chauffeur avait parlé d'un ton léger, comme s'il ne prenait pas l'ordre de l'agent au sérieux. « Sinon, quoi ? Vous allez me coller une amende ? C'est ça ? dit-il avec insolence, cette fois.

— Écoutez-moi, camarade, cette amende, je vais vous la mettre, de toute façon. Mais si vous ne partez pas, j'ai dix pas à faire pour aller chercher mes collègues qui sont en train de boire un café, là-bas. Je suis prêt à parier qu'un type comme vous doit avoir un casier judiciaire et que ça va beaucoup les amuser d'y jeter un coup d'œil. » Assad entendit rire le gardien du parking. C'était bien la première fois qu'il avait de la gratitude pour un salaud de raciste.

Bandana commença à faire jouer les muscles de sa mâchoire et il prit une arme cachée derrière les coussins de la banquette. Assad reconnut son propre pistolet.

« Mon casier est vierge, connard », cracha le conducteur en démarrant le minibus. Il roula quelques mètres et alla se garer au coin de la rue.

Bandana rigola en voyant Assad lorgner son pistolet.

« Eh oui, dit-il. Et on s'est aussi occupés de ton mobile. On l'a même éteint pour que tu n'uses pas ta batterie pour rien, sympa, non ?

— Ferme-la une seconde. Je vais appeler Ghaalib pour lui demander ce qu'on doit faire », dit le conducteur en joignant le geste à la parole.

« Allô, bon… désolé, Ghaalib. Tu as vu ce qui s'est passé. J'ai été obligé de venir me garer plus loin. Qu'est-ce qu'on fait, maintenant ? Le type a dit qu'il y avait des agents dans un… » Il hocha la tête plusieurs fois. « D'accord, je fais le tour du pâté de maisons et je

retourne au même endroit. Tu me fais signe si le gardien est toujours là. »

Il raccrocha et ouvrit légèrement le rideau.

« Ghaalib a dit aux autres d'attendre qu'on soit revenus, dit-il son compagnon. Ceux qui sont de l'autre côté de l'église surveilleront la rue perpendiculaire et ils abattront les agents quand ils sortiront du café en entendant la fusillade. Si le gardien du parking revient, Ghaalib m'a dit de le tuer. Il lancera l'opération dès que ce sera fait. Passe-moi l'arme du gars. »

Bandana lui tendit le pistolet à travers la fente du rideau et se retourna vers Assad pour vérifier que l'adhésif était bien en place.

Assad aspira l'adhésif à l'intérieur de sa bouche, referma les dents dessus et écarta les mains pour que ses liens aient l'air bien tendus.

La combine ne suffit pas à leurrer son geôlier.

« *Zum teufel, du Sohn einer Blutpissenden Hafenhure*[1] *!* » s'exclama-t-il dans un allemand parfait.

Il tira violemment sur l'adhésif autour du poignet d'Assad et attrapa le rouleau posé sur la banquette.

Cette fois, il serra si bien la bande adhésive qu'Assad fut totalement immobilisé. Il bascula la tête en arrière et ferma les paupières de toutes ses forces. À présent, il n'y avait plus rien à faire.

Il aurait voulu pleurer, mais il ne le pouvait pas. Tout en lui s'était arrêté, y compris sa respiration.

Il faut que je respire, se dit Assad, s'efforçant de reprendre espoir. Il essaya de repousser l'adhésif avec sa langue. Cette fois, l'air s'infiltra aussitôt aux coins de

1. « Nom de Dieu, sale fils de pute à marins syphilitique ! »

sa bouche et il s'aperçut qu'il pouvait respirer presque normalement.

Sa montre vibra.

Carl devait s'étonner de voir son GPS indiquer qu'il était de nouveau en mouvement. Il allait évidemment essayer de suivre la trace du signal.

Non, Carl, ne bouge pas, on fait juste le tour du quartier, le supplia-t-il intérieurement tandis que le minibus s'engageait dans la circulation.

58

Carl

JOUR J

Carl sortit du terminal de l'aéroport de Berlin et sauta dans le premier taxi.

« Je dois aller à la gare de Halensee où un ami m'attend. Vous saurez m'y emmener ? »

Le chauffeur de taxi acquiesça.

L'avion n'avait pas atterri à l'heure et il était pressé. Un imbécile était monté à bord avec une telle gueule de bois qu'il avait vomi ses tripes dans l'allée centrale et balancé un coup de poing au steward qui avait essayé de lui venir en aide. Le type s'était comporté comme un éléphant dans une boutique de porcelaine jusqu'à ce que la police vienne le chercher. L'épisode leur avait fait perdre un quart d'heure. Ensuite, il y avait eu le brouillard, même si, sur le moment, il n'avait pas paru très épais. Bref, ils avaient accumulé vingt minutes de retard.

Ce n'était pas beaucoup, mais c'était déjà trop. En effet, alors qu'ils approchaient de la gare de Halensee, il vit sur sa montre connectée qu'Assad était déjà en

train de se diriger vers un endroit situé au nord de leur lieu de rendez-vous.

« Vous n'avez qu'à suivre mes indications », dit Carl au chauffeur de taxi, les yeux rivés sur le petit point de la carte GPS.

Au départ, le chauffeur se montra plutôt conciliant, mais après que Carl avait modifié la direction à plusieurs reprises, il commença à donner des signes de nervosité.

« Vous avez de l'argent sur vous, n'est-ce pas ? » lui demanda-t-il d'un air inquiet.

Carl posa un billet de cent euros à côté du levier de vitesse. « Comme je vous l'ai expliqué, je suis venu chercher un ami, mais j'ai l'impression qu'il continue à se déplacer et il faut absolument qu'on le rattrape. »

À son attitude figée, Carl comprit que le chauffeur était en train de se demander s'il n'était pas mêlé malgré lui à une affaire criminelle.

« Je suis policier et je viens du Danemark », le rassura-t-il en sortant sa carte. Le chauffeur jeta un coup d'œil au document, pas convaincu.

Quelle carte de merde ! se dit Carl pour la énième fois. « En ce moment, il se trouve quelque part au nord de notre position, dans une avenue qui s'appelle Bismarckstrasse, vous connaissez ? »

Le chauffeur de taxi leva les yeux au ciel. « Si je ne connais pas Bismarckstrasse, il vaut mieux que je change tout de suite de métier », rétorqua-t-il. Sur le plan, l'avenue semblait en effet aussi longue que large.

Carl rappela Assad et tomba sur son répondeur. Quand il demanda au chauffeur d'accélérer, celui-ci répondit de façon assez désarmante que s'il roulait trop vite, ils allaient se faire arrêter par la police et que ça lui

coûterait beaucoup plus cher qu'un billet de cent euros, sans compter que cela ne ferait que les ralentir.

Carl appela de nouveau Assad sans succès et eut la désagréable impression qu'il y avait un très gros problème. Il chercha le numéro de Herbert Weber, qui mit quelques secondes à lui répondre.

« Salut, Carl Mørck. On est un peu débordés, là. Vous êtes à Copenhague ?

— Non, je suis sur Bismarckstrasse en direction du centre. Est-ce que vous savez où va Assad ? Il y a un instant, il se trouvait dans une rue qui s'appelle Hardenbergstrasse. »

Il y eut un silence au bout de la ligne. « Ça n'a pas de sens, dit Weber au bout de quelques secondes. C'est assez éloigné de l'endroit où nous sommes. Assad est supposé nous rejoindre au parc des expositions et ça fait un moment que nous l'attendons. Je lui ai téléphoné, mais il ne m'a pas répondu. J'avoue que je commence à m'inquiéter.

— Le parc des expositions ?

— Oui. Enfin de toute façon, il semble que ce soit une fausse alerte. Comment se fait-il que vous connaissiez la position d'Assad ?

— Nous avons des montres connectées. »

Carl entendit des cris et des discussions à haute voix. « Ce que je ne comprends pas, c'est qu'à ma connaissance il n'a pas de véhicule. »

Carl commença à s'imaginer le pire. Il n'avait eu aucun signe de vie d'Assad depuis son départ de Copenhague, merde !

« Vous allez nous guider, Mørck. On part tout de suite », rugit Weber.

Deux minutes après, le signal GPS d'Assad arrêta de bouger. Il se trouvait près du jardin zoologique. Puis il se remit en mouvement pendant environ une minute avant de s'immobiliser de nouveau. Qu'est-ce qu'il pouvait bien fabriquer ?

« Est-ce que tu peux me dire à peu près où tu es ? » demanda-t-il à Assad par SMS. Mais il n'eut pas plus de réponse qu'à ses messages précédents.

Quand ils s'arrêtèrent sur la place devant le zoo, Carl sentit que le chauffeur de taxi commençait réellement à se sentir mal à l'aise.

« Je ne sais pas ce que vous trafiquez, mais je n'aime pas ça. Il y a un peu trop de flics dans les rues à mon goût, dit-il en se garant le long du trottoir. Je vais vous demander de descendre de cette voiture, je ne vous conduirai pas plus loin. » Carl allait s'insurger lorsqu'il remarqua que le chauffeur avait raison. Partout, le long de la grille du jardin zoologique, sur le parking, et plus loin, devant un grand immeuble en verre, des groupes de dix à douze policiers étaient en train de se rassembler. Plusieurs écoutaient les consignes de leur chef de groupe qui désignait le bout de la rue.

« Vos cent euros couvrent la course, du moment que vous descendez tout de suite de mon taxi », dit le chauffeur. Il redémarra aussitôt que Carl fut sorti de la voiture, sans doute à raison.

« Je suis au zoo. Tu es tout près, non ? » écrivit Carl, toujours sans obtenir de réponse. Mais peut-être Assad lisait-il ses messages, même s'il ne pouvait pas y répondre. Peut-être lui donnaient-ils quelque espoir d'être retrouvé à temps.

Carl regarda sa montre et se mit à courir dans la rue

devant les policiers lourdement armés. Le point s'était arrêté dans la rue suivante et, s'il ne bougeait pas, il pourrait le rejoindre dans une poignée de secondes.

Tout à coup, quelqu'un tendit le bras et lui barra la route. Il ne plaisantait pas. Trois agents en tenue de commando se jetèrent sur lui. Il eut l'impression qu'une multitude de bras le ceinturaient à la fois. Manifestement, il avait mal choisi l'endroit pour faire son footing.

« Où croyez-vous aller comme ça ? aboya l'un d'eux.

— Qu'est-ce que vous foutez ? cria Carl, bouillonnant de rage, d'abord en danois, puis dans une langue qui se voulait de l'anglais. Lâchez-moi tout de suite ! C'est une question de vie ou de mort ! »

Ils secouèrent la tête et resserrèrent leur prise.

« Appelez Herbert Weber ! Vous êtes en train de commettre une grossière erreur. »

Ils répliquèrent qu'ils n'avaient aucune idée de qui était ce Herbert Weber et le menacèrent de l'emmener au poste. Résigné, Carl écarta les bras et les laissa le fouiller. Quand ils trouvèrent sa carte de police et l'examinèrent comme si c'était un bon de réduction pour une séance de réflexologie, il les fusilla du regard.

« Vous ne savez pas lire, bande de demeurés ! Je suis vice-commissaire de police à Copenhague et nous travaillons ensemble sur cette affaire. Actuellement, mon coéquipier est en danger et si je ne le rejoins pas dans quelques secondes, vous pouvez faire une croix définitive sur tout espoir de promotion, VOUS M'ENTENDEZ ? »

Il eut beau hurler, ils refusèrent de le laisser partir.

Carl regardait le GPS avec inquiétude, car le point était de nouveau en mouvement.

Il envoya aussitôt un message. « Tu es reparti ? Pourquoi est-ce que tu ne réponds pas ? » Mais au fond de lui, Carl savait que si Assad ne répondait pas, c'était qu'il ne le pouvait pas. Il aurait aussi bien pu lui écrire : « Je suis avec toi, mon ami », mais ce n'était justement pas le cas, et c'était la faute de ces foutus robots en tenue de combat.

« *Just a moment* », dit-il en leur réclamant son portable que l'un de ces imbéciles était en train de regarder fixement.

Il appela Weber. « Où êtes-vous ?

— Pas loin. Nous avons envoyé tous les effectifs dans le secteur où vous vous trouvez. Où est-ce que vous avez atterri, vous ?

— Je suis au zoo et j'ai besoin d'un service. Est-ce que vous pourriez demander au policier accroché à mon bras de me foutre la paix ! »

Il passa le téléphone à l'agent. Weber et lui discutèrent quelques instants puis le crétin se retira, comme s'il n'avait jamais été là. Pas le moindre mot d'excuse. Pas la moindre proposition de le couvrir. Mais quel connard !

Carl se remit à courir. « Je viens de perdre la trace d'Assad, lança-t-il dans le mobile, mais je cours en direction du dernier endroit où il était.

— C'est-à-dire ? demanda Weber.

— Dans une rue qui donne sur une place sur laquelle il y a une église.

— Quelle église ?

— Je vois un panneau indiquant Kaiser-Wilhelm-Gedächtniskirche. C'est vraiment son nom ? »

Weber répondit par un juron.

« C'est bien ce que nous craignions. Soyez prudent, nous arrivons tout de suite. J'envoie tous les hommes qui sécurisaient le zoo en faction autour de la place.

— Non, attendez. J'y serai dans un instant. Je vois l'église. Il y a énormément de monde sur la place du côté où je me trouve, environ quarante ou cinquante personnes, je dirais. J'ai l'impression qu'ils sont en train de construire ou de réparer quelque chose... il y a un échafaudage autour de la tour, à côté de l'église, et une palissade autour du clocher.

— Vous voyez quelque chose de suspect ?

— Non. Juste un tas de touristes avec des airs de touristes et quelques Juifs orthodoxes en costume traditionnel.

— Des Juifs orthodoxes ? Ils sont en groupe ?

— Non, ils sont... »

Soudain, cela lui parut évident. « Ils sont répartis exactement comme s'ils voulaient couvrir toute la place.

— Faites le tour, Carl. Il y a un grand bâtiment circulaire non loin du clocher en ruine. C'est la nouvelle église. Passez entre les deux églises. Vous êtes armé ?

— Eh merde, j'ai laissé mon arme de service dans le tiroir de mon bureau à Copenhague. »

Il pêcha son trousseau de clés dans la poche de sa veste. Il y avait beaucoup de clés dessus : celles de sa maison à Allerød, de son bureau à l'hôtel de police, de l'appartement de Mona, et la clé de contact de son véhicule de service. Il prit le trousseau dans sa main droite, laissant le bout des clés dépasser de son poing fermé. Une arme pratique, digne du plus élaboré des poings américains.

Carl admira le porche majestueux et remarqua une

rampe permettant aux handicapés d'accéder à l'entrée principale du monument.

Il eut des sueurs froides. Un accès pour fauteuils roulants ! Les terroristes avaient décidément pensé à tout !

Au bout du passage entre les deux églises démarrait une rue large et passante. « Kurfürstendamm », lut-il sur un panneau, sur le mur d'en face. Là, juste devant, un minibus Volkswagen bleu ciel était en train de se garer sur un zébra jaune d'interdiction de stationner. Apparemment, le chauffeur s'en fichait comme d'une guigne. Il VOULAIT vraiment stationner à cet endroit, ce qui éveilla immédiatement l'instinct de policier de Carl.

Alors qu'il regardait le véhicule avec suspicion, quelqu'un écarta légèrement le rideau occultant les fenêtres latérales. Juste de quelques centimètres, mais il n'en fallut pas plus pour glacer le sang de Carl : il venait d'apercevoir Assad, bâillonné avec de l'adhésif. Au bout de quelques secondes, son ami l'aperçut et tenta de lui dire quelque chose du regard, mais il fut distrait car, au même moment, le gardien du parking s'approcha du minibus et se mit à tourner autour. Une portière fut ouverte à la volée et un homme cria. Soudain, un coup de feu claqua.

Tout le monde sur la place se tourna dans leur direction et, profitant du mouvement de foule qui s'ensuivit, Carl traversa la rue avant de se jeter derrière le minibus. En passant discrètement la tête à l'angle du véhicule, il constata que le gardien du parking gisait à plat ventre, le buste à l'intérieur du minibus, du sang coulant de son bras.

Maintenant ! criait une voix impérieuse dans sa tête.

Sans hésitation, il se jeta sur le corps du gardien en position d'attaque.

Le chauffeur était toujours assis au volant, pistolet au poing, le visage grimaçant, visiblement choqué d'avoir tiré sur une cible vivante. Il aurait sans doute récidivé, mais Carl ne lui en laissa pas le temps : il le frappa en pleine figure avec une telle violence que les clés se plantèrent dans sa joue et que son corps fut projeté en arrière. Il hurla de douleur. Carl lâcha le trousseau de clés et saisit le canon du pistolet une seconde avant que l'homme appuie sur la détente. Le pare-brise fut pulvérisé et l'affrontement sema la panique sur le trottoir devant le minibus.

Les cent kilos de puissance que Carl mit dans son deuxième coup firent leur effet et, groggy, le chauffeur lâcha son arme. Carl la prit et lui tira dessus, mais, avant qu'il ait pu estimer la gravité de la blessure qu'il avait causée, le rideau derrière lui s'écarta et un type coiffé d'un bandana balança son poing au-dessus de la banquette sans atteindre sa cible.

Carl tira une seconde fois et l'homme alla s'écrouler sur une frêle table de camping, une expression de profonde surprise sur le visage.

59

Assad

JOUR J

Tandis que le minibus Volkswagen faisait le tour de la place, Assad s'employa à décoller l'adhésif qui l'étouffait. Quand ils revinrent à leur point de départ, le chauffeur gara de nouveau le véhicule sur les zébras jaunes d'interdiction de stationner.

Le type au bandana écarta le rideau latéral, et les regards d'Assad et de Carl se croisèrent. Carl eut l'air à la fois soulagé et terrifié en découvrant son ami. Comme si, à l'instar d'Assad, il avait compris qu'il était déjà trop tard et que dans un instant tout allait sauter.

Va-t'en ! Si tu restes, tu vas mourir, disaient les yeux d'Assad. Mais Carl n'en tint pas compte.

Alors qu'Assad essayait de retirer l'adhésif de sa bouche pour pouvoir crier et le prévenir, on frappa encore à la portière, côté passager.

Bandana ferma aussitôt le rideau de séparation entre la banquette avant et l'arrière du minibus. Seuls les bruits permirent à Assad de suivre ce qui se passait. La portière s'ouvrit et, une seconde plus tard, un coup

de feu retentit. Puis le silence revint, mais seulement quelques instants car, très vite, un nouveau tumulte fit trembler tout le véhicule. Quelqu'un rugit sur le siège avant, et un deuxième coup de feu fut tiré.

Jusqu'à ce que Bandana ouvre le rideau de séparation, Assad était convaincu que c'était le gardien qui se battait avec le chauffeur ; mais quand l'idiot s'affala sur la table en Formica après un deuxième coup, il comprit que c'était Carl et que la partie n'était pas encore perdue.

La minute suivante s'écoula dans un chaos total.

Un tonnerre de détonations éclata de tous les côtés, comme si la situation avait échappé à tout contrôle.

Carl arracha l'adhésif de la bouche d'Assad.

« Ils arrivent, je les vois ! » cria Assad tandis que Carl libérait ses mains. Dehors, le spectacle était effroyable : alors que les balles pleuvaient et que les gens hurlaient, deux individus poussaient tranquillement deux fauteuils roulants à travers l'enfer de la place en direction de la rampe d'accès handicapés.

« Tire sur ceux qui poussent les fauteuils, Carl ! s'écria Assad tout en détachant ses pieds. Vite, cours ! »

Avant de sauter du minibus, Carl attira l'attention d'Assad sur le jeune homme au bandana. Malgré une plaie à la poitrine, il venait d'arracher la table en Formica avec l'intention évidente d'en frapper son prisonnier. Mais Assad, qui s'était libéré, lui assena un coup de talon dans le crâne : sa nuque craqua et sa tête retomba en un angle qui sembla plus que fatal.

Les coups de feu se rapprochaient.

Assad sortit par la portière latérale et s'agenouilla derrière le minibus.

Sur un signe de Carl, il se releva prudemment. Derrière le fauteuil roulant de Nella, la femme gisait, morte, la joue contre l'asphalte. Le soulagement d'Assad fut de courte durée : juste derrière, l'homme qui poussait le fauteuil de Marwa arrivait en tirant dans tous les sens avec une arme automatique. Plusieurs passants ne purent se mettre à l'abri et s'effondrèrent sur le trottoir, contre la vitrine d'un magasin de vêtements.

Carl et Assad entendirent des coups de feu venant d'une rue perpendiculaire. Probablement les policiers dont avait parlé le gardien. Carl profita de ce renfort pour retourner s'accroupir derrière le pare-chocs du minibus.

Il tenta à plusieurs reprises d'atteindre l'homme qui poussait le fauteuil de Marwa tandis qu'une pluie de projectiles vint déchirer l'aile arrière du véhicule et trouer son flanc dans un bruit métallique.

Assad jura et s'aplatit au sol quand une nouvelle salve traversa la tôle mince et brisa toutes les vitres.

Il entendit Carl tirer de nouveau puis il le vit tomber sur le trottoir. L'espace d'un instant, il resta sans bouger puis il fit glisser le pistolet vers Assad.

« Je crois que je l'ai touché, cria-t-il au milieu du capharnaüm en se tenant la hanche.

— Ça va ? » lança Assad en ramassant l'arme.

Carl acquiesça, sans conviction.

À présent, la fusillade battait son plein des deux côtés du clocher. Assad ne connaissait que trop bien le bruit que font les salves d'armes automatiques qui n'en finissent plus et ne laissent derrière elles que mort et désolation.

Il s'approcha de l'aile déchirée du minibus et se pencha prudemment.

Le fauteuil de Marwa était renversé et elle était aussi immobile que l'homme à côté d'elle.

Puis il la vit tousser. *Alhamdulillah*, elle était en vie.

Ils avaient tiré neuf ou dix coups, peut-être. Il en restait donc deux ou trois dans le magasin.

Assad sortit de sa cachette. Il vit un homme derrière un troisième fauteuil, son arme pointée sur la tête d'une jeune femme. Il se tenait parfaitement immobile dans l'attente de l'accomplissement de son destin. Il avait l'air en paix avec ses choix. Mais il semblait aussi attendre un ordre, ou pire, l'explosion d'une bombe.

Assad leva les yeux vers le restaurant d'où il savait que Ghaalib le surveillait, mais il ne le vit pas.

Pourquoi n'appuyait-il pas sur le détonateur ? Peut-être ne le voyait-il pas non plus ? Peut-être attendait-il qu'Assad soit là pour assister à l'horreur du spectacle ? Peut-être les deux jeunes dans la voiture étaient-ils censés lui envoyer un signal ? Dans ce cas, il pouvait attendre longtemps.

Assad revint vers Carl à reculons. Il allait devoir faire le tour du minibus et rester tout près de la façade des immeubles car, à la seconde où Ghaalib l'apercevrait, Assad en était convaincu, il ferait sauter les bombes.

« Ça va, le rassura Carl, à moitié couché en regardant la grosse tache écarlate qui maculait son pantalon. J'ai l'impression que la balle n'a touché que du muscle. J'ai seulement eu un choc. »

Assad entra en rampant par la porte latérale et se mit en quête de son mobile. Sur le siège avant, le chauffeur était couché dans une position bizarre, la nuque contre la portière. Il avait du mal à respirer. Il ne devait plus en avoir pour très longtemps, à en juger par le nombre

de balles qui avaient traversé la vitre. Assad n'accorda pas un regard à Bandana, qu'il savait être déjà mort. Il fouilla sous les coussins et trouva son portable, totalement détruit.

Entre-temps, Carl avait réussi à joindre Weber. Il tendit le téléphone à Assad.

« Où êtes-vous ? demanda l'agent allemand.

— Derrière, sur Kurfürstendamm. Dépêchez-vous d'arriver, j'ai peur qu'une bombe, voire plusieurs, soit déclenchée dans très peu de temps.

— Désolé, répondit Weber, nous en avons déjà plein les bras avec le groupe qui se trouve devant. Ils se sont retranchés dans l'escalier du centre commercial Europa, le bâtiment tout au bout de la place. Nous sommes pris entre deux feux parce que le sniper est embusqué dans l'hôtel et que c'est un excellent tireur, probablement Dieter Baumann.

— Alors envoyez quelqu'un lui régler son compte, bon Dieu ! cria Assad dans le téléphone. Et retrouvez Ghaalib. Il est assis à une table du restaurant italien et habillé dans la même tenue que les autres. C'est lui qui tient le détonateur.

— Alors qu'est-ce qu'il attend ? hurla Weber, en réponse.

— Moi. »

Il voulut rendre le portable à Carl mais il n'était plus là. « Carl, qu'est-ce que tu fabriques ? lança-t-il en le voyant pousser le cadavre du gardien de parking sur le trottoir.

— Je me fais un peu de place. »

Ensuite il se hissa sur les genoux et fit sortir le conducteur du minibus en le tirant par les pieds.

Assad comprit.

« Espérons qu'il démarre ! » lança Carl en tournant la clé de contact.

Le minibus démarra.

Il montra le troisième fauteuil roulant d'un geste du menton. « Tu n'auras qu'un millième de seconde pour le toucher, Assad, dit-il en enclenchant la première. Pour info, il reste trois balles dans le magasin. »

Assad s'agenouilla dans les débris de verre qui jonchaient le coussin de la banquette. Il lui était déjà arrivé de devoir tirer d'un véhicule en mouvement, mais là…

Il inspira à fond. Il fallait qu'il le tue net, sinon il risquait de toucher la pauvre femme. Et seule une balle dans la tête a le pouvoir de neutraliser l'ennemi, c'était l'un des mantras qui lui étaient restés de son expérience en Afghanistan.

Il visa et retint sa respiration, pendant que Carl avançait sans hâte. Dans deux secondes, ils passeraient devant la cible. Assad ferma un œil. Dix mètres. Si le minibus continuait de rouler droit et qu'aucun obstacle sur la route ne le faisait tressauter, ce serait terminé en une seconde.

C'est alors qu'il découvrit la tache de naissance que la femme avait sur la joue. Assad se pétrifia, le souffle coupé.

« Tire, Assad », dit Carl entre ses dents.

Mais Assad ne pouvait plus bouger. Il n'osait plus appuyer sur la détente. C'était sur la tempe de sa fille Ronia que le terroriste pointait son pistolet automatique. C'était Ronia qui était assise, là, à quelques mètres. Comment était-ce possible ? Il n'y avait aucun doute, c'était bien elle.

« Je ne peux pas, oh mon Dieu, c'est Ronia qui est dans le fauteuil. Elle est vivante, Carl. »

À présent le minibus était à l'arrêt, juste à la hauteur de Ronia et du terroriste, qui ne montrait aucune réaction.

« Il vient de me faire un signe de tête, murmura Carl. Il doit être en état de choc s'il continue de croire que c'est l'un des leurs qui est au volant de ce minibus et que nous sommes venus le chercher. Tu as ta chance, maintenant. »

Assad se recroquevilla pour ne pas révéler sa présence. Puis il visa de nouveau, retint son souffle et tira.

Et alors que l'homme s'affaissait au sol dans un dernier tremblement, son chapeau troué de part en part, on se mit à leur tirer dessus par l'autre côté.

« C'est la police, cria Carl. Ils croient… » Il porta la main à son bras. Il avait été touché. Malgré cela, il enfonça la pédale d'accélérateur.

Assad tomba sur le plancher quand Carl donna un brusque coup de volant vers la place, tandis que les balles criblaient l'arrière du véhicule.

Le minibus ne s'arrêta que lorsqu'il vint percuter de plein fouet l'entrée du centre commercial Europa, faisant reculer vers le sous-sol les deux terroristes survivants, qui continuaient de tirer depuis leur position à mi-hauteur des escaliers.

« Carl, ça va ? Où est-ce que tu es blessé ? »

Carl saignait abondamment et gémissait de douleur.

Assad attrapa son portable et appela Weber.

« Carl a été touché, nous avons besoin d'aide. Nous avons neutralisé trois terroristes de l'autre côté, mais vos hommes nous tirent dessus depuis une rue perpendiculaire. Demandez-leur d'arrêter. »

Un instant plus tard, la place était plongée dans un profond silence.

Assad grimpa par-dessus la banquette pour rejoindre son ami, coincé derrière le volant et l'avant écrasé du minibus. Il était conscient et apparemment il n'avait pas souffert de la collision. En revanche, il avait une sale blessure par balle à l'avant-bras.

« Ça va aller ? » lui demanda Assad en se laissant glisser dehors par la portière côté passager, mais Carl ne répondit pas. Alors qu'Assad commençait à avancer lentement vers la brigade antiterroriste qui courait vers lui, il entendit le rire de Carl.

« Poussez-vous ! » lui lancèrent les agents en se précipitant directement vers son ami. Tant mieux, Weber leur avait fait passer le message.

Assad se trouvait exactement sous les fenêtres du restaurant.

Pourvu que Ghaalib ne soit pas là-haut en train de m'observer, pria-t-il.

Il scruta les trois femmes au pied de la tour de l'église du Souvenir. Toutes les trois étaient ligotées à leur fauteuil et immobiles. Marwa était couchée sur le dallage du parvis, son fauteuil renversé, et les deux autres étaient assises, inertes, le menton sur la poitrine, comme si elles étaient évanouies.

« Écoutez-moi, dit-il aux hommes en tenue de combat. Si j'y vais, le chef des terroristes déclenchera les bombes que ces femmes ont sur elles ou qui sont cachées dans les fauteuils roulants. Il attend juste de me voir arriver. Alors c'est vous qui allez devoir les exfiltrer. »

Ils le regardèrent comme s'il était devenu fou. Il ne

croyait tout de même pas qu'ils allaient s'approcher comme ça de ces trois potentielles kamikazes ?

Assad rappela Weber mais cette fois il ne répondit pas.

Il leva les yeux, inspira profondément et prit le pari risqué de s'avancer, à l'abri des marquises de la façade. Il venait d'arriver devant la vitrine de l'horloger Fossil lorsqu'il découvrit un quatrième fauteuil sur sa droite.

Assad mit quelques instants à reconnaître l'homme qui y était assis. Il ignorait en revanche qui était le jeune homme qui pleurait derrière lui.

Weber le rappela tandis qu'il s'interrogeait.

« Comment ça se passe de votre côté ? Nous ne vous voyons pas, où êtes-vous ? lui demanda-t-il.

— Je suis à l'angle du bâtiment, sous le restaurant italien, devant la boutique Fossil. J'ai en visuel un quatrième fauteuil roulant, et je suis à peu près convaincu que c'est Joan Aiguader qui est assis dedans. Il y a un jeune Arabe derrière en train de pleurer. Qu'est-ce que je fais ?

— Restez où vous êtes. Son fauteuil est probablement piégé. C'est sans doute pour ça que le garçon pleure.

— Il faut envoyer des artificiers auprès des femmes, Weber. Faites le maximum. Comment ça se passe à l'avant ? Je vois des corps à terre.

— Oui, il y a énormément de victimes, nous n'avons pas les chiffres exacts, et nous ne pouvons pas approcher à cause du sniper, là-haut. Nous pensons avoir abattu tous les terroristes hormis les deux qui se sont échappés à l'intérieur du centre commercial.

— Vous oubliez Ghaalib et le jeune homme que j'ai sous les yeux.

— Je pense que Ghaalib a rejoint les deux qui sont au sous-sol. N'oubliez pas qu'ils portent des gilets pare-balles si vous essayez de les descendre. »

Assad secoua la tête. Il le prenait pour un lapin de six semaines ? Et pourquoi Ghaalib serait-il allé se terrer avec les deux autres ? Jusqu'ici, sa mission avait échoué sur toute la ligne et Assad et sa famille étaient encore en vie. Non, Ghaalib était à l'affût quelque part.

Il observa le quatrième fauteuil. Il avait l'impression que Joan cherchait à lui dire quelque chose, mais il restait muet. À l'instar de Marwa, Nella et Ronia, il semblait paralysé. Est-ce qu'il lui demandait de se rapprocher, ou au contraire de s'éloigner ?

Assad fit un pas vers lui, s'arrêta et l'interrogea du regard. Devait-il continuer ?

La bouche de Joan se crispa. Était-ce un oui ou un non ?

« Est-ce qu'il y a une bombe dans votre fauteuil ? » lança Assad.

Ses yeux se déplacèrent plusieurs fois d'un côté à l'autre.

« Si ça veut dire non, montrez-moi ce que vous faites quand je vous pose la question : vous appelez-vous Joan ? »

Les yeux se déplacèrent de haut en bas. Donc, ça, ça voulait dire oui et il n'y avait pas de bombe.

Il fit encore un pas.

« Le garçon est-il dangereux ? » demanda-t-il.

Les yeux bougèrent de gauche à droite.

« Est-ce que Ghaalib est à proximité ? »

Les yeux de Joan Aiguader restèrent immobiles. Il n'en savait rien.

« Le garçon est-il normal, il a l'air plutôt absent ? »

Nouvelle oscillation de droite à gauche.

« Est-ce qu'il est drogué ? »

De nouveau un non.

« Est-il armé ? »

Non, dirent les yeux mobiles.

« Salut, camarade, dit Assad au garçon en arabe. Je m'appelle Assad, et toi ? »

Le garçon baissa les yeux, timide et effrayé comme un animal acculé. Assad s'avança encore, ce qui n'eut pas l'air de lui plaire. En un geste de défense, il souleva une épaule et plaqua le bras sur son ventre.

« Je ne veux pas te faire de mal », lui dit Assad, très doucement.

Le garçon continuait de le fixer avec des yeux terrifiés. Ce qui n'avait rien de surprenant après les minutes terribles qui venaient de s'écouler.

Assad fit signe aux hommes de la brigade antiterroriste de le rejoindre.

Joan Aiguader émit alors quelques sons inarticulés. Assad vint tout près de lui et approcha son oreille de ses lèvres.

Le Catalan mit un moment à se faire comprendre. « Il s'appelle Afif », dit-il d'une voix faible.

Assad hocha la tête.

« Il est important, dit Joan ensuite.

— Pour Ghaalib ?

— Oui. »

Assad tourna la tête vers les agents. « Laissez ces deux-là où ils sont. Ils sont importants, chacun à leur manière. »

Ils regardèrent le garçon d'un air dubitatif.

« Vous êtes sûr qu'il ne porte pas de gilet explosif ? » Assad regarda Joan qui remuait les yeux de haut en bas.

« Oui, il en est sûr », répondit-il.

Puis il approcha de nouveau sa tête de Joan Aiguader.

« Qu'est-ce qu'ils vous ont donné ? lui demanda-t-il.

— Sédatif, répondit-il avec difficulté.

— Ça va passer ?

— Oui.

— C'est ma femme et mes deux filles qui sont là-bas. Marwa, Nella et Ronia. Est-ce qu'elles portent des charges explosives ?

— Marwa et Nella ont des gilets. Ronia a la bombe.

— Et c'est Ghaalib qui a le détonateur ? »

Les larmes débordèrent de ses yeux et le oui qu'il prononça était si faible qu'il dut le répéter une seconde fois.

Assad eut un point au cœur. Son âme était tétanisée et pourtant, il fallait que son corps reste actif. Sinon, c'était la fin de tout.

Quand Assad vit les véhicules des démineurs arriver lentement de Nürnberger Strasse en direction de la place, il comprit qu'il ne lui restait plus beaucoup de temps pour retrouver Ghaalib et le désarmer. Dit comme ça, cela semblait si simple. « Le désarmer ». Mais où était-il ? Le lâche qu'il avait toujours été s'était-il déjà enfui pour sauver sa peau ? Assad secoua la tête. Non, pas après avoir élaboré un plan d'une telle envergure.

Une fusillade éclata à l'intérieur du centre commercial. Les gens hurlaient et beaucoup surgirent, affolés, sur l'esplanade par l'issue principale, à quelques mètres de là.

Assad appela Weber. « J'entends des coups de feu à l'intérieur. Vos gars sont sur place ?

— Nous avons envoyé dix hommes de la brigade antiterroriste au sous-sol. »

Assad arrêta au passage une femme qui courait droit sur lui. « Que se passe-t-il ? demanda-t-il avec fermeté. Il faut que je le sache ! »

Elle était essoufflée et au bord de la crise d'hystérie. « Il y en a deux, un homme et une femme, ils sont en haut de l'escalier roulant, à côté de la salle de fitness, et ils tirent sur tout le monde », répondit-elle d'une voix tremblante.

Assad la laissa partir.

« Vous avez entendu ce qu'elle a dit, Weber ?

— Oui, et nous allons les arrêter, ce n'est plus qu'une question de secondes. Pareil pour Dieter Baumann. Il s'est barricadé, mais nous savons où il est. »

Assad se tourna vers l'entrée du restaurant italien. Ils pourraient sans doute lui dire si l'homme aux papillotes était toujours au premier étage et sinon, à quel moment il était parti et dans quelle direction. À travers la vitrine, il vit qu'il y avait beaucoup de monde l'intérieur. Les gens y avaient probablement tous cherché refuge pendant la première phase de l'attentat.

En entrant dans le restaurant, Assad salua d'un signe de tête l'homme qui se trouvait derrière le comptoir. Celui-ci, le prenant pour l'un des terroristes, lui jeta un regard terrifié.

Assad n'eut aucun mal à comprendre sa réaction : un homme mal rasé, à la peau sombre, portant une arme à feu et couvert d'égratignures. Il aurait parfaitement pu être l'un d'entre eux.

Il leva les mains en l'air pour lui montrer qu'il n'avait rien à craindre.

« Ne vous inquiétez pas, je suis policier, dit-il. Je cherche un homme qui est entré ici il y a un certain temps, en tenue de Juif orthodoxe, comme ceux qui tiraient à l'extérieur. Barbe noire, chapeau et papillotes. Est-ce que vous savez où il se trouve ? »

Pourquoi tremble-t-il comme ça ? se demanda Assad, une seconde trop tard. Le coup qu'il prit sur la tête était si violent et si précis qu'il tomba à genoux, devant le comptoir. L'instant d'après, il reçut un coup de pied dans les côtes qui lui coupa le souffle et lui fit lâcher son arme. Plusieurs personnes dans l'établissement se mirent à crier tandis qu'Assad essayait de rouler sur le flanc pour se relever.

« Inutile de chercher. Le pistolet est sous mon pied, Zaid », dit une voix en arabe au-dessus de lui.

Voilà, c'est la fin, songea Assad. Il suffisait d'une seconde d'inattention et d'une petite erreur, et la vie pouvait s'arrêter.

« Lève-toi. Allez, lève-toi, chien. Enfin, je t'ai trouvé. Tu as toujours été très fort pour te cacher, Zaid, mais tu n'auras plus besoin de le faire, désormais. »

Assad se retourna lentement. Face à lui se tenait Ghaalib : sans barbe, sans chapeau et sans papillotes, le pistolet d'Assad coincé dans la ceinture de son pantalon, un Uzi identique à celui des autres terroristes dans une main et une petite télécommande terrifiante dans l'autre.

« J'ai quelques amis ici qui vont nous accompagner. Vous savez ce que vous avez à faire, et vous savez aussi que si vous désobéissez, je vous tuerai », dit-il en pointant son arme sur les « amis » en question.

Il y avait trois hommes et trois femmes. La première était très blonde et portait un uniforme avec un logo sur la poitrine indiquant qu'elle travaillait pour Charlottenburg Tours. Elle était hagarde. Elle montrait sans doute le site à un groupe de touristes quand la fusillade avait éclaté, et ils s'étaient réfugiés dans ce restaurant. Les autres otages de Ghaalib étaient sans pardessus et devaient être des clients malchanceux du restaurant. Tous semblaient terrorisés.

« Vous ignorez peut-être que la force de guerre des Sumériens était la défense, poursuivit Ghaalib d'un ton professoral. Leur tactique était la phalange d'infanterie, employée ensuite par les Romains : ils se rassemblaient en une formation appelée la tortue, et c'est ce que vous allez faire pour moi. »

Il pria l'homme derrière le comptoir de lui ouvrir la porte et ordonna à Zaid de sortir le premier. Il les prévint que s'il venait à l'un d'entre eux l'idée de s'enfuir ou même d'avancer un peu trop vite, il l'abattrait sur-le-champ.

« Ceci ne vaut pas pour toi, Zaid. Toi, je ne te laisserai pas t'en tirer à si bon compte. »

Assad sentit la nouvelle armée improvisée de Ghaalib se regrouper derrière lui. Avait-il déjà commencé à les former avant son arrivée ?

« Tenez, mon ami, dit-il à l'employé du restaurant. Il faut que je vous rende votre carte. J'ai laissé une petite ardoise, mais je suppose que vous ne m'en tiendrez pas rigueur. »

Et ils se retrouvèrent dehors.

« Maintenant, tu vas téléphoner au responsable de tout ceci, Zaid, et dans deux minutes, je ne veux plus

voir un soldat ni un policier dans tout le quartier. Sinon, je déclenche les bombes. »

Assad appela Weber et lui transmit brièvement les revendications du terroriste.

« Si nous lui laissons la voie libre, vous ne sortirez pas vivant de cette histoire, Assad, dit Weber, ébranlé.

— Je ne m'en sortirai pas vivant quoi qu'il arrive. Faites ce qu'il dit. Vous avez deux minutes. »

Assad regarda autour de lui. Les agents en civil, les policiers et les hommes de la brigade antiterroriste, tous levèrent la main vers leur oreillette, puis se retirèrent, lentement et dans le calme.

Au milieu du quinconce formé par ses otages, Ghaalib suivait leur retrait des yeux. « C'est bien, Zaid. Nous allons en terminer avec cette affaire de manière civilisée. » Il se tourna vers l'endroit où se trouvait le fauteuil roulant de Joan.

« Afif ! appela-t-il. Toi, tu ne bouges pas de là jusqu'à ce que je revienne te chercher. » Il avait parlé au jeune homme un peu simplet avec une chaleur dans la voix qui donna la nausée à Assad. Sans les trois femmes qu'il cherchait depuis si longtemps et qui enfin étaient là, tout près de lui, il aurait refusé de faire un pas de plus.

« Je veux qu'avant de quitter ce monde, tu regardes ta famille droit dans les yeux, Zaid. Je veux que tu voies le tréfonds de leurs âmes pour que tu comprennes enfin le mal que tu leur as fait. Et je veux qu'elles te voient et qu'elles t'entendent. Je veux qu'elles sachent à quel point tu te sens coupable. Ainsi, c'est l'esprit en paix qu'elles accepteront votre mort à tous comme une délivrance. »

Ils s'approchèrent infiniment lentement. Les trois

morts derrière les fauteuils gisaient dans une mare de sang, offrant un spectacle sordide. L'homme qu'Assad avait tué était couché dans une position grotesque, un petit trou dans la tempe, son chapeau avec ses fausses papillotes reposant sur la chaussée, à un mètre de lui. Pauvre Marwa, pauvre Nella et pauvre Ronia. Quelles vies atroces et misérables elles avaient eues à cause de lui. Marwa aurait mérité un meilleur mari. Si seulement elle avait pu ne jamais le rencontrer.

La formation en tortue s'arrêta près de Ronia, assise parfaitement immobile dans son fauteuil. Il n'y avait plus aucune étincelle de vie dans ses yeux et pourtant, elle était belle. Sa tache de naissance avait toujours la forme d'un poignard.

« Ronia, dit doucement Assad en arabe. Je m'appelle Zaid, je suis ton père. Je suis venu aujourd'hui pour que nous partions ensemble pour Jannah. Ta mère, ta sœur et moi sommes avec toi. » Mais Ronia n'eut aucune réaction. Elle était depuis longtemps enfermée dans un endroit où plus personne ne pouvait l'atteindre.

Sans le prévenir, on l'écarta d'elle. Il n'avait même pas eu le temps de la toucher, cette jolie petite fille qu'il avait abandonnée quand elle avait cinq ans et qu'il n'avait pas vue grandir.

Un peu plus loin, à plat ventre, sa fausse barbe arrachée, se trouvait le cadavre de celui qui avait touché Carl à la hanche. Si celui-ci ne l'avait pas tué, ils seraient morts tous les deux. C'était peut-être ce qui aurait pu arriver de mieux.

« Est-ce que je peux la relever ? demanda Assad devant la femme de sa vie renversée tout près de lui dans son fauteuil roulant.

— Bien sûr», répondit leur bourreau dans sa grande miséricorde.

Assad passa une main sous les épaules de Marwa, et avec l'autre, il agrippa l'accoudoir. Elle gémit quand il remit le fauteuil debout et qu'elle se retrouva à la verticale. Il s'agenouilla à ses pieds et prit doucement son visage entre ses mains. Les années ne l'avaient pas épargnée, mais malgré tous ses malheurs, son regard était toujours doux et tendre. Elle aussi avait été abrutie de médicaments, mais quand, enfin, elle réussit à se concentrer sur ses yeux suppliants et son sourire plein de tendresse, Assad vit s'allumer dans son regard une lueur de soulagement et il comprit qu'elle l'avait reconnu.

«Mon amour, lui dit-il. Bientôt, nous serons de nouveau tous réunis. N'aie pas peur. La vie éternelle nous attend. Je t'aime et je n'ai jamais cessé de t'aimer. Dors bien, mon cœur.» Sur l'ordre de Ghaalib, on le releva, mais ce dernier regard échangé lui avait redonné des forces.

Il reconnut aussitôt la femme morte derrière le fauteuil de Nella. Quand Weber lui avait montré des photos d'elle, il l'avait appelée Beena. Ses beaux cheveux étaient maintenant collés par son propre sang, et ses lèvres sensuelles parfaitement dessinées s'étaient figées en une expression de haine. Quel tragique destin cette femme avait choisi de suivre!

Nella semblait plus consciente que les autres, et Assad en eut presque de la peine. Il aurait préféré qu'elle ne se rende compte de rien.

«Nella, ma chérie», dit-il.

Le son de sa voix lui fit tourner la tête vers l'étrange groupe qu'ils formaient. Manifestement, elle ne

comprenait pas ce qu'ils faisaient là. Son regard limpide et candide fit éclater en sanglots la femme guide touristique. Sa réaction lui valut une gifle de Ghaalib, si violente qu'elle tomba sans connaissance à côté du cadavre de l'homme qui, pendant les dernières minutes de sa vie, avait poussé le fauteuil de Nella.

« Rassemblez-vous autour de moi », ordonna Ghaalib aux autres otages. Tous sans exception étaient à présent pâles comme la mort devant l'évidence de ce qui les attendait.

« Nella, répéta Assad. Je suis ton père, Zaid. Tu m'as tellement manqué. Plus que je ne saurais le dire. Ta mère, Ronia et toi étiez la lumière de mon existence. Chaque fois que j'ai perdu mon chemin, cette lumière m'a ramené à la vie. Tu entends ce que je dis, Nella ? »

Les paupières de sa deuxième fille battirent comme les ailes d'un papillon. Et son bourreau l'arracha à elle.

« Revenons aux choses sérieuses, dit-il d'une voix tranchante. Maintenant, tu les as vues, Zaid al-Asadi, et je regrette presque de t'y avoir autorisé. » Il éclata d'un rire mauvais.

Assad regarda autour de lui. Il aurait pu s'enfuir. Avec une roulade et une course en zigzag, il aurait pu arriver indemne jusqu'à l'entrée du centre commercial Europa. Mais en avait-il envie ?

Il inspira profondément. Si sa famille devait être sacrifiée, quelle raison aurait-il de continuer à vivre ? De toute façon, il y avait de fortes chances que la détonation lui fasse perdre connaissance et que son cœur s'arrête de battre. Mais si ce n'était pas le cas ? Le cauchemar de ce qui avait pu leur arriver l'accompagnait depuis si longtemps, parviendrait-il à vivre le restant de ses jours

avec l'écho de cette explosion résonnant dans sa tête et le cœur marqué au fer rouge ?

Non.

Ghaalib fit stopper la formation à dix mètres du restaurant. Il devait avoir calculé qu'à cet endroit ils seraient protégés à la fois de l'explosion et de la pluie de verre des baies vitrées pulvérisées par l'onde de choc.

« J'ai attendu ce moment pendant un tiers de mon existence », dit-il en s'écartant du groupe à reculons. Assad se tourna vers lui. Il ne voulait pas voir sa famille au moment où Ghaalib déclencherait les bombes.

Il tenait maintenant le détonateur dans la main gauche et l'Uzi sous le bras. De la main droite, il sortit un téléphone portable de sa poche et pressa une seule touche.

« J'ai une petite surprise pour toi, Zaid. Une mise à mort raffinée, comme je les aime. C'est évidemment de ton exécution que je veux parler. Tu as échappé au gibet par le passé, mais cette fois sera la bonne. Tu seras fusillé comme tu le mérites, mais pas par moi, car moi je vais me retirer tranquillement. »

Ghaalib continua de reculer en souriant vers la vitrine de l'horloger Fossil, là où se trouvaient toujours Joan et le jeune garçon.

Quand il eut quelqu'un au bout du fil, une expression démente s'afficha sur son visage.

« Allô, Capitaine ? dit-il, les yeux exorbités. Vous êtes en place ? Car nous, ici, nous sommes prêts. Je vois la fenêtre de votre chambre d'hôtel. Jolie vue, n'est-ce pas ? Vous avez bien travaillé, Dieter, j'ai suivi avec intérêt la précision de vos tirs depuis mon poste d'observation à l'étage du restaurant. Quand j'aurai fait sauter les bombes, dans dix secondes, vous l'abattrez, d'accord ? »

Il changea de ton pour s'adresser à Assad, le mobile toujours à l'oreille. « Tourne-toi vers ta femme et tes filles, Zaid, lui ordonna-t-il. Sinon, je tue tous les petits camarades qui sont derrière toi ! »

Mais Assad ne se retourna pas. Ghaalib allait les tuer de toute façon, et ils le savaient.

« Tant pis pour eux, dit-il en levant la télécommande au-dessus de sa tête. Baumann, vous êtes prêt ? » demanda-t-il.

Brusquement, l'expression de son visage changea. Son front se plissa. Mais ce ne fut qu'à la dernière seconde, juste avant de recevoir une balle en plein front, qu'il réalisa qu'il avait fait tout cela pour rien.

Le petit troupeau derrière Assad s'égailla de toutes parts en hurlant. À son tour, Assad leva les yeux vers le sommet de l'hôtel, s'attendant à un deuxième coup de feu qui mettrait un terme à son existence. Mais il ne se produisit rien. Le jeune garçon derrière le fauteuil roulant se mit alors à crier et se précipita vers le cadavre de Ghaalib.

Est-ce qu'il va lui prendre l'Uzi et me tuer ? se demanda Assad.

Il fit un bond en avant, mais le jeune garçon arriva le premier. Puis, au lieu de prendre l'arme, il se jeta sur le corps en sanglotant : « Papa, papa, papa. »

Assad ramassa la télécommande et le pistolet mitrailleur. Il repoussa délicatement la trappe de la télécommande et sortit les deux petites batteries d'une puissance cumulée de trois volts qui à elles seules auraient pu secouer la planète.

Le mobile de Ghaalib sonna et Assad décrocha.

« Weber ! Que s'est-il passé ? »

L'homme au caractère jovial semblait secoué et extrêmement soulagé.

« On est entrés dans la suite de Dieter Baumann il y a cinq minutes et on est tombés sur un spectacle qui en disait long. Il y avait des douilles partout autour de lui, mais aussi une boîte de médicaments. Il était couché par terre, en train de rendre son dernier souffle. Son fusil était appuyé au rebord de la fenêtre et la lunette pointait vers la droite de la place, à l'endroit où vous vous trouviez il y a encore un instant. Il avait un portable dans la main. Quand il a sonné, nous n'avons eu qu'à le lui prendre des mains et à lui mettre les menottes. Vous pouvez vous féliciter que nous ayons eu Magnus Kretzmer avec nous. Je crois qu'il n'y a jamais eu de meilleur tireur dans toute l'histoire de la brigade antiterroriste. On a écouté le discours de Ghaalib, et Kretzmer n'a pas osé attendre plus longtemps. Il a crié : "Oui, je suis prêt, mais c'est toi qui vas mourir, salopard !" Et il a tué Ghaalib. »

Il y eut une petite pause. Assad et Weber étaient tous deux sous le choc.

« Vous avez remarqué que la fusillade dans le centre commercial s'est arrêtée ? » dit Weber, au bout d'un moment.

Assad se retourna. C'était vrai. Pour la première fois au cours des dernières vingt minutes, mis à part les plaintes des blessés et les sirènes des ambulances qui arrivaient, le calme régnait sur la place.

« Tant mieux. Non, je ne l'avais pas remarqué. »

La rue se remit à vivre. Les policiers en tenue de commando et les militaires coururent vers le cadavre de Ghaalib et le jeune garçon qui s'y accrochait de toutes

ses forces. C'était un crève-cœur de voir ce gamin se débattre tandis qu'on l'emmenait.

Assad entendit des bruits de bottes venant de l'autre côté et vit les démineurs accourir avec tout leur attirail et leurs vêtements de protection en acier et en Kevlar.

Ce fut en voyant ces hommes qui allaient enfin libérer Marwa, Nella et Ronia qu'Assad perdit le contrôle de ses émotions. Toute la tension qui avait inondé son organisme d'adrénaline, mobilisé ses mécanismes de défense et stimulé son agressivité se relâcha avec une telle violence qu'il tomba à genoux, les bras pendant mollement le long du corps. Les victimes de l'attentat, les orphelins, comme ce pauvre garçon qui venait de perdre un père, si monstrueux qu'il ait été, les rescapés dont il faisait partie, lui firent brusquement saisir à quel point il avait été près de perdre les êtres qu'il aimait le plus au monde. Assad pleura comme il n'avait jamais pleuré de toute son existence.

Il contempla les artificiers, là-bas, en train de risquer leur vie pour lui rendre sa famille, et sa gratitude était immense.

Il leva ses paumes vers le ciel et prononça une courte prière. Il remercia Dieu d'avoir voulu qu'il soit encore en vie et pour l'issue inespérée de cette journée effroyable. Il lui promit de se comporter désormais comme l'homme que ses parents l'avaient élevé à devenir.

Dans un petit moment, quand les démineurs auraient terminé leur travail, il emmènerait ses trois amours à l'hôpital et veillerait à ce qu'elles reçoivent tous les soins que nécessitait leur état.

Il se tourna vers Joan Aiguader, silencieux et immobile dans son fauteuil roulant.

« Pardonnez-moi, Joan. J'étais perdu dans mes pensées. »

Joan acquiesça autant que son état le lui permettait. Qui mieux que lui aurait pu comprendre ce qu'il ressentait ?

Assad posa sa main sur l'épaule du journaliste et la serra avec émotion.

Joan dit quelques mots qu'Assad ne comprit pas, bien que la voix du journaliste se soit affermie. Lui aussi était peut-être en train de retrouver ses esprits.

Assad se pencha vers lui et lui demanda de répéter.

« Comment s'appelait-elle ?

— Comment s'appelait qui, Joan ?

— La victime 2117. »

Une lueur de passion éclairait le regard de l'homme pourtant si éprouvé. La question semblait encore suspendue au bord de ses lèvres entrouvertes et Assad garda un instant les yeux fixés sur cette bouche, fasciné par autant de constance. Puis il ferma les yeux et inspira profondément.

« Elle a beaucoup compté pour vous, n'est-ce pas, Joan ?

— C'est vrai, petit à petit, elle a pris une importance… vitale.

— Elle s'appelait Lely.

— Lely… »

Assad hocha la tête. Il eut envie de prendre cet homme dans ses bras.

« Est-ce qu'il y a quelque chose que je puisse faire pour vous ? Si c'est le cas, dites-le-moi, s'il vous plaît. Je vous dois tellement. »

Le Catalan réfléchit un long moment. Après tout ce

qu'il venait de vivre, il lui était impossible de revenir à sa vie d'avant.

« Demandez-moi tout ce que vous voulez », insista Assad.

Joan tourna tout à coup vers Assad un regard parfaitement présent.

« Vous voulez bien m'enlever la caméra que j'ai sur la tête et la poser sur mes genoux ? »

Assad obtempéra et Joan regarda avec une sorte de vénération la petite caméra vidéo.

« C'est tout ? » dit Assad.

En guise de réponse, Joan émit un son grave qui ressemblait à un rire.

« Non, vous pouvez aussi appeler ma patronne, Montse Vigo, et lui dire d'aller se faire foutre. »

Peut-être qu'il souriait. C'était difficile à dire avec sa bouche de travers.

Assad attendit patiemment que les spécialistes du déminage retirent avec d'infinies précautions leur gilet d'explosifs à Marwa et à Nella et qu'ils aient sorti Ronia de son fauteuil roulant. Ces hommes courageux étaient toujours agenouillés en train d'extraire la bombe du dossier et de la caisse sous son siège quand on leur apporta le dernier fauteuil pour vérification.

Tandis qu'il les accompagnait vers les ambulances, tenant son épouse par la main, Assad avait l'impression de rêver. Sa bien-aimée tournait légèrement la tête vers lui. Grâce à Dieu, les produits qu'on lui avait injectés commençaient déjà à perdre leur effet.

Marwa se montrait assez distante et il ne lui en tenait pas rigueur. Il était devenu un étranger pour elle.

Pendant toutes ces années, elle avait vécu ailleurs dans une existence dont il ne faisait pas partie. Mais Assad comptait bien se battre pour les ramener toutes les trois à la vie. Lutter pour qu'enfin elles puissent respirer librement, avec lui, au Danemark.

« Où est-il ? s'enquit brusquement Marwa.

— Tu parles de Ghaalib ? Il est mort, Marwa. Tu n'as plus besoin d'avoir peur de lui.

— Non, pas lui. Afif ! Où est Afif ?

— Le fils de Ghaalib ? Ce sont les services secrets qui l'ont emmené, je crois.

— Alors, il faut que tu le retrouves, car ce n'est pas le fils de Ghaalib. C'est le tien ! »

60

Rose

JOUR J

Il était 19 h 55. Internet et toutes les chaînes de télévision étaient en ébullition. Les images des événements de Berlin défilaient en boucle.

Jamais les agissements d'une cellule terroriste n'avaient été suivis par la presse de manière aussi exhaustive ni sur une période aussi longue. L'enquête acharnée menée par les services secrets suscitait les commentaires dithyrambiques des journalistes. On encensait leur opiniâtreté et on applaudissait le fait qu'ils aient su agir au moment opportun dans une situation délicate. Bref, l'opération était en passe de devenir aussi légendaire que le raid israélien à l'aéroport d'Entebbe.

Les médias allemands émettaient plus de réserves. Il y avait eu plusieurs morts au cours des jours qui avaient précédé la fusillade autour de la Kaiser-Wilhelm-Gedächtniskirche, entre autres les deux policiers abattus à Francfort. L'attentat avait fait treize morts et plus de trente blessés, dont deux dans un état grave. On se félicitait que les neuf terroristes aient été tués et que

l'ultime catastrophe ait été évitée, mais cela n'empêcha pas les journalistes de chercher des poux dans la tête de Herbert Weber, l'homme qui avait dirigé l'enquête, en se demandant s'il avait réellement suivi la procédure. Le responsable de l'Office fédéral de protection de la Constitution, basé à Munich, et le chef des services du renseignement en Allemagne eurent droit au feu des projecteurs et durent répondre à un certain nombre de questions embarrassantes. D'après les journalistes, la situation aurait pu être beaucoup moins grave si l'homme qui avait fomenté l'attentat n'avait pas répondu à des motivations d'ordre personnel. Mais en réalité, c'était l'inverse : si la vendetta entre les deux hommes n'avait pas existé, les plans du terroriste n'auraient vraisemblablement jamais été découverts et le bilan aurait été bien plus lourd. On pouvait donc considérer qu'on devait une fière chandelle aux deux policiers danois.

Les reportages étaient illustrés par un grand nombre de vidéos. On diffusa une rétrospective sur l'église du Souvenir avant et après la Seconde Guerre mondiale, des images de précédents attentats et de leurs effroyables conséquences, comme le massacre dans le train de Madrid, ou la double attaque terroriste à Londres. Et enfin, on s'attarda longuement sur Dieter Baumann, alias l'antihéros de Fribourg, maintenant décédé. C'était son cancer des poumons et du pancréas qui lui avait coûté la vie et non une balle perdue comme on l'avait prétendu dans certains organes de presse. De longs débats furent menés sur des plateaux de télévision et de radio sur les mauvaises décisions qui avaient peut-être été prises à l'époque de sa tragique expérience d'otage.

On devait la vidéo la plus virale à une équipe de reporters berlinois appartenant à une chaîne de télévision locale. Ils s'étaient installés dans l'immeuble Mercedes sur Kurfürstendamm dès le début de la fusillade et les gros plans d'Assad accompagnant sa famille vers les ambulances enchantèrent Rose et Gordon et les firent pleurer d'émotion. Ils avaient enfin des raisons de se réjouir, car dans le cadre de l'enquête qu'ils menaient pour le département V, ces dernières heures les avaient plongés en plein marasme.

Toutes leurs tentatives pour retrouver le dangereux jeune homme avaient échoué. Gordon était resté collé devant son téléphone et ils avaient nourri l'espoir insensé que le garçon l'appellerait pour lui annoncer qu'il renonçait à son morbide projet. La police ne s'était pas seulement rendue aux adresses les plus plausibles, elle avait démarché plus de deux cents familles du grand Copenhague, et les médias avaient commencé à flairer quelque chose.

Que pouvait bien chercher la police avec autant d'acharnement ?

Une réunion de toutes les huiles avait été organisée dans le bureau de la directrice de l'hôtel de police. Étaient présents le ministre de la Justice, le chef des services secrets et celui de la toute nouvelle cellule de crise, appelée la RSIOC Ø, dont la mission concernait les situations d'attentats terroristes et les catastrophes naturelles. Il y avait aussi le directeur général de la police nationale et le pauvre Marcus Jacobsen qui allait devoir expliquer pourquoi il n'avait pas alerté tout le monde dès le départ. À 18 h 40, il avait été établi que Marcus Jacobsen et Carl Mørck seraient tenus personnellement

responsables pour ne pas avoir informé les différents services et les médias suffisamment tôt.

C'était la nouvelle que Rose et Gordon venaient d'apprendre quand Marcus avait débarqué pour leur demander s'il y avait du nouveau.

Il s'était montré très pragmatique. « Ce sera la faute de la direction si les médias s'emparent de l'affaire. À nous tout le boulot et à eux toute la gloire ! Mais croyez-moi, cela ne mènera à rien. Ils n'imaginent même pas le nombre de témoignages sous lesquels nous allons crouler. »

Il avait raison. La presse, les journaux télévisés et les chaînes d'info se montrèrent très surpris. Carl Mørck n'était-il pas parmi ceux qui venaient d'éviter une terrible catastrophe à Berlin ? Est-ce qu'il n'avait pas été très récemment admis à l'hôpital de la Charité dans cette même ville pour y soigner ses blessures ? Et n'était-il pas en ce moment même dans un avion sanitaire qui le ramenait à Copenhague ? Ce type était censé être un héros. Comment pouvait-il en même temps être le *bad guy* ?

Sur les chaînes de télévision danoises, on pouvait voir alternativement le portrait-robot du garçon et les images de l'attentat terroriste à Berlin. On mentionnait de manière élogieuse la contribution de Hafez el-Assad et de Carl Mørck dans ce contexte, puis on passait aux parents du garçon dérangé qui ne s'étaient pas présentés sur leur lieu de travail depuis plusieurs jours, et à la passion du jeune homme pour les jeux vidéo et les accessoires de samouraï. Les débats n'en finissaient pas. Tout était décortiqué et discuté en long, en large et en travers. Les services secrets allaient-ils à l'avenir se trouver confrontés à ce genre de missions irréalisables ?

Ne serait-il pas bientôt temps d'interdire les cartes de téléphone sans abonnement et les jeux vidéo violents ?

En un rien de temps, les lignes téléphoniques de tous les commissariats du pays furent saturées. Vingt minutes après la diffusion de l'information, la police reçut plus de deux mille témoignages, certains très lointains, d'autres de la rue voisine, et leur nombre allait croissant.

Le pays tout entier était dans un état de panique latente. Personne n'ayant la moindre idée d'où appelait ce garçon, il pouvait se trouver n'importe où. Bref, si Rose et Gordon nageaient en eaux profondes au début de cette affaire, à présent ils barbotaient dans la fosse des Mariannes.

Une chose était sûre : les algorithmes du petit génie de la PET étaient certainement justes, mais il suffit aux journalistes de le cuisiner un peu pour que l'expert en linguistique admette que la façon de parler du jeune homme pouvait avoir été influencée par des tas d'autres facteurs que le fait d'habiter Copenhague. Il était aussi envisageable qu'il ait déménagé de la capitale, comme le souligna une journaliste futée. Elle, par exemple, venait du Jutland, et cela s'entendait encore, pas vrai ? Alors pourquoi un natif de Copenhague ne pourrait-il pas avoir l'accent de Copenhague en habitant Frederikshavn ?

En d'autres termes, cette enquête pédalait dans la semoule, comme s'accordaient à dire les plus virulents.

Rose avait les yeux scotchés sur le téléphone de Gordon.

« Allez, bouffon, appelle ! » s'écria-t-elle.

Gordon marqua son assentiment par une longue série de hochements de tête. Le jeune homme devait bien suivre les nouvelles ! Il était forcément au courant que

le pays tout entier surveillait chaque maison où vivait un homme dans sa tranche d'âge ! Même du temps de Staline, la délation n'avait pas dû atteindre les sommets qu'elle atteignait au Danemark ces dernières heures.

« Mais j'y pense, Rose, s'il sait ce qu'il se passe, il ne va pas sortir. Sans compter qu'il n'y a plus un chat dans les rues, alors à quoi ça lui servirait de mettre le nez dehors ? »

Elle émit un léger grognement. « Ou alors, il va raisonner exactement à l'inverse. Si son but était de se faire remarquer, il n'est pas loin de battre l'attentat de Berlin. Du coup, il a décidé d'attendre et de passer à l'acte quand la tempête médiatique déclenchée par les événements de l'église Kaiser-Wilhelm se sera tassée. »

Gordon la regarda. Il n'avait jamais été aussi pâle.

Le patron appela, mettant fin à leur réflexion.

« Tu veux bien monter une minute, Rose ? Il faut que nous nous mettions d'accord sur certains détails. Je veux que nous soyons préparés à répondre aux éventuelles critiques. Je t'attends avec la directrice de la police et quelques collègues.

— Carl sera là ?

— Oui, il est en route. Il est disposé à répondre à toutes les questions que les journalistes souhaiteront lui poser.

— Je trouve que c'est une très mauvaise idée, Marcus, il est blessé, je vous le rappelle. »

Gordon leva le doigt comme à l'école. Son téléphone sonnait.

Rose raccrocha brusquement. Si le patron et la directrice se demandaient ce qui lui avait pris, c'était leur problème.

Gordon déclencha haut-parleur et magnétophone. « Salut, Toshiro », dit-il en maîtrisant sa voix tant bien que mal. Deux secondes plus tard, il ruisselait de transpiration.

« Salut. J'aurai fini mon jeu dans un peu moins d'une heure, je crois. Je me suis dit qu'il fallait que je t'en informe.

— OK, dit Gordon en lançant un regard affolé vers sa coéquipière. Est-ce que Rose peut écouter notre conversation ?

— C'est déjà le cas, je suppose. Ma mère s'est endormie, je la réveillerai un peu avant de lui trancher la tête. Qu'est-ce que vous en pensez ?

— Je ne sais pas. Je trouve que ce serait dommage, répondit Rose. On est un peu dans les vapes quand on vient de se réveiller. Je trouve que tu devrais la laisser dormir le plus longtemps possible. Elle sera plus en forme. Plus reposée et plus présente. C'est ce que tu veux, non ? »

Il rit. « Tu es une drôle de fille, Rose. Je trouve que tu es la plus intelligente de vous deux. Enfin, désolé, crétin de flic, je ne voulais pas te vexer. »

Rose leva les yeux vers Gordon. Tout à coup, le fantôme livide revint à la vie tel un volcan endormi depuis trop longtemps. Vexé, sans aucun doute !

Rose le prévint par signes. Il ne fallait surtout pas qu'il explose maintenant. Mais Gordon n'avait que faire de sa mise en garde.

« Écoute-moi bien et essaye de faire marcher tes trois neurones de psychopathe infantile. Le pays tout entier a entendu parler de toi, tu es content ? aboya-t-il, fou de rage. Tu es passé à la télé, espèce de misérable hypocrite

et nombriliste. Va te promener dans les rues tant que tu veux, tu ne trouveras pas un chat dehors. Par contre, tu devrais croiser le chien qui gueule devant la porte. Qu'est-ce que tu lui as fait pour qu'il te déteste à ce point ? »

Quand le premier torrent de lave craché par Gordon s'interrompit, un silence lui répondit.

« Sur quelle chaîne ? dit le garçon au bout d'un moment.

— Sur toutes les chaînes, bon Dieu ! Arrête de faire joujou trente secondes et va devant ta télé voir ce qui se passe dans le reste du monde. Tu vas apprendre ce qu'on dit de toi. Ça n'a rien d'élogieux, je t'assure. Et en plus, on ne parle même pas de la victime 2117. En revanche on parle beaucoup du fait que deux de nos collègues ont tué l'homme qui a assassiné la vieille dame, qu'est-ce que tu dis de ça ? Allez, va allumer la télé, et rappelle-moi quand tu te seras mis un peu au courant de ce qui passe en dehors de ta bulle. Tu me diras quel effet ça fait d'être la star du jour. »

Et il lui raccrocha au nez. Rose resta bouche bée. Pas parce qu'elle lui en voulait de s'être lâché, mais parce qu'elle venait d'avoir une révélation.

« Tu as entendu ? Le chien aboie toujours ! Ça fait plus de vingt-quatre heures que nous l'avons entendu la première fois. Les gens doivent devenir dingues dans le quartier. »

Gordon était à bout de souffle. Il avait l'air de quelqu'un qui vient de courir le cent mètres et qu'on arrête à dix centimètres de la ligne d'arrivée.

« On monte voir le patron. »

61

Rose

JOUR J

Ils montèrent l'escalier de la rotonde quatre à quatre en respirant comme deux soufflets de forge avant de débouler dans le bureau du chef de la Criminelle.

« Vous vous taisez et c'est nous qui parlons », lança Rose avant que quiconque ait eu le temps de prendre la parole.

Marcus Jacobsen fronça les sourcils, les autres firent de même. Mais tout le monde se tut.

« Qui était préposé au porte-à-porte ? demanda Rose.

— J'aurais plus vite fait de te dire qui ne l'était pas. On a envoyé toutes les voitures de patrouille, le centre de planification et de gestion de crise, la brigade antiterroriste, tout le personnel de l'hôtel de police qui n'avait rien d'autre à faire, et j'en passe.

— Et ils cherchaient quoi ?

— Le jeune homme, évidemment !

— On s'en fout du jeune homme. Il faut chercher le chien qui aboie devant chez lui. Il y a des tas de chiens

qui aboient, mais pas sans interruption depuis plus de vingt-quatre heures. »

Le chef de la Crim' se redressa sur son siège. « Tu es en train de me dire qu'il aboie toujours ?

— Oui ! Nous venons d'avoir le garçon au téléphone et nous l'avons entendu. Il est encore là, Marcus, et ce cinglé de gamin est sur le point de passer à l'acte. Dans moins d'une heure, d'après ce qu'il nous a dit, et ça, c'était il y a cinq minutes. »

Sur un signe de tête de la directrice, tous sortirent à part Marcus.

Rose était bouleversée. Ils auraient déjà pu lancer cette recherche la veille, s'ils avaient été un peu plus futés.

« Pourvu qu'on arrive à temps », dit inutilement la directrice de la police.

On entendit de brefs applaudissements venant du secrétariat et Carl entra, le bras en écharpe et la mine éberluée.

« Il y a des gens qui courent dans tous les sens, qu'est-ce qui se passe ? »

Le chef de la Criminelle, la directrice de la police, Gordon et Rose se levèrent comme un seul homme. C'était la moindre des choses quand un héros fait son entrée.

« Asseyez-vous, putain ! Je ne suis pas la reine Margrethe. Mais merci quand même ! »

Il se tourna vers Rose qui, contrairement à sa nature, se sentait sincèrement émue et soulagée. Il était là, en chair et en os. Vivant.

« J'arrive du sous-sol. C'est le bordel.

— Pourquoi est-ce que vous n'êtes pas avec Mona ? rétorqua Rose.

— Parce qu'elle va bien et qu'elle est rentrée chez elle. Elle a exigé que je vienne vous donner un coup de main. »

Rose sourit. Hormis son bras en écharpe et un teint de papier mâché, il était, Dieu soit loué, redevenu lui-même. Elle mit ses bras autour de lui avec une légère hésitation et posa la joue sur sa poitrine, ne sachant comment lui exprimer son émotion. Mais elle sentit qu'il la repoussait un peu de son bras valide.

« Merci, Rose, mais je peux encore tenir debout tout seul », dit-il.

Elle hocha la tête. Bien sûr qu'il tenait debout tout seul.

« Et Assad ? demanda-t-elle.

— Ça va. Je crois même que je ne l'ai jamais vu aussi en paix avec lui-même. La ville de Berlin a proposé un séjour de convalescence pour lui et sa famille aux frais de la commune et je crois qu'il va accepter. Il a besoin de vacances. Mais il vous passe le bonjour. La dernière chose qu'il m'a dite avant que je m'en aille, c'était qu'il fallait qu'on se sorte les fesses des mains et qu'on retrouve ce garçon.

— Il a dit quoi ? » demanda la directrice de la police. Elle était la seule à ne pas avoir ri.

« La phrase peut surprendre, mais c'est parce que vous ne connaissez pas Assad aussi bien que nous. » Carl se tourna vers Rose. « Bon, alors raconte. Vous en êtes où ? »

Rose lui fit un topo en moins de vingt secondes.

« Eh bien, on n'est pas sortis de l'auberge. Je parie qu'il y a au moins cinquante chiens, rien qu'en centre-ville de Copenhague, qui rendent les voisins à moitié

fous avec leurs aboiements, et ce depuis qu'ils étaient chiots.

— Alors qu'est-ce qu'on fait ? s'enquit Gordon.

— Et il faut que ce soit le plus jeune d'entre nous qui pose la question. Fonce sur Facebook ou sur Twitter ou qu'importe le nom de tous ces trucs-là, c'est bien sur les réseaux sociaux que les gens sont le plus réactifs de nos jours, non ?

— Hum ! » Rose resta un instant les yeux dans le vague. « Je crois que Facebook est trop lent et il n'y a pas beaucoup de Danois qui sont sur Twitter, mais ça se tente. »

Elle prit son mobile et réfléchit de nouveau. « Qu'est-ce que je cherche ?

— Essaye "#chiens perdus", suggéra Gordon.

— Non, il faut être plus spécifique. On ne cherche pas un chien perdu n'importe où.

— Alors tape "#chiens perdus Copenhague". »

Rose se mit à écrire. « Chien perdu Copenhague », énonça-t-elle à voix basse. Il se passa quelques minutes pendant lesquelles ils restèrent tous les yeux rivés à son tout petit écran de téléphone.

« Incroyable ! Ça y est ! s'exclama-t-elle soudain, les faisant tous sursauter. En ce moment même, il y a deux chiens qui aboient comme des malades. Un à Valby et un à Dragør.

— Où, où ? Essaye de savoir où ! »

Elle tapa de nouveau et la réponse arriva aussitôt. Elle brandit l'écran. « Là ! »

Ils se levèrent tous en même temps et Marcus fonça vers le coffre-fort, dans l'angle du bureau.

« Tiens, Carl, prends ça, j'en trouverai un autre, dit-il en lui tendant son arme de service. Vous allez à Dragør et moi je file à Valby. »

Ils étaient encore loin de la maison quand ils entendirent le chien aboyer d'une voix rauque et hystérique.

Le quartier dans lequel il courait, affolé, était l'un des plus élégants de ce secteur très recherché. Les maisons de tailles diverses, probablement considérées comme pittoresques des décennies auparavant, brillaient aujourd'hui tels des palais. Ce n'était *a priori* pas le premier endroit où l'on aurait pensé à chercher pendant ces deux dernières semaines.

« On n'a pas démarché ici, aujourd'hui ? demanda Carl.

— Si, répliqua Rose. Nos agents ont fait toute l'île d'Amager ce matin. C'est bizarre qu'ils n'aient rien trouvé. »

Carl hocha la tête en tendant l'oreille vers les aboiements. Le chien semblait proche et tout à coup beaucoup plus lointain.

« Prends toutes les rues une par une, Gordon. Regarde bien partout. »

Soudain, Carl se pencha vers le pare-brise en plissant les yeux. Il pointa du doigt un objet, à peine éclairé par les réverbères, abandonné sur une pelouse de l'autre côté de la rue. « Arrête-toi une seconde, Gordon. Il y a quelque chose qui brille dans l'herbe, là-bas, ça m'a l'air bizarre, c'est quoi ? »

Ils se garèrent devant une villa un peu en retrait, de loin l'une des plus soignées et modernes du quartier.

« C'est du verre ? Tu veux bien aller jeter un coup d'œil, Rose ? » lui demanda Carl.

Elle traversa la pelouse, se pencha et, vu la rapidité avec laquelle elle se releva, eut manifestement un choc. Se ressaisissant, elle avança vers la maison en surveillant portes et fenêtres. Puis elle se retourna vers eux, un doigt sur la bouche, et leur fit signe de la rejoindre.

« Ce sont des morceaux de verre, chuchota-t-elle. Ils viennent de cette fenêtre. » Elle montra le trou béant dans la vitre brisée.

Au même instant, le chien arriva par-derrière en aboyant furieusement. Il sautait d'un côté à l'autre, tournait sur lui-même, courait jusqu'à la route pour revenir devant la maison. Rose essaya de saisir le bout de sa laisse pour le calmer, mais cent employés de fourrière n'auraient pas réussi à l'attraper dans l'état où il était. Il disparut de nouveau.

« Je suis sûre qu'il est là », murmura Rose.

Carl sortit son pistolet. « Prends-le, Gordon, dit-il. Je n'arrive pas à enlever la sécurité avec une seule main. »

Le grand échalas sembla désorienté, tant cet objet était pour lui totalement incongru.

« Qu'est-ce qu'on fait ? » demanda Rose à voix basse. Elle abaissa doucement la poignée, mais la porte était fermée à clé.

« Donne le pistolet à Rose », dit Carl en voyant Gordon le tourner dans tous les sens pour trouver la sécurité. Manifestement, il n'avait jamais manipulé une arme de sa vie.

« On ne peut pas l'appeler parce qu'il se sert d'un téléphone à carte, mais on peut peut-être voir s'il y a un abonnement lié à cette adresse ? proposa Rose.

— Et ça nous avancerait à quoi ? » demanda Carl. Il se gratta la nuque. « Appelle Marcus et dis-lui que

nous avons trouvé l'adresse. Dis-lui de nous envoyer quelqu'un avec un bélier ou de quoi défoncer la porte.

— Un bélier ? » Rose avait quelque difficulté à se représenter l'objet.

« Oui, ou une tractopelle, un truc dans ce genre.

— Ça prendrait beaucoup trop de temps. Sinon, on peut toujours se servir de ça », dit-elle en montrant la voiture de service.

Carl fronça les sourcils. Il n'avait pas l'air convaincu. Et puis qui prendrait le volant ? Pas lui, avec son bras et sa hanche blessés. Et Gordon avait l'air tellement inquiet qu'il n'arriverait sans doute même pas à viser.

« File-moi les clés, Gordon », ordonna Rose, la main tendue.

Celui-ci hésita et questionna Carl des yeux. Si elle voulait le faire, c'était son choix, sembla lui répondre son regard.

Rose retira la sécurité du pistolet et le tendit à Gordon. « Tu n'as plus qu'à appuyer sur la détente, mais s'il te plaît, attends d'être sûr de savoir sur quoi tu tires », lui recommanda-t-elle avant de retourner dans la voiture.

Maintenant, il n'y a plus qu'à espérer que les airbags fonctionnent, songea-t-elle en attachant sa ceinture.

Elle positionna la voiture face à la porte et pria pour qu'il ne vienne pas à l'idée de ce fichu chien de traverser au moment où elle arriverait, pied au plancher.

Carl et Gordon se mirent à une distance raisonnable. Maintenant, elle n'avait plus qu'à viser juste afin d'éviter une collision contre le mur.

Elle se souvint tout à coup pourquoi elle avait raté l'examen de l'école de police. « Quand vous êtes sous pression, votre conduite devient encore pire qu'elle ne

l'est déjà », lui avait dit son moniteur. « En cas d'intervention d'urgence, vous seriez une véritable bombe lâchée dans la circulation », lui avait dit un autre.

Et voilà qu'à présent elle était en train de passer la première, d'écraser la pédale d'accélérateur et de foncer droit sur une maison.

La distance se révéla un peu plus longue qu'elle ne l'avait anticipé. Assez longue pour qu'elle se rende compte de ce que la situation avait de démentiel, et qu'elle risquait de se blesser gravement, pour…

Le choc fut suivi par une averse de morceaux de verre, le claquement bruyant de l'airbag et un nuage de poussière blanche qui s'éleva dans la lumière des phares. Le vacarme du métal froissé et du bois fracassé de la porte d'entrée lui rappela qu'elle devait maintenant faire marche arrière pour permettre aux autres d'entrer.

Rose eut l'impression d'avoir les poumons aplatis comme des crêpes et que plusieurs de ses côtes s'étaient désolidarisées de son plexus. Ça faisait un mal de chien. Et où était passée cette foutue marche arrière ?

Carl essaya d'ouvrir sa portière et, en désespoir de cause, il cria : « Tu fais exactement ce qu'il faut avec le levier de vitesse, Rose, c'est le moteur qui est arrêté. »

Elle redémarra, et la voiture produisit un bruit très, très désagréable, mais elle recula doucement. Carl et Gordon étaient déjà à l'intérieur.

Rose détacha sa ceinture et tenta à son tour d'ouvrir sa portière, qui était tordue sur ses gonds. Elle dut y renoncer et passa par l'arrière. Elle se bagarrait encore avec la portière quand elle entendit crier dans la maison.

Quelques minutes plus tard, lorsque Rose pénétra

enfin dans le vestibule, soufflant comme un bœuf, les lieux étaient plongés dans un profond silence. Étaient-ils arrivés trop tard ? Devait-elle se préparer à découvrir les têtes tranchées des deux femmes sur le sol ? Elle n'était pas sûre de pouvoir le supporter.

Puis elle entendit la voix de Carl, ferme et claire, résonner dans l'une des pièces donnant dans le couloir.

« Voilà, maintenant on va se calmer, Toshiro », dit-il.

Elle s'arrêta sur le seuil, plissant les yeux pour se prémunir contre le spectacle qu'elle redoutait.

Au milieu d'une chambre qui sentait le renfermé se tenait un jeune homme qui, hormis les cheveux blonds et le chignon au sommet du crâne, ne ressemblait en rien à son portrait-robot. Il brandissait un long sabre au-dessus de sa tête.

Elle mit quelques secondes à appréhender la dramaturgie de la scène : une femme était attachée à un fauteuil de bureau, la gorge dénudée. Devant elle se trouvait une table sur laquelle était posé un ordinateur. Devant la table se tenait un jeune homme dans la position exacte du samouraï prêt à frapper – le corps légèrement vrillé, une jambe en avant, et l'autre dans l'axe du bras portant le katana.

Carl l'observait depuis un angle de la pièce. Gordon, les mains tremblantes, braquait le jeune homme à la tête avec l'arme de service de Marcus Jacobsen. Chacun paraissait pétrifié.

Au milieu d'une tache sombre qui grandissait à vue d'œil, une femme allongée les fixait d'un air épouvanté. Elle aussi avait été préparée pour son exécution, son chemisier ouvert et baissé en dessous des épaules découvrant son cou.

Le garçon transpirait abondamment. Manifestement, les choses ne se passaient pas comme il l'avait prévu et il devait s'interroger. Allait-il frapper ? Aurait-il le temps de tuer avant d'être tué ? Avait-il une autre issue ?

La seule personne qui gardait son calme dans la pièce était la femme dont Rose supposa qu'elle était la mère. Elle ne la voyait que de dos. Sa respiration était régulière, comme si elle avait déjà accepté son sort, quel qu'il soit.

Ce fut Gordon qui rompit le charme. Que ce soit à cause de sa nervosité ou de sa maladresse, le coup partit. La balle vint se ficher dans le mur au-dessus de l'ordinateur et fit un gros trou dans la coupure de journal où figurait la victime 2117.

« Noooon ! » hurla le jeune homme, furieux, en faisant un pas vers le pauvre Gordon. Le sabre levé au-dessus de la tête, le gamin s'apprêta à l'abattre sur le crétin de flic.

D'un mouvement brusque, sa mère renversa le fauteuil sur lequel elle était assise, emportant dans sa chute la table, l'ordinateur et son fils, qui s'affala sur le sol.

Durant un instant, il resta immobile, l'air totalement incrédule. Mais soudain, avant que quiconque ait eu le temps de réagir, il saisit le sabre par son manche, souleva son T-shirt et posa la pointe sur sa peau.

« Je vais me faire harakiri et vous ne pourrez pas m'en empêcher ! » cria-t-il d'une voix aiguë. Ses mains tremblaient et une goutte de sang perla au bout de la lame. Manifestement, il parlait sérieusement.

Alors Gordon leva à nouveau le pistolet. Vu le résultat de sa première tentative, il était peu probable qu'il

tire de nouveau, et encore moins qu'il parvienne à atteindre le garçon de manière à l'empêcher d'aller au bout de son geste. Mais le policier avait une autre idée.

« Pauvre ignorant. Ce que tu es en train de faire ne s'appelle pas le "harakiri", mais le "seppuku", tu devrais le savoir. »

Le front du jeune homme se plissa et il regarda Gordon, surpris.

« C'est toi, crétin de flic ? » demanda-t-il. Puis il tourna les yeux vers Rose et il la jaugea de la tête aux pieds. « Je ne t'imaginais pas comme ça, dit-il. Tu es aussi grasse qu'un sumo. »

Après de trop nombreux jours de tension extrême et d'angoisse, ce fut la goutte d'eau qui fit déborder le vase. Gordon s'approcha du garçon en agitant le pistolet devant lui. « Ferme-la, minable, et va au bout de ton geste si tu l'oses, ce qui m'étonnerait. »

Pas courant de la part d'un policier d'inciter quelqu'un à se suicider, songea Rose avec un petit sourire. C'était touchant de le voir à ce point en colère. On pouvait dire ce qu'on voulait de Gordon, ce garçon serait toujours là pour la défendre.

« En ce qui me concerne, tu peux t'éviscérer autant que tu veux, continua Gordon, glacial, tu m'éviteras de devoir témoigner dans un procès en assises. »

Là, Carl et Rose commencèrent à s'inquiéter.

« Je ne comprends pas. Comment m'avez-vous retrouvé ? » demanda le jeune homme d'une voix atone. Une salive blanche maculait les commissures de ses lèvres.

« Tu n'as rien à comprendre, tu as juste le droit d'être étonné », répliqua Gordon en s'approchant tranquillement

des deux femmes. Il posa son arme devant l'écran d'ordinateur où un message clignotait, invitant le joueur à continuer au niveau suivant, pour atteindre un score de deux mille cent dix-huit points.

Gordon tendit son long bras, arracha du mur la photo abîmée de la vieille dame et la roula en boule sous les yeux du jeune homme.

« Voilà, plus besoin de regarder ça », dit-il en redressant la table et le fauteuil de bureau auquel la mère était ligotée. Puis il retira aux deux femmes l'adhésif qui les retenait prisonnières.

La plus âgée pleura de soulagement. Quant à la mère du garçon, elle se leva sur des jambes un peu raides et s'approcha de son fils avec une expression totalement détachée.

« *Perseverando*, mon fils, dit-elle froidement. Persévérance. Ne t'arrête pas en si bon chemin, ce n'est pas ce que je t'ai enseigné ? Enfonce cette lame et finissons-en. »

Même si ces derniers jours avaient dû être terribles, le manque absolu d'empathie chez cette mère lorsqu'elle s'adressa son fils, acculé comme une bête dans un coin de sa chambre, glaçait le sang.

Alexander continua à la défier du regard. Ce n'était pas elle qui déciderait du moment de son dernier acte ici-bas. Alors il faisait durer, tandis que de minces rigoles de sang se rejoignaient à la ceinture de son pantalon.

Pendant ce temps-là, Rose réfléchissait. Pourquoi les algorithmes du petit génie des services secrets n'avaient-ils pas fonctionné ? Ils avaient face à eux un garçon au langage soutenu. L'âge était le bon. Il y avait

des adresses à Dragør dans la liste qu'il leur avait donnée ce matin. Alors pourquoi la police n'était-elle pas venue sonner ici ?

« Je vous ai entendu utiliser le terme *perseverando*. Votre mari était élève à la pension privée de Bagsværd, n'est-ce pas ? » demanda-t-elle.

La mère tourna vers Rose un visage dans lequel se lisait une incompréhension totale.

« Mon mari ? répliqua-t-elle. Vous plaisantez ? Mon mari a arrêté ses études après le collège. À l'âge de quinze ans, il a estimé qu'il n'avait plus rien à apprendre. Qu'est-ce qui a pu vous faire penser ça ? Parce que j'ai utilisé la devise de l'école ?

— Exact.

— Alors vous apprendrez, jeune fille, que c'est une école mixte. C'est moi qui y ai fait mes études. »

Gordon et Rose la scrutèrent longuement. Ils se rappelleraient sans doute ce moment comme l'un des plus embarrassants de leur carrière.

Au même instant, Carl fut pris d'un fou rire irrépressible. Malgré son bras en écharpe et son corps contusionné, il se roula littéralement par terre de rire. Puis, une fois calmé, il resta ainsi, sur le dos, à essayer de reprendre son souffle. Rose et Gordon se demandèrent si les événements de cette journée ne lui avaient pas fait perdre la tête.

Mais tout à coup, son corps se tendit et, avec une brusque rotation des hanches, il balança un coup de pied droit dans la lame, faisant une estafilade sur le ventre du garçon et envoyant le sabre se planter dans une étagère de la bibliothèque.

Ensuite, il se releva sans un sourire et plongea son

regard dans celui du jeune homme, dont le visage n'exprimait plus que confusion et impuissance.

« Appelle une ambulance, Gordon », dit-il en voyant le jeune homme baisser les yeux et découvrir, incrédule, la longue plaie barrant son ventre et le sang qui colorait le sol en rouge à ses pieds.

« Comment s'appelle le garçon ? demanda-t-il à la mère.

— Alexander, répondit-elle, froidement.

— Mais oui, Alexander, bien sûr ! Un nom en A », commenta Carl avec l'autorité feinte d'un vice-commissaire de police. Puis il consulta sa montre ultramoderne et sourit. Un ange passa. Il ne bougea pas.

Mais qu'est-ce qu'il fabrique ? se demanda Rose. Qu'est-ce qu'il attendait, et pourquoi ses lèvres remuaient-elles comme s'il faisait un compte à rebours ?

« MAINTENANT ! » beugla Carl brusquement en se tournant vers le garçon ensanglanté.

« Alexander, annonça-t-il sèchement, il est exactement 21 h 17. Et vous êtes en état d'arrestation. »

REMERCIEMENTS

Merci à Hanne, mon épouse et mon âme sœur, pour son soutien tendre et exceptionnel et surtout pour ses inénarrables commentaires. Un immense merci à Henning Kure pour son aide à travers ses relectures attentives, ses propositions et ses remarques judicieuses. Merci à Elisabeth Ahlefeldt-Laurvig pour son travail de recherche, son talent à être partout à la fois et son sens pratique. Merci aussi à Elsebeth Wæhrens, Eddie Kiran, Hanne Petersen, Micha Schmalstieg, Kes Adler-Olsen, Jesper Helbo, Sigrid Engeler, Pernille Engelbert Weil, Kor de Vries et Karlo Andersen pour leurs corrections et leurs suggestions. Merci à l'extraordinaire Lene Wissing, ma nouvelle éditrice chez Politikens Forlag qui, en un temps record, a réussi à entrer dans l'univers du Département V avec une intelligence et un professionnalisme remarquables. Merci à Lene Juul et à Charlotte Weiss, chez Politikens Forlag, pour leur foi inébranlable, leur confiance et leur patience. Merci à Helle Skov Wacher d'avoir assuré la promotion de ce roman. Merci à Lene Børresen pour sa capacité à remarquer les détails infimes et souvent essentiels. Merci à toutes les petites mains de l'équipe de Politikens Forlag, pour leur contribution irremplaçable et le travail de fourmi qu'elles réalisent, car c'est aussi grâce à elles que la machine est si bien huilée. Merci à

l'inspecteur Leif Christensen pour son expertise policière et ses corrections. Merci à Kjeld S. Skjærbæk qui, à un certain moment, nous a rendu la vie si douce. Merci à Rudi Urban Rasmussen et à Sofie Voller d'avoir su tenir tout le monde en haleine. Merci à Daniel Struer pour un travail informatique extraordinaire. Merci à Benny Thøgersen et à Lina Pillora pour toutes les nouveautés qu'ils ont apportées ici et là. Merci à Olaf Slott-Petersen pour le nouvel espace d'écriture que je lui dois. Merci à l'inspecteur de police et enquêteur Tom Christensen pour les connaissances dont il m'a fait profiter. Merci à Michael Behrend Hansen qui nous a permis de rencontrer Falah Alsufi. Et merci à Falah Alsufi de m'avoir autorisé à utiliser son magnifique poème. Merci à Bernd Alexander Stiegler pour les photos et les vidéos réalisées au musée de la Photographie à Munich et à Petra Büscher d'avoir bien voulu l'accompagner et l'aider dans ce travail. Merci à Jesper Deis qui a, au sens propre du terme, illuminé nos journées. Merci à Hanne, à Olaf Slott-Petersen, à la clinique d'ophtalmologie de Barcelone – Centro de Oftalmologia – et surtout à mon propre ophtalmologiste, Per Haamann, ainsi qu'au service d'ophtalmologie du Rigshospitalet à Glostrup de m'avoir permis de retrouver l'usage de mon œil gauche.

Et enfin et surtout : merci à Anne Christine Andersen pour quinze ans d'une collaboration exceptionnelle.

Du même auteur aux éditions Albin Michel :

LES ENQUÊTES DU DÉPARTEMENT V

1. Miséricorde, 2011.
2. Profanation, 2012.
3. Délivrance, 2013.
4. Dossier 64, 2014.
5. L'Effet papillon, 2015.
6. Promesse, 2016.
7. Selfies, 2017.

L'Unité Alphabet, 2018.

Paru au Livre de Poche :

LES ENQUÊTES DU DÉPARTEMENT V

1. Miséricorde
2. Profanation
3. Délivrance
4. Dossier 64
5. L'Effet papillon
6. Promesse
7. Selfies

L'UNITÉ ALPHABET

VICTIME 2117

Né en 1950 à Copenhague, Jussi Adler-Olsen a étudié à l'université des domaines aussi variés que la médecine, la sociologie, le cinéma ou la politique. Ancien éditeur de littérature et de comics, il se consacre désormais exclusivement à l'écriture. *Miséricorde*, son premier livre, a reçu le Grand Prix des lectrices de *Elle* 2012 et le Prix des lecteurs du Livre de Poche 2013 dans la catégorie «Polar». Jussi Adler-Olsen a reçu pour l'ensemble de la série du *Département V* le prix Boréales en 2014. Véritable phénomène au Danemark, son œuvre est aujourd'hui traduite dans une quarantaine de pays et s'est déjà vendue à plus de treize millions d'exemplaires dans le monde.